【臺灣現當代作家
研究資料彙編】13

林海音

國立台灣文學館
出版

主委序

　　臺灣文學發展至今，已蓄積可觀且沛然的能量，尤於現當代文學領域，作家們的精彩創作與文學表現，成績更是有目共睹。對應日益豐饒的文學樣貌，全面梳理研究資源、提昇資料查考與使用的便利性，也就格外重要。

　　本會所屬國立台灣文學館自成立以來，即著力於臺灣文學史料之研究、整理及數位化，迄今已積累相當成果，民眾幾乎可在彈指之間，獲取相關訊息及寶貴知識；為豐富臺灣文學研究基礎，繼 99 年出版收錄 310 位現當代作家評論資料的《臺灣現當代作家評論資料目錄》後，今（100）年進一步延伸建置「臺灣現當代作家研究資料庫」，將現當代文學作家及系列作品建構起多向查考、運用的整合機制，不僅得以逐步完善 310 位現當代作家評論資料的確切性及新穎度，研究者亦能更加便捷地掌握研究概況、動態，進而開闢不同的研究路徑及視野。

　　為深化既有成果，也同步推動「臺灣現當代作家研究資料彙編計畫」，預計分年完成自臺灣新文學之父賴和以降，50 位現當代重要作家研究資料彙編，系統性纂輯、呈現作家手稿、影像、文學年表、研究綜述、評論文章及目錄、歷史定位與影響等。目前已完成第一階段賴和等 15 位重要作家研究資料彙編工作，此為國內現行唯一全方位的臺灣現當代文學工具書，也是研究臺灣作家、文學發展的重要讀本依據，乃極具代表性意義的起點，搭配前述資料庫，相信能為臺灣文學研究奠定益加厚實的根基；亦祈各方不吝指正，以匯聚更多參與及持續前行的能量。

行政院文化建設委員會主任委員

館長序

　　近幾年，臺灣現當代文學的研究，朝著跨領域整合的方向在發展，但不管趨勢如何，對於作家及其作品的理解與詮釋，恆是最基本且是最重要的工作。因此，作家到底是一個什麼樣的人？他的出身、學經歷究竟如何？他在哪些主客觀條件下從事寫作？又怎麼會寫出那樣的一些作品？這些都有助於增加理解；進一步說，前人究竟如何解讀作家的為人和他之所作？如何評述其文學風格及成就？這些相關文獻提供了我們重新展開深入探索的基礎，了解前修有所未密，後出才能轉精。

　　當臺灣文學在 1980 年代獲得正名，在 1990 年代正式進入學院體制，「學科化」就彷彿是一場學術運動，迄今所累積的研究成果已極可觀，如果把前此多年在文學相關傳媒所發表的評論資料納入，則可稱之為臺灣文學的「研究資料」，以作家之評論而言，根據國立台灣文學館委託台灣文學發展基金會所蒐羅的作家評論資料（310位作家，收錄時間下限是 2009 年 8 月），總計近九萬筆。這龐大的資料，已於去年編印成八巨冊的《臺灣現當代作家評論目錄》；在這樣的基礎上，以個別作家為考量的「研究資料彙編」計畫，其第一階段的成果即將出版（15 冊），如果順利，二、三年內將會累積到50 冊。

　　「臺灣」是我們生存的空間，「現當代」約指新文學發生以降迄今，「作家」特指執筆為文且成家者。臺灣現當代作家之所以值得研

究，乃是因為他們以其智慧和經驗創造了許多珍貴的文學作品，反
映並批判社會，饒富現當代意義，如果能夠把他們的研究資料集
中，對於正在學習或有文學興趣的讀者，應該會有莫大的助益。

　　賴和被尊稱為臺灣新文學之父，他出生於甲午戰爭那一年
（1894），爾後出生的作家，含在臺灣土生土長，以及從中國大陸來
臺者，人數非常多，如何挑選重要作家，且研究資料相對比較豐富
者，是一件不容易的事，這就需要專家的參與；基本上，選人要客
觀，選文要妥適，編選者要能宏觀，且能微視，才能提出有說服力
的見解。

　　毫無疑問，這是一個重大的人文基礎建設，由政府公部門（國
立台灣文學館）出資，委託深具執行力的社會非營利組織（台灣文
學發展基金會），動員諸多學術菁英（顧問群、編選者）來共同完
成，有效的運作模式開創一種完美的三合一典範，對於臺灣文學，
必能發揮其學科深化的作用，且將有助於臺灣文學的永續發展。

國立台灣文學館館長　李瑞騰

編序

◎封德屏

緣起

　　1995 年 10 月 25 日，在臺灣師範大學教育大樓的 201 室，一場以「面對臺灣文學」爲題的座談會，在座諸位學者分別就臺灣文學的定義、發展、研究，以及文學史的寫法等，提出宏文高論，而時任國家圖書館編纂張錦郎的「臺灣文學需要什麼樣的工具書」，輕鬆幽默的言詞，鞭辟入裡的思維，更贏得在座者的共鳴。

　　張先生以一個圖書館工作人員自謙，認真專業地爲臺灣這幾十年來究竟出版了多少有關臺灣文學的工具書，做地毯式的調查和多方面的訪問。同時條理分明地針對研究者、學生，列出了十項工具書的類型，哪些是現在亟需的，哪些是現在就可以做的，哪些是未來一步一步累積可以達成的，分別做了專業的建議及討論。

　　當時的文建會二處科長游淑靜，參與了整個座談會，會後她劍及履及的開始了文學工具書的委託工作，從 1996 年的《臺灣文學年鑑》起始，一年一本的編下去，一直到現在，保存延續了臺灣文學發展的基本樣貌。接著是《中華民國作家作品目錄》的新編，《臺灣文壇大事紀要》的續編，補助國家圖書館「當代文學史料影像全文系統」的建置，這些工具書、資料庫的接續完成，至少在當時對臺灣文學的研究，做到一些輔助的功能。

　　2003 年 10 月，籌備多年的「台灣文學館」正式開幕運轉。同年五月《文訊》改隸「財團法人台灣文學發展基金會」，爲了發揮更大的動能，開始更積極、更有效率地將過去累積至今持續在做的文學史料整理出來，讓

豐厚的文藝資源與更多人共享。

於是再次的請教張錦郎先生，張先生認為文學書目、作家作品目錄、文學年鑑、文學辭典皆已完成或正在進行，現在重點應該放在有關「臺灣現當代作家評論資料目錄」的編輯工作上。

很幸運的，這個計畫的發想得到當時臺灣文學館林瑞明館長的支持，於是緊鑼密鼓的展開一切準備工作：籌組編輯團隊、召開顧問會議、擬定工作手冊、撰寫計畫書等等。

張錦郎老師花了許多時間編訂工作手冊，每一位作家的評論資料目錄分為：

（一）生平資料：可分作者自述，旁人論述及訪談，文學獎的紀錄。

（二）作品評論資料：可分作品綜論，單行本作品評論，其他作品（包括單篇作品）評論，與其他作家比較等。

此外，對重要評論加以摘要解說，譬如專書、專輯、學術會議論文集或學位論文等，凡臺灣以外地區之報刊及出版社，於書名或報刊後加註，如中國大陸、香港、新加坡等。此外，資料蒐集範圍除臺灣外，也兼及中國大陸、香港、新加坡、日本、韓國及歐美等地資料，除利用國內蒐集管道外，同時委託當地學者或研究者，擔任資料蒐集工作。

清楚記得，時任顧問的學者專家們，都十分高興這個專案的啟動，但確定收錄哪些作家名單時，也有不同的思考及看法。經過充分的討論後，終於取得基本的共識：除以一般的「文學成就」為觀察及考量作家的標準外，並以研究的迫切性與資料獲得之難易度為綜合考量。譬如說，在第一階段時，作家的選擇除文學成就外，先考量迫切性及研究性，迫切性是指已故又是日治時期臺籍作家為優先，研究性是指作品已出土或已譯成中文為優先。若是作品不少而評論少，或作品評論皆少，可暫時不考慮。此外，還要稍微顧及文類的均衡等等。基本的共識達成後，顧問群共同挑選出 310 位作家，從鄭坤五、賴和、陳虛谷以降，一直到吳錦發、陳黎、蘇偉貞，共分三個階段進行。

　　張錦郎教授修訂的編輯體例，從事學術研究的顧問們，一方面讚嘆「此目錄必然能成為類似文獻工作的範例」，但又深恐「費力耗時，恐拖延了結案時間」，要如何克服「有限時間，高度理想」的編輯方式，對工作團隊確實是一大挑戰。於是顧問們群策群力，除了每人依研究領域、研究專長認領部分作家外（可交叉認領），每個顧問亦推薦或召集研究生襄助，以期能在教學研究工作外，為此目錄盡一份心力。

　　「臺灣現當代作家評論資料目錄」專案計畫，自 2004 年 4 月開始，至 2009 年 10 月結束，分三個階段歷時五年六個月，共發現、搜尋、記錄了十餘萬筆作家評論資料。共經歷了三位專職研究助理，近三十位兼任研究助理。這些研究助理從開始熟悉體例，到學習如何尋找資料，是一條漫長卻實用的學習過程。

接續

　　本來以為五年的專案工作可以暫時告一段落，但面對豐盛的研究成果，無論是參與這個計畫的顧問或是擔任審查工作的專家學者，都希望臺灣文學館能在這樣的基礎下挖深織廣，嘉惠更多的文學研究者。

　　「臺灣現當代作家評論資料目錄」的專案完成，當代重要作家的研究，更可以在這個基礎上，開出亮麗的花朵。於是就有了「臺灣現當代作家研究資料彙編暨資料庫建置計畫」的誕生。為了便於查詢與應用，資料庫的完成勢在必行，而除了資料庫的建置外，這個計畫再從 310 位作家中精選 50 位，每人彙編一本研究資料，內容有作家圖片集，包括生平重要影像、文學活動照片、手稿及文物，小傳、作品目錄及提要、文學年表。另外每本書分別聘請一位最適當的學者或研究者負責編選，除了負責撰寫五千至一萬字的作家研究綜述外，再從龐雜的評論資料中挑選具有代表性的評論文章，全文刊載，平均 12～14 萬字，最後再附該作家的評論資料目錄，以期完整呈現該作家的生平、創作、研究概況，其歷史地位與影響。

　　由於經費及時間因素，除了資料庫的建置，資料彙編方面，50 位作家

分三個階段完成。第一階段挑選了 15 位作家，體例訂出來，負責編選的學者專家名單也出爐了，於是展開繁瑣綿密的編輯過程。一旦工作流程上手，才知比原本預估的難度要高上許多。

首先，必須掌握 15 位編選者的進度這件事，就是極大的挑戰。於是編輯小組在等待編選者閱讀選文的同時，開始蒐集整理作家生平照片、手稿，重編作家年表，重寫作家小傳，尋找作家出版品的正確版本、版次，重新撰寫提要。這是一個極其複雜的工程。要將編輯準則及要素傳達給毫無編輯經驗的助理，對我來說，就是一個極大的考驗。於是，邊做邊教，還好有認真負責的專任助理宇霈，以及編輯老手秀卿下海幫忙，將我的要求視為使命必達，讓整個專案在「高壓政策」下，維持了不錯的品質及進度。

當然，內部的「高壓政策」，可以用身教、言教的方法執行，但要八位初出茅廬的助理，分別盯牢 15 位編選的學者專家，無疑是一件「非常人」可以勝任的工作。學者專家個個都忙，如何在他們專職的教學及行政工作之外，把這件有意義的編選工作如期完工，另外還得加上一篇完整的評論綜述，這可是要大智慧、大勇氣的編輯經驗了。

有些編輯經驗可以意會，不可言傳，這是多年血淚交織的經驗與心得，短時間要他們全然領會實在有些困難。但迫在眉睫的工作總得完成，於是土法煉鋼也好，揠苗助長也罷，一股腦全使上了。在智慧權威、老練成熟的學者專家面前，這些初生之犢的年輕助理展現了大無畏的精神，施展了編輯教戰手冊中的第一招——緊迫盯人。看他們如此生吞活剝地貫徹我所傳授的編輯要法，心裡確實七上八下，但礙於工作繁雜，實在無法事必躬親，也只好讓他們各顯身手了。

縱使這些新手使出了全部力氣，無奈工作的難度指數偏高，進度遇到瓶頸，大夥有些喪氣，這時就得靠意志力及精神鼓舞了。我曉以大義的說，他們正在光榮地參與一個重要的文學工程，絕對不可輕言放棄。

成果

　　雖然過程是如此艱辛，可是終究看到豐美的成果。每位編選者雖然忙碌，但面對自己負責的作家資料彙編，卻是一貫地認真堅持。他們每人必須面對上千或數百筆作家評論資料，挑選重要或關鍵性的評論文章，全面閱讀，然後依照編選原則，挑選評論文章。助理們此時不僅提供老師們所需要的支援，統計字數，最重要的是得找到各篇選文作者，取得同意轉載的授權。在進度流程初估時，我們錯估了此項工作的難度，因為許多評論文章，發表至今已有數十年的光景，部分作者行蹤難查，還得輾轉透過出版社、學校、服務單位，尋得蛛絲馬跡，再鍥而不捨地追蹤。

　　除了挑選評論文章煞費苦心外，每個作家生平重要照片，我們也是採高標準的方式去蒐集，過世作家家屬、友人、研究者或是當初出版著作的出版社，都是我們徵詢的對象。認真誠懇而禮貌的態度，讓我們獲得許多從未出土的資料及照片，也贏得了許多珍貴的友誼。例如楊逵的兒子楊建、孫女楊翠，龍瑛宗的兒子劉知甫，張文環的女兒張玉園，楊熾昌的兒子楊皓文，鍾理和的兒子鍾鐵民、孫女鍾怡彥及鍾舜文，梁實秋的女兒梁文薔，呂赫若的兒子呂芳卿、呂芳雄等，我們和他們一起回憶他們的父祖輩可敬可愛的文學人生。

　　閱讀諸篇評論文章，對先民所處的時代有更多的同情與瞭解。從日本研究臺灣文學的學者尾崎秀樹〈臺灣文學備忘錄——臺灣作家的三部作品〉一文中，可以清楚瞭解臺灣人作家對日本殖民統治的意識，乃由抵抗而放棄以至屈服的傾斜過程。向陽認為，其中也能發現少數因主流思潮的覆蓋而晦暗不明的作家，例如不為時潮所動，堅持以超現實主義書寫的楊熾昌。然而經過時間的考驗，曾經孤獨的創作者，終究確立了他在臺灣文學史上的地位。

　　在閱讀中，許多熟悉的名字不斷出現。1962 年，張良澤以一個成大中文系學生的身分，拜訪了鍾理和遺孀，且立下了今後整理臺灣文學史料的

志業。1977 年 9 月，張良澤主編的《吳濁流作品集》，堂堂六冊由遠行出版。1979 年 7 月，鍾肇政、葉石濤、張恆豪、林梵、羊子喬等人編纂《光復前臺灣文學全集》，由遠景出版，這些作家、學者、出版家，都為早期臺灣文學的研究貢獻了心力。

　　1987 年 7 月臺灣解嚴，臺灣文學研究的風潮日漸蓬勃。1990 年 4 月23 日，《民眾日報》策劃「呂赫若專輯」，標題為〈呂赫若復出〉；1991 年前衛出版社林文欽出版「臺灣作家全集‧短篇小說卷‧日據時代」；1997年自真埋大學開始，臺灣文學系所紛紛成立，臺灣文學體制化的脈動，鼓舞了學院師生積極從事日治時期臺灣文學史料的蒐集。這股風潮正如陳萬益所言，不只是文獻的出土，也是一種心態的解嚴，許多日治時期作家及其家屬，終於從長期禁錮的氛圍中解放。許俊雅認為，再加上當初以日文創作的作家作品，也在 1990 年代後被逐漸翻譯出來，讀者、研究者在一個開放的空間，又免除語文的障礙，而使臺灣文學研究開始呈現多元的風貌。

　　1990 年開始，各地縣市文化中心（文化局），對在地作家作品集的整理出版，以及臺灣文學館成立後對日治時期作家以迄當代重要作家全集的編纂，對臺灣文學之作家研究，也有了很好的促進作用。《鍾理和全集》、《鍾肇政全集》、《楊逵全集》、《張文環全集》、《呂赫若日記》、《葉石濤全集》、《龍瑛宗全集》，如雨後春筍般持續展開。「臺灣意識」的興起，使本土文學傳統快速的納入出版與研究行列。

　　每位編選者除了概述作家的研究面向外，均有獨到的觀察與建議。陳建忠細論賴和及其文學接受史的演變歷程後，建議未來研究者回歸到賴和文學本體與專業研究方向；張恆豪除抽絲剝繭細述「吳濁流學」的接受及演變歷程外，並建議幾個有關吳濁流及《亞細亞的孤兒》尚待關注及努力的議題；須文蔚建議未來的研究者，可從紀弦 1950～1960 年跨區域文學傳播角度出發，彙整紀弦對上海、香港、臺灣及東南亞華文地區詩歌的影響；或從紀弦主編過的《火山》詩刊、《新詩》月刊等著手，從文學社會學

或文學傳播的角度出發。柳書琴、張文薰爲顧及張文環多元面向，除一般
期刊論文外，亦選譯尙未譯介的論文，希望展示海內外不同世代之路徑與
成果；應鳳凰以深入 50 年代文本的研究基礎，將鍾理和的研究收納得更爲
寬廣。彭瑞金則分別對葉石濤及鍾肇政進行深入細膩的研究，以及熟稔精
密的剖析，他認爲葉石濤文學是長期累積的成果，他所選錄的 20 篇葉石濤
相關評論文章，代表各種背景的評論者、評介者閱讀葉石濤文學的方法；
而鍾肇政上千筆的研究資料，呈現的多是鍾肇政文學的外圍研究，較少從
文學的角度去探求解析。清理分析成果後，才可以作爲續航前進的動力。

　　然而在近二十年本土文學興盛的臺灣文學研究中，是不是也有遺漏與
偏失？陳信元的〈兩岸梁實秋研究述評比較〉，也足以讓我們思考。陳義芝
除肯定覃子豪詩藝的深度與厚度，以及對後繼青年的影響外，如果從文獻
蒐集、詮釋的角度來看，他認爲覃子豪研究仍有尙未開發的議題。

　　學者兼作家的周芬伶，對琦君的剖析與論述細微而生動，她細膩的文
字觀察，清楚道出琦君研究的未到之處；張瑞芬則以明快的文字，將林海
音一生的創作、出版與編輯完整帶出，也比較了評論者對林海音小說、散
文表現的不同看法，相同的則是林海音編輯生涯中對作家的提攜與貢獻。

期待

　　感謝臺灣文學館持續支持推動這兩個專案的進行。「臺灣現當代作家評
論資料目錄」的完成，呈現的是臺灣文學研究的總體成果；「臺灣現當代作
家研究資料彙編」套書的出版，則是呈現成果中最精華最優質的一面，同
時對未來的研究面向與路徑，做最好的建議。我們可以很清楚的體會，這
是一條綿長優美的臺灣文學接力賽，我們十分榮幸能參與其中，我們更珍
惜在傳承接力的過程，與我們相遇的每一個人，每一件讓我們真心感動的
事。我們更期待這個接力賽，能有更多人加入。誠如張恆豪所說「從高音
獨唱到多元交響」，這是每一個人所期待的。

編輯體例

一、本書編選之目的，為呈現林海音生平、著作及研究成果，以作為臺灣文學相關研究、教學之參考資料。

二、全書共五輯，各輯內容及體例說明如下：

　　輯一：圖片集。選刊作家各個時期的生活或參與文學活動的照片、著作書影、手稿（包括創作、日記、書信）、文物。

　　輯二：生平及作品，包括三部分：

　　　　1.小傳：主要內容包括作家本名、重要筆名，生卒年月日，籍貫，及創作風格、文學成就等。

　　　　2.作品目錄及提要：依照作品文類（論述、詩、散文、小說、劇本、報導文學、傳記、日記、書信、兒童文學、合集）及出版順序，並撰寫提要。不收錄作家翻譯或編選之作品。

　　　　3.文學年表：考訂作家生平所進行的文學創作、文學活動相關之記要，依年月順序繫之。

　　輯三：研究綜述。綜論作家作品研究的概況，並展現研究成果與價值的論文。

　　輯四：重要文章選刊。選收國內外具代表性的相關研究論文及報導。

　　輯五：研究評論資料目錄。收錄至 2010 年 10 月底止，有關研究、論述臺灣現當代作家生平和作品評論文獻。語文以中文為主，兼及日文和英文資料。所收文獻資料，以臺灣出版為主，酌收中國大陸、香港、日本和歐美國家的出版品。內容包含三部分：

　　　　1.「作家生平、作品評論專書與學位論文」下分為專書與學位論文。

　　　　2.「作家生平資料篇目」下分為「自述」、「他述」、「訪談」、「年表」、「其他」。

　　　　3.「作品評論篇目」下分為「綜論」、「分論」、「作品評論目錄、索引」、「其他」。

目次

【輯五】研究評論資料目錄

輯一◎圖片集

影像◎手稿◎文物

1923年,林海音五歲,定居北京南城,已是一個北京小姑娘的打扮。(以下未註明翻攝出處之照片,皆由國立台灣文學館提供)

1924年,林海音考上師大附小,厤叔(林炳文)帶著她和妹妹燕珠在中央公園留影。(翻攝自《我的京味兒回憶錄》,遊目族文化出版)

1927年,林海音被媽媽打扮成大人的模樣與弟妹合影,懷中為四妹,右一為三妹,左為弟弟。(翻攝自《城南舊事》,爾雅出版社)

1929年，林海音（左二）11歲時與弟妹合照於北平場甸的鑄新照相館。

1931年，林海音（左一）於北平與弟妹及家庭教師李婉女士（右二）合影。（翻攝自《家住書坊邊》，純文學出版社）

1936年，林海音18歲，剛從北平新聞專科學校畢業，進入《世界日報》擔任記者，主跑婦女新聞，當上最年輕的女記者，照片為訪問日本女作家林芙美子女士（右）。（翻攝自《家住書坊邊》，純文學出版社）

1938年5月13日，林海音與何凡在協和大禮堂結婚，林海音自行設計新娘婚紗禮服。

林海音的公公枝巢老人七十整壽，設宴於中山公園水榭。此為這個大家庭的最後合照，中坐者是枝巢老人，其右是大婆婆，其左是二婆婆。林海音為後排左一。（翻攝自《我的京味兒回憶錄》，遊目族文化出版）

1941年，林海音24歲初為人母，與長子夏祖焯合影。

1948年，即將離開北平南長街的家返臺。（翻攝自《穿過林間的海音》，遊目族出版社）

1951年8月，林海音（前排左二）參加臺灣青年文化協會主辦的夏季鄉土史講座，為唯一的女性參加者，照片為臺北市中山堂結業的合影紀念。（文訊資料室）

1952年，林海音於鐵路局大禮堂舉行的文藝集會上，初識張道藩先生，左起：徐鍾珮、王文漪、張道藩、林海音。（翻攝自《剪影話文壇》，純文學出版社）

女作家慶生會。緣起於由1953年12月，林海音為么女夏祖葳舉辦的滿月酒開始，長達三十多年未曾中斷。照片為女作家慶生會的成員，前排左起：琦君、鍾梅音、林海音、陳紀瀅夫人、張漱菡；後排左起：王琰如、張雪茵、黃貺思、劉枋、黃媛珊。

當年《自由中國》的作家群，前排左起：宋英、琦君、潘人木、孟瑤、林海音、聶華苓；後排左起：吳魯芹、夏道平、夏濟安、劉守宜、雷震、何凡、周棄子、郭嗣汾、彭歌。

同為兒童文學盡心力的作家群，左起：
趙友培、潘人木、林良、林海音。

1950年代，林海音（右）與早期《中央日報》「婦女
與家庭」主編武月卿合影。（翻攝自《芸窗夜讀》，
純文學出版社）

1960年代，林海音的廣播劇本《薇薇的週記》，林海音（中）和
廣播劇中的導演崔小萍等人合影。（翻攝自《芸窗夜讀》，純
文學出版社）

1960年代，林海音的作品《薇薇的週記》又改編為電影，林海音（右三）與演員王莫愁（左一）、丁強（左二）、楊帆（右四）、高幸枝（右一）等人合影。（翻攝自《芸窗夜讀》，純文學出版社）

林海音與早期在臺寫作的女作家合影。後排立者左起：孟瑤、張明、李青來、李莩、劉咸思、林海音、蘇雪林、徐鍾珮、王琰如（右二）、琦君（右三）、張雪茵（右四）；前排蹲者左起：鍾梅音、劉枋、王文漪。（翻攝自《芸窗夜讀》，純文學出版社）

1965年5月27日，林海音（右）受美國國務院邀請，到美國做為期半年的訪問，圖為訪美時與當時獲普立茲獎的女作家菲麗絲合影。（翻攝自《芸窗夜讀》，純文學出版社）

1965年，林海音（左一）訪美時於舊金山和武月卿（右一）相聚。（翻攝自《作客美國》，純文學出版社）

1965年8月，林海音（右）至美國費城訪問賽珍珠。

Housekeeping Is Tiring   THE WASHINGTON POST   Sunday, Aug. 15, 1965   F3

Chinese Wives Rest on the Job

By Meryle Secrest
Washington Post Staff Writer

When Chinese mothers call their children, their gesture to "come here" looks like good-bye to the Western mind. What is more, Chinese children eat their soup last instead of first, and they don't go out to the yard to play; they go in.

Such differences between East and West fascinate a petite, young looking Taiwanese, Lin Hai-Ying (in Chinese fashion, the surname comes first), who is a book editor, writer and mother of four. Since she came to the U.S. three months ago on a State Department grant she has found a few more to add to her collection.

She thinks the whole subject would make a charming children's book when she gets back to Taipei in Taiwan, otherwise known as Formosa. (She flies back home on Tuesday.)

Chinese homes are built around a central court; hence children go "in" to play.

"Because of mass communication, I knew all about your life here before I even came," said the Taiwanese, dressed in the dress of Chinese women, the Chipao ("the buttons always fasten to the right,") and wearing a beautiful set of jade earrings and brooch that belonged to her grandmother.

"What I have been doing now is seeing what I already knew." She has visited almost every state in the union in a thorough "exposure" to the American way of life which had only one drawback for her — she couldn't always understand the accent.

SHE HAS also visited book editors, writers, educators, television stations, nursery schools, libraries, art galleries, writers' workshops, motion picture studios and done some interviewing of her own. Her interview with the poet, Phyllis McGinley, has been published in Taiwan.

She views the current American woman's debate (whether 'tis nobler to work or stay home) with mild interest but no sense of personal involvement.

"In the U.S. most women when they have children,

By Charles Del Vecchio, Staff Photographer

LIN HAI-YING
. . out is in and "Come here" looks like good-by.

they stop working; but most of our women, they work as long as possible if they still have the job. For two reasons. One is for money. Second, with housekeeping it is sometimes very easy to get tired. We say that we take a job to take a rest."

Most Chinese husbands know the situation and agree with the solution, she continued. She and her columnist husband—he is famous under his pen name of Ho Fan, but his real name is Hsai Chung-Yin, which makes her Mrs. Hsai in private life—have four children.

Their oldest son, a graduate of Taiwan University, is now in San Francisco to study for an M.A. He wants to become a silver engineer. They also have three daughters, aged 20, 18 and 11.

She has always worked, and under the Chinese family system, this is relatively easy, since the grandparents always live under the same roof. In addition, maids are easy to get.

SHE IS surprised and dismayed at the American way of shunting its senior citizens off into cities and apartment blocks by themselves. The spectacle of old people sitting in cafeterias or on city benches equally upsets her.

"In China, that would never happen," she said. "We would have them at home, not sitting out in the street."

She is aware that the state makes provisions for its senior citizens, but "you don't have any heart."

Now a children's book editor, she finds a basic parallel between books written in the East and their ways

of life are so different. They all deal with the same basic situations, she says.

Chinese children have been reading about Dennis the Menace—in Chinese, of course — for several years. Not to mention the cartoon strip character Henry and many Western fairy tale characters.

1965年7月16日，美國《華盛頓郵報》報導林海音訪美之事。
（翻攝自《作客美國》，純文學出版社）

1969年4月28日，環島文藝座談會於屏東舉行。前排左起：袁小玲、林海音、司馬中原、朱西甯、瘂弦。（翻攝自《剪影話文壇》，純文學出版社）

1970年5月，因都市計畫而拆屋改建（臺北重慶南路三段）前夕，林海音（左）與母親合影。林海音一家在此居住了25年。（翻攝自《寫在風中》，純文學出版社）

1976年夏天，陳紀瀅先生邀約欲以北平為素材書寫的作家聚會，前排左起：郭立誠、莊嚴、包緝庭、林海音，後排左起：張大夏、夏元瑜、丁秉燧、何凡、陳紀瀅。（翻攝自《剪影話文壇》，純文學出版社）

1981年4月4日，於第一屆紀念楊喚兒童詩獎頒獎典禮上致詞。（文訊資料室）

1984年，林海音（右）至臺南探望蘇雪林教授。

1984年1月，於美國舊金山參加「華美經濟及科技發展協會」文學組討論會議，左起：張系國、葉維廉、林海音、瘂弦、夏烈（夏祖焯）。（翻攝自《寫在風中》，純文學出版社）

1984年，林海音（右）於柏克萊加大會場上，和語言學家李方桂（中）、徐櫻（左）夫婦合影。（翻攝自《剪影話文壇》，純文學出版社）

林海音《城南舊事》拍成影片，獲菲律賓第二屆「馬尼拉國際電影節最佳故事片大獎金鷹獎」，左起：林海音、張瑞芳、孫道臨。（翻攝自《奶奶的傻瓜相機》，民生報出版）

1951年時，林海音曾參加臺灣青年文化協會主辦的夏季鄉土史講座，三十幾年後，楊雲萍教授對林海音說：「我還記得你，當時班上只有你一個女生。」（翻攝自《剪影話文壇》，純文學出版社）

1987年，林海音七十壽宴，家族聚餐，林海音、何凡與遠居海外的兒孫輩的全家福，前排左起：夏澤龍（孫兒）、林海音、鍾典哲（外孫）、何凡、張佳安（外孫），後排左起：張家康（外孫）、龔明祺（媳）、夏澤妤（孫女）、夏祖焯（子）、夏祖美（長女）、夏祖麗（次女）、夏祖葳（三女）。

1988年8月，於韓國漢城舉行第52屆國際筆會年會，左起：潘人木、蕭乾、林海音。（翻攝自《隔著竹簾兒看見她》，九歌出版社）

1990年，林海音訪問北京中國現代文學館，發覺館藏中臺灣文學藏書不全，便在回臺後捐贈了四大箱文學書，因此引起中國現代文學館編輯《臺灣當代著名作家代表作大系》的動機。照片為林海音於文學館門口合影，前排左起林海音、蕭乾、文潔若，後排左起副館長舒乙、館長楊犁。

1992年7月，林海音（右）回北京探親，訪問
前輩兒童文學作家陳伯吹。（翻攝自《寫在風
巾》，純文學出版社）

1990年11月21日，謝冰瑩自美返臺，《文訊》雜誌與中國
婦女寫作協會合作舉辦歡迎茶會，林海音（右）至現場與
謝冰瑩合影。（翻攝自《靜靜的聽》，純文學出版社）

1993年11月，林海音（左）第二次回北京拜訪冰心，並合
影留念。

1993年11月16日，林海音（後排右三）參加「當代臺灣著名作家代表作大系」發表會（後排右二為舒乙、右四為蕭乾）。（翻攝自《從城南走來——林海音傳》，天下遠見出版公司）

1994年，林海音探訪出生地，日本大阪絹笠町「回生醫院」。林海音幼年時曾在日本住了三年，因此剛學說話時常常日本話、閩南話、客家話夾雜。（翻攝自《靜靜的聽》，純文學出版社）

1994年7月22日，應「日本老舍研究會」藤井榮三、中山時子等教授之邀，赴日本關西大學演講「《城南舊事》裡的舊北京」，照片為林海音（左二）與關西大學三位教授合影，右為「老舍研究會」委員代表藤井榮三郎教授。（翻攝自《靜靜的聽》，純文學出版社）

1994年，林海音（左立）獲世界華
文作家協會及亞華文藝基金會的
「向資深作家致敬」之榮譽，並與
同獲獎的老友張秀亞合照。（翻攝
自《從城南走來──林海音傳》，
天下遠見出版公司）

1999年，林海音（左）獲得《文訊》雜誌社舉辦的
第二屆五四獎之「文學貢獻獎」，頒獎人為前副總
統連戰。（文訊資料室）

2000年，林海音（左）由長子夏烈
陪同出席其82歲壽宴。（陳文發
攝影）

獻給我的讀者

《奶奶的傻瓜相機》，書名很特別，但很有趣，是吧？這是

奶奶我，在這兩年中所寫的短文和所拍的照片，配合起來

的。照片不一定是這兩年中所拍的，常常是我先想起要寫

一篇什麼，便在一百多本照片本中搜尋，終於在我記憶中

我到了，看看我是多麼樂！我用心寫的短文，配上仔細搜

尋的照片，完成了這本《奶奶的傻瓜相機》，地地獻給我的——

八～八十八歲的讀者朋友。

林海音　於八十三年
國文誕辰

林海音為著作《奶奶的傻瓜相機》所寫的一篇〈獻給我的讀者〉短文。
（翻攝自《奶奶的傻瓜相機》，民生報出版）

林海音非常喜愛印度詩人泰戈爾的作品，經常坐在燈下，
一邊讀詩一邊手抄，圖為林海音手抄《漂鳥集》。

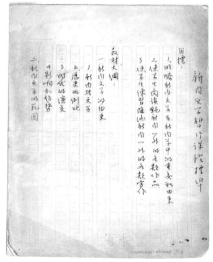

1956年北平世界新聞專科學校在臺灣復校，
林海音應老校長成舍我之邀任教該校，親手
編寫教材「新聞文學暫行課程標準」，圖為
林海音手寫教材。

1970年代，林海音收到親家莊嚴寄來一本《惠山聽松庵竹爐志》，讀後興起追查竹茶爐下落之念頭，此手稿便是描述此事經過。

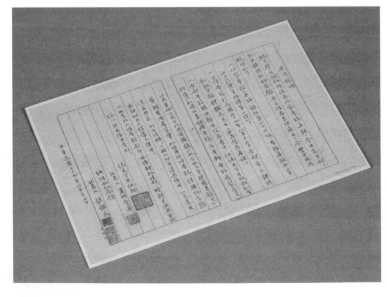

1983年，林海音出錢、出力、捐書，以實際行動支持「鍾理和紀念館」的成立，並親筆撰寫「作家原稿真跡捐贈合約書」，將手中所存的作家原稿真跡交由鍾理和紀念館珍藏。

輯二◎生平及作品

小傳◎作品◎年表

小傳

林海音（1918～2001）

　　林海音，女，本名林含英，筆名林茵音、菱子、英子，籍貫臺灣苗栗，1918 年 3 月 18 日（農曆）生於日本大阪，1923 年隨父母移居北京，1948 年 11 月與家人們返臺定居，2001 年 12 月 1 日辭世，享年 84 歲。

　　北平世界新聞專科學校畢業。曾任北平《世界日報》記者與編輯、北平師範大學圖書館圖書編目、臺灣《國語日報》特約編輯、《聯合報》副刊主編、《文星雜誌》兼任文學編輯、臺灣省教育廳兒童讀物編輯小組文學編輯、國立編譯館國小國語科編輯委員。1967 年創辦《純文學》月刊，次年又創辦「純文學出版社」，至 1995 年結束。曾獲扶輪社文學獎、金鼎獎「圖書主編獎」、金鼎獎「圖書出版獎」、金鼎獎推薦獎、世界華文作家協會「終身成就獎」、五四獎「文學貢獻獎」、瑞士「藍眼鏡蛇獎」、世新大學「傑出校友終身成就獎」、中國文藝協會「榮譽文藝獎章」等獎項。

　　林海音是北京第一位從事採訪工作的女記者，來臺後投入文學創作，從 1955 年出版第一本散文、小說合集《冬青樹》開始至過世前數年，寫作從未間斷。林海音的創作文類主要以小說和散文爲主，兼及兒童文學。早期創作多部小說作品，擅於描寫女性、婚姻及家庭。例如以細膩手法描繪女性情感、妻妾關係的《曉雲》、《燭芯》；寫出傳統女人們面對婚姻之徬徨與無奈的《婚姻的故事》；描述童年生活回憶的《城南舊事》等。小說背景從舊時代寫到新社會，對於身處於社會轉型階段的婦女在愛情或婚姻中的

處境，往往有著深刻的理解和同情。馬森曾說：「她的作品有一種自然的美感，與我們日常生活十分接近；往往是淡淡的幾筆，寫出感人至深的情景。」

在散文方面，題材大致上可分五類：其一爲臺灣社會的鄉土生活與風俗，記載 1940、1950 年代臺灣的民眾生活與社會百態；其二爲北京憶往，深刻描繪出林海音對於北京的思念與回憶；其三爲家庭、生活瑣事，記錄日常生活的點滴；其四爲異國遊歷，記述美國考察訪問的所見所聞；其五爲文壇記事，描寫與眾多文友及後輩交往之情形。其散文充滿了故事性的基調，頗具獨特風味，劉叔慧曾稱：「林海音的筆調清新流暢，文字平淺典雅，讀她的散文如見其人，爽朗的性情流露在文章裡是處事的樂觀與練達。」

除小說、散文外，兒童文學在林海音的作品中也占有很大分量，文學生涯後期致力於兒童文學創作，並改寫、翻譯及編譯多部國外兒童文學名著，如碧雅翠絲・波特《小兔班傑明的故事》、英諾桑提《鐵絲網上的小花》等。出版編輯過上百部書籍，同時也編選《中國近代作家與作品》、《純文學散文選集》等作品。

林海音在主編《聯合報》副刊十年期間，提供陳火泉、鍾肇政、鍾理和、施翠峰等跨語一代省籍作家繼續創作的園地，也培植了鄭清文、黃春明、七等生等文壇新秀，大力提攜無數文友與後進；之後創辦《純文學》月刊，並主持純文學出版社近 30 年，對臺灣現代文學的開展及文學出版的推展貢獻良多。齊邦媛曾說：「她不僅寫下了多篇必能傳世的小說和散文，也成功主編《聯合報》副刊十年，提升了文藝副刊的水準與地位；更進而自己創辦「純文學出版社」。發掘、鼓勵了無數的青年作家，對於當代文學風氣的推展居了關鍵性的地位。」

作品目錄及提要

【散文】

大林出版社

大林出版社

純文學出版社

作客美國

臺北：文星書店
1966 年 7 月，40 開，252 頁
文星叢刊 210

臺北：大林出版社
1969 年 10 月，32 開，252 頁
大林文庫 9

臺北：純文學出版社
1982 年 11 月，32 開，307 頁
純文學叢書 99

本書以作者至美國考察、採訪四個月的經過為主題，內容包含美國婦女的生活、美國的兒童文學，以及在美的中國作家。全書收錄〈初出國門〉、〈序幕〉、〈「蘋果皇后」加冕〉等 26 篇文章。正文後有作者〈後記〉。1982 年純文學出版社重排新版，正文前附彩色照片，並新增作者序〈重排《作客美國》雜感錄〉。

三民書局 1966

三民書局 2005

兩地

臺北：三民書局
1966 年 12 月，40 開，212 頁
三民文庫 4

北京：北京出版社
1988 年 8 月，13×17 公分，253 頁

臺北：三民書局
2005 年 1 月，16 開，244 頁
三民叢刊 96

本書將作者在 1950 年至 1966 年 8 月間，描寫兩個故鄉——臺灣和北平之作品結集成書，表現兩地的風俗人情。全書收錄〈北平

漫筆〉、〈文華閣剪髮記〉、〈天橋上當記〉、〈黃昏對話〉、〈吹簫的人〉等 57 篇文章。正文前有作者〈《兩地》的自序〉。

窗（與何凡合著）

臺北：純文學出版社
1972 年 1 月，32 開，315 頁
純文學叢書 43

本書匯集作者及何凡兩人的散文小品及譯作。全書分爲「何凡譯作」、「海音作品」二輯，收錄〈窗〉、〈關於偷車〉、〈巴克萊的幽默〉、〈臺灣點心〉、〈何其衰也〉等 76 篇文章。正文前有作者〈前記〉。

芸窗夜讀

臺北：純文學出版社
1982 年 4 月，32 開，324 頁
純文學叢書 95

本書匯集作者曾經寫過的序文及讀書的讀後感。全書收錄〈冬陽‧童年‧駱駝隊〉、〈《城南舊事》代序〉、〈悼鍾理和先生〉、〈同情在人間〉、〈理和的生平〉等 53 篇文章。正文前有照片、作者序〈夜讀憶舊〉。

純文學出版社

中國友誼出版公司

剪影話文壇

臺北：純文學出版社
1984 年 8 月，25 開，276 頁
純文學叢書 129

北京：中國友誼出版公司
1987 年，32 開，291 頁

本書匯集作者曾刊於報刊上之短文，內容爲作者擔任《聯合報》副刊主編時，描述當時與文友來往情形之短文與照片。全書收錄〈從何說起‧從一張書桌說起‧初識鄉土文學〉、〈文藝鬥士張道藩〉、〈女兵在舊金山〉、〈當年一「抗議」〉、〈林語堂著作等身〉等 54 篇文章。正文前有作者〈書前的話〉，正文後附錄「懷念老編」特輯，收錄隱地〈熱愛寫作與編輯的林海音〉、黃春明〈我滿懷由衷的感激〉、鍾鐵民〈君子三變〉等八篇文章，及〈作家資料‧索引〉。1987 年中國友誼出版公司重新排版，正文後新增〈本書所提到的作家〉。

家住書坊邊——我的京味兒回憶錄

臺北：純文學出版社
1987 年 12 月，25 開，279 頁
純文學叢書 145

本書描述作者年輕時於北平的生活，內容介紹北京城裡許多古
老的習俗、食物等。全書分爲「家住書坊邊」、「親情與文學」、
「大家都稱她『林先生』」三輯，收錄〈番薯人〉、〈一位鄉下老
師——兼記新埔國小八十三週年〉、〈舊時三女子〉等 29 篇文
章。正文前有何凡〈京味兒的今昔〉、〈我的京味兒回憶錄（自
序）〉，以及「故居何處」、「『城南舊事』電影劇照」之彩色照片。

一家之主

臺北：純文學出版社
1988 年 4 月，32 開，110 頁

本書匯集作者發表於報刊雜誌上的漫畫聯想短文，請友人陳怡
之先生重新繪圖後出版，內容以家庭幽默爲主。全書收錄〈帳
中說法〉、〈依賴〉、〈賭〉、〈計畫生育〉、〈烹調〉等 55 篇文章。
正文前有作者〈「一家之主」〉。

林海音散文

香港：香江出版社
1988 年 11 月，32 開，235 頁

本書匯集作者散文作品，分爲「兩地情懷」、「作客美國」、「文
學與人生」三輯，內容包含生活瑣事、美國遊記及讀書心得。
全書收錄〈書桌〉、〈平凡之家〉、〈鴨的喜劇〉、〈教子無方〉等
33 篇文章。正文前有周曉春〈君子三變的林海音先生（代序
一）〉、林良〈林海音先生和兒童文學〉，正文後有古劍〈《林海
音散文》編後記〉。

隔著竹簾兒看見她

臺北：九歌出版社
1992 年 5 月，32 開，263 頁
九歌文庫 331

本書爲作者描寫與文壇友人往來之情誼及友人之生活際遇。全
書收錄〈「啞行者」蔣彝〉、〈隔著竹簾兒看見她！〉、〈「牧童阿
勳」〉等 25 篇文章。正文前有彭歌〈朦朧（序）〉，正文後有作

者〈後記〉，附錄金秉英〈天上人間憶沉櫻〉、王正方〈我的父子關係〉、〈沉櫻、梁宗岱的最後通信〉、張錯〈怨「藕」〉、余慧清〈在父親身邊的日子〉。

寫在風中

臺北：純文學出版社
1993 年 7 月，32 開，242 頁
純文學叢書 185

本書描述作者在臺灣發展初期之所見所聞，及作者對臺灣生活、情感的抒發，並將與何凡合著《窗》中作品，選錄於書中，分為三輯。全書收錄〈當時年紀小〉、〈讀余文憶往〉、〈略記吾師金秉英〉、〈她這回「大離開」〉、〈南十字星下的訊息〉等55 篇文章。正文前有作者〈寫在風中〉，正文後附錄余慧清〈再憶我的父親余叔岩〉、〈父親的文友、藝友與好友〉、〈曇花一現的友情〉。

生活者‧林海音

臺北：純文學出版社
1994 年 12 月，25 開，294 頁
純文學叢書 187

本書內容包含旅行遊記、作者所見所感及讀書心得，並於「我的京味兒之旅」輯中刊載文壇好友之文章。全書分為「我的京味兒之旅」、「我的床頭書」二輯，收錄〈我的京味兒之旅〉、〈讀信懷往〉、〈「雅舍」的主人〉等 28 篇文章。正文前有作者〈書前小記〉、傅光明〈生活者林海音〉，正文後附錄陳祖文〈梁實秋小事記〉、舒乙〈我找到了「雅舍」〉、梁白波〈梁白波給林海音的最後四封信〉等五篇文章。

英子的心／傅光明編

北京：人民日報出版社
1996 年 1 月，25 開，435 頁
名人名家書系

本書精選作者之散文作品。全書分為「苦念北平」、「亮麗且溫柔」、「落入滿天霞」、「寂寞之旅」、「童年、冬陽、駱駝隊」五部分，收錄〈虎坊橋〉、〈北平漫筆〉、〈苦念北平〉、〈騎小驢兒上西山〉、〈騎毛驢兒逛白雲觀〉等 65 篇文章。正文前有作者〈京味兒的開始（代序）〉，正文後有傅光明〈林海音和英子〉。

雙城集（與何凡合著）

南京：江蘇文藝出版社
1996 年 4 月，新 25 開，320 頁
雙葉叢書

本書匯集林海音與何凡的散文及生活小品，內容多描寫臺北與
北京兩地之所見所聞，並採取一書兩封面的設計。全書分爲
「何凡輯」、「林海音輯」二輯，何凡作品從右至左翻，林海音
作品由左至右翻，「何凡輯」收錄〈茶贊〉、〈健忘者言〉、〈談上
下身〉、〈巴克萊的幽默〉等 37 篇文章，「林海音輯」收錄〈故
居何處〉、〈想念北平市井風貌〉、〈閑庭寂寂景蕭條〉等 19 篇文
章。正文前有何凡〈序〉，正文後有張昌華〈編後絮語〉、夏烈
〈虹橋機場〉、夏祖麗〈溫馨的家〉。

靜靜的聽

臺北：爾雅出版社
1996 年 6 月，32 開，156 頁
爾雅叢書 198

本書內容爲作者之旅遊回憶小品、懷念北京之散文、對四位文
學耆老之思念及散文詩等作品，再加上文友對其之評論集結。
全書收錄〈記日本關西之旅〉、〈林海音談京味兒〉、〈英子對英
子〉等 22 篇文章。正文前有文潔若〈序〉，正文後附錄余安東
〈往事知多少〉、作者〈後記〉。

落入滿天霞／傅光明編

湖南：湖南人民出版社
1997 年 12 月，新 25 開，312 頁
書海浮槎文叢

本書主要精選作者之評書文章及小品散文，收錄〈讀傳雜記〉、
〈《城南舊事》代序〉、〈悼鍾理和先生〉、〈冬陽・童年・駱駝
隊〉、〈重讀《舊京瑣記》〉等 66 篇文章。正文前有季羨林〈總
序〉、傅光明〈序〉。

城南舊影──林海音自傳
南京：江蘇文藝出版社
2000 年 1 月，大 32 開，353 頁
海外暨港臺作家自傳叢書

本書匯集作者回憶散文，根據文章描寫的時間按照順序編輯成
冊。全書分為「家世述往」、「城南舊事」、「臺灣歲月」、「作客
美國」、「故地重遊」、「創作雜述」六部分，收錄〈舊時三女
子〉、〈閑庭寂寂景蕭條──母親節寫我的三位婆婆〉、〈婆婆的
晨妝〉、〈枝巢老人的著作和生活〉等 47 篇文章。正文前有作者
序〈文字生涯半世紀〉，正文後附錄〈林海音主要著作目錄〉。

穿過林間的海音──林海音影像回憶錄
臺北：格林文化公司
2000 年 5 月，16.5x26 公分，80 頁

本書精選作者之作品並搭配大量生活照片，將作者的作品與生
平結合成書，分為「童年往事」、「社會新鮮人」、「婚姻的故
事」、「寫作生涯」、「剪影話文壇」、「生活者林海音」六部分。
全書收錄〈冬陽・童年・駱駝隊〉、〈家住書坊邊〉、〈愚駿童
年〉等 16 篇文章。正文前有何凡〈喀喳一聲以後〉、王信〈無
皺紋的最佳女主角〉，正文後有林良〈文藝沙龍的女主人〉、夏
烈〈虹橋機場（後記）〉、〈林海音文學紀事〉。

英子的鄉戀
臺北：九歌出版社
2003 年 12 月，25 開，284 頁
名家名著選 13

本書精選作者在不同時期的散文篇章，內容包含生活小品、懷
舊散文及與文壇生涯等。全書分為「小林的傘」、「英子的鄉
戀」、「文壇行走」三輯，收錄〈書桌〉、〈小林的傘〉、〈平凡之
家〉、〈今天是星期天！〉等 35 篇文章。正文前有編者〈以寫
「真」表現「善」與「美」〉、〈林海音小傳〉，正文後有〈林海
音大事年表〉、〈林海音作品重要評論索引〉。

家住書坊邊／蔡曉妮編

南京：江蘇文藝出版社
2007 年 8 月，18 開，316 頁

本書精選作者之名篇匯集而成，分為「北平憶往」、「城南舊
事」、「臺北風景」、「生命的風鈴」、「舊雨新雨」五輯，收錄
〈北平漫筆〉、〈老北京的生活〉、〈虎坊橋〉、〈天橋上當記〉、
〈舊京風俗百圖〉等 60 篇文章。正文後有張昌華〈臺灣文學的
一道陽光──代編後記〉。

【小說】

純文學出版社

綠藻與鹹蛋

臺北：文華出版社
1957 年 7 月，32 開，122 頁

臺北：臺灣學生書局
1961 年 7 月，32 開，122 頁

臺北：純文學出版社
1980 年 12 月，32 開，181 頁
純文學叢書 18

短篇小說集。本書為作者至臺灣後所寫作的生活小品，運用小
題材描述以達到教育目的，首開教育小說寫作的先例。全書收
錄〈綠藻與鹹蛋〉、〈殉〉、〈標會〉、〈春酒〉、〈鳥仔卦〉、〈初
戀〉、〈血的故事〉、〈兩粒芝麻〉、〈週記本〉、〈玫瑰〉、〈蘿蔔乾
的滋味〉、〈貧與罪〉、〈窮漢養嬌兒〉共 13 篇。正文前有作者
〈好的開始〉。

紅藍出版社

純文學出版社

曉雲

臺北：紅藍出版社
1959 年 12 月，32 開，302 頁

臺北：純文學出版社
1960 年 7 月，32 開，302 頁
純文學叢書 22

長篇小說。本書內容為一位高中少女曉雲的
愛情悲劇，描述其在擔任家教的期間與學生
家的男主人相愛，成為他人家庭的第三者，
因而產生的掙扎與痛苦。

光啟出版社

純文學出版社 1960

爾雅出版社

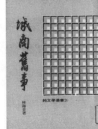

純文學出版社 1969

株式會社新潮社

Carl Hanser Verlag

香港中文大學 2002

當代中國出版社

城南舊事

臺中：光啟出版社
1960 年 7 月，32 開，181 頁
小說叢刊 12

臺北：純文學出版社
1960 年 7 月，32 開，181 頁
純文學叢書 20

臺北：爾雅出版社
1960 年 7 月，32 開，240 頁
爾雅叢書 131

臺北：純文學出版社
1969 年 9 月，32 開，181 頁
純文學叢書 20

臺北：純文學出版社
1981 年 2 月，32 開，181 頁
純文學叢書 20

廣東：花城出版社
1983 年 9 月

香港：文學研究社
1984 年，32 開，181 頁

香港：香港中文大學
1992 年 7 月，25 開，328 頁
齊邦媛、殷張蘭熙英譯

日本：株式會社新潮社
1995 年 4 月，32 開，236 頁
杉野元子譯

德國：Carl Hanser Verlag
1997 年 11 月，22×14 公分，175 頁
蘇珊妮・赫芬柯譯

韓國：BetterBooksCo.,Ltd.
2000 年

香港：香港中文大學
2002 年 3 月，25 開，328 頁
齊邦媛、殷張蘭熙英譯，彭小妍作序，中英對
照版

香港：香港中文大學
2002 年 8 月，25 開，328 頁
Nancy Chang Ing 英譯

香港：三聯書局
2004 年 2 月，18 開，217 頁

玲子傳媒公司

湖北少兒 2006

北京：當代中國出版社
2004 年 8 月，18 開，217 頁

新加坡：玲子傳媒私人公司
2006 年 4 月，25 開，213 頁

武漢：湖北少年兒童出版社
2006 年 12 月，25 開，214 頁
百年百部中國兒童文學經典書系

南京：江蘇文藝出版社
2009 年 1 月，18 開，304 頁

武漢：長江文藝出版社
2008 年 7 月，25 開，156 頁

杭州：浙江攝影出版社
2009 年 3 月，25 開，143 頁
童年・故鄉經典書系

武漢：湖北少年兒童出版社
2009 年 8 月，25 開，188 頁
百年百部中國兒童文學經典書系・珍藏版

北京：北京十月文藝出版社
2009 年 10 月，新 25 開，181 頁

香港：香港中文大學
2010 年 1 月，25 開，303 頁
中國近代文學雙語系列
齊邦媛、殷張蘭熙英譯，彭小妍作序，中英對
照版

江蘇文藝出版社

長江文藝出版社

中、短篇小說集。本書內容描述 1920 年代
時，作者童年居住在北京城南的景色、人物
及生活往事。全書收錄〈惠安館〉、〈我們看
海去〉、〈蘭姨娘〉、〈驢兒打滾〉、〈爸爸的花
兒落了〉共五篇。正文前有作者〈冬陽・童
年・駱駝隊〉、〈城南舊事（代序）〉，正文後
有作者〈後記〉。

1960 年爾雅出版社重排新版。正文前增加齊
邦媛〈超越悲歡的童年〉、作者《《城南舊
事》重排前言〉。1983 年後開始在廣東、香
港、北京等地出版，翻譯為日文、韓文、英
文、德文等不同版本，為作者創作作品中流
通最廣的一部。

浙江攝影出版社

湖北少兒 2009

北京十月文藝出版社

香港中文大學 2010

文星書店　　　　　愛眉文藝出版社　　純文學出版社

婚姻的故事

臺北：文星書店
1963 年 9 月，40 開，188 頁
文星叢刊 7

臺北：愛眉文藝出版社
1970 年 11 月，40 開，188 頁
愛眉文庫 7

臺北：純文學出版社
1981 年 3 月，32 開，224 頁
純文學叢書 88

長春：北方婦女兒童出版社
1986 年 1 月

短篇小說集。作者以舊時代婦女因父母之命的婚姻所造成的悲劇爲藍本，描述大家庭中的婚姻故事。全書收錄〈婚姻的故事〉、〈五鳳連心記〉、〈茶花女軼事〉、〈地壇樂園〉四篇。正文後有作者〈後記〉。1970 年，愛眉文藝出版社重排新版，正文前新增夏祖麗〈重讀母親的小說〉。

Green seaweed & salted eggs／Nancy Chang Ing 譯

紐約：The Heritage Press
1963 年 10 月，32 開，122 頁

短篇小說集。全書收錄〈Green Seaweed and Salted Eggs〉（綠藻與鹹蛋）、〈Lan I-niang〉（蘭姨娘）、〈Do You Want a Drink of Ice Water？〉（要喝冰水嗎？）、〈Let Us Go and See the Sea〉（我們看海去）、〈Certain Sentiments〉（某些心情）五篇文章，正文前有〈Introduction〉（序）。

文星書店

燭芯

臺北：文星書店
1965 年 4 月，40 開，224 頁
文星叢刊 159

臺北：愛眉文藝出版社
1971 年 2 月，40 開，224 頁
愛眉文庫 14

臺北：純文學出版社
1981 年 3 月，32 開，266 頁
純文學叢書 87

純文學出版社

短篇小說集。本書匯集作者所寫的婚姻故事，內容包含舊社會婚姻制度下婦女心中的痛苦及因戰亂分離而產生的情愛糾葛。全書收錄〈燭芯〉、〈某些心情〉、〈燭〉、〈金鯉魚的百襇裙〉、〈瓊君〉、〈我們的爸〉、〈要喝冰水嗎？〉、〈蟹殼黃〉、〈晚晴〉九篇。正文前有夏祖麗〈重讀母親的小說〉，正文後有作者〈後記〉。

春風麗日
香港：正文出版社
1967 年 1 月，32 開，190 頁

春風
臺北：純文學出版社
1971 年 10 月，40 開，190 頁
純文學叢書 38

長篇小說。本書描述一位事業成功的女校長，如何接受丈夫與情婦生下的孩子，並接受重擔扶養孩子長大的種種過程，表現了兩位處於敵對狀態的女人彼此之間的衝突與情誼。

純文學出版社 1983

中國友誼出版公司

孟珠的旅程
臺北：純文學出版社
1967 年 5 月，32 開，145 頁
純文學叢書 3

臺北：純文學出版社
1983 年 10 月，36 開，175 頁
純文學叢書 3

北京：中國友誼出版公司
1985 年 7 月

長篇小說。本書描述一位生長於 1960 年代的歌女孟珠的心路歷程，表現當時的社會環境及當代女性的心理掙扎。正文前有作者〈聽歌有感──《孟珠的旅程》自序〉、〈重排後記〉。

林海音自選集

臺北：黎明文化公司
1975 年 1 月，32 開，244 頁
中國文學叢刊 19

臺北：黎明文化公司
1977 年 11 月，32 開，244 頁
中國文學叢刊 19

短篇小說集。本書爲作者精選之小說作品結集，收錄〈春酒〉、
〈綠藻與鹹蛋〉、〈要喝冰水嗎？〉、〈殉〉、〈標會〉、〈鳥仔掛〉、
〈蟹殼黃〉、〈吹簫的人〉、〈五鳳連心記〉、〈我們看海去〉、〈驢
打滾兒〉、〈燭〉、〈我們的爸〉、〈金鯉魚的百襉裙〉共 14 篇。正
文前有素描、生活照片、手跡・小傳，正文後有〈作品書目〉、
〈作品評論引得〉。

金鯉魚的百襉裙

武漢：長江文藝出版社
1993 年 3 月，236 頁
臺灣當代著名作家代表作大系 4

本書精選作者之短篇小說作品結集成書，收錄〈燭〉、〈金鯉魚
的百襉裙〉、〈燭芯〉、〈殉〉、〈婚姻的故事・芳的故事〉、〈婚姻
的故事・瓊的故事〉、〈陽光〉、〈初戀〉、〈冬青樹〉、〈要喝冰水
嗎？〉、〈蟹殼黃〉、〈城南舊事・驢打滾兒〉、〈五鳳連心記〉、
〈茶花女軼事〉、〈生之趣〉、〈寂寞之友〉、〈豬哥〉、〈白兔跳〉、
〈鴨的喜劇〉、〈冬陽・童年・駱駝隊〉、〈難忘的姨娘〉、〈我的
京味兒回憶錄〉、〈四個灶口和女博士〉、〈日落百老匯〉共 24
篇。正文前有舒乙〈序——熱的書熱的人〉、〈林海音小傳〉，正
文後有〈著作目錄〉。

春風／馬森主編

臺北：駱駝出版社
1999 年 4 月，40 開，248 頁
當代名家作品精選 12

本書匯集作者以婚戀題材爲主之作品，藉由日常瑣事，刻畫女
性的感情世界，表現當時女性對自身地位的自覺，收錄〈金鯉
魚的百襉裙〉、〈初戀〉、〈燭芯〉、〈春風〉四篇。正文前有馬森
〈總序〉、彭小妍〈導讀〉，正文後有〈主編簡介〉、〈作者簡
介〉。

【劇本】

薇薇的週記

臺北：純文學出版社
1968 年 10 月，32 開，93 頁
純文學叢書 12

本書匯集作者所著之廣播劇劇本，收錄〈薇薇的週記〉、〈林夫
人時間〉、〈綠藻與鹹蛋〉三部。

【兒童文學】

金橋

臺北：臺灣省政府教育廳
1965 年 9 月，20 開，48 頁
中華兒童叢書

本書描述主角阿金善良又勇敢的拯救了哥哥們的故事，最後村
中的富翁受到感動逐建造一座橋以紀念此事，藉此勸告小朋友
們要友愛兄長、多行善事。再版後正文前新增臺灣書店序。

小快樂回家

臺北：小學生畫刊社
1966 年 4 月
小學生畫刊 316

本書主角為一隻小狗，名叫小快樂，作者藉由小快樂成長的故
事，教導小朋友們學習小快樂做個善良、懂事、快樂的孩子。

蔡家老屋

臺北：臺灣省政府教育廳
1966 年 9 月，20 開，36 頁
中華兒童叢書

本書從敘述蔡家老屋中流傳的鬼故事為開端，最後由幾個孩子
揭發鬼故事的真相，藉此勸告小朋友們別做虧心事，就不會疑
心生暗鬼的道理。再版後正文前新增臺灣書店序。

我們都長大了
臺北：臺灣省政府教育廳
1967 年 9 月，20 開，36 頁
中華兒童叢書

本書藉由各種動物擬人化的口吻，描述各種卵生、胎生小動物的生長情形，使小朋友們了解自然界的生態變化。再版後正文前新增臺灣書店序。

不怕冷的鳥：企鵝
臺北：臺灣省政府教育廳
1967 年 9 月，20 開，48 頁
中華兒童叢書

本書主要介紹企鵝的種類、生活習性及環境，配上精美插圖以引起兒童學習研究的興趣。正文前有潘振球序。再版後正文前新增臺灣書店序。

臺灣省政府教育廳

小魯文化公司

請到我的家鄉來
臺北：臺灣省政府教育廳
1976 年 10 月，20 開，48 頁

臺北：小魯文化公司
2007 年 12 月，菊 8 開，48 頁

本書主要介紹中國及各個國家的風土民情，配上精美插圖以引起兒童學習研究的興趣。正文前有梁尙勇序。2007 年由小魯文化重新繪圖出版，正文前有鄭如瑤〈編輯手記〉。

林海音童話集──動物篇
臺北：純文學出版社
1987 年 3 月，20 開，111 頁
純美家庭叢書 42

本書精選作者之童話作品結集而成。動物篇藉由動物生動可愛的形象描寫，使孩子認識更多生物，並教導孩子學會正向思考。全書收錄〈我們都長大了〉、〈小快樂回家〉、〈六趾兒〉、〈井底蛙〉、〈不怕冷的鳥──企鵝〉五篇。正文前有林良〈林海音先生和兒童文學〉、作者〈寫給少年朋友〉。

林海音童話集──故事篇

臺北：純文學出版社
1987 年 3 月，20 開，175 頁
純美家庭叢書 42

本書精選作者之兒童作品結集而成。故事篇內容主要描寫溫馨家事或是趣談。全書收錄〈請到我的家鄉來〉、〈遲到〉、〈三盞燈〉、〈哈哈哈〉、〈爸爸的花椒糖〉、〈金橋〉、〈駱駝隊來了〉、〈蔡家老屋〉、〈童年樂事〉九篇。正文前有林良〈林海音先生和兒童文學〉、作者〈寫給少年朋友〉。

聰明──林海音大象收藏展

臺北：臺灣東華書局
1992 年 9 月，14x14 公分，22 頁

本書為「林海音人象收藏展」套書之一，展示作者的大象收藏品，並介紹有關大象的知識，使兒童能夠輕鬆瞭解大象。

神奇──林海音大象收藏展

臺北：臺灣東華書局
1992 年 9 月，14x14 公分，22 頁

本書為「林海音大象收藏展」套書之一，展示作者的大象收藏品，並介紹有關大象的知識，使兒童能夠輕鬆瞭解大象。

奶奶的傻瓜相機

臺北：民生報社
1994 年 11 月，25 開，267 頁
中學生書房 9

本書匯集作者日常生活照，並根據照片寫下遊記、史地、親友生活小品等小短文。全書收錄〈文風不動兩小時〉、〈「獅母」的美姿〉、〈奶奶和 E. T.〉、〈這道圍牆沒有啦！〉等 45 篇文章。正文前有作者〈說自己的話〉，正文後有「作家與作品」收錄「成長相本」、何凡〈喀嚓一聲以後〉、夏烈〈虹橋機場〉、夏祖美〈「風韻猶存」的媽媽〉、夏祖麗〈她使我在異鄉的日子更踏實〉、夏祖葳〈母親的晨運〉及〈林海音寫作・編輯年表〉。

格林文化公司 1996　　格林文化公司 2010

城南舊事──惠安館的小桂子

香港：迪茂出版社
1994 年 7 月，菊 8 開，64 頁

香港：小樹苗教育
1994 年，菊 8 開

臺北：格林文化公司
1996 年 12 月，菊 8 開，64 頁

臺北：臺灣麥克出版公司
2003 年 12 月，22x29 公分，64 頁

臺北：格林文化公司
2010 年 3 月，菊 8 開，64 頁

本書收錄〈惠安館的小桂子〉，搭配關維興
的水彩畫插圖，改版為兒童讀物。

格林文化公司 1996　　格林文化公司 2010

城南舊事──我們看海去

香港：迪茂出版社
1994 年 7 月，菊 8 開，63 頁

香港：小樹苗教育
1994 年，菊 8 開

臺北：格林文化公司
1996 年 12 月，菊 8 開，63 頁

臺北：臺灣麥克出版公司
2003 年 12 月，22x29 公分，63 頁

臺北：格林文化公司
2010 年 3 月，菊 8 開，63 頁

本書收錄〈我們看海去〉、〈蘭姨娘〉，搭配
關維興的水彩畫插圖，改版為兒童讀物。

格林文化公司 1996　　格林文化公司 2010

城南舊事──爸爸的花兒落了

香港：迪茂出版社
1994 年 7 月，菊 8 開，64 頁

香港：小樹苗教育
1994 年，菊 8 開

臺北：格林文化公司
1996 年 12 月，菊 8 開，64 頁

臺北：臺灣麥克出版公司
2003 年 12 月，22×29 公分，64 頁

臺北：格林文化公司
2010 年 3 月，菊 8 開，64 頁

本書收錄〈驢兒打滾〉、〈爸爸的花兒落了〉，搭配關維興的水彩畫插圖，改版為兒童讀物。

格林文化公司 2007

城南舊事

臺北：格林文化公司
1999 年 9 月，16.5×26 公分，199 頁

中國：中國青年出版社
2001 年 4 月，16.5×26 公分，200 頁

臺北：格林文化公司
2007 年 1 月，16.5×26 公分，199 頁

本書將原本分為三冊的兒童出版品，重新編排成一冊。全書收錄〈冬陽・童年・駱駝隊〉〈惠安館〉、〈我們看海去〉、〈蘭姨娘〉、〈驢兒打滾〉、〈爸爸的花兒落了〉六篇，並搭配關維興的水彩插圖。

【合集】

重光文藝出版社

冬青樹

臺北：重光文藝出版社
1955 年 12 月，32 開，137 頁

臺北：純文學出版社
1980 年 7 月，32 開，192 頁
純美家庭書庫 17

本書為散文、小說合集，是作者的第一本文集，集結自 1950 年至 1955 年間投稿於各報刊之作品，記述了當時作者所觀察之社會情況、家庭生活及大眾思想。全書分為五輯，收錄散文〈書桌〉、〈鴨的喜劇〉、〈教子無方〉等九篇及小說〈小紅鞋〉、〈愛情的散步〉、〈墮胎記〉、〈會唱的球〉、〈母親是好榜樣〉、〈白兔跳〉、〈雨〉、〈媽媽說，不行！〉、〈竊讀記〉、〈謝謝你，小姑娘！〉、〈母親的祕密〉、〈繼父心〉、〈愛情像把扇子〉、〈繼母心〉、〈再嫁〉、〈奔向光明〉、〈爸爸不在家〉、〈冬青樹〉、〈一件旗袍〉、〈臺北行〉、〈遲開的杜鵑〉、〈風雪夜歸人〉、〈陽光〉共

純文學出版社

23 篇。正文前有夏承楹〈序〉，正文後有作者〈後記〉。1980 年
純文學出版社重排新版。正文前新增作者〈四分之一世紀〉。

往事悠悠

北京：燕山出版社
1997 年 8 月，25 開，455 頁
京味文學叢書

本書精選懷舊之小說與散文數篇，藉此反映北京人的生活與思
想情感，分為「小說」、「散文」二部分，收錄小說〈惠安館傳
奇〉、〈我們看海去〉、〈蘭姨娘〉、〈驢打滾兒〉、〈爸爸的花兒落
了〉、〈婚姻的故事〉、〈燭〉、〈金鯉魚的百襉裙〉、〈瓊君〉共九
篇及散文 24 篇。

林海音文集／曹潔編

浙江：浙江文藝出版社
1997 年 11 月，大 32 開

共五冊；收錄林海音小說《曉雲》、《城南舊事》、《金鯉魚的百襉裙》及散文名著
《英子的鄉戀》、《生命的風鈴》。正文前有作者〈自序〉。

林海音文集・曉雲

浙江：浙江文藝出版社
1997 年 11 月，大 32 開，400 頁

本書收錄長篇小說〈曉雲〉、〈春風〉二篇。正文後有傅光明
〈林海音的文學世界〉。

林海音文集・城南舊事

浙江：浙江文藝出版社
1997 年 11 月，大 32 開，400 頁

本書收錄中篇小說〈城南舊事〉、〈婚姻的故事〉、〈孟珠的旅
程〉、〈晚晴〉四篇。

林海音文集・金鯉魚的百襇裙

浙江：浙江文藝出版社
1997 年 11 月，大 32 開，418 頁

本書收錄短篇小說〈爸爸不在家〉、〈謝謝你，小姑娘〉、〈奔向
光明〉、〈陽光〉、〈風雪夜歸人〉、〈再嫁〉、〈初戀〉、〈繼母心〉、
〈竊讀記〉、〈遲開的杜鵑〉、〈臺北行〉、〈媽媽說，不行！〉、
〈愛情像把扇子〉、〈一件旗袍〉、〈雨〉、〈墮胎記〉、〈愛情的散
步〉、〈冬青樹〉、〈白兔跳〉、〈母親的秘密〉、〈繼父心〉、〈母親
是好榜樣〉、〈會唱的球〉、〈小紅鞋〉、〈標會〉、〈玫瑰〉、〈兩粒
芝麻〉、〈貧非罪〉、〈蘿蔔乾的滋味〉、〈週記本〉、〈綠藻與鹹
蛋〉、〈窮漢養嬌兒〉、〈瓊君〉、〈要喝冰水嗎？〉、〈殉〉、〈鳥仔
卦〉、〈蟹殼黃〉、〈血的故事〉、〈五鳳連心記〉、〈茶花女軼事〉、
〈地壇樂園〉、〈金鯉魚的百襇裙〉、〈燭芯〉、〈某些心情〉、
〈燭〉、〈我們的爸〉共 46 篇。

林海音文集・英子的鄉戀

浙江：浙江文藝出版社
1997 年 11 月，大 32 開，561 頁

本書收錄〈虎坊橋〉、〈北平漫筆〉、〈天橋上當記〉、〈苦念北
平〉等 48 篇文章。

林海音文集・生命的風鈴

浙江：浙江文藝出版社
1997 年 11 月，大 32 開，377 頁

本書分爲「生命的風鈴」、「落入滿天霞」二部分，收錄〈郁達
夫之死〉、〈女子弄文誠可喜〉、〈宜蘭街上一少年〉、〈故鄉一
日〉、〈悼鍾理和先生〉等 83 篇文章。

林海音作品集／王開平策劃

臺北：遊目族文化公司
2000 年 5 月，25 開

共 12 冊；第 1～6 冊爲小說集，有《曉雲》、《城南舊事》、《金鯉魚的百襇裙》、《婚

姻的故事》、《綠藻與鹹蛋》、《冬青樹》，各冊正文前有齊邦媛〈超越悲歡的童年〉、
鄭清文〈作家・主編・出版人〉；第 7～12 冊為散文集，有《我的京味兒回憶錄》、
《寫在風中》、《剪影話文壇》、《作客美國》、《春聲已遠》、《芸窗夜讀》，各冊正文
前有齊邦媛〈超越悲歡的童年〉、子敏〈活潑自然風姿〉。

林海音作品集 1・曉雲

臺北：遊目族文化公司
2000 年 5 月，25 開，317 頁

本書收錄長篇小說《曉雲》。

林海音作品集 2・城南舊事

臺北：遊目族文化公司
2000 年 5 月，25 開，198 頁

本書收錄中篇小說集《城南舊事》。正文前有作者〈《城南舊
事》重排前言〉、〈冬陽・童年・駱駝隊〉，正文後附錄〈宋媽沒
有來〉、〈童心愚騃〉。

林海音作品集 3・金鯉魚的百襉裙

臺北：遊目族文化公司
2000 年 5 月，25 開，241 頁

短篇小說集。本書描寫五四運動之後，中國婦女面臨新舊交替
的年代，作者以「青銅十女子」為藍本，寫下一連串當時婦女
面對婚姻的徬徨與無奈，收錄短篇小說〈金鯉魚的百襉裙〉、
〈殉〉、〈燭芯〉、〈某些心情〉、〈燭〉、〈瓊君〉、〈我們的爸〉、
〈晚晴〉八篇。正文後有文星版後記並附錄夏祖麗〈重讀母親
的小說〉。

林海音作品集 4・婚姻的故事

臺北：遊目族文化公司
2000 年 5 月，25 開，229 頁

本書收錄中篇小說集《婚姻的故事》，除原有的小說，新增〈海
淀姑娘順子〉，共五篇。正文後有夏祖麗〈重讀母親的小說〉。

林海音作品集 5・綠藻與鹹蛋

臺北：遊目族文化公司
2000 年 5 月，25 開，158 頁

本書收錄短篇小說集《綠藻與鹹蛋》。正文前有作者〈好的開始〉。

林海音作品集 6・冬青樹

臺北：遊目族文化公司
2000 年 5 月，25 開，204 頁

本書收錄散文、小說合集《冬青樹》。正文前有作者〈四分之一世紀〉、夏承楹〈我的太太林海音〉。

林海音作品集 7・我的京味兒回憶錄

臺北：遊目族文化公司
2000 年 5 月，25 開，251 頁

本書精選作者描寫北京生活之作品，收錄〈我的京味兒回憶錄〉、〈番薯人〉、〈一位鄉下老帥〉等 22 篇文章。正文後附錄何凡〈京味兒的今昔〉。

林海音作品集 8・寫在風中

臺北：遊目族文化公司
2000 年 5 月，25 開，312 頁

本書收錄〈窗〉、〈門〉、〈狗〉、〈生之趣〉等 55 篇文章。正文後附錄作者〈寫在風中〉、傅光明〈生活者林海音〉。

林海音作品集 9・剪影話文壇

臺北：遊目族文化公司
2000 年 5 月，25 開，255 頁

本書收錄〈剪影話文壇〉、〈張道藩／文藝鬥士〉、〈謝冰瑩／女兵在舊金山〉、〈武月卿／當年一「抗議」〉、〈林語堂／著作等身〉等 54 篇文章。正文前有作者〈書前的話〉。

林海音作品集 10 · 作客美國
臺北：遊目族文化公司
2000 年 5 月，25 開，275 頁

本書收錄〈初出國門〉、〈序幕〉、〈「蘋果皇后」加冕〉等 26 篇文章。正文前有作者〈重排《作客美國》雜感錄〉，正文後附錄〈鵝的故事〉、〈再寫一次她〉、〈遊波士頓公園〉。

林海音作品集 11 · 春聲已遠
臺北：遊目族文化公司
2000 年 5 月，25 開，217 頁

本書為作者書寫朋友的特殊遭遇以及醇厚情誼，除了寫情，更記錄作者與文友來往之史料，並將著作《隔著竹簾兒看見她》之作品選錄於書中，收錄〈敬老四題〉、〈她今年九十五歲囉！〉、〈亮麗且溫柔〉、〈讀信懷往〉等 34 篇文章。正文後附錄彭歌〈朦朧〉。

林海音作品集 12 · 芸窗夜讀
臺北：遊目族文化公司
2000 年 5 月，25 開，294 頁

本書內容為作者曾經寫過的序文及讀書的讀後感，分為「芸窗夜讀」、「我的床頭書」上下二輯，收錄〈理和的生平〉、〈一些回憶〉、〈追憶中的欣慰〉、〈平妹，挺好的！〉等 36 篇文章。

林海音作品精編／傅光明編
桂林：灕江出版社
2004 年 5 月，25 開，622 頁
中國現代作家作品精編

本書內容精選作者知名代表作結集成冊，分「小說」、「散文」二輯，收錄小說〈城南舊事〉、〈婚姻的故事〉、〈初戀〉、〈遲開的杜鵑〉、〈愛情像把扇子〉、〈墮胎記〉、〈愛情的散步〉、〈冬青樹〉、〈母親的秘密〉、〈繼父心〉、〈綠藻與鹹蛋〉、〈瓊君〉、〈殉〉、〈蟹殼黃〉、〈茶花女軼事〉、〈金鯉魚的百襉裙〉、〈燭芯〉、〈某些心情〉、〈燭〉、〈我們的爸〉共 20 篇及散文 40 篇。正文前有傅光明〈林海音──永遠的英子〉。

文學年表

1918 年	4 月	28 日（農曆 3 月 18 日），出生於日本大阪絹笠町回生醫院，本名林含英，小名英子。父親林煥文，臺灣苗栗頭份人，祖籍廣東蕉嶺；母親林黃愛珍，臺灣板橋人，祖籍福建同安。
1921 年	本年	隨父母返回臺灣，先後在頭份及板橋居住。
1923 年	3 月	隨父母到北京定居，二妹秀英和兩位同父異母的姊姊清鳳、昭鳳則留在臺灣。暫住西珠市口的謙安客棧，後搬至椿樹上條「永春會館」。
		父親擔任北京郵政總局日本課課長。
1925 年	本年	搬至新簾子胡同，就讀北平城南廠甸師大第一附小。
1927 年	本年	搬至虎坊橋。（原為廣東蕉嶺會館）
1929 年	本年	父親林煥文因肺病住進北京日華同仁醫院。
1931 年	5 月	搬至梁家園。
		父親林煥文因肺病逝於北京日華同仁醫院，享年 44 歲。
		父親去世後為了節省生活開支，因此搬至不必付租金的南柳巷「晉江會館」。
	9 月	進入春明女中就讀。
1933 年	本年	參加京畿道藝術學院舞臺劇「茶花女」公演，飾演女配角「那寧娜」；後發表詩作〈獻給茶花女〉於《世界畫刊》。
1934 年	本年	考入成舍我先生創辦的北平世界新聞專科學校。一邊讀書，一邊在《世界日報》擔任實習記者。結識《世界日報》編輯夏承楹（筆名何凡）。

1935 年	本年	畢業於北平世界新聞專科學校。
		正式擔任《世界日報》記者，主跑婦女新聞。開始寫作。
1939 年	5 月	13 日，與夏承楹在北平協和醫院禮堂結婚，爲當時北平文化界盛事，在同爲臺灣同鄉的賓客中，除了當天的大媒人張我軍之外，還有洪炎秋、郭柏川、陳英傑、柯政等臺灣旅京文化人士。婚後住進夏家永光寺街的大家庭。
1940 年	本年	因公公夏仁虎的介紹，轉入北平師範大學圖書館擔任圖書編目工作。
		於北平師範大學圖書館工作時，因喜愛名爲《海潮音》的一套書，而取其中的「海音」爲筆名。
1941 年	11 月	25 日，長男夏祖焯（筆名夏烈）誕生。
1945 年	3 月	長女夏祖美誕生。
	8 月	抗戰勝利，遷出大家庭，搬至南長街 28 號一所小三合院的房子，自組小家庭。
	11 月	《世界日報》復刊，重回《世界日報》擔任編輯，主編婦女版。
1947 年	3 月	9 日，次女夏祖麗誕生。
1948 年	11 月	9 日，與三個孩子、媽媽愛珍及妹妹燕玢，從北京搭機至上海虹橋機場，再從上海搭乘中興輪於基隆港登陸，返回故鄉臺灣；夏承楹與大弟燕生隨後來臺。
1949 年	1 月	13 日，發表〈臺灣荼〉於《國語日報》週末版。
		21 日，發表〈新竹白粉〉於《國語日報》週末版。
	2 月	1 日，發表〈飯桌上的教訓〉於《中華日報》第 6 版。
		12 日，發表〈家鄉荼〉於《中央日報》第 6 版。
	3 月	2 日，發表〈瓜棚豆架閑話──只此一家別無分店〉於《大華晚報》第 3 版。
		8 日，發表小說〈爸爸不在家〉於《中華日報》第 6 版。

28 日，發表〈機器和人〉於《臺灣新生報》第 6 版。

4 月　1 日，發表〈生氣的臉〉於《國語日報》週末版。

17 日，發表〈臺北屋簷下〉於《中央日報》第 6 版。

5 月　11 日，發表〈失去的週末〉於《國語日報》週末版。

進入《國語日報》擔任編輯。

6 月　27 日，發表〈談快樂〉於《中央日報》第 6 版。

7 月　23 日，發表〈漫談吃飯〉、〈也談愛美〉於《中央日報》第 6 版。

31 日，發表〈主婦日記〉於《中央日報》第 4 版。

8 月　11 日，發表〈關於兒童文學〉於《民族報》第 6 版。

9 月　21 日，發表〈颱風目擊記〉於《中央日報》第 6 版。

28 日，發表〈雨〉於《中央日報》第 6 版。

10 月　21 日，發表〈飯桌上的童話〉於《中央日報》第 6 版。

22 日，發表〈相思樹〉於《民族報》第 6 版。

11 月　16 日，發表〈賣蛋記〉於《中央日報》第 6 版。

12 月　主編《國語日報》週末版，至 1954 年 10 月為止。

本年　正式展開投稿生涯，初期作品多刊在《公論報》和《自由中國》雜誌。稍後在《中央日報》副刊及該報「婦女與家庭」週刊陸續發稿散文、雜文，間有小說創作。

1950 年　1 月　29 日，發表〈我的生活〉、〈回到廚房〉於《中央日報》第 6 版。

2 月　12 日，發表〈母親與校長一夕談〉於《中央日報》第 7 版。

3 月　12 日，發表〈臺灣的媳婦仔〉、〈海音女士來函〉於《中央日報》第 7 版。

4 月　11 日，發表〈度週末記〉於《中央日報》第 6 版。

6 月　10 日，發表〈早熟早衰的女人〉於《國語日報》週末版。

10 月　25 日，發表〈光復以來〉於《中央日報》第 8 版。

	12 月	11 日，發表〈苦念北平〉於《中央日報》第 5 版。
1951 年	1 月	13 日，發表〈一個抗議〉於《中央日報》第 6 版。
	2 月	14 日，發表小說〈三隻醜小鴨〉於《中央日報》第 6 版。
	3 月	22 日，發表〈嫂嫂〉、〈平凡之家〉於《中央日報》第 5 版。
	4 月	16 日，發表〈讀無書的孩子〉於《中華日報》第 8 版。
	5 月	10 日，發表〈人生的黃金時代〉於《中央日報》第 6 版。
	6 月	16 日，發表〈談讀書〉於《國語日報》週末版。
		26 日，發表〈我們的收音機〉於《中央日報》第 6 版。
	8 月	26 日，發表〈婚姻經濟學產生下養女〉於《臺灣新生報》副刊。
		28 日，參加臺灣青年文化協會於臺北中山堂主辦的「夏季鄉土史講座」，為來臺後參加的第一個文學活動。
	9 月	3 日，發表〈跳舞衣的故事〉於《中央日報》第 6 版。
		15 日，發表〈中秋雜憶〉於《中央日報》第 6 版。
	本年	短篇小說創作漸多，開始走上真正作家之路。
1952 年	1 月	1 日，發表〈友情〉於《自由談》第 3 卷第 1 期。
		26 日，發表〈謝謝你，小姑娘〉於《中央日報》第 4 版。
	2 月	23 日，發表〈蘭草〉、〈陽光〉於《中央日報》第 6 版。
	3 月	16 日，發表〈空中家庭〉於《臺灣新生報》第 6 版。
	8 月	20 日，發表〈我為了妹妹〉於《聯合報》第 6 版。
	9 月	14 日，發表〈家庭教師〉於《聯合報》第 6 版。
		16 日，發表小說〈遲開的杜鵑〉於《大道月刊》第 38 期。
	10 月	4 日，發表〈燈下漫筆〉於《中央日報》第 6 版。
	11 月	27 日，發表〈興趣〉於《中央日報》第 6 版。
1953 年	3 月	15 日，發表小說〈媽媽說，不行〉於《臺灣新生報》第 6 版。
	7 月	15 日，發表〈夫婦之間〉於《中央日報》第 6 版。

	8 月	19 日，發表〈長子的誕生〉於《中央日報》第 6 版。
		22 日，發表小說〈冬青樹〉於《中央日報》第 6 版。
	10 月	23 日，發表〈賞與罰〉於《中央日報》第 6 版。
	11 月	受聘擔任《聯合報》副刊主編。
	12 月	25 日，三女夏祖葳誕生於臺北。
1954 年	1 月	1 日，正式擔任《聯合版》副刊主編。
	11 月	12 日，發表小說〈母親的祕密〉於《聯合報》第 6 版。
	12 月	12 日，發表〈今天是星期天〉於《大華晚報》第 3 版。
1955 年	2 月	23 日，發表〈維他命 C 與孩子〉於《中央日報》第 6 版。
	5 月	26 日，發表〈書桌〉於《聯合報》第 6 版。
	6 月	21 日，發表小說〈會唱的球〉於《聯合報》第 6 版。
	7 月	1 日，發表小說〈小紅鞋〉於《聯合報》第 6 版。
	12 月	第一本散文、小說合集《冬青樹》由臺北重光文藝出版社出版。
1956 年	2 月	10 日，發表〈借種〉於《婦友雜誌》第 17 期。
	7 月	1 日，發表小說〈綠藻與鹹蛋〉於《自由中國》第 15 卷第 1 期。
		4 日，發表〈小兒女的獨立天地〉於《中央日報》第 6 版。
	8 月	1 日，發表〈賦閒的主婦〉於《聯合報》第 6 版。
		22 日，發表〈後院的空地〉於《中央日報》第 6 版。
	9 月	2 日，發表〈如何從煩重的家事中解救出來〉於《聯合報》第 6 版。
	10 月	24 日，發表〈溫莎夫婦上電視〉於《聯合報》第 6 版。
	12 月	20 日，發表小說〈要喝冰水嗎？〉於《文學雜誌》第 1 卷第 4 期。
	本年	世界新聞專科學校創立，受聘擔任教席。
		獲第二屆扶輪社文學獎。

1957 年	2 月	16 日，發表小說〈殉〉於《自由中國》第 16 卷第 4 期。
	3 月	8 日，發表〈工作情趣化〉於《婦友雜誌》第 30 期。
	4 月	1 日，《聯合版》的主編由焦家駒接任。林海音則僅主編二版「婦女生活」版。至 10 月又改由林海音主編。
	5 月	8 日，發表〈女性與運動〉於《中央日報》第 6 版。
	7 月	10 日，發表〈談家庭副業〉於《婦友雜誌》第 34 期。
		20 日，發表小說〈蟹殼黃〉於《文學雜誌》第 2 卷第 5 期。
		短篇小說集《綠藻與鹹蛋》由臺北文華出版社出版。
	8 月	10 日，發表〈爸爸的地位〉於《婦友雜誌》第 35 期；發表〈母親的心情〉於《聯合報》第 6 版。
	10 月	10 日，發表〈好夫妻〉於《婦友雜誌》第 37 期。
	11 月	《文星》雜誌創刊，應社長蕭孟能之邀，兼任文藝編輯，至 1961 年 10 月爲止，主編爲何凡。
	12 月	10 日，發表〈茱場巡禮〉於《婦友雜誌》第 39 期。
		發表小說〈城南舊事（上）、（下）〉於《自由中國》第 17 卷第 11～12 期。
1958 年	3 月	10 日，發表〈佳節話舊〉於《婦友雜誌》第 42 期。
	4 月	5 日，發表小說〈瓊尼〉於《文星》第 1 卷第 6 期。
	6 月	20 日，發表小說〈失嬰記〉於《文學雜誌》第 4 卷第 4 期。
	7 月	10 日，發表〈禍源在哪兒？〉於《婦友雜誌》第 46 期。
	8 月	10 日，發表〈開卷有益〉於《婦友雜誌》第 47 期。
	9 月	19 日，發表〈習見的事〉於《聯合報》第 6 版。
	10 月	10 日，發表〈最重要的話頭〉於《婦友雜誌》第 49 期。
	11 月	10 日，發表小說〈窗外的故事〉於《婦友雜誌》第 50 期。
		18 日，發表〈毛衣四式〉於《中央日報》第 3 版。
	12 月	10 日，發表〈失去的兒歌〉於《婦友雜誌》第 51 期。

1959 年　1 月　5 日，發表小說〈惠安館傳奇（1）～（30）〉於《聯合報》
　　　　　　　　第 7 版，至 2 月 7 日刊畢。

　　　　　2 月　10 日，發表小說〈星期六新娘〉於《婦友雜誌》第 53 期。

　　　　　3 月　發表〈同情〉於《自由青年》第 10 卷第 11 期。

　　　　　4 月　20 日，發表小說〈我們看海去〉於《文學雜誌》第 6 卷第 2
　　　　　　　　期。

　　　　　6 月　9 日，發表小說〈曉雲（1）～（130）〉於《聯合報》第 7
　　　　　　　　版，至 11 月 6 日刊畢。

　　　　　7 月　4 日，發表〈海的禮物〉於《聯合報》第 7 版。

　　　　　10 月　26 日，發表〈友誼〉於《聯合報》第 6 版。

　　　　　12 月　第一部長篇小說《曉雲》由臺北紅藍出版社出版。

1960 年　7 月　中、短篇小說集《城南舊事》由臺中光啓出版社出版。

　　　　　8 月　12 日，發表〈悼鍾理和先生〉於《聯合報》第 6 版。

　　　　　10 月　1 日，發表〈冬陽・童年・駱駝隊──《城南舊事》出版後
　　　　　　　　記〉於《聯合報》第 7 版。
　　　　　　　　10 日，發表小說〈婚姻故事（1）～（48）〉於《聯合報》第
　　　　　　　　7 版，至 12 月 27 日刊畢。

1961 年　6 月　發表〈同情心〉於《中國勞工》第 255 期。

　　　　　8 月　20 日，發表〈關於笠山農場〉於《聯合報》第 6 版。

　　　　　10 月　與何凡一起辭去《文星》雜誌編務。

　　　　　11 月　8 日，發表〈藍布掛〉於《聯合報》第 6 版。
　　　　　　　　20 日，發表〈文津街〉於《聯合報》第 6 版。

　　　　　12 月　9 日，發表〈賣凍兒〉於《聯合報》第 6 版。
　　　　　　　　發表〈卑賤的人〉於《婦友雜誌》第 87 期。
　　　　　　　　發表〈臺灣漫記〉於《中國勞工》12 月號。

1962 年　3 月　1 日，發表小說〈某些心情〉於《自由談》第 13 卷第 3 期。

　　　　　4 月　1 日，發表〈我的美容師〉於《文星》第 54 期。

8月　4 日，發表小說〈五鳳連心記（1）～（10）〉於《聯合報》第 8 版，至 8 月 13 日刊畢。

14 日，發表小說〈茶花女軼事（1）～（12）〉於《聯合報》第 8 版，至 8 月 25 日刊畢。

26 日，發表小說〈地壇樂園（1）～（13）〉於《聯合報》第 8 版，至 9 月 7 日刊畢。

1963 年　4 月　23 日，因《聯合報》副刊刊登詩作〈故事〉，此詩被認爲影射臺灣當局，作者風遲遭逮捕，林海音被迫辭去《聯合報》主編一職。

兒童文學《今古奇觀》由臺北東方出版社出版。（本書改寫自明代抱甕老人所編撰之白話短篇小說選集）

6 月　27 日，發表〈重讀《舊京瑣記》〉（夏仁虎著）於《中央日報》第 6 版。

9 月　短篇小說集《婚姻的故事》由臺北文星書店出版。

1964 年　1 月　發表〈談談兒童讀物〉於《文壇》第 43 期。

4 月　發表〈英子的鄉戀〉於《臺灣文藝》第 1 卷第 1 期。

5 月　發表〈新竹粉之憶〉於《臺灣文藝》第 1 卷第 2 期。

7 月　發表小說〈爸爸的花兒落了〉於《臺灣文藝》第 1 卷第 4 期。

10 月　發表〈一些回憶〉於《臺灣文藝》第 1 卷第 5 期。

12 月　發表〈《一心集》後記〉（何凡著）於《中央日報》第 6 版。

本年　受聘擔任臺灣省教育廳兒童讀物編輯小組第一任文學主編，預計五年內出版 165 種兒童讀物，定名爲「中華兒童叢書」。至 1965 年 4 月因赴美訪問而辭去編輯工作，後由潘人木接手。

英文版《綠藻與鹹蛋》由紐約 The Heritage Press 出版。（殷張蘭熙翻譯）

1965 年　1 月　《樹木集》由臺北西區扶輪社出版。

4 月　18 日，應美國國務院「認識美國計畫」之邀，赴美訪問四個月。

短篇小說集《燭芯》由臺北文星書店出版。

8 月　17 日，結束長達四個月的訪問，於舊金山停留一週與剛赴美攻讀土木工程博士學位的長子祖焯相聚。

自美返臺途中於日本停留八天，造訪東京、京都、以及出生地大阪回生醫院。

9 月　第一本兒童文學《金橋》由臺北臺灣書局出版。

10 月　10 日，發表〈在美國看中國家庭〉於《婦友雜誌》第 133 期。

11 月　28 日，發表〈訪馬克吐溫故居〉於《聯合報》第 7 版。

12 月　10 日，發表〈訪瑪霞・伯朗〉於《聯合報》第 7 版。

12 日，發表〈炸丸子與蠔仔煎〉於《國語日報》週末版。

參與國語日報社何凡先生主持的《世界兒童文學名著選集》編印計畫，翻譯世界各國的圖畫故事書，除了自己翻譯《井底蛙》之外，另邀請九位知名女作家，包括咸思、張秀亞、畢璞、琦君、華嚴、蓉子、潘人木、謝冰瑩、嚴友梅共同參與。

1966 年　2 月　6 日，發表〈美國的兒童讀物（上）、（中）、（下）〉於《中央日報》第 6 版，至 2 月 8 日刊畢。

4 月　兒童文學《小快樂回家》由臺北小學生畫刊社出版。

7 月　《作客美國》由臺北文星書店出版。

8 月　8 日，發表〈我父親在新埔那段兒〉於《中央日報》第 6 版。

9 月　兒童文學《蔡家老屋》由臺北臺灣省教育廳出版。

12 月　《兩地》由臺北三民書局出版。

| 1967 年 | 1 月 | 2 日，發表小說〈孟珠的旅程（1）～（13）〉於《純文學》第 1 卷第 1 期～第 4 卷第 1 期。 |

1967 年　1 月　2 日，發表小說〈孟珠的旅程（1）～（13）〉於《純文學》第 1 卷第 1 期～第 4 卷第 1 期。

長篇小說《春風麗日》由香港正文出版社出版。1971 年 10 月由純文學出版社重新出版，易名為《春風》。

創辦《純文學》月刊，擔任發行人及主編，至 1971 年 6 月為止，後由出資者學生書局接辦，至 1972 年 2 月停刊，共出版 62 期。

　　　　　5 月　5 日，發表〈懺悔〉於《中央日報》第 9 版。

長篇小說《孟珠的旅程》由臺北純文學出版。

　　　　　9 月　發表〈談老舍及其文體〉於《純文學》第 3 卷第 2 期。

兒童文學《我們都長大了》由臺北臺灣省教育廳出版。

兒童文學《不怕冷的企鵝》由臺北臺灣省教育廳出版。

　　　　　11 月　發表〈林夫人時間〉於《純文學》第 2 卷第 5 期。

1968 年　1 月　成立純文學出版社。

　　　　　9 月　發表〈吉錚其人其事〉於《純文學》第 4 卷第 3 期。

　　　　　10 月　廣播劇本《薇薇的週記》由臺北純文學出版社出版。（改寫自《綠藻與鹹蛋》中的〈週記本〉）

1969 年　3 月　發表〈故事〉於《中央月刊》3 月號。

　　　　　10 月　發表〈絹笠町憶往〉於《純文學》第 6 卷第 4 期。

發表〈吳濁流文學獎的誕生〉於《臺灣文藝》第 6 卷第 25 期。

1970 年　2 月　發表〈春憶廠甸見〉於《中央月刊》2 月號。

發表〈我倆〉、〈依賴〉、〈編織之樂〉、〈失去的週末〉、〈帳中說法〉、〈最好的廚子〉等文章於《純文學》第 7 卷第 2 期。

　　　　　3 月　發表〈女人的話〉、〈金錢與愛情〉、〈體罰〉、〈挑食〉、〈說故事〉、〈讓他自己來〉等文章於《純文學》第 7 卷第 3 期。

4月　　發表〈寫在風中〉、〈漫寫林良老弟〉、〈新的豆腐〉於《純文學》第 7 卷第 4 期。

7月　　發表〈記六月〉於《純文學》第 8 卷第 1 期。

本年　　加入國立編譯館國小國語科編審委員會，主稿一、二年級國語課本，至 1996 年止，共 26 年。

1971 年　6月　　應聘擔任臺灣省教育廳於臺北板橋國教研習會舉辦的「兒童文學寫作研究班」指導教師。

10月　　主編《中國豆腐》，由臺北純文學出版社出版。（夏祖美、夏祖麗助編）

1972 年　1月　　與何凡合著《窗》，由臺北純文學出版社出版。

1973 年　4月　　發表〈低年級兒童讀物的欣賞〉於《中國語文》4 月號。

1974 年　5月　　主編《純文學散文選集》，由臺北純文學出版社出版。

1975 年　1月　　主編《中國竹》，由臺北純文學出版社出版。

短篇小說集《林海音自選集》由臺北黎明文化公司出版。

1976 年　9月　　26 日，發表〈讀〈沉情〉——我憐雅卿〉於《聯合報》第 12 版。

10月　　23 日，符兆祥成立「中華民國著作人協會」，推動過程獲林海音大力支持協助。

11月　　4 日，中文報業協會第九屆年會在香港富麗華酒店開幕，以臺灣代表團團員身分出席並發表演講。

12月　　翻譯《伊索寓言》，由臺北國語日報出版社出版。

本年　　次女夏祖麗辭掉多年的工作，擔任純文學出版社總編輯，往後十年間母女二人共同工作。

1977 年　3月　　發表〈追憶中的欣慰——爲《鍾理和全集》出版而寫〉於《臺灣文藝》第 54 期。

6月　　16 日，發表〈成長的軌跡——讀《永遠的微笑》有感〉於《聯合報》第 12 版。

1978 年　　4 月　　翻譯碧雅翠絲・波特作品《小兔班傑明的故事》，由臺北純文學出版社出版。

　　　　　　　　　翻譯碧雅翠絲・波特作品《一隻壞小兔的故事》，由臺北純文學出版社出版。

　　　　　　6 月　　翻譯《猛狗・唐恩》，由臺北純文學出版社出版。

　　　　　10 月　　兒童文學《請到我的家鄉來》由臺北臺灣省教育廳出版。

　　　　　11 月　　2 日，發表〈嬉笑怒罵皆文章——「包可華專欄」的回顧〉於《聯合報》第 6 版。

　　　　　本年　　將純文學出版社的出版書籍之總經銷權收回，自行發行。

1979 年　　4 月　　25 日，發表〈評〈雨〉〉（鍾理和著）於《聯合報》第 12 版。

　　　　　　9 月　　主編《豆腐一聲天下白》，由臺北爾雅出版社出版。

　　　　　10 月　　5 日，發表〈報紙副刊何處去？談談副刊的過去、現在和將來（上）、（下）〉於《聯合報》第 8 版，至 10 月 6 日刊畢。

1980 年　　3 月　　主編《中國近代作家與作品》，由臺北純文學出版社出版。

　　　　　　5 月　　21 日，發表〈沒有散文的日子〉、〈高處不勝寒〉於《明報》第 10 卷第 11 期。

　　　　　　8 月　　2 日，發表〈平妹，挺好的〉於《聯合報》第 8 版。

　　　　　　9 月　　28 日，發表〈一位鄉下老師——兼記新埔國小八十三週年〉於《聯合報》第 8 版。

　　　　　12 月　　主編《純文學翻譯小說》，由臺北純文學出版社出版。

1981 年　　2 月　　27 日，發表〈此老耐寒——談沈從文〉於《聯合報》第 8 版。

1982 年　　4 月　　《芸窗夜讀》由臺北純文學出版社出版。

　　　　　　6 月　　發表〈《蒼天悠悠》後記〉於《純文學》71 夏季號。

　　　　　　7 月　　23 日，發表〈同情與愛——我訪賽珍珠〉於《中國時報》第 8 版。

　　　　　　　　主編《純文學好小說》，由臺北純文學出版社出版。

9月　　9 日，發表〈貓熊「佳佳」播種者〉於《中國時報》第 8
　　　　版。

10月　　18 日，發表〈柏林圍牆二十年〉於《中國時報》第 8 版。

11月　　11 日，發表〈天羅地網的鳥園〉於《中國時報》第 8 版。

　　　　25 日，發表〈女神一百歲〉於《中國時報》第 8 版。

12月　　12 日，發表〈「啞行者」蔣彝〉於《中國時報》第 8 版。

本年　　《城南舊事》被上海製片廠拍成電影，由吳貽弓擔任導演，
　　　　該片多次獲得國際影展大獎。

1983 年　4月　　6 日，發表〈住者有其屋〉於《中國時報》第 8 版。

5月　　13 日，發表〈林語堂著作等身〉於《聯合報》第 8 版。

7月　　8 日，發表〈撈魚的日子：缺少一本文藝辭典〉於《聯合
　　　　報》第 8 版。

　　　　14 日，母親林黃愛珍去世，享年 81 歲。

8月　　19 日，發表〈酒會已散：詩的婚禮，詩的歲月〉於《聯合
　　　　報》第 8 版。

9月　　30 日，發表〈窮半生得一作：拉雜寫朱家〉於《聯合報》第
　　　　8 版。

1984 年　1月　　應美國舊金山「華美經濟及科技發展協會」文學組之邀，赴
　　　　美發表演講，講題為「回顧臺灣文學的啓蒙與成長」。

3月　　14 日，發表〈何不「天天天藍」〉於《民生報》第 6 版。

5月　　17 日，發表〈美西追記（上）、（下）〉於《聯合報》第 8
　　　　版，至 5 月 18 日刊畢。

6月　　2 日，發表〈隔著竹簾兒看見她！重讀《歌謠週刊》隨筆〉
　　　　於《中國時報》第 9 版。

7月　　26 日，發表〈番薯人〉於《中國時報》第 8 版。

8月　　《剪影話文壇》由臺北純文學出版社出版。

1985 年	3 月	8 日，發表〈舊時三女子〉於《中國時報》第 8 版。
	4 月	22 日，發表〈關於《芸窗隨筆》〉於《中華日報》第 6 版。
	10 月	6 日，參加由邱各容策劃舉辦的兒童文學之旅，與眾多文友以邊旅行邊開會的方式遊覽九份，同行者有林良、馬景賢、林煥彰、林武憲、曹俊彥等人。
		28 日，發表〈回顧臺灣文學的啓蒙與成長〉於《自立晚報》副刊。
	本年	《剪影話文壇》被臺灣文化出版及學術界評選爲 1984 年臺灣最有影響力的十本書之一。
1986 年	4 月	發表〈枝巢老人夏蔚如的著作和生活：《清宮詞》編校後記〉於《傳記文學》第 48 卷第 5 期。
1987 年	3 月	兒童文學《林海音童話集：動物篇》由臺北純文學出版社出版。
		兒童文學《林海音童話集：故事篇》由臺北純文學出版社出版。
	4 月	15 日，於臺北福華飯店舉辦 70 歲壽宴。
	5 月	10 日，發表〈閒庭寂寂景蕭條──母親節寫我的三位婆婆〉於《中國時報》第 8 版。
	12 月	《家住書坊邊──我的京味兒回憶錄》由臺北純文學出版社出版。
		發表〈往事與回顧──《純文學好小說》編選隨想錄〉於《純文學》76 冬季號。
1988 年	3 月	應邀至高雄國立中山大學演講，講題爲「副刊與文壇」。
		發表〈迴響記事〉於《純文學》77 春季號。
	4 月	《一家之主》由臺北純文學出版社出版。

在漢城舉辦第 52 屆國際筆會年會，韓國媒體組織臺灣作家林海音、大陸作家蕭乾及韓國作家許世旭，談海峽兩岸及韓國之間文化交流。

8 月　赴香港與分離 37 年、留在上海的三妹燕珠會面。

11 月　《林海音散文》由香港香江出版社出版。

1989 年　4 月　翻譯《鴿子泰勒的故事》，由臺北純文學出版社出版。

翻譯《狡猾的老貓》，由臺北純文學出版社出版。

12 月　23 日，舉行「國語日報發行人夏承楹先生八十大壽暨與林海音女士金婚慶祝會」，由鄧佩瑜策劃、多位文友協助。

主編《何凡文集》共 26 卷，由臺北純文學出版社出版。

本年　錄製《林海音說童話》錄音帶共 3 卷，由福茂唱片發行。

1990 年　5 月　在長子夏祖焯陪同下，隨臺灣出版界負責人訪問團赴北京，訪親友、重遊城南舊居、所讀之小學及西安與上海製片場。

12 月　主編《何凡文集》獲金鼎獎「圖書主編獎」、「圖書出版獎」。

1991 年　應邀參加於北京舉辦的「海峽兩岸童話研討會」，並擔任主講，主持人為桂文亞、馬聯玉。

1992 年　5 月　《隔著竹簾兒看見她》由臺北九歌出版社出版。

7 月　25 日，應邀參加由中國海峽兩岸兒童文學研究會、中華民國兒童文學學會、兩岸兒童文化交流委員會，於臺北中央圖書館共同舉辦的「兩岸兒童文學交流之聞・見・思座談會」，與林良共同擔任引言人，主講人有郝廣才、林煥彰等人。

《城南舊事》英文版由香港中文大學出版。（齊邦媛、殷張蘭熙合譯）

9 月　兒童文學《聰明——林海音大象收藏展》、《神奇——林海音大象收藏展》，由臺北東華書局出版。

翻譯辛茜亞・勞倫特作品《山中舊事》，由臺北遠流出版公司出版。

翻譯亞琳‧莫賽文作品《有趣的小婦人》，由臺北遠流出版公司出版。

1993年　3月　6日，應邀參加誠品書局舉辦的「四十位當代作家親筆簽名珍藏會」，現場展售親筆簽名作品，並與讀者對談，出席者另有鄭清文、黃春明、隱地等人。

短篇小說《金鯉魚的百襇裙》由武漢長江文藝出版社出版。

　　　　7月　《寫在風中》由臺北純文學出版社出版。

　　　　10月　2日，應邀參加由女作家協會中華民國分會、世界女記者協會於臺北國際會議廳舉辦的「五代同堂話文學——走過長路、留下腳印」座談會，與李艷秋等人共同擔任引言人，主持人為黃肇衍。

　　　　11月　與冰心、蕭乾共同擔任由北京中國現代文學館主編《臺灣當代著名作家代表作大系》套書之顧問。16日，赴北京參加《當代臺灣著名作家代表作大系》新書發表會。

1994年　1月　8日，《中國時報》於臺北誠品藝文空間舉辦「從四〇年代到九〇年代——兩岸三邊華文小說研討會」，第一場「四、五〇年代（上）」，主持人為柯慶明，發表人為林海音、葉石濤、汪曾祺，講評者為彭小妍、陳傳興。

　　　　2月　19日，應邀參加中華民國筆會第四次會員大會，並擔任「翻譯著作權演講座談會」主席。

　　　　7月　22日，應「日本老舍研究會」藤井榮三、中山時子等教授之邀，赴日本關西大學演講「《城南舊事》裡的舊北京」。

中國家傳智慧寶庫系列《寓言（1～4）》，由臺北格林文化公司出版。

　　　　11月　《奶奶的傻瓜相機》由臺北民生報出版社出版。

翻譯英諾桑提作品《鐵絲網上的小花》，由臺北格林文化公司出版。

精裝版兒童繪本三冊《驢打滾兒：爸爸的花兒落了》、《惠安
館的小桂子》、《我們看海去：蘭姨娘》，由臺北格林文化公
司、迪茂國際公司出版。此套書獲得《中國時報》開卷版十
大童書、《聯合報》讀書人年度最佳童書、金鼎獎推薦獎。

12 月　《生活者・林海音》由臺北純文學出版社出版。

　　　　獲得「世界華文作家協會」及「亞華作家文藝基金會」舉辦
的第二屆「向資深華文作家致敬獎」。

1995 年　1 月　翻譯莫泊桑作品《快樂的死刑犯》，由臺北格林文化公司出
版。

　　　　4 月　《城南舊事》日文版由東京新潮社出版。（杉野元了翻譯）

　　　12 月　結束一手創辦的純文學出版社，將許多作家的版權自動歸
還，並將所有存書分送作者，展現寬大厚道的出版家風範。

1996 年　1 月　《英子的心》由北京人民日報出版社出版。

　　　　4 月　與何凡合著《雙城集》，由南京江蘇文藝出版社出版。

　　　　6 月　《靜靜的聽》由臺北爾雅出版社出版。

　　　11 月　翻譯布萊安馬隆尼作品《生命之歌》，由臺北格林文化公司出
版。

　　　　　　翻譯約克史坦納作品《太陽石》，由臺北格林文化公司出版。

1997 年　4 月　22 日，發表〈文字生涯半世紀〉於《國語日報》第 5 版。

　　　　5 月　27 日，發表〈水泥森林中的小紅屋〉於《國語日報》第 5
版。

　　　　　　30 日，發表〈萬里長城萬里長〉於《國語日報》第 5 版。

　　　　6 月　3 日，發表〈小大人兒〉於《國語日報》第 5 版。

　　　　　　10 日，發表〈三代笑咪咪〉於《國語日報》第 5 版。

　　　　7 月　14 日，發表〈紫禁城的角樓〉於《國語日報》第 5 版。

　　　　　　29 日，發表〈我長高囉〉於《國語日報》第 5 版。

　　　　8 月　12 日，發表〈燦爛的花朵〉於《國語日報》第 5 版。

26 日，發表〈雪地〉於《國語日報》第 5 版。

9 月　16 日，發表〈美麗的南長街〉於《國語日報》第 5 版。

23 日，發表〈波特的家鄉〉於《國語日報》第 5 版。

30 日，發表〈謝冰心和我和貓〉於《國語日報》第 5 版。

10 月　7 日，發表〈盤成壽字的盆景〉於《國語日報》第 5 版。

14 日，發表〈華表〉於《國語日報》第 5 版。

《伊索寓言 1：幽默二十五選》、《伊索寓言 2：智慧二十五選》、《伊索寓言 3：機智二十五選》，由臺北格林文化公司出版。

11 月　12 日，北京中國現代文學館舉辦「林海音作品研討會」。

《林海音文集》系列，由浙江文藝出版社出版。（共五冊，分別為《曉雲》、《城南舊事》、《金鯉魚的百襉裙》、《英子的鄉戀》、《生命的風鈴》）

翻譯碧雅翠絲・波特作品《刺蝟溫迪琪的故事》、《母鴨潔瑪的故事》、《小豬柏朗的故事》，由臺北青林出版社出版。

《城南舊事》德文版由德國 Carl Hanser Verlag 出版。（蘇珊妮・赫恩芬柯翻譯）

1998 年　4 月　4 日，林海音 80 大壽。

20 日，林海音四名子女（祖焯、祖美、祖麗、祖葳）由海外歸來，為母親於臺北亞都飯店舉辦 80 歲壽宴，眾多文藝界人士齊聚一堂。

8 月　3 日，獲頒第三屆世界華文作家協會「終身成就獎」。

1999 年　5 月　4 日，獲頒第二屆五四獎「文學貢獻獎」。

6 月　《城南舊事》入選香港《亞洲週刊》「中文小說一百強」。

本年　《城南舊事》德文版獲得瑞士「藍眼鏡蛇獎」，於蘇黎世舉行頒獎典禮，林海音不克前往，由翻譯者蘇珊妮・赫恩芬柯代領。

2000 年　5 月　4 日，獲頒中國文藝協會「榮譽文藝獎章」。

16 日，《林海音作品集》系列（共 12 冊），由臺北遊目族文化公司出版；以及《穿過林間的海音——林海音影像回憶錄》，由臺北格林文化公司出版。並於臺北六福皇宮飯店舉辦新書發表會，由陳水扁主持。

8 月　1 日，因糖尿病、心肌梗塞住進臺北振興醫院。

10 月　9 日，夏祖麗著《從城南走來——林海音傳》，由臺北天下文化出版公司出版。

25 日，為紀念《城南舊事》出版 40 年，由北京市中國現代文學館、北京市海峽兩岸經濟文化交流協會、臺海出版社共同主辦「林海音作品學術研討會」。

2001 年　10 月　獲世新大學「第二屆傑出校友終身成就獎」。

12 月　1 日，因器官衰竭於臺北振興醫院病逝，後葬於臺北縣金寶山墓園，享年 84 歲。

7 日，在北京舉辦由中國作家協會臺港澳暨海外華文文學聯絡委員會、北京中國現代文學館共同策劃的「林海音先生追思會」，出席者包含舒乙、張鍥、郁風、鐵凝、文潔若、黃宗洛等親友，同時展出林海音的手稿、近百封信件、上百幅照片、捐贈的《純文學》雜誌、著作以及未發表過的作品。

8 日，由文化局、中國時報於臺北市長官邸藝文沙龍主辦「懷念林海音座談會」，主持人為文化局長龍應台，與會者有夏祖焯、夏祖麗、鄭清文、黃春明、彭小妍、鍾怡雯等。

22 日，於臺北臺泥大樓三樓士敏廳舉辦「頌永恆‧念海音——林海音女士追思會」。當日晚間公視播出特別節目「永不熄燈的客廳——懷念林海音」，由天下文化發行人王力行主持。

2002 年	11 月	30 日、12 月 1 日由國立文化資產保存研究中心、國立中央大學聯合主辦，在國家圖書館舉行「霜後的燦爛——林海音及其同輩女作家學術研討會」，同時展出林海音作品以及照片。李瑞騰、夏祖麗主編《一座文學的橋——林海音先生紀念文集》，由臺北國立文化資產保存研究中心籌備處出版。
	12 月	6 日，臺南國立成功大學圖書館舉辦「海音風華——林海音女士紀念特展」，至 22 日為止。
2003 年	12 月	《英子的鄉戀》由臺北九歌出版社出版。
2005 年	本年	新加坡政府舉辦「全民閱讀活動」，《城南舊事》被選為三本華文必讀書籍之一。
2007 年	3 月	7 日，國立臺灣文學館於行政院文建會藝文空間舉行「林海音、何凡文物捐贈儀式」，由李瑞騰主持，與會者有夏祖焯、夏祖麗、張至璋、吳麗珠、邱坤良等人。
2008 年	3 月	29 日，兒童文學《今古奇觀》獲選為由市圖、聯合報、國語日報主辦，幼獅少年月刊、中華民國兒童文學學會、漢聲廣播電臺協辦「好書大家讀——最佳少年兒童讀物」。
2009 年	8 月	9 日，臺南國立臺灣文學館舉辦「穿越林間聽海音——林海音文學特展」，至次年 3 月 1 日為止。
2010 年	4 月	29 日，臺北市政府文化局、文訊雜誌社於臺北同安街紀州庵新館共同舉辦「穿越林間聽海音——林海音文學展」。

參考資料：

‧夏祖麗，《從城南走來：林海音傳》，臺北：天下遠見出版公司，2000 年 10 月。

‧封德屏主編，《穿越林間聽海音：林海音文學展展覽圖錄》，臺南：國立臺灣文學館，2010 年 3 月。

‧施英美，《《聯合報》副刊時期（1953～1963）的林海音研究》，靜宜大學中國文學研究所碩士論文，2003 年 6 月。

輯三◎
研究綜述

在土耳其玉的蒼穹下

林海音研究述評

◎張瑞芬

> 臺灣猶如扇柄，從這兒一切脈絡以扇型狀投射開展於逝去的過去，呼吸
> 於土耳其玉色的蒼穹覆蓋下的北平。
>
> ——葉石濤〈林海音論〉[1]

　　2010 年，離林海音（1918~2001）與何凡（1910~2002）的相繼辭世已然八、九年了，相關的紀念展與活動卻從沒停過。在 2002 年國家圖書館會議廳舉辦「林海音及其同輩女作家學術研討會」，並結集研討會論文集《霜後的燦爛》後，2009 年 8 月至 2010 年 3 月，位於臺南的臺灣文學館在林海音家人慨然捐贈兩千多件重要文物之下，舉辦「林海音文學展」。[2] 緊接著，全部資料移師臺北，從 4 月到 8 月，「穿越林間聽海音——林海音文學展」作為臺北紀州庵新館[3]落成的第一場展覽，伴隨著諸多文壇活動，盛大展開。

　　從北京城南到臺北城南，林海音築起一座兩岸文學的橋樑，也締造了臺北文壇的一代風華，至今仍是所有文學人心中的溫暖回憶。[4]連同近日夏

---

[1]葉石濤〈林海音論〉一文，寫於 1967 年，原先以〈談林海音〉為篇題，發表於《臺灣文藝》第 18 期，1968 年 1 月，頁 25～36。後易名〈林海音論〉，收入葉石濤《臺灣鄉土作家論集》（臺北：遠景出版公司，1979 年 3 月），之後又收入李瑞騰、夏祖麗編，《一座文學的橋——林海音先生紀念文集》（臺南：國立文化資產保存研究中心籌備處，2002 年 12 月）。

[2]這項臺灣文學館的年度作家特展，之前已展出鍾理和、葉石濤等多人，林海音是第一位女作家。

[3]「紀州庵新館」位在臺北市同安街 107 號，原屬紀州庵住宅群（公家機關員工宿舍，王文興寫出《家變》的故事背景），2004 年由臺北市政府列為市定古蹟後，興建一座「新館」作為小型展館與文學沙龍之用。

[4]顧敏耀，〈重現城南文學風華——林海音文學展開幕座談會側記〉，《文訊》第 296 期，2010 年 8

烈〈猶見楚天千里清秋〉一文裡，那寫了 30 年「玻璃墊上」的何凡，永遠
是溫和務實的，「實事求是，平易近人」，[5]這不也正是林海音，甚至是許多
其同輩作家終身的文學志業與寫作態度嗎？

　　1950 年代距今已遠，回顧林海音一生與被研究情況，圍繞的議題是相
當多的。舉凡女性意識、兒童觀點、省籍背景、京派傳承，甚至她對兩岸
的文學交流，與多年來編輯出版事業對臺灣文壇的卓著貢獻，林海音作為
一個傑出文學女性的典範與貢獻，總是一再被臺灣文學史強調與討論。

　　早在 2002 年臺北國家圖書館「林海音及其同輩女作家學術研討會」之
前，北京中國現代文學館就曾於 1997 年與 2000 年，兩度盛大舉辦「林海
音作品學術研討會」了，而「林海音研究資料」的彙整，在臺灣也已經前
後於 1990 年與 2009 年收集整理了兩次，[6]資料愈來愈見齊整。而兩岸這十
餘年來以林海音作博碩士或期刊論文題目的，更是多不勝數，臺灣的有陳
姿夙（政治大學碩士論文，1991 年）、汪淑珍（東吳大學碩士論文，1999
年）、楊絢（臺東師範學院碩士論文，2000 年）、施英美（靜宜大學碩士論
文，2003 年）、張嘉惠（中山大學碩士論文，2003 年）、詹玉成（玄奘人文
社會學院碩士論文，2004 年）、黃怡文（臺北市立師範學院碩士論文，
2004 年）等，趙惠芬（銘傳大學碩士論文，2004 年）、王明月（臺灣師範
大學碩士論文，2004 年）、王譓淳（彰化師範大學碩士論文，2009 年）、林
淑琴（淡江大學碩士論文，2010 年），大陸則有黨鴻樞、卞新國、李文麗
多人的單篇論文。[7]

　　在歷年來眾多訪談、綜論、單篇書評與專書之中，要擷取林海音相關

月。

[5]夏烈（夏祖焯），〈猶見楚天千里清秋〉，《聯合報》副刊，2010 年 12 月 22 日。夏祖麗，〈父親的
　書房──寫於何凡先生百歲冥誕〉，《聯合報》副刊，2009 年 12 月 6 日，所記亦此。

[6]「林海音研究資料」1990 年由封德屏整理，發表於《臺灣文學觀察雜誌》第 2 期，1990 年 9 月，
　2009 年由臺灣文學發展基金會與《文訊》再次彙整出版「臺灣現當代作家評論資料」，林海音亦
　為其中之一。

[7]黨鴻樞，〈試論林海音散文的藝術結構〉，《西北師院學報》第 3 期，1986 年；卞新國，〈林海音散
　文述評〉，《鎮江師專學報》，1997 年；李文麗，〈林海音散文論〉，《江西社會科學》，2001 年。

研究較為重要的文章，本來就不是容易的事。考慮到本書總字數的限制，主要仍以一萬餘字以內為收錄原則，因此只好忍痛割愛一些篇幅太長的論文，大致仍希望兼顧題材的多元與對應意義，但本文討論則不限於此。本評論彙編所收錄的評論文章總共 17 篇，大致可分為三個面相：「基礎資料」（生平、年表、專書與綜述）、「文本評論」（小說、散文與兒童文學），和「文學史定位」（女性意識、時代意義與評價）。整體而言，字數長短不一，內容軟硬兼備，希望讀者閱讀時不致有艱澀之感。

一、有關林海音的生平與綜述

在林海音研究的專書與基礎資料方面，前述兩次時間相隔近二十年的研究資料彙編，分別完成於 1990 與 2009 年，提供了詳實的林海音評論目錄索引。繼 1997 年浙江文藝出版社出版《林海音文集》五冊之後，2000 年，臺灣的遊目族文化公司也整理了《林海音作品集》12 冊重新出版。[8]同年，林海音次女夏祖麗的《從城南走來──林海音傳》，[9]從眾多第一手資料中篩選出精粹來，歷數林海音生平經歷與寫作過程，包括了書末附錄詳細的年表與書目，可以說是最能綜觀全貌的總集成。

2001 年，臺海出版社結集了前一年北京舉辦的「林海音作品學術研討會」論文，出版《林海音研究論文集》。2001 年 12 月，林海音在纏綿病榻多年後，[10]不幸辭世。次年（2002 年），由臺灣文建會文化資產中心主辦「林海音及其同輩女作家學術研討會」，並出版由李瑞騰主編的論文集《霜後的燦爛》，與李瑞騰、夏祖麗合編的《一座文學的橋──林海音先生紀念文集》，收錄了兩岸對林海音其人其文的許多討論。

---

[8]2000 年遊目族版本中，《冬青樹》、《作客美國》、《芸窗夜讀》等書，與純文學出版社舊版書名相同，但篇目內容則已有異動。

[9]夏祖麗，《從城南走來──林海音傳》（臺北：天下文化，2000 年），走遍北京、南京、上海、苗栗多地，從上百捲訪談錄音與書信、日記中，重新檢視並撰寫母親的一生。

[10]林海音於 1996 年一次晨間散步時跌倒中風，自此健康情況不如以往（前一年，她也剛好結束了純文學出版社的營運），在生命的最後幾年，高血壓、糖尿病和心肌梗塞使她數度進出醫院，也一直折磨著她。

　　林海音的生平年表及相關資料中，有幾篇文章是很重要的。包括林海音 1960 年代《城南舊事》的自序〈城南舊事──代序〉、〈冬陽‧童年‧駱駝隊〉，散文集《兩地》的序文，[11]與 1980 年代初回憶主編聯副十年（1953～1963）的〈流水十年間──主編聯副雜憶〉。[12]尤其後者，特別可與顧邦猷的〈林海音早期的編寫生涯〉[13]相互對應。

　　林海音會成為臺灣文壇經典人物與兩岸現代文學重要推手，正如葉石濤所言「一生下來就預卜著不平凡的生涯，她正好承繼了上一代人的坎坷命運，而且有了圓滿的解決」。[14]1918 年生於日本大阪的她，原名含英，五歲時隨父親林煥文（1889～1931）自日本返臺，旋即赴大陸，定居北京長達二十餘年，1948 年回臺灣。在臺灣文壇上，少見的閩（母黃愛珍）、客（父林煥文）混血，多國經驗，人稱「臺灣姑娘，北京規矩」。據林海音自己在《兩地》的序文裡說：「我三歲，滿嘴日本話。在家鄉頭份，我很快學會說客家話，不久，先父到北京去，我跟著母親回她的娘家板橋，我又學說閩南話，然後，五歲到北京……，很快的，就剩了一種純正的語言──北平話」。

　　夏祖麗〈大阪‧頭份‧北京──英子最早的生活〉對林海音這段幼年生活有極為詳盡的描述，夏祖焯〈吳濁流、張我軍與林海音〉[15]則提及，吳濁流、張我軍與林海音這三位對臺灣文學有極大貢獻者，他們的關係是以林海音為中心的。張我軍是林海音的表舅，吳濁流則是林海音父親林煥文

---

[11]林海音《城南舊事》原出版於光啓社，1960 年，當時書前序文是〈城南舊事──代序〉，1967 年純文學出版社再版，加上〈冬陽‧童年‧駱駝隊──「城南舊事」出版後記〉，兩序並列。兩文後來都收入林海音散文集《芸窗夜讀》（臺北：純文學出版社，1982 年）。《兩地》（臺北：三民書局，1966 年）是一本分寫臺灣與北平的早期散文集。

[12]林海音〈流水十年間──主編聯副雜憶〉寫於 1981 年 6 月（時 63 歲），收入《芸窗夜讀》，臺北：純文學出版社，1982 年。

[13]顧邦猷〈林海音早期的編寫生涯〉，收於《臺灣文學觀察雜誌》第 4 期「五〇年代文學專題」，1991 年 11 月。

[14]葉石濤，〈林海音論〉，《臺灣鄉土作家論集》，臺北：遠景出版公司，1979 年 3 月。

[15]夏祖麗，〈大阪‧頭份‧北京──英子最早的生活〉，寫於 2000 年，收入《從城南走來──林海音傳》。夏祖焯〈吳濁流、張我軍與林海音〉，《聯合報》副刊，2003 年 10 月 4 日，收入夏烈（夏祖焯）《流光逝川》，臺北：爾雅出版社，2008 年。

任教新竹新埔公學校時的學生，林煥文且曾任「臺灣旅京同鄉會」會長。

張光正（張我軍長子）[16]〈林海音青少年時代的人和事〉一文，敘述早期在北京的臺灣同鄉會（所謂「蕃薯人」）狀況，更考證出林煥文曾任職北京郵政局，林家在北京先後設寓七處，居住時間最久的是永春會館，廣東蕉嶺會館與（林煥文逝世後）的晉江會館。林海音小說《城南舊事》中的惠安館，其實並不是林海音幼時真正住處。林海音的叔叔林炳文參加反日運動，在東北被日人逮捕，25 歲即死於獄中，林煥文去大連收屍後，旋即病倒，1931 年去世。[17]

張光正的敘述，證諸林海音《兩地》的序文裡說的，先祖父林臺做過頭份的區長，在世時每年都會回一次祖籍廣東蕉嶺。「先父去收屍回來，才吐血發肺疾的」，「厏叔最疼愛我，我在北平考小學是他帶我去的……」，均若合符節。林海音〈城南舊事——代序〉與〈冬陽・童年・駱駝隊〉裡，敘及幼年家中總是高朋滿座，父親愛花，嗜好多，好喝酒划拳，由於飲酒熬夜，很早就有肺病。林海音兒時在北京的尋常生活，是家門口看駝煤炭的駱駝隊，跟老媽子逛遊藝園，聽「唱話匣子的」，文明戲，唱大鼓兒。《城南舊事》是林海音在父母的疼愛下美麗的兒時印記，「那是真正的歡樂，無憂無慮，不折不扣的歡樂」。

從充滿舊事的北平城南回到臺灣時，林海音正當 30 歲青壯之年，已經是三個孩子的母親了。除了是個優秀的作者，她在編輯檯上熱情溫暖，處事明快，提拔了許多當時處境較為弱勢的省籍作家，也一手建立了「聯副」往後的風格，使得當時的副刊成了一塊「光明之地」。林海音似乎沒有一般外省來臺作家戰爭與逃難的受害陰影，兩岸皆是家，她一方面扶持臺

---

[16] 張我軍共有四子：光正、光直、光誠、光樸。長子張光正留在大陸，曾參加解放軍，退伍後為父親出版了《張我軍全集》，同時也協助促成了大陸的「林海音作品研討會」。張光直為知名人類學者與中研院院士。夏祖焯曾於〈一些瑣事〉（收入《流光逝川》）一文中敘及，張光直念建中時還是「四六事件」中唯一的高中生，入獄一年後以同等學歷考上臺大考古人類學系。

[17] 張光正〈林海音青少年時代的人和事〉，發表於 2000 年，《炎黃春秋》第 10 期，又收入李瑞騰、夏祖麗編，《一座文學的橋——林海音先生紀念文集》，臺南：國立文化資產保存研究中心籌備處，2002 年 12 月。

灣本土作家，又一方面捐贈大量圖書，挹注大陸的現代文學館成立，並為
大陸編選臺灣作家選集，這一切似乎都毫無勉強，又那麼自然。她獨特的
身分調和性，使得兩岸在政治敵對的情況下，搭起一座文學構築的溝通平
臺。正如葉石濤於 1960 年代所形容的，臺灣猶如扇柄，林海音的文學，猶
如循著扇形狀的脈絡，投射到了土耳其玉色蒼穹覆蓋的北平。[18]

　　林海音〈流水十年間——主編聯副雜憶〉一文，以驚人的記憶力記錄
了她主編「聯副」十年間（1953～1963），所有刊用的作家與作品，是極為
重要的一手資料，與顧邦猷的〈林海音早期的編寫生涯〉可對應來看，加
上夏祖麗近日的〈城南、舊事〉一文，[19]我們可以清楚知道何凡、林海音來
臺後，在臺北城南重慶南路三段的住居情況，與當時文友往來的熱絡。夏
家客廳，成了半個文壇，林海音此一時期發掘了鍾理和、黃春明、林懷
民、七等生多位省籍作家，並建立了以文學為基調的文學副刊。聯副十年
之後，是《純文學月刊》（1967～1971）與「純文學出版社」（1968～
1995）。林海音的編輯事業，在卸下聯副主編一職後，益發壯大。1970 年
代後夏家從城南遷去了城北敦化南路永春新廈，日式古屋換了新式大廈六
樓，卻仍是高朋滿座，海納百川。身為晚輩作者並曾受惠於她的余光中，
就形容林海音多年來在文壇被人敬重的位置，如同植樹成林，「豈止是長青
樹，簡直是長青林」。[20]

　　關於林海音一生行止，施英美碩士論文《《聯合報》副刊時期（1953～
1963）的林海音研究》、唐玉純《反共時期的女性書寫策略》，[21]詳實精審，
是考證林海音早期文學場域的重要研究。施英美書末附錄的〈林海音文學

---

[18]葉石濤，〈林海音論〉，收於李瑞騰、夏祖麗編，《一座文學的橋——林海音先生紀念文集》，臺
　南：國立文化資產保存研究中心籌備處，2002 年 12 月。
[19]夏祖麗，〈城南、舊事〉，《聯合報》副刊，2010 年 5 月 10 日。
[20]余光中，〈另一段城南舊事〉，寫於 2002 年，時林海音已去世，收於《一座文學的橋——林海音
　先生紀念文集》，臺南：國立文化資產保存研究中心籌備處，2002 年 12 月。
[21]施英美，《《聯合報》副刊時期（1953～1963）的林海音研究》，靜宜大學中國文學研究所碩士論
　文，2003 年 6 月；唐玉純《反共時期的女性書寫策略》，暨南大學中國語文學系碩士論文，2004
　年 6 月。

年表〉，幾乎將她一生所有著作的寫成與發表年代明細全部羅列出來，唐玉純的論文還原了 1950 年代文學氛圍與外省來臺女作家的寫作背景，與稍後 2005 年封德屏〈遷臺初期文學女性的聲音——以武月卿主編《中央日報・婦女與家庭週刊》爲研究場域〉，[22]方向類同，都是研究林海音及其早期文本極爲重要的基本考證。

從封德屏的論文，可知林海音 1950 年代寫了不少散文，在《中央日報》・「婦女與家庭週刊」女作家中發表總量相當驚人，總計 48 篇，爲第二名，僅次於鍾梅音。有關林海音 1960 年代以後的寫作與出版事業，2002 年汪淑珍〈林海音出版事業——《純文學》月刊與「純文學」出版社初探〉[23]一文，概括了 1960 年代中期到 1990 年代中期，離開了《聯合報》編輯檯之後的林海音具體的貢獻。

2001 年底，美麗溫厚的女強人終於巨星隕落，正如她的么婿張至璋所說，林海音就是那種「打扮得貴氣，出落得大方，會隨時隨手拉人一把的人」。曾任《純文學》助理編輯，自稱是林海音學徒的隱地，懷念當年以「純文學」爲首的文學出版社「五小」的年代，也盛讚林海音身爲出版人的胸襟和膽識，遠遠超越一般男性。[24]在許多追念的文章裡，夏祖焯〈美麗中國的林間海音〉，與夏祖麗〈媽媽的花兒落了〉，[25]堪稱最爲至情至性，何凡〈從永不分離到相對無言〉[26]一文，尤其內斂沖澹，令人動容，都可以作

---

[22]封德屏，〈遷臺初期文學女性的聲音——以武月卿主編《中央日報・婦女與家庭週刊》爲研究場域〉，收於《永恆的溫柔——琦君及其同輩女作家學術研討會論文集》，桃園：國立中央大學中文系琦君研究中心，2006 年 7 月。

[23]汪淑珍，〈林海音出版事業——《純文學》月刊與「純文學」出版社初探〉，收於國立中央大學中文系編《霜後的燦爛——林海音及其同輩女作家研討會論文集》，臺南：國立文化資產保存研究籌備中心，2003 年 5 月。汪淑珍《文學引渡者：林海音及其出版事業》，臺北：秀威資訊科技公司，2008 年 2 月。

[24]張至璋，〈多向人灑香水——懷念岳母林海音女士〉，《中國時報》副刊，2001 年 12 月 4 日。丁文玲，〈巨星隕落，文學喟嘆〉，《中國時報》副刊，2001 年 12 月 9 日。

[25]夏祖焯，〈美麗中國的林間海音〉，原載《聯合報》副刊，2001 年 12 月 21～22 日，收入夏烈（夏祖焯）《流光逝川》，臺北：爾雅出版社，2008 年。夏祖麗，〈媽媽的花兒落了〉，亦載於《聯合報》副刊，2001 年 12 月 22 日。當日爲林海音追思會。

[26]何凡，〈從永不分離到相對無言〉，收入李瑞騰、夏祖麗編，《一座文學的橋——林海音先生紀念文集》，臺南：國立文化資產保存研究中心籌備處，2002 年 12 月。

為林海音近身的生命描摹。

二、有關林海音的作品評論

在林海音作品評論方面，1950、1960 年代文本受到的注意比較多，整體而言，小說又比散文受到文評青睞。散文集《冬青樹》（1955 年）、《作客美國》（1966 年）、《兩地》（1966 年），小說集《綠藻與鹹蛋》（1957 年）、《曉雲》（1959 年）、《城南舊事》（1960 年）、《婚姻的故事》（1963 年）、《燭芯》（1965 年）、《春風麗日》（1967 年）、《孟珠的旅程》（1967 年），都有不少單篇書評。其中 1957 年朱介凡〈林海音小論〉，1961 年高陽〈城南舊事的特色〉、〈雲霞出海曙──《曉雲》評介〉，與 1962 年丁樹南〈《綠藻與鹹蛋》的寫作技巧〉諸文，[27]算是比較早的評論。

朱介凡〈林海音小論〉，從她早期在《中央日報》‧「婦女週刊」上的散文，論到《冬青樹》與《綠藻與鹹蛋》。朱介凡稱許林海音文字「率真、自然、乾淨、俐落，悠悠道來，有如林間清風，但並不完全擺脫了人間煙火味」，尤其〈標會〉、〈鳥仔卦〉、〈蘿蔔乾的滋味〉，充分展現社會生活的一面。高陽與丁樹南評林海音小說，則非常著重其小說的優越技巧。高陽認為《曉雲》是一本運用了大量象徵手法的心理小說，單一觀點，意識流小說的正宗，《城南舊事》的孩童視角也很獨到；丁樹南則讚美《綠藻與鹹蛋》巧妙的通過衝突敘寫去表現人物性格，背景氣氛的設計也很成功。

關於兒童視角，1980 年代中期馬森在〈一個失去的時代──林海音的《城南舊事》〉一文中指出，「真摯的情感」「沒有虛構之感」是《城南舊事》最基本的佳境。林海音把一個失去的時代保存了下來，同樣是寫北京，林海音與老舍最大的不同是以小女孩的眼光取代了成人的視界。「如果說老舍有關北平的小說是社會性的、批評性的和分析性的，林海音的《城

---

[27]朱介凡，〈林海音小論〉，《文壇》第 1、3 期，1957 年 11 月、1959 年 1 月。高陽，〈城南舊事的特色〉，《文星》第 42 期，1961 年 4 月；〈雲霞出海曙──《曉雲》評介〉，《作品》第 3 期，1960 年 3 月。丁樹南，〈《綠藻與鹹蛋》的寫作技巧〉，《文星》第 9 卷第 5 期，1962 年 3 月。

南舊事》則是個人的、感情的、綜合的」。[28]

　　根據這樣的主軸，延伸出去許多後來談林海音小說敘述技巧的論文，例如汪淑珍〈林海音小說中敘事觀點探討〉、賴亭融、陳雪芳〈林海音《城南舊事》的寫作技巧探討〉[29]等等。汪淑珍的碩士論文《林海音小說敘事技巧研究》（東吳，1999 年）就是據此演繹而出的，全面由「敘事學」的角度進行林海音小說解讀。2002 年江寶釵〈童女的旅途──林海音小說中的作者與敘述研究〉，[30]在林海音小說中的敘事技巧之外，加上女性意識的觀察，尤其是兒童視角與第一人稱敘事觀點的闡述，在小說藝術手法上，再下一城。

　　1960 年代末論林海音，葉石濤〈林海音論〉與齊邦媛〈超越悲歡的童年──林海音《城南舊事》〉[31]二文，對林海音其人其文有深入觀察，也相當具有代表性。葉石濤〈林海音論〉是一篇洋洋灑灑的重量級論文，他非常看重林海音省籍出身的編者關鍵地位，認為她的小說優於散文，並剖析她的小說裡慣常以女人的悲劇為主題。有趣的是，葉石濤認為林海音小說毫不「現代」，心態平靜而壓抑，稍嫌保守，尤其缺少「性」的觀點，然而身為林海音知交的齊邦媛，〈超越悲歡的童年〉卻相當稱許林海音小說裡那種內斂含蓄，「安定，政治不掛帥」的立場，這或許也代表了男女評論者先天相異的品評角度。

　　1960 年代是林海音小說的顛峰期，往下至今，有關林海音小說的討論

---

[28]馬森，〈一個失去的時代──林海音的《城南舊事》〉，《中國時報》副刊，1984 年 9 月 13 日，收入馬森《燦爛的星空──現當代小說的主潮》，臺北：聯合文學出版社，1997 年。

[29]汪淑珍，〈林海音小說中敘事觀點探討〉，《中國現代文學理論季刊》第 13 期，1999 年 3 月；賴亭融、陳雪芳，〈林海音《城南舊事》的寫作技巧探討〉，《中國現代文學理論季刊》第 18 期，2000年 6 月。汪淑珍另有〈林海音《城南舊事》別離情節模式分析〉，《東吳中文研究集刊》第 5 期，1998 年 5 月。

[30]江寶釵，〈童女的旅途──林海音小說中的作者與敘述研究〉，收入國立中央大學中文系編《霜後的燦爛──林海音及其同輩女作家研討會論文集》，臺南：國立文化資產保存研究籌備中心，2003 年 5 月。

[31]葉石濤，〈林海音論〉，同註 1。齊邦媛，〈超越悲歡的童年〉，原收入 1969 年純文學版《城南舊事》，後又刊載於《中華日報》，1983 年 7 月 13 日，後收入齊邦媛《千年之淚》，臺北：爾雅出版社，1990 年。這三篇大意近似，文字上小有出入。

仍大部分集中於《城南舊事》或女性人物角色與命運之上。例如周素鳳
〈林海音小說中的婚姻與禁錮主題〉（《臺北工專學報》第 27 卷第 1 期，
1994 年 3 月）、汪淑珍〈女性哭歌：林海音三角婚姻情節模式分析〉（《中
國文化月刊》第 229 期，1999 年 4 月）、陳嬡婷〈論林海音婚姻與愛情小
說中的女性意識〉（《弘光學報》第 33 期，1999 年 4 月）、陳碧月〈林海音
小說中的女性意識〉（《臺灣文學評論》，2002 年 7 月）。近年學位論文尤其
集中此一主題，如趙惠芬《林海音小說中的美學研究》（銘傳碩士論文，
2004 年）、王明月《林海音小說研究》（師大碩士論文，2004 年）、詹玉成
《林海音小說人物論》（玄奘碩士論文，2004 年）、王譓淳《林海音的啓悟
小說──《城南舊事》研究》（彰師大碩士論文，2009 年）、林淑琴《林海
音小說之人物研究》（淡江碩士論文，2010 年），大抵類此。

　　在 21 世紀看似已經開發殆盡的林海音研究裡，2003 年呂正惠於東海
大學「戰後初期臺灣文學與思潮研討會」中，發表〈五〇年代的林海音〉
一文。[32]他別闢蹊徑，除了標舉林海音在 1950 年代爲最重要作家，並且注
意到《婚姻的故事》應列爲散文。呂正惠還提出新觀點──林海音散文的
成就，應該高於（或至少等同）張秀亞、徐鍾珮、鍾梅音等人。這個新說
法，令人不由得想起本土派評論者葉石濤 1960 年代末〈林海音論〉的不同
評價：「並非我有意歧視散文和遊記，其實是她的小說優於散文的緣故」。
葉石濤一文發表於 1968 年，當時林海音已出版了她的所有小說，散文卻僅
有三本：《冬青樹》、《作客美國》、《兩地》。葉氏無法看到林海音散文全
貌，故有此說，實不足深責。以今天來看，林海音散文創作總量多於小
說，重要性也絕不遜於小說。

　　林海音寫文章時所用的語言，是一種脆亮俏皮犀利靈活的文學京腔，
在她的小說和散文裡同樣可以掂出分量來。與何凡爲《國語日報》多年同

---

[32]呂正惠，〈五〇年代的林海音〉，發表於 2003 年東海大學「戰後初期臺灣文學與思潮」研討會，
收入《戰後初期臺灣文學與思潮論文集》，臺北：文津出版社，2005 年。

事的子敏（林良），早年評林海音的《冬青樹》，[33]曾說林海音的散文完全是「白話散文的傳統」、「家的文學」，由生活出發的，非常自然生動。她寫的其實是「散文小說」，「散文的形式，卻含有小說的質素」，也可稱爲是小說家的散文遊戲。這種故事型散文的基調，「在閒適的散文中加入一些虛構的情節」，頗具獨特風味，和她小說中結構的經營，或呈現對婚姻與性別的省思，是明顯有別的。

1990 年代，大陸學者卞新國就曾持論，林海音的散文主情而不主理，寫實路線，自然天成，結構雖散，「但有整一的情趣貫穿」。[34]林海音散文的特殊性，應當回歸到 1950 到 1960 年代女作家文本來談。蘇雪林、謝冰瑩、張秀亞、徐鍾珮、沉櫻，無論是簡鍊章法或典麗文言，這些「帶著五四薪火南來的藍襪子」（董橋語），學院背景與家學根柢都使她們文字偏向書面語言。而 17 歲就爲生活闖蕩（未讀大學）的林海音，獨特的流暢口語，無論寫家庭瑣記、異國遊歷或故京憶往、文壇話舊，在同期女作家散文中，頗稱獨一無二。

2006 年，張瑞芬〈英子的鄉戀——論林海音散文〉[35]將林海音散文分爲四種主題：

    （一）臺灣瑣記與家庭情趣：包括《冬青樹》、《兩地》（輯二）、
         《窗》。

    （二）遊記：《作客美國》。

    （三）京味兒回憶：《兩地》（輯一）、《家住書坊邊》、《靜靜的聽》
         「林海音談京味兒」。

    （四）文壇話舊：《芸窗夜讀》、《剪影話文壇》、《隔著竹簾兒看見
         她》、《生活者·林海音》（輯一）。

---

[33]子敏，〈推車的日子——談談《冬青樹》〉，《國語日報》，1980 年 9 月 8 日。子敏另有一文〈活潑自然具風姿——談林海音的散文〉，收入林海音《芸窗夜讀》，臺北：遊目族文化，2000 年 5 月。
[34]卞新國、徐光萍，〈林海音散文敘評〉，《鎮江師專學報》，1997 年第 1 期。
[35]張瑞芬，〈英子的鄉戀——論林海音散文〉，《五十年來臺灣女性散文·評論篇》，臺北：麥田出版社，2006 年。

除了強調林海音散文的重要性，並羅列其間詳細內容。黃怡文《林海音及其散文研究》（臺北市立師範學院碩士論文，2004 年）則著重於散文主題與藝術技巧，全面舉例說明。

除了散文與小說，林海音的兒童文學創作，也是她的作品不可或缺的一環。林良的〈林海音先生和兒童文學〉、林武憲〈給孩子一個親切的世界——林海音與兒童文學〉[36]都提到，1960 年代林海音曾擔任教育廳兒童讀物編輯小組，那幾年間出版《林海音童話集》，包括了《金橋》、《小快樂回家》、《蔡家老屋》、《不怕冷的鳥——企鵝》、《我們都長大了》五本。1968年純文學出版社成立，也編印多本兒童讀物與兒童詩集。之後，她還繼續擔任小學國語教科書的編寫工作多年。楊絢《林海音與兒童文學》（臺東師院碩士論文，2000 年）對此有全面性的觀照，文中除論及林海音對兒童教育的看法，並舉其出版的兒童青少年讀物來佐證。

三、林海音的女性意識、文學傳承與定位

林海音作為一個跨越新舊時代的女性，在本土化、性別，族群認同議題來勢洶洶的後現代潮聲中，也免不了被多重檢視。1980 年代初由於大陸導演吳貽弓拍攝的電影《城南舊事》，英子眼中的淡淡憂愁，風靡了剛從劍拔弩張的氣氛中掙脫，正需要溫情慰藉的中國，林海音到底是意外在中國大陸走紅，還是有被對岸當權者收編的疑慮。她的中產階級氣質、「非典型」女性意識、「對人性的負面總是點到為止」，也在在引發文學史定位的討論。

從林海音的女性意識或文學系譜立論，1994 年彭小妍的〈巧婦童心——承先啟後的林海音〉[37]一文，是較早著手的。這篇文章評論重點主要在林

---

[36]林良，〈林海音先生和兒童文學〉，寫於 1987 年；林武憲，〈給孩子一個親切的世界——林海音與兒童文學〉，寫於 2001 年。二文後皆收入李瑞騰、夏祖麗編，《一座文學的橋——林海音先生紀念文集》，臺南：國立文化資產保存研究中心籌備處，2002 年 12 月。

[37]彭小妍，〈巧婦童心——承先啟後的林海音〉，《中國時報》副刊，1994 年 1 月 8 日，後收入李瑞騰、夏祖麗編，《一座文學的橋——林海音先生紀念文集》，臺南：國立文化資產保存研究中心籌

海音的小說，但已開始注意到其間性別、政治、歷史的意涵。2001 年〈跨越兩岸的林海音〉[38]一文，彭小妍注意到林海音許多小說是著眼於臺灣經驗的，並且寫的都是戀愛、婚姻等等瑣事，卻堪稱「以個人私情敘述家國歷史」，提供了一種與大敘述並行的另類觀點。從《曉雲》（1959 年）、《孟珠的旅程》（1967 年）、《春風》（1959 年），可以見出女性情誼，堪稱臺灣經驗中的「新女性」。

人約同時，接續彭小妍議題而下，范銘如與應鳳凰於 2000 年於北京「林海音作品研討會」，分別提出不盡相同的觀察與焦慮。應鳳凰繼 1999 年〈林海音的女性小說與臺灣文學史〉之後，又提出觀念略同的〈林海音與臺灣文壇〉，[39]應鳳凰肯定林海音突破性的編輯角色，稱她為臺籍作家的知音，也認為她的重要地位無庸置疑，臺灣文學史必將還她一個公道的位置。范銘如〈如何收編林海音〉[40]則指出，林海音多種背景，跨越文類，對不同立場的意識形態而言，反而有種「政治不正確性」。不是被冷落，就是成為各方較勁拉攏的插臺。在性別的、省籍的各種議題中，林海音如何在各方論述中找到自己的定位？

這項提問，在范銘如 2002 年〈京派‧吳爾芙‧臺灣首航〉[41]一文中似乎已經得到了突破口。范銘如認為在文學傳承上，林海音和張秀亞這兩位「凌迷」都承接了「京派文學」的特色，尤其維吉尼亞‧吳爾芙是與凌叔華有一段中西文學因緣的，吳爾芙《自己的房間》也因為張秀亞的翻譯介紹，林海音的純文學出版社印行，才譯介到臺灣來。而林海音與張秀亞在女性書寫上著重的都是文學技巧，而不是社會運動，這和當時保守的文壇環境有著極大關係。

備處，2002 年 12 月。

[38]彭小妍，〈跨越兩岸的林海音〉，《聯合報》副刊，2001 年 12 月 4 日。

[39]應鳳凰，〈林海音的女性小說與臺灣文學史〉，《中國女性書寫國際研討會論文集》，臺北：學生書局，1999 年。〈林海音與臺灣文壇〉，收入《林海音研究論文集》，北京：臺海出版社，2001 年。

[40]范銘如，〈如何收編林海音〉，收入《林海音研究論文集》，北京：臺海出版社，2001 年。

[41]范銘如，〈京派‧吳爾芙‧臺灣首航〉，收入國立中央大學中文系編《霜後的燦爛——林海音及其同輩女作家研討會論文集》，臺南：國立文化資產保存研究籌備中心，2003 年 5 月。

　　有關林海音的京派傳承，2003 年梅家玲在大陸發表的〈女性小說的都
市想像與文化記憶──林海音與凌叔華的北京故事〉，[42]將范銘如之說再推
出去一步，將林海音《城南舊事》與凌叔華《古韻》比並觀之。在探討兒
童／成人觀點的同時，更延伸到「異地而觀」的論點。同樣書寫古城的童
年，林海音是在臺灣想念北京，凌叔華則是移居英國之後懷想京華。由於
《古韻》是以英文寫就，且流傳於西方世界的，凌叔華比起林海音，在中
西文的轉換間，還多了幾分東方主義式的迷魅。梅家玲一文，巧妙的將女
性意識掩藏在記憶與家國的詮釋之下，與范銘如對林海音女性意識表達的
疑義，看似主題近似，但又同中有異，同稱精采。

　　從兩岸文學議題來看，林海音一生的文學志業，不只在編寫方面，她
在兩岸文學交流上尤其成就非凡。1980 年代她主編的《純文學月刊》「中
國近代作家與作品」專欄，就開始突破政治上的禁忌，以純粹學術的考量
回顧 1930、1940 年代。[43]而在 1980 年代末漢城舉辦的第 52 屆「國際筆會
年會」中，林海音與蕭乾、許世旭開展了海峽兩岸與韓國的文化交流。
1990 年，林海音隨臺灣出版界訪問大陸。暌違多年後首次踏上故土，她以
在臺灣出版界多年的資歷，挹注圖書與經費，與北京中國現代文學館結下
不解之緣，與多位大陸作家知己相交，[44]後來林海音與冰心、蕭乾更共同促
成了《當代臺灣著名作家代表作大系》的編纂。

　　朱嘉雯〈推開一座牢固的城門──林海音及其同時代女作家的五四傳
承〉，即是著眼於兩岸文學的淵源，把陣線拉大，由林海音擴及多位渡海來
臺女作家，探討她們所繼承的自由主義精神，與獨特時空下的亂離書寫。
這種寫法，是屬於一種比較宏觀的斷代史橫切面，重現的是時代的精神，

---

[42]梅家玲，〈女性小說的都市想像與文化記憶──林海音與凌叔華的北京故事〉，北京「都市想像與
　文化記憶研討會」論文，收入梅家玲《性別，還是家國？──五〇與八、九〇年代臺灣小說
　論》，臺北：麥田出版社，2004 年。
[43]羅青，〈屍骨化灰成舍利──林海音編《中國近代作家與作品》讀後〉，《中央日報》，1980 年 6 月
　11 日。
[44]林海音《隔著竹簾兒看見她》（臺北：九歌出版社，1992 年）一書中，記述與多位海內外文人的
　交誼，如蔣彝、余阿勳、沉櫻、雷震、古華、蘇雪林、蕭乾與於梨華。

比較不著重於作家之間技巧與主題細微的分別。2003 年張嘉惠《林海音小說中的五四接受與及影響研究》[45]，與 2007 年李京珮〈曲折的縫綴——《純文學》對五四作家的接受〉[46]，也著眼於此，探討林海音主持下的《純文學》「近代中國作家與作品」專欄，不畏艱難，衝撞禁忌，對五四作家與作品的「接受」與「再現」情形，也別有見地。

　　如果說凌叔華 V.S 林海音是一種作品的比較美學，張愛玲 V.S 林海音則是作者的比較美學。從女性寫作者的人生與性格來分析，莊宜文〈林海音與張愛玲對照記〉是一篇觀點新穎的傑作。莊宜文此文與范銘如同樣發表於「林海音及其同輩女作家學術研討會」，藉著兩個性格與人生迥異的女作家，巧妙帶出了京派（林海音）與海派（張愛玲）的異同。在這篇近三萬字的長文中，莊宜文以林海音與張愛玲的性格、事業、家庭、寫作環境作為對照。「張愛玲小姐」V.S「林海音先生」，前者清高自持，後者豪爽熱情，二人文壇形象與評價迥異，林海音文壇地位為人推重，張愛玲則文學成就備受矚目，為兩人作了絕佳的對照記。

　　在 1950 年代跨海來臺女作家中，林海音以年齡來說位屬中階，恰好是1916 至 1923 年出生的一群，這也是包括最多知名作家（如琦君、徐鍾珮、林海音、繁露、劉枋、孟瑤、羅蘭、潘人木、張秀亞、鍾梅音、胡品清、畢璞、艾雯）的層級。而這一臺北女作家群，恰好正是以林海音為首的「女作家慶生會」為核心的，[47]都是跨越新舊兩代，卻兼具兩個時代女性特長的優秀作家，然而其中在寫作、編輯與出版有全方位貢獻的，殆屬林海音無疑。

---

[45]朱嘉雯，〈推開一座牢固的城門——林海音及其同時代女作家的五四傳承〉，收入李瑞騰、夏祖麗編，《一座文學的橋——林海音先生紀念文集》，臺南：國立文化資產保存研究中心籌備處，2002年 12 月。與其 2002 年中央大學碩士論文《亂離中的自由——五四自由傳統與臺灣女性渡海書寫》，論點略同。張嘉惠，《林海音小說中的五四接受與及影響研究》，中山大學中國語文學系碩士論文，2004 年。

[46]李京珮，〈曲折的縫綴——《純文學》對五四作家的接受〉，收入《2007 青年文學會議論文集——臺灣現當代文學媒介研究》，臺北：文訊雜誌社，2008 年 3 月。

[47]張瑞芬，〈琦君散文及五〇、六〇年代女性創作位置〉，政治大學《臺灣文學學報》第 6 期，2005年 6 月。

臺灣的文學史書寫，無論是葉石濤或陳芳明，無不給予極高度之肯定，即連大陸劉登翰等人合編的《臺灣文學史》，與盛英《二十世紀中國女性文學史》，都有專章論到林海音的成就。

而林海音的相關研究，仍綿延未絕。就以 2010 年臺灣大學臺灣文學研究所舉辦的「第九屆國際青年學者漢學會議」為例，都還有林崢〈從《舊京瑣記》到《城南舊事》——兩代遺／移民的北京敘事〉、王鈺婷〈報導臺灣、記憶「日本」與詮釋歷史——以戰後初期林海音之書寫為例〉、張琬琳〈文化菁英世代的城市空間建構——以戰後臺北「城南」所形塑的「文教區位」為探討核心〉[48]多篇擲地有聲的論文。

席慕蓉曾形容林海音是：「一個在文化困境中流離的靈魂，卻以整個生命的光與熱，修補了每一道創痕的婦人」。在這文學式微，網路傳播與淺俗文化當道的今日，懷想一個優秀的文學編輯曾經在這個社會上發揮的巨大力量，多麼令人慨歎。

如何看待一個好的文學編輯，王鼎鈞日前有一文，或可給個公道的說法。他說一個寫作者，至少要有一個值得信賴的朋友或親人，當你文稿的評論者，又能公正、恰當的指出你作品中的缺失。這位良友，應該就是報刊或出版社的編輯。

> 誰有能力提出意見改進你的作品？應該是一位同行，哪位同行願意你寫出更好的作品呢？恐怕只有編輯，他的職業使他可以和你共存共榮。……一個有成就的作家，背後都有一個編輯作他的知音，他的推手。
>
> 作家應該經常關切他的編輯，引為終身良友。如果兩個約會時間衝突，一個主人是縣長，一個主人是主編，他應該捨縣長而就主編。一件禮物

---

[48]臺灣大學臺灣文學研究所、美國哈佛大學東亞系主辦「第九屆國際青年學者漢學會議——臺灣文學與文化研究」，2010 年 7 月 9～10 日。

　　合乎兩個人的需要，一個是表兄，一個是主編，他應該送給主編。[49]

旨哉斯言！

---

[49]王鼎鈞，〈作家常有的生活習慣〉，《聯合報》副刊，2010 年 11 月 8 日。

輯四◎
重要評論文章選刊

冬陽・童年・駱駝隊

《城南舊事》出版後記

◎林海音

　　駱駝隊來了，停在我家的門前。

　　牠們排列成一長串，沉默的站著，等候人們的安排。天氣又乾又冷。拉駱駝的摘下了他的氈帽，禿瓢兒上冒著熱氣，是一股白色的煙，融入乾冷的大氣中。

　　爸爸在和他講價錢。雙峰的駝背上，每匹都馱著兩麻袋煤。我在想，麻袋裡面是「南山高末」呢？還是「烏金墨玉」？我常常看見順城街煤棧的白牆上，寫著這樣幾個大黑字。但是拉駱駝的說，他們從門頭溝來，他們和駱駝，是一步一步走來的。

　　另外一個拉駱駝的，在招呼駱駝們吃草料。牠們把前腳一屈，屁股一撅，就跪了下來。

　　爸爸已經和他們講好價錢了。人在卸煤，駱駝在吃草。

　　我站在駱駝的面前，看牠們吃草料咀嚼的樣子：那樣醜的臉，那樣長的牙，那樣安靜的態度。牠們咀嚼的時候，上牙和下牙交錯的磨來磨去，大鼻孔裡冒著熱氣，白沫子沾滿在鬍鬚上。我看得呆了，自己的牙齒也動了起來。

　　老師教給我，要學駱駝，沉得住氣的動物。看牠從不著急，慢慢的走，慢慢的嚼；總會走到的，總會吃飽的。也許牠們天生是該慢慢的，偶然躲避車子跑兩步，姿勢很難看。

　　駱駝隊伍過來時，你會知道，打頭兒的那一匹，長脖子底下總繫著一

個鈴鐺，走起來，「鐺、鐺、鐺」的響。

「爲什麼要一個鈴鐺？」我不懂的事就要問一問。

爸爸告訴我，駱駝很怕狼，因爲狼會咬牠們，所以人類給牠們帶上了鈴鐺，狼聽見鈴鐺的聲音，知道那是有人類在保護著，就不敢侵犯了。

我的幼稚心靈中卻充滿了和大人不同的想法，我對爸爸說：

「不是的，爸！牠們軟軟的腳掌走在軟軟的沙漠上，沒有一點點聲音，你不是說，牠們走上三天三夜都不喝一口水，只是不聲不響的咀嚼著從胃裡倒出來的食物嗎？一定是拉駱駝的人類，耐不住那長途寂寞的旅程，所以才給駱駝帶上了鈴鐺，增加一些行路的情趣。」

爸爸想了想，笑笑說：

「也許，你的想法更美些。」

冬天快過完了，春天就要來，太陽特別的暖和，暖得讓人想把棉襖脫下來。可不是麼？駱駝也脫掉牠的舊駝絨袍子啦！牠的毛皮一大塊一大塊的從身上掉下來，垂在肚皮底下。我真想拿把剪刀替牠們剪一剪，因爲太不整齊了。拉駱駝的人也一樣，他們身上那件反穿大羊皮，也都脫下來了，搭在駱駝背的小峰上，麻袋空了，「烏金墨玉」都賣了，鈴鐺在輕鬆的步伐裡響得更清脆。

夏天來了，再不見駱駝的影子，我又問媽：

「夏天牠們到哪裡去？」

「誰？」

「駱駝呀！」

媽媽回答不上來了，她說：

「總是問，總是問，你這孩子！」

夏天過去，秋天過去，冬天又來了，駱駝隊又來了，但是童年卻一去不還。冬陽底下學駱駝咀嚼的傻事，我也不會再做了。

可是，我是多麼想念童年住在北京城南的那些景色和人物啊！我對自己說，把它們寫下來吧，讓實際的童年過去，心靈的童年永存下來。

就這樣，我寫了一本《城南舊事》。

我默默的想，慢慢的寫。看見冬陽下的駱駝隊走過來，聽見緩慢悅耳的鈴聲，童年重臨於我的心頭。

——中華民國 49 年 10 月

——選自林海音《芸窗夜讀》
臺北：純文學出版社，1982 年 4 月

流水十年間
主編「聯副」雜憶

◎林海音

最早的回憶

受聘於《聯合報》主編「聯合副刊」，是起自民國 42 年 11 月 1 日，離開「聯副」是民國 52 年 4 月 24 日。十年於茲。

今天讓我來寫十年編輯生沽的回憶，倒不知該從何說起。

最早的回憶是——一開始我並沒有到報社去工作，因爲那時正懷著孩子，大腹便便，不良於行，都是由外子何凡代我去發稿，看大樣等等，直到過了小孩滿月，正式到報社工作，已經是民國 43 年 1 月間的事了。

編輯部和工廠都是在大理街頭上的一條巷子裡。我每天下午從家裡到泉州街去搭乘 13 路公共汽車，在昆明街口下車，再步行到大理街。進了門，咯噔咯噔走上光線不足的木樓梯，來到了編輯部。一間簡陋的大屋子裡，擺滿了木製書桌，座位是面對面，肩比肩，全室的書桌就排成幾個這樣的組合。下午的編輯部是寂靜的，常常只有校對先生、我，和工廠的排印人員，大家相處很好。我埋首工作的時候，他們稍閒，就會上樓來靜靜的擺一盤棋；等大家都閒下來，他們才跟我聊聊天兒。他們當時是一群單身年輕的孩子，逃避紅禍離開家鄉，來自不同的省分，如今湊在一起，大家豈不應當親切一些。後來他們有的結婚了，少不得請我喝喜酒，讓我講話，送我結婚照。因爲我們共同工作了那麼久，而且合作愉快。

民國 40 年的 9 月 16 日，是本報第一號的創刊日，由《全民報》、《民族報》、《經濟時報》組成的《聯合版》，每天出版兩大張。到了 42 年的 9

月 16 日，改成《聯合報》，仍冠以三報的報名和它們的招牌字。我來時已經是聯合「報」了，但是一般人仍習慣叫它聯合「版」；甚至從民國 46 年 6 月 20 日起，三報報頭的招牌字取消了，只是單單的「聯合報」三個字，以後的若干年，也還常聽有人叫它「聯合版兒」呢！

回過頭來談副刊。我雖是 11 月 1 日接編，但是正式亮相的日子是 12 月 1 日。在這以前，「聯副」是綜藝性濃，文藝性淡。在一張半（這時反而比創刊時少半張）的報紙上，只有這一份副刊，占十欄篇幅，所以舉凡電影、戲劇、漫畫、小說、散文、掌故、婦女家庭、編織……無不包含在內，可謂包羅萬象。

何凡和我，對報紙的副刊，有共同的愛好，而且我們都是各自在未出校門時，就在報社兼工作，或者向副刊投稿，畢業後又都從事新聞工作，這一生沒有離開過這個崗位。決定接編「聯副」，就計畫藍圖；構想如何？理想如何？內容怎樣？仔細琢磨。當初和報社接洽時，既定的條件是副刊每天刊一篇方塊專欄，由何凡執筆。版面無論大小，有一篇方塊做為副刊的領導文章，這種形式行之於我國報紙，恐怕至少跟著建國以來就有的吧？所以方塊專欄的作者是特約的，而非投稿的；排列的位置是固定的，而非補白的。作者的文章，固然應有其自己的風格，但所談所論，更應當知識淵博，觀念正確，要做到使讀者喜愛和服膺，並且發生影響力。這些，何凡都做得到，因為他早在北平的報上就是幹的這一行，文章「叫座兒」不自今日始。他在民國 42 年 12 月 1 日「玻璃墊上」專欄的登場白上，曾寫了下面的幾句話：

> ……「玻璃墊上」大抵以社會動態、身邊瑣事、讀書雜感、新知趣事為題材，信手拈來，不遑字斟句酌，萬一有冒犯任何人虎威之處，仍請本民主的寬容胸懷，賜予原宥……

就這樣，《聯合報》創刊 30 年，何凡倒也寫了 28 年，在自由中國的專

欄裡，恐怕是壽命最長的了。

邀稿

如果要把一個副刊的文藝性濃度提高，固然要多刊創作，無論散文或小說，同時我認為也應當多多介紹國外作品和國際文壇報導。翻譯外國作品有一個原則，要的是當代作家作品，報導的是國際文壇最新的事，因此必須約專人司其事。歐美方面的，我約了何欣；日本方面的，我約了施翠峰。施是光復以後最早一位從日文跳到中文的青年作者，而且文字完美，這真是不容易。兩位寫譯都很勤，瀏覽群書，材料豐富。他們不光寫報導，讀到好的文藝作品，也都會翻譯過來。

創作方面，我邀請了多位當時在臺已常有作品的作家，前輩的像方師鐸、梁容若、陳紀瀅、齊如山等幾位先生，他們都很高興的寫了散文或雜鈔，古典文學或民俗掌故來，是屬於有學養的文章。

女作家我邀請了謝冰瑩、張秀亞、郭良蕙、王琰如、咸思、孟瑤、艾雯、邱七七、劉枋、琦君、畢璞等幾位，自從民國 40 年以來，女作家在臺灣文壇上是活躍的，占據了重要的一環，當我邀請她們為「聯副」撰稿時，她們都已是擁有大量讀者的女作家了。寫到這兒，我倒要提及一位自由中國女作家之友，即《中央日報》當年「婦女家庭版」的主編武月卿，她的「婦女家庭」實用作品少，卻刊的都是女作家寫的文藝作品，無論身邊瑣事或家庭倫理、問題觀念等散文、小說。上述的女作家中，大多數都是向「婦家」投稿的，而我個人也從「婦家」認識了這許多位同文，都成為好友，拉稿不難。就是「婦家」的主編武月卿，我也拉來為「聯副」翻譯了一些作品呢！

長篇連載的，當時尚有王彤的〈曉來誰染霜林醉〉在連載中。過後，就先刊出公孫嬿的〈黑手〉，郭良蕙的〈誤〉，穆穆的〈代價〉，劉枋的〈逝水〉等中篇連載，都是佳作。翻譯的如林友蘭譯毛姆的〈雨〉，武月卿譯賽珍珠的〈中華兒女〉等。

　　「聯副」所以不斷有好的小說來，我想，開闢中篇連載，也是很重要的，短篇小說固然是純文學作品裡列為上上的，但是中篇小說，無論結構或描寫，卻更能使作者有所發揮。

　　以上是我就初編時的版面內容設計和邀稿情況，略為記述，後來「聯副」成為短篇小說的豐收地，發現了許多新的、好的、年輕的作家，以後再說。

　　在設計內容中，還有一項持續了十年的，應當一提，就是「漫畫選粹」。所謂選粹，都是選自外國幽默漫畫，單幅為多。幽默漫畫在歐美甚至日本，極為流行。林語堂當年把英文的 Humour 一字，譯為中文「幽默」二字，真是再恰當不過，而行之於今也有半個世紀多了。林語堂的「幽默」的意義，可以解釋為是一種「富有人情味的玩笑」，而不是「惡意的諷刺」，「諷刺」和「幽默」之間，總還有個界線呢！選譯漫畫，並不具名，但皆出自何凡手筆。想想看，每天一幅，十年下來就有三千多幅了。而且，外國漫畫，大多不著一字，何凡要給它一句幽默的中國話，恰如其分，頗不容易。因為本來那幅漫畫是很幽默，一看就會使人發出會心的微笑，如果你畫蛇添足，加上一句不夠幽默的中國話，反而會起反作用。這一類漫畫，差不多都是描繪人間眾相，美國漫畫喜歡開玩笑的對象，如：老闆與女祕書，護士與病人，丈夫與妻子，兒童、醉鬼、女僕，或旅行中，荒島上，餐飲中等等，和政治毫無關係，政治、時事的漫畫，又另是一工了。這在讀夠了正經文章之外，給一幅這樣的漫畫，是很有調劑作用的。但是像這樣人情味十足的幽默漫畫，也遭到了幾次不必要的敏感的過問，這實在實在是不必要的。

投稿

　　一份刊物的初創，邀稿固然很重要，發掘投稿中的佳作更是重要，不然新的作家怎麼出現？接編「聯副」以後，雖然有了一個新的方向，但是原來的綜藝性的稿子，也還應當具備，以應這方面讀者之需，所以社方很

快的又加了一個「藝文天地版」（黃仁先生主編），刊登電影、戲劇、趣譚等類屬於報導或非文學性的軟性稿子。兩份副刊合起來，是一整版。當時報紙每天出一張半，副刊部分就占了六分之一的篇幅，可謂不少了。

「聯副」這時方向既定，文藝性加濃，讀者日多，接到的投稿也真不少。每天仔細閱讀來稿，是一個做編輯的責任，也是快樂。我想我不會放過每篇佳作，發現一篇佳作的快樂，不亞於自己寫一篇得意作品。記得最早爲「聯副」撰稿的女作家有張漱菡、於梨華、蕭傳文、琦君等幾位。張漱菡和琦君是各爲她們將出版的新書《海燕集》和《琴心》寫前言或後語什麼的。蕭傳文是一位提筆快速一揮而就的作者。於梨華剛自臺大畢業，赴美留學，她在大學讀書時，我們就認識，到美後即爲「聯副」撰寫「留美雜記」。

投來的稿子中，最早給人新穎凸出感覺的，是高敬恩以「哥哥」這個人物做爲主角的短篇小說。另一種類似白話筆記的，則是出自年齡較高，舊學較厚的作家，如磊庵、張瘦碧、土素存二位，都曾爲「聯副」執筆多年，尤其磊庵的「涵碧樓碎墨」，材料豐富、淵博，似有寫不盡的事物。又如勞影，也是「聯副」早期就投稿的年輕作家，他和另一位向「聯副」投稿的劉非烈是好友，他們的短篇小說多以陋巷小人物爲題材，作品寫實而感人。

流水十年間

以上是就記憶寫出接編「聯副」開始的情況。要我再憑記憶說下去，倒很爲難，編輯的時間，雖曰流水十年間，但倒數過去，卻也是距今 28 年前的事了呢！最好是眼前擺一套《聯合報》的縮印合訂本，讓我逐頁翻閱，在放大鏡下引發我的回憶，以編年的方式來記述吧！

最初無論約稿或投稿，都是以外省文友爲多，因爲那時能以流暢中文寫作文藝作品的本省作者尚不多，施翠峰、廖清秀、鍾肇政（筆名「鍾正」）、文心數位而已，但是有一位筆名「莊妻」的作者，常常寄來雋永的

散文，數百字一篇，似是信手拈來，有時是哲理的意味，有時是鄉土的氣息，文字也是從日文跳過來的，尚不能達到流暢的地步，但是我很喜歡，總是細心的把文字整理好給他發表。他寄稿的方式也令人難忘，500 字的稿紙捲成一寸寬寄了來，我拆之不易，攤平它也不易，卻是很喜歡讀。記得後來的七等生，也是這樣的寄稿法。

「聯副」雖文學性加濃，但不能完全摒棄非文學性的，如「輕鬆面」，「益智集」，民俗諺話，「家常話」等等，但總要做到開卷有益，不要消閒性濃才好。除了創作外，齊如山的民俗雜文，以及他提倡並蒐集有年的諺語發表以後，跟著是朱介凡首先響應，他的「人無偏好不樂」，也是提倡諺語蒐集的，後來他寫一「諺語」專欄，若干年來，各省或各類諺語蒐集的稿子，投來之多，到了我無法一一刊載的地步，後來就交由朱先生保存整理了。

民國 43 年過了半年，我編「聯副」或可以說是「得心應手」了，稿源充足，而且無論約稿或投稿，都是扎扎實實的作品。在連載小說方面，總是維持著一創作一翻譯的局面，5 月 21 日開始連載長篇翻譯小說〈黛茜妮〉，是一位陌生的丹麥女作家的著作，寫拿破崙時代的故事，暢銷於歐美。創作的也開始連載東北作家李輝英的長篇小說〈苦果〉，他在香港居住，這是我們約稿面伸遠的第一步。

吾師成舍我先生也特別支持，他以「一戈」為筆名為「待廬談報」專欄，自 6 月 14 日起刊，數日一次，成師為新聞界前輩，在大陸同時主持幾個大城市（北平、南京、上海）的民營報。來臺後雖然沒有辦報，但是對於國內外報業的動向反而有更充裕的時間來研究，這專欄的分題短文，敘述心得，報導新事，觀察正確，文筆輕鬆，內行外行讀了都有所獲益。

後來做了故宮博物院副院長的譚旦冏先生，也時為「聯副」撰寫散文，或抒情回憶，或有關古物介紹。

林枕客、劉非烈、郭衣洞、陳香梅、侯榕生、郭嗣汾諸作家的作品，都是由 43 年下半年出現在「聯副」的。郭衣洞的小說和汪夢湘的雜文，都

是以諷刺見稱。陳香梅寫了一篇〈男人〉，引來了幾十封「豈可沉默無言」的男人的來信。

9 月 29 日開始刊登「旅美褲記」專欄，作者「金夫」就是王洪鈞，他赴美留學，以新聞記者敏銳的眼光看美國，視線觸及美國各方面，有寫不盡的材料，這一專欄寫了近百篇，直到他學成返國。當年出版業不發達，未輯集成書，是很可惜的。

長篇小說南郭的〈旗正飄飄〉10 月 1 日開始連載。

44 年加入散文或小說創作陣容的，有王藍、子良（就是後來筆名為「子敏」的林良）、董季棠、吳心柳、糜文開、童真、童世璋等幾位。故宮的那志良先生，玉的專家，為「聯副」撰〈玉的採取〉連載多日。也是故宮的莊慕陵先生，是著名瘦金體書法家，寫〈筆下閒談〉。

童真在本年度寫了多篇短篇小說，童真是我個人最喜歡欽佩的小說作家，她觀察入微，刻畫人物的心理很細膩。這一年我自己也發表了〈白兔跳〉等幾個短篇小說。

童世璋的〈開會諸形相〉寫了有 20 篇的樣子，每篇數百字，把開會諸形相，寫得淋漓盡致，他服務於省府，會是開得太多了，才有此心得。另一位青年黨要員胡國偉先生，筆名「谷懷」，是留法前輩，寫一「傻人筆記」專欄，文筆輕鬆幽默，他獨身在臺，家眷在港，卻也逍遙自在，他的那個黨的黨務又不忙，有時間觀察人生諸色相，閒來讀書又多，所以有得是材料可入筆。

張秀亞的「一枝短笛」專欄，蘇雪林的「青島回憶」專欄，那是在本年度刊出的。又本年的連載小說，倒還值得一提：法國閃出一位 20 歲的少女沙岡，寫了一本轟動世界文壇的小說《晨愁》，黃順華翻譯。另一本也是名氣不小的韓素英的《再生緣》，楊子翻譯。創作的長篇小說有孟瑤的〈屋頂下〉，易金的〈狗牽著的人〉。胡邦崑是研究植物的，他常常寫來這方面的常識性的散文。

「玻璃墊上」每天一篇，已經連續兩年了。這一年的七、八月，整個

臺灣都在討論升學問題。因為升學的壓力很高，家長、學生、老師、教育當局，都脫不了干係，何凡在 8 月 10 日寫〈惡性補習〉篇，發明了這四個字，來形容當時的情況，誰知「惡補」一詞，竟沿用了四分之一個世紀，在臺灣幾乎是無日不談，無人不曉，甚至連教育當局的公文也要出現這字眼兒。何凡在〈墊上兩年〉一文中，曾有下面的幾句話，說出他兩年來的心情：

> ……此外，讀者和我的看法不同的，恕難「遵命照辦」，因為我不做違心之論。還有，「不談為妙」的問題不談，這也是為什麼能維持這個工作至兩年之久的原故。有老朋友批評我，文章越寫越「沒勁兒」了，我揖謝曰：「鄙人也還是『避席畏聞』的，老兄幸勿陷人於危吧！」
> 另一方面，也有朋友勸我再超脫一些，少談眼前的事。這自然是個聰明而妥當的辦法，時間太短促的文章，正如同新聞界前輩張季鸞先生所說的，「早上人家還看一看，下午就包花生米了。」在臺灣這幾年，我寫的這類宜於包花生米的文章，約百萬字，就個人而言，大概是一種生命的浪費，然而自己的「好事」的積習總難改正呢！……

　　45 年似乎是個四平八穩的一年。「旅美襍記」和「一枝短笛」繼續著。加入撰稿陣容的，有宋海屏、王逢吉、韓煥、鍾靈、趙尺子、鄭煥、陸珍年、墨人、韓漪、陳香、覃子豪、邵僩、陶邦彥、吳東權、畢璞、秦戰、魏希文、伍稼青、陳鴻年、沉櫻、楊念慈諸位。寫作面很廣，小說、散文、考據、民俗等等，甚至有了論戰，那就是 3 月 30 日蘇雪林的〈論王莽答鄧綏甯先生〉，4 月 23 日鄧綏甯的〈王莽有罪無賞〉，接著 5 月 8 日和 24 日韓煥和夢湘也談王莽，作家們有過這麼一陣子熱鬧。

　　短篇小說方面，產量很多的有王敬義、秦戰、邵僩、陶邦彥、童真幾位，而今日以散文著稱的琦君，當時卻有多篇小說投來，如〈百合羹〉、〈情淵〉等。嚴友梅的中篇小說〈希望的船〉也是好作品。沉櫻在大陸已

是著名女作家，那時都是創作，現在則開始她的翻譯工作，讀到了好小說，她就忍不住要翻譯出來和讀者共享。

張秀亞在「一枝短笛」以後，七月裡又開始一個新的專欄「斐的來信」，是以書信體談論文學，在臺灣當時的中、大學生，誰不是讀張秀亞的散文培養對文學的愛好呢！

長篇連載要提的是今日的「楊子」，當年以「朱子」為筆名寫〈浸在酒裡的花朵〉，咸思也搶譯了當時還在美國《生活》雜誌連載的〈溫莎公爵夫人回憶錄〉。

46 年起到「聯副」來的作者有楊思諶、蕭銅、馬各等幾位，但本年度調整版面有個變動，就是本報決定自 4 月 1 日起加一「婦女生活版」，由我主編，十欄，每週一出刊。又於七月起每星期日將「聯副」闢為整版的一篇星期小說，亦由我發稿，而週一至週六的「聯副」，則由焦家駒先生主編，篇幅增為 13 欄，加了「信不信由你」洋漫畫和「今世春秋」專欄。星期小說每期可容納萬字左右，由張英超畫插圖兩幅。這倒是給作者一個發揮的機會，也給讀者一次讀畢的「過癮」。從 46 年的 7 月 7 日開始，每週一篇，到 49 年 1 月 10 日止，兩年半的時間，倒也有一百多篇了。佳作極多，也不一定出自名家之手。寫星期小說的，有陸珍年、孟際、丁衣、公孫嬿、吳痴、童鐘晉、郭嗣汾、包喬齡、咸思、黃金枝、郭良蕙、舒暢、童真、徐蘋、宋承書、郭智化、琦君、陶邦彥、王敬羲、徐薏藍、韓漪、邵僩、呼嘯、田先進、皮述民、王逢吉、馬各、楊思諶、畢璞、喬曉芙、陸白烈、紫藤、沉櫻、鄒郎、聶華苓、管瓊、朱西甯、李春陽、鍾肇政、勞影、赫連宙、袁愛瓊、雲山樵、朱夜、姚茫、章君穀、梅遜、魚貝、鍾理和、周嘯虹、司馬中原、耿沛、隱地、莊靈、丁樹南、秦戰、鄭煥等幾位。我不厭其詳的列下這名單，可說明我們網羅了自由中國當時所有的優秀小說作者。而由於來稿的踴躍，以及每天也刊載短篇小說，「聯副」成為小說的豐收園地，奠定了小說發展的美景。我還記得星期小說中司馬中原的〈鳥羽〉，朱西甯的〈偶〉，郭智化的〈九層槽〉，咸思的〈蓮心〉，隱地

的〈榜上〉，魚貝的〈絕招〉，鍾理和的〈貧賤夫妻〉，翻譯中卡繆的《來客》等，都是讓人難忘的好小說。

編輯工作的調整，過了不過數月，「聯副」又改回由我來編，確切的日期不記得，但查發稿的情況，似乎是由九、十月我又重編的吧！這時我的工作應當說相當吃力，因為「星期小說」和「婦女生活」都要照常發稿。好在「婦女生活」出到 38 期，也就停了，但是 38 期也有了我努力的痕跡，我自己也還很喜歡「婦女生活版」呢！

讓我們再回到 46 年 9 月以後的日子。我要重新把副刊文藝氣氛加濃，但是很長一段時間，還是刊了許多零零碎碎的東西，我很懷疑，我到底是不是九月接回來的了，因為我的風格按說不是這樣的。

有一位「哈老哥」9 月 27 日起來到「聯副」，是社方由金氏圖書公司購來的專題漫畫。中文，不知何人手筆，我認為應當翻譯或改寫得好些，才更夠味兒。

這時候本省籍的老作家陳火泉開始為「聯副」撰稿，鍾肇政常以「路家」作為他翻譯的日文的筆名。司馬桑敦的日本通信也寫得勤些了。海外的稿件多起來。侯榕生這時在菲律賓，常寄回作品來。東方畫會的蕭勤正在西班牙，開始了他的「海外藝壇」的通信。連載有王藍的中篇小說〈妻的祕密〉，接下來是文心的中篇小說〈千歲檜〉。白先勇也於 12 月 5 日寫了〈小黃兒〉短篇小說來。姚姁、徐斌、楊海宴、鄭清文、吳友詩都有創作或翻譯來。

47 年初起，有一篇重要的長篇小說，即是敏學所著〈霓虹橋〉。故事的主要背景是美國與加拿大交界的霓虹橋，寫一對中國留學生夫婦的悲劇，非常真實而動人。連載以後，不但感動了許多讀者，而且聽說當時的美國方面每天也都剪存，仔細研讀，因為那座橋，生生拆開了一對年輕夫婦，而造成了悲劇。另一篇翻譯的則是法國沙岡的第二本小說《歲月》。

今年以來，汪夢湘以筆名「東方望」為文，這筆名繼續了很久，後來他給別的報刊雜誌撰稿，也是用的它，雜文的風格，仍是一秉以往。

　　本年的諾貝爾文學獎得主是法國的卡繆，馬上就先找到他的萬字小說〈來客〉，由何欣翻譯，刊於 1 月 26 日的星期小說版，讀者對這位不平凡的作家的作品，確是另眼看待的。

　　余光中也為「聯副」翻譯毛姆的小說〈書袋〉。

　　謝冰瑩到馬來西亞教書去了，她寫作一向很勤，所以時時寫信來報導她在那兒的生活和感想。

　　「聯副」這段時期有 12 欄的篇幅，很闊氣，可以給讀者許多東西看，文藝性高多了。但是到了三月裡，就又減為九欄了。

　　施翠峰找來了日文的卡繆名著《異鄉人》，翻譯在「聯副」連載，讀者頗為欣賞。

　　鄭清文、鍾肇政都勤於短篇小說的創作。

　　夏元瑜在「聯副」登場是早在 47 年的 3 月 25 日的事，他談郵票上的昆蟲，一上來就是他的本行。

　　〈霓虹橋〉讀者非常受小說的感動，紛紛寫了信來問各種問題，作者敏學不得不做個總答覆。他說書中男女主角雖無其人，但作者卻是為了國際間一個不合理、不合法、不公平的憤怒和憎恨而寫的，也因此使得連美國官方都在注意。

　　如果我的記憶不錯，早先筆名「莊妻」的作者，現在又以「莊根房」重來「聯副」，他仍是那樣富哲學家氣質的寫他的散文式小說。

　　我們開始給長篇連載配上插圖。因為魏希文的關係，我會見了早年在大陸認識的女畫家梁白波。她當年在上海成老師辦的高級小型立報上，畫連續漫畫，以一個時髦女性做主角，後來她和畫家葉淺予等人到北平去，我們認識的，那還是在七七抗戰前夕的事，我還沒結婚呢！此番臺灣相見，真是有說不出的親切。但是她的情緒並不是很好，獨自北來生活，我們希望她重拾畫筆，振作起來，便邀她畫插圖，但是她畫了兩三部小說的插圖，就難以為繼了，藝術家的靈感，像作家一樣，是勉強不來的。

　　趙雲、王家誠這一對後來成為夫婦的年輕作者，都是以寫短篇小說為

多。蔡文甫、邱剛健、吳瀛濤、張時、楊文璞也都來到「聯副」，或譯或寫。宣誠則是直接由德文翻譯作品或報導德國文壇。筆名「奔煬」的張良澤也開始小說的寫作。張菱舲寫散文。

八月間又一個重要的翻譯小說，就是鄭清茂譯日本原田康子的〈輓歌〉。原田康子是日本戰後興起的女作家，當時被稱爲是日本文壇的一朵奇葩。在日本是暢銷書，在我國也擁有大量讀者，我想日本和我們同是東方人，倫理的觀念，生活的習俗，總是相近的，所以中國讀者一向喜歡日本小說，我也是一樣。

余光中、魯蛟、辛鬱、吳望堯、夏菁、羅門、敻虹、方艮、舒蘭、覃子豪、丹扉、上官予、辛魚、鍾鼎文，都有詩作，老一輩的金溟若、喬鵬書、錢歌川也都有文章。

蕭勤開始寄來他的藝術的義大利旅行通信。

這一年巴斯特奈克的《齊瓦哥醫生》被禁於蘇俄，卻行銷於鐵幕外，而且也可能得本屆諾貝爾獎，「聯副」早有報導。

王鎭國譯介《西洋文學名著》，這原是他爲廣播電臺編寫的，材料很完整，可以作爲西洋名著的資料，也很有可讀性。

當《齊瓦哥醫生》作者巴斯特奈克得了諾貝爾獎，同時在美國更轟動更暢銷的，卻是引起道德爭端的《羅麗塔》，是說一個中年男子深深的愛上了一個小女孩的故事。「聯副」都有報導。

48 年的開始，我自己上了一個中篇小說〈惠安館傳奇〉，這是我預備一系列以我自己的兒童時代爲背景的小說之一。以小孩的眼光，寫成人世界的故事，這是第一篇。

這一年寫作活躍的有鄭清文、邵僩、文心，他們爲「聯副」撰稿已經有三年了，倒是「聯副」今天的主編瘂弦，卻是在 48 年的 2 月 16 日才出現在「聯副」上，是一首長詩〈赫魯雪夫〉。他的詩應當是適合朗誦的，這首就是。

余光中也常有作品，詩作或評介歐美文學，何明亮則不時譯介或報導

日本文學。女作家方面，琦君、沉櫻、孟瑤、丹扉，時見作品，她們的作品都很穩健練達了。在自由中國的文壇上，無論報刊雜誌，總是少不了女作家的作品，這種情形是在臺灣才有的。

在香港工作的作家易金，寫「幕前冷語」專欄，每天一篇，讀者很多，專報導大陸鐵幕內的情況，特別是文化面的，因為香港在鐵幕邊，時有消息自幕內透露出來，20 年前大陸文化人就受迫害了，還沒有等到四人幫的文化大革命呢！

4 月 14 日，鍾理和的第一篇小說〈蒼蠅〉出現在「聯副」上，第二篇〈做田〉發表在同月 18 日上，從此奠定了他向「聯副」投稿的基礎，從這時到 49 年 8 月 3 日去世。鍾理和一生的著作，可以說百分之九十是在「聯副」發表，關於這位苦命作家的詳細情形，我想一定還有其他文章談及，我這裡就不必詳述了。

徐薏藍的中篇〈悲歌〉，5 月 5 日起連載。勞影又重出現於「聯副」，丁樹南譯了一些「現代寓言」，王文興翻譯純文學作品。

我自己的長篇小說〈曉雲〉6 月 9 日起開始連載。

鄭清茂又為「聯副」自日文轉譯波蘭的小說〈一週的第八天〉，是一個對共產主義強烈控訴的小說。

武陵溪也自今年起寫了多篇小說，他給中央副刊寫的「古事今判」，是很別緻的有關法律的故事，在「聯副」所刊，則不一定是法律小說了。

9 月 22 日，鍾肇政譯日本井上靖的暢銷新著長篇小說〈冰壁〉開始連載。井上靖是日本很紅的作家。

「幕前冷語」移到「萬象版」，這樣，小小九欄的「聯副」，就可以多容納些創作作品。

48 年底，「聯副」仍又在何凡的「風雲人物」推薦下結束了。美國《時代》週刊一年一度的「風雲人物」推薦及揭曉，是全世界矚目的事。自 42 年底接編以來，他就及時的把它譯過來，一年一度，於今已是第七個年頭兒了。

　　49 年的開年，有一個頗有價值的長篇小說連載，即林枕客所寫的〈血價〉。林枕客即南部名記者林今開。他除了採訪新聞、寫文藝作品外，對於醫藥也特別關心。〈血價〉小說的內容是講醫院、病人因需血而產生的血的故事，賣血的背後的種種黑暗。不但故事寫實動人，而且給了讀者許多常識和意想不到的真事。

　　這時喜愛文藝及學習寫作的青年漸漸多起來了，丁樹南特選譯許多國外對指導學習寫作的文章，必要時譯者並夾譯夾敘，總題目就叫「寫作淺談」。

　　鍾肇政所譯日本井上靖的〈冰壁〉還在連載，彭歌特別寫了一篇〈關於井上靖〉刊於 1 月 8 日。原來彭歌曾多方鼓勵鍾肇政翻譯日本重要或大部頭作品，而譯者很吃力的做了，卻獲益良多。（海音按：民國 70 年今年，鍾肇政第一次出國訪問便是到日本，他特別訪了井上靖，這對鍾肇政來說，該是更有意義和興奮的事吧！）

　　田湜是臺灣最早一本純文藝雜誌《野風》的創辦者；像郭良蕙、王鼎鈞、劉非烈，都是在報紙副刊還不夠多、不夠文藝性濃時常為《野風》寫稿的。《野風》停辦，想必也是私人辦的刊物難以維持吧！田湜也開始為「聯副」撰稿，1 月 11 日他寫的福建民間故事〈望夫塔〉。

　　若干年來常為「聯副」翻譯或撰寫短文的作者，像羅裕、華明、彭中原、李元慶都是翻譯的，他們不但見到國外有關新知、科學、雋永小品翻譯過來，有時也配合我們正在談論的事，譯些有關的文章來。創作的則有楊御龍（筆名「言知」）、立礎、徐鰲潤等幾位，他們或服務外島，或在學校教書，短文對於小小九欄的「聯副」，是很需要。

　　禾辛（就是何欣）是一直為「聯副」撰譯有關歐美文壇新訊，何明亮則是專於日本文壇的，他們對於把國際文壇新訊報導給國內，可以說是很有功勞，碰到國際文壇上有什麼新事發生，如諾貝爾文學獎，各國的暢銷書，作家的重要作品或個人發生了什麼事，我都是打電話向他們打聽或要參考資料，或請他們及時趕寫些什麼，他們都是非常熱心的趕寫趕譯。

耕耳開始譯來短短的外國寓言，而且附圖。

桑品載的短篇小說〈討債〉刊於 2 月 18 日，這以後他爲「聯副」寫了很多短篇小說，背景有時是外島，因爲他曾調在東引駐軍。

寫詩的則有陳慧、蓉子、周夢蝶、蘇念秋、孫思照、秦松等幾位。

這時本省的作家爲「聯副」撰稿的漸漸的多了，除了鍾肇政、文心、廖清秀、鄭清文、陳火泉、莊妻、鍾理和等幾位前面已經報導過的以外，又有林鐘隆、鄭煥、石棟。鄭清茂雖亦爲本省籍，但他和施翠峰一樣，都是做翻譯方面的工作多。

楊蔚的短篇小說〈鞋子〉刊於 2 月 15 日，這以後他的創作頗引人注意，他個人的遭遇不平凡，想法也不同，所以寫的東西也另一格，其實他的作品在「聯副」發表，不自本篇始，好像在 47、48 年已經看到了，但是那時作品普通，不引人注意。

鍾肇政的創作長篇小說〈魯冰花〉於三二九青年節上場。魯冰花是一種種植在茶葉樹行中的花，是做爲茶樹的肥料的。這本小說背景爲茶園，卻寫的是教育、孩子、老師、美術的故事。（海音按：近聞這部小說要拍成電影，如果拍成，該是很有鄉土味兒的。）

九欄篇幅的「聯副」，今年可以說是文學性非常濃的時期了，因此純文學的創作者也更多了，作者們覺得有個好園地發表他們的作品了，讀者也可讀到更多純文學的作品。

筆名「桑雨」的莊因，寫短篇小說〈黃昏雨〉刊於 5 月 5 日。這以後他也寫了不少引人注意的小說。不斷在創作小說的，則有邵僩、李斌賢、趙慕嵩、王家誠、奔煬、野莊、王逢吉、白穎、孟際、趙銀龍、姚芷、吳東權、楊思諶、鄧文來、呼嘯、盧克彰等幾位。

徐澂是對於文藝評論關心的作者，他首先爲「聯副」譯介一些國外的文藝評論文章，這也是「聯副」進一步由創作到了評論的地步，當然也應當說是讀者需要進一步的從閱讀到批評了。

彭歌的中篇小說〈藍橋怨〉6 月 16 日開始連載。

金陵也是一位短篇小說頗有功力的作者，他的〈狹橋〉載於 6 月 21 日。

「聯副」很久沒有刊遊記旅行一類的作品了，葉曼是一位外交官的太太，她隨夫到澳洲，便陸續寫了〈天南寄札〉來，首刊於 7 月 26 日。

正在「聯副」的純文學作品，尤其是小說豐收之際，年來為「聯副」撰寫小說也日益精鍊而引人注目的鍾理和，卻於 8 月 3 日在久病肺癆下去世，這位苦命又狂愛寫作的作家，得年不過 44 歲，是「聯副」的一件大事，我先以編者的立場，寫了悼文於 8 月 12 日刊出，驚動了許多讀者，熟與不熟的讀者、文友都有悼念的文章來。首先就刊了馬各的追悼之作〈被宰了的雞〉，接著耿邁、奔煬、文心、梅遜等人也有悼念文章刊出。到了 9 月 1 日，開始刊登其遺作〈雨〉，並向讀者做一個總報告〈同情在人間——為「雨」告讀者〉，因為鍾理和是在修訂〈雨〉這部中篇小說，尚未及半就倒下永不回來。

9 月 4 日刊陳清汾的旅遊文章〈塞茵河畔〉，陳清汾是本省的茶業鉅子，早年留法學畫，也愛文學。他旅遊歐洲和出產茶的地方，寫來多篇紀行之文，法國是他的舊遊之地，所以寫得比較多，是不同於一般的遊記。

鈕先銘的中篇小說〈聖母的畫像〉9 月 12 日起連載。鈕先銘在抗戰中曾剃髮為僧，掩飾身分逃避日本人注意，他的故事早年曾被張恨水寫成小說，但他自己也是一個愛好文藝的小說作者。

李敖的〈媽媽的夢幻〉11 月 20 日刊出。很少人知道李敖最早是向「聯副」投稿的。他為「聯副」所寫的都是以家族人物做開玩笑的對象，無論媽媽、姊妹、兄弟。

我自己又寫了〈婚姻的故事〉中篇連載。寫法可說是想到就寫，不太講求小說的技巧，可以叫它做「故事」，實在是像說故事一般。

在學青年投稿的也多起來，蕭南、呂幸治、魏畹枝等幾位都是。

49 年可說是純文學作品，尤其是小說的豐收季。

50 年的開始，「聯副」除了繼續刊登創作外，有更進一步的關心，那

就是余光中寫〈中國新詩選譯後〉和徐澂寫〈六十年代詩選〉。余光中說的是有關中國現代詩譯了 21 家 51 篇成英文，並且出版的事情。徐澂則是說喜見《六十年代詩選》出版，因爲這本詩選代表了中國現代詩壇的傾向與態度。

2 月 24 日，我又有「告讀者」之事，那就是鍾理和的長篇小說〈笠山農場〉開始連載，我在告讀者說：「……本刊在作者逝世後，所以首先連載〈雨〉，因爲那是他生前的最後作品，而這次我們刊載他的〈笠山農場〉，可以說是他最早的作品了。……」

〈笠山農場〉是鍾理和一部心愛的作品，45 年曾獲中華文藝獎金委員會的首獎。他得獎後就逢該會結束，因此這本長篇小說便沒機會發表，而他也藉此數度修改，使之益臻完美，到「聯副」發表時，他家中已經有三份草稿本了。它的內容是農場、愛情、婚姻，仍是作者特長的臺灣鄉土風格。

日本北海道女作家原田康子，繼《輓歌》之後，又寫了一部暢銷小說《輪唱》，仍由鄭清茂翻譯，於 3 月 6 日起連載。

李敖繼續他的〈獨白〉之作數篇。

鍾肇政到鍾理和的故鄉美濃一行，寫了一篇會見鍾理和許多小說中的女主角平妹的情形。

朱介凡、妻子匡幾年來仍不時爲民俗文學的研討寫文章。

段彩華是 4 月 11 日來到「聯副」的，寫的是〈神井〉，村野的傳說，後來愈寫愈精采，有些描寫令人叫絕。

林懷民第一次來「聯副」，寫的是〈兒歌〉一文，刊於 4 月 24 日。民國 50 年的林懷民，還是個初中生呢！有一天，他從臺中北來，正襟危坐在我家六蓆的客廳裡，煞有介事的向我請教寫作之道。當時覺得他是一個有趣的孩子。後來，在他要出國留學的前夕，在一個場合上，和他的父親見到了，曾做如此有趣的對話：

「聽說你見到懷民，摸摸他頭頂說，要他好好的寫啊！」

「我也聽說你要懷民好好讀書，準備升學，不要再寫什麼稿子咧！」

我們說完哈哈大笑，可見懷民寫作之早，但是我卻沒有摸摸他的頭頂之事。

海明威奇特的舉槍自殺，舉世震驚，他是 7 月 2 日死的，何欣所寫的有關海明威之事，7 月 4 日就刊出了。接著是陳之藩第一次給「聯副」撰稿，第一篇就是〈迷失的時代與海明威〉，之後他寫了許多雋永的散文，如〈科學與詩〉、〈永恆之城〉、〈方舟與魚〉等，擁有大量讀者。

這一年還有新來的年輕作者，如黃懿、黃娟、孟絲，都是女性作者，前二位寫得很多，但黃懿在我離開「聯副」後沒再執筆，黃娟卻接著寫了多年。男作者有林顯榮、王尚義、鍾靈等。陳若曦也是這一年投稿到「聯副」的。葉珊（現在的楊牧）的詩〈樹薯園〉，第一次出現，是 6 月 25 日的事。

年長的作家也興趣盎然的為「聯副」撰稿，中央通訊社的副社長王家棫，筆名「樸人」，為「聯副」寫了許多筆記式的散文，所談甚廣而有趣，對歷史上的細微之事頗下功夫研究。孫多慈談遊美觀感，梁實秋的第一篇散文是 12 月 21 日的〈散步〉。

這時史唯亮留學出國，陸續寫來瑞士通信。

這一年為「聯副」撰稿的，尚有魏子雲、梅遜、程光蘅、彭邦楨、許森茂、繁露等幾位。

我細數這些「聯副」的作者，忽然想起後來一位作者曾對我說：「我一來到聯副，就陷進一個角落的深淵裡，這麼多年了，沒翻過身！」這話含著一些幽默的怨氣，因為有些短稿沒有做頭題的條件，也不必加框，但是數百字、千把字，常常能解救我湊合字數的困難，所以每次發這樣的稿子，反而是輕鬆愉快的，倒沒想到它是給了作者的埋怨呢！

「聯副」漸漸在報紙副刊裡，有了它應有的地位、風格和引人注目及讀者的喜愛。做為一個編輯，豈不更要戰戰兢兢的從事工作？51 年，算是第十個年頭了，這時臺灣的社會進步、經濟繁榮、教育普及、建設齊備，

報紙的廣告也多得常常要擠借副刊篇幅。「聯副」當時既無競爭的對象，我又戰競個什麼勁兒呢？因為讀者的要求也隨之高揚，我必須博覽群報、群誌、群書，碰到刊登抄襲的，立刻被人發現，碰到不同意見的，立刻來信討論，而「聯副」的作品，都是有思想的，讀後要開卷有益，而非消閒娛樂，雖然編的得心應手，我卻因為十年的努力不懈，求好心高，小心謹慎，這樣長年累月積下來，就顯得有些職業上的疲倦了。

51 年，「聯副」的作品，水準更高，開年就有王作民翻譯黎錦揚的〈天之一角〉，是寫雲南土司的小說，背景奇特，文筆幽默，我讀了常常叫絕。黎錦揚這時正因〈花鼓歌〉名揚世界，原著被搬上銀幕和舞臺，極為轟動。

陳之藩這時正在美國，寫作熱心，都是寄來「聯副」發表。2 月 24 日胡適心臟病突發，在中央研究院院會上逝世。「聯副」隨後即刊了多篇悼文，蘇雪林、梁實秋、覃子豪、鍾鼎文、梁容若、曹旭東、朱信等幾位，他們的身分是朋友、學生、記者、詩人、讀者……，而陳之藩卻於 3 月 8 日起把和胡適的通信，寫了十篇以紀念適之先生為題的文章。這雖是他與胡適間的私人通信，卻談的是文化、文學諸問題，頗值一讀。後來他的暢銷書《在春風裡》，多是在「聯副」刊的文章。

專治美國文學的朱立民，寫了他的研究〈庫伯的皮襪子小說五部曲〉來。

譚旦冏到美訪問美國博物院，在這一年中寫了二十幾篇通信。

陳紹馨也是一位研究民俗俚諺的臺大教授，他寫了〈民間文化與諺語研究〉。

黃春明是這一年的 3 月 20 日來到「聯副」的，首先刊出他投來的〈城仔落車〉，七等生則是 4 月 3 日刊出第一篇小說〈失業、撲克、炸魷魚〉，這以後兩人皆成為受人注目的小說作者。七等生寫的很多，文思如泉湧。文體較不同，味道很不錯。黃春明是不耍弄文字的，但是寫實的刻畫各種人物，卻是富有潛力的作者。

本省老作家楊逵，2 月 22 日刊出他的〈園丁日記〉，是借園丁發揮他的人生哲理。

我很高興我所仰慕的前輩作家徐訏也開始爲「聯副」寫詩，他大部分時間在香港，已經不太寫小說了，卻是常寫詩或時論文章。每來臺灣都會見到他，他很和藹，沒有架子，大家對他的印象也是如此。

這一年諾貝爾文學獎，是由中國讀者所熟悉也喜歡的美國作家史坦培克獲得。「聯副」在他未得獎前就有預測，果然猜中。史坦培克是位受歡迎的世界性的作家，他的作品像《伊甸園東》、《月亮下去了》、《憤怒的葡萄》、《人鼠之間》，都是爲世人所熟讀的，他得獎的評語是：「因爲他的著作兼具現實的刻畫和豐富的想像，故事的結構以社會爲著眼點，筆觸含有幽默的同情。」這正是給喜愛寫作的人一個重要的參考，我個人就是非常喜歡這樣的作品。

徐澂除了譯介國外文學評論文章給「聯副」外，他又從八月起做了「聯副小說試評」的工作，可見他對於「聯副」的關心和重視。本來自去年以來，「聯副」的短篇小說佳作特多，新的作者也不斷的投進來。鍾理和的兒子鍾鐵民也開始有小說來，〈四眼與我〉和〈帳內人〉、〈阿憨伯〉等。徐澂評八月「聯副」小說是以「小說中的我」爲評論主題，九月則是以「小說的結構」爲主題。作品到了可以評論的情形，那就是有了價值了。

新向「聯副」投稿的作者有歐陽子、黎中天、陳曉菁、喻麗清、陳鼓應、何毓衡、林柏燕、江上等。

「聯副」曾經刊過許多耕耳和丁樹南翻譯的「現代寓言」，寓言和一般散文小品不同，它是具有深度思想和幽默的東西，署名「魚漢」的作者，今年創作了許多寓言，總題名「寓言的寓言」。

我所以年年像數來寶似的開列「聯副」的作者，實在是想到因爲他們才豐富了「聯副」，而給予讀者許多精神的食糧，總還是懷著無上感激的心情。

52 年的 1 月到 4 月，是最後在「聯副」的日子，我去年說過，時時感

到職業的疲倦。好文章越來越多，我雖然慎重小心，卻常常夜半驚醒，想起白天發的稿子，有何不妥嗎？錯字改了嗎？敏感感染了我，時常感到煩躁。

我還是得數來寶：黎中天有一個長篇小說〈桃花河上的彩虹〉2 月 6 日開始連載。很喜歡這本小說，它不但有藝術和道德的目的，也摻入了倫理的學說。

丘秀芷、張健、高準、王潤華、王令嫻、水晶、金溟若、琦君、夏菁、蘇尚耀、邵僴、符兆祥、李喬、史白靈、翠屏、黃娟、呂天行、於梨華、黃春明、呼嘯、吳槐、姚詠萼、朱介凡、余光中、繭廬、……或初登「聯副」，或久別重來，或不斷寫譯。

我是四月底離開「聯副」的，給文藝界、新聞界一個不大不小的震驚，人家彷彿在紛相走問，是誰給惹的禍？有幾位作者來信問：「是我給你惹的禍嗎？」就連遠在香港的徐訏也來信問：「是我給你惹的禍嗎？」敏感似乎感染給每一個人了。

行文至此，舒一口氣，擲筆而起，看看壁鐘，清晨四點了。回到書桌來，清點稿紙，本擬從頭再看一遍，有沒有錯誤、不妥、遺漏什麼的，但是，我倦欲眠，捲巴捲巴明天交給瘂弦去看，讓他來受這份罪吧！誰讓他直說寫得越多越好呢！

　　　　　　　　　　　　　　——民國 70 年 6 月 17 日晨四時半

　　　　　　　　　　　　　　——選自林海音《芸窗夜讀》
　　　　　　　　　　　　　　臺北：純文學出版社，1982 年 4 月

吳濁流、張我軍及林海音

◎夏烈*

　　將張我軍、吳濁流及林海音三個人連在一起有足夠的原因及關係。這些關係並非因臺灣文學而建立，而是因為親戚及兒時師生的關係。三人均為純粹的臺灣人，也是近百年來對現代臺灣文學貢獻最大的四個人，第四個人是賴和。四人的貢獻各有千秋，各文學史作者也因政治取向不同，而有不同的主觀意見。

　　他們都是第七代或更遠的閩粵移民後代，是否有平埔原住民血統無可查據。其中張我軍是閩南後裔，吳濁流是客家，林海音是一半閩南一半客家。三人均有大陸經驗，林海音去大陸最早，小學即在北京，吳濁流及張我軍成年以後才去大陸。林海音生在日本大阪，吳及張均出生在臺灣，吳曾在日本短期待過，張我軍無日本經驗。年齡來說，吳濁流比張我軍長兩歲，與林海音相差近二十歲。

　　他們三人之間的關係還是以林海音為中心。張我軍（原名張清榮）板橋人，是林海音的表舅，林的母親是板橋的閩南後裔，父親林煥文是苗栗客家人，來板橋林本源家的林家花園工作而娶了林母。以後張我軍和林煥文又在北京相遇。在林海音的父親葬禮上及林海音的婚禮上，都有張我軍的身影站在重要位置。張我軍的重要性在於他是第一個將新文化運動、白話文帶進臺灣文壇的人，這是針對當時臺灣上百個舊詩詩社而發。彼時全島人口不過三百多萬，詩社卻有一百多個，詩社是日本統治者推行懷柔政

---

*本名夏祖焯，林海音長子。發表文章時為清華大學中國文學系教授，現為清華大學及成功大學外國語文學系教授。

策的媒介之一。在四大文學類型（即小說、散文、戲劇及詩）中，詩是濃縮的語言，鮮涉及政治及民生，屬純藝術作品；小說及散文常反映生活及社會現實，藉以影射及表達對統治者的不滿及暴露黑暗面。所以前者是浪漫主義的文學主流，後者是寫實主義的文學主流。張我軍的《亂都之戀》是臺灣出版的第一部白話文詩集。臺灣著名老作家王詩琅曾說：「正式向舊文學開炮始自張我軍，隨後賴和等人的創作則是其實踐。」也就是說，張我軍是臺灣新文學的先導者，賴和是隨後的實踐者。賴和的活動以臺灣中部為主，對臺北的文壇無重要影響，他的白話文小說亦相當原始性（primitive），難與同時期的中國大陸作家作品相比。

林海音曾為文說明臺灣雖在日本竊據下，新文學卻跟民國 8 年的五四新文化運動同樣進展，「對於新舊文學的評論，則以張我軍先生最熱烈」。張那時寫了〈給臺灣青年的一封信〉、〈糟糕的臺灣文學界〉、〈為臺灣文學界一哭〉、〈請合力拆下這敗草叢中的破壞殿堂〉、〈絕無僅有的擊缽吟詩的意義〉等文，大肆攻擊多烘們風花雪月的詩社，極力提倡白話文新文學。

　　吳濁流年少時住在新竹新埔，念新埔公學校，是林海音的父親林煥文最得意的門生。林煥文精通日語，卻教吳濁流漢文，對吳人格的塑造影響很深。他在晚年，每提及 11 歲在新埔公學校與林煥文老師的交往時，就禁不住老淚縱橫。他的《亞細亞孤兒》一書深刻的描繪了日治時代臺灣人的悲憤和徬徨；中國人認為臺灣人站在日本人同一邊；而日本人認為臺灣人骨子裡還認為自己是中國人，所以兩邊都不信任臺灣人，是名符其實的「亞細亞孤兒」。此書被公認為臺灣文學有史以來最重要的經典之作。以後的「大河小說」不論在思想性及藝術性上都難超越《亞細亞孤兒》。吳濁流後來的著作《無花果》及《臺灣連翹》則探索日本投降及二二八事變後臺灣人的心靈傷痕。1964 年吳濁流創《臺灣文藝》雜誌，推動臺灣本土文學。前五年的《臺灣文藝》週年紀念合照上都有林海音出現。彼時吳濁流常到林海音家（純文學出版社舊址，一幢有榻榻米的日本房子）敘舊及請求協助。她那時候剛由「聯合副刊」的「船長事件」下臺，有相當高的社

會地位以及文學地位，頗為熱心幫吳濁流。這不只是有林煥文與吳濁流的師生關係，都有客家血統，也因為那時她尚未創《純文學雜誌》及出版社，所以有較多的時間精力協助他人的文學活動。吳濁流臉紅紅的，像是氣色很好，客氣的對年輕的我說話，實際上臉紅是高血壓，後來他就斷送在那上面。

今日在臺灣還有一種「亞細亞孤兒」，就是「外省人」。這種人不被「本省人」及「大陸人」兩邊信任。然而臺灣人目前還是「亞細亞孤兒」——中國在與臺灣合併後對臺灣人的真正態度如何？無法預測。

林海音是光復後最重要的臺灣文學領導人物。臺灣筆會鄭清文會長曾說：「如果沒有林海音，臺灣文學的發展會慢了十年。」也有人稱林海音為「臺灣新文學之母」。她的重要性及開拓性因有太多報導，在此沒有重複必要。但是在臺灣進入本土化運動後，林海音多次公開發表她是「大中國主義者」的論調，導致所有寫臺灣文學史的都淡化或根本不提她的貢獻，這些人有的當初受她照顧掖拔。如果一部公正的臺灣文學史最後被彼岸「共匪」寫出，那真是對本地研究臺灣文學學者的一大諷刺啊！也就是說，我們臺灣人自己不能寫出自己的文學史來。

以上這三個人對中國的態度不同。由作品中看出，吳濁流對臺灣回到中國懷抱並不樂觀，因為他看到了中國的貧窮、落後、醜陋的一面。林海音及張我軍長期生活在中國的環境裡，卻從未放棄中國。為什麼他們有這些差異，主要還是個性的關係。林海音是極度堅強頑固的女人，張我軍是個鬥士，但是吳濁流是個藝術家。這種個性上的差異使他們對中國有不同的企望及觀點。還有就是吳濁流在大陸一共只待了兩年，難以產生較深的感情。

日據時代臺灣人西渡往大陸有一般臺胞、經商者、留學生、也有抗日分子。比如林海音的父親林煥文在日本人占北京前，曾任北京郵局日本課課長，但林煥文的弟弟林炳文卻是暴力抗日分子。因為在他床下搜出土製炸彈，後被日人在大連監獄打死。

　　最早去大陸的臺籍名人有許地山（筆名落花生），許南英之子，臺南人。他的中篇小說《春桃》被拍成電影，由姜文及劉曉慶主演。至今我在課程中還用《春桃》作指定閱讀教材，許地山是也是 1930 年代文學的唯一臺籍作家。

　　當時臺灣人以北京爲最主要根據地，原因是進京趕考來了不少年輕人；五四運動後慕名又來了一批新思想的臺灣人，因爲北京是文化之都，五四的發祥地──張我軍就是爲此而來；彼時北洋軍閥據北京，管制比較鬆，國民黨則在上海清黨，有白色恐怖。直到 1930 年代，許多臺灣人有社會主義思想，故不宜居上海，何況上海生活程度比北京高許多。當時北京有五十多所以福建縣市爲名的會館（臺灣一直歸福建管），清朝以來即供來往做生意及趕考者居住，考不上的有些就留下來住此類廉價或免費客棧。會館的名字如晉江會館、泉州會館、永春會館。廣東省也有如蕉嶺會館。這些會館多在城南，所以林海音的《城南舊事》也以此爲背景。而在前門區曾有一「臺灣會館」，日本竊據臺灣以後，「臺灣會館」旋不存在，因爲它已非屬中國之省分。民國 12 年林海音的父親曾活動收回臺灣會館，但無結果。他死後臺灣會館資料由同鄉賴氏兄弟取走，繼續努力，也無下文。

　　從 1920 年代起就有「臺灣旅京同鄉會」設立，歷時 30 年，會長有謝廉清、林煥文（林海音之父）、林少英（密宗大師林雲之父）、張深切（小說作家，《黑色的太陽》以日文寫出）、洪炎秋（臺大教授、無黨籍立委）、梁永祿（醫生、臺南人）、林鏗生等。日軍在蘆溝橋事變後不久進入北京城，臺灣人除行醫及行商外，有任教大學的「八仙」──柯政和、洪炎秋、張深切、張我軍、江文也（作曲家）、郭柏川（藝術家，後任教臺南成大建築系）、張秋海、林朝權分別任教北大、北師大。另有在北平藝專任教的王慶勛（1950 年代臺北「中華口琴會」會長）。民國 13 年 3 月 5 日在北京召開了一次「華北臺灣人大會」，對日人在臺的「治警事件」抗議。同年張我軍與謝廉清在上海舉辦「上海臺灣人大會」。嚴責日本內田總督在臺暴政。

　　日本政府認為淪陷區內的臺灣人是日本國民，受日本政府 1938 年頒布的「總動員法」及 1939 年之「國民征用令」約制。日本投降後一些臺灣人被國民政府收押、論罪。「臺灣旅京同鄉會」向政府申訴臺灣人處境為難，有「不得已」的一面，請求寬大處理，國民黨政府全體釋放。我還記得兒時外婆住處南柳巷有一「老辜」被政府追捕，原因就是漢奸行為。「老辜」是辜振甫的親戚。

　　臺灣人因為是亞細亞孤兒，所以多稱自己為福建人，以避中日雙方監視、懷疑及壓迫。林海音出生在大阪，第一語言為日語，小時在北京穿和服站家門口看街頭，竟有路人過來掀開她的衣服求證，因為聽說日本衣服是不穿褲子的。在中國大陸的大城市裡，日人都設有日僑小學，林海音被父親送往師人附小接受全盤中國教育，也是為了逃避日本領事館注意。日本投降時在北京大約有兩千臺灣人，多被遣返，1946 年底只剩下三、四十戶，一百多人。1947 年二二八事變出兵鎮壓臺人，「臺灣旅京同鄉會」立即致電國民黨政府國防部長白崇禧提出抗議，要求查處主要負責人。下文當然是不了理會。

　　臺灣人有統派、獨派、大中國主義者。大中國主義不等於統派，因為前者是血緣及文化上的認同，統派是政治上的結合。臺灣因地理環境（孤島，不與大陸相連）及歷史因素（數百午來在中國版圖內時間不完整，外族統治時間長），構成了臺灣人有獨立的念頭。這種念頭及心態（不管對錯）是正常合理的。然而臺灣獨立是個政治性運動，不是民族性運動。因為都是漢民族及漢文化，民族性運動根本不存在。最明顯的例子是前民進黨主席許信良最先提出「臺灣民族」的講法，而不到十年，他的兩位公子已去北京大學就學。政治性運動可以化解，民族性運動不能化解，另外一個不能化解的是宗教性運動，這在中國也不存在。

　　臺灣人在光復時曾以鮮花、熱淚、掌聲歡迎國軍，但是帶來了二二八大屠殺。如今臺灣人已取得政治、經濟、情治、社會、軍隊的主控權，並沒有一個外省人遭到報復，一個也沒殺，甚至外省人連耳光都沒挨一個，

可見臺灣人是溫和而理性的人民。有一位臺籍教授對我說：「臺灣人從來沒有對不起中國過。」這句話令我深思，至今不忘。我們中國人常缺乏為對方考慮之心。我個人認為在中國與臺灣有了政治上的統一時，中國對臺灣人一定要諒解，心寬及大度，除了在美國、日本有些腳踏兩隻船的投機分子（到臺灣來只是為了撈一筆及出風頭）之外，即使喊過「臺灣獨立」口號，而無實際重要行動的都要對他們寬大，不予追究，這才是泱泱大國，才是愛護子民。

中國政府當局一定要了解及體諒臺灣人作「亞細亞孤兒」的苦楚。

當年在日治時期西渡大陸的臺灣人均已故去，他們出生在大陸而成長在臺灣的子女也有 60 歲以上了，他們之間均有來往。第二代「半山」包括連震東、林海音、張我軍、洪炎秋、林汀烈、黃烈火（味全）、鍾理和、林少英、游彌堅（前臺北市長）、蘇紹文、顏春暉、謝東閔等人之子女。林雲曾對我說該聚合這些人，談談上一代我們臺灣人去大陸，這一代都在臺灣成長，境遇和上一代不一樣，我們對大陸是如何看法及企望，對兩岸關係的期待，這個討論會應很有意義。我也想寫出這篇文章寄給這些人投石問路。

——選自夏烈《流光逝川》

臺北：爾雅出版社，2008 年 7 月

林海音論

◎葉石濤*

> 臺灣是我的故鄉，北平是我長大的地方，
> 我這一輩子沒離開過這兩個地方。

一、

現在 68 歲的本省老作家吳濁流，每當他憶起 11 歲時在新埔公學校求學的那一段時間就禁不住老淚縱橫，不勝唏噓。原來他想到，一位年輕教師林煥文；這位教師曾經寫過一幅〈滕王閣序〉送給他。吳濁流把這一幅字帖珍藏了許久，直到第二次世界大戰如火如荼地展開，他正埋首撰寫著名的小說《亞細亞的孤兒》時才遺失了。

第二次世界大戰給本省帶來了空前未有的晦暗和破壞。臺灣人的物質生活不僅惡劣到無米可炊的地步，而且加在心靈上的重枷鎖幾乎使得這一代知識分子鬱悶，憤懣無處可洩。在如此的時代裡，在滿街鷹犬的監視之下，吳濁流敢於抒寫批判日本人殘暴統治的真相，把臺灣人心裡的徬徨、苦悶一股腦兒地傾瀉於《亞細亞孤兒》一書上，毋寧是一個勇者。他的這寧死不屈的探求真理的精神，卻是臺灣歷代知識分子所普遍具有的氣質之一。也許吳濁流這堅毅的意志是與生俱來的；但，無可否認那貴重的一部分係繼承臺灣知識分子優良的傳統精神。造成這抵抗的傳統，卻是飄

*葉石濤（1925～2008）散文家、小說家、翻譯家、文學評論家。臺南人。發表文章時為高雄縣甲圍國小教師。

洋過海到臺灣，篳路藍縷以啓山林的先民，在困苦的環境下養成的。我不知道，吳濁流少年時受業的教師林煥文給他的影響有多深，但在雕塑他的性格上應該有莫大貢獻，不然，吳濁流也就不會把那〈滕王閣序〉視之如璀燦的鑽石了。

　　林煥文是上一代臺灣知識分子中的佼佼者。他生於頭份書香之家，在漢學和民族意識的經常薰陶下長大成人；卻在國語學校師範部接受日本教育。因此，他是中日文俱佳的一個知識分子，有濃厚的民族意識和開明的眼光。到任新埔公學執教不過一年，他離開了新埔，應聘到板橋林本源家做事；林煥文本是客家人，卻在板橋娶了福佬女人爲妻。似乎他也不耐煩在板橋待下去，於是不久渡海到日本大阪去經商，就在異鄉，他們有了愛的結晶，生下第一個孩子英子。林煥文爲人風雅瀟灑，有時也會涉足於歡樂場所，而且有「梯子酒」的習慣，這一段時間，他在商場是否得心應手，我們不得而知。不久，他攜帶妻兒回到臺灣來，但殖民地的臺灣終非久居之地，他離開了臺灣，最後找到一處他願意永遠待下去的地方；那就是祖國大陸的菁華所在，歷代帝王之都北平。在北平，彷彿他得到了心靈和諧的生活，直到 44 歲亡故爲止，他就不再流浪了。他們一家大半時間居住在北平城南，在那兒他們過著和北平任何一個庶民的生活一樣，既優雅又樂天知命的日子，他們這一家「南蠻子」的生活與北平人毫無軒輊；也許林語堂的小說《京華煙雲》所描寫的清末民初的北平人的家庭生活是他們生活的最佳註腳。

　　關於林煥文一家在北平的生活以及林煥文的個性，洪炎秋爲《楊肇嘉回憶錄》所寫的序文裡略略提到些。他說：「林濱南（煥文）當時任北平郵政局的日本課長，臺灣學生寄錢寄信都要經他的手，平素跟大家都很有往來，人緣最佳。」臺灣留學生在北平，如有紛爭或危困，林煥文或出面調停，或慨然相助，絕不推辭。林煥文的幼弟亦即英子的叔叔橫死在大連監獄裡，他是在日本人的拷問苦刑之下喪生的。林煥文前往大連收屍，回來不久，心身俱疲，他就得了不治之症，果然一病不起了。那時他的大女兒

英子剛好 12 歲左右正畢業於小學。從此，英子便跟著年輕的寡母，照顧弟妹，在舉目無親的北平過著艱辛的歲月。不過，剛步入青春期的英子，在北平受教育，吸收五四運動帶來的新思潮，生活既愉快又多采多姿；她有一次參加「茶花女」的演出，並且還寫過一首新詩呢！直到民國 38 年，英子才回到光復不久一無所知的故鄉臺灣；那時，她已經是 28 歲的少奶奶，夏家的第六媳婦，且有了三個孩子了。

林煥文是上一代知識分子之中比較穩重取中庸之道的人。他的個性不適合搖旗吶喊的擾亂，他不願明目張膽地插足於抗日運動的坩堝裡，也許他有濃厚的舊文人氣質；他愛好優雅的生活，享樂和安靜，他愛栽植花草一事可做明證。但，時代的潮流仍然衝擊著他，他免不了生為臺灣人的悲劇。他是被放逐的，失去故鄉的人；他既不願生存於異族鐵蹄下的殖民地臺灣，也不容於煤煙瀰漫的工業都市大阪，最後在北平，他才得到如魚得水，溫馨快樂的生活。當時的臺灣，這一群有遠見的知識分子不是走上極端的激烈路線，便是懷著熾烈的民族的抵抗意識，在消極的忿恨和反抗之中默默地終其一生。但，以消沉的態度，蝸居於狹小的生活圈子裡，對政治不聞不問也並非明哲保身的善策。像林煥文，雖然一輩子沒有明白表露過對異族仇恨的溫和的人，總因幼弟之死，間接地蒙受其害，患病而棄世，這遭遇十分足以說明當時臺灣知識分子時時刻刻面臨的蹇厄。

林煥文的女兒英子一生下來就預卜著不平凡的生涯。她的宿命和遭遇正好承繼了上一代人的坎坷命運，而且有了圓滿的解決。她是臺灣兩大族福佬和客家的結晶。她生在日本，長大成人於北平，而把生命光輝投射於故鄉臺灣。下一代知識分子流離失所的哀愁，她嘗過了，上一代人，覓求較佳生活意願，為未完成的理想的奮鬥，皆在她的身上得到美滿的終結和收穫。

她幼年時模糊地知道她的故鄉在那遙遠的陽光普照的臺灣，但，故鄉不再是她心靈生活的寄託和憧憬；她茫然地知道她並非土生土長的北平人，但無法描畫出故鄉明確的輪廓。這和英國作家曼絲斐兒有著顯著的差

異。曼絲斐兒是長大後離開故鄉紐西蘭的；因此，在她的初期的短篇小說裡我們仍聞到濃厚的紐西蘭鄉土芳香。尤其她和以《杜思妥也夫斯基論》著稱的作家密特頓馬利同居的一段時期，鄉思充塞於她的心靈中，紐西蘭的景物，常縈繞於她的腦際裡，這是為什麼她的作品裡有一股孤寂的悲哀盪漾的緣故。英子回到臺灣，初期的一段時光撰寫雜文，取材於臺灣風土景物的散文，使她重新確認鄉土的存在。之後，大約在民國 40 年之後她開始走上真正作家之路。然而，她的寫作準備時期應該遠溯到她的少女時代和在北平當記者的經驗。可是，她剛好和曼絲斐兒相反，她描寫取材的並非她真正的故鄉臺灣，倒是長大成人的地方——北平。她和曼絲斐兒一樣有滿腔的鄉愁，這鄉愁並非由臺灣引起，剛相反，她的鄉思卻針對北平而引發的！這鄉思是如此濃烈擾人，她不得不傾吐她對北平的愛慕和飢渴。這鄉思驅使她寫成北平為背景的許多技巧卓拔的短篇小說。不過，我們仍然要注意，她的許多小說雖以北平為背景，從清末民初到大陸淪陷以至於現在，這一時代的形形色色的悲歡離合的人生，但，有些小說仍以現時她居住的臺灣為中心而發展的。臺灣猶如扇柄。從這兒一切脈絡以扇形狀投射開展於逝去的過去，呼吸於土耳其玉色的蒼穹覆蓋下的北平。

　　英子，就是「作客美國」回來的作家林海音。也就是「作客北平」回到故鄉臺灣一幌 20 年的作家林海音。林海音到底是個北平化的臺灣作家呢？抑或臺灣化的北平作家呢？這是個頗饒趣味的問題。事實上，她沒上一代人的困惑或懷疑，她已經沒有這地域觀念，她的身世和遭遇替她解決了大半的無謂的紛擾，在這一點上而言，她是十分幸運的。

　　反正，她是當代作家中有赫赫成就的女作家之一。她的作品為數不少；文星所刊行的有三本，《燭芯》、《婚姻的故事》、《作客美國》，自費出版的有《城南舊事》和《曉雲》，學生書局所上梓的有《綠藻和鹹蛋》，正文出版的有《春風麗日》，三民書局所刊的有《兩地》，值得一提的是完全以臺灣為背景的長篇小說《孟珠的旅程》正連載於她主編，馬各編輯的《純文學》月刊上。這些作品群中，我以為收錄在《燭芯》、《婚姻的故

事》、《城南舊事》、《綠藻和鹹蛋》裡的諸短篇較爲重要；這並非我有意歧視散文和遊記，其實她的小說優於散文的緣故。

　　林海音和曼絲斐兒一樣嫁給了一個作家丈夫何凡（夏承楹）；金陵枝巢老人，《舊京瑣記》的作者夏先生的第六個兒子。何凡並非文藝作家倒是犀利富有社會正義感的「玻璃墊上」專欄作家。他們夫婦也不像中途離異的曼絲斐兒夫婦，現今仍琴瑟和諧，同樣筆觸鋒銳地活躍著。而且代表了自由中國思想開明，自由的某一類知識分子。何凡在真理當前，一點兒也不想畏縮和後退，抨擊社會病態時的固執成見，鍥而不捨的態度敢情是一絕。這就爲什麼他在日常生活中遇到瑣屑事有時會「鐵青著臉，一言不發」的緣故。何凡這非凡的中國讀書人的氣質，使得天性「急躁」有豐富情感的林海音，反而變成面面俱到人緣頗佳的一個女人；這也許，她的父親林煥文遺傳給她的稟賦。

　　生在中國的兩個高級知識分子結成爲夫婦，這婚姻大半是美滿的；因爲有堅強的固有倫理道德做支柱的緣故；何況生爲女人不可避免地遭受的數不盡的憂傷正是林海音創作的源泉。她日夜思索而求其解答的就是女人的幸福，尤其婚姻問題差不多是她許多小說的素材，因此，作爲一個作家和主婦，她的成就的確並非憑空得來的。

一、

　　我少年時候真是個小說迷，涉獵的小說，其範圍頗廣，而且我是付出整個情感來讀的，有時竟被弄得意亂情迷，心蕩神逸，時常變成劇中人，分不清「詩」和「真實」了。這許多小說之中，描寫女人的悲劇的小說特別給我深湛感觸的當推《寡婦瑪爾泰》和《安娜‧卡列尼娜》。《寡婦瑪爾泰》是日本改造文庫所收錄的一本；好像是北歐作品；至於是丹麥抑或瑞典的作家，我已模糊不清了，也許是哈姆生的，否則就是賽爾馬‧拉格列芙的吧？這小說以一個寡婦爲主題，以殘酷的寫實來描畫，在女性未被解放的舊社會裡，一個寡婦被飢餓和困厄折磨的歷程。那黑夜漫長，雪花飄

落的街頭巷尾，爲求生存而掙扎的寡婦瑪爾泰的悲慘命運，確震撼了我年幼易感的心靈，使得我久久浸淫於淚和悲。稍長大之後，我讀到鼎鼎大名的偉大作家托爾斯泰的名作《安娜·卡列尼娜》，重又嘗到這震顫心弦的感動。安娜·卡列尼娜死於車輪碾壓之下的帝俄舊社會的悲劇，啓示我注意女人的命運，不僅用感情去體會，更進一層，用社會的，歷史的觀點去剖析女性的不幸。這一次我不再是劇中人，和小說中的角色合而爲一，一喜一憂了，我已經有了一些能力足夠分析生爲女性的悲劇了。

據說，在太古的原始社會裡，女人和男人是絕對平等的，這就是所謂母系社會，往往在生活中女人是強者，握住權力，支配男人，顯然那時的男人非但沒趾高氣揚過，而且是一群被征服者，被保護的可憐蟲。在敬畏大自然，萬物皆神的原始人來說，有著神祕的繁殖能力和母性的女人較接近於大地，男人不得不對她生有驚異和恐怖。然而，好景不常，隨著社會制度的演變，形勢逆轉了。曾幾何時，那些同男人一樣粗獷，高傲的女人銷聲匿跡了。女人逐漸成爲嬌弱，易羞的穿裙者，甚而淪爲男人的玩弄物和被保護者。女人形形色色的悽愴，辛酸的故事從此開始了。雖然 18 世紀以來的人道主義的一股巨潮，促使女人起來爭取改革，解放了女性，使得女人不再被歧視爲「玩具」，她們在各方面同男人不分軒輊充分獲得了各種權利和自由。然而，生爲女人的「本質」的悲劇，似乎尚未得到令人滿意的解決。這因素相當複雜，不單單起因於社會或歷史；女人本身心理的、生理的條件，與生俱來的「性」的標幟，註定女人須負荷重擔。社會和科學的進步可把制度和習性，環境改善，把負荷減輕，可不能找一個東西，代替「性」。因此，嚴密的講，女人無法獲得真正同男人一樣自由的境界。

當然這是泛指一般女人而言的，在任何時代，任何社會裡對才華拔群，毅力堅強的女人的限制，幾乎不會存在的，但，究竟像居禮夫人和賽珍珠的顯赫成就，並非一般庸庸碌碌的女人一蹴可就的。何況，居禮夫人和賽珍珠付出了可觀的代價，那就是犧牲了作爲女人的幸福，溫馨的家庭。如眾所知，居禮夫人和賽珍珠皆得不到白首偕老的美滿的婚姻。居禮

夫人是個年輕寡婦；從她的女兒耶芙居禮所寫的傳記，我們得知她曾經嘗到筆墨難以描述的不幸和悲愁。講到賽珍珠，姑且不論她的離婚是否起因於他們夫婦那一面的過失，她是不折不扣的一個棄婦，且有一個白痴的女兒，這些不幸和挫折皆由她個人去承擔。她有異於常人的毅力去克服一切不幸，超越苦難，進而為拯救整個世界被虐待的弱者去奮鬥，但這並非每一個女人皆能做到的事情。家庭的枷鎖，生存的掙扎，繁雜的家事，每一項絆腳石，足以擊倒任何一個平凡的女人。

尤其在中國，女人所揹負的憂患的十字架，更顯深重。當我們讀到《紅樓夢》和《金瓶梅》的時候，我們想到一個大鳥籠。那高牆圍繞的大鳥籠裡面飼養著各色各樣的女人；那些女人彷彿被人操縱的玩偶，或喜或悲，在狹窄的天地裡團團轉，忍受永無止境的折磨，可惜她們一個個折翼神傷，無法擺脫生為女人的可怕命運。大家庭制度固然保障了女人免於餐風露宿的流浪，豐腴的物質生活，可是同樣禁錮了她們的心靈，她們對藩籬外的世界一無所知，忘去了翱翔的自由和快活，甚至被剝奪了生存的意志。如今，這大鳥籠已被摧毀得蕩然無存了，但她們究竟獲得了什麼？似乎她們仍生活於前時代的陰影的覆蓋之下，猙獰的過去的亡靈仍時時刻刻會趁機肆虐，生為中國的女人，她們「本質」的悲劇，仍比歐美來得深重些。

林海音所有小說幾乎都以這生為女人的悲劇為主題。從清末民初到現在，在這動盪不已的大時代裡，許多階層，形形色色的女人，悲歡離合的故事，栩栩如生地重現在她的小說裡。婚姻，家庭，兒女，老人是她執拗地描寫的對象。而在這狹窄的天地裡，她洞悉人性的諸相，生為當代中國人的苦難。雖然她的探求使得她觸摸了家庭以外社會枝枝節節的諸現象，那是無意觸及的，也令人覺得無關宏旨的陪襯，她真正有興趣的，就只有最古老又深刻的問題——女人的命運。當然作為一個女作家，她所熟悉的世界，莫非她本身和家庭。由這溫馨開放的花朵也並不見得貧乏，枯燥的。但，問題就在發掘的深度，觸鬚所摸到的心靈角落。事實上，當代許

多中國女作家除少數人以外，幾乎所見相同，用不同的手法，不同的觀點，不同的風格和情感，反覆不停，孜孜不倦地開拓這狹窄的領域，而且有了不少優異的作品。單單想起，謝冰心、謝冰瑩的一些小說，我們不難發現這趨向。當然女人的問題，就是男女問題，這是最古老的文學題材，沒有一本小說能脫離這範疇的；在海明威的一些沒有女人出現的小說裡，你仍可聞到躲藏在小說裡的女人的氣息。這不分作家的性別，人類至高無上的感情表現就隱藏於男女關係中的折騰，搏鬥，仇恨，殉情之中，因此沒有一個作家漠然不動於衷地扔棄這豐饒的素材。事實上，人類營生的精華，皆存在於兩性關係所織成的悲喜劇的斑斕毯氈之花紋中。

然而，林海音的作品，顯得特別，有其特質和與眾不同的風格，是由於她更固執地把題材只限圍於女人身上，以女人的心眼和細緻的觀察來塑成一個世界；時代的推移，社會的蛻變，世事的滄桑，皆透過女人的心身來尋覓表現。可以說，她筆下的女人幾乎沒有一個是善終的；這意思是說，她所描寫的女人皆嘗過失望，愛情的挫折，大都是不幸的。沒有一個女人得到真正的幸福，雖然這些女人並不缺乏生活上的歡樂或賴以生存的愛情，但她們仍是不幸的一群。不過，幸福是什麼？它在那兒？幸福不過是虛渺的幻覺？抑或一隻青鳥？這是頗值得思索的。然而，以世俗的觀點來說，林海音所雕塑的女人映像，皆面帶憂感，在酸苦的不幸中翻滾的女人；好似圍繞她們周圍的，命運造成的冰壁，冷森又殘酷，顯然她們是一群被虐待者。

把她的小說集《燭芯》裡的每一個主角拿來印證我們就有這一種感覺。

〈燭芯〉這一篇小說，以過去和現在交錯出現的手法刻畫了主角元芳的大半生涯，從抗戰前後到現在的一段時間濃縮於這一篇小說中。在元芳的沉思回憶裡，過去生活的片斷和碎片一齣齣地連串起來而和現在的現實生活打成一片。颱風夜搖曳不定的一枝燭光點綴了場面的變換，猶如象徵女主角生命的升起和凋落。元芳是一個懦弱，柔美的女人，她有濃厚的舊

倫理觀念；她能夠忍受日本人的折磨和她的丈夫的背叛，並非由於是她毅力堅拔的勇敢的女人而來的，相反的，倒由於她生為中國的女人，具有根深柢固美德而來的。後來她幡然覺醒，結束了空虛的等待再嫁了，她獲得較安定不被寂寞苛擾的生活，可惜這並非意味著她得到幸福。那是風燭殘年將到時黃昏的溫馨。這兒沒有青春熱情的光輝，生命的燃燒；她的美好的日子，青春的熱情早已在無望的漫長的等待中闃然燒盡了。元芳仍是不幸的女人，她的生涯悲苦多於歡樂。

〈燭〉是一篇題材可怕的小說。一個作家在一輩子之中，能抓住如此絕佳的素材加以藝術化，也就算不枉度此生了。一個大婦因丈夫收了使女為妾，寧願將自己束縛於一張牀上，度那漫長如同行屍走肉般的一生，點燃蠟燭便是她唯一的快樂，那蠟燭的一丁點兒光和熱，才能給她生存的感覺。可怕的是這種生活方式是她自己選定的，也是對於冷淡她的丈夫的一種懲罰，乃是舊時家庭制度的無言的消極的抵抗。這篇小說刻畫的異常心理和寓意非常豐富，可以從各種角度來分析。一篇小說設若能引起讀者活潑的思想，瞥見意識底下的魑魅魍魎的黑影，可算傑作了。可是到頭來，這大婦的反抗招來了她精神和肉體的崩潰，而且她得到的補償，只不過是家人不耐煩的假意關懷和同情，絲毫無損於她的丈夫和妾寢室裡的柔情和快樂。於是，她變成供人嘲弄的動物檻子裡的猴子了。描寫封建社會大家庭制度中的許多小說之中，這一篇小說其挖掘問題的深度，其所涉及的人生本質，人性潛意識之中朦朧不可測的黑暗領域，令人激賞。在當代作家中的作品裡，我很少讀到這樣深刻足以引起惑亂，探索的小說。

這小說的素材，頗具現代性。使人憶起沙德、卡繆等存在主義文學的片鱗。鍾肇政所翻譯的安部公房的《砂丘之女》不就是用了一樣的題材嗎？事實上，季康的母親把自己推落於無明的深淵，她時常處於人類的「極限狀態」。這猶如卡繆所提的薛西弗斯，由於上帝的譴責，他不得不推滾大石頭上坡，那大石頭到了坡頂必然地滾落下來，於是從頭周而復始。薛西弗斯在永無止境的推滾大石頭的懲罰之中才能時時刻刻抓住一己生存

的意識。《砂丘之女》的那被擄的博物教師和女人住在砂之威脅中生活,假若時時刻刻不把砂弄出,就有被砂埋沒的危險。那不斷地滑落下來的砂等於薛西弗斯的大石頭。因此,永無休息的挖砂弄出的工作,才給他們帶來生存的意識。林海音所描寫的季康的母親,永無休止的咀嚼著被棄的苦澀的感覺。她的牀相當於薛西弗斯的大石頭,砂丘之女的砂,事實上她的生存靠著永遠的折磨和自虐來證實的。她是中國舊時家庭制度所縛綁的薛西弗斯,她的糧食是仇恨和嫉妒,猶如乳牛一樣,她反芻著失意而生存。

然而,林海音處理這樣的題材卻毫不「現代」,她採取古典的,平靜,抑壓,悲天憫人的觀點來從事,且時有一絲絲詼諧的影子掠過筆觸。這篇小說仍然是技巧完美的傑作之一,自有不可否認的成就,可是我仍有一點惋惜,假若換一個角度來處理這樣的素材,一定有嶄新突出的面貌。

我以前讀過鄭清文的一篇小說〈姨太太生活的一天〉,這是林海音的小說中重覆出現的題材之一。但,這年輕的作家處理的方式和林海音截然不同。這作家用柴霍甫般的分析和冷嚴的觀察,他乾枯而冰冷。林海音的小說裡的感傷和詠歎在這年輕作家的作品中已經絕跡了。

〈晚晴〉,描寫寂寞老人的小說。在林海音的小說中,女人、老人、兒童的世界是不斷地出現的。姚亞德就是一種典型,在她的小說裡這一類孤寂的老人是常見的,一直到連載於《純文學》的〈孟珠的旅程〉中的寂寞專員。〈晚晴〉把一個老人寂寞的日夜,無聊的生活,心靈中所發生的心裡葛籐的微漪,毫無遺漏地鏤刻出來,猶如觀察蟲豸草芥的博物學者一樣細膩精緻。這小說使我憶起了柴霍甫的一篇傑作,描寫風燭殘年的老醫學教授的無聊和寂寞為題材的。那老教授已厭倦於生命,被千篇一律的日常生活瑣屑的日常事務折磨得精疲力竭,人生是一片毫無意義可言的荒寂沙漠。他既然沒有未來,那麼過去的榮耀和成就也就如同泡沫對他沒有任何價值和意義。這老人可怕的寂寥,絕對的虛無,啓示人類在這地球上是孤獨的生物,人生是一場空幻無意義的事。然而,這老教授還有愛,對於一個被遺棄的年輕女人的摯愛,這種愛裡有多少真正男人慾望呢?沒有這,

那不過是憐憫罷了。無論如何，連這種愛帶給老人的是，沒有報償的更深一層的孤寂。

林海音所刻畫的正是這樣的一個老人，不過，她在小說的結尾，給這老人點燃了一點希望，暗示他對於家庭的飢渴將獲得滿足。

我以為這小說雖以老人的日常生活為中心展開，但真正的主角卻是那船員的妻子「安晴」。同林海音的任何一篇小說一樣，她有興趣的是女人，老人和兒童只不過拿來襯托女人的悲劇而已。「安晴」最後也是一個棄婦，她的柔美，懦弱，含羞，令人心折。我看到的林海音小說裡的女人都是這一種被虐待，被摧殘的女人。安晴雖然著墨不多，給人以可愛溫柔的女人的感覺。

〈婚姻的故事〉頗有林海音自傳的味道。她以自己的婚姻和家庭生活為軸心，觸及到她的公婆，妯娌，各色各樣女人的富於曲折的愛情和婚姻的故事。這篇小說幾乎網羅《燭芯》集子裡所有小說的片斷，而揭開了作家「素材」和「成品」之間的聯繫祕密。這一篇小說可以說以小說體裁所寫的作家的備忘和自白；猶如紀德的《偽幣製造者》和其札記一樣。而其觀察婚姻生活隱晦不提，只有其輪廓，沒有內心感受的表白。這小說的特色之一即是像那《傲慢與偏見》，於女人的閒聊親切的語調之中，道出大家庭生活中女人數不盡的辛酸和挫折，別具風格。

〈五鳳蓮心記〉中的騙子，長篇小說《城南舊事》英子所遇到的小偷，被遺棄而神經失常的秀貞，不知怎樣的使我聯想到狄更司著名的小說《大衛·卡巴菲爾》。

《城南舊事》以北平為背景，藉幼小的英子的觀察和遭遇描寫民國 20 年前後的北平庶民階級可愛又富有人情味的生活。從這小說開始，林海音走上另一個階段；她在小說的技巧上更圓熟，她對於人生、社會、宿命的觀察似乎固定下來，縱橫交錯的各種人物所織成毯氈，皆有巧妙的銜接和交代。她喪失寫短篇小說的銳敏的感覺和詩情，獲得從容不迫的結構和情節的開展。

　　林海音從《城南舊事》到《春風麗日》、《曉雲》、《孟珠的旅程》一連
串的長篇小說仍然脫不了女人和家庭、婚姻的範疇，但她所描寫的領域更
擴展了，犧牲挖掘的深度，她獲得的是通俗性，給予讀者讀小說的快樂。
但這快樂並非皮相的情節所贏來的。它的高貴的情操和冷嚴的客觀性仍引
起讀者心靈中，基於人性的共鳴。這並非坊間一般閨秀作家的迂迴曲折，
纏綿悱惻，賺人眼淚的戀愛小說可比擬。藝術品究竟爲迥然相異的兩件
事。

　　林海音在這些長篇小說裡仍然執拗地追求著女人幸福的問題，而且不
可避免地重嘗失望。《城南舊事》裡的秀貞，英子的母親，蘭姨娘，宋媽，
《春風麗日》中的靜文、立美，《孟珠的旅程》中的孟珠，她的妹妹，墜樓
自殺的歌女，哪一個是快樂的？哪一個女人在愛情上一帆風順？幾乎沒
有！從清末民初到現在，凡是意識上還留有封建制度舊倫理觀念的女人，
她們的處境是酸楚的；唯有摒棄舊觀念，妥取合理的道德觀念，才有一縷
希望。可是在中國，這種奮鬥和爭取談何容易！

　　在這工業化的社會裡，作家多少要和現實生活妥協，走上通俗化的途
徑，究竟這是 20 世紀的後半，並非躲藏於象牙之塔裡以夢幻填飽肚子的時
代。史坦貝克從《憤怒的葡萄》以後的墮落，哥德威爾從《煙草路》以後
的一蹶不振，諾曼‧梅拉從《裸者與死者》以後的江郎才盡，處處透露出
這時代作家處境的困厄，無可奈何的屈服。林海音最近的小說可能孕育著
這危機吧？

　　收錄在《綠藻和鹹蛋》裡的小說別具一格。〈綠藻和鹹蛋〉把夫妻感情
的起伏和隱祕，用心裡的手法，追蹤、捉捕。那猜疑和嫉妒的升起和衰竭
都有細膩的描寫。

　　值得一提的是〈鳥仔卦〉這一篇小說。在林海音的眾多作品中唯有此
作有些模糊的鄉土色彩。不過，這鄉土氣味是這樣的淡薄，我們已無法指
認這小說的背景的臺灣。這篇作品描敘在社會底層求生掙扎的相命爲生的
小人物所遭受的厄運。使我們意識到支配人們那看不見的命運之力量。作

者刻盡了貧窮和罪惡常伴著這些社會的渣滓和螻蟻，他們求生的悲哀和絕望。飛出去的小鳥扼殺了賣卜者的一絲希望，他卻一無所知，尙在美麗的希冀之中憧憬著未來。結束的一段，加強了寓意，使這篇小說有寓言和象徵的風格。

《綠藻和鹹蛋》集子裡一大半都是兒童文學，曾經拍攝過電影的〈週記本〉之外尙有許多篇。林海音的兒童文學是她的主題女人與婚姻繁衍出來的。兒童文學的主題離開不了幾項道德的戒律，闡明幾種重要的倫理觀念。故此，儘管作者用的手法和情節多新奇，新酒裝舊皮袋，結果都以大同小異的面孔出現。不過，能夠發掘到兒童心靈深處獨特的世界，以心理的，社會的觀點，嶄新的意念來寫作又另當別論。兒童文學並非成人的童話，也許兒童的世界更接近於人自然。像日本坪田讓治的兒童文學，不以教條和說教的口吻出現，連引人入勝的故事也沒有，而用詼諧富於詩意的筆調描寫兒童生活中的歡欣和悲哀，已經超越了兒童文學的領域，觸到人類普遍的情感去了。

林海音的這些作品在時下的兒童文學中仍不失爲上乘之作；但仍使人覺得她所採取的敘述的方法並沒有超越膾炙人口的亞米契斯的《愛的教育》。雖然，林海音力求避免陷入舊套，可惜，她不得不循舊車跡前進，這提供了我們一些創作「兒童文學」上需待解決的課題。

三、

據說已去世的《文學雜誌》的主編，《草》的翻譯者夏濟安，曾經對林海音的一篇想刊登於文學雜誌的小說予以刪改。果真有這麼一回事的話，我頗能了解夏濟安當時的心理。提出這事並非有意貶抑林海音，因爲眾多的編者都有這種嗜好，而且這種行爲是否對卻是個見仁見智，諸說紛紛，莫衷一是。然而，讀完林海音的小說以後，如果讀者本身是一個有成見的作家的話，他就有像夏濟安一樣的一種「焦躁感」。林海音是個當代作家之中有豐富生命力的一個人，她能捕捉到的素材之豐和佳，令人驚奇。然

而，把這些素材昇華結晶為藝術品的時候，她所持的觀點和處理的方式，未必令人完全首肯。因此，讀完她的小說之後，使人惹起「躍躍一試」的感覺。這就是夏濟安以提筆修改的緣故。

　　從居住於北平「虎坊橋」時代開始，林海音便對於人生和現實有些模糊的認識。從北平庶民生活的喜怒哀樂中她覺察到人生的變幻無常，現實生活的殘酷；而她正在生長的過程中遇到喪父的創傷，在寡母和年幼弟妹中間，她不得不面對真實的人生，可怕的宿命力量。從領悟人生變化多端的面貌過程當中，她逐漸孕育著作家的氣質。與生俱來的豐富的生命力和想像力驅使她後來走上作家之路。而且她當時所受的教育和時代風氣決定了她創造小說的視點和根本思想。

　　「五四運動」在中國掀起空前絕後的新思潮之風暴，其顯著的傾向之一即人道主義。然而，西方的人道主義隨著 19 世紀末社會制度的蛻變，已經和 18 世紀的人道主義有不同的面貌。這種新的人道主義並不單單起因於博愛，憐憫，同情等人類情感而發展的，它植根於社會的、經濟的現實生活中，較有堅固的基礎，而且不可避免地多少帶有唯物的色彩。這一股思潮引進了我國以後，與我國固有的仁愛思想微妙地揉和在一起，形成了獨特的思想體系。從五四以來直到輝煌的 1930 年代以至於現在，這逐漸形成的人道主義是許多作家，不管他是否有明確的意識，皆賴以做支柱的思想背景。當然，作為一個作家，不管白種或黃種，他們作品的基本色調就是人道主義。

　　在新思潮動盪不已的北平，從北伐到抗戰，正在成熟中的林海音所接受的教育，文化的薰陶脫不了這種基調。而且作為一個現代女性，林海音特別關心的，毫無疑問的，即是從舊時代的牢獄，女人怎樣才能獲得解放，得到心身真正的自由與和諧。換句話說，在新舊思想的交替中，女人尋求的幸福到底在那兒？怎樣才能得到幸福和自由！作為一個作家，林海音有敏銳的頭腦足以抓住時代和社會轉變的過程及在社會、家庭制度的束縛中，各色各樣的階層，個性、境況下的女人所遇到的千變萬化的遭遇和

行動。她不僅成功地雕塑了鮮明的典型，窺探她們內心的奧祕，幾乎觸及到女人本質的不可救的絕望。然而由於她固守溫和的人道主義，使用我們所熟悉的表現語言和熟知的方法，傳統的道德戒律來刻畫人性的結果，使得有些作品走向「公式化」的途徑。她的作品裡看不到激動的感情、抗議、控訴還有人性醜惡的一面。好似她所看到的世界和人群都是美好的，向善的；設使她描寫所謂「壞人」的時候也並不例外。彷彿，她閉著一隻眼睛固執地想看到人性光明的一面，而有意忽略其墮落的黑暗深淵。也許人性深處的不可名狀的朦朧黑影，衝擊激盪的慾望的漩渦，足以使她頭暈目眩，會摧毀她均衡、溫馨的人道主義。然而，這種有意或無意的逃避和取捨選擇，使得她的作品呈現著虛偽的平靜和溫柔。雖然這也並不見得錯誤，因為使得她的作品有古典的外觀，足以使人讀後獲得平靜的慰藉。然而，決定人類行為，尤其是男女關係和婚姻的，是那意識底層令人暈眩的慾望，這就是人性。忽略了這一領域，震撼讀者心靈的感動也就薄弱了。

活在這時代的作家，誰也擺脫不了佛洛伊德學說的束縛；我不相信林海音沒有受過這一股潮流的洗禮和衝擊。佛洛伊德的學說早已變成現代人的血肉，當我們分析兩性關係或闡明某一種行為的時候，我們不知不覺地採用這思考的方法做為準則或武器。在最保守的某些報刊雜誌，談到婚姻和繁多的男女結合形式時也無法避開這「性」的論點。「性」是決定美滿婚姻的重要因素之一，我們未敢苟同「性」是男女關係的全部的誇張說法，然而一談到婚姻和愛戀，我們無法否認或一筆勾銷「性」的潛力。且不說曼絲斐兒的好友 D・H 勞倫斯的赤裸裸的「性即生」的眾多小說，喬伊斯的《優力西斯》，退而求之，毛姆和莫拉維亞的技巧頗佳的短篇小說，「性」是重要的創作觀點之一，這就是莫泊桑和現代作家中間為何有無法填滿的裂痕和距離的緣故。

如上所述，林海音作品的素材皆以女人、婚姻、家庭為中心，而做為一個作家她所能描述的也許就只有她所熟悉的這環境而已。中國當代女作家談到「性」普遍地較含蓄並有羞恥感的，林海音自也不例外。然而把

「性」看作性慾和做愛是淺顯的，其實它所指的，應該是一切「生之慾望」。林海音的小說缺少「性」的觀點，致使她的小說有古典的味道，19世紀小說的典雅和淳厚，但聞不到現代生命的躍動。

　　我素來不耐煩讀報刊雜誌的連載小說。但最近我每期必讀的連載小說有二：其一為《純文學》所刊登的林海音的〈孟珠的旅程〉，另一篇是《幼獅文藝》所刊的童真的〈夏日的笑〉。這兩位女作家的才華在作品中顯露不遺，都給我讀小說的快樂。當然，這兩篇作品其風格截然不同，各有其特長和氣氛。主要的差異在於林海音的作品是靜態的，童真的作品是動態的；即使林海音寫到歌女之自殺，她的筆觸仍然是抑制含蓄的，童真卻奔放擾亂；造成這兩位作家迥異的風格也許處理「性」問題時觀點之不同。

　　記得有一位翻譯賽珍珠作品的日本作家，曾經提到賽珍珠的文體像「欽定憲法」。我是個讀日文不用字典以外，讀英文時身旁離不開字典，讀起來頗覺吃力的人。因此，我不知道這位日本翻譯家所指的究竟是什麼意思。也許他以為賽珍珠用的語言是古典的，很規則又典雅的；因為賽珍珠自幼講中國方言，讀的又是中國典籍和舊小說居多，她的英文似乎從學校的正規教育和閱讀上學習得來的。這對於賽珍珠是讚美抑或貶抑，我不太清楚這日本作家的真意。但是後來我有機會讀到賽珍珠的一本，定居開封久而久之完全中國化的猶太人家庭為題材的小說——可惜我把書名忘了——，因為沒有中譯本和日譯本，我不得不費九牛二虎之力，勉強靠字典讀完了這本小說，才似懂非懂地領略了這位日本作家的評語。我覺得賽珍珠的文體既流暢又正確，好似鑽石的一截面，冷硬富有理性，雖然並不缺乏詩情和色彩。我如此說心裡惴惴不安，恐免不了余光中所講的「二房東批評家」之譏，但我相信我的感覺。

　　不知為什麼，我讀完林海音的作品之後驟然憶起這「欽定憲法」的說法。我是光復後才學習用國文寫作的人，常覺得自己文章辭不達意既蹩腳又支離破碎。因此對於流暢又明晰的文章，禁不住油然生起敬畏之感。林海音的文體和遣詞造句是我最喜愛的，文章之美，純粹的口語，其典雅的

格調已達到有音樂律動和氣氛。但她用的是國語，並非北平土話。有些歐化的語句被錘鍊得不留一絲絲火氣了。把她的文章和 1930 年代一些著名女作家的作品互相比較，我們不難發現當代作家白話文已達到另一個巔峰。

據說，巴爾札克的文章是「惡文」的標本之一，但這毫無損於他底作品的偉大品質，反之，佛祿貝爾的過度粉妝玉琢的美文卻扼殺了作品的藝術生命，現在甚少有人願讀《聖・安東尼的誘惑》了。我以爲像林海音這種流暢、工整的文章，固然能使人一氣呵成地讀到尾，很少給人停頓片刻思索的餘地，也自有其吃虧之處；晦澀的惡文也有些好處，那就是能叫人不得不停下來細細玩味呢！

四、

夭折的本省作家鍾理和是一位被蹇厄困縛，和肺病搏鬥而有卓越成就的作家。可是他篇篇如珠玉似的小說，十之八九皆遭退稿。固然，他並沒有由此而輟筆不寫或氣餒，可是究竟一個人的毅力是有限的，長久下去，顯而易見，鍾理和由頹喪而絕望，結果他曾對未來失去自信而被迫停筆。

我們知道，被納粹德國驅逐出來，流亡於歐美各地的許多所謂「流亡」作家之中，除去已享有赫赫聲譽的作家如托馬斯・曼・雷馬克等有較佳的生活環境足以維持寫作不墜以外，一群年輕一代的作家由於生活的窮困和精神生活苦悶的折磨，被迫放棄寫作；甚至有些亡命美國的作家如艾愕斯特・托拉從紐約的摩天樓跳樓自殺。普希尼的歌劇《拉・鮑也姆》的主題就是一群年輕藝術家的窮困、潦倒、落魄的故事；最後一個個地被生活的現實擊倒，黯然消失於芸芸眾生齷齪的喧囂聲中。

及時給鍾理和伸出友誼熱情之手，使他的小說能見天日的，就是當時主編聯合副刊的林海音。這事表示林海音作爲編者有敏銳的鑑賞能力以外，更表示她有一副女人特有的好心腸。據我所知，當時聯合副刊所發掘的新作家至今仍在文壇上搖筆桿的爲數不少。如果我的聽聞可靠的話，本省作家之中那時蒙受其利的人當頗不少。老作家楊逵停筆十多年之後寫了

二、三篇寓意深長的散文，老而彌堅的陳火泉，曾獲中華文藝獎章的鍾肇政，《生死戀》短篇小說集的作家文心，以〈吊橋〉一作曾獲救國團文藝獎金的鄭清文，都是經常投稿者。假若沒有林海音的提拔和幫助，他們免不了遭受一段灰心和晦暗的日子。

鍾理和因肺癆咯血而去世以後，以林海音為主體策劃奔走，不到三個月的時間，從文星書店出版了他的第一本書《雨》，接著長篇小說〈笠山農場〉也在聯合副刊連載了。生前未能目睹自己的書出版，而至死念念不忘渴望出版自己的書的鍾理和，泉下有知當莞爾一笑了。之後，鍾理和的大兒子，鍾鐵民也經過她的一番善意的安排，得以繼承父親傳給他的才華，發揮文學天才。我以為 20 歲左右的本省年輕一代的作家之中，生於閥閱書香之家的林懷民和生於貧苦農家的鍾鐵民，他們作品的風格雖迥然相異，卻都可預卜著未來豐饒的收穫。

雖然，林海音死心塌地認為她的鄉土是北平，作品取材的範圍大都離不開北平，可是終究在栽培後代作家中，盡了心血，也算不辜負她的父親林煥文為鄉土臺灣盡瘁而死的夙願了。在這一點上而言，她可說繼續完成了上一代臺灣知識分子的悲願了。今天，本省作家的才華和業績在自由中國的文壇上占有一席之地，都是有遠見的作家和出版者孜孜不倦地發掘培育的結果，而在這眾多的有善意的人們之中，林海音由於她本身的遭遇較能知悉本土特異的風土、人物、習俗和悽愴的一段歷史，她的觀點和作為較少偏見，因此，她的業績也較為突出。

一個作家有寫作的天才兼而有處事立世的才幹是罕見的事情。雖然文學史上頗不乏這種例子，如歌德，如現時法國作家馬勞。但，一般地說，文學天才皆是「破滅」型的居多。由於他一己的世界和常人格格不入，而且作家自己和心靈的搏鬥中用盡了較多的精力，致使在現實生活中常一敗塗地。世人認為文人落魄，潦倒半生是天經地義的一件事，彷彿一個文人寫作的成功和個人幸福到底是勢不兩立的事情。然而 20 世紀中葉的現代作家由於較有理性控制情感的惑亂，或者盡力避免心理的風暴和現實生活相

衝突，企求合理美滿的生活的緣故吧，抑或生存於工業社會，創作的市場擴大，報酬足以保障無慮的生活的緣故吧，已經很少看見極端放蕩，耽溺於酒色而身敗名裂的作家。作家不再爲一群流浪者，豪爽的酒徒，卡沙諾伐的信者，他們個個變成正襟危坐，小心翼翼地埋頭工作的白領階級。雖然如此，作家在這時代，仍屬於較天真的一群，拙於謀生，昧於營利。一個作家而兼有企業的頭腦，時下的我國還是少見。我常常驚訝於鄰邦日本的作家如三島由紀夫，精於自我標榜的現代精神。據說，爲了想獲得諾貝爾文學獎，這作家遠渡重洋，遠征歐美，到處演講，吹噓，這真令我們缺乏行動意欲的人感慨萬千。生於現代，不管你是否甘心情願，這旺盛的行動力實在是需要的，我以爲值得借鏡的地方頗不少。

林海音在比較保守而缺乏行動意欲的當代作家之中，由於個性使然，她在忙碌中才有生存的樂趣，是個比較有旺盛生命力的人，創作是她生活的一部分，並不完全滿足她活動的意欲。於是她開始創辦了「純文學」，出版書籍，走上另外一條路，她究竟會走到那裡？這對於生存在逐漸邁向工業社會的當代作家提供了富於思索的課題。

畢竟北平離開我們太遠了，北平優雅的庶民生活，天橋的雜耍，琉璃廠的舊書店，廠甸的喧囂的攤子，駱駝的鈴聲，涮羊肉，充其量只可以在夢裡相會，不過是海市蜃樓般的回憶罷了。《城南舊事》的確是「舊事」，這傷心又甜美的前塵往事也並非訴不完的故事，然而，林海音的創作生命尚未達到顛峰，唯有面對鄉土，開拓這一片豐富的處女地，才是她創造另一個顛峰的轉機。何況，臺灣仍是某一部分女人的地獄，做爲一個女作家，假若不想對這題材挑戰，那就違背了作家所肩負的使命！

──原載 1967 年《臺灣鄉土作家論集》

──選自李瑞騰、夏祖麗編，《一座文學的橋──林海音先生紀念文集》
臺南：國立文化資產保存研究中心籌備處，2002 年 12 月

巧婦童心
承先啓後的林海音

◎彭小妍[*]

　　1955 年林海音第一本文集《冬青樹》由重光出版社刊行，何凡以兼具「戶長」、編輯同仁、寫作同行的身分，爲之作序。序中特別強調，書中收集的三十餘篇短篇小說，主題都不脫離家庭、愛情、婚姻的範圍。他寫道：「有人批評女人寫作範圍不出家庭，似較狹窄……尤其是『家常人』型的家庭與職業兼顧的女作家，內外奔忙，自更難四處去尋覓靈感，擴大寫作領域……她們就是寫寫所謂『身邊瑣事』，小不足爲病，因爲這正是此偉人時代的基層生活的真實反映，讀之令人有親切之感。」

　　這一段文字，不僅是夫者替愛妻所作的答辯（apologia），實際上提出了一個頗值玩味的文學史現象：1950 年代前後，女作家在臺灣文壇逐漸嶄露頭角，寫的不外是婚姻、愛情故事，及閒話家常、溫馨小品、讀書雜記之類，都膾炙人口，傳誦一時。如張秀亞、徐鍾珮、琦君、郭良蕙、艾雯等，都是當年和林海音同時期崛起的女作家。到 1980、1990 年代，女作家已蔚然成爲「強勢團體」，令評家不敢掉以輕心；但基本上來說，題材仍不脫戀愛、婚姻，只不過是寫「欲」多於「情」、社會意識抬頭，男女的角逐趨向戰爭化罷了。

　　其實女作家擅寫婚姻故事和小品文，是五四以來的傳統，例如五四時期紅極一時的冰心、丁玲等。冰心的散文專事傳遞「愛」與「美」的訊息，她的《寄小讀者》談親情、友情、人間的愛，溫馨感人，不知賺取讀

---

*發表文章時爲中央研究院中國文哲所助理研究員，現爲中央研究院中國文哲所研究員。

者多少熱淚。丁玲以〈莎菲女士的日記〉（1928 年）一夕成名，這則短篇小說也成爲探討女性性心理的經典之作。1930 年代還有其他女作家，如白薇、盧隱、馮沅君等，在當時也曾領一時風騷。白薇的劇本《打出幽靈塔》（1928 年）探討後母與兒子間亂倫之情；盧隱的《雲鷗情書集》（1931 年）以書信體剖析戀愛中男女的心情；馮沅君的短篇〈旅行〉（1924 年）描寫少女與有婦之夫私自出遊時，對性愛的渴求和壓抑。這類題材在 1950 年代的女作家作品中都有軌跡可尋，然而 1930 年代女作家對「自由戀愛」戰鬥性的呼籲、打破舊式婚姻枷鎖的勇氣、對性愛的憧憬，到 1950 年代女作家筆下卻變得含蓄了。或者更明確的說，1930 年代女作家所關懷的自由戀愛和舊式婚姻等，到了 1950 年代已經不成爲問題了。因此作家即使在處理類似的題材時，以旁觀和後省的角度出發，自然是欷歔、憐憫取代了口號式的宣揚，客觀冷靜的描述多於主觀尖銳的批判。

　　1950 年代作家和五四一代傳承的關係，林海音自己的話是最好的證言。她說道：「我和我國五四新文化運動，幾乎同時來到這世上，新文化運動發生時（1919 年），我才是個母親懷抱中的女嬰，是跟著這運動長大的，所以那個改變人文的年代，我像一塊海綿似的，吸取著時代的新和舊雙面景象，飽滿得我非要藉小說把它流露出來不可。」她的短篇小說有不少描寫五四新舊交替的年代，在傳統與自我的衝突中默默掙扎的女性。例如〈燭〉（1965 年）的女主角因丈夫納妾嫉恨在心，由裝病而竟至真的癱瘓以終；〈殉〉（1956 年）中的方大奶奶因沖喜而嫁給病重的丈夫，還沒圓房就守了寡，雖爲小叔心動，卻礙於禮教，無緣追求幸福。這些都是五四時代轉型期，「仍留在時代的那一邊沒跳過來」的女性。

　　1922 年林海音五歲時由臺灣遷居北京，成長於五四時期，難免有這類「懷舊」的作品產生。《城南舊事》（1960 年）即是她對故居最佳的獻禮。然而她 1948 年底來臺後的生活體驗，也是她作品中重要的素材。《冬青樹》有些故事描寫政府遷臺後，一般公務員小口之家「窮開心」的日子。時局變遷，中國人流徙顛沛、胼手胝足另起爐灶，這本寫「身邊瑣事」的

小書，不正是最貼切的見證？歷史的洪流中，多少失散的家庭、破碎的婚姻，在林海音的作品中都可找到痕跡。例如〈燭芯〉中的女主角，抗戰時期和丈夫失散，他在南方另娶。到了臺灣後重聚，一夫兩妻的兩邊家庭勉強維持了 18 年。她等待了 25 年毫無希望，終於離婚，結果嫁給了一個妻子陷身大陸的男人。〈晚晴〉中姚亞德隻身來臺，獨居多年後，偶爾見到安晴和她的小女兒心心，不禁想起了自己留在大陸的妻女。於是他開始輾轉打聽家鄉妻女的下落，發現妻子已死去四年。安晴的丈夫則放浪成性，一去不歸。姚亞德於是決心照顧安晴和心心母女，開創生命中的第二春。

　　女作家筆下的婚姻和愛情，看似僅及「身邊瑣事」，實際上政治、歷史的暗潮卻是呼之欲出。林海音這方面的自我評價又如何呢？在〈童心愚駿——回憶寫《城南舊事》〉（1983 年）中，她說道：「我寫東西從不『政治掛帥』，也不高喊『革命』，這部小說我是以愚駿童心的眼光寫些記憶深刻的人物和故事……」這篇短文的緣起，是 1982 年上海電影製片廠將《城南舊事》改編成電影，獲得當年馬尼拉第二屆國際影展的最佳影片獎。由於在宣傳上指出，這個故事「表現普通勞動人民的不幸遭遇」、「北洋軍閥時代人民的苦況」，林海音特別替自己澄清立場：「我喜歡描寫女人和孩子，我喜歡寫婚姻的衝突，新舊時代的戀愛。我是女人嘛，當然喜歡寫這些，也有能力寫這些，可別把偏差的想法投在我的作品上。」

　　好一句「我是女人嘛」！令人不知如何解讀。似是輕描淡寫，信筆拈來；又像理所當然，凜然不容人質疑。那語氣中的不屑意味最為高明，表白了以退為進的姿態：對不住了，我是女人，我的創作超越男性世界的政治糾葛，你們愛怎麼看就怎麼看，不干我的事。林海音的筆，光芒溫潤，卻端的是把兩刃劍。不信，細讀她同文中的另一段話即可：「而（中國大陸）每次談到原著，總要強調的說明這是臺灣女作家的作品，並且把我的身世履歷詳細說一遍；這就是所謂的『統戰』吧！咱們這兒嘛，一字不登，豈非『反統戰』？」有意「統戰」和怕被「統戰」的兩造，領教了這段話，不免只有啼笑皆非的分吧？

　　林海音創作世界中的女性值得我們密切注意。除了她所謂「仍留在時代的那一邊沒跳過來」的可憐女子,也有已「跳過來」的「新女性」。但她當年所描寫的「跳過來」的女人,和 1980、1990 年代女作家所創作的新女性,又有何不同呢?例如《曉雲》(1959 年)以女主角第一人稱敘述,描寫的是婚外情,這是五四以來歷久彌新的小說題材,到 1980、1990 年代更引人注目。林海音筆下的曉雲,當年母親愛上了已婚的老師,生下了她。她從小得不到父愛,又背著私生子的羞恥。不料她長大後,重蹈母親的覆轍,愛上了自己學生的父親。曉雲和媽媽一樣,不顧一切,主動追求愛情,結果懷了孕。但為了成全情人的事業和家庭,她默默離開,避居好友家待產,情人卻一直不知道她將孤獨面對未婚媽媽的漫長人生。林海音寫情,點到為止。曉雲從初解人事的少女、戀愛、獻身、懷孕到決定犧牲自己,短短期間經歷多少驚濤駭浪,敘事的筆調卻淡淡的,留給讀者的是無窮的想像空間和感喟。如果在五四女作家筆下,可想見的,必然強調女主角對性愛既好奇、又羞怯懊惱的欲迎還拒心理,結果可能是什麼都沒有發生。1980、1990 年代的女作家小說,則可以在性愛場景上大作文章,令人歎為觀止;或者是展開妻子與情婦的戰爭,有玉石俱焚的態勢。當然,如此總括性的分析不無以一概全之嫌,但我的用意,主要是凸顯林海音含蓄內斂的筆法。《曉雲》中的一場獻身戲,即是她典型的低調處理方式。曉雲知道心上人到新竹出差,主動追逐到他下榻的旅館房間,然後筋疲力竭地倒在沙發上:

　　　這一天是悠長的一天,奇異的一天,掙扎在尋求歡樂與毀滅的一天。
　　　我聽見他叫來女服務生,吩咐她再訂下隔壁的房間。
　　　但我根本沒有過去。

　　就這樣看似平淡的幾句話,就交代了曉雲一夜間由少女變成婦人的經過,也給讀者留下想像空間。

　　除了小說以外，林海音擅長的文體是溫馨小品和雜文。就此而言，我們不可忽略的線索是白話文的演變：五四時期是白話文的成長期，可說是質勝於文的時代；作家視白話文爲傳播新思想，鼓吹革命的最有效工具，但毋庸諱言的，早期文字多半生澀拗口、過度歐化。整體而言，到了 1930 年代末、1940 年代初，白話文的運用漸趨成熟，到後來才能有梁實秋《雅舍小品》（1949 年）那樣精緻的作品出現。至 1950 年代一般白話文的品質已達到相當的水準。文字本身的條件足夠了，或許又由於政局變遷、白色恐怖影響所及，拒絕高唱「戰鬥文藝」的作家，便諱言政治；於是以談「身邊瑣事」爲主、專供「美文賞析」的溫馨小品於焉勃興，至今歷久而不衰。除了林海音，如當年琦君、張秀亞的小品，都是耳熟能詳的佳作。後來余光中的美文更是經典之作。這類文體的興起、演變，當然不是三言兩語能釐清的，有待作家的證言及學者的剖析。

　　林海音主要擅長小說、散文，細分之下，其作品文類五花八門，包括短篇小說、長篇小說、遊記、文人素描、溫馨小品、雜文，甚至兼及兒童文學和漫畫圖解。她當年在北平以女記者出身，來臺後曾任《國語日報》編輯、《聯合報》副刊主編，又辦《純文學》月刊和「純文學叢刊」，多年來創作不輟，堅守編輯崗位，提攜後進，如鍾理和、隱地、林懷民等，都是 1950 年代初到 1960 年代初她主編「聯副」時發掘的作家。她對臺灣文壇的貢獻，有目共睹。何凡口中的「家庭主婦」、「兼職作家」，實際上承接了五四傳統，在臺灣開創了新局面，稱之爲新文學的傳薪人之一亦不爲過。也只有林懷民口中身爲「臺灣姑娘，北平規矩」的林海音，才能肩負繼往開來的重任吧。

——原載《中國時報》，1994 年 1 月 8 日

——選自李瑞騰、夏祖麗編，《一座文學的橋——林海音先生紀念文集》
臺南：國立文化資產保存研究中心籌備處，2002 年 12 月

童女的旅途
林海音小說中的作者與敘述研究

◎江寶釵[*]

一、前言

傑暠認為，所有的敘事文大致可以分為三個層次，第一是敘事呈現的表層；第二是未經敘述安排的故事內容的層次，相當於形式主義者的本事；第三是敘述（narration）行為，主要範疇有二：1.時間（time）：處理「故事」裡的時間與「敷演」層上的時間兩者之間的關係與異同；2.方式（mode）：處理對現實的模仿的形式（或敘說的形式）以及涉及的觀點；3.聲音：處理敘述者與所敘說的內容之間的關係，以及敘述者與聽述者地位的差別。[1]

本文探尋林海音的敘述聲音，關懷落實於第二種的「方式」，兼及第三種的前半。當我追蹤林海音小說中的作者及其敘述聲音時，我並未假設一個具時間序列的發展。因而，當我以一個旅途來形容敘述聲音的轉變與發展的時候，我其實是說，林海音有一個鍾愛的敘述模式，這個敘述模式有時停頓，有時轉折、有時承續、有時回頭，它們共同形成了一個旅途，一個不是直線型態的旅途，因而，就此形成的發展，也不是單一線型的。

首先，筆者從書寫作者與真實作者出發，一方面考察生活經驗如何在兒童的眼睛裡顯象，從而形成、改變了他的世界觀。另一方面，也就《城南舊事》作為系列小說的敘事觀點及其特色，展開探討：如何一個旁觀的

---

[*]發表文章時為中正大學中國文學系教授，現為中正大學中國文學系、臺灣文學研究所教授。
[1]呂正惠，〈新說書〉，《聯合文學》第 8 卷第 9 期，頁 188。

編撰敘述者完成的敘述形式，後來卻有真實作者不斷以各種形式的介入。如果，敘事者從一個女孩的我，一個婦人的我，然後到男性的我、全知觀點，這些敘事方與作者如何相關？第一部分爲「愚騃敘事——成功的編撰敘述者」；第二部分則從林海音小說中的隱含作者著眼，一則談生活時間與空間的遷異，所遭遇的事件不同，轉移了林海音的關懷，影響了小說中的情節結構，在本文中的討論，便總括爲「記憶現身——意圖的真實作者」。

　　本文使用的素材，基本是，林海音的六本小說著作，《曉雲》是唯一的長篇，《城南舊事》是系列小說，可以置入短篇，也可以當作長篇，而《金鯉魚的百襇裙》、《婚姻的故事》、《綠藻與鹹蛋》、《冬青樹》則幾乎都是短篇小說集。林海音的散文則是參證的材料。

（一）愚騃敘事——成功的編撰敘述者

　　在敘述學裡，作者，大體上分爲兩種：

　　1.真實作者：這是現實生活中的作者。

　　2.書寫作者：從事書寫行爲的作者。書寫作者之下，又分爲下列幾種：

　　（1）隱含作者（Implied author）：這是一個在系列文本中不斷出現的作者，這個作者以各種題材、形式暨意義，向讀者開展一連串相關或層疊的個人特質，形成敘述的風格。

　　（2）編撰作者（Dramatized author），在一般的個別文本中並不直接出現的隱藏作者，章回小說中編撰作者便以「看官聽說」的方式出場。

　　（3）編撰敘述者（Dramatized narrator），文本中進行敘述行爲的人稱人格。[2]

　　本節所要討論的，是林海音小說中的編撰敘述者，以《城南舊事》作

---

[2]鄭明娳曾引用布斯（Wayne Booth）的《晚近敘述學理論》（*Recent Theories of Narrative*，頁152～172）討論作者的問題。請見《現代散文構成論》，臺北：大安出版社，1991年，初版，1994年，第三版一刷，頁 183。鄭明娳的創意是指出編撰作者有類於章回小說中的「看官」形式。而包括編撰作者與隱含作者、編撰敘述者的分劃，其實一直是「敘述學」重要的課題，「讀者反應理論」（"reader response theory"）的取徑，特別會牽涉到這一部分的問題。

例，說明編撰述者的善用，如何將小說的敘述形式導向成功。

　　小說中的編撰敘述者，以人稱人格進行敘述，一般稱之為「觀點」（"point of view"），亦即觀察點。這是用於敘述故事的一種設計，藉以顯示情節被觀察及被敘述的角度或立足點。敘述觀點在小說中永遠有其相當重要的地位。在林海音的小說裡，敘述觀點具有若干共同的特色。它不同於傳統小說以全知視角出發，用的是第一人稱（the first person narrator）觀點。此一第一人稱的運用，一般又可以分為兩種，一是作者以我自稱，一是讓作品中的某個人物自稱「我」，白先勇是後者，而林海音是前者。

　　這也許是一個良好的比較：當著名的美國小說家馬克吐溫在《頑童歷險記》裡，讓核心人物以他特有的方式敘述他的「歷險故事」，敘述者為故事中一個主要乃至中心人物，作品從始至終透過一雙親身經歷的眼睛來看，一個可靠的嘴巴在說，讀者被要求透過他的眼睛去看故事的發展；[3]同樣的，我們也只能以英子的態度去觀視她所涉入的事件。這個「我」既是生活事件的觀察者，又是小說作品的敘述者，小說因而帶有濃厚的主觀色彩，這樣做的好處，一面是容易經營一種身歷其境，栩栩如生，又親切又具說服力的閱讀經驗，具高可信度（credibility），另一面則是這個視角固定，非常有助於小說整體印象的統一，因此常見於使用。話雖如此，該敘述要差遣得宜，有其難度，因為它並非無所限制，特別是它不能直接的揭露他人內心的活動，必須借助「我」的猜測或他人對「我」的傾訴。此即典型的限制敘事。作者只能寫英子所知的，讀者只能知道英子所知的，稍有逾越，即形成不可信賴的敘述者（unreliable narrator），而使用此敘述，最為人所熟知的，莫過於費滋傑羅的《大亨小傳》（*The Great Gatsby*）。臺灣小說家裡的白先勇，他的〈東山一把青〉（敘述者「我」是主角的師娘）、〈孤戀花〉（「我」是總司令，女主角的）、〈花橋榮記〉的飯館老闆娘、〈滿天裡亮晶晶的星星〉裡的表哥，用的也都是這樣的敘述方式。

---

[3]相關分析見徐進夫譯，《文學欣賞與批評》（Gueuin, Wiffred L. 等著，*A handbook of Critical Approaches to Literature*, 1966 年）臺北：幼獅文化公司，1975 年，頁 75～86。

　　使用第一人稱敘述，首先要問的是：誰最適合做爲這個第一人稱敘述者？那往往需要經過抉擇。這個敘述者有時是主人翁自己，然而一旦敘述者是主人翁自己，「我」的性格呈現就受到限制，只能間接經由暗示，或由「我」的敘述與行動進行推測。因此，次要人物往往更適合做爲觀察的參考點，在《頑童歷險記》裡，這個次要人物是吉姆，在《城南舊事》，則是宋媽。宋媽提供了一個呈現的角度，也是另一個觀察點，一個評論主人翁的基礎，惠安館裡秀貞和小桂子，她與主人翁之間的關係，是另一個微妙的母親：奶媽，兩人的互動，是「擬母女」的最美好的人際關係之一。

　　林海音的小說裡，這些敘述者的身分，不是小女生，就是一個女人。她自己說道：

> 我喜歡描寫女人和孩子，我喜歡寫婚姻的衝突、新舊時代的戀愛。我是女人嘛，當然喜歡寫這些，也有能力寫這些⋯⋯。[4]

　　兒童與女性，構成了林海音小說的主要敘事者。這不只是林海音的主觀印象，從統計看，總篇數 66，通篇以女性爲敘述觀點的，爲 52 篇；以成年女性的，43 篇。以童女的，有 9 篇。男性僅占 5 篇（參見附表）。林海音的兒童、女性的敘述，可以分爲兩種類型：有時候，它們是不同階段的同一個人。有時候，小女生與女人並沒有一定的關係。前者如《婚姻的故事》那個新婚生子的少婦，根本就是《城南舊事》裡長成的英子，而〈謝謝你，小姑娘〉、〈竊讀記〉、〈五鳳連心記〉似乎都是「爸爸的花兒落了，我也不再是小孩子」（《林海音作品集 02——城南舊事》，頁 177）的另幾樁「城南故事」。〈茶花女軼事〉是中學的英子，〈海淀姑娘順子〉裡的女記者，不就是讀了新聞學校畢業後的英子嗎？後者如〈初戀〉、〈週記本〉裡的女老師、與男主人發生畸戀的《曉雲》⋯⋯。

---

[4]林海音，〈童心愚騃——回憶寫《城南舊事》〉，《林海音作品集 02——城南舊事》，臺北：遊目族文化公司，2000 年，頁 98。

　　在第一種類型裡，真實作者的支配力量係非常強烈的，一概以兒童出發的敘事觀點，先占住敘述的優勢。這種優勢，還得從兒童與小說的關係來啓其端倪。讀者反應（reader response）的觀點而言，每一個人都曾經歷童年，童年敘述也能夠引起比較高的共鳴。就敘述形式而言，其一、兒童是當然的純真敘述者（naive narrator），他不能真正進入事實的核心，可是卻最能夠接近事實的真相。成人當兒童懂得不多，往往不避諱兒童在場地言說、動作，提供了承載事實的良機。其二、兒童的理解能力有限，正符合小說的特質，既要針針密縫，又要處處留縫，說得不必太明白，有點兒朦朧剛好。當然，如福克納的小說《聲音與憤怒》，以一位白痴去呈示一個美國南方家族史，則是驚人的實驗巨著。大體上，小說不需要評述，需要的是，觀察事件的眼睛和對事件的記憶，兒童的好記性，又提供了小說敘述的天機。其三、或者如張大春[5]曾經就朱西甯小說所發表的意見，純真敘述者適於去經營一種特殊的感性形式，營造出柔膩而婉約的散文敘述風格，此一敘述風格，《城南舊事》可以說發揮到淋漓盡致。

　　　　黃板兒牙拍了一下驢屁股，小驢兒朝前走，在厚厚雪地上印下一個個清
　　　　楚的蹄印兒。黃板兒牙在後面跟著驢跑，嘴裡喊著：「得、得、得、
　　　　得。」
　　　　驢脖子上套了一串小鈴鐺，在雪後新清的空氣裡，響得真好聽。[6]

　　以上這一段兒童敘述的感性形式，整個段落由口語常用詞結構而成，沒有一個難字。而首段 63 個字裡，五個句子裡，有四個兒化詞。「響得真好聽」則是感歎詞。實際是符合了白雲開在〈現在派小說中的現代感〉[7]一

---

[5]張大春，〈那個現在幾點鐘〉，《張大春的文學意見》，臺北：遠流出版社，1992 年，頁 110。

[6]林海音，〈驢打滾兒〉，《林海音作品集 02——城南舊事》，臺北：遊目族文化公司，2000 年，頁 167。

[7]白雲開，〈現代派小說中的現代感〉，香港：香港大學，香港大學中文系成立 70 周年國際學術研討會，1997 年 12 月 10～12 日。

文裡探討的，漢語環境中許多表現主觀世界的「直接話語」。這些直接話語的標誌，大概涵括下面這幾項：1.感歎詞；2.口語常用詞；3.語氣助詞；4.標點符號；5.兒化詞；6.語言風格。

標點符號和語氣助詞，則像這一段：

> 冬天快過完了，春天就要來，太陽特別的暖和，暖得讓人想把棉襖脫下來，可不是麼？駱駝也脫掉牠的舊駝絨袍子啦！
>
> ——《林海音作品集 02——城南舊事》，頁 3

隱含著感歎所帶來的標點符號的活潑，不是很清楚嗎？林海音讀了余光中談中文書寫的文章，自己跟余光中說：

> 我發現我的大白話就犯了你說的毛病，呢呀吧啦的，我用得太多了。[8]

繼這句話之後，她又寫道：「是真的。」這個「是真的。」

林海音善用意象化的短語，口語中那種從旁切入的「插語」[9]——像前引突然跳出來的「是真的。」「不是麼？」，造成文字的活潑，適足以承載浪漫天真的情懷。而敘述結構裡那恰到好處的留白：兒童所不能理會的世態、無法評判的人情缺縫或矛盾，像那口懸在天上的月亮深深地傳來歲月一層又一層的回音，〈惠安館〉裡歷劫終於母子相認的小桂子和秀貞，怎麼了？〈我們看海去〉裡憧憬著未來的賊被捕後，他又將遭遇什麼？〈蘭姨娘〉是個標準的才子佳人的故事，但是蘭姨娘給家裡帶來緊張關係，她要跟德先叔走了，為什麼父親嗒然若喪，母親掩不住歡喜，那種若有若無，既是孩子敏感的觀察，也是孩子不那麼清楚的線索；〈驢打滾兒〉裡為兒女

---

[8] 林海音，〈余光中／撈魚的日子〉，《林海音作品集 09——剪影話文壇》，臺北：遊目族文化公司，2000 年，頁 75。

[9] 子敏，〈活潑自然具風姿〉，《林海音作品集 12——芸窗夜讀》，臺北：遊目族文化公司，2000 年，頁 9。

出來打拚的宋媽，被她留在家鄉的兒子疏乏照顧，溺死家屋後的小河裡，
剛出世的女兒叫丈夫送給了別人，那掛在驢脖子上響得真好聽的鈴聲能敵
得過命運的嘲弄嗎？宋媽能不能如其所願地再生育，過著幸福的日子？
〈爸爸的花兒落了〉，不再是小孩子的英子將面對什麼樣的人生？複雜的人
生世態，那部分兒童所不能理會、無法評判的，直接留白了下來。這留白
增添了小說無數的風韻，賦予小說無限的想像空間，穿插兒童眼中的景物
印象，使得《城南舊事》的敘述洋溢著無限的詩意（poetic）。像是底下所
引這一段，隱隱約約意識到秀貞和小桂子遭遇不幸後，英子搬新家，坐在
馬車上，她把手蒙住臉，不願意看趕車人鞭打馬兒的樣子，那教她自然地
就想起被鞭打的小桂子，她的母親要她忘記，因爲那過去了，母親要她想
將來的事：

> 西廂房的小油雞，井窩子邊閃過來的小紅襖，笑時的淚坑，廊簷下的缸
> 蓋，跨院裡的小屋，炕桌上的金魚缸，牆上的胖娃娃，雨水中的奔
> 跑……一切都算過去了嗎？我將來會忘記嗎？
> 「到了！到了！英子，新簾子胡同到了，新的家到了！快看！」
> 新的家？媽媽剛說這是「將來」的事，怎麼這麼快就到眼前了？那麼我
> 就要放開蒙在臉上的手了。[10]

　　無數沾黏在一起的空間意象，過去與將來的疑惑與感奮，藉著童年的
愚騃織補在一起，終於能使英子放開蒙在臉上的手，望向未來的希望。緣
著這希望的前方，趕著火車去尋男人／父親而不幸被輾亡的秀貞母女的過
去記憶，在當下／此刻達到一種可忍受的平衡。而這種平衡[11]：「往者已
矣，來者可追」，使得〈驢打滾兒〉裡的宋媽能夠背對過去的不幸，回身和

---

[10]林海音，〈惠安館〉，《林海音作品集 02——城南舊事》，臺北：遊目族文化公司，2000 年，頁
81。
[11]齊邦媛把「平衡」視爲是英子的歡樂童年與宋媽的悲苦之間的平衡，與本文有所不同。

丈夫返家去追求未來的生育，也見諸英子對母親的抗拒（resistance）——童年世界的天真要去阻延成人世界的世故，母親要她寫一本壞人「惡報」的書，她要寫賊和她的約定：「我們看海去」。

　　從〈冬陽‧童年‧駱駝隊〉做爲始篇，〈爸爸的花兒落了〉做爲終章，終始剛好都用比較直抒的筆調，以主觀姿態寫作者「我」的感受，「我多麼想念童年住在北京城南的那些景和人物！我對自己說，把它們寫下來吧」（《林海音作品集 02——城南舊事》，頁 3），到「我從來沒有這樣的鎮定，這樣的安靜」（《林海音作品集 02——城南舊事》，頁 177），中間的四篇，則用旁觀視角，「我」不是故事的主要角色。敘述時間從 1923 年，英子 9 歲，結束於 1927 年，英子 13 歲，視之爲有連貫性的小說，[12]似乎還不如直接就當作它是「系列小說」。[13]而這一「系列小說」所以能夠動人，不僅是編撰敘述者嚴守分際，善盡職責，也因爲它寫出了一種普遍（universal）的人生真實，那就是佛家所謂的「愛別離」，不只是人與人的關係，是在不斷地相遇中，不斷地分別，人與自己，特別是美好的童年，也必然地要以「成長」的揮手自去，愴然告別。這一點，作者是有自覺的，林海音在〈後記〉裡說：

> 每一段故事的結尾，裡面的主角都是離我而去，一直到最後的一篇〈爸爸的花兒落了〉，親愛的爸爸也去了。

　　成長的過程，蘊含著無數的啓蒙。好不容易相認了的吃苦的母女，枉

---

[12]齊邦媛，〈超越悲歡的童年〉，《林海音作品集 02——城南舊事》，臺北：遊目族文化公司，2000 年，頁 9。原載《純文學》，1960 年 7 月，頁 1～8。

[13]喬哀斯的《都柏林人》、白先勇的《臺北人》都是系列小說，朱西甯在 1971 年 4 月 25 日到 1982 年 6 月 1 日共 11 年間，分別創作了《非禮記》、《春城無處不飛花》、《將軍令》、《七對怨偶》等。四部朱西甯自稱的「系列小說」，根據他的說法，這是具有長篇小說企圖／精神的連續短篇小說。朱西甯，〈戀情與婚姻〉，《七對怨偶》，臺北：道聲，1983 年，頁 1、109。相關論述，可參考陳國偉，《朱西甯系列小說研究》，嘉義：中正大學中文系碩士論文，1999 年，〈緒論〉中的討論。

死在火車下。宋媽勤勉，遇到了黃板兒牙丈夫，也只得接受兒死女散的不幸命運。小女孩無意間邂逅憨厚的玩伴，老母親心目中改邪歸正的兒子，供兄弟念書的好哥哥，卻是個偷兒，什麼是好人與壞人的標準呢？道德與法律的衝突，人生中無奈的成分，讓英子進一步融釋、化入、澱定在她的心靈之中，逐漸鍛鍊她去變成一位更有深度、有容度的「成人」。這些啓蒙的細節，從一個兒童眼中顯象，「自由間接話語」（"free indirect discourse"）[14]，是一種介乎作爲敘事者現身轉述的「間接話語」（"indirect discourse"，簡稱 id）與直接讓角色自己表達的「直接話語」（"direct discourse"，簡稱 dd）之間。「自由間接話語」有這樣的特點：不用全知敘述手法，放棄直接使用由角色自己表現其話語或對話的戲劇式手法，透過走進角色——英子的經驗世界裡，借用英子所處的時空，敘述她所經歷的事件，以及這些事件引發的思想和語言，而敘事者的元素仍能存在於這樣的敘述中，透過英子憒憒懂懂的覺知，讀者沉入氣氛，完全掌握了敘述中的人物性格、時代環境、事件情節、主題意義。〈驢打滾兒〉是一個以「性格」爲中心——如樸實認命的宋媽，寫出中國北方下層婦女的典型性（typicality）；以環境（environment）爲中心——惠安館，一個臺灣同鄉會的所在，異地情戀的悲劇；以事件爲中心——蘭姨娘與革命青年的戀情，照見新舊時代交替下彌足珍貴的自由戀愛；以主題爲中心，奉養老母、張羅弟弟學費的賊，尖銳地詢問道德與法律的真諦，《城南舊事》旁觀的四個故事，竟然成就了四種不同的敘事中心，各個敘事中心，都一同走向一個不同的英子，少不更事的童女，就在這樣的敘事經歷後，不再是一個小孩子了！

---

[14]"the narrator, though preserving the authorial mode throughout and evading 'thedramatic' form of speech or dialogue, yet places himself, when reporting the words or thoughts of a character, directly into the experiential field of the character, and adopts the latter's perspective in regard to both time and place", Roy Pascal, *The Dual Voice: Free Indirect Speech and Its Functions in the Nineteenth Century European Novel*, p.9 (Manchester: Manchester UP, 1997)

（二）記憶現身──意圖的真實作者

　　根據敘述學所指涉的真實作者，如前所述，是現實生活中的作者。本文卻打算用此一詞彙除了指稱現實生活中的作者，也是經由傳記、序跋等或夫子自道，或他人描摩，所勾勒出來的似乎近在眼前作者其人的輪廓。儘管這樣由敘述想像建構出來的形象，仍然不能全等於真實生活裡的作者自身，但在中國的文學傳統裡，作者是一個具足存在，並不會隔於文本，所以，《史記》裡說：「余讀孔氏書，想見其為人」（〈孔子世家〉），而《文心雕龍》裡說：「世遠莫見其面，披文則覘其心」（〈知音〉），向來都把作者拿來當作作品參差對照的材料，也就是在中國文學的敘述傳統裡，幾乎都以之為真實作者生活的返影，本文沿用這樣的態度。

　　與林海音一般頗喜擇用第一人稱敘述的白先勇，不斷地撇清，他並不是他個人小說書寫中的人物；他的每一個故事，都有一個他聽聞的楔子。相反地，林海音卻透過種種意想不到的方式，向她的讀者呈示她就是英子。這似乎是向我們展示，現代主義（Modernism）小說作者、本文與讀者的距離，而現代主義的創作中心，則是內視宇宙的複雜、冷漠；在寫實主義（Realism）裡，作者所經歷的世界，儘管有不得應對的黑暗面，但永遠有美好、溫暖，極力地邀請讀者進入。林海音率直的個性，使她的呈示都是直截了當的。本節就從兩個方向來看做為小說家的林海音，她如何以敘述人格的變化，延伸《城南》的敘述情調；而又如何以作者現身的方式，再三呈現她的系列小說的意圖，以及積極介入的真實作者對閱讀行為產生的影響。

1.編撰敘述者的延伸、換裝

　　無論是女性抑兒童，隱含作者在林海音小說中不斷出現，她以各種題材、形式暨意義，向讀者開展一連串相關或層疊的個人特質，確實亦形成敘述的風格。《城南舊事》的成功，其實是編撰敘述者在每一篇獨立的短篇小說裡，密密地接縫起隱含作者，最後達到隱含作者的成功。

　　《城南舊事》，不僅特別為讀者鍾愛，而且連林海音自身，也鍾愛有

加，她的鍾愛，就表現在她延伸敘述，以及以「英子」的身分，不斷出現的各種敘述者。

首先，談延伸敘述。接續著《城南舊事》裡的英子，又經歷了若干的事故。父親病逝後，不得不向遠親借錢的小女孩，遇見了看起來比她家還需要錢的男子，終於把好不容易借得的錢假裝掉在路上了施予那男子（〈謝謝你，小姑娘〉）；住在琉璃廠邊沒有錢買書只能站在書店裡竊讀的女學生（〈竊讀記〉）；二妹病中，來家裡誆他們的郎中（〈五鳳連心記〉）；中學女生參加「茶花女」表演，體會男女微妙的情感遊戲，參觀精神病院〈〈地檀樂園〉〉；一天裡體會世態百種，而女記者在探訪裡發現兒時玩伴，展現深厚動人的姊妹情誼〈〈海淀姑娘順子〉〉。這些小說的編撰敘述者，幾乎都是《城南舊事》裡長成的英子。

在一般的個別文本中並不直接出現的隱含作者，被我們稱之為編撰作者的，於〈婚姻的故事〉裡不斷以「看官，且聽我說」的方式討論她的小說。

> 我曾寫過一篇題名〈殉〉的小說，是描寫一個舊式中婚姻的不幸婦人的心理。
> ——《林海音作品集 04——婚姻的故事》，頁 16

> 我寫過一個短篇〈燭〉。內容是說一個老婦人因為丈夫娶了姨太太以後，她雖然表面假裝大方，內心卻有無限的痛苦，她裝出病弱，一方面是為了引起丈夫的注意，好給她一些溫存，一方面也是藉病來折磨丈夫和姨太太。她原來的病情並沒那樣嚴重，但是因為成年癱在床上，三分病，竟弄成十分癱軟了！她活了一生，癱了半生，只為丈夫娶了姨太太！
> ——《林海音作品集 04——婚姻的故事》，頁 28

更不消說敘述者我是「英子」，嫁的是夏家，又有公公枝巢老人，饒有文人風範，寫一手好詩，畫一手好畫，這小說英子的生活，也就是現實英

子夫家的生活狀態。

　　在〈英子的鄉戀〉裡，英子寫了五封信給她的親人。「這幾封信雖不一定都是真的寫過的，但卻是我當時真實的心情和真實的生活情景。」（《林海音作品集 08——剪影話文壇》，頁 150）真實作者在多年以後，回頭觀視自己的小說，以不同的形式，再編織另一篇敘述，與自己的作品對話，補充原小說的缺乏。

2.介入性文本衍異的形成

　　編撰敘述者的延伸、編撰作者的導覽，都還在虛構敘事的範疇，但是林海音自己也以「作者／英子」的形式，不斷出現，與文本形成對話。

（1）真實作者的一再「說法」

　　除了透過編撰敘述者的延伸，編撰作者的導覽，《我的京味兒回憶錄》更直接地補敘小說情節的不足，直接以散文說明的體裁，召喚其北京的記憶。召喚之中，又有諸多與《城南舊事》形成互文（inter-textuality）。

　　又如聆林海鋼琴獨奏《城南舊事》組曲，教林海音回想北平的童年，這是另一種以與讀者創作對話的方式重新介入自己的作品。

　　在〈童心愚騃——回憶寫城南舊事〉，則是真實作者林海音跳上面：

> 這部小說我似愚騃童心的眼光寫些記憶深刻的人物和故事，有的有趣，有的感人，真真假假，卻著實的把那時代的生活型態，例如北平的大街小巷、日常用物、城牆駱駝、富連成學戲的孩子、撿煤核的、換洋火的、橫胡同、井窩子……都在無意中進入我的小說。
>
> ——《林海音作品集 02——城南舊事》，頁 198

　　雖然說，故事真真假假，但箇中人物可是如假包換的林含英，而地點也的的確確就是北平，甚至都有人畫了地圖。當地理、人物都沾上考據的色層，這時候，《城南舊事》就只是作品，它的意義無法衍異，也就無法形成文本。這是我們要繼續討論的議題。

（2）作者言說與讀者反應的可能性衍異

我們不妨就作品與文本[15]，進行一個概括的考察，推尋兩者之間的差異。

張漢良在《文訊》月刊第 18 期〈文學術語辭典〉曾經就「正文」（中譯：文本、正本、本文）在西方文學史上，歸納出三重變遷，其第二、三重變遷，即作品與文本的差異。誠如大家所熟知的，美國新批評（new criticism）興起後，正文轉為一比較抽象的概念，即版本無所謂真偽，不同的版本分別是獨立的意義整體。而這個意義整體是穩定的、完整的系統，因此他們強調文學作品是獨立自足，有機結合的意義世界。其意義可以全部在作品中找到，無待於作品以外的世界。結構主義之後，新的正本不再是一封閉、穩定、實存的系統，而是開放的、不定的自我解構一種創造力，是一衍生力量的語意作用場，有待讀者不斷添加新義，而且由於讀者、作者的主權也不是實存的，也是無窮多元的正文，所以作品的正文永遠不穩定，而穆可夫斯基認為文學作品也只是「意符」，文學作品的藝術不在作品物質性的存在，而在讀者經由美感作用經營而得的「美感對象」，所以不同的讀者有不同的閱讀，不同時代的讀者更有不同時代的閱讀，其作品「正文」仍是一開放的語意作用場。

當我們了解了作品與文本的差異，我們可以回到尚待解決的問題：林海音於《城南舊事》的延伸或換裝的敘述，由於作者與讀者相互作用於「真實」的結果，是否限制了《城南舊事》自閱讀過程產出的意義？

每一位讀者都以自己的所知去觀視城南的空間、歷史，每一個人所記憶的並不相同，於是，儘管他們尋著英子足跡所至，不斷地跟隨，他們終究也只能擁有他們改寫過的記憶。

---

[15]張漢良在《文訊》月刊第 18 期〈文學術語辭典〉，曾經談及正文（中譯：文本、正本、本文）的三重變遷，深具啟發性。他追蹤「text」拉丁文字源，原係「編織」之意，最早指版本，討論「版本」的探求、考證、校勘的稱為版本學（textual criticism），這種學術拘泥於文學作品的意義，最多是類似訓詁學的文字字面義。

3.真實作者的變身意圖——林海音小說敘述的其他嘗試

　　前文，我們將林海音的《城南舊事》，定義為系列小說。林海音寫作系列小說的意圖（intention），不只於《城南舊事》，也見諸她對女性婚姻與家庭角色扮演，乃至「兒童教育」的興趣。就某一方面來看，林海音能看到生命與生活議題往往不是單一的，更不是孤立的存在，她有意識地要去掌握它們彼此的關聯，就實際的一面看，做為一位有專職、有家庭的女性，她智足以觀照問題的廣度，識足以切入問題的深度，力卻無法從事篇幅太大的敘述，當她不得不有所裁切時，「系列小說」提供一個最適當的介面，進可短小，長可組織的結構，恐怕也是林海音一再嘗試「系列小說」的原因。

（1）系列小說

　　《冬青樹》裡，〈母親的祕密〉從女兒的眼光探討寡母的感情生活。〈愛情像把扇子〉寫被護士介入婚姻的醫師娘要離婚、〈繼母心〉寫一個年輕的媽媽靠智慧和毅力，終於被丈夫前妻兒女接受了、〈再嫁〉寫女人帶著孩子選擇再嫁對象的歷程、〈奔向光明〉是介入的第三者果斷地決定退出、〈風雪夜歸人〉寫女人撐起了家庭經濟，可也一面失去了家庭。女性所婚非人（〈殉〉）、做姨太太（〈金鯉魚的百襴裙〉）、抗拒丈夫娶姨太太（〈燭芯〉）、遲婚（〈晚開的杜鵑花〉）、早寡（〈母親的秘密〉）、再嫁（〈再嫁〉）、丈夫去世後嫁了比自己小的男人（〈瓊君〉）、帶著一雙兒女離開好賭的丈夫再嫁的文英（〈我們的爸〉），還有的是討論婦道能不能守窮（〈一件旗袍〉、〈臺北行〉）、在大陸不能如願與鋼琴家結婚，到了臺灣有了孩子，竟然回頭追求自己的所愛，雖然，結果令她氣沮，但她畢竟付諸行動（〈某些心情〉）、一度忍耐丈夫另娶抗戰夫人，在臺灣找到自己的工作後，主動提出離婚，同時，有了對象（〈燭芯〉）：

　　　　燭芯燒完了，閃著閃著，掙扎著最後的火光。但在電燈的光明下，它也算不得什麼了。

——《林海音作品集 03——冬青樹》，頁 66

曾經自我犧牲的女人，如同燭芯一般燃燒著，當照臨了電燈的光明，燭芯終於可以擺脫燃燒的宿命，這是一個非常動人的隱喻。

以一位小學女老師的第一人稱觀點，早年打算這一系列小說要寫很多很多[16]，一位與父親同住的孩子發揮想像力，創造甜美家庭的神話，拆穿她的西洋鏡的老師為她把離家多年的母親找回家來團圓（〈週記本〉）；透過一個會唱歌而淪落風塵的學生寫臺灣社會的養女傳統（〈玫瑰〉）；看不得同學每日吃蘿蔔乾的孩子偷偷將自己的便當與他交換（〈蘿蔔乾的滋味〉）；為人師排解富家子與窮家兒打架的糾紛（〈貧非罪〉）；公務員利用餘暇外出走唱賺取外快供孩子讀書（〈窮漢養嬌兒〉），這幾篇確可算是教育小說，處處是教育問題。

雖然，依舊是「我」，依舊是女性，風格也很接近，可是明顯地，敘事主題與意義已與《城南舊事》的多層次不同，所以未能與《城南舊事》匹儔，在讀者的心目中留下深刻的印象。

將林海音的所思所寫，全部連繫起來，幾乎概括了女性生命可能經歷的各種情境，種種問題，在在都說明了林海音除了寫女性婚姻家庭，她更有序列探討女性婚姻的意圖，用短篇，也許因著她寫作的時間，往往是抓著隙縫來的，也可能因為長篇閱讀人的日益蕭條，但更可能的是，她體念到的女性生命的種種艱辛，這些艱辛不盡相同，因此以各自分別獨立的狀況呈示，在某一種情況下，也希望達到系列小說的效果。

其結果是，如我們所見，女老師為中心的系列因為作者強烈的教育意圖，無法使得這些小說達到象徵隱喻的情境，精采有所不足；而女性婚姻部分，也因為敘述者的視角、主題意識、氣氛情境相去太遠，無法達到系列小說短魄長魂，相互涵融的目的。

---

[16]林海音，〈好的開始〉，《林海音作品集 05——綠藻與鹹蛋》，臺北：遊目族文化公司，2000 年，頁 2。

雖然是在形式上，無法形成一體的力量，但是林海音寫作這些女性小說，卻創造了令人印象深刻的女性形象。無法擺脫命運桎梏的舊女性，可以自主的現代女人，機智而善良的女老師，勇敢掙脫傳統價值縛綁的瓊君、元芳等。當我們把這些女性小說與《城南舊事》相比，竟然發現，這些小說多數以「第三人稱限制觀點」書寫。第三人稱是運用最多的敘事人稱，小說中最樸實的敘事人稱，作者稱作品中的人物爲「他」。第三人稱的背後總有個敘述者在，這敘述者與作者之間可能有兩種關係：兩者合而爲一，或作者與敘述者分開，如《紅樓夢》中的空空道人、渺渺真人。林海音用的是前者。有限的第三人稱觀點或有限的全能觀點，只能陳述可見或可聞的一切，不能說明小說中其他人物所想或所感的東西——雖然，從某一個人物的觀點去看可能較從另一個人物的觀點去看要明白得多。

（2）多重敘述聲音的出現

林海音並不十分滿足於她所習用的觀點，曾試過許多種敘述的方式：

1.以拼貼的方式輪換丈夫、妻子、女兒推動情節，如〈我們的爸〉、〈金鯉魚的百襇裙〉。

2.信件：〈蘿蔔乾的滋味〉、〈風雪夜歸人〉、〈陽光〉，以信件推展情節。對於動筆寫一篇小說，如〈金鯉魚的百襇裙〉只要一個晚上，喜歡自然風姿，不喜歡修辭的林海音的小說，經常流露出一種天籟。

3.男性人稱人格：我們不妨再回頭思考 1948 年末，林海音回到第一故鄉——臺灣。在童年記憶之外，她必須另尋題材，這些題材是女性問題。童年，是她最美好的時光，女性，是她最關心的議題。她感到第一人稱敘事的不足，於是也運用第三人稱全知觀點或限制觀點。甚至，她也開始嘗試男性敘事人稱觀點，如〈要喝冰水嗎？〉。夏濟安閱畢〈要喝冰水嗎？〉，他給作者一封信，說道：

> 這篇小說寫本省人的生活，很是生動。竊以爲這條路大可走得。我們外省人雖然懷念故鄉，本省人的事情，我們也應該寫。小說家應該有廣大

的同情，這一點海音女士當之無愧了。[17]

　　儘管是不無錯誤[18]，這一段話裡有夏氏所在的那個時代的背景，外省人懷念故鄉，寫的多，而在他看來，文學視野值得肯定，在此之後，林海音曾經嘗試繼續這一條路，即前文提及的，她以小學女老師的第一人稱觀點寫的系列小說，如〈玫瑰〉等，但並未形成其整一性與完整性的敘事實驗。事實上，她的敘事，只有在《城南舊事》得連續性而具足性的發揮，同時也與讀者產生多重的對話。作者的意圖，加上讀者的偏愛，於是，林海音的作者印象，便經常性地停留在《城南舊事》裡的童女英子，以及部分後來結婚生子、返回第一故鄉臺灣的英子了。

二、結論

　　事實上，鄭清文的疑問就是我們論述的主題：

> 林海音把傳統文學的紮實基礎帶到臺灣來。但是，在追求飛躍的文壇，她所受到的注意，除了《城南舊事》，似乎略嫌不夠。[19]

　　兒童的感性形式，舊都北平的空間想像，作者不斷的回顧，使得《城南舊事》從未舊去，而是在一種不斷被改寫（rewrite）的狀態，從小英子長大了，結婚了，到臺灣了。從不斷自我證明是「英子」的作者，又不斷提醒讀者真真假假，就像是升起的樂音，引導讀者去作多重形式的對話，人們是否因此只能記憶住他們與作者的曾經對話的《城南舊事》，或者是幾個婚姻的故事，由是疏忽了作者其他未發聲的作品呢？還是其他作品的被

---

[17]林海音，〈夏濟安／小說家應有廣大的同情〉，《林海音作品集 09——剪影話文壇》，臺北：遊目族文化公司，2000 年，頁 87。
[18]把林海音誤認為外省人。
[19]鄭清文，〈作家・主編・出版人〉，《林海音作品集 02——城南舊事》，臺北：遊目族文化公司，2000 年。

忽略，是因為聚焦於一個明確的隱含作者呢？最後是，儘管林海音也曾經寫過敘事形式縝密、而又相當精采的小說，可是《城南舊事》由文本敘述累積的強度，作者的「說法」、讀者的對話，種種蓄積的聲音太大了，光華掩蓋了林海音其他值得注意的小說。從另一方面來說，林海音後來的小說敘事，都未能有效《城南舊事》在讀者心耳中的敘述聲音。這或者，對於充滿敘述天賦的小說家林海音，為了我們不知道的原因，轉而撰寫散文，或者是文學史不可彌補的損失吧。

表一：林海音小說中之敘事觀點

篇名	觀點	性別	階段	身分	舉例	備註
林海音作品集1：曉雲						
曉雲	限制	女	成人	家庭老師（夏曉雲）	今天是我第一天來做梁晶晶的家庭老師。（頁2）	長篇小說
林海音作品集2：城南舊事						
冬陽·童年·駱駝隊	限制	女	兒童	英子	老師教給我，要學駱駝，沉得住氣的動物。（頁2）	
惠安館	限制	女	兒童	英子	宋媽的雞毛撢子輪到撢我的小床了，小床上的稜稜角角她都撢到了⋯⋯（頁5）	
我們看海去	限制	女	兒童	英子	我小心小心的拿著湯匙，輕慢輕慢的探進湯碗裡，爸又發脾氣了：「小人家要等大人先舀過了再舀，不能上一個菜，你就先下手。」（頁83）	

蘭姨娘	限制	女	兒童	英子	我是大姐，從我往下數，還有三個妹妹、一個弟弟，除了四妹還不會說話以外，我敢說我們幾個人都不喜歡德先叔……（頁121）	
驢打滾兒	限制	女	兒童	英子	「等小栓子來，跟我一塊兒上附小念書好不好？」我說。（頁153）	
爸爸的花兒落了——我也不再是小孩子	限制	女	兒童	英子	昨天我去看爸爸，他的喉嚨腫脹著，聲音是低啞的。我告訴爸，行畢業典禮的時候，我代表全體同學領畢業證書，並且致謝詞。（頁169）	
林海音作品集3：金鯉魚的百襉裙						
金鯉魚的百襉裙	全知				無論許太太待她怎麼好，她仍是金鯉魚。（頁7）	
殉	限制	女	成人	方大奶奶	方大奶奶聽到這裡，不由得皺了下眉頭，她不願再聽下去了，她真不知道小芸一向對她的同學們都是怎麼形容自己的母親？（頁19）	
燭芯	限制	女	成人	因戰事使得丈夫另娶，到臺灣後當老師，並有了第二次幸福的婚姻（元芳）	她沒有和志雄離婚前，他們就認識了，但是絕無情愫，也沒想到有一天會跟他結婚。（頁63）	

某些心情	限制	女	成人	年輕時曾愛上小提琴家，後被拋棄；之後母親安排下嫁給另個人，但必須遠離過去喜好「藝術」的生活，但和先生相處不睦而離家	我第一次見你的時候，你就像你的女兒這樣大吧？但是我第二次見你，卻是在遠隔了二十年後的現在。（頁68）	書信形式
燭	全知	女	成人	原本是一家的大奶奶，卻無意間讓幫忙帶孩子的秋姑娘竊據自己的丈夫	知道秋姑娘和啓福的事以後，她恨死了，但是秋姑娘跪在她的面前哭泣著，哀求著，那麼卑下的求她懲罰她，她願意永生的服侍老爺、太太和少爺們，因爲她捨不得每個幾乎都是她一手帶大的白胖孩子。（頁86）	
瓊君	全知	女	成人	因報恩嫁給大自己30歲的男性，丈夫在臺灣死後，毅然嫁給所愛的姪兒（瓊君）	滿珍小姐曾經問她許多次：「您爲什麼嫁給我父親？」她一直無法答覆，這時她才想起來，不是應當回答說：「大小姐，我是爲了報恩。」這麼想著，她的良心卻又在苛責她自己，即使一點點壞念頭，也是罪過的！罪過的！（頁101）	

我們的爸	全知	女	成人	離婚又再婚之婦女（文英）	文英把凝視的眼光從鏡中收回，她不要再想這些惱人的過去……。（頁118）	
		男	成人	和妻子離婚的丈夫（宗新）	他記得第一次和天惠見面就是這樣的，也是焦急地盼望著兒子的來臨。（頁127）	
		女	少女	父母離婚之女大學生	媽是恨爸的，她從來都不提他。（頁146）	
晚晴	全知	男	成年	主任祕書（姚亞德）	他毫無隱瞞地、坦誠的告訴老朋友，幾年來的島居生活並不壞，但是寂寞的心情卻日甚一日，這恐怕是年齡的關係吧？因此他想到被他扔在大陸的妻女，這時的情形不知怎樣？他雖然對不起妻女，但是差堪告慰的是，他依然故我，正因為如此，他才動了要打聽淑貞和秋美的念頭。（頁193）	
林海音作品集4：婚姻的故事						
婚姻的故事	限制	女	成人	英子	「送嫁奩」那天，家裡很熱鬧。媽媽請了四位全福太太給我縫被。（頁1）	由兒童轉大人
五鳳連心記	限制	女	成人	英子	非常懷念天津小白樓益翔綢緞莊的靳先生（或者是金先生，也許是秦先生）。（頁107）	

茶花女軼事	限制	女	成人	女學生	我希望也有一天能穿著，像大小姐的派頭兒，因為那時我只是一個半大不小的初中女學生啊！（頁133）	
地壇樂園	限制	女	成人	女青年	從那以後，我長了那麼多年歲了，我也仍不能確切的說出人生怎樣才是真正的快樂，或者，我們是否真正的快樂過。（頁194）	
海淀姑娘順子	限制	女	成人	記者	我嘛，又是記者本色，總要問東問西，他都一答和解說……。（頁197）	
林海音作品集5：綠藻與鹹蛋						
綠藻與鹹蛋	全知				其實曼秋並不是故意隱瞞的，實在是對於當年傅家駒的追求並沒有放在心裡，所以連提都忘記提了，她幾乎忘得乾乾淨淨了。可是現在傅家駒成名了；那追求的回憶便彷彿對她有些說不出的意義，或者可以說是女性的一點虛榮心在作祟吧。（頁6）	
標會	限制	女	成人	母親	我抱著「勢在必得」的信念，朝趙太太家裡走。（頁17）	
春酒	限制	女	成人	婦人	呀！大家都等著打回大陸（等誰打？）在做種種打算（如此打算！），我還在夢寐中，我也彷彿被這愉快的情緒所影響，心神飄過臺灣海峽。（頁27）	

鳥仔卦	限制	男	成人	算命師	那是一個怎樣尷尬的場面，他無論怎麼解說，都不能得到人家相信，鳥店主人不依不饒的認準了是他偷的。（頁39）	
初戀	限制	女	成人	女老師	那一年我流浪到南部的時候，袋中已經一文不名了……。（頁41）	
血的故事	限制	不詳	成人	聽眾	想到這兒，我不禁仰頭望著向我擠眼的滿天星辰大笑起來！（頁70）	
兩粒芝麻	限制	女	成人	女老師	聽說班上有兩個一向要好的同學已經有一個月不說話的事情以後，我便想起了那兩粒芝麻——冬日朝陽下，兩個小女孩在校園牆角邊埋下的那兩粒芝麻。（頁71）	
週記本	限制	女	成人	女老師	隨便座談會性質的母姊會，照例是要由老師先開話頭的，所以我便說話了……（頁79）	
玫瑰	限制	女	成人	女老師	我住在這間屋子很久，整整六個年頭，我改著學生的作業，認真的工作著，有一份很濃厚的教育者的抱負。（頁92）	

蘿蔔乾的滋味	限制	女	成人	女老師和學生母親的書信	林老師：請您原諒一個終日忙於家事的主婦，她以這封信代替了本應親往拜訪的禮貌。（頁 105）	以信件推展情節
貧非罪	限制	女	成人	女老師	他們問我，對於那個富家子弟被貧苦小兒毒打的事件，是如何處理的？（頁 113）	
窮漢養嬌兒	限制	女	成人	女老師	我正在處理一些零亂的筆記，是看書的時候隨手寫在活頁本子上的。（頁 121）	
蟹殼黃	限制	女	成人	早餐店顧客	偶然看見已經曬褪色的紅紙廣告牌上寫著：「本店早點油酥蟹殼黃」，我們便第一次邁進了家鄉館。（頁 137）	
要喝冰水嗎？	全知	男	成人	不識字的老農夫	他皺起眉尖歪著頭沉思著，有什麼好辦法可以走進他們中間，去表現一下「這是我的兒子」的願望呢？（頁 158）	
林海音作品集 6：冬青樹（第一輯）						
書桌	限制	女	成人	家庭主婦	提起這張書桌，很使我不舒服，因為在我行使主婦職權的範圍內，他竟屬例外！（頁 2）	

鴨的喜劇	限制	女	成人	家庭主婦	尖而細的聲音從廚房窗外的地方發出來，說話的是我們那長睫毛的老三。（頁8）	
教子無方	限制	女	成人	家庭主婦	母親罵我不會管教孩子，她說我：「該管不管！」我也覺得我的兒童教育有點兒特別。（頁14）	
小林的傘	限制	女	成人	妻子	講到小林的傘。就得從我們的戀愛講起。在我們的戀愛史上，傘是我們愛情的插曲。（頁18）	
平凡之家	限制	女	成人	家庭主婦	我的確是一個樂於平凡的女人，朋友們都奇怪我在這兩間小木房裡，如何能達到康樂？（頁22）	
三隻醜小鴨	限制	女	成人	家庭主婦	孩了們學校放了假，吵吵鬧鬧地回到我的身邊。（頁25）	
今天是星期天	限制	女	成人	家庭主婦	「今天是星期天，孩子們！」在似醒還睡中，我聽見他以致訓詞的調門這麼說，「讓你們辛苦的媽媽，睡個早覺！」（頁28）	
分期付款	限制	女	成人	家庭主婦	我不是見錢眼開的女人，對於物質的慾望，早就到達昇華的地步了。（頁37）	
好日子	限制	不詳	兒童	兒童	今天是好日子──爸爸領薪水。（頁42）	

林海音作品集 6：冬青樹（第二輯）						
小紅鞋	全知	男	成人	有婦之夫	李凡一直是個好丈夫，他並沒有意思一定要把遇見黃香的事，瞞過自己的妻子。（頁 53）	
愛情的散步	全知	男／女	成人	一對夫妻	他們倆同時呼出「到家了！」的心聲。「要快些了！」她更這麼想，加緊了腳步，她急於回家去親吻在夢中的她的小嬰孩。（頁 62）	
墮胎記	限制	男	成人	丈夫	聽見妻和鄰居太太招呼的聲音，知道她從菜市場回來了。（頁 63）	
林海音作品集 6：冬青樹（第三輯）						
會唱的球	限制	女	成人	女老師	這是今天下午的最後一堂課。當我剛一走上講臺，就看見下面有十幾隻小手舉起來。（頁 70）	
母親是好榜樣	全知				要知道，王泰是個不幸的孩子——床上躺著久病的爸爸，媽媽替人縫補。（頁 80）	
白兔跳	限制	女	成人	母親	我們說來說去，終於把談話的焦點落在孩子們的身上……關於九個孩子的生活起居是夠我們姑嫂嚼半天舌頭的。（頁 85）	

雨	限制	女	成人	母親	鐘敲四下了，該是珠珠放學回來的時候了，可是這時天空忽然陰霾四布，頃刻之間，小雨點變大雨點，密密地落下來……像二十幾年前，我的童年時代的有一次吧？……（頁91）	
媽媽說，不行！	限制	不詳	兒童		媽媽說：「不行！」她說這樣不行，那樣不行。（頁95）	
竊讀記	限制	女	兒童		下課從學校急急趕到這裡，身上已經汗涔涔地，總算達到目的地　目的可不是三陽春，而是緊鄰它的　家書店。（頁100）	
謝謝你，小姑娘！	限制	女	兒童		我們平日事事順從母親的心，唯有提到上闊親戚家，姐妹們便你推我躲，不肯上前。（頁108）	
林海音作品集6：冬青樹（第四輯）						
母親的祕密	限制	女	成人	女兒	忽然使我攤開稿紙的動機，是由於隔壁新搬來的一對新婚夫婦而觸發的。（頁114）	
繼父心	限制	男	成人	娶再嫁女人為妻的男性	我和聯芳的結合是極自然而且帶些傳奇意味的。（頁122）	

愛情像把扇子	限制	女	成人	丈夫有外遇的女子	丈夫是醫生，我是他的女病人，我們的結合不用詳細的描繪了，當他從生命的懸崖上把我解救下來，我願意把整個生命獻給他。（頁129）	
繼母心	限制	女	成人	繼母	如果我的學生們知道韓老師竟忍心地丟棄四、五十個朝夕相處的同學，而給另外兩個陌生的小朋友當媽媽，更不知要怎麼嫉妒和傷心呢！（頁136）	
再嫁	限制	女	成人	將再嫁的女子	一個即將再嫁的新娘，能在結婚的前夜安穩的入睡是不容易的，她有許多事情要想。（頁143）	
奔向光明	限制	女	成人	介入別人婚姻的女子	我們這樣的散步，到幾時爲止呢？你有你溫暖的家庭，我有我光明的將來。（頁148）	
爸爸不在家	限制	女	兒童	阿梅	我最恨莉莉！莉莉和她爸爸每天路過我家門前的時候，總要問我：「阿梅，妳爸爸還沒有回來嗎？」（頁152）	
林海音作品集6：冬青樹（第五輯）						
冬青樹	限制	女	成人	失婚卻勇敢的女子	我曾失去許多親人，卻永遠不會失去舅母，她像一棵冬青樹，在我的生活裡永遠存在。（頁159）	

一件旗袍	限制	女	成人	母親	聚餐會席上，大家都問我為什麼不帶小美來，我嘴裡儘管若無其事的說：「小美有點發燒，跟她爸爸在家裡玩呢！」實在心裡卻正在擔心。（頁 163）	
臺北行	全知	女	成人	女老師（滿芳）	胡滿芳的心情，今天剛成正比例，一個晴朗，一個興奮。（頁 168）	
遲開的杜鵑	限制	女	成人	女老師（亞芳）	這些可能與她發生婚姻關係的追求者，後來都到哪兒去了呢？像銀幕上的人，在黑暗中神靈活現，可是燈亮了，他們卻無影無蹤！	
風雪夜歸人	限制	女	成人	女演員（女同學）	《風雪夜歸人.》一劇在 C 市上演相當成功，當我讀到報紙對於女主角李明芳──她現在藝名叫海燕小姐了──的讚揚，真是開心極了，立刻寫信去祝賀她……（頁 192）	以信件推展情節
陽光	限制	女	成人	師娘與女學生	我的師娘從板橋鄉下寄來一封信，她在信上說……。（頁 198）	以信件推展情節

製表：許劍橋，柯喬文。[20]

資料來源：《林海音作品集》（小說部分）1〜6 冊，王開平策劃，臺北：遊目族文化公司，2000 年 5 月初版。

---

[20] 汪淑珍，〈林海音小說中的敘事觀點探討〉，《中國現代文學理論季刊》第 13 期，1999 年 3 月，頁 53〜72。

表二：林海音小說總篇數

集　號	篇　數
作品集 1	1
作品集 2	6
作品集 3	8
作品集 4	5
作品集 5	14
作品集 6	32
總計	66

表三：敘事觀點要覽

項　目	篇　數
通篇以女性爲敘事觀點	52
通篇以成年女性爲敘事觀點	43
通篇以女兒童爲敘事觀點	9
通篇以男性爲敘事觀點	5

──選自李瑞騰主編，《霜後的燦爛──林海音及其同輩女作家學術研討會論文集》

臺南：國立文化資產保存研究中心籌備處，2003 年 5 月

林海音出版事業

《純文學》月刊與「純文學出版社」初探

◎汪淑珍[*]

一、前言

　　林海音在振興文學事業所展現的熱忱及貢獻有口皆碑。創辦並主編
《純文學》月刊（1967 年 1 月～1971 年 6 月）為當時文壇帶來了文學生命
和希望，即使停刊多年，仍有人不時提起它、懷念它，在臺灣的文學雜誌
史上自有其重要地位。

　　成立「純文學出版社」（1968 年 12 月～1995 年 12 月），不論出版品
質、經營方式，都樹立了獨特風格，成為最受人們喜愛的出版社之一。純
文學出版社更帶動五小[1]的成立，締造了文學時代，培養難以數計的文學人
口。

　　對臺灣文壇而言，林海音創造了一個真正純文學時代的來臨。林海音
以女性知識分子的形象扮演著作者、編者、出版者的角色，加上豪爽又愛
熱鬧的個性，使她與老中青三代作家群有著濃厚情感，所以文壇常說林海
音家的客廳就是文人們聚會最好的場所。林海音不斷發掘新作家[2]，並且
「鼓勵日據時代以後停筆的老作家再出發，例如楊逵、鍾肇政、廖清秀、
文心、陳火泉、施翠峰等。她總是耐心修改他們不太順暢的文字，予以刊
登。同時，林海音對為鄉土文學運動鋪路的《臺灣文藝》，也竭盡支持。

---

[*]發表文章時為親民工商專科學校講師，現為亞太創意技術學院通識教育中心主任。
[1]純文學出版社成立後接著大地、爾雅、洪範、九歌陸續成立，當時合稱此五家出版社曰「五小」。
[2]林海音在擔任「聯副」主編時（1954～1963 年）拔擢了相當多的人才，如林懷民、七等生、黃春
　明、鄭清文、鍾理和等。

1964 年 4 月吳濁流創辦此刊物的初期，幾乎每一期都看得見她的文章。1969 年『吳濁流文學獎』創辦時，她也為文呼籲大家拿出行動支持，共襄盛舉。」[3]且林海音將政治性與商業性摒棄於文壇外，只要她覺得是好書或是好文章她一定大膽採用，使臺灣純文學的時代逐漸形成，「她辦的月刊及出版社名字都叫『純文學』，讀者群眾在她的帶領下，也越來越清楚『大眾文學』與『純文學』，商業性與文藝性的界線。」[4]

　　林海音一向扮演著領導者的角色，「純文學出版社」帶動了五小成立，締造純文學時代，「五小的時代，那是一個文藝的時代，對社會的關切，對人生的感受只有藉文學來傳達。那又是新舊交接的年代，絕大多數人自小都接受『敬惜字紙』的觀念，對文字有潛意識的神聖與崇敬。」[5]從 1984 年起，在林海音的一聲令下「洪範、大地、九歌、遠流、爾雅（即五小），每月會在林海音家聚會，誰要忘了，林海音就電話去追。」[6]林海音時常與各出版人交流互換心得，他們定期聚會商討出版事宜，共同為臺灣的出版界打拚，甚至還發行了《五小書訊》由五小的成員輪流編。雖然人們常說「同行相妒」，然而在林海音的帶領下，當年的出版社彼此之間的關係是友人又似盟友，為了對付猖獗的盜印行為，五小還一起商討請律師採取法律行動，發揮集體行動力量。然而在林海音生病以後，五小聚會的力量立刻消失，幾乎就自動散了。文學的影響是潛移默化而又深遠的，林海音的耕耘，是社會一種安定、穩定看不見的力量，有些人因為在成長過程中有了《純文學》月刊與「純文學出版社」的陪伴，因而對純文學產生興趣，進而喜愛文學，甚至創作純文學，帶動純文學。對於中國現代文壇的貢獻，齊邦媛稱許林海音：

---

[3]引自彭小妍，〈一座文學的橋——銜接世代的林海音〉，《中國時報》，1998 年 4 月 11 日，第 37 版。

[4]應鳳凰，〈林海音與臺灣文壇〉，《林海音研究論文集》，北京：臺海出版社，2001 年 5 月，頁 120。

[5]鍾淑貞，〈回顧出版的純文學時代〉，《書香雜誌》第 56 期，1996 年 2 月，頁 18。

[6]張博順記錄，〈提攜後進林先生膽識氣度過人〉，《聯合報》，2001 年 12 月 3 日，20 版。

她不僅寫下了多篇必能傳世的小說和散文；也成功地主編《聯合報》副刊十年，提升了文藝副刊的水準與地位；更進而自己創辦「純文學出版社」。發掘、鼓勵了無數的青年作家。對於當代文學風氣的推展居了關鍵性的地位。[7]

本文將初探林海音的出版事業——《純文學》月刊與「純文學出版社」，並論及林海音如何出版及編輯風格、文壇貢獻。

二、《純文學》月刊

1960 年代的臺灣，消費文化尚未登場，資訊來源不多，廣播、報紙內容不夠豐富，雜誌成了知識來源的主要途徑，舉凡國外文學思潮介紹、新文學觀念提出、文學作品發表，都藉著雜誌廣為傳布，直接而迅速，影響深遠。為負起散播學術文化種子的任務，林海音於 1967 年創辦了《純文學》月刊。

（一）創始經過

《純文學》月刊，刊名由來，林海音說：

刊名起先擬稱「文學」，後來發現已有先手，於是加上一個「純」字。這不是說旁人不純或是比旁人更純。而是由於規章所限，必須避免雷同。也許這使人想起「純喫茶」來。「純喫茶」者，飲茶坐談而外，不作他想。「純文學」也是一樣，文學以外，不予考慮。……又據《辭海》上說：「近世所謂文學（literature）有廣狹二義：廣義泛指一切思想之表現，而以文字記敘之者；狹義則專指偏重想像即感情的藝術作品，故又稱純文學，詩歌、小說、戲劇等屬之。」[8]

---

[7]齊邦媛，〈超越悲歡的童年〉，《城南舊事》，臺北：純文學出版社，1960 年 7 月，頁 3。
[8]林海音，〈做自己事，出一臂力——《純文學》雜誌發刊詞〉，《純文學》月刊創刊號，1967 年 1 月，頁 1。

決定後，擬三個月後即出刊，由林海音擔任發行人及主編，並兼理社務。馬各任執行編輯，經理則由提供經費及負責發行的臺灣學生書局派人擔任，後由當時兼任學生書局經理的劉國瑞擔任。同時成立一個社務委員會，定期聚會，商討社務及編務。不過對外事務完全由林海音負責，其他社務委員居於幕後。

自己辦文學刊物其中艱辛是必然的，但林海音卻認爲此份自己所辦的刊物，可以說自己的話，也可以讓許多喜歡寫作的朋友有一個園地，可以發表他們的作品，因而再多辛苦，她也覺得可以忍受。在決定辦月刊的第二天，林海音便親手寫了一百多封信向海內外約稿，她覺得不親自寫，就不能表達邀請的誠意。正因爲她的誠心，當時有些已較少在文壇出現的文人如陳紹鵬、鄭清茂、金溟若都在《純文學》月刊出現了。

（二）月刊內容

若由實質內容反檢當初《純文學》月刊設定編輯選稿標準，則能顯見它偏重於小說、散文，而輕於詩歌、戲劇，且以創作爲主，文藝評論及文學史料爲輔。林海音曾相當自豪的說：「這 54 期[9]所刊載的短篇小說，可說是純文學月刊對當時我國文學界小小的貢獻。」[10]除短篇小說外，長篇小說中，翻譯作品的質與量，恐怕要高於長篇小說的創作。

　　散文方面如梁實秋、陳之藩、琦君、余光中等人的散文，篇數零星而風格各具，至今仍爲人稱道。另有許多女作家除小說外，則多寫生活散文。詩歌方面，《純文學》月刊刊載的詩歌皆走較爲平實路線，當時常見的虛無、隱晦、歐化句法及超現實、達達主義之流的作品反而少見，或許是因當時對現代詩多有爭議的關係吧！

---

[9]因林海音主編《純文學》月刊，僅 1 至 54 期。
[10]林海音，〈往事與回顧──純文學好小說編選隨想錄〉，《純文學好小說（上）》，臺北：純文學出版社，1984 年，頁 2。

　　文友們因喜愛《純文學》月刊，不但寫稿支持，還幫忙宣傳拉訂戶。因而當時《純文學》月刊不僅在國內有名，在海外留學生及華人寫作圈裡也非常著名。

（三）走入歷史

　　《純文學》月刊大抵可分兩期。第一階段，從創刊號 1967 年 1 月到 1971 年 6 月 54 期止，由林海音任發行人兼主編，執行編輯是馬各，馬各在編了一年後，就由隱地接編，隱地編了一年後，因結婚也離開了。後來林海音請鍾鐵民來幫忙。

　　創刊後，「包括代表月刊社對外負責約稿、看稿、校對、設計版面、跑印刷廠等，林海音幾乎全部參與。」[11]且因「《純文學》月刊由於文學性濃，銷路一直不能打開，每個月包括供應國內外的訂戶在內，只印 3000 本，不敷成本。當時純文學出版社出版叢書賺的錢都賠在月刊上了。」[12]因而 1971 年 6 月，林海音實在心力交瘁，無法再撐下去了。她和原始出資人學生書局幾經磋商後，改由學生書局接辦《純文學》月刊，劉守宜擔任主編，發行人也改為劉國瑞，此後八期的風格與林海音擔任主編時的風格並不全然相同，林海音所創的專欄至此大部分皆停止，僅剩「讀者、作者、編者」專欄，且此八期大多以專號的方式呈現如 1971 年 7 月 55 期的「小說專號」1971 年 10 月 58 期的「文學批評專號」，然而隨著社會風氣轉變，與其他娛樂層面的快速發展。純文學方面大眾的訂閱力、購買力逐漸降低，許多雜誌社、出版社在種種因素下，不得不停刊歇業。劉守宜支撐八期後，還是不堪賠累，在 62 期痛苦宣布停刊。

---

[11]程榕寧，〈林海音談寫作與出版〉，《大華晚報》，1979 年 10 月 7 日。

[12]夏祖麗，〈我一定要好好寫篇稿子給您〉，《從城南走來──林海音傳》，臺北：天下遠見出版公司，2000 年 10 月，頁 281。

三、純文學出版社

（一）創辦原由

當初林海音本意並非要成立出版社，只想將刊載於《純文學》月刊上的佳作結集成書，但按出版法，月刊社不能出書，林海音只好再去登記出版社。只因林海音人緣好，因此好書一本本在純文學出版社出版。《寫在風中》一書中，傅光明先生問及林海音創辦出版社的原由：

> 傅光明：您在什麼情況下辦起純文學出版社？您的出版社對臺灣純文學的發展起過什麼作用？
>
> 林海音：我是一個以採訪、寫作、編輯為工作的人，從來沒想做出版家，現在竟做了出版家，有個來由。1968 年我自美受邀訪問回來，便和朋友合辦了《純文學》月刊。月刊上登的連載小說，我便以月刊社的名義出版了單行本。後來當局說月刊是免稅的，不可以出版書籍，如要出版應當成立出版社，因此便成立了出版社，專出版知識分子的文學讀物，一本本的出版物頗受歡迎，對臺灣出版業也產生了一定的影響。一些暢銷的書，至今不衰，如彭歌譯的《改變歷史的書》，子敏的散文集《小太陽》、《和諧人生》，長篇小說《藍與黑》、《滾滾遼河》等等，我從事出版真可說是「無心插柳柳成蔭」了。[13]

1976 年夏祖麗離開《婦女雜誌》至「純文學出版社」幫忙，1979 年夏祖葳也加入協助出版社一些事務性的工作，當時出版社的員工總共七位。

（二）圖書內容

「林海音堅守兩大出書原則：1.每本書都經過精心選擇；2.絕不破壞讀者對『純文學的書就是好書』的信心。」[14]因為林海音的堅持，因此造成

---

[13] 林海音，〈生活者林海音〉，《寫在風中》，臺北：純文學出版社，1993 年，頁 306。
[14] 游淑靜，〈純文學出版社〉，《出版社傳奇》，臺北：爾雅出版社，1981 年 7 月，頁 39。

「純文學出版社」成為優良圖書的代名詞。「純文學出版社」雖然僅出版四百多本書，但每本皆是擲地有聲的好書。林海音說：「純文學出版的書，並非很純，也不很學術，原則上偏於知識性、文學性。適合高中以上程度，一般家庭能閱讀的書，是我出書的大概標準。」[15]林海音希望「純文學出版社」所出版的書是能增進生活樂趣對讀者又有所助益，但並不十分嚴肅。

　　「純文學出版社」所出版的圖書類型相當多，大體以文學性、知識性書籍為主。

（三）結束營業

　　因年齡漸長，健康情形大不如前，有感於自己「心有餘而力不足」加上文學市場的衰退，因此林海音決定將經營 27 年的出版事業畫下句點。「林海音女士突然宣布結束純文學，大家都對這塊明亮的招牌和若干好書在市場消失覺得可惜。」[16]純文學的結束營業也使文學全盛時期的「五小」成為歷史名詞。

四、如何出版

（一）創造暢銷書

　　因林海音獨到的眼光，因而「純文學」出版社屢創暢銷書的風潮，如四本著名的「抗戰文學」作品——徐鍾珮的《餘音》、紀剛的《滾滾遼河》、王藍的《藍與黑》與潘人木的《蓮漪表妹》。《滾滾遼河》一書，甚至造成一股抗日文學熱。

　　　不但擁有廣大的讀者群，更使人人讀後不但感動，而且激動，咸認為這
　　　是一部「生命寫史，血寫詩」的著作。東北老鄉的讀者，引發了他們回
　　　想到家鄉在日本侵略下的日子和「偽滿」的生活；青年讀者，認識了他

---

[15]同註 11。

[16]蔡文甫，〈奏九歌而舞韶兮〉，《天生的凡夫俗子——蔡文甫自傳》，臺北：九歌出版社，2001 年 10 月，頁 442。

們的前輩,在學生時代的抗日反共地下工作是多麼的壯烈![17]

《藍與黑》在 1958 年由王藍自辦的「紅藍出版社」出版,然 1977 年改由「純文學出版社」出版。此書展現知識青年帶有浪漫色彩的愛國情操。根據《中國時報》民調組的調查,它是 40 年來影響讀者最深的書籍前十名之一。[18]

還有子敏的《小太陽》、潘人木的《哀樂小天地》、余光中的《焚鶴人》等膾炙人口的暢銷書。

林海音更帶領出版界從事翻譯書籍的出版。「純文學出版社」出版了許多翻譯書籍,特別是 1968 年出版了《改變歷史的書》。此書由美國唐斯博士原著,彭歌翻譯,此書為一本 20 萬字純知識性的書。當時彭歌零星譯好在報上發表,林海音看了很喜歡,就和彭歌商量由「純文學出版社」出版。彭歌相當擔心此種書可能會害了「純文學出版社」虧本,怕拖垮了好朋友,可是林海音認為此書是有價值的書,因此無論虧損如何,都應當出版,沒想到此書竟暢銷,當時大學校園中幾乎人手一冊,也改變了出版社不敢出知識性書籍的歷史。

(二)謹慎書籍重印

林海音無論在編輯或出版上,態度相當嚴謹。純文學出版社平均一年才出書十本左右,但每一本書都是精挑細選的佳作,也是林海音悉心策劃辛苦的結晶。林海音以其資深副刊主編的經驗,加上自己本身也是文學創作者[19],本身能筆善文,因此她會詳細閱讀將出版的書籍內容,遇有文句不順時,她會與作家溝通而後作適當的修改,務使最完美的作品呈現在讀者

---

[17]林海音,〈生命寫史血寫詩──為《滾滾遼河》日譯本出版而寫〉,《芸窗夜讀》,臺北:純文學出版社,1982 年,頁 67。
[18]見《中國時報》文化新聞中心文化研究組,〈四十年來影響我們最深的書籍〉,《中國時報》〈開卷版──票選揭曉〉,1990 年 10 月 7 日。
[19]林海音於 1954～1963 年擔任聯合報副刊主編。當時文學出版社的主事者大都是以作家身分兼出版社發行人,如王藍的「紅藍出版社」、陳紀瀅的「重光文藝出版社」。

眼前。林海音曾說：「一本書裡的錯字，就像一個瘡疤，會令讀者感到不快。」因此林海音在校對上一直要求嚴格。每本書經過資深職業校對一校，交由作者二校，然後林海音親自三校，最後經過總校才定稿付印。但林海音還是很遺憾地說：「校書就像掃落葉，真是掃不盡。」在校對過程中，林海音還不時徵詢作者意見，隨時添補修改，甚至對於書中所引用的資料林海音有時也會替作者再次作查證，以確定無誤。有時作者翻譯的文字不甚流暢或前後文風格不連貫，林海音也會與作者充分協調而後逐一將其順稿，使文句前後一貫。林海音甚至為出版者選擇恰當的書名。如楊明顯的《城門與胡同》，當時為了書名的定案，林海音跟當時在香港的楊明顯經過多次信件往來才將書名定案。

有些書籍因發行年歲已相當久遠，林海音便將其改裝，再予其新的面貌。如紀剛的《滾滾遼河》在銷售 20 版後，遵照作者的意思，修訂重排。林海音並將歷年來不斷增加迴響的文章選輯刊入，使讀者在閱讀後可看看他人的感想。林文月的《京都一年》在二版時又加上林文月後來發表的〈湯屋趣談〉，原插於文中的圖，也改為彩色集中在正文之前。子敏的《小太陽》、林海音的《城南舊事》也因再版多次，紙型印出來效果較差，因此林海音不惜耗費重金重新排版，設計新的封面，加附與書中人物有關的照片於書前，更新資料，請作家本人再撰新序，或邀請熟悉作者作品的專家來寫新序文或後跋，使書本感覺上有了新的生命。

因林海音謹慎，求完美的態度，「純文學」三個字在廣大讀者群中烙下了「金字招牌」的印象。

（三）勇於突破創新

林海音創造了《純文學》月刊獨特的風格。早年《純文學》月刊的封面大多為林海音親自設計，林海音採用一種素雅的圖案，每次新月刊皆以此種圖案為主，僅換封面底色及圖案顏色，使月刊呈現質樸樣貌。《純文學》月刊中許多專欄的策劃，可謂獨樹一幟，對文學的研究者提供許多資料。林海音的果決幹練，勇於嘗試，使「純文學出版社」卓然獨步文壇。

1.《純文學》月刊特殊專欄

（1）「近代中國作家與作品」

自 1967 年 2 月《純文學》月刊第 2 期起，開闢了「近代中國作家與作品」，選刊 1919 年五四運動以後的作品，同時，在作品前後，都特別邀請與作家有深厚交情，或對作品有相當研究的作家撰寫專文。介紹所選刊作家的生平，分析其思想、作品技巧，評論其歷史地位，如刊選凌叔華的〈繡枕〉即請凌叔華在臺灣老友蘇雪林寫〈凌叔華其人其文〉；介紹周作人的〈鳥聲〉則請周作人在北京就認識的洪炎秋寫〈我所認識的周作人〉；介紹魯彥作品時，就請對魯彥作品有研究的司馬中原寫〈魯彥作品淺剖〉。

當時 1920、1930 年代的作家大多還在大陸，因而討論他們及他們的作品是個禁忌。多年後林海音對當時刊登 1920、1930 年代作家與作品情況，有這樣一段回憶：「那時的氣氛有異，我硬是仗著膽子找材料、發排，『管』我們的地方，瞪著眼每期察看。」[20]然而林海音認為 1920、1930 年代的作家有必要介紹給臺灣讀者認識，因此她還是大膽地刊登了。一開始即由許地山的〈春桃〉登場，當然這是因為林海音非常欣賞〈春桃〉中的女主角，同時許地山是 1930 年代唯一在大陸的臺灣作家。接著郁達夫、凌叔華、蘇雪林、廬隱、戴望舒……等一一上場。刊出後，廣受文壇人士擊節稱賞。很遺憾，這樣有意義的專欄，自 1968 年 5 月起即斷斷續續地刊載，至 1969 年 8 月第 32 期為止，便難以維繼。

（2）「包可華專欄」

包可華是世界上寫專欄刊登最多的作家，全世界約有五、六百家報紙刊登。何凡譯的「包可華專欄」在 1968 年 3 月第 15 期正式登場。然而在 1967 年 10 月第 1 期和 1967 年 11 月第 11 期即有「包可華的祕密」，此二期中，何凡已經開始翻譯包可華的文章了。

包可華專欄是何凡首先引進的，在「包可華專欄」中，何凡不定期選

---

[20]同註 12，頁 275。

譯數篇適合國人閱讀，可作借鑑的包文如〈戒菸〉、〈成年人的問題〉等。由於此專欄的風格特具、譯筆流暢，內容豐富，發人深省，遂成爲《純文學》月刊非常凸出的一個專欄。嗣後更有所謂「仿包可華體」的文章出現，此專欄直至 1971 年 6 月 54 期停止。

（3）「純文學作家專欄」

林海音以圖文並舉的方式，介紹曾在《純文學》月刊撰稿的作家，以一段作者自寫或親友代書介紹性短文，並附一張作家個人或與親朋好友的生活照，使讀者對作家能有所認識。如介紹文心、朱介凡、彭歌等。這專欄因由不同立場的人來寫，每篇自成風格。此專欄由 1970 年 4 月 40 期起延續至 1971 年 3 月 51 期爲止。

（4）「文思集專欄」

1968 年 5 月 17 期起，增設「文思集專欄」的動機，是希望由眾人執筆，「就當前文壇及有關文藝的活動，所想到的、聽到的，寫出雜感，批評意見，或對一本書的欣賞，或介紹一些新知，舉凡與文學有關的一切隨想，都非常歡迎」（〈編者附記〉），如隱地〈臺北的書店〉、張健〈一本英文散選〉、顏元叔〈文學之爲藝術〉等。這個專欄每次刊出數則，選稿態度也很謹慎，既無一般評論文學的瑣碎、冗雜，也捨棄曖昧模糊的文學術語，由深入淺出的方式來詮釋、補充一般人所欠缺或誤解的文學基本觀念。此專欄至 1971 年 6 月 54 期爲止。

（5）「讀者、作者、編者」

從 1967 年 2 月第 2 期起，即在刊物最後闢成「讀者、作者、編者」一欄，此一欄，由林海音報告一些編輯紀要、作家近況、讀者反應、編者回應及文壇新秀介紹等，使讀者能充分掌握文壇動態。將編者、作者與讀者之間的關係緊密聯結，使讀者、作者、編者能相互交流消泯隔閡。此專欄延續至月刊結束 1972 年第 62 期爲止。

2.「純文學出版社」創新表現

（1）主題企劃

　　1971 年時，一般文學性出版社還很少以主題企劃的方式出版書籍，而林海音當時即以主題企劃的方式出版編了《中國豆腐》一書，書中眾論豆腐，將中國的飲食文明做了介紹。此書是林海音為慶祝建國 60 年，計畫出版一系列以「中國」為題的第一本書。接著有《中國竹》，及《中國兒歌》等皆為保存中國文化做出了貢獻。

（2）勇於改變

　　林海音首先以圖畫書形式為楊喚的兒童詩遺作出版專書——《水果們的晚會》，此書是楊喚兒童詩與圖畫結合的開始，當然此書更使後人能藉此一窺天才詩人的傑作。林煥彰《妹妹的紅雨鞋》同樣以童話書的形式出版，此書更榮獲了中山文藝獎（兒童文學類）。

　　在那個時代出版社對出版詩集沒什麼信心，「純文學出版社」率先出版了彩色詩集，如余光中《在冷戰的年代》；楚戈自寫自畫的《散步的山巒》；鄧禹平寫，席慕容、楚戈繪圖的《我存在，因為歌，因為愛》。此舉為出版社立下了好的範例，原來詩集經過包裝出版銷路也不差！後來許多出版社皆起而效法。

　　「純文學出版社」也是最早改變只有一種固定開本的出版社之一。林海音曾說：「出版社日子久了，總得有突破，不能老長青吧！我們除了在書的內容上仍像以往一樣要求外，我們在編排上也要更求精美。」[21]為了設計方便，如詩畫及攝影集，從最早的 32 開到 25 開、20 開，甚至 50 開本都有，這種「相體裁衣」的出版方式，使純文學出版社的書更具多樣化，日後也成為一種趨勢。

（3）不接受退書

　　早期「純文學出版社」的書是交給別人總經銷，到了 1978 年收回自己

---

[21]張典婉，〈綠樹繁花——林海音與「純文學出版社」〉，《新月書刊》第 5 期，1984 年 2 月，頁89。

發行，林海音的一些舉動震驚出版界，如她認為當時寄售方式不太合理及結帳時的遠期支票及退書的處理帶給出版社很大的困擾。所以擬出一個新的發行辦法：除了中盤批發商之外，其他批發書一率以定價七五折收現，她和書店約定開半個月內的即期支票，以免影響彼此業務。她個人付給印刷廠、裝訂廠與紙廠的費用一律付現金或給即期支票，這種發行辦法，簡單且清楚，減少許多不必要的麻煩和糾紛。

「純文學出版社」不接受退書，除非裝訂錯誤或因陳列日久而破損時才接受退書。如此書籍就不會造成囤積過多的問題，使作者的心血蒙塵。且林海音會主動告知書店此書好賣與否。這種改革結果，證明並沒有影響利潤反而增強工作效率，而且憑著「純文學」卓越的信譽，不斷的出好書，書商終於接受這種批現方式。[22]這在當時可謂創舉。

五、編輯風格

林海音的編輯風格總地來說，是深具世界觀的，她的眼界極大，並不限於這蕞爾小島。王潤華說：「林海音是位具有國際視野的人，當時的政治環境較為險惡，但林海音仍然與許多國外人士保持良好關係，並時常聯絡，同時更出版了多國翻譯書籍，並不一味迎合當時文壇的潮流。」[23]

（一）關注世界文壇動態

或許是早年當過新聞記者的關係，林海音是一位觀察力敏銳、直覺性強的人，她能夠很敏銳地感受到大環境行走的趨勢，因而勇於創新，掌握出版的動向、讀者的閱讀需求。

當安部公房的《砂丘之女》在日本出版後被拍成電影，並在坎城影展中得了大獎，林海音在報上看到影片得獎消息後，立刻找人在日本取得此書，並交給鍾肇政翻譯。此書，全文長達 13 萬字，林海音認為此作應該一口氣看完，所以《純文學》月刊在第 4 期以一次刊出，並附原譯者評介。

---

[22]同註 11。
[23]王潤華先生於 2002 年 12 月 1 日「林海音及其同輩女作家學術研討會」中所言。

此舉被彭歌譽爲「驚人的手筆」，並且「十分佩服他們的氣魄與堅決」，刊出後曾予讀者很大的興奮和熱烈的討論。《砂丘之女》後來被譯成 11 國文字，光是英譯本就有三種版本。令人不得不欽佩林海音獨到的眼光及魄力，當然此舉也凸出了月刊與報紙連載小說的相異處。[24]

「純文學出版社」也出版了多種國家的翻譯小說，林海音當時請了許多名家從事翻譯，如彭歌、沉櫻、嶺月、劉慕沙、何凡等皆是一時之選。如嶺月翻譯的一系列日本家庭倫理小說，如《鄰居的草坪》、《午後之戀》、《父親》等。《波特童話集》作者爲英國兒童文學家碧翠絲‧波特女士（Beatrix Potter）。《波特童話集》中〈兔子彼得的故事〉已成爲英語系國家兒童文學的經典。在書中作者塑造了一隻淘氣的小兔子和許多極富性格的角色，故事生動有趣。因此書的出版，作者被視爲現代西方兒童圖畫書的創始人。碧翠絲‧波特女士的書，版本都很小，但是文字、圖畫皆非常精緻。她的書領導了英國兒童讀物「小書」的傳統。「純文學出版社」出版的中文版，仍延續原版「小書」的傳統，文圖精緻可愛。「純文學出版社」也成爲中國第一家爲碧翠絲‧波特出版全集的出版社。此外「純文學出版社」還翻譯許多國家的好作品如英國、日本、美國、捷克、西班牙等，林海音隨時注意國際上的好書請人翻譯以宴饗國人。

「純文學出版社」出版的《何凡遊記》，內容對當地社會、軍事、政治、經濟、體育，及人物、景色都有所描述。林文月的《京都一年》是林文月於 1969 年經國科會遴選赴日本研讀比較文學，在日本一年中所見所聞的紀實。這些書籍都有助於國人藉此了解他國的風貌，擴增國人的視野。

（二）出版大書

出版大書往往耗時費力，且銷路不見得好。所以許多出版社皆不願出版大書，而「純文學出版社」卻在 1989 年出版了極具史料價值的《何凡文集》共 25 卷另《別冊》1 卷，篇數超過 5000。《何凡文集》，收錄何凡 40

---

[24]因爲報紙副刊就等於是一份文藝雜誌，而報紙副刊的連載小說是一天一點，然而雜誌可將較好的中、長篇小說一次刊出，這是報紙副刊做不到的。

年來，約六百萬字的專欄文章、散文、雜文、遊記、序跋等。它是「純文學出版社」出書 20 年來最大的套書，同時也是林海音送給何凡 80 歲的生日禮物，更是林海音與何凡的金婚紀念物。1990 年底林海音更以《何凡文集》榮獲金鼎獎「圖書主編獎」和「圖書出版獎」。

《何凡文集》共分四部，第一部（卷 1～22）是「玻璃墊上」專欄。何凡自 1953 年 12 月 1 日起至 1984 年 7 月 12 日止，在《聯合副刊》上寫「玻璃墊上」專欄。何凡是著名的專欄作家，其針砭時事，鞭辟入裡引人深思，在「玻璃墊上」中，幹練中有溫厚的幽默感，且資料豐富。此部分可藉以窺見臺灣 40 年來的發展軌跡。

第二部（卷 23～24）是自 1948 年 5 月到 1989 年 11 月，何凡在各報刊雜誌刊登的作品。第三部（卷 25 前）為遊記、訪問記等，是自 1954 年 3 月 12 日到 1985 年 4 月 7 日的作品。第四部（卷 25 後）自 1955 年 10 月 18 日到 1989 年 2 月 10 日，包括了序文、發刊詞、後記等。文集每卷皆有目錄、分類索引。

（三）注重文學評論

林海音相當注重文學評論，無論在出版的圖書或月刊中，常附有評論的文章，以增進讀者對所閱讀的文章或圖書有更進一步的了解。如林海音編《純文學翻譯小說》（短篇）書中的 22 篇作品，每篇文後皆有譯者評介本篇作品，及對作者寫作背景交代。這些資料使讀者不僅能夠認識譯者也可對作品更加了解。

文學評論家李漢呈的一番話可說為此書下了一番最好的註解。李漢呈說：

> 此書足以代表六、七十年代之交，我們的譯者在世界短篇小說的濃林密蔭漫步時，從繁花似錦，為數眾多的佳作中擇取出來的趣味，以及面對各地傑出作家的撞擊之下，他們的認知與反應的選集。要了解近數十年來中外文學交流的沿革，《純文學翻譯小說》或許已經提供了一條有效而

且重要的捷徑。這本書表面上僅是《純文學》月刊登載譯作的選集,但編者的眼光與態度,卻促使它的範圍容納了各類不同的特色:一種世界性的遼闊的視野,首先便取住我們的注意力。其次,它還展現二十世紀作家對社會對人類的關懷。[25]

　　而《純文學》月刊譯作的一大特色,即每篇小說必定有一篇對作者、作品的評介文章,以闡明作者與作品關係和作品完成始末介紹,以便讀者能進一步認識和探討作者與作品,此無形中提供了另一種學術功能。

(四)保存文學史料

　　林海音非常重視文學史料的保存,這些史料包括了作家的照片、信件、手稿和一些學作品。在「純文學出版社」出版的書中,許多都附有照片,如《作客美國》,是林海音應美國國務院的邀請,訪美回來後的作品,內容記錄了她訪問美國的一切,如訪問了名作家賽珍珠、兩度獲美國兒童讀物插圖獎的女畫家瑪霞‧勃朗……等,並參觀了馬克吐溫的故居及紐約市林肯中心……等。十多年前由文星書店初印行,後由「純文學出版社」再次出版時即增加了近百張圖片重排,這些照片都是有關她當時訪問所見,紀念性及歷史價值都很高。

　　《剪影話文壇》中,則可見到諸多文人半生交遊的行跡。「有影才寫,無影不錄」是林海音寫作此書的原則。書中的「影」不僅僅是一張張照片而已,更重要的,是影中人背後故事。讓讀者藉由張張新舊照片所組成的時光隧道認識作家的點點滴滴。爲《剪影話文壇》題字的臺靜農教授亦稱此書也是一種「文獻」。

　　蘇雪林的《中國二三十年代作家與作品》這部書是蘇雪林以第一手資料,寫她同時代作家的活動及其作品。而林海音編的《中國近代作家與作品》,書中收了「五四」之後直至大陸淪陷前,近二十位作家的作品。

---

[25]李漢呈,〈濃林密蔭中的佳作〉,收入夏祖麗編,《風簷展書讀》,臺北:純文學出版社,1985 年 1月,頁 173。

《純文學》月刊中「近代中國作家與作品」專欄中，除選刊 1919 年五四運動以後的作品，同時還公開私人珍藏的原稿、信件、照片，提供讀者閱讀參考。這些資料都是極具價值的文學史料。

六、文壇貢獻

（一）尊重作家

《純文學》月刊，向來不設門戶，讓見解不同的作家，抒發各自不同的文學理論和主張。《純文學》月刊相對於當時帶有強烈色彩的刊物如《現代文學》、《臺灣文藝》、《笠》等，它的色彩顯得溫和而保守，並「超越了各種流派，也容納了各種主張的作家、作品，很注重作品本身的品質。」[26]

對於經營「純文學出版社」，林海音認為出書的眼光要放遠，出書不僅只為營利，因為「書都是作者的字字血淚」。[27]在早期著作權法尚未完全建立的情形下，作家們對著作權也不甚了解，然林海音的一些做法至今仍為人們所稱道。林海音說：

> 現在的出版社大抵對這方面都不差，但在早期，作家們在別的出版社出書，往往不清楚自己的書賣了多少，版稅也不一定拿得到。我出書從不做假，對作家倒也沒有別的，只是很尊重他們。當書籍出版一開始銷售時，不管暢銷與否，版稅都會預先給他們。既然在我們這兒出書，就是兩廂情願的事。如果雙方獲利，不也令人高興嗎？所以像這樣的口碑會自動傳出去的……我不曾與作家鬧過不愉快的事。[28]

在物資缺乏的 1960 年代，作家的收入並不豐裕。版稅預先支付，此項

---

[26]葉石濤，《臺灣文學史綱》，高雄：文學界雜誌出版社，1993 年，頁 122。

[27]張典婉，〈綠樹繁花——林海音與「純文學出版社」〉，《新月書刊》第 5 期，1984 年 2 月，頁 89。

[28]陳姿夙，〈純文學出版社的概況〉，《林海音及其作品研究》，臺北：政治大學中文系碩士論文，1991 年 6 月，頁 95。

制度使作家生活無虞而能安心創作。當時許多作家的作品在《純文學》月刊發表後,「純文學出版社」再為他們出書,不但名字多次曝光,經濟上也有不少助益。余光中說:林海音「先是把我的稿子刊在『聯副』,繼而將之發表於《純文學》月刊,最後又成為我好幾本書的出版人。我的文集《望鄉的牧神》、《焚鶴人》、《聽聽那冷雨》、《青青邊愁》、詩集《在冷戰的年代》,論集《分水嶺上》都在她主持的『純文學出版社』出書。」[29]且林海音一向給作者的稿費也不低,即使後來一直處於虧損狀態,但《純文學》月刊從來沒有拖欠過任何人稿費。

　　林海音一向以站在作家的立場為主,維護作者權益。林海音對作家的尊重,為出版社豎立良好典範,因而許多作家皆以作品能在「純文學出版社」出版為榮。「純文學出版社」也因此,集合了許多寫作人才,如彭歌、余光中、張系國、吉錚等。多年來,彭歌總是將作品交給「純文學出版社」出版,彭歌說:

> 這出版社和月刊都像海音那個人,腳踏實地,一步一個腳印。她做事全神投入,從選稿、編輯、設計乃至於校對等細節,無不親自督理。純文學社聲譽甚高,招牌甚硬,規矩甚嚴,而處世甚公。對於作家的禮遇,應該算是最厚的。她對我的書,比我自己用心得多了。[30]

　　余光中也說:「海音無論編什麼都很出色,很有魄力,只要把作品交給她,什麼都不用操心。」[31]在「純文學出版社」結束營業時,「她不屑計較瑣碎的得失,毅然決然,把幾百本好書的版權都還給了原作者,又不辭辛勞,一箱一箱,把存書統統分贈給他們。這樣的豪爽果斷,有情有義,有始有終,堪稱出版業的典範。當前的出版界,還找得到這樣珍貴的品種

---

[29]余光中,〈另一段城南舊事〉,《聯合報》,2002年10月23日,39版。
[30]同註12,頁288。
[31]同註12,頁302～303。

嗎？」[32]

　　1981 年「純文學出版社」發行了一份書訊性質的《純文學季刊》32 開的小書，發行人爲夏祖麗。其中刊登有關某作家文章結集出書的訊息，有時亦有書評轉載，也有作者動態報導，撰稿作家不少是以前《純文學》月刊的作者如余光中、潘人木、何凡等。如此廣告性質的書訊，只爲使讀者知道新書籍出版，等於也爲作家們的新書打廣告。

（二）提攜後進

　　林海音秉持提攜後輩的心胸，主持「純文學出版社」時，除出版名家著作外，也不忘發掘一些年輕作者，鼓勵他們創作，使他們有機會在文壇嶄露頭角，使文學的名家、新人可互相遞嬗後繼有人，文學香火能不問斷。林海音說：

> 我儘可能讓年輕的作家出頭，我一直喜愛年輕作家。有時他們的文字不十分好，詞藻也不夠美，但是我覺得年輕人的作品中，有一種只有他們這種年齡才有的意味，爲了保留這種難得的意味，我寧可費些力替她們修改文字。[33]

　　林海音提供了一個人人皆有機會參與的文化園地，林海音認作品而不認人的態度，是頗令當時有志於寫作的年輕人佩服。像王拓、于墨投稿到《純文學》月刊時，都還是大學院校的學生。因此「林懷民推崇林海音曾爲臺灣塑造了新一波的重要作家，對臺灣文壇的貢獻極大。」[34]

　　林海音辦出版社時的認真態度，更成爲出版人良好的示範，「隱地說：我在民國 56 年到民國 57 年跟著林海音一起做事，接馬各先生編的《純文學》月刊，大概所有出版社想得到必須作的事，甚至小到月刊社寫封套、

---

[32]同註 29。
[33]同註 11。
[34]同註 11。

包紮，林先生都跟大家一起做。如果我的爾雅出版社做得還不錯，應該說
是林先生幫我打的基礎。」[35]

（三）照顧文友

　　林海音是一位能讓文友們信賴、依靠的老前輩，許多年來，諸多文人
都感受過她的溫暖。沉櫻在退休赴美養老後，曾經打電話請林海音替她在
生命的最後，出版一本書。林海音為完成她的心願，找來一向注意沉櫻作
品的王開平去搜羅尋找沉櫻相關資料，同時請沉櫻的好友們寫些關於與沉
櫻之間交往的情誼，並蒐集一些沉櫻的照片編成《春的聲音》一書，完成
她的心願。

　　1980 年林海音看到《聯合報》記者黃北朗報導曾經在 1950 年，以寫
〈高山青〉歌詞的詩人鄧禹平，貧病交加住在老人院中，鄧禹平最大的心
願是將過去所創作的詩作結集出版。因此林海音便至老人院探視他，並幫
他完成心願出版了《我存在，因為歌，因為愛》。此書也獲得國家文藝獎，
版稅和獎金更改善了鄧禹平的生活。

（四）影響出版界走向

　　鍾鐵民說：「當年國內是她（林海音）首先採用 25 開形式的月刊，並
使它成為高水準刊物。後來的期刊，如 1972 年臺大外文系朱立民、顏元
叔、胡耀恆等創辦的《中外文學》，及同年由隱地主編的《書評書目》在內
容和編排方式上，也都還可以看到當年《純文學》月刊的面貌。」[36]影響不
可謂不深。《純文學》月刊在排版、印刷和紙張上，都極力要求精美原則，
林海音認為過去因陋就簡的辦月刊態度，既不尊重作者，且不能滿足讀者
需要，故寧可冒險增加成本，以達精益求精，求拋磚引玉之效。何欣認為
《純文學》月刊、《現代文學》及稍後由瘂弦接編的《幼獅文藝》等對新文
學理論的介紹，漸漸影響了出版家，導致書店出版的文藝書籍也有批評與

---

[35]隱地所言引自魏可風記錄，〈從城南走來——林海音先生座談會〉，《聯合報》，2000 年 10 月 29
日，37 版。
[36]鍾鐵民：〈君子三變〉，《剪影話文壇》，臺北：純文學出版社，1984 年 3 月，頁 272。

理論方面的著作。[37]蔡文甫先生也說：「若沒有林海音的純文學出版社帶領五小，當年那種文學時代的盛況也不可能產生。」[38]

（五）散播「純文學」作品

李瑞騰說：「林先生一生最可愛的地方，就是對『純文學』三個字的堅持，只看作品是否令人感動，並不管會不會給自己帶來麻煩，這其中牽涉到文人的尊嚴與文學的尊嚴。」[39]當然也正因為如此，「純文學出版社」維持了多年的美譽，書籍都叫好又叫座，引起陣陣閱讀風潮，當然也留下了許多膾炙人口的好書。

如《純文學好小說》，林海音將一些曾刊載在《純文學》月刊的好小說精選出，編為《純文學好小說》。對所有愛好小說的讀者而言，「不僅是閱讀經驗上多讀了 40 篇的精采小說，且另含有撫今追昔的意義；對於整個文壇，也顯示了回顧與前瞻的雙重作用。……這些小說，很可代表那十餘年間小說作者的取材方法，人生觀念的表達方式。」[40]《純文學好小說》容納許多年輕層、身分各異的作者。郭明福說：「我想純文學出版社社長林海音女士耗時費事精編《純文學好小說》，其意義不僅在肯定《純文學月刊》作者們的耕耘，使舊日一些傑出小說得以彙集而傳之久遠，更深刻的用心，該是在企盼，如畫江山出新才人吧！」[41]

「純文學叢書」曾被 1970 年至 1990 年代的青年學子視為必讀的精神食糧。

《純文學》月刊中「近代中國作家與作品」專欄，介紹中國 1920、1930 年代新文藝作家及作品，承傳五四傳統，使現代讀者對中國 1920、1930 年代新文藝作家作品的實質與面貌得以認識。羅青認為這個專欄，

[37]何欣，〈六十年代的文學理論簡介〉，《文訊雜誌》第 13 期，1991 年 6 月 1 日，頁 97。
[38]蔡文甫先生於 2003 年 12 月 1 日「林海音及同輩女作家學術研究會」中所言。
[39]李瑞騰所言，同註 6。
[40]郭明福，〈江山代有才人出〉，收入夏祖麗編《風簷展書讀》，臺北：純文學出版社，1985 年 1 月，頁 80。
[41]同上註，頁 83。

「兼具『文學大系』與『個人選集』之長，既能讓讀者讀到未刪減的原作，又能給讀者更進一步的背景資料與批評介紹。」推許編者是「第一位開始以學術眼光回顧 1930、1940 年代作家的人。」[42]

　　林海音曾說：「出版業要有商業頭腦，更要有文化的良心。」林海音的捐書熱情是人人共知。舉凡泰國難民營、山地農村服務隊、社區圖書館、學校、軍中……林海音都分別按其所需，細心挑選後打包送寄。不只舊書，有時連新書也慷慨捐出，且若知道哪些地方需圖書，林海音一定毫不吝嗇，立刻捐書。如拾荒老人王貫英的圖書館、山地泰雅族的奎輝國小等。1990 年 5 月 19 日，林海音與張光正、楊犁館長一同參觀北京中國現代文學館圖書館展覽室，林海音發現臺灣出版的書籍少的可憐，當場發願，說回臺北就先把「純文學出版社」出版的書捐一整套來。回去後，林海音馬上寄一整套「純文學出版社」出版的圖書，至中國現代文學館。她並且呼籲其他出版社捐書，許多出版社皆熱情響應，他們把圖書皆集中至「純文學出版社」，林海音為其整理、打包，郵寄至大陸，真是出錢又出力，使臺灣的出版物在大陸也能留下身影。當「純文學出版社」結束營業時，為了讓出版過的好書不在市面上絕跡，林海音毅然將十數萬本庫存書捐贈給圖書館和慈善機構。

七、結語

　　林海音所發行的《純文學》月刊不僅為雜誌界帶來許多新風貌，更增進了國人對五四文學的認識，當然更提供了一個文人可自由揮灑才筆的園地。而「純文學出版社」的成立，除了出版許多好書外，更為出版業帶來新的觀點、新的經營方式，無論是《純文學》月刊或「純文學出版社」，林海音皆提拔許多新人，照顧許多文友。

　　如今文學書籍沒落，臺灣每年出版新書超過三萬種，所謂的「純文

---

[42]羅青，〈屍骨化灰存舍利——林海音編中國近代作家與作品讀後〉，《中央日報》，1980 年 6 月 11 日，37 版。

學」占的比例愈來愈少，一些通俗的作品日益增多。「純文學」的界線也日趨模糊，甚至有些文學書排行榜上的書根本不屬於文學書。一些出版社也日漸感受書籍多樣化的壓力，而面臨轉型的命運，朝更多元的方向發展，而真正純文學的書籍，也在日新月異的潮流衝擊下日漸消退，所以此刻令人更加懷想那一段「純文學」的歲月。

純文學叢書分類目錄

圖書・讀書

知識的水庫	彭歌	1969 年
改變歷史的書	唐斯博士原著；彭歌譯	1972 年
改變美國的書	唐斯博士原著；彭歌譯	1973 年
愛書的人	彭歌	1975 年
人的文學	夏志清	1977 年
書與讀書	彭歌	1979 年
芸窗夜讀（附圖）	林海音	1982 年
圖書分類與管理（論文集）	洪兆鉞	1984 年

專欄・專訪

包可華專欄（第 1 集）	包可華・阿特（Buchwal. Art）著；何凡譯	1971 年
她們的世界〈訪問當代女作家（附圖）〉	夏祖麗編	1973 年
包可華專欄（第 2～7 集）	包可華・阿特（Buchwal. Art）著；何凡譯	1974 年
年輕〈當代中國女性訪問記（附圖）〉	夏祖麗	1976 年
握筆的人〈當代作家訪問記（附圖）〉	夏祖麗	1977 年
包可華專欄（第 8～12 集）	包可華・阿特（Buchwal. Art）著；何凡譯	1978 年

人間的感情〈感人的真實故事（附圖）〉	夏祖麗	1982 年
剪影話文壇（附圖）	林海音	1984 年
包可華專欄（第 13 集）	包可華・阿特（Buchwal. Art）著；何凡譯	1986 年
包可華專欄（第 14 集）	包可華・阿特（Buchwal. Art）著；何凡譯	1989 年
和泉式部日記	林文月譯	1993 年

倫理・修身

愛的表現	廣池秋子（日）著；劉慕沙譯	1972 年
愛與勇氣	廣池秋子（日）著；劉慕沙譯	1972 年
人生的光明面	皮爾（Peale, Norman Vincent, 1898～）撰；彭歌譯	1973 年
熱心人	皮爾（Peale, Norman Vincent, 1898～）撰；彭歌譯	1975 年
爲妻的心路歷程	皮爾夫人著；簡宛譯	1986 年

語言

英語新詮（美國語言與生活）	喬志高	1974 年
聽其言也（《英語新詮》續集）	喬志高	1983 年
四用英文——會話・閱讀・字彙・翻譯	程振粵編著	1985 年

文集

張我軍文集	張我軍	1975 年
張我軍詩文集	張光直編	1989 年
何凡文集（別冊）	何凡	1989 年
何凡文集（全套 26 冊）	何凡	1989 年

長篇小說

愛莎岡的女孩	黃娟	1968 年
孟珠的旅程	林海音	1968 年
克勞黛	考特威爾（Erakine Caldwell）（美）著；胡明譯	1968 年
海那邊	吉錚	1968 年
阿貝桑傑士──一個沉痛的故事	鄔納諾（Unamuno, Miguel de）（西）撰；王安博譯	1968 年
曉雲	林海音	1969 年
權力的滋味	穆納谷（Mnacko, Ladislav）（捷克）撰；彭歌譯	1969 年
愛的故事	西格爾（Segal, Erich）（美）撰；黃驤譯	1971 年
春風	林海音	1971 年
柳樹塘	楊安祥	1971 年
浩劫後	里昂‧尤瑞斯（Leon Uris）（美）著；彭歌譯	1972 年
滾滾遼河	紀剛	1973 年
學生老師	楊安祥	1973 年
砂丘之女及其他	安部公房（日）撰；鍾肇政、劉慕沙同譯	1975 年
妙爸爸	克蘭思‧戴（Clarence Day）（美）著；張心漪譯	1976 年
媽媽的銀行存款	凱瑟林‧福柏絲（Katherine Forbs）（美）著；張心漪譯	1976 年
滿城風絮	孟瑤	1977 年
餘音	徐鍾珮	1978 年
探星時代	海萊恩（Robert Heinline）（美）著；孫成煜譯	1978 年
鄰居的草坪	橋田壽賀子（日）著；嶺月譯	1978 年
藍與黑	王藍	1978 年

金盤	林太乙	1979 年
艾莎的一生	亞當遜（Adamson, J.）（英）撰；季光容編譯	1980 年
父親	遠藤周作（日）撰；嶺月譯	1981 年
秋雨來時	佐藤愛子（日）著；嶺月譯	1983 年
一個美的故事	克羅寧（A. J. Cronin）（英）著；陳紹鵬譯	1984 年
長夜	王藍	1984 年
海的悲泣	北泉優子（日）著；嶺月譯	1984 年
無影燈	渡邊淳一（日）著；嶺月譯	1984 年
蓮漪表妹	潘人木	1985 年
賽納河畔	趙淑俠	1986 年
被遺忘的愛	葉茂	1986 年
蒼天悠悠	李春陽	1987 年
馬蘭的故事	潘人木	1987 年
午後之戀	平岩弓枝（日）著；嶺月編譯	1988 年
夏獵	夏烈	1992 年
愛因斯坦的夢	艾倫・萊特曼著；童元方譯	1994 年

中短篇小說

城南舊事（附圖）	林海音	1969 年
夏流	丸山健二（日）等撰；朱佩蘭譯	1969 年
海外女作家小說集	楊安祥等撰；純文學編輯委員會編輯	1969 年
少爺	夏目漱石（日）著；余仲達譯	1970 年
地	張系國	1970 年
波士頓紅豆	楊安祥	1972 年
折翼之島	雅嘉莎・克里斯蒂（Agatha Christie）（英）著；孫成煜譯	1973 年
海的死亡	張系國編譯	1978 年

純文學翻譯小說	林海音編選	1980 年
綠藻與鹹蛋	林海音	1980 年
哀樂小天地	潘人木	1981 年
飛	張至璋	1981 年
婚姻的故事	林海音	1981 年
燭芯	林海音	1981 年
純文學好小說（上下集一套）	林海音編	1982 年
最後的紳士	鄭清文	1984 年
潛逃	古華	1989 年
最後的一隻紅頭烏鴉	夏烈	1990 年

散文・雜文

十雨集	何凡	1969 年
二疊集	何凡	1969 年
五風集	何凡	1969 年
落落集	何凡	1971 年
磊磊集	何凡	1971 年
金山夜話	史坦貝克（Steinbeck, John 1902～1968）（美）等撰；喬志高譯	1973 年
二姊的家信	朱梅先	1973 年
自己的屋子	維金妮亞・吳爾芙（Virginia Woolf）（英）著；張秀亞譯	1973 年
在月光下織錦	子敏	1974 年
純文學散文選集	林海音編	1974 年
焚鶴人	余光中	1974 年
窗	何凡、林海音合撰	1974 年

聽聽那冷雨	余光中	1974 年
望鄉的牧神	余光中	1974 年
老生閒談	夏元瑜	1975 年
和諧人生	子敏	1975 年
家在永和	侯榕生	1976 年
瑪娜的房子	索忍尼辛（Alexander Isayevich Solzhenitsyn, 1918～）（俄）等著；沉櫻譯	1976 年
不按牌理出牌	何凡	1977 年
青青邊愁	余光中	1977 年
這些英國人	游復熙、季光容	1978 年
人生於世	何凡	1979 年
我的小女生們	郭晉秀	1979 年
小太陽（附圖）	子敏	1980 年
冬青樹	林海音	1980 年
老生再談	夏元瑜	1980 年
吾鄉・他鄉（附圖）	梁丹丰	1984 年
春的聲音	沉櫻著	1986 年
孤獨的旅人	保真	1986 年
我在臺北及其他	徐鍾珮	1986 年
三度空間	馬瑞雪	1986 年
一家之主	林海音寫作；陳怡之繪圖	1988 年
寫在風中	林海音	1993 年
生活者・林海音	林海音	1994 年

詩歌

遙遠的海：黃拉孟＆赫美內	赫美內斯（西）著；王博安譯	1968 年

斯詩選		
落磯山下	夏菁	1969 年
山	夏菁	1977 年
惡之華	波特萊爾（C. Baudelaire, 1821～1867）撰；杜國清譯	1977 年
送給故鄉的歌	馬瑞雪	1977 年
我存在，因爲歌，因爲愛	鄧禹平著；楚戈插圖；席慕蓉插圖	1983 年
不明飛行物來了	羅青詩；羅青畫	1984 年
在冷戰的年代	余光中	1984 年
散步的山巒	楚戈詩畫	1984 年
先知	卡里・紀伯侖著；王季慶譯	1985 年
清宮詞	枝巢子撰注	1985 年
莊因詩畫	莊因	1986 年
莎士比亞｜四行詩	梁宗岱譯	1992 年

戲劇

薇薇的週記（廣播劇）	林海音	1968 年

文學評介

文學史上的大騙子	薩爾曼納查（Psalmanazar, George, 1697～1763）（法）撰；傅良圃（Frederic J. Foley S. J.）編；張劍鳴譯	1969 年
近代中國作家與作品	林海音等編撰	1969 年
迦陵談詞	葉嘉瑩	1970 年
愛情・社會・小說	夏志清	1970 年
和亞丁談法國詩	程抱一	1970 年
和亞丁談里爾克	程抱一	1972 年
詩的效用與批評的效用——	艾略特（T. S. Eliot）著；杜國清譯	1972 年

關於英國詩與批評的研究		
中國文學在日本	鄭清茂	1975 年
陌生的引力	子敏	1975 年
文學的前途	夏志清	1976 年
古典小說散論	樂蘅軍	1976 年
歐美文壇雜話	何欣編譯	1976 年
世界十大小說家及其代表作	毛姆（Somerset W. Maugham, 1874～1965）撰；徐鍾珮譯	1976 年
山水與古典	林文月	1978 年
火浴的鳳凰——余光中作品評論集	黃維樑	1979 年
小小說的寫作與欣賞	愛爾渥德（Maren Elwood）；丁樹南編譯	1981 年
分水嶺上（余光中評論文集）	余光中	1981 年
詞人之舟	琦君	1982 年
中國二三十年代作家與作品	蘇雪林	1983 年
風簷展書讀	夏祖麗編	1985 年

遊記・掌故

我在尼羅河上游	張裘麗	1969 年
雪山之旅	蔣鍾琇撰	1969 年
舊京瑣記	枝巢子	1970 年
京都一年（附圖）	林文月	1971 年
何凡遊記	何凡	1975 年
追憶西班牙（附圖）	徐鍾珮	1976 年
霧裡看英倫	楊孔鑫	1980 年
八千里路雲和月（附圖）	莊因	1982 年

作客美國	林海音	1982 年
漢聲揚北美（附圖）	梁丹丰文、圖	1983 年
城門與胡同	楊明顯	1984 年
歐遊手記（附圖）	蓉子著；莊靈攝影	1984 年

專著

中國豆腐	林海音主編；夏祖美、夏祖麗助編	1971 年
裸猿（人類知識）	莫理斯（Morris, desmond）撰；李廉鳳譯	1971 年
中國兒歌	朱介凡編撰	1977 年
中國竹（附圖）	林海音編著	1981 年
美食當前談營養	章樂綺	1981 年
護生畫集（全套六冊盒裝）	豐子愷畫；弘一法師等書	1981 年
高樂畫北平	喜樂圖、文	1985 年
蘭嶼・再見（攝影集）	王信圖、文	1985 年
家住書坊邊——我的京味兒回憶錄	林海音	1987 年
愛情與生活：大文豪的智慧	羅曼・羅蘭撰；鄭清茂編譯	1988 年
關於人生：大文豪的智慧	歌德撰；鍾肇政編譯	1988 年
美的人生：大文豪的智慧	里爾克撰；李永熾編譯	1988 年
生活與人生：大文豪的智慧	赫曼赫撰；鄭清文編輯	1988 年
愛與生與死：大文豪的智慧	托爾斯泰撰；葉石濤編譯	1988 年
豐子愷連環・兒童漫畫集	豐子愷	1989 年
莎士比亞戲劇故事集	蘭姆姐弟（英）改寫；蕭乾編譯	1989 年

兒童讀物

妹妹的紅雨鞋（童話詩・注音）	林煥彰詩；劉宗銘圖	1976 年

波特童話全集（全套 23 冊盒裝）	波特（英）文、圖；何凡等譯	
1 小兔彼得的故事	波特著；曾子譯	1978 年
2 母鴨潔瑪的故事	波特著；曾子譯	1978 年
3 陶先生的故事	波特著；曾子譯	1978 年
4 餡餅和餅模的故事	波特著；曾子譯	1978 年
5 青蛙吉先生釣魚的故事	波特著；夏祖麗譯	1978 年
6 城裡老鼠強尼的故事	波特著；曾子譯	1978 年
7 金傑和皮克的故事	波特著；曾子譯	1978 年
8 香菜阿姨兒歌集	波特著；林良譯	1978 年
9 松鼠胡來的故事	波特著；林良譯	1978 年
10 小松鼠台明的故事	波特著；樂蘅軍譯	1978 年
11 兩隻壞老鼠的故事	波特著；樂蘅軍譯	1978 年
12 小兔班傑明的故事	波特著；林海音譯	1978 年
13 一隻壞小兔的故事	波特著；林海音譯	1978 年
14 鼠太太小不點的故事	波特著；曾子譯	1978 年
15 小豬柏郎的故事	波特著；曾子譯	1978 年
16 小貓莫蓓小姐的故事	波特著；夏祖麗譯	1978 年
17 傅家小兔們的故事	波特著；夏祖麗譯	1978 年
18 三小貓的故事	波特著；何凡譯	1978 年
19 貓布丁的故事	波特著；何凡譯	1978 年
20 小豬羅平的故事	波特著；趙堡譯	1978 年
21 刺蝟溫迪琪的故事	波特著；趙堡譯	1978 年
22 老鼠阿斑兒歌集	波特著；林良譯	1978 年
23 格洛斯特的裁縫	波特著；林良譯	1978 年

波特童話圖畫本	純文學出版社	1978 年
我的小貓	純文學出版社	1978 年
水果們的晚會（童話詩・注音）	楊喚詩；夏祖明圖	1981 年
林海音童話集——故事篇	林海音	1987 年
林海音童話集——動物篇	林海音	1987 年
長白山下的童話	楊明顯撰；莊囚圖	1987 年
小朋友童話故事集（六冊）	林海音等編譯	
1 獨遊	簡宛編譯	1989 年
2 國王和小廚師	廖峰香編譯	1989 年
3 鴿子泰勒的故事	林海音編譯	1989 年
4 桃太郎	夏祖美編譯	1989 年
5 狡滑的老貓	林海音編譯	1989 年
6 魔術鍋的故事	夏祖麗編譯	1989 年

少年讀物

小飛俠潘彼德	何凡譯	1978 年
猛狗・唐恩	林海音譯；曹俊彥圖	1978 年
爸爸，真棒	盧慧貞譯	1979 年
少年偵探小說（三冊）	林葛琳（瑞典）著；嶺月譯	
1 少年偵探	林葛琳著；嶺月譯	1979 年
2 目擊者	林葛琳著；嶺月譯	1980 年
3 間諜團	林葛琳著；嶺月譯	1980 年
世界少年童話故事第一輯（全套六冊）	嶺月等譯	

1 魔指	游復熙譯	1979 年
2 誰是賊？	何凡譯	1979 年
3 鐵巨人	游復熙譯	1981 年
4 三隻小豬的故事	嶺月譯	1982 年
5 隱形狗	路安俐譯	1983 年
6 飛天大盜	嶺月譯	1983 年
琦君說童話	琦君著；陳朝寶插畫	1981 年
灰狗公主	和澤利子（日）著；李佳純編譯	1982 年
楊小妹留洋記	楊華瑋著；楊榮慶畫	1982 年
琦君寄小讀者	琦君文、圖	1985 年
虎王	拜克夫（俄）著；金仲達編譯	1987 年
世界少年童話故事第二輯（全套六冊）	琦君等編譯	
1 涼風山莊	琦君編譯	1988 年
2 大笨熊	廖峰香編譯	1988 年
3 小精靈	嶺月編譯	1988 年
4 小壞蛋寶波	夏烈編譯	1988 年
5 小紅馬	何凡編譯	1988 年
6 阿悟的腳踏車	李佳純編譯	1988 年
哥兒倆在澳洲	張安迪、張凱文著	1989 年

＊本目錄蒙鄧珮瑜小姐協助，特此致謝。

——選自李瑞騰主編，《霜後的燦爛——林海音及其同輩女作家學術研討會論文集》
臺南：國立文化資產保存研究中心籌備處，2003 年 5 月

京派・吳爾芙・臺灣首航

◎范銘如*

> 我曾在戰時讀了吳爾芙的一篇文章叫做《一間屬於自己的房子》（A Room
> of One's Own），心裡感觸得很，因為當時住在四川西邊最偏僻的地方，
> 每天出門就面對的是死尸、難民，烏煙瘴氣的，自殺也沒有勇氣，我就
> 寫信問吳爾芙，如果她在我的處境下，有何辦法？
>
> ——凌叔華[1]

> 我常常想，我寫小說，無意中有沒有多少受了凌叔華作品的影響？
>
> ——林海音[2]

一、楔子

　　1938 年，中日戰爭開打的初期，凌叔華（1900～1990）——這位以
《花之寺》、《女人》、《小哥兒倆》等小說揚名 1920、1930 年代中國文壇，
甫自《武漢日報》文藝版主編臺上退位的京派女作家——在閱讀了吳爾芙
出版未滿十年的《自己的房間》（1929 年）以後，竟然像個小女孩似衝動
地寫信給吳爾芙請求指點迷津。當時正擔憂歐戰爆發在即並為個人健康所
苦的吳爾芙，竟然也立刻回信，還建議凌叔華用英文書寫個人傳記。因為

---

*發表文章時為淡江大學中國文學系教授，現為政治大學臺灣文學研究所教授。
[1]鄭麗園，〈如夢如歌——英倫八訪文壇耆宿凌叔華〉，收錄於陳學勇編《凌叔華文存・下卷》，成
　都：四川文藝出版社，1998 年，頁 968。
[2]林海音，〈凌迷〉，收錄於《剪影話文壇》，臺北：純文學出版社，1984 年，頁 32。

根據她自身的經驗,「痛苦煩悶的唯一解脫就是工作」。[3]吳爾芙不但表示願意幫凌叔華修改文章,還熱情地寄給她一些有助於寫作的英文小說。就在吳爾芙的鼓勵與指導下,已經成就自己最好的中文小說創作的凌叔華,開始像個新手般陸陸續續將寫好的文章寄給她,直到 1941 年吳爾芙自殺身亡。1947 年凌叔華舉家移居倫敦,偶然結識吳爾芙生前的「閨中密友」——薩克威爾‧威斯特(Vita Sackville-West);在威斯特的協助下,凌淑華與吳爾芙的先生取得聯繫,並找出當年她寄給吳爾芙的原稿,最後更由吳氏夫婦成立的知名出版社結集爲《古韻》(*The Ancient Melodies*)(1953 年)一書出版。[4]凌叔華對吳爾芙的感念不僅使她將《古韻》題獻給吳爾芙與威斯特,直到暮年接受訪談時還深以作爲吳爾芙的文學弟子爲榮。[5]

凌叔華與吳爾芙的中西文學因緣素爲文壇佳話,對早年的中文讀者亦不陌生。近年來藝文界關注的焦點則擴展至凌氏與其他布羅姆斯伯里集團(Bloomsbury Group)成員的交往,甚至於演變成爲一椿對簿公堂的「公案」。[6]但是關於凌、吳二人的故事似乎在《古韻》出版後就戛然中止,尤其《古韻》並未在英文世界造成太大的回響。殊不知這則軼事並但還沒結束,而且另有一段文學傳播與接受的曲折正要開始。吳爾芙對於西方讀者固然深具影響力,凌叔華身爲小說家和編輯的資深文化人影響力豈容小覷?1961 年張秀亞在《現代文學》雜誌上撰文介紹吳爾芙,1973 年正式翻譯出《自己的房間》,由林海音的《純文學》出版社印行。這個譯介吳爾芙的過程看似偶然,其實卻大有關聯,因爲張秀亞和林海音各自受過凌叔華

---

[3]凌叔華與吳爾芙兩人書信往返的細節過程,詳見吳魯芹,〈維吉尼亞‧吳爾芙與凌叔華〉,收錄於《文人相重》,臺北:洪範書店,1983 年,頁 5~33。

[4]Shu Hua Lin Chen, *Ancient Melodies*. (London: The Hogarth Press, 1953 年)1969 年再版,1988 年又由紐約的 Universe Books 出版。中文版由傅光明翻譯,題名《古韻》,臺北:業強出版社,1991年。

[5]同註 1。

[6]例如 Patricia Laurence, "The China Letters: Julian Bell, Vanessca Bell, and Ling Shu Hua," *South Carolina Review* 29.1(Fall, 1996 年):pp.122~131; Meyerowitz Selma, "Virginia Woolf and Ling Su Hua: Literary and Artistic Correspondences," *Virginia Woolf Miscellany*18(Spring, 1982 年)pp.2~3。其中最引人注意和爭議的當然是虹影依據凌叔華與 Julian Bell 往來情誼敷衍出的小說《k》,目前猶與凌叔華女兒陳小瀅訴訟中。

作品直接或間接的啟迪，以及往來過從。兩位「凌迷」除了傳承了凌叔華的若干京派文學特色，更感染了凌叔華對《自己的房間》的鍾愛，將之首度譯介給臺灣讀者。可以說，《自己的房間》是搭配著凌氏京派航向臺灣。本文將先分別比較林海音與張秀亞的文本裡，到底移植了什麼京派及女性文學的特質；最後再探究，這兩者被引介到臺灣文壇之後產生什麼變化，以及促使此轉化的可能理由。

二、凌叔華的兩個臺灣傳人

　　1950 年代的臺灣文學，在官方贊許的「反共」、「懷鄉」論述以外，女性文學是最顯著、最獨特的清流。拙作〈臺灣新故鄉——五〇年代女性小說〉中曾指出，戰後由於官方語言的轉換，外省女作家得以挾其語言的優勢進軍文壇，與男性作家並駕其驅；而她們以務實的態度，面對、書寫家居臺灣的種種問題，更使她們普受讀者歡迎[7]。這一批女作家中，有的是在大陸即已成名的資深作家如蘇雪林和謝冰瑩，更多的是在大陸初試身手但來臺後才真正琢磨出創作才華的新秀，如林海音、張秀亞、琦君、潘人木、郭良蕙、孟瑤、聶華苓……正是這批經過「臺灣製造」的新銳打造出另類的文壇氣象，以至於蘇雪林在 1952 年由法國來臺定居時，「見活躍於新文壇女作家的數目要比男作家多至數倍，而且她們的作品的確很優秀，寫作方面也極廣闊，詩歌、散文、長短篇小說、戲劇，女作家都能來一手。」不禁大為讚歎「臺灣新文藝園地的千紅萬紫，大半是女作家栽培和灌溉的功勞。」甚至當胡適返臺接任中研院院長時，向他炫耀，「臺灣的新文壇是靠女作家支持的！」而惹來胡適驚詫不已[8]。

　　在這些多才多藝、文化觸角廣泛的女性作家群中，林海音的資歷應是其中最完備的一位。從嶄露頭角的投稿作家，躍居為大報社主編，到獨立

---

[7]參見拙作〈臺灣新故鄉——五〇年代女性小說〉，《眾裡尋她——臺灣女性小說縱論》，臺北：麥田出版公司，2002 年。
[8]見蘇雪林〈序〉，收錄於吳裕民編《女作家自傳》，臺北：中美文化出版社，1972 年，頁 2。

刊物主編和出版人，林海音多重文化人的身分幾乎集當時文藝女性的主要活動於一身。然則仔細回顧一下林海音的寫作年表，我們不難發現，她最具代表、最爲評論家所稱道的小說創作幾乎都在 1950 至 1960 年代中期完成，約莫與她接掌聯副主編的時間相符。值得注意的是，1950 年代的三部著作，《冬青樹》（1955 年）、《綠藻與鹹蛋》（1957 年）和長篇《曉雲》（1959 年），都是描寫臺灣社會現象與小市民居家點滴爲主。三部作品內容雖各有側重，但是婚戀主題卻有逐漸加重的傾向。及至 1960 年代中期，女性與戀愛家庭的議題持續加溫，而且背景明顯地拉回終戰前的北平。《城南舊事》（1960 年）、《婚姻的故事》（1963 年）和《燭芯》（1965 年）三部「京味兒十足」、描敘「沒跳過來」的舊時代女性的小說集，建立了林海音最獨樹一幟的書寫特色。主持《純文學》月刊以後，她的創作轉以散文居多，雖然出版兩部探討臺灣時代女性的長篇小說《春風》（1971 年）和《孟珠的旅程》（1967 年），整體藝術性卻不若既往。縱觀林海音的創作歷程，雖然以臺灣和大陸爲背景的小說皆有之，前者甚至多過後者，但是將她推臻至藝術高峰、最爲學界稱頌的竟是這三部京味婚戀小說。

探索深閨大宅裡不同位置的女性——不管是大太太，姨太太或小媳婦——的幽微心情起伏，抑或文化新舊交替時新女性面對自由戀愛與傳統婚姻觀念間的掙扎矛盾，是這三部京味小說共同的特色。而這些女性的欲求苦悶，都是藉由一些隱微的言語姿態，象徵性地傳達出來。這種主題，眼尖的學者，如彭小妍，早已指出林海音與 1920、1930 年代中國現代女性小說的關聯；而其隱約含蓄、抒情而悠遠的敘述手法，應鳳凰與《古韻》的翻譯家傅光明亦已進一步直指其與凌叔華的師承關聯[9]。就連林海音自己，都不免思考凌叔華小說是否對她產生若干影響。

的確，林海音與凌叔華不管是在文學歷程，創作風格，甚至地緣關係

---

[9] 詳見彭小妍，〈巧婦童心——承先啓後的林海音〉，收錄於揚澤編《從四〇年代到九〇年代——兩岸三邊華文小說研討會論文集》，臺北：時報文化出版公司，1994 年，頁 19～25；應鳳凰，〈林海音與臺灣文壇〉與傅光明，〈林海音的文學世界〉，俱收入舒乙、傅光明編《林海音研究論文集》，北京：臺海出版社，2001 年，頁 112～120、214～223。

上都有相似之處。兩人皆由投稿晉身文壇並進而成爲舉足輕重的文藝主編，即廣交各大文學集團成員，又樂於提攜後進。凌叔華主編《武漢日報》藝文版和林海音主事「聯副」、《純文學》時，都有志一同地以作品的藝術性價值取代政治性功用，並且大量採用女作家的創作。林海音對舊式婦女及其婚姻困境的關注，同樣也是凌叔華飲譽學界之處。夏志清稱譽凌叔華爲 1920 年代女作家之冠，除了因其遣詞用句珠璣婉麗、敘述結構綿密細膩，更因爲她對於「過渡時期中中國婦女的挫折與悲慘遭遇」有深刻敏銳的觀察與思辨[10]。當同時期女作家冰心、廬隱或馮沅君熱衷於抒發時代「新女性」的心聲時，凌叔華卻著墨於封閉在傳統閨閣中的舊式婦女們的困境，以及在所謂「自由戀愛」的口號中走入婚姻陷阱的新女性的難題。孟悅和戴錦華認爲凌叔華在審視性別角色時那種既冷靜又溫情的敘述語調，體現出多元且深入的意義，「在時代和歷史角度上，她對婆、媳都充滿嘲諷」，「但在女性自身角度上，她對價值上處於劣勢的女性又有所悲憫。」[11]凌叔華客觀地剖陳新、舊文化的優缺，對於轉型期中女性的角色心理既有批判省思亦有體諒包容。她將性別議題妥善地以敘述美學包裝，成爲五四時期少數能兼顧問題意識與藝術形式的傑出女作家。林海音在她三部京味婚戀小說裡展現的敘述語調與風格主旨和凌叔華幾出一轍。

　　北京的風俗習尚，對林、凌兩位 30 歲前都在此地求學、工作、成家的作家皆有不可磨滅的影響。林海音終身樂道其「臺灣姑娘、北京規矩」的特殊經驗，凌叔華這位生於直隸布政使仕家、燕京大學畢業的道地北京人與當地文人雅士的淵源更深，包括 1920 年代末、1930 年代中期前儼然成形的京派文學作家。所謂的京派作家「大體活動在以北京爲中心，兼及天津、濟南、青島等北方城市，成員都出自清華、北大、燕大的中文、外文、哲學諸系，包括一部分滯留北方的語絲派、新月派、文學研究會的成

[10]夏志清，《中國現代小說史》，臺北：傳記文學出版社，1991 年，頁 111。
[11]詳見孟悅、戴錦華，《浮出歷史地表》，臺北：時報文化出版公司，1993 年，頁 147。

員，和一批初出茅廬的文學新秀。」[12]雖然並非是嚴密意義上的文學流派，但薈萃於文化古都的作家群卻建構出某種美學意識及書寫特質，楊義歸結，「京派高雅和諧的審美心態，使他們在創作中詩化了寫實的技巧，交織進雅緻的古典趣味和瀟灑的浪漫遐想。」[13]此外，善用北京話特色生動靈活地描寫平凡百姓與地方風情、在濃厚的人文關懷裡流露出傳統文化與歷史的痕跡，此中並且不乏對社會現狀的批評。凡此種種都是京派敘事的重要特徵。凌叔華不僅在作品中具體展現京派藝術傾向，她主編《武漢日報》副刊《現代文藝》時更擴展武漢華中「成爲與京津遙相呼應的又一京派陣地。」[14]林海音雖然跟京派成員淵源不深，但仔細審視其作品的所謂「京味」，其實與京派文學系出同門。甚至從林海音編選《中國近代作家與作品》一書裡，我們不難看出雀選作家大多是京派文人，如周作人、沈從文、老舍、朱自清、徐志摩、許地山；林海音與京派文人實有相近的美學品味與文學旨趣[15]。

　　總縮而言，林海音的確承襲了凌叔華作品中女性文學和京派文學的雙重特質。但相較之下，凌叔華的小說略爲委婉含蓄，點到爲止，如〈繡枕〉待字閨中蹉跎年華的大小姐或〈酒後〉裡欲吻丈夫朋友終不逾矩的少婦，皆刻意留白，充滿暗喻想像；林海音則直接坦率，《婚姻的故事》裡對舊式文人和新式知識分子的揶揄，以及對妻妾婆媳的們同情，都有較清晰明確的作者觀點。同樣巧用詞藻俚白來調冶抒情敘事，凌叔華像她一貫擅長的「文人畫」，秀逸疏淡，林海音則白描明快、灑脫俊朗。

　　縱使花費了許多篇幅論證林、凌相似之處，本文的目的卻絕非僅只於溯源林海音的文學影響而已。相反地，本文的興趣在於探問，雖然林海音承繼了凌叔華的文本中女性小說和京派文學的特徵，卻爲何無法將二者在

---

[12]楊義，〈京派小說的型態和命運〉，《二十世紀中國小說與文化》，臺北：業強出版社，1993 年，頁304。
[13]同上註，頁 308。
[14]陳學勇，〈後記〉，《凌叔華文存‧下卷》，頁 5。
[15]林海音編，《中國近代作家與作品》，臺北：純文學出版社，1970 年。

臺灣推展下去，成為戰後臺灣的兩大文學流派，尤其以林海音在當時文壇的影響力？相反地，完成這三部京味婚戀小說後，林海音的女性議題和京派美學卻逐漸分離。女性議題導入臺灣社會背景裡持續發酵，北京的書寫則不再帶有文化批判色彩，徒餘景觀民俗的描寫。京派文學的關注底蘊——對地方、社會的文化結構性反思——漸次淡薄，幾乎只剩下京派表層的文字特色而已。然而要深入探討這兩個問題，我們還必須先參考一下凌叔華與另一位重要傳人張秀亞的文學關聯，再一併思索對照。

　　相較於林海音，張秀亞與京派的淵源更深。張秀亞出生河北，中學及大學都在天津、北京就讀。在她開始接觸新文學的階段，閱讀的大都是北方的文藝刊物如《語絲》、《現代評論》、《新月》等[16]。由閱讀至模仿創作，張秀亞從中學時期即以「陳藍」為筆名寫散文，結識京派文學大將蕭乾，進而在凌叔華主編的《武漢日報》文藝版上刊載。1936 年凌叔華還邀請張秀亞從天津搭火車到她北京家中會面，而當時還在就讀初二的張秀亞亦欣然隻身赴約[17]。京派文學和凌叔華作品對於正在文壇起步的張秀亞的影響幾乎是無可避免的事。

　　「張秀亞是承襲京派風氣的新秀」，楊義研究張秀亞早期作品後指出，不管是她描寫鄉村說書老人故事的〈在大龍河畔〉，抑或敘述小鎮姑娘針黹鞗情懷的〈杏子〉，都散發著京派小說「以民俗為經，以抒情為緯的『民俗——詩情小說』的審美特徵」，「張秀亞少年說愁，寫的是憂鬱的鄉土抒情詩，但她的啟蒙老師卻是寫城市貧民和高門巨族的蕭乾與凌叔華。……其實，他們的影響除了創作態度之外，主要是那種詩化的寫實風格。」[18]證諸張秀亞後期的作品，雖已轉向散文創作為主，京派的抒情、詩意美學理念卻一直縈繞不去。文筆及學養更臻醇熟練達的張秀亞，甚至將五四時期猶見文白夾雜、詰屈聱牙的白話文提煉至愈發純淨華麗的境界。張秀亞的

---

[16]見張秀亞，〈書房的一角〉，《秀亞自選集》，臺北：黎明文化公司，1976 年，頁 160～161。
[17]見張秀亞，〈我與文學〉，《我與文學》，臺北：三民書局，1967 年，頁 175～176。
[18]同註 12，頁 310。

「美文」風格，不僅是京派嫡傳，亦是京派的改造。

　　以張秀亞與凌叔華淵源之深，張秀亞斷無不知凌叔華與吳爾芙的往來佳話。愛屋及烏之下，張秀亞對偶像的偶像亦尊崇倍至；毫不意外地，在吳爾芙所有大作中，張秀亞獨鍾《自己的房間》，先於 1961 年 1 月《現代文學》雜誌上的〈吳爾芙專號〉裡撰文推薦，繼之在 1970 年央請當時移居美國的沉櫻購書，1973 年譯畢全文出版[19]。張秀亞對《自己的房間》書中文字反覆讚歎：

> 吳爾芙夫人的作品，是以文字形成的一種奇蹟。活潑、輕俏、空靈、閃著智慧的光澤，她的風格本身，就是一種美麗的存在。
>
> 我特別愛好的，是那篇千古奇文〈自己的一間屋子〉（A Room of One's Own），評者謂其性質雖屬論文，效果不啻小說，是她的最好作品之一。……
>
> 企圖讚美這一篇作品，我曾擲筆嘆息了多少次，面對著這樣一篇妙文，我深感到自己字彙的貧乏，竟找不出妥當的字眼來形容它，勉強說來，這篇文章像是水晶般的透明，波浪般的動蕩，春日園地般的色彩繽紛，秋日星空般的炫人眼目。……[20]

　　吳爾芙文章優美深邃，傲鑠中外文壇，張秀亞對此傾醉推崇並不令人意外。但是如果我們回想一下當年為戰亂災禍困蹇於四川的凌叔華，會在拜讀了《自己的房間》後激動得像個小讀者一般越洋去函就教於吳爾芙，總不會只是因為其中的辭藻造境吧？《自己的房間》裡那被當代女性主義

---

[19]關於購書原由和兩人交換對吳爾芙以及其他名家的見解，參見沉櫻，〈寄自遠方〉，《春的聲音》，臺北：純文學出版社，1986 年，頁 184～191；以及張秀亞，〈寄向遠方〉，《秀亞自選集》，1975 年 1 月，頁 59～63。

[20]張秀亞，〈讀書偶得〉，《我與文學》，臺北：三民書局，1966 年 12 月，頁 190～191。此文中關於談及吳爾芙的部分日後單獨抽出，易名為〈維金尼亞‧吳爾芙的寫作藝術〉，收錄在張秀亞譯，《自己的房間》，臺北：天培文化出版公司，2000 年，頁 193～200。兩個版本的人名譯法稍有變動，本論文引文以 1967 年原版為主。

者不斷引用、延伸的，關於物質環境（經濟收入和私有空間）與書寫／批評傳統之於女性作者影響的探討，應該才是震撼凌叔華的主因。以張秀亞與凌叔華熟稔的程度，戰時同樣避難西南的經驗背景，理當深諳箇中滋味。爲什麼在推介吳爾芙的數篇散文中，一再忽略性別議題？凌叔華與吳爾芙的臺灣知音們，在引進她們的文學時，到底保留和改變了什麼？理由何在？將是本文第三部分試圖釐清的謎團。

三、解讀吳爾芙

綜合上述幾條支線進行一下幾位作家的交叉比對。凌叔華和吳爾芙都是文藻華美，即使寫實敘事常會散逸出濃郁的抒情氣味，時見出人意表的幽默慧詰或委婉卻深刻的諷寓，對於女性的處境心理皆有細膩剴切的描寫與關注。但不同於吳爾芙的布羅姆斯伯里菁英趣味與實驗創新技法，凌叔華的京派小說對於地域方物民情的著墨較多。林海音兼具凌、吳相似之處和凌氏京派特徵，然而遣詞較白話直率，描寫北京時鄉俗敘述近於凌叔華，描寫臺灣時則否。張秀亞雖然與凌、吳的關係較爲直接密切，但既沒有承繼兩人的性別關懷，亦稀釋了京派的地方性，反倒是擇取凌、吳的辭章與抒情意境，淬煉出精醇淡雅的張氏美文。

既然林海音與張秀亞各自沿襲凌叔華作品特色，而且一個以創作和出版、一個以創作和翻譯，各自具有文壇的影響力，理應可以將之傳播，並在臺灣生根。然而，爲什麼京派文學與女性文學的重要內涵並未被 1950、1960 年代的臺灣藝文界接受？京派文學徒存華文麗藻，而女性寫手眾多但卻沒有形成重大的流派？

第一個問題似乎比較容易解答。京派文學的寫實內容除了需要深入了解地區景觀風俗民生，還要求精準地掌握住當地使用的獨特方言俚語。這對林、張兩位移居臺灣不久的作家而言並非易事，尚需等到下一個世代的本土作家黃春明、王禎和才能寫出臺派的鄉土小說。當其符旨被迫切除時，京派的特質自然只剩下符徵本身——精緻的文字美學。因此，林海音

的京味只在她書寫北京時才得以盡情展現，張秀亞則鮮少繼續敘事。簡而言之，水土不服是京派文學無法移植的主因，即使凌叔華在 1970 年造訪臺灣亦無法引起回響，如同也只來臺一次的張愛玲和其海派文學未能被商業化、都市化的臺灣社會接受一般。

　　關於女性意識的不得彰顯，當代的女性主義者大概都歸因於彼時女性運動之尚未起步。鄭至慧在《自己的房間》2000 年中譯本再版序中，特別強調張秀亞原序中忽略的性別議題，並且加以解釋：「本書的第一個中譯本首版於 1973 年（張秀亞譯，純文學出版社出版），其實稱得上與世界潮流同步，並不算晚。只不過當時臺灣女權運動剛剛起步，一般人對吳爾芙建立女性文化的呼籲或許還少有共鳴。」[21]幾年前筆者與鄭至慧的看法並無二致。我與我的女性主義姊妹們一樣深信，我們這些接受第二波婦運教育的新女性比起舊時代的婦女更「進步」、「解放」，自然更加「正確」。毫無警覺這種邏輯信念也許正是樂觀的進化論和「啓蒙」（"enlightenment"）迷思。但是我的自信在我開始研究早期女性作品時逐漸產生動搖，當我接觸較多資深女作家時，更訝異於她們在言談舉止中流露出強烈的女性自主意識；強行將「缺乏性別意識」這頂帽子扣上戰後第一批女作家頭上，只是顯露後生晚輩們的魯莽無知。因此重讀張秀亞解讀《自己的房間》的序文時，對於其中女性主義「消失」的實需格外謹慎推敲。性別議題固然一以貫之地不曾出現在張秀亞的文本中，卻是林海音文學的一大重點，但林海音解讀吳氏時並不特別提及。在林海音談及《自己的房間》時，只說張秀亞也有一間這樣的房間，「這間屋子對張秀亞來說，不但是實際的，也是心靈的。」[22]連在談到吳爾芙鼓勵凌叔華寫作時，「在形式和意蘊上寫得很貼近中國，生活、房子、家具，凡你喜歡的，寫得愈細愈好。」林海音驚喜地認爲這種書寫「自己切身熟悉的事物」的認知跟她一向對小說寫作的原

---

[21]鄭至慧，〈導讀：我們「自己的房間」還未打造完成〉，《自己的房間》，頁 7。張秀亞原譯此書爲《自己的屋子》，維金妮亞‧吳爾芙著，由純文學出版社於 1973 年出版。爲求行文一致，本文採用新版書名。

[22]林海音，〈女子弄文誠可喜〉，《剪影話文壇》，臺北：純文學出版社，1984 年 8 月，頁 64。

則不謀而合[23]。張、林之側重吳爾芙文字技巧與文學理念而略提女性議題的態度並非特例，如果我們再佐照另一位同時期重要的散文暨翻譯名家沉櫻的閱讀。

自 1920 年代後期開始，沉櫻即陸續以《喜筵之後》、《夜闌》以及《某少女》等一系列描寫女性對婚姻戀愛幻滅小說豔驚中國現代文壇，並且被賀玉波列為與冰心、凌叔華、蘇雪林、廬隱、馮沅君等並駕的傑出女作家[24]。沉櫻擅寫現代女性生活的各式題材，〈女性〉、〈欲〉、〈生涯〉捕捉女性熱戀的心理以及進入現代婚姻家庭模式後進退兩難的困境；〈愛情的開始〉、〈喜筵之後〉更是藉由描寫男女遊戲愛情的爾虞我詐，尖銳地揭示現代社會結構裡失衡的兩性關係[25]。如此備受期待的小說新銳，在來臺之後不但沒有在文壇真空時趁勢鵲起，反而低調地轉事散文寫作及翻譯，更從此絕口不提遷臺前的小說創作，連多年的摯交劉枋、姚宜瑛亦無緣得見。甚至到晚年決定出版作品集，都只肯印行來臺後的散文創作。根據林海音透露，「沉櫻開始寫作才二十出頭，那時她是復旦大學的學生。寫的都是短篇小說，頗引起當時人作家們的注意，但是她自己卻不喜歡那時期的寫作，在臺灣絕少提起。她曾寫信給朋友說，她「深悔少作」，因為那些作品都是幼稚的，模仿的，只能算是歷史資料而已。」[26]沉櫻所以決絕地與過去決

---

[23]林海音，〈略記我從事小說寫作的過程〉，《從四〇年代到九〇年代——兩岸三邊華文小說研討會論文集》，臺北：時報文化出版公司，1994 年 11 月，頁 14。

[24]詳見賀玉波，《中國現代女作家選》，上海：復興書局，1936 年。

[25]沉櫻（1907～1988）本名陳瑛，山東淮縣人。1927 年入上海復旦大學中文系並開始文學創作。在《大江月刊》、《小說月報》上刊登反映女性婚姻生活的短篇小說引起廣泛注意。沉櫻在 1930 年代出版的作品有《夜闌》（上海：光華書局，1929 年）、《喜筵之後》（上海：北新書局，1929 年）等中、短篇小說集。她探討的題材多與女性現實生活有關，諸如愛情轉趨平淡時的女性心理，女性面臨家庭與事業時的兩難等等。1947 年沉櫻與家人定居臺灣，教書之餘，她還翻譯了二十多種西方文學名著。譯文精練明快，其中她翻譯奧地利作家褚威格的小說《一位陌生女子的來信》，一年之間就印了十版，最獲好評。然而因此，沉櫻在臺灣文壇裡也一直被認定為翻譯家與散文家。直到近年大陸重印她早年的小說《喜筵之後》（廣東：花城出版社，1996 年）《沉櫻小說・愛情的開始》（上海：上海古籍出版社，1997 年）、《沉櫻代表作》（北京：華夏出版社，1999 年），沉櫻的小說才又得現。以筆者的看法，這些作品非但不是粗糙的模仿，其藝術造詣與主題意識並不遜於當時知名女作家，甚至優於同樣遷臺的蘇雪林與謝冰瑩；沉櫻的小說成就亦高於她自己的散文表現。

[26]林海音，〈念遠方的沉櫻〉，收錄於《春的聲音》，頁 7。此處應該指的是沉櫻在《大江月刊》

裂，甚至捨棄優異的小說成果，選擇完全不同的文學身分重新在臺灣出
發，據筆者臆測，也許是想斬斷過往一段傷痛至極的婚姻記憶；不願回顧
年少「作爲」，以致連帶地否定年少「作品」[27]。儘管如此，曾經書寫過許
多探討兩性角力小說、本身又經歷婚戀挫敗的沉櫻，在回函給同樣遭丈夫
背叛、同樣是靠教書與寫作養家的單親母親、鄰居兼摯友的張秀亞時，竟
也對《自己的房間》裡大書特書的物質環境與女性創作隻字未提。跟林海
音、張秀亞有志一同地，沉櫻讚賞吳爾芙的藝術造詣：「那本《A Room of
One's Own》不用說是詩情哲理並茂的創作，由你譯出，再合適沒有。」[28]
這箇中原委，難道真只是女性意識的渾沌，亦或是別有衷曲？

　　本文因此想提出另一種大膽的推測：女性主義在解讀《自己的房間》
時一再消匿，並非因爲 1950、1960 年代的女作家們「沒有」，反而是因爲
她們已然「具有」女性主義，所以毋庸再議。就林海音、張秀亞、沉櫻以
及同輩女作家當時的物質基礎來看，她們多是接受過高等教育的職業婦
女，有著獨立的經濟收入，即使沒有一年 500 英鎊；女性文友們往來唱
和、相互鼓勵、切磋藝文，即使缺乏私有的書房，至少擁有公開的創作空
間。女性具有教育權、選舉權、工作權與財產權，《自己的房間》裡自由主
義女性主義的訴求對 1950、1960 年代女性文人來說已初步完成，至少在表
面上。因此，她們並不需要再大聲疾呼女性的基本生存權利。但如果據此
斷言，翻譯《自己的房間》純粹只是藝術性的欣賞，卻也過度簡化了翻譯
的社會性效益。

　　韋努蒂（Lawrence Venuti）在分析翻譯的文化功能中一再強調，翻譯
不只是再現異域文化，同時也是建構本土主體的手段。「翻譯是一個不可避
免的歸化過程，其間，異域文本被打上使本土特定群體易於理解的語言和

（1928 年）上發表〈回家〉時，茅盾讀到這篇文章隨即寫信給編者，詢問：「沉櫻何許人，是青
　年新秀，還是老作家化名？」可見沉櫻出手之老練。
[27]沉櫻先後與戲劇家馬彥祥、京派詩人暨翻譯家梁宗岱結褵，但均以仳離收場。尤其與梁宗岱之婚
　變，似乎讓她受傷頗深。
[28]沉櫻，〈寄自遠方〉，《春的聲音》，臺北：純文學出版社，1986 年 9 月，頁 185～186。

文化價值的印記。這一打上印記的過程，貫徹了翻譯的生產、流通及接受的每一個環節。」[29]因此，異域文學的價值與詮釋往往脫離了其原始脈絡，轉而遵從本土習見之美學標準。我們以為閱讀翻譯作品是藉此認識異國文化，這可能只是自我鏡像的誤認：

> 翻譯通過「映照」或自我認識過程來塑造本土主體。……這一過程基本上是自戀的：讀者認同於一個翻譯投射出來的理想，通常是在本土文化中已佔有權威地位並且主導著其他文化群體準則的那些準則。……因此讀者的自我認識也是一種誤認：本土印記被當作了異域文本，本土主流的標準被認作是讀者自己的標準，某一群體的準則被認為是本土文化裡所有群體的準則。[30]

　　換句話說，翻譯不只是引渡外國文化的橋樑，更是經由「他山之石」的助陣、推動本國某種潮流的媒介。翻譯常常用來配合某些本土語言與文化的發展建設，尤其是與攸關特定社會集團、階級與民族的文化身分的塑造。在此種狀況下，「譯本往往是高度文學性的，意在催化一場新的文學運動。」[31]

　　韋努蒂的說法提供我們一個思考的轉向。翻譯和詮釋的意義往往是源於內部文化的需要。既然 1950、1960 年代的女作家們已經擁有基礎的社會權益，她們渴望爭取的會不會是更形而上、更抽象的東西？可不可能翻譯吳爾芙的重點，不在於社會運動而在於文學運動？不在於《自己的房間》的前半部而在於後半部——亦即是探討女性書寫的部分？仔細閱讀張秀亞首次解讀吳爾芙時，一向溫和的張秀亞特別藉機反駁某些文學定見的兩段話，似乎別有玄機：

---

[29] 韋努蒂著，查正賢譯，〈翻譯與文化身分的塑造〉，收入許寶強、袁偉選編，《語言與翻譯的政治》，香港：牛津大學出版社，2000 年，頁 328。
[30] 同上註，頁 341。
[31] 同上註，頁 339。

像她這樣的文章，實在是數百年難得一見的奇文！支持著她那一枝神奇
的筆的，原是她那一顆多感的心靈，也就憑了她這顆**多感而又敏感的心
靈**，她才寫了那一部同樣美妙的散文體小說《弗萊西》（*Flush*），將勃朗
寧夫人──女詩人伊麗莎白的一隻小狗寫得活靈活現，吠叫跳鬧於紙
上。天才的另一方面原來就是那**格外豐富的想像**，想像為我們擴大了同
鳴共感的範圍，她的那部《弗萊西》推翻了若干年來影響作者們甚大的
一句話：「只有自己實際經驗到的才寫得好！」**天才者的想像，原正好用
來彌補經驗上的不足！**
在這兩段文字中，她假托有一個名叫瑪利‧加麥珂的女作家，且對其文
字加以品評，實際上，這本是吳爾芙夫人的「夫子自道」，那位不見經傳
的女士，代表的正是她自己，這段話中有幾句值得我們特別予以注意：
「不然的話，就是**她憶起人們批評女性的文章太綺麗，因而她就有意的
加進去很多不必要的芒刺……。**」以及「假使她的目的是在建設而不在
破壞，她完全可以這樣做。」[32]【粗體部分為筆者強調】

乍看這兩段話，似乎有些不明就理。第一段話明顯褒獎吳爾芙「細膩
的心靈，豐富的想像」，以茲反駁寫作與生活經驗的必然關係。第二段則假
藉吳爾芙之口駁斥一般批評家對女性美文的偏見，以致女性畏此偏見刻意
在書寫時扭曲破壞文章原有的美感。熟悉 1950、1960 年代，甚至於更早期
以來，男性批評論述的讀者們不難看出，「細膩」而瑣碎，「想像」而與現
實脫節，「綺麗」而濫情，正是一般認定的女性文學的「通病」，也是對張
秀亞作品最常見的譏貶。

搬來吳爾芙的《自己的房間》，張秀亞為自己的美文與女性書寫特質合理
化；請出吳爾芙與凌叔華的寫作心傳，林海音為「寫身邊瑣事」找到正

---

[32] 張秀亞，〈讀書偶得〉，《我與文學》，臺北：三民書局，1966 年 12 月，頁 194〜195。

當性。吳、凌的女性議題除了是林海音筆下的「社會問題」，已經進一步衍生為林海音、張秀亞共同關心的「女性書寫」議題。張秀亞並沒有忽略女性訴求，而是將優先次序從物質條件調整成書寫的論辯。出版《自己的房間》，林海音、張秀亞為戰後蓬勃的女性作家與書寫特徵尋找出一個更具理論化、國際化的奧援。

四、餘韻

京派與吳爾芙這看似風馬牛不相干的兩端，早在戰後初期搭乘大陸作家的便船航向臺灣。她們把日治時期的臺灣新文學再次接軌上大陸文學以及世界文學，京派、女性與吳爾芙只是其中一些種子。在臺灣特定的時空土壤下，大陸作家在遷臺之際傳播的文化花粉，有些因為水土不服而淘汰，有些則落地生根並轉化成新型態的臺灣文學。我們不必因為影響焦慮逕行否認這之間藕斷絲連的瓜葛，重要的是釐清斷的是什麼，連的是什麼，理由何在？唯其如此，我們才更能了解臺灣文學的自主性、獨特性與豐富性之所在。

翻譯吳爾芙的過程，我們看到的是文化生態下優先權的問題。由京派與吳氏的交往，到臺灣文壇的接受，這期間相關的因素遠遠超過本文目前所能探討，亦遠非筆者有限學識得以涵蓋解釋。雖然本文只能提出一些初步粗淺的看法，卻希望引起學界對 1950、1960 年代的文學、語言與性別生態再做深入考察。除了廣受討論的政治、文藝政策、文化場域，以及本文觸及的翻譯與接受，我們也許還要擴大搜索範疇，例如戰後推行的國語文運動是否對女性書寫產生直接或間接的影響，而非單從性別意識與女權運動的角度來思考女性文本。本文將林海音與張秀亞上接至凌叔華與吳爾芙，絕非企圖沾親帶故甚或「萬里尋母」，藉此建構一個貫穿中外古今的母系祖譜，證明女性主義在臺灣的「歷史悠久、博大精深」。更不是要將姊姊妹妹們的豐功偉業拿來跟婆婆媽媽們的彪炳勳績超級比一比、品評個高

低。當前臺灣的女性主義文學批評既已發展到如此學術且專業的程度，我
們對於第一波婦運與第二波婦運在臺灣運作的軌跡以及對女性書寫的影
響，應該要有更細膩精緻的歷史性分析，以便了解性別議題會與什麼議題
同謀，或藏匿其中。林海音與張秀亞將凌叔華與吳爾芙加以吸收介紹給我
們，在她們 30 年前奠下的基礎上，我們能夠再推出什麼？

　　　　──選自李瑞騰主編，《霜後的燦爛──林海音及其同輩女作家學術研討會論文集》
　　　　臺南：國立文化資產保存研究中心籌備處，2003 年 5 月

女性小說的都市想像與文化記憶
林海音與凌叔華的北京故事

◎梅家玲[*]

> 凌叔華是我中學生時代就心儀的作家。她的作品並不多，短篇小說不過
> 是《花之寺》、《小哥兒倆》等數本，卻都印象深刻。我常常想，我寫小
> 說，無意中有沒有多少受了凌叔華作品的影響？民國 56 年編《中國近代
> 作家與作品》時，開始就列入了她的短篇小說〈繡枕〉，並且請蘇雪林先
> 生寫了一篇〈凌叔華其人其事〉，因為她們當年在武漢大學教書時，和另
> 一位女作家袁昌英，被稱為「珞珈山上三劍客」呢！
>
> ——林海音，〈「凌迷」〉，《剪影話文壇》

一、前言

　　林海音（1918～2001）與凌叔華（1900～1990）分別是戰後臺灣文學
與五四新文學的重要女性作家。雖然兩人年齡相差將近二十歲，但巧的
是，她們除了先後都以女性小說聞名於世、都曾是重要報刊主編，對當時
文壇發揮一定影響力之外，無論書寫關懷、為文風格，都多有相近相通之
處。此外，更重要的是，兩人同樣曾在「北京」度過自幼及長的成長歲
月，並在離開北京若干年後，分別以自傳體小說《城南舊事》（1960 年）
與《古韻》（*Ancient Melodies*，1953 年），為自己，也為北京的童年，銘刻

發表文章時為臺灣大學中國文學系教授、臺灣文學研究所教授，現為臺灣大學中國文學系教授兼臺灣文學研究所所長。

下動人的記憶。1940、1950 年代，中國正當烽火遍野，政爭未息；臺灣則是枕戈待旦，亟圖反攻。在這段離亂動盪的日子裡，女作家去國離鄉，[1]卻不約而同地要超越政治，不帶激情，只是幽幽訴說自己的童年，以及它與一座城市間的因緣，毋寧是耐人尋味的。這當然也令人好奇：究竟是什麼樣的文化記憶，讓北京深深融入她們的生命歷程，成為書之念之的對象？作為女性小說家，她們的觀照視角，是否／如何別出蹊徑，為這曾是數百年皇城帝都的城市，召喚出不同（於一般男性作家）的都市想像？而北京的城市特質，又是如何浸滲於她們的書寫之中，為其標識出個人的風格特色？再者，儘管林海音從不諱言自己對凌叔華的傾慕之忱，[2]但林海音來自臺灣，凌叔華出身京城；《城南舊事》出版於臺灣，《古韻》卻是以英文寫就，在倫敦問世。兩人背景不同，作為重要自傳體的小說書寫文字有別，其間又是否具有值得探究的異同之處？林、凌二人的文學成就有目共睹，相關研究也十分豐碩，但檢視既有研究成果，能注意及此者，並不多見。[3]而本文，正是試圖以「北京」這座城市作為問題意識的出發點，由林海音的北京書寫入手，兼及凌叔華，就前述問題進行論析。

二、孩童・女性・北京城南──林海音的北京「故」事

　　無可否認地，「北京」在林海音的文學創作之中，一直具有特殊意義。從 1923 年隨父母赴北京城南定居，到 1948 年偕同丈夫、子女、母親等回到臺灣；從稚齡小女孩，到為人妻，為人母，林海音在北京住了整整四分

---

[1]1946 年，凌叔華的丈夫陳西瀅受國民政府委派，赴巴黎出任常駐聯合國科教文組織代表，翌年，凌帶著女兒陳小瀅到倫敦與丈夫團聚，從此常駐歐洲。她的《古韻》（*Ancient Melodies*）於 1953 年在倫敦出版，寫作時間則早自 1940 年代便已開始。林海音於 1948 年偕同丈夫子女母親等離京返臺，1950 年代中開始陸續完成《城南舊事》中的各篇章，1960 年在臺正式結集出版。

[2]參見林海音，〈「凌迷」〉，《剪影話文壇》，臺北：純文學出版社，1984 年，頁 32～34。

[3]檢視現今相關研究，能注意到林、凌二人之文學因緣的學者，大約僅有應鳳凰、傅光明、范銘如等少數。分見應鳳凰，〈林海音與臺灣文壇〉；傅光明，〈林海音的文學世界〉，俱收入《林海音研究論文集》，舒乙、傅光明編，北京：臺海出版社，2001 年；范銘如，〈京派・吳爾芙・臺灣首航〉，「林海音及其同輩女作家學術研討會」宣讀論文，國立文化資產保存研究中心籌備處主辦，臺北：國家圖書館國際會議廳，2002 年 11 月 30 日～12 月 1 日。至於《城南舊事》與《古韻》間的異同，似乎尚無學者論及。

之一個世紀。返臺之後，對北京思念無已，發而爲文，先後寫出許多與它有關的文章。爲此，她曾坦言：

> （我）讀書、做事、結婚都在那兒。度過的金色年代，可以和故宮的琉璃瓦互映，因此我的文章自然離不開北平。有人說我「比北平人還北平」，我覺得頌揚得體，聽了十分舒服。[4]

在大陸版小說集《金鯉魚的百襇裙》一書的〈自序〉中，她也強調：

> 我寫作的兩個重點，是談女性與「兩地」（北京和臺灣）的生活。[5]

然則，綜觀林海音的寫作歷程，她於 1948 年底返臺後，儘管筆耕不輟，頻頻在《中央日報》的副刊、「婦女與家庭」，《新生報》的「新生婦女」等文學園地發表散文及小說，1950 年代裡，即結集出版了《冬青樹》（1955 年）、《綠藻與鹹蛋》（1957 年）、《曉雲》（1959 年）三部作品，但它們的內容，幾乎全都聚焦在臺灣社會的人情世態，以及一般小民的生活點滴之上，並不及於北京種種。文中雖不時瑣記小家庭的柴米悲喜，孩童及女性婚戀主題，卻並不明顯。倒是 1960 年代開始，《城南舊事》（1960 年）、《婚姻的故事》（1963 年）、《燭芯》（1965 年）小說集相繼問世，這一系列文字，不但背景多數回到北京，童年、女性與婚戀的敘事主軸，也隨之凸顯；她在臺灣文壇最爲人矚目的書寫特色，更是由此確立。1966 年，林海音將和臺灣、北平有關的散文輯爲《兩地》一書，交由三民書局出版，書前〈自序〉，曾對自己所以兼顧臺灣與北京的書寫取向，做出清楚說明：

---

[4] 林海音，〈《兩地》的自序〉，《兩地》，臺北：三民書局，1969 年，頁 1。
[5] 林海音，〈自序——文字生涯半世紀〉，《金鯉魚的百襇裙》，浙江：浙江文藝出版社，1997 年，頁 1～3。

「兩地」是指臺灣和北平。臺灣是我的故鄉，北平是我長大的地方。我
這一輩子沒離開過這兩個地方。……當年我在北平的時候，常常幻想自
小遠離的臺灣是什麼樣子，回到臺灣一十八載，卻又時時懷念北平的一
切，不知現在變了多少了？[6]

　　正是當年「在北平的時候，常常幻想自小遠離的臺灣是什麼樣子」，因
此她返臺之初，便「寫了許多臺灣風土人情的小文，都是聽到的，看到
的，隨手記了下來」；[7]也正是「回到臺灣 18 載，卻又時時懷念北平的一
切」，她「漫寫北平，是為了多麼想念它，寫一寫我對那地方的情感，情感
發洩在格子稿紙上，苦思的心情就會好些」。[8]

　　也因此，儘管臺灣與北京同是林海音關注的寫作重點，卻由於二者在
她生命歷程中所占有的時域位置不同，不只呈現出不同特色，也具有不同
的意義。仔細玩味，她的「臺灣」，是眼前的、當下的；她的「北京」，卻
是記憶中的、一切再也回不去了的從前。正是如此，林海音與「北京」有
關的書寫，遂不只有具童年自敘傳性質的小說《城南舊事》，同時還涵括了
一系列以舊社會女性婚姻為主題的「婚姻的故事」（收入《婚姻的故事》、
《燭芯》），以及以許多追憶兒時城南生活的散文（收入《兩地》、《家住書
坊邊》、《我的京味兒回憶錄》）等。若與國府遷臺之後，同樣也以北京書寫
聞名的唐魯孫、夏元瑜、丁秉鐩等人之作相對照，她側重於「兒童」與
「女性」的書寫取向，明顯與這些當年同時來臺的同輩作家們並不相侔，[9]
反倒是與前輩京派女作家凌叔華多有相似之處。其中，所謂城南「舊」
事，流露出的，無非是時移事往，童年難再的惆悵；而婚姻的「故」事，
又何嘗不是對一個逝去時代的回眸？特別是，檢視〈婚姻的故事〉一文，

---

[6]同註 4。
[7]同上註。
[8]林海音，〈北平漫筆〉，《我的京味兒回憶錄》，臺北：遊目族文化公司，2000 年，頁 88。
[9]前述作家北京書寫的特色及其意義，請參見王德威，〈北京夢華錄——北京人到臺灣〉，《聯合文
　學》第 19 卷第 7 期，2003 年 5 月，頁 103～107。

除了在內容上，通篇都是以當年自己嫁入傳統大家庭後，許多耳聞目見的「婚姻的故事」組串而成，[10]它的首尾，其實也呼應了林海音從結婚開始，到攜子女離京的歷程。試看它一開篇，便是從結婚前「送嫁奩」一事起筆：

> 雖然時代已經不是舊的時代了，但是在那個古老的地方，以及我結婚後所要生活的那個家庭，母親多多少少也給我準備了一些嫁奩……

全文最後，則是以這樣的文字作為結束：

> 我是抱著怎樣茫然的心情離開我的第二故鄉北平啊！二十幾年的時間，我在這裡成長、讀書，結婚，做了三個孩子的母親！
> 飛機從西苑飛起，穿過古城的上空，我最後瞥見了協和醫院的綠琉璃瓦頂，朝陽射在上面，閃著釉光，那是我結婚的地方，我記得我手持一束白色的馬蹄蓮走在協和禮堂的紅氈了上，臺上幾位音樂家在奏著結婚進行曲……
> 我們已經飛到雲層上面來了，綠琉璃瓦的北平城早在視線中消失了，她深深的埋在雲層下面，我知道她將給我無限無限的回憶。[11]

　　緣於此一背景，林海音所有的北京書寫，註定了都是回憶，都是「故」事。它的「故」，既來自北京與臺灣於地理空間懸絕後的不可復返，也來自個人生命歷程中，成人與童年、現在與過去的永恆斷裂。乍看之下，這或許與當時其他眾多的懷鄉憶舊之作並無區別，然而，北京城南的環境特質、林海音的臺灣人身分、書寫時所獨鍾的「孩童視角」與「女性

---

[10]這些故事，此後並且還被據以寫成了其他各篇不同的小說，如〈殉〉、〈燭芯〉兩文的本事，即出自於此。
[11]《婚姻的故事》，臺北：文星書店，1963年，頁99～100。

觀照」，畢竟要爲她的「北京故事」鋪陳出與眾不同的視景。

（一）城南舊事：臺灣小女孩在北京

　　林海音的北京故事由《城南舊事》一書發出先聲。該書自 1960 年出版迄今，風行海內外不輟，更以英文譯本、童書繪本及電影改編等多種不同形式廣爲流傳。它的廣受歡迎，自有多方面因素。但若由「北京書寫」著眼，則它另一方面的意義，應是與林海音其他追憶北京的散文互映互證，共同體現了「既外且內」與「外而復內／內而復外」的游移轉折；以及，經由多重「邊緣」性視角的交會，超越了一般主流敘事的觀照局限。所以如此，一方面緣於北京城南本身異質而多元的環境特色，另一方面，當然就是敘事者作爲「臺灣」、「小女孩」的身分特質。

　　《城南舊事》記述的是英子 5 歲到 13 歲在北京城南的生活與成長歷程。相對於曾是中國數百年來政治、文化中心的舊日京畿，城南僻處一隅，卻自有天地。天橋、城南遊藝園、虎坊橋、琉璃廠，以及提供外地來京遊子居住的各省縣「會館」，共同構成別具一格的城南文化：五方雜處，喧嚷流動，卻又生趣盎然。林立的會館，多樣的遊藝與商業活動，原就容易吸納往來雜沓的各方人馬。英子來自臺灣，五歲隨父母落腳於此，之後在此讀書成長。初來乍到之際，她的「臺灣」身分，理所當然地使她與北京產生「既（生活於城南之）內且（又被劃分於城南人之）外」的關係。試看〈惠安館〉一節中，「瘋子」秀貞的媽媽輕點英子的腦門兒，笑罵「小南蠻子兒！」，英子的爸爸常用看不起的口氣對媽說：「他們這些北仔鬼」，[12]正披露出城南在地人與外來者之間的隔閡與彼此輕視。

　　然而光陰荏苒，就如同在語言方面，原本同一個「惠安館」，順義來的宋媽說成「惠難館」，英子媽媽說成「灰娃館」，爸爸說成「飛安館」，英子則終要與胡同裡的孩子一起唸出純正的北京語音「惠安館」。雖說起初「到底哪一個對，我不知道」，[13]但隨著歲月推移，她由原先的外來者而逐漸融

---

[12]見《城南舊事》，臺北：純文學出版社，1988 年，2 版，頁 35～122。
[13]同上註。

入北京，成為城南在地人，畢竟是自然而且必然。時光匆匆，宋媽、蘭姨娘來了又去，爸爸的花兒開了又謝，小說中，生活於城南的 13 歲英子小學學業完成，以「爸爸的花兒落了，我也不再是小孩子」，[14]為《城南舊事》全書劃上句點。小說外，離京返臺的林海音，卻是遙隔著千山萬水，在城南之外不斷回望城南，重說舊事。《城南舊事》出版後，她的「京味兒回憶」方興未艾，〈我的京味兒回憶錄〉、〈家住書坊邊〉、〈在胡同裡長人〉、〈北平漫筆〉、〈想念北平市井風貌〉、〈騎毛驢兒逛白雲觀〉、〈天橋上當記〉、〈文華閣剪髮記〉……一篇篇大小文章，多面向地勾繪出北京城南的人情世態，市井風貌，恰恰為英子補充了《城南舊事》中還沒來得及說完的生活點滴。因此，如果說《城南舊事》是以小女孩的眼光，即時捕捉了成長歷程中，許多來去於自己「身邊人物」的悲歡紀事；那麼，這些「京味兒回憶」的散文，則是以成年女性的身分回溯既往，重塑「自己」曾經親歷的生活記憶。前者體現「既內且外」與「外而復內」的生命開展，後者，則是「內而復外」後的回顧與召喚。二者互映互證，彼此對話，交織出的，正是「臺灣小女孩在北京」的生命歷程。

　　不止於此，英子小「女／孩」的身分，更是促使這一系列「城南舊事」所以別樹一幟的重要關鍵。在過去，論者多已注意到孩童視角的可貴，並以此肯定《城南舊事》的成就。如齊邦媛先生即指出：

　　由於孩子不詮釋，不評判，故事中的人物能以自然、真實的面貌出現，扮演自己喜怒哀樂的一生。……《城南舊事》在英子的歡樂童年和宋媽的悲苦之間達到了一種平衡。掩卷之際，讀者會想：「看哪，這就是人生的最簡樸的寫實，它在暴行、罪惡和污穢占滿文學篇幅之前，搶救了許多我們必須保存的東西。」[15]

---

[14]同上註，頁 229。
[15]齊邦媛，〈超越悲歡的童年〉，收入林海音《城南舊事》，頁 1～8。

　　此一「不詮釋，不評判」的態度，正所以超越成人世界中的貴賤階級之別，在主流之外，轉而關注尋常人家的哀樂人生。試看英子身邊人物，無論是秀貞、小桂子，是蘭姨娘、宋媽，還是那偷東西的「賊」，無不是當時社會底層裡平凡（甚至不幸）的邊緣人物，卻也正是這樣的人物，體現了另一番自爲自在的人間視景。

　　再者，若進一步追索，同樣是孩子，作爲「女」孩的性別身分，卻不僅是主導林海音《城南舊事》一切敘事、造就其所以可貴的另一重大因素，同時也成爲在童年記憶外，她的「北京故事」所以還會有後續「婚姻的故事」的關鍵。即以〈惠安館〉一節爲例，英子所以能與秀貞與小桂子建立互信，促使二人母女團圓，正是因爲她與小桂子同爲女孩，秀貞乍見她，便「低下頭來，忽然撩起我的辮子看我的脖子，在找什麼」，[16]並將自己的故事告訴她，託她代爲尋找失散的女兒。在〈我們看海去〉中，英子同樣因身爲小女孩，無法介入小男孩的踢球活動，爲了替他們撿球，誤入草叢，才會發現「賊」及其所偷藏的贓物。於是，在不知情之下所發展出的純真友誼，遂在真相大白後的感傷與失落中戛然而止。[17]而蘭姨娘所以會與德先叔發生感情，相偕離去，[18]不也是出於小「女」孩的敏感與體貼嗎？

　　正是如此，相對於中國／京畿、成人／男性等一般習見的主流視角，此一由「臺灣小女孩在北京」所召喚出來的「城南舊事」，遂因臺灣／城南、孩童與女性視角的交會，體現了地理的、年齡的凌叔華，與性別上的多重邊緣性。唯其邊緣，故能超越主流視角觀照的局限；也唯其邊緣，始得呈現「一個安定的、正常的、政治不掛帥的社會心態」。[19]其中，隨著英子的成長，作爲「女性」的性別特質，自然也就延展爲此後對周遭女性婚姻問題的格外關注；而另一系列「婚姻的故事」，遂成爲林海音「北京故

---

[16]《城南舊事》，頁 43～44。（按，秀貞的女孩小桂子脖子上生有指頭大一塊青記，是爲秀貞尋找女兒的依據，見頁 77。）

[17]〈我們看海去〉，《城南舊事》，頁 123～162。

[18]〈蘭姨娘〉，《城南舊事》，頁 163～194。

[19]同註 15。

事」的後續成年版。

（二）婚姻的故事：女性與北京／舊式家族文化

本來,《城南舊事》中關於秀貞、蘭姨娘的故事,已涉及新舊社會交替時的許多婚姻問題。只是,就孩子的童稚眼光而言,她所關注的重點,與其說是成人世界的「婚姻」,不如說是人際間純真情誼的建立與失落。

然而,英子終要長大, 一系列與北京有關的「婚姻的故事」,逐從雲舅舅為她「送嫁奩」的一刻,揭開序幕。只是。婚姻的故事無處不有,發生在「北京」的,將會有何不同?

回顧林海音的家庭背景,她的父親林煥文是苗栗客家人,原有妻室及女兒,後來北上板橋林本源家的林家花園工作,又再娶了林母黃愛珍女士。此後林煥文將原配留在老家,攜同愛珍遠走日本,再赴北京城南定居,直至病故。林海音雖是庶出,但北京的小家庭生活單純,結構完整,父母感情融洽,生活和樂,成長其間,幾乎不曾感受到任何傳統大家庭中的婚戀問題。《城南舊事》所以不及於此,這當然是原因之一。

然而,自從她與出身仕宦之家的夏承楹（何凡）先生相戀成婚,攜手走入夏家的大家庭之後,情況便大為不同。〈婚姻的故事〉一文中,林海音就是這麼說的:

> ……媽媽的婚姻生活是多麼的有趣而新穎,在古老的年代,她以一個平凡的女人便有機會隨著丈夫到外國去。
> 而我呢?誰會想到二十二年後,媽媽的女兒反倒嫁到一個有著四十多口人的古老的家庭去了呢![20]

而這個「有著四十多口人的古老的家庭」,恰是傳統社會舊式家庭的典型。它有著許多來自書香世家文化底蘊的老規矩,和離鄉背井、孤兒寡母

---

[20]同註 11,頁 3。

的林家完全不同。林海音的女兒夏祖麗爲母親作傳，甚至特別指出：

> 她在夏家，在夏承楹身上見到世面，看到了一個深厚開闊的人生。……
> 聰明的臺灣姑娘，在北京落戶的夏家見到了真正的京派作風。[21]

　　成爲大家庭的媳婦之後，她首先感受到的，便是公婆姨娘彼此相處互動時的諸多矛盾緊張，以及其他兄弟因婚姻不自由而生的種種痛苦：婆婆對姨娘的鄙夷與醋意、公公處於妻妾之間的尷尬爲難、三哥三嫂婚姻中的難言之隱、四哥五哥在家庭壓抑下的獨身不婚……，在在是舊式家庭婚戀（悲劇）文化的公式化搬演。本來，隨著社會變遷，以及新文化的洗禮，此類舊家庭已在逐漸崩解之中。但恰恰是北平此一都市文化的保守特質，使它變而未變，欲去還留。林海音曾提到，有時回娘家去，向媽媽敘說著婆家的近況，「誰不爲這曾經輝煌，融洽的大家庭歎惜呢？」因爲，

> 時代不是那個時代了，北平的保守風氣還算是最後的一個城市呢！[22]

　　誠然，過去數百年間，北京一直是皇城帝都，「帝都多官」，因之而生的，一方面是仕宦文化中的禮儀文明，事事講求倫理規範；另一方面，胡同四合院的生活型態，更有助於傳統家族文化的維護。北京成爲「保守風氣」最後的守護者，原是良有以也。婚後的林海音，身處此一大家庭中，耳聞目見，信手拈來，盡是不同的婚姻故事，而它們，正所以成爲她寫作的靈感泉源。她說：

> 因爲大家庭的生活，給我帶來許多感觸，成了我一部分寫作的靈感的泉
> 源。我要透過小說的方式，把上一代的事事物物記錄下來，那個時代是

---

[21] 夏祖麗，《從城南走來：林海音傳》，臺北：天下遠見出版公司，2000年，頁89。
[22] 同註11，頁42。

新和舊在拔河，新的雖然勝利了，舊的被拉過來，但手上被繩子搓得出
了血，斑漬可見！[23]

　　此一大家庭的生活模式與人物互動，更以多種變形的方式，投影在她
的小說之中。如她曾自述寫過一篇題名為〈殉〉的小說，描寫一個舊式沖
喜婚姻的不幸婦人的心理：她自幼訂婚的未婚夫得了肺病，為了沖喜，二
人終於在丈夫病重時結了婚。一個月後，丈夫亡故，她便一生留在男家，
不曾再嫁，幾同以身相殉。「這篇小說雖然不是我們家的事情，但是我便以
我們這大家庭做了背景，而且說實在話，也是三哥的事，給了我靈感，再
加上另外曾和我在圖書館的同事怡姊的一部分實情，湊起來的」。不止於
此，

　　在〈殉〉那篇小說裡的公婆的畫像，實在是以我的公婆為畫底的。婆婆
　　吸水煙的姿勢，我在硬木桌前為她搓紙煤的情景，寂靜的午後，度過那
　　困乏的夏日，每天老王拉起天棚的那懶洋洋的樣子，都是以我家為背
　　景，在我執筆的時候一一走進我的作品裡來。[24]

　　至於她的另一著名短篇〈燭〉，描寫一個女人，因丈夫娶了姨太太，每
天躺在自己牀上，以裝病來引起丈夫注意，同時試圖藉此折磨丈夫與姨太
太。不料經年累月，三分病竟成了十分癱瘓，這女人就在一盞燭光下，面
牆躺了十幾年，直至老死。它雖是取材於中學同學母親的故事，但所觸及
的「姨太太」主題，不僅可與自己婆婆與姨娘的故事相互映照，也是林海
音書寫中經常出現的關懷要點。如〈金鯉魚的百襉裙〉、〈難忘的姨娘〉，
等，都與此有關。後來，夏祖麗重讀母親的小說，便曾表示：

---

[23]同註 11，頁 14～15。
[24]同註 11，頁 21～22。

> 「姨太太」是中國舊家庭中習見的人物，我發現母親很喜歡寫「姨太太」這型人物，大概她在那時代中見得太多了。[25]

然則，儘管「姨太太」是中國舊家庭中習見的人物，卻未必是每位作家都有興趣的主題。前已提及，與林海音同時自京來臺的同輩作家不少，但林的取材文風與他們相侔處不多，反倒是與前輩京派女作家凌叔華多有相近相通之處。其中，因當時北京／舊式家族文化而孕生出的「舊家庭女性」與「姨太太」問題，便同是二人所關注者。這兩位女作家皆與北京淵源頗深，林海音的「北京故事」已如前述，而北京之於凌叔華，又將如何？在體現北京的都市記憶與文化想像方面，二人有何異同？其間是否具有一定的文學因緣，與相應而生的文學史意義？以下，將先略敘林、凌二人的文學因緣，進而取《城南舊事》與《古韻》相對照，以論析相關問題。

三、林海音與凌叔華及「京派」文學傳統

（一）「凌迷」：由林海音看凌叔華

事實上，林海音從不諱言自己對凌叔華的傾慕。

早年，她即撰文說自己是「凌迷」，說凌是她「中學生時代就心儀的作家」，並嘗自問：「我寫小說，無意中有沒有多少受了凌叔華的作品的影響？」1970 年 6 月初，當時客居西班牙的徐鍾珮將凌叔華的新劇作《下一代》寄給林海音，林大喜過望，立即將它在她主編的《純文學》月刊上發表，是為凌叔華在臺發表的第一篇作品。同年，凌專程來到臺灣，參加故宮博物院的「中國古畫討論會」，林海音聞訊，與另一當年的「凌迷」張秀亞「相偕直奔中山樓，在一兩百人的茶會中，去尋找凌叔華」，「大夥兒就圍著凌叔華談話」，還拍了許多照片。[26]

---

[25] 夏祖麗，〈重讀母親的小說〉，收入林海音《燭芯》，臺北：純文學出版社，1988 年，2 版，頁 3。
[26] 同註 2。

　　由此可見，雖說林海音的寫作廣受五四作家的啓蒙與影響，但凌叔華，無疑是其中最特殊的一位。這兩位女性作家，不僅皆曾在北京度過自幼及長的兒時歲月，小說書寫的取向也多所相近。如凌叔華早年擅寫閨房中的風雲變幻，林海音也以敘寫舊時代女性的婚姻故事見長；凌叔華每每「懷戀著童年的美夢，對於一切兒童的喜樂與悲哀，都感到興味與同情」，她曾說：以孩童爲主角的小說集《小哥兒倆》，「書裡的小人兒都是常在我心窩上的安琪兒，有兩三個可以說是我追憶兒時的寫意畫」，[27]而林海音對於北京的童年生活同樣無時或忘，在《城南舊事》的〈後記〉中，她也說：「爲了回憶童年，使之永恆，我何不寫些故事，以我的童年爲背景呢！」「我只要讀者分享我一點緬懷童年的心情。每個人的童年不都是這樣的愚騃而神聖嗎？」[28]

　　不僅於此，林海音固然以《城南舊事》，爲自己的北京童年留下永恆記憶，凌叔華也以英文寫就的《古韻》，自敘其童年生活。所不同的是，林海音這位臺灣姑娘，要直到婚後進入夏家的大家庭之後，才「在北京落戶的夏家見到了真正的京派作風」，也開始真正關注女性「婚姻的故事」。凌叔華卻因爲原就出身典型的仕宦之家，從寫作之初，便著眼於大家庭的女性婚戀問題；當年第一篇發表的小說〈女兒身世太淒涼〉，寫的就是世家女兒的婚姻不幸。她的父親凌福彭與康有爲同榜中舉，在清末歷任戶部主事兼軍機章京、保定府知府、順天府尹代理、直隸布政使等職。入民國後，並擔任過約法會議議員及參政院參政。凌父先後娶了六房夫人，她則是四夫人所生的四女。出身如此京城大家族，凌叔華對大家庭妻妾子女間的紛繁擾攘，閨閣繡帷中的風雲變幻，以及傳統觀念中的種種性別不平等關係，自小體驗獨深。五四女作家中，她一向以擅寫閨閣人物著稱，代表作〈繡枕〉，及〈中秋晚〉、〈一件喜事〉等，皆體現出傳統社會的家族文化特質，及其間女性處境的艱難。再加上她的文風溫婉秀逸，即或是再強烈的震撼

[27]見〈《小哥兒倆》自序〉，《凌叔華小說集Ⅱ》，臺北：洪範書店，1986 年，頁 459。
[28]見〈後記〉，《城南舊事》，頁 231～238。

騷動，寫來也是蘊藉婉約，雲淡風輕，不見激情吶喊，卻自有動人深致。
因此在魯迅看來，她的小說特色即在於「大抵很謹慎的，適可而止地描寫
了舊家庭中的婉順女性」；而這些正是「世態的一角，高門鉅族的精魂」。[29]

　　就此看來，凌叔華之擅寫舊家庭，一則固然關乎她自幼浸染其中的個
人背景；再者，「文人之在京者近官」，保守傳統的文化氛圍，每每又使講
究禮法倫理、人情世故，以及追求種種優雅品味，成爲京城大家族普遍重
視的必需教養。凌叔華自幼即展現繪畫方面的天分，家人特別寄厚望於她
未來在畫壇上的成就，因而延請名家教她習畫。她的文字清靈透逸，每多
畫境，亦當與此有關。不過，新式的女子學校教育，五四新文化的洗禮，
畢竟要使在舊文化中成長的她，逐漸走出舊家庭，迎向新社會。她在〈繡
枕〉、〈酒後〉、〈花之寺〉等一系列小說中塑造了一批形象生動的女性人
物，既有傳統家庭中習慣附庸於男性的太太小姐，更有能體現新社會新文
化，以慧心巧思與丈夫往來互動的新女性與新妻子。經由她們的愛欲嗔
癡，喜怒悲歡，標識了五四女性依違於新舊文化之間的步履躊躇。這就有
如連士升〈新加坡版《凌叔華選集》序〉一文所說的：

> 叔華生長於富裕的舊家庭，舊家庭的一切光榮的傳統，或腐敗的習慣，
> 她都看得十分透徹。後來她又做新式小家庭的主婦，所來往的全是中國
> 各大城市最優秀的知識分子。因此，她就把自己所最熟悉的生活的斷
> 片，用最經濟的文字，寫成許多短篇小說。雖然每篇各有它的主題，但
> 是力透紙背的一股人情味，卻瀰漫著她的小說裡邊，使人看到不忍釋
> 手。[30]

　　正是如此，林、凌二人固然同爲女性，同樣因爲北京的文化特質而擅

---

[29] 見〈導言〉，收入趙家璧主編《中國新文學大系小說二集》，臺北：業強出版社，1990 年，頁 11
～12。
[30] 連士升，〈新加坡版《凌叔華選集》序〉，收入《凌叔華小說集 II》，頁 464。

於體現舊社會、舊式家族中的女性婚戀問題，但家庭背景的異同，畢竟影響到二人對於北京此一城市的文化記憶與想像方式。就凌叔華而言，她的「北京故事」由寫女性婚戀故事爲主的小説開始，之後擴及以自己童年生活爲藍本的《古韻》。它們奠基於京城世家自幼以來的家庭記憶，體現的是浸染其中的文化陶養。來自臺灣的小女孩林海音，卻是要以邊緣的城南爲起點，婚後才逐步體認到京派文化，由「城南舊事」，漸次發展至「婚姻的故事」。而由《城南舊事》與《古韻》的對照，不僅可見出二者的歧異，更可據以檢視孩童／女性／京派文學傳統與北京城市文化間的複雜關係，以及《古韻》在「文化翻譯」上的另一意義。

（二）由《城南舊事》看《古韻》：孩童／女性／京派文學傳統與北京城市文化

　　乍看之下，《古韻》與《城南舊事》實有諸多相類之處。首先，二者都是成長於北京的女性作家追憶童年的自傳體小説，關於北京的都市想像與文化記憶，理所當然地浸滲於二書的字裡行間，成爲重要的風格標記。其次，「小女孩」的性別身分與年齡特質，決定了她們要以「孩童」及「女性」的視角，去張望世態，體驗人情。此外，在形式上，二書皆由若干可以獨立成篇的章節組構而成，不少情節，或是獨立出來，作爲單篇小説發表；或是化入其他散文雜記之中，以不同的文本形式出現，形成記憶與想像、紀實與虛構、自傳與小説雜糅不分的現象。[31]

　　容或如此，《古韻》與《城南舊事》的歧異處，仍然不少。明顯可見的是，《古韻》就以敘寫大家庭的女性婚戀，人情是非爲主。無論是母親如何嫁給父親，成爲姨太太；各房「媽媽」及其下人之間如何明爭暗鬥；抑或是年幼的自己如何寂寞地在自家庭院中「畫牆」、在房中從師習畫，在在以封閉的文本空間形式，構築出傳統官宦家族的文化氛圍。最後，雖然主角

---

[31] 《古韻》是一本 13 萬言的自傳體小説，全書分 18 章節，每一節都可以獨立，當作一短篇小説來讀。凌叔華的小説〈搬家〉、〈一件喜事〉、〈八月節〉，便分別是由《古韻》的第三、四、五節所獨立出來而成篇者；林海音《城南舊事》的許多情節，也在《我的京味兒回憶錄》中，不斷以不同的形式出現。

爲因應新式教育，赴外地就學，場景隨之拓展至日本、天津等地，但京城大家族的家居生活，畢竟是全書重點。[32]相對於此，《城南舊事》由英子一家人市居城南落筆，以英子離家上學及與同伴嬉遊爲延展動線，輻輳出的，則是城南街巷中的世情風光，是四合院中，一般平民百姓的哀樂人生。而值得注意的是，恰恰是這些歧異，引導我們進一步觀照孩童／女性／京派文學傳統與北京城市文化的相關問題。

眾所周知，凌叔華是爲「京派」的重要代表性作家；[33]京派的審美理想，原是以追求沖淡平和、讚頌原始、純樸的人性美人情美爲尚。而「淳厚、善良、美好的人性除保留在農村以外，還往往本色地體現在天真無邪的兒童身上。因此，京派小說有不少是以兒童生活爲題材，表現和謳歌童真美的」。[34]凌叔華每每懷戀童年，擅寫童心童趣，論者甚至以爲：

> 用童心寫出一批溫厚而富有暖意的作品，正是凌叔華爲京派做出的貢獻。[35]

據此，放在新文學以來的女性書寫譜系中檢視，凌叔華的京派特質，或許正所以促使她開展出與陳衡哲、盧隱、馮沅君等同期女作家不同的面向。

然而，凌叔華筆下所披露的孩童世界，果真是純然的童心童趣嗎？朱光潛讀〈小哥兒倆〉一文早已指出：

---

[32] 耐人尋味的是，《古韻》凡 18 章，以〈穿紅衣服的人〉作爲全書篇首，該章記述的卻是兒時在街上看見死刑犯砍頭示眾，以及父親公堂斷案的情景。它或許未必與「孩童」、「女性」等視角直接相關，卻未嘗不是以「奇觀」展演的方式，爲讀者揭開觀覽中國的序幕。

[33] 所謂「京派」，主要成員有三：一是 1920 年代末期語絲社分化後留下的偏重講性靈、趣味的作家；二是與「新月社」有關者；三是清華、北大等校的其他師生。參見嚴家炎，《中國現代小說流派史》，北京：人民文學出版社，1995 年，頁 205。

[34] 同上註，頁 229。

[35] 同上註。

> 在這幾篇寫小孩子的文章裡面，我們隱隱約約的望見舊家庭裡面大人們
> 的憂喜恩怨。他們的世故反映著孩子們的天真，可是就在這些天真的孩
> 子們身上，我們已經開始見到大人們的影響，他們已經在模倣爸爸媽媽
> 哥哥姊姊們玩心眼。[36]

　　檢視凌叔華以孩童爲主角的小說，朱氏所說的，大約是〈開瑟琳〉、〈小英〉，以及〈一件喜事〉、〈八月節〉等若干篇章。它們大都藉由小女孩的眼光來張望世情，特別是，舊家庭中的人情是非。而這些舊家庭的種種，其實正得自於她自己的童年記憶。如〈小英〉的種種，隱約是《古韻‧兩個婚禮》中「五姊」出嫁情節的投影；〈一件喜事〉、〈八月節〉，則根本原就是《古韻》中自敘童年之章節的移植——鳳兒母親在連生三個女兒之後，發願不再生孩子，爲的是算命的說她命中註定有七個女兒，大家庭重男輕女，被傳爲笑談。而她的三姨娘，正是因爲生下了家中的唯一男孩，趾高氣揚，連房中的丫鬟都因此盛氣凌人。於是，父親迎娶六姨娘的「一件喜事」，反而成了五姨娘黯然神傷的緣由。八月節裡，作爲四姨娘的母親縱然萬般不情願，也得忍氣吞聲，到三姨娘房中去陪著打牌。在這樣一個舊式大家族中，即使原本天性如何真純童稚，即使自幼便是備受呵護的「安琪兒」，又怎能不「望見舊家庭裡面大人們的憂喜恩怨」呢？

　　以是，當論者將凌叔華納入其實多數不是北京人的「京派作家」之列（如沈從文來自湘西，廢名原籍湖北），並爲他們總結出共同的文風，如：讚頌純樸原始的人性人情之美、發揚抒情寫意的寫作手法，以及在總體文風上的平和淡遠雋永，與語言使用的簡約、古樸、活潑、明淨等，凌叔華出生並成長於北京官宦之家的個人背景，以及身爲女性的性別身分，畢竟要使她別出於其他京派作者，成就其個人之殊異處。而這一版本的「北京故事」，正所以提示我們：北京作爲一座跨越了綿長時空的歷史古城，作爲

---

[36] 朱光潛，〈「小哥兒倆」〉，收入《凌叔華小說集 II》，頁 461。

種種傳統家族文化具體而微的集結地，對於出生、成長其間的「女／孩子」而言，所銘記下的文化記憶，是如何不同於成年男性──儘管文字同樣簡約明淨，「原始的人性人情之美」中，卻不免要滲入女性婚戀的辛酸愁怨；「天真無邪的兒童」，望見的卻是「舊家庭裡面大人們的憂喜恩怨」。它體現了孩童／女性／京派文學傳統與北京城市文化的多重交會，也是城市、性別、文學風格互動互涉的實況展演。

（三）古韻：北京小女孩在英國

　　更有進者，若檢視《古韻》所以成書的始末，則其間尚且因為文化「翻譯」的介入，另有可資細究之處。一方面，在凌叔華的創作歷程中，它屬於後期之作，成書之後，凌的寫作轉以散文與劇本為主，不再致力於小說，而且書寫題材也大多無關於北京，故此書可視為她北京書寫的集大成之作。

　　再者，它原是一本以英文寫就的自傳體小說，1953 年由倫敦 Hogart 出版社出版，並且於 1969 年再版。Hogart 出版社實際上是英國女作家維吉尼亞‧吳爾芙（Virginia Woolf）與她的先生所合辦，而凌叔華正是吳爾芙的仰慕者。

　　1938 年春，中國對日戰爭方殷，凌叔華則於戰爭所帶來的苦悶不安中，與吳爾芙開始書信往來。吳鼓勵她以英文書寫個人傳記，而且，據吳爾芙好友威斯特（Sackville West）為該書所作的序文，吳在收到該書初稿時，曾去信凌叔華，給予肯定評價：

> 　　我寫信是要告訴妳，我很喜歡它，它很有魅力。當然，對一個英國人來說，開頭讀起來有點困難，有些支離破碎。英國人一定鬧不清那麼多的太太是誰，不過讀一會兒就清楚了，然後就會發現一種不同尋常的魅力，那裡有新奇詩意的比喻，……繼續寫下去，自由地去寫。不要顧慮英文裡的中國味。事實上，我建議你在形式和意蘊上寫得更貼近中國。生活、房子、家具，凡妳喜歡的，寫得愈細愈好，只當是寫給中國讀者

的。然後，就英文文法略加更易，我想一定可以既能保持中國味道，又能使英國人覺得它新奇好懂。[37]

因此，此書之完成及出版，實與吳爾芙頗有關聯。由於全書是從自己還是一個稚齡小姑娘時的所見所聞說起，在那樣一個清末民初官宦人家的複雜大家庭中，光是「母親們」就有六個，兄弟姊妹有十幾個，遠近親姑媽等等及傭人僕婦無數，如此複雜的家庭關係，顯然一開始把幫她出版寫序的威斯特女士弄得眼花撩亂，但又深被吸引。她因此在原序中說：

> 在這部回憶錄中，有些章節敍述了懶散的北京家庭紛繁的日常生活，很有意思。吳爾芙夫人說得明確，英國讀者也許鬧不清開頭的那麼多太太，但很快就對大媽、二媽甚至四媽、五媽熟悉起來，更不用說九姊、十弟了。情節富於喜劇色彩，但當二媽揪著六媽的頭髮，尖聲叫罵，連推帶搡拉到院子裡的時候，你不會覺得滑稽；……對我們來說，它比《天方夜譚》更吸引人，因為它是取自一個同時代人真實的回憶。[38]

從接受心儀的英國女作家吳爾芙建議，以英文寫出「能保持中國味道，又能使英國人覺得它新奇好懂」的故事，到讓英國讀者讀來覺得「它比《天方夜譚》更吸引人，因為它是取自一個同時代人真實的回憶」，甚且，還在英語世界中再版發行；《古韻》的意義，遂不只是凌叔華個人的成長紀事而已。它同時雜糅了中／西方文化交流中的翻譯、生產與消費等諸多複雜問題。作為古老中國的代言人，凌叔華的此一「北京故事」，成功地為西方讀者勾畫出「一個被人遺忘的世界」，「而且那個古老文明的廣袤之地似乎非常遙遠」。較諸於單純「為了回憶童年，使之永恆」，「我只要讀者

---

[37] 見維塔・塞克維爾・威斯特（Sackville West），傅光明譯〈《古韻》原序〉，《中外文學》，1991年，第3期，頁4～5。
[38] 同上註。

分享我一點緬懷童年的心情」的《城南舊事》,《古韻》顯然具有更多東方
主義式的迷魅。

　　故而,相對於在臺灣訴說「臺灣小女孩在北京」的《城南舊事》,英文
寫就的《古韻》,反倒以「北京小女孩在英國」的姿態,為西方人型塑,甚
至,坐實了對古老中國的想像。正是如此,如果說《城南舊事》是以多重
邊緣性視角的交會,超越了主流視角的觀照局限;那麼,很弔詭地,《古
韻》在英語世界的風行,卻恰恰作者以身在中國「主流文化」中的諸般特
色,成就了西方對它「邊緣」性的、富於異國情調的閱讀與想像──它以
曾是數百年帝都的北京城為背景,讓中國官宦世家中的妻妾紛擾,成為主
要的文化記憶;它以〈穿紅衣服的人〉一章作為全書開篇,讓死刑犯的砍
頭示眾、父親的公堂斷案,作為開展古老皇城都市想像的基點,[39]凡此,未
嘗不是藉由一種「奇觀」展演的形式,將中國社會文化中最具特質、最能
吸引西方讀者的種種,「翻譯」至西方世界。而跨文化互動中,中國相對於
西方的「邊緣」位置,以及因之產生的神祕氣息,正是它所以深具魅力的
關鍵。[40]

四、結語

　　如前所述,「北京」曾是林海音與凌叔華文學書寫的共同焦點。即或如
此,出自於兩人筆下的「北京故事」,卻顯有不同。林海音雖然自稱「凌
迷」,私淑於凌叔華,但臺灣人的身分,使她與北京城的關係,終不免總要
在內/外之間游移,在即/離之間擺盪;對於北京所代表的、舊式家族文
化的體認,只能從婚後的耳聞目見開始。然而,此一女性與婚戀主題,卻
在返臺之後,不斷延展,並擴及至對臺灣女性婚戀問題的關注。她小說的

---

[39] 參見〈穿紅衣服的人〉,收入《凌叔華文集》,北京:北京燕山出版社,2001 年,頁 218～223。
[40] 《古韻》在倫敦出版後,極受英國文化界關注。英國讀書協會(Book Society)評它為當年最暢
　　銷的名著,《星期日泰晤士報》文學增刊還特別撰文加以介紹,凌叔華也因此馳名於國際文壇。
　　相形之下,它在中國的反應卻十分冷淡,中文本遲至 1991 年才由傅光明譯出,出版後也不見太
　　多回響。據此,它對西方文學界的意義,實遠超過中國本身。

個人特色，更是由此凸顯。凌叔華出身京城大家，自幼即於舊式家族文化中浸染陶養，對其間的性別不平等關係體驗尤深，遂使她雖被視爲「京派」，所觀照的視角，畢竟要有別於其他京派男性作家。她中歲以後長居海外，那一分源自於古城北京的童年記憶，更因隨《古韻》，成爲西方想像中國的重要來源。離亂動盪的歲月裡，兩位女作家遠離政爭烽火，超越國仇家恨，各自於異國他鄉追憶童年，懷想京華，開展出的視野，固然各有天地，銘記下的「故」事，卻同樣告訴我們：一座具有長久歷史的古城，是如何以自身獨特的都市想像與文化記憶，覆蓋了家國政治的喧囂擾攘；而作爲女性，又將可以用何其不同的書寫姿態，爲那一個逝去的時代，留下動人的註腳。

——選自梅家玲《性別，還是家國？：五〇與八、九〇年代臺灣小說論》
臺北：麥田出版公司，2004 年 9 月

五〇年代的林海音

◎呂正惠[*]

一、

　　林海音在戰後臺灣文壇的地位是極其特殊的：一方面，她地位崇高，備受各方的尊敬，在 1980 年代臺灣各種政治立場截然對立的時代，這是極其獨特的；[1]另一方面，她在創作上的成就，至今還似乎晦暗不明。在一些人的心目中，她可能是以其為人行事作出「貢獻」，而不是以其作品奠定「地位」的作家。

　　林海音的貢獻至少表現在三個方面：1.在 1953 年至 1963 年期間主編《聯合報》副刊時，登載了不少臺籍作家的作品，使當時「中文還不太好」的臺灣作家有了出頭的機會，這包括鍾理和、鍾肇政、文心、鄭清文、七等生、黃春明等人。2.1967 年創辦《純文學》月刊時，衝破當時的政治禁忌，逐期選載 1920、1930 年代作家的作品，當時不少人是因為這一點才訂閱、購買《純文學》的（包括我自己）。3.她為人熱心而能幹，不論前輩作家還是後輩，只要力之所及，總是加以關懷與照顧。1970 年代以後，她這種文壇「保姆」的角色更形凸出，使得晚年的她成為臺灣文壇的一種象徵。

　　至於她本人的創作，鄭清文已明白指出：「她所受到的注意，除了《城南舊事》，似乎略嫌不夠。」[2]其實《城南舊事》初出版時，也並不怎麼

[*]淡江大學中國文學系教授。

[1]林海音的「北京認同」非常明顯，1990 年代以後與大陸文壇多有連繫，但因她照顧過不少臺籍作家，臺獨派對她仍然相當尊重。

[2]鄭清文，〈作家，主編，出版人〉，見李瑞騰、夏祖麗主編，《一座文學的橋——林海音紀念文

「轟動」。林海音自己說：「1960 年的初版，是由天主教的光啓出版印行，印到第二版，便有了滯銷的現象。」[3]到了 1969 年純文學出版社重印，特別是 1982 年大陸拍成電影以後，才真正引起注意的。[4]我們只要瀏覽一下關於林海音的報導、評論篇目，就會發現，1980 年代以後突然大量增加[5]，原因不難索解。

當然，在這之前也有少數人如齊邦媛教授，已看出林海音一些關於女性婚姻的小說，如〈金鯉魚的百襉裙〉、〈燭〉等很有特色[6]，但臺灣的一般評論還是以《城南舊事》爲中心。由於不能綜觀林海音的全部作品，又由於評者有意避開大陸詮釋《城南舊事》時所提出的社會、階級觀點，認爲這是「政治掛帥」，因此臺灣的林海音評論就往往流於片斷式的、印象式的，很難讓人對林海音的作品產生一個整體性的印象。

可能還有一個更重要的因素影響了臺灣的評論界，使他們沒有考慮到重估林海音的價值。林海音最重要的作品（《冬青樹》，1955 年；《綠藻與鹹蛋》，1957 年；《曉雲》，1959 年；《城南舊事》，1960 年；《婚姻的故事》，1963 年；《燭芯》，1965 年）都寫於 1950 年代及 1960 年代初期。但是，到了 1960 年代中期，現代小說已在臺灣文壇站穩腳步，讀者與評論界的眼光隨之轉變。1970 年代以後，雖然鄉土文學及臺灣本土文學代興，但他們又把本土文學以外的 1950 年代文學一律劃歸於「反共文學」及「懷鄉文學」的名目下，加以漠視。在這種「歷史的透視」下，我們無法公正的評斷 1950 年代的「非本土文學」。

集》，臺南：國立文化資產保存研究中心籌備處，2002 年，頁 219。
[3]《城南舊事》，臺北：遊目族文化公司，2000 年，頁 196。
[4]夏祖麗《從城南走來──林海音傳》關於《城南舊事》的流傳狀況是這樣說的：「《城南舊事》出版後一直沒有引起太多注意，雖然有一些鑑賞者。由於臺灣女作家的小說真正受到重視是在 1980 年代以後，而《城南舊事》出版在 1960 年代，當時短篇小說評論甚少，因此多年來，在臺灣有關《城南舊事》完整的評論只有齊邦媛教授的一篇，這篇評論當初還是用英文寫成，是她到國外講學用的。」（北京：三聯書店，頁 212），避提大陸拍電影的事。
[5]請參看《一座文學的橋》所附林武憲編〈有關林海音的報導與評論目錄〉，頁 243～253。
[6]齊邦媛，〈超越悲歡的童年〉，見《一座文學的橋──林海音紀念文集》，臺南：國立文化資產保存研究中心籌備處，2002 年，頁 99～100。

前年（2001）11 月，中央大學中文系承辦「林海音及其同輩女作家學術研討會」，我受邀討論許俊雅教授的論文〈論林海音在《文學雜誌》上的創作〉。在此之前，我只讀過《城南舊事》（以及 1960 年代中期的長篇《孟珠的旅程》），因此不得不找出她早期的小說來閱讀。一讀之下，才發現自己可能犯了以上所說的錯誤。在更全面而仔細的重讀之後，我認為，林海音應該和鍾理和一樣，並列為 1950 年代臺灣最重要的作家。本文即想就此加以分析，希望引起討論與指教。

二、

對於 1950 年代的臺灣文壇，現在臺灣學界的一般描述具有相當的一致性：這是「反共文學」與「戰鬥文藝」的時代；但也是現代主義文學逐漸興起的時代；同時，本土派評論家還會強調，這也是「臺灣本土文學」潛伏發展的時代。

在這一詮釋下，1956 年夏濟安創辦的《文學雜誌》往往被看作是一個「過渡」。它企圖以「純正文學」平衡「戰鬥文藝」，但卻成為夏濟安在臺大外交系的學生如白先勇、王文興、歐陽子等人所倡導的現代文學的先聲。

對於這一詮釋，大陸學者朱雙一提出了一個非常重要的「修正」看法。他認為，1950 年代的臺灣文學，有一個「自由人文主義脈流」，它繼承了胡適的自由主義精神，不希望文學淪為國民黨官方文藝政策的工具。這樣的文學「脈流」首先表現於雷震主辦的《自由中國》的文藝創作欄內，繼之表現在夏濟安的《文學雜誌》上。兩個刊物的文學作者群，有著極高的重疊性，「曾在《自由中國》發表文學作品的，約有一半而後又在《文學雜誌》出現，達三四十人之多。」[7]

---

[7] 朱雙一，〈《自由中國》與臺灣自由人文主義文學脈流〉，何寄澎主編《文化、認同、社會變遷：戰後五十年臺灣文學國際學術研討會論文集》，臺北：文建會，2000 年，頁 75～106；此處引文見頁 95。

　　當時有一個命名爲「春臺小集」（周棄子取名）的作家聯誼會，每月集會一次，將「吃」與「談」結合在一起。關於這「聚會」，後來聶華苓、彭歌、郭嗣汾都有所回憶[8]。《文學雜誌》創辦後，聚會主要由該刊發行人劉守宜負責。這就說明，《自由中國》文藝欄與《文學雜誌》的投稿人基本上是同一群人。

　　當然，我們不能說，這些人都認同於雷震的政治理念，他們之中的某些人在雷震被捕後仍爲國民黨所信任就是最好的證明（最明顯的如彭歌）。不過，他們想在「反共文學」與「戰鬥文藝」之外爲文學找尋一條新的道路，這點看應該具有一致性。

　　一般人都注意到，《文學雜誌》的發刊詞特別說明文學與宣傳應有所區別，是在暗示的批評「戰鬥文藝」的政策、教條色彩。朱雙一特別指出，當時周棄子在同年 10 月 1 日出版的《自由中國》刊出〈腳踏實地說老實話——讀《文學雜誌》〉，已將此意挑明點出。我們可以說，「春臺小集」的作家群並非「不反共」，但他們想要讓文學和政治保持距離的心意應該是不容否認的。

　　關於這些人的創作取向，朱雙一總名之爲「自由人文主義」，即強調以「個人」的生命作爲關懷焦點，並以「人性」作爲出發點。朱雙一引述吳魯芹的回憶，說及《文學雜誌》創刊時，原有敦請梁實秋擔任社長之議，因爲「我們打拳的路數」和梁實秋相近[9]。他們的文學方向當然不一定完全接受梁實秋所宣揚的白璧德人文主義的思想。但他們一方面避提「戰鬥」，另一方面又反共，不會贊成左翼文學，總稱之爲「自由人文主義」應該還算恰當。

　　林海音和他的先生何凡，也是屬於這一「脈流」中的人，這是很明顯的，他們兩人都參加「春臺小集」，林海音曾先後投稿《自由中國》與《文

---

[8]聶華苓，〈爐邊漫談〉，收入柏楊編《對話戰場》（臺北：林白出版社，1990 年）；彭歌，〈夏濟安的四封信〉，《中外文學》第 1 卷第 1 期，1972 年 6 月；郭嗣汾，〈五十年間如反掌〉，《聯合報》副刊，2003 年 8 月 20 日。
[9]見註 7 所引文 95 頁。

學雜誌》。現在一般都認爲，1960 年代的《文星》雜誌繼承的就是《自由中國》的「自由主義」傳統；而我們也應該特別提起，自 1957 年 11 月至 1961 年 10 月，整整四年，何凡是《文星》雜誌的主編，林海音則協助他負責文藝方面的稿件[10]。可以說，在 1950、1960 年代之交，他們已是這一「脈流」的重要人物了。

三、

1950 年代的「自由人文主義」文學，並不是一個緊密結合、宗旨鮮明的文學流派，其中的每一個作家並沒有任何一個共同的創作理念。他們的共同點可能只是：不希望國民黨的文藝政策加給作家太多的限制，同時希望避免文學成爲反共宣傳的工具。

當然我們可以設想，這些作家不會涉及當時臺灣社會的內在矛盾（譬如省籍矛盾），也不敢反映反共體制下的軍事獨裁（譬如白色恐怖）。除了現代主義的萌芽和臺籍作家的困境這兩項之外，當代的研究者對 1950 年代文學相當漠視。因此，在目前的情況下，我們很難對「自由人文主義」脈流的創作狀況有一個哪怕是極粗略的整體認識。

就現有的論述來看，有兩類作品是較爲凸出而引人注意的。首先是「懷鄉文學」，取材於作家在大陸的生活經歷；其次是女作家散文，以家庭、婚姻、愛情爲主要題材。如果只是從題材的性質來看，林海音 1950 年代的創作趨向其實主要也是如此。

在林海音早期的作品中，「家庭」明顯就是一個書寫的重點。這一類的散文，文筆清新而親切，時時流露幽默感，表現了夫妻之間、親子之間融洽而親密的感情。這個家庭充滿了歡樂與幸福；而居於這個家庭中心的則是一個開朗、樂天、活力充沛的主婦。這個女性的形象讓人印象深刻[11]。林

---

[10]何凡、林海音主編《文星》雜誌的始末，可參看夏祖麗《從城南走來——林海音傳》，頁 149～152。
[11]這些家庭散文收入《冬青樹》第一輯中。

海音後來的創作重心轉向小說，如果她堅持寫散文，成就也許可以超過
1950 年代女性散文名家，如張秀亞、鍾梅音、徐鍾珮、琦君等人[12]。

　　家庭的和樂當然是值得稱頌的人性之美，同樣以表現「人性美」為目
標的另一種創作樣態則是林海音的長篇愛情小說《曉雲》。女主角曉雲掉入
婚外情的陷阱，懷了孕，因此才知道母親當年也是在同一困境下生下了
她。母女遭到同一不幸的命運，她們的堅忍與溫婉並存的性格，以及林海
音表現出來的細緻的溫厚的同情心，使這本小說頗獲好評[13]。林海音後來的
兩部長篇愛情小說《春風》[14]、《孟珠的旅程》（均為 1967 年出版）或寫一
個男人的兩個家庭、或寫姊妹同時愛上一個男人，也表現了類似的情調。

　　我們不能否認以上所說「家庭散文」和「愛情小說」兩類作品的佳
處。但我們可以肯定，如果林海音只寫了這些作品，她也會像 1950 年代的
許多同類型的作家一樣，現在幾乎已被遺忘。

　　樂觀、開朗、勤快可以說是林海音的天性，但這並不代表她沒有現實
感，不了解生活的艱辛與醜惡，而只歌頌人生的光明面。這使她最終超越
了 1950 年代的同儕作家而寫下了更優秀的作品。

　　在她的家庭散文中，雖然一直充滿了歡樂，但也談到了 1950 年代薪水
階級艱困的經濟條件，譬如寫爸爸發薪之日人人充滿期待，但最終只能聊
以滿足（〈好日子〉）；寫家庭以分期付款的方式購買所需（〈分期付款〉）；
寫為了孩子醫藥所需、勢在必得，不得不以高得離譜的底標標到會款（〈標

---

[12] 林海音 1950 年代的散文，只有一小部分收入《冬青樹》（1955 年）。後來又出版《作客美國》
　（1966 年）、《兩地》（1966 年）；《婚姻的故事》（1963 年）其實也是散文（四部長篇散文），卻長
　期被視為小說。當時似乎比較重視她的小說，她的散文家的名望並不高。直到 1980、1990 年
　代，她的一些早期散文才又收進《家住書坊邊》（1987 年）、《寫在風中》（1993 年）出版，這也
　影響了大家對她散文的評價。如果再加上她晚年寫的一批回憶文章，我個人認為，她在散文方面
　的成就，應該可高於張秀亞、徐鍾珮、鍾梅音等人。
[13] 此書出版不久，高陽即有長篇評論〈雲霞出海曙〉，對書中的文學特質有詳盡的分析，此文收入
　《一座文學的橋》。此外，齊邦媛（見註 6 所引文章）、大陸郁風（見她為《從城南走來——林海
　音傳》所寫的序〈生命的尋根之旅〉），對此書均有好評。
[14] 此書初版（1967 年）由香港正文出版社印行，書名《春風麗日》，1971 年純文學出版社重版，始
　改名為《春風》。

會〉），都是[15]在林海音基本輕快的筆觸中仍有時代輕微的暗影。

　　1950 年代更重要的背景之一，無疑是亂離。在當時的政治氣候下，這是很難恰到好處加以處理的題材。林海音選擇了她一向擅長的「婚姻的故事」，恰如其分的表達她的感懷。

　　〈燭芯〉的女主角，因丈夫在抗戰後方另組家庭而處境尷尬，逃避到臺灣後決心離婚，後來再嫁給一位人太留在大陸的男人。〈瓊君〉的女主角因逃難而不得不嫁給她的韓四叔，四叔死後最後下定決心重嫁。〈晚晴〉的男主角妻、女都留在大陸，孤獨無依，最後因同情被另一男人遺棄的母、女而找到幸福[16]。這一類因亂離而發生的重組婚姻的作品，1950 年代想必不少。林海音的小說，因她寄予其中人物深切的同情心、設身處地想像他們孤寂、痛苦的心境，都能表現相當程度的感人力量。

　　在這方面，跟婚姻重組無關的兩篇小說，也許是更優秀的作品。在〈蟹殼黃〉（1956 年）裡，四個來自不同省分的外省人先後在一家「家鄉館」合作做生意，最後都因個性不合而分手。後來，那個最難相處的廣東老闆請了一個臺灣女子，終被「馴服」而與她結婚。這是一篇充滿諧趣的喜劇，生動的反映了逃難到臺灣的外省人的心境，同時，也「輕巧」的涉及省籍問題。我們不能因為它的幽默表象，而忽略了林海音靈敏的現實感。

　　相對於〈蟹殼黃〉的輕靈，〈春酒〉的「重筆」也許更令人感到驚訝。敘述者（女性）到徐三叔家拜年，那時是在韓戰高潮，美國解除臺灣中立化，臺灣可以自由的「反攻大陸」。人人都在談論在臺灣受夠了氣，人人都在談論回大陸要做什麼官，一片喜氣洋洋，似乎大陸馬上可以收回了。敘述者被灌了酒，頭昏腦脹，找不到回家的路。在路邊嘔吐了一番，腦筋才恢復清醒。這是一篇上乘的「諷刺小說」，是對於「不知悔改」的舊官僚的

---

[15]前兩篇收入《冬青樹》，臺北：遊目族文化公司，2000 年；〈標會〉收入《綠藻與鹹蛋》，臺北：遊目族文化公司，2000 年。

[16]以上三篇現均收入《金鯉魚的百襉裙》，臺北：遊目族文化公司，2000 年。

迎頭痛擊，很難想像，林海音會在 1953 年寫出這樣的作品[17]。

　　以上的例子可以看出生性樂觀而深具同情心的林海音，並非不了解現實。應該說，她是從現實出發，而去表達她的悲憫之情的。

四、

　　林海音的現實感也許和她身上的兩種氣質密切相關：她同情貧困、卑微的小人物，同時，她對處於新、舊交替時代女性的命運深懷悲憫。這一切，或者也跟她從小的遭遇有關。父親是臺灣人，卻遠離故鄉而居住於北平。父親早逝時，她只有 13 歲，身為長女，她必須和母親共同扶持一個還有六個弟、妹（後來兩人夭折）的家庭。母親是一個傳統的婦女，嫁的男人對她不能說不好，但卻擁有舊式男人的權威，又好酗酒、打牌、熬夜，甚至還有些微拈花惹草的嗜好[18]。這一切不能不讓 13 歲就被迫獨立的林海音深銘於心。成長的艱辛和對母親的同情，也可以說是她看待人世、理解生活的兩個基礎。

　　綜觀林海音 1950 年代的作品，會讓我們對她屢屢以貧苦人家為題材而感到驚訝。我們先把篇目列舉於下：

　　〈竊讀記〉、〈母親是好榜樣〉、〈謝謝你，小姑娘！〉、〈風雪夜歸人〉（以上《冬青樹》），〈鳥仔卦〉、〈玫瑰〉、〈蘿蔔乾的滋味〉、〈貧非罪〉、〈窮漢養嬌兒〉、〈要喝冰水嗎？〉（以上《綠藻與鹹蛋》），〈惠安館〉、〈我們看海去〉、〈驢打滾兒〉（以上《城南舊事》）。

　　令人驚訝的是，《城南舊事》五篇小說，三篇以此為題材，另一篇寫一個不幸的女人（〈蘭姨娘〉），最後一篇才涉及家事（爸爸的死），而臺灣評論界竟然沒有注意到或故意不往這一方面詮釋。無怪乎 1980 年代大陸將《城南舊事》拍成電影，強調其中所寫「普通勞動人民的不幸遭遇」時，

---

[17]以上兩篇小說均收入《綠藻與鹹蛋》。
[18]林海音對父親林煥文的個性的描寫，見《城南舊事》後記所附〈我父〉一文，頁 183～185。

林海音要表示強烈抗議和自我辯護了[19]。事實上，公正的說，反而是大陸「發現」了林海音作品的另一種價值。

當然，我們必須趕緊說，林海音絕對不是一個具有政治意識、以及所謂階級意識的作家，表達「抗議」或者與此類似的目的，絕對不是她的本意。但在 1950 年代的臺灣，即使像林海音在「無意識」之間所表現出來的「階級同情」，都屬鳳毛麟角。她的一連串「無意識」，的確不能不令人感到訝異與欽佩。

從風格上講，也許是林海音一貫的溫情沖淡了小說中人物的階級色彩，而讓人忽略了其中的異質性。譬如，一個貧窮小孩撿到 100 塊，藏了起來，回家後想起媽媽平日的教導，良心不安，決定把錢拿回去還（〈母親是好榜樣〉）。另一個貧窮小孩，每天到書店讀一本書，卻有一個善良的夥伴特別為他藏起這書，好讓他讀完（〈竊讀記〉）。一個窮男人買不起小孩的奶粉，小姑娘故意把錢掉在地上，並叫住男人說「您的錢掉了！」好讓他拿去（〈謝謝你！小姑娘〉）。一個學生看到同學每天帶蘿蔔乾便當，為讓他吃好一點，故意拿錯便當（〈蘿蔔乾的滋味〉）。這些小說充滿了溫情，不可能是「有害」的。

即使是這樣，有些小說讀起來仍然讓人有「奇異」之感。〈玫瑰〉描寫了一個酒女家庭，每一代都領養一個女孩，好讓她將來「接班」，以便將來為自己「養老」。出身於這家庭的一個小女孩在受教育過程中受到老師感化，表現優異，當不得不下海時，只有自殺結束生命。〈鳥仔卦〉則寫一個靠鳥銜牌卜卦為生的流浪漢，他和他養的鳥常常到了無米粒以維生的窘境。這篇有點象徵風格的小說，具有一種林海音作品中少見的灰暗色彩。

更值得一提的是〈要喝冰水嗎？〉這篇小說描寫一個臺灣老阿伯在大熱天下陪兒子考高中，他期待兒子讀好書，想著以前因不識字而吃虧受罪的事。當兒子考完一場出來後，他買了一杯冰水想給兒子，但看兒子正與

---

[19] 〈童心愚騃——回憶寫《城南舊事》〉，《城南舊事》，頁 185。

同學討論，不敢送過去。最後終於壯起膽來，走進他們群中，大聲問：「要喝冰水嗎？」小說質樸的鄉土色彩，如果不說是林海音寫的，恐怕可以放進黃春明的作品集。同樣的，〈窮漢養嬌兒〉裡的父親，每天到街上要寶逗人笑樂，以賺取外快供兒子讀書，也會讓人想起〈兒子的大玩偶〉。

如果把前面所列的這些小說抽出來，集成一本書出版，我們對林海音就會有完全不同的看法。同樣的，如果我們從這個角度來讀《城南舊事》，對這本書也會有完全不同的評價。

《城南舊事》的敘述技巧其實是很「狡獪」的。表面上它以純真的小女孩的眼光來看世界，但實際上這是「成人」設計過的「童真」的視野。這是「裝作」小孩的眼睛所看到的成人世界，而不是真正的小女孩的天地。試看〈蘭姨娘〉的開頭：

> 從早上吃完點心起，我就和二妹分站在大門口左右兩邊的門墩兒上，等著看「出紅差」的。這一陣子槍斃的人真多。除了土匪強盜以外，還有鬧革命的男女學生。犯人還沒出順治門呢，這條大街上已經擠滿了等著看熱鬧的人。今天槍斃四個人，又是學生。學生和土匪同樣是五花大綁坐在敞車上，但是他們的表情不同。要是土匪就熱鬧了，身上披著一道又一道從沿路綢緞莊要來的大紅綢子，他們早喝醉了，嘴裡喊著：
> 「過十八年又是一條好漢！」
> 「沒關係，腦袋掉了碗大的疤瘌！」
> 「哥兒幾個，給咱們來個好兒！」
> 看熱鬧的人跟著就應一聲：
> 「好！」
> 是學生就不同了，他們總是低頭不語，群眾也起不了勁兒，只默默的拿可憐的眼光看他們。我看今天又是槍斃學生……[20]

---

[20]《城南舊事》，頁 119～120。

接著小說談到避難於小英子家的青年學生德先叔，又談到施伯伯家的姨太太蘭姨娘也逃到她家。蘭姨娘「魅惑」了小英子的爸爸，讓媽媽很不高興，但最後，蘭姨娘卻跟德先叔走了。其實，這是從小遭遇不幸的姨娘跟著德先「投奔」革命的故事。後來，林海音即明白說出此一故事的背景：

> 我還記得好客的我們家裡，出入各色人等，投入革命洪流的學生，在我們家躲風聲，結果和一位世伯的姨太太（逃到我們家來）攜手做革命情侶，奔向光明的前途了，我是以此寫成〈蘭姨娘〉收在《城南舊事》裡。[21]

因此，《城南舊事》根本不是一本「童書」，它是為「老練」的讀者而寫的。林海音的女兒夏祖麗談到《城南舊事》時曾說：這是一個小女孩「看到她溫暖的小世界後面，一個錯綜複雜的悲慘的大世界」[22]，可說極其精當。〈惠安館〉的故事就極其「悲慘」，讀後讓人為之不歡。擴大來講，我們可以說，這是林海音「自由人文主義」的寫實文學的精髓，在溫情的筆調下隱藏著一個艱難的時世，這從她對貧困者與新舊交替的女性的描寫，可以看得清楚明白，這也是她的作品明顯高出 1950 年代同類型作家的根本原因。

五、

林海音的作品中，最凸出的是女性和婚姻的題材，這是一般公認的。即使是林海音自己，在談到自己的「寫作生涯」時，也以〈為時代女性裁衣〉為題。其中有一段，很能說明她這一類型作品的特質：

---

[21] 〈為時代女性裁衣——我的寫作歷程〉，《寫在風中》，臺北：遊目族文化公司，2000 年，頁206。
[22] 《從城南走來——林海音傳》，頁213。

我有一位美國讀者卜蘭德，她當年來臺北學中文，搜集資料，我也幫她忙，所以成了好友。有一次她訪問我，談及我的許多作品中，很有一些是描寫上一代婚姻的，為什麼？我說，在中國新舊時代交替中，亦即五四新文化運動時的中國婦女生活，一直是我所關懷的，我覺得在那時代，雖然許多婦女跳過時代的這邊來了，但是許多婦女仍留在時代的那一邊沒跳過來，這就會產生許多因時代轉型的故事，所以我常以此時代為背景寫小說。卜蘭德又問我：「那麼你對於跳過來的女性和沒跳過來的，究竟是以怎樣不同的同情寫她們的？」我回答說：「無所謂。」卜蘭德笑說：「我讀你的小說，發現你是以同情沒跳過來的她們而寫的！」我捫心想想，我在下意識中確是如此吧，因為我對「沒跳過來！」的舊女性，是真的有一份敬意呢！[23]

對於那些沒有跳過來的舊女性，林海音說她懷抱著「敬意」，而不是我們更容易想到的「同情」，的確顯得有些奇特。然而，正是因為她持著這種態度，才使得她描寫女性的作品具有不尋常的感人力量。

我們在林海音早期的作品中即可發現此一特質。在〈陽光〉（1952年）裡，學生不了解師娘為什麼堅持和老師分居，師娘是這樣回信的：

你既然要探師娘的心底，那麼我也不妨對你講，你的師娘在她和你的老師分居之日，並沒有這麼硬心腸決心想拆毀一個完整的家，她只因為是一個受過教育的女性——像一切這類女性一樣，當然有著她們相當程度的矜持，可是你的老師竟是這樣一個缺乏了解女性的藝術家！我可以這麼說，在我們分手之日，如果你的老師肯抱著兩個孩子向我深一步的懺悔，那時我也許會哭倒在他的懷裡，我無論多麼剛強，畢竟是女人。可是你的老師到底不是像你所說的那陽光——今天走了，明天還會來的，

---

[23]同註 21，頁 207～208。

我們便這樣分手了。……[24]

　　介於新、舊社會交替的師娘，雖然還有舊女性的一面，但她也需要一點新女性的尊嚴。因為丈夫不能體會這一點，所以她堅持分居。學生讀了這封信以後，說她「更進一步的了解我們女性」，事實上也就是說，不論女性可以多麼屈從於男性，但她絕對不是「女奴」。對於許多沒有「跳過來」的女性，林海音常能發現她們總能在各自的地位上保持一點「女性」的獨特價值之所在。所以她才談到「敬意」。

　　與此截然不同的例子是〈母親的秘密〉（1954 年）。母親 28 歲守寡，獨立撫養兩個年幼的子女。子女在有一天夜裡偶然發現韓叔向母親求婚，母親拒絕了，但非常痛苦，因為她也喜歡韓叔。子女此後一直處在憤怒、焦慮的情態下，直到韓叔與別的女人結婚。

　　對於這一往事，成家立業後的子女是這樣想的：

> 我和弟弟能使母親享受到承歡膝下的快樂，她的老朋友們都羨慕母親有一對好兒女，母親也樂於承認這一點。唯有我自己知道，我們能夠在完整無缺的母愛中成長，是靠了母親曾經犧牲過一些什麼才得到的啊！如果有人說我們姊弟是孝順的兒女，我應當說，我們的孝，實由於母親的愛。[25]

　　這一段話說出了子女誠摯的感恩之心，因為母親犧牲了自己的幸福以完成子女的幸福。從現代的觀點來看，母親有權利再嫁，林海音本人也寫了不少女性再嫁終於擺脫苦境、重獲幸福的故事。然而，堅持舊道德而終生守寡的「母親」仍然獲得林海音更多的「敬意」。

　　更特殊的是〈婚姻的故事〉（1960 年）所敘述的許多故事中的兩個

---

[24] 《冬青樹》，頁 202。
[25] 同上註。

「有問題」的女人，芳和瓊。芳爲了照顧姊姊遺留下來的小孩，嫁給姊夫，婆婆、先生、姊姊的子女都對她好，然而她的先生卻終日病懨懨的，足不出戶。芳有了外遇，肆無忌憚，不恤人言。後來先生病死，她拒絕戴孝，拒絕裝出寡婦相，但也結束了外遇。對於芳，林海音是這樣評論的：

> 芳說過她不願意在人面前擺出一副寡婦相，也正是她的要強及反抗的心情的表現，而不是她不願給丈夫戴孝。她認為夫妻應當是健康、相攜出入的一對，才是美的生活。……
> 但是那時潛在的病恐怕已深入她丈夫的身體了，不要說他原來的生活習慣中沒有什麼看電影、溜冰這一套，就是散散步，他也打不起精神來。於是在芳那反抗的潛意識中，就不由得和健康、精力充沛的沈先生接近了。等到丈夫一死，她沒有了反抗的對象，反而心情平靜下來，也許覺得沈先生是一個可厭的人物呢。[26]

瓊是個窮人家的女孩，聰明，好讀書。富有的呂先生教她讀書，資助她上學。基於報恩，瓊嫁給呂先生，兩個人準備在瓊畢業後出國留學。但瓊卻跟別的男人私奔，且最終遭到拋棄。瓊聽到呂先生結婚，哭著求友人給她看結婚照。友人認爲瓊後悔了，真是罪有應得，但林海音卻說：

> 瓊是一個好強好勝又好奇的女孩子，從她兩次（婚前和婚後）對於家庭環境敢於反抗的行動，可以看出她的好強與好勝；而從她對目前環境以外的世界，總想去探求，可以看出她的好奇，雖然她探求的結果往往是失敗的。失敗能給這樣的人有什麼教訓嗎？也不盡然，她的性格既然栽了深厚的這種根，無論如何是去不掉的。而屢次的失敗，反而會形成她的另一些以前沒有的性格。[27]

---

[26] 《婚姻的故事》，臺北：遊目族文化公司，2000 年，頁 60～61。
[27] 同上註，頁 76。

　　林海音完全不用道德（不論是新的、還是舊的）去批評芳和瓊，而只是分析她們的個性和生活環境，找出她們行為的軌跡，甚至預測她們未來的發展。用現代的術語來說，她們在男權社會下依自己的個性發展自己的行為，任何人都沒有資格以男權社會的道德去批判她們。她們為自己選擇自己的行為，是值得「敬佩」的。

　　林海音這種迥不猶人的「女性觀點」，導致一種奇特的現象：她可以把相互充滿敵意的婆婆和姨娘同時都描寫得很生動，她自己也同時喜歡她們兩人，並且同時尊敬她們、憐惜她們。在〈婚姻的故事〉裡，有大篇幅的描繪婆婆的段落。受迫於傳統社會倫理，不得不容忍丈夫娶姨太太的婆婆，其實內心頗為不平，於是做出種種可笑、可憐、亦復可愛的小動作。對此，林海音評論道：

> 不錯，就拿娶姨太太說，我們這一代的婦女，就想像不出我們的上一代的婦女，怎麼能夠忍受丈夫的那種行為。有人認為一定和丈夫沒有愛情，才能忍受除自己之外再容納另一個女人。這話不太對，我以為她們忍受的是環境和當時社會的傳統，而不是真正不對丈夫再有愛情。我的婆婆雖然依了當時的環境和她的觀念，接受了另一個女人——姨娘，共同走進丈夫的心房，占據了一處地方。但是她內心中，並不是真的那樣大方。丈夫的心不像別的東西，不能隨便施捨給別人，婆婆是舊時代的女人，但是愛情是獨占的，古今一樣。[28]

　　〈難忘的姨娘〉（1963 年）這篇散文則是專為公公的姨太太而寫的。姨娘出身於沒落的旗人家庭，淪落為坤伶，18 歲就跟了幾乎可以當她爺爺的人。她雖然得到丈夫的寵愛，但卻受到大老婆及其九個兒女的冷淡的拒斥。雖然她極力忍耐、努力遷就，仍然無法被視為這一大家庭的一分子，

---

[28] 《婚姻的故事》，臺北：遊目族文化公司，2000 年，頁 27。

只好終日與小貓爲伴，把小貓當作她的孩子。對她的一生，林海音總結的
說：

> 公公比姨娘大了將近 30 歲。她一生跟著公公，想叫婆婆做姊姊，想立婆
> 婆的兒子做兒子，何嘗不是想生爲夏家人，死爲夏家鬼呢？然而她從 18
> 歲姓了夏以後，幾十年了，似乎也沒得到什麼。我想，最真實的，還是
> 得到公公對她全心的愛吧？[29]

　　對林海音來講，婆婆和姨娘的命運都是舊社會造成的，她以理智而體
貼的眼光看待她們種種的作爲，了解她們，憐惜她們。她對這樣的女性，
當然充滿「敬意」。

　　因此，我個人以爲，林海音描寫女性最爲成功的作品，並不是那些較
常被提到的短篇小說，如〈金鯉魚的百襉裙〉、〈燭〉、〈燭芯〉、〈殉〉等，
而是以類似於她自己的角色在旁邊觀察、敘述的故事，或者乾脆是回憶式
的散文。前面所提到的〈母親的秘密〉、〈陽光〉、〈婚姻的故事〉、〈難忘的
姨娘〉，都是這種類型的作品。此外還有《城南舊事》中的〈蘭姨娘〉，以
及很少人提到的〈吹簫的人〉（1959 年）、〈海淀姑娘順子〉（1974 年）等。
在這些作品中林海音，或作爲她的替身的敘述者，可以從容描寫她的觀
察、她對於主要角色的體諒、同情或敬佩、憐惜、甚至還發些評論。這些
都足以顯示，林海音看似平實、溫情的女性觀，其實是高人一等的。這些
表現出來的總總的態度與情懷，是她的女性故事所以特別感人的主要因
素。

六、

　　作爲關懷、尊重每個個體生命的「自由人文主義者」的林海音，或許

---

[29] 《我的京味兒回憶錄》，臺北：遊目族文化公司，2000 年，頁 176。

可以用〈地壇樂園〉（1962 年）這一篇作品來總結她的藝術傾向與特質。

　　原先由文星書店於 1963 年出版的《婚姻的故事》包含四篇作品，都寫於 1960 年代初，是緊接著《城南舊事》而出現的。這些作品可以算是《城南舊事》的餘波，因爲也都是回憶老北平的。但這幾篇，與其說是小說，還不如說是散文。在我看來，本書的藝術價值可能僅次於《城南舊事》。[30] 關於其中最長的一篇〈婚姻的故事〉，前節已多次引述，這裡所要討論的〈地壇樂園〉我以爲是全書最好的一篇。

　　所謂「樂園」，其實是指位於地壇內的瘋人院，本篇的內容敘述的就是林海音年輕時某一次參觀瘋人院的經歷。在這一次的參觀過程中，林海音對一些人物與場景留下深刻的印象。

　　她看到一個穿粗布褲褂的老頭，在一片草地上悠閒地放羊，見到人即很和氣問候：「來啦！」「好哇！」後來才知道，他原來是鄉下農夫，已成名醫的兒子把他接到北京，他完全不能適應，發瘋了。現在他已恢復，就留在地壇放羊，他喜歡這種生活，兒子也不敢再接他回城區了。

　　她看到兩個少女比手劃腳聊天，似乎很融洽，一點也不像病人。仔細一聽才發現她們各說各話，彼此全不搭調。她又被一個病人（鄧太太）喊作「三姑」，一再叮嚀她要幫她照顧孩子。原來這個病人備受公婆、大姑、小姑的虐待，所以發瘋。現在雖然好多了，但回去環境不變，仍會復發，所以只好一直留在病院中。

　　她被一個非常盡責的管理員領導參觀，又看到一個身穿醫生白外套的女職員。後來聽王股長講才知道，女職員原來是個大學生，被情人拋棄，發瘋了。來這裡調養好以後，跟那個只有小學畢業的管理員結婚，並且留在醫院工作，生活非常幸福。

　　在這篇回憶文章的結尾，林海音是這樣寫的：

---

[30] 跟《城南舊事》、《婚姻的故事》同時寫的，還有兩篇前面已提及的散文〈吹簫的人〉（收入遊目族版《寫在風中》）和〈難忘的姨娘〉。較晚創作的回憶式的「記事」〈海淀姑娘順子〉（收入遊目族版《婚姻的故事》），是一篇非常感人的作品。1950 年代末、1960 年代初，林海音這些從回憶中提煉出來的作品，是她一生創作的高潮。

黃昏離開地壇，車子馳向北平城裡，回到我們的社會來，我們的家庭來。晚飯早已擺在桌上了。媽做了兩樣我愛吃的菜，大蔥爆羊肉、芝麻醬拌菠菜梗，可是，我沒有胃口！我一回家就先洗澡，洗去一身灰塵和疲勞，可是我總覺得我沒洗乾淨，彷彿從地壇帶來了什麼洗不掉的東西。家人要我講述所見所聞，我講是講了，飯可吃不下了，兩條胳膊也老覺得肉麻。真有點神經過敏啦！

此兩三天，我都不太吃得下飯，祇要閒著，腦子裡就搖晃出地壇的景象來。

這麼許多年過去了，地壇的景色、當時的同行者，差不多都記不起來了，但是祇要我想到這件事，想到我曾經有一年去參觀地壇瘋人院，我的眼前就不由得浮起了──荒草園裡放羊的老頭兒安詳可親的面容；充滿了母愛的關切的鄧太太，和那一聲「三姑」使我驀然回頭；飄然而逝的白色的身影，和她微笑的凝視……

而且，和他們的面容一齊浮向我的腦際的是王股長的話：

「我寧願說我們的地壇是樂園呢！」

從那以後，我長了那麼多年歲了，我仍不能確切的說出人生怎樣才是真正的快樂，或者，我們是否真正的快樂過。[31]

　　林海音在地壇瘋人院看到許許多多人世的苦難，但反諷的是，這些在外面世界飽受折磨的人，卻在瘋人院得到紓解，痊癒之後甚至不願離開。瘋人院之所成為「樂園」，不正反襯了人間實際上是一個大「煉獄」。這樣的思索，最鮮明的表現了林海音作為一個關懷每一個具體生命的「人文主義者」的特質。

　　現在大家可能已經忘記了，1950 年代的臺灣其實是個表面平靜、但內部危機四伏的社會。原來住在臺灣的人，正在忍受、並從而不得不接受一

---

[31]《婚姻的故事》，頁 194。

個他們並不喜歡的統治者；而從大陸遷來的 200 萬人也還沒有完全安定下
來，臺灣的「安全」只有在美國第七艦隊協防臺灣海峽以後才得到保證。
從 1949 年開始，國民黨大規模的整肅潛藏於臺灣的各種反對者、特別是傾
共的人。這一白色恐怖的高潮一直持續到 1953 年，但此後好幾年，人們仍
然生活在隨時可能被祕密逮捕的恐懼中。在這種軍事統治的氣氛中，文學
的空間其實很有限，遠遠不能表達當時人們的所見所聞、所思所感。

　　從這個背景來閱讀林海音的作品，可以說，她已盡了最大的可能來表
達她對人世的許多關懷。她本人是樂觀的，她的家庭生活極其幸福，她們
的經濟狀況非常穩定。正因爲這樣，更襯托出她多方面關懷的難能可貴。
考慮到這些情況，再綜合觀察她當時所寫的許多作品，我覺得我們應該認
真的對她進行「再評價」。現在我傾向於認爲，林海音是 1950 年代臺灣最
重要的一位作家。

——選自東海大學中國文學系編，《戰後初期臺灣文學與思潮論文集》
　　臺北：文津出版社，2005 年 1 月

遷臺初期文學女性的聲音

以武月卿主編《中央日報》「婦女與家庭週刊」為研究場域

◎封德屏[*]

一、楔子

　　1945 年中日戰爭結束，只給中國人帶來短暫的安定與歡欣，緊接著而來的國共內戰，許多人又被迫遷徙流離。1949 年國民政府退居臺灣，將近 200 萬左右的人口湧海來臺，大多是有關軍政、黨務、財經、學術、文化界的菁英分子[1]及其眷屬，臺灣社會也因短時間內人口結構的改變、政治結構的劇變，形成了臺灣近代史上一個重要的轉折。彼時不僅行政組織更迭不定，財政、教育也不時變動。其中對臺灣人民最大的影響，應該是語言文字必須在短時間的轉換[2]。這使得日據時期以日文閱讀、書寫的菁英分子，包括學者、作者、學生等，必須噤聲或停筆數年，加緊學習中文，重新閱讀、創作及書寫。

　　這樣的發展是否造成日後族群衝突最重要的因素之一，在此暫且不去深述。這批隨國民政府遷臺的有絕大多數為知識分子，掌握了語言文字的優勢。這樣的影響使得臺灣文壇在 1950 年代幾乎都是遷臺外省人的天下。而這些新來乍到的臺灣新移民，遠離故土親人，有新的生活要適應，對臺灣風土人情，亦有無法溝通的障礙，這些適應摸索的過程，皆成為文字書

---

[*]《文訊》雜誌社長兼總編輯、淡江大學中國文學系兼任助理教授。
[1]葉石濤，《臺灣文學史綱》，高雄：文學界雜誌社，1987 年 2 月，頁 84。
[2]同上註，頁 86～92。

寫最佳場景，也部分真實記錄了當時的生活及社會狀況。日後當臺灣文學
史的論者，簡約而籠統地將 1950 年代的臺灣文學稱之爲「反共文學」時，
似乎象徵彼時官方所主導的文藝政策、文學媒體掩蓋了所有的文藝創作的
類型及特色。[3]然而，當我們翻閱、檢視文學史料及文學出版品，才發覺事
實上並非如此。在這些與所謂官方的「反共文學」大異其趣的創作裡，女
性作家的大量湧現與作品的豐富多姿，以及女性編輯工作者的努力，都是
特別值得觀察的現象。

　　學者邱貴芬認爲戰後初期臺灣移民潮中相當數量具有寫作能力的大陸
女性，對臺灣女性書寫空間的擴展，扮演了關鍵性的角色，這樣的寫作生
態意外打開了臺灣文壇一向爲男性主宰的瓶頸。[4]戰後遷臺的臺灣女性普遍
具備的中文表達能力及較高的學歷，這些條件也比較容易在男性建構的政
治、社會、文化等公共領域占得一席之地。從事女性文學研究的學者范銘
如在分析 1950 年代女作家文本後認爲，這一批具有強烈性別意識的女性知
識分子，她們不僅正視到島上的性別和省籍的議題，並且流露出落地生根
的意願。她們書寫的重點在於思量在此重建家園的困境與方法，而非弔念
和重返失樂園。[5]

　　邱貴芬和范銘如的論點當然有背後足夠支撐的理由及證據。我們如果
以第一代遷臺女作家謝冰瑩（1907～2000）、琦君（1917～2006）、徐鍾珮
（1917～2006）、林海音（1918～2001）、孟瑤（1919～2000）、張秀亞
（1919～2001）、鍾梅音（1922～1984）、艾雯（1923～2009）八位在臺灣
的作品發表時間發表的內容，以及發表媒體的性質來印證可以探尋到更細
微的蹤跡，也可以證明這些文學女性她們被大時代的洪流推擠，離鄉背

---

[3]葉石濤，《臺灣文學史綱》，頁 86～92。彭瑞金，《臺灣新文學運動四十年》，臺北：自立晚報，1991 年，頁 164。

[4]邱貴芬，〈從戰後初期女作家的創作談臺灣文學史的敘述〉，《中外文學》第 29 卷第 2 期，2000 年 7 月，頁 315～323。

[5]范銘如，〈臺灣新故鄉——五〇年代女性小說〉，《眾裡尋她——臺灣女性小說縱論》，臺北：麥田出版公司，2002 年，頁 15。

井，來到一個完全陌生的地方時，她們心裡所想的，以及現實所關懷的，主要是什麼？她們對新來乍到的陌生地域，如何描繪？如何適應？她們是一致的聽命並回應於國民政府的「反共文學」、「戰鬥文藝」？

多數論述 1950 年代文學史的文章及專書，把官方主導的文藝政策視為當時的全部現象或主流，而彼時官方主導的媒體、社團確實呈現著濃厚的「反共」、「戰鬥」的氛圍。民國 38 年 11 月，孫陵主編《民族報》副刊喊出了「反共文學」的口號，民國 38 年 11 月底，馮放民主編《臺灣新生報》副刊，又宣示「戰鬥性第一、趣味性第二」，強調文藝的戰鬥性。民國 39 年 3 月「中華文藝獎金委員會」成立，藉高額的獎助鼓勵創作，想藉此改良報刊內容，1950 年 5 月 4 日，「中國文藝協會」由張道藩領軍成立，1951 年 5 月 4 日《文藝創作》雜誌創刊，提供得獎作品發表的園地。1953 年蔣介石發表〈民主主義育樂兩篇補述〉作為國民黨政權文化層面的施政綱領。1953 年 8 月 2 日由中國青年反共救國團所輔導的「中國青年寫作協會」成立，形成一支「年輕的筆隊伍」[6]。1954 年 5 月 4 日，文協召集了陳紀瀅、王平陵等人發起了「文化清潔運動專門研究小組」[7]。1955 年，為加強壯盛筆的隊伍，以婦女為主的「臺灣省婦女寫作協會」成立了，至此，全國性的、女性的、青年的，都各有組織，表面上武裝整齊，似乎沒有漏網之魚，大家一齊「組成筆的隊伍，把筆桿練成槍桿，作為心理作戰的尖兵，鋪成軍事反攻的道路。」[8]

這一連串的緊密的措施及組織，似乎布下了天羅地網，容不得有其他想法。結果真的如葉石濤在《臺灣文學史綱》裡論及〈五○年代的臺灣文學〉時所說：「1950 年代文學幾乎由大陸來臺第一代作家所把持，……他們的文學來自憤怒和仇恨，所以 1950 年代文學所開的花朵是白色而荒涼的，缺乏批判性和雄厚的人道主義關懷，使他們的文學墮落為政策的附

---

[6] 王慶麟，《青年筆陣》，臺北：幼獅文化公司，1983 年。
[7] 陳紀瀅，《文藝運動二十五年》，臺北：重光文藝出版社，1978 年。
[8] 臺灣省婦女寫作協會編，《婦女創作集》第一輯，臺北：臺灣省婦女寫作協會，1956 年，頁 1～2。

庸，最後導致這些文學變成令人生厭的、劃一思想的口號八股文學。」[9]但事實果真如此嗎？重視思想自由的文人、作家，真的如此整齊一致的聽話嗎？

　　無論文學史論者如何以「有色」的眼光，將 1950 年代所有遷臺作家貼上「反共作家」的標籤，並一概否定「反共文學」的文學價值及時代意義，如何以「大我」的政治意識書寫爲價值評斷的評準來看待「1950 年代」所有的文學作品，我們都不能視而不見 1950 年代女作家的書寫表現。陳紀瀅肯定女作家的成就與表現，但歸功於「臺灣安定的環境適合女性寫作」[10]；劉心皇認爲女作家的優點感情豐富、思想細膩，用詞美麗，可惜寫的差不多是身邊瑣事。「讀她們的作品，彷彿不知道是在這樣驚天動魄的大時代裡」。[11]和葉石濤有較接近觀點對「反共文學」一概否定的彭瑞金，對 1950 年代女作家的評價倒較爲肯定，認爲女作家散文創作質量均有可觀之處，他的理由是：「她們不屬於反共文學的正規部隊，擁有較多的發展空間。」楊照也認爲在「反共文學」、「現代文學」的大標題底下，其實有一個既不反共，也不怎麼現代的伏流，那就是以散文爲大宗的女性作家作品。相對於「反共」、「現代」雙雙走離現實，反而是女作家作品還保留了一點現實的紀錄。[12]

　　學者應鳳凰曾對《自由中國》文藝欄（1951～1957 年）分析，發現來臺的女作家作品，不但人數多，數量和質量都令人刮目相看。[13]暨南大學的研究生唐玉純的碩論《反共時期的女性書寫策略──以「臺灣省婦女寫作協會」爲中心》，將「婦協」成立後所編纂出版的《婦女創作集》（七冊），

---

[9]同註 1，頁 88。

[10]陳紀瀅，《文藝新史程》，臺北：改造出版社，1956 年，頁 19。

[11]劉心皇編，〈五○年代〉，《當代中國新文學大系──史料與索引》，臺北：天視出版公司，1981 年，頁 80。

[12]楊照，〈文學的神話·神話的文學〉，《文學、社會與歷史想像：戰後文學散論》，臺北：聯合文學出版社，1995 年，頁 121。

[13]應鳳凰，〈《自由中國》《文友通訊》作家群與五○年代臺灣文學史〉，《文藝理論與通俗文化》（上），臺北：中研院文哲所籌備處，1999 年，頁 109～110。

及相關叢書及背景、主題做了詳細的分析，探究女性作家如何在反共時期開拓屬於女性的獨特書寫領域。張瑞芬近幾年對 1950、1960 年代女作家的散文，做了幾乎地毯式的蒐集及研究，對重現 1950、1960 年代女作家的文學版圖及文學風貌，十分具有意義。

　　此外，學者陳芳明在〈反共文學的形成與發展〉一文中，認為「《自由中國》文藝欄大量採用女性作家的作品，始自聶華苓的編輯之手。……她選取的作品不僅是有意識提高女性作家能見度，並且是相當自覺地要與反共文藝政策有所區隔。」[14]如果我們把時間的座標再往前移，民國 38 年 3 月 13 日，彼時文獎會、文協、婦協尚未成立，《自由中國》與《聯合報》副刊尚未創刊，一份附屬國民黨《中央日報》內的「婦女與家庭週刊」（以下簡稱「婦週」）誕生了，由武月卿主編，她總共主編了六年多（民國 38 年 3 月 13 日～民國 44 年 4 月 27 日）， 264 期。[15]這份聽起來應該是談「婦女」與「家庭」的刊物，但日後發展成為文藝性極濃的園地，培養了不少女性作者的寫作興趣。遷臺第一代女作家中，竟然有好幾位來臺的第一本散文作品，當初都是發表「婦週」上，例如徐鍾珮《我在臺北》（1951 年）、孟瑤《給女孩子的信》（1954 年）、鍾梅音《冷泉心影》（1951 年）、《海濱隨筆》（1954 年），此外，謝冰瑩《給青年朋友的信》（1955 年），大部分的稿子也寫如此，琦君的第一本書《琴心》（1954 年）中將近一半作品發表在「婦週」，張秀亞早期的散文《丹妮的手冊》、艾雯的《生活小品》（1955 年）亦先發表在「婦週」上，再結集成冊的。

　　不僅如此，閱讀這些女作家的文章中多次提到主編武月卿和當年的「婦週」，顯現的不只是主編與作者的情誼，而近似惺惺相惜的好友同儕。本論文試圖以武月卿主編的「婦週」（民國 38 年 3 月 13 日～民國 44 年 4 月 27 日）為研究場域，試圖探尋遷臺初期女作家的文學聲音。

---

[14]陳芳明，〈反共文學的形成及其發展〉，《聯合文學》第 199 期，2001 年 5 月，頁 159～160。
[15]武月卿主編，「婦女與家庭週刊」，《中央日報》，1949 年 3 月 12 日～1955 年 4 月 27 日。

二、武月卿與《中央日報》「婦女與家庭週刊」

　　至今（2005 年）創報即將屆滿 80 週年的《中央日報》，自民國 16 年 3 月草創階段算起，其顛沛流離的過程，正是近代中國的一頁滄桑史。1945 年 9 月 10 日中日戰爭結束後，《中央日報》在南京復刊，11 月 14 日國民黨中宣部派任馬星野為社長。馬星野為新聞教育家，極富現代報業經營之理想，接任後，銳意革新，充實內容，日出三大張。馬星野除重視新聞報導外，在經營上最凸出的，首推「報紙雜誌化」的成功。當時《中央日報》定期專刊有十數個之多。舉凡兒童週刊、現代家庭、地圖週刊、科學週刊、圖書週刊、國際週刊、青年週刊、山水雙週刊、食貨雙週刊、報學雙週刊等，供給讀者豐富而廣泛的知識，滿足讀者求知的欲望，這種措施及創舉，也使得彼時《中央日報》試行的企業化經營，有良好的成績表現。報社不僅可以自給自足，尚有盈餘。[16]惜 1948 年後，國共內戰國民黨節節失利，《中央日報》開始籌設遷臺事宜。1949 年 3 月 12 日，克服重重困難，《中央日報》臺灣版正式出刊，日出兩大張。

　　雖然面臨經濟、設備、場地，以及時局諸多不順，在臺灣正式出刊的《中央日報》卻仍努力地善盡傳播媒體的天職。雖然報紙內容略有減張，前文所提到的《中央日報》的諸多專刊的特色，仍在困難的環境下，努力保持原貌，甚至也有以全新面貌重新創刊的，其中的「婦週」，就於《中央日報》來臺創刊的第二天 3 月 13 日創刊，當時主編這個版面的為武月卿女士。

　　武月卿為雲南人，民國 8 年生，中央政治學校（政治大學前身）新聞系畢業，和前《中央日報》副刊主編孫如陵是大學同班同學，畢業後即服務於南京《中央日報》資料室，是當時出版《英倫歸來》、已頗富名氣女記者徐鍾珮同校同系的學妹[17]。徐鍾珮曾在〈零落的海濱故人〉一文中如此形

[16]《黨營文化事業專輯》，臺北：中國國民黨中央委員會文化工作會，1972 年，頁 17～19。
[17]徐鍾珮，〈零落的海濱故人〉，《我在臺北及其他》，臺北：純文學出版社，1986 年 9 月，頁 246。

容武月卿：「月卿高高的、瘦瘦的，說話慢條斯理，不多言，常帶著一臉安祥的笑，是屬於文弱型的，我常笑她不能做戰地記者。」[18]除了斯文瘦弱的外型，事實上武月卿患有先天的哮喘病，隨時發病，病發起十分危急，這些都在日後女作家林海音、徐鍾珮、琦君、謝冰瑩、張秀亞等懷念她的文章中提到，以及孫如陵先生親口述說[19]，這也許是武月卿選擇靜態的編輯工作而沒做記者的原因之一吧！

顧名思義，「婦週」應該談的都是婦女問題、家庭問題，編者在創刊號的〈創刊詞〉[20]也將「家庭」與「婦女」的重要性及彼此間的重要關係，表示得十分清楚，已然標示了創刊的宗旨。除了〈創刊詞〉外，整版除了最下面的三批廣告外，11 批的篇幅中，有四篇主文，分別是任培道〈職業婦女與家庭〉，謝冰瑩〈職業婦女的痛苦和矛盾〉，徐鍾珮〈熊掌和魚〉，辜祖文〈小窗燈火記〉。另外是轉載國外的六格漫畫〈瑪麗找職業〉，以及一篇翻譯的文章〈總統夫人和生活〉。四篇專文中除了任培道及謝冰瑩的寫作方式較說理論述外，徐鍾珮及辜祖文談的雖然也是婦女職業與家庭，卻更接近精采的散文。武月卿自己喜文、能文[21]，這些當然也影響「婦女與家庭」週刊日後愈來愈趨向文藝性的重要原因之一。

事實上，「婦週」早期仍是以「女性」議題為主，舉凡婚姻關係，職業婦女與家庭問題，孩子的教養問題，臺灣的媳婦仔問題、養女問題等，無一不是與女性切身有關，但因為執筆的多為遷臺的女性知識分子，知識背景包括新聞系、中文系、歷史系、新聞系[22]，有些在大陸時期已有創作經驗，更多的是關心自身女性問題，或發抒自己意見，久而久之，也就練就了不錯的文筆，繼續她們的筆墨生涯了。

---

[18]同上註。
[19]民國 94 年 10 月 15 日，孫如陵先生經筆者請教在電話中娓娓道出民國 38 年與武月卿同住中央日報單身宿舍，武月卿常發哮喘，半夜常與另一同事潘罴送武月卿至醫院急救之情況。
[20]武月卿，「婦女家庭週刊」創刊號，《中央日報》，1949 年 3 月 13 日，第 6 版。
[21]同註 17，頁 249。
[22]張瑞芬，〈琦君散文及五〇、六〇年代女性創作位置〉，《臺灣文學學報》第 6 期，2005 年 2 月，頁 138～141。

　　以往在談臺灣的女權運動的時候，往往焦點集中在少數的幾位關鍵人物身上。適時地開發新觀念、提出口號，呼應世界女性主義的新潮流，以及在實際推動女權運動的工作上付出犧牲與奉獻的代表人物，當然十分重要。但是整個社會經濟的成長、教育的普及，使女性享有完全均等的教育機會，使女性感受到提高自己的社會地位的自覺更重要。西方的女權運動，幾乎與英國的自由主義同步發展，被史家尊稱爲自由主義哲學之父的洛克，他的主要作品，都發表在 17 世紀末，就在同一時期，英國已有少數女性作家，開始揭發女性在家庭、在社會種種不平等的待遇，和不合理的處境。近代中國鼓吹女權始於清末，梁啓超的提倡興女學達到伸張女權的目的。到了民國初年，女權問題終於由少數知識分子的鼓吹而成爲新文化運動的主要項目，在陳獨秀主編的《新青年》上刊登提倡婦女解放的「易卜生專號」，對女子貞操問題也有過熱烈的討論。顯而易見，女子教育的普及，使女性知識分子，及有書寫能力的女性作家自覺有責任揭發女性種種不平等的處境及問題，再加上媒體提供女性寬闊的發言空間，都大大提升婦女們對女性價值的肯定與婦權的爭取。

　　我們可以說這股自然形式的女性論述力量，媒體主編占了很重要的位置。在 1950 年代初，同時期的黨營或公營媒體的婦女版面，如《臺灣新生報》的「臺灣婦女週刊」，《中華日報》的「現代婦女週刊」，《中央日報》的「婦女與家庭」，「婦聯會」出版的《中華婦女》等，所促成的女性自覺運動成績恐怕比反共抗戰影響要大得多。而這股力量並沒有因隨後文獎會、文協、婦聯會、婦協等所謂官方文化指導單位的成立而減少。而這樣的反覆的討論或論述，也反映了當時社會部分真實的情境。如果談「反共文學」是 1950 年代的文學主流，我們其實更不能忽視這一龐大的、眾聲喧嘩的「邊緣」女性文學族群。

　　以武月卿一個新聞系畢業、喜歡文藝的瘦弱女子來說，在她主編「婦週」期間，卻憑著一己之熱忱、喜好及認知，策劃、邀約了女性知識分子，包括作家、教育工作者、新聞媒體工作者撰寫文章、舉辦活動，更讓

離鄉背井的作者們「以文會友」，建立起女作家彼此長遠及美好的情誼。如果以版面性質來論，當時同一個報紙的「中央副刊」應更具文藝性、文學性，但事實上，我們觀察同一時期耿修業先生所編的副刊，尤其以遷臺來第一、二年，「中央副刊」內容顯得十分駁雜，舉凡笑話、漫畫、國外文章翻譯、風土人情、名人傳記的剪輯等，偶爾才出現一、兩篇比較像樣一點的散文、小品創作，感覺承襲舊式編輯剪輯、拼湊的痕跡較多，編輯主動企畫、約稿的意識非常淡。[23]相較之下「婦週」對女性主題的掌握要準確得多，文藝氣息甚至在前面兩年（民國 38、39 年），比「中副」要濃厚的多。

　　武月卿對編輯工作的熱忱，對女性議題的關心，以及對文藝的愛好，構成了主編「婦週」六年多的成果，也留下文友對她的無限懷念。她對編輯工作的認真、對讀者的掌握、對作者的尊重，可以從她主編 264 期「婦週」所呈現的編輯特色，分別論述。

（一）以座談、徵文方式增加讀者、作者參與感

　　編者在創刊號的〈創刊詞〉中，精要闡述與家庭的重要性及關係，也將辦刊的宗旨點出，希望家庭主婦是「一家衣食住的主持者、支配者，也是家庭快樂或愁苦氣氛的製作者、控制者，本刊之所以誕生那基於這部信念，本刊的希望也繫於此」。此外，呈現的是以婦女最感苦惱的「家務與工作不能協調」為題的書面座談會，邀請時任省立臺北女師校長任培道、以《女兵自傳》聞名的女作家謝冰瑩、前南京《中央日報》採訪副主任徐鍾珮、前南京《中央日報》「婦女週刊」主編辜祖文四位撰稿。任培道和謝冰瑩夾敘論地談「職業婦女」與「家庭」之間的矛盾和痛苦，辜祖文則以〈小窗燈火記〉抒情散文敘述丈夫下班、晚餐過後，一家四口溫馨相聚的快樂時光，另外一篇則是徐鍾珮以輕快幽默的散文筆法寫的〈熊掌和魚〉，將一個婦女面對工作與家庭的兼顧兩難，以及內心對自己的期待。此篇文

---

[23] 《中央日報》副刊，1949 年 3 月 12 日～1951 年 3 月 12 日。

章日後常常被人引述。

　　民國 40 年 5 月 4 日，中國文藝協會成立一週年，邀請女作家在臺灣廣播電臺舉行空中座談會，由趙友培先生擔任主持人，然後分別由鍾梅音〈文藝與人生〉、徐鍾珮〈寫作題材問題〉、童鍾晉〈我的寫作生活〉、艾雯〈主婦與文學〉、王琰如〈我的愛好和婦女寫作〉、林海音〈勿忘婦女讀者〉、武月卿〈我的建議〉。在這個座談會中，除了幾位女作家分別闡述文藝的重要性，大部分都談到「婦女與寫作」的問題，林海音更為婦女界缺少女性讀物而叫屈，武月卿謙遜的說自己無大貢獻，但唯一意外的發現「在自由中國有許多新的女作家」，也呼應林海音所說的，認為增加婦女版篇幅、增加婦女讀物種類是當前必要。[24]

　　「婦週」第 7 期（民國 38 年 4 月 24 日）除了一般性的徵稿外，舉辦了第一次徵文，題目是「辛勤二十年」，是為了即將來到的母親節而設的徵文。在第 9 期（民國 38 年 5 月 8 日）時則製作了整版有關「母親節」的文章，其中三篇註明是「辛勤二十年」徵文獲選，另有余風〈母親〉、東籬〈母親節獻辭〉兩篇散文、明〈去吧〉一首新詩。編者並說明來稿甚多，因篇幅關係不得不退稿，本期之外，再陸續刊登錄用的文章。其實這樣的散文，似乎也開始了、也預告了「婦週」日後、濃厚的文學氣息。

　　「婦週」第 18 期（民國 38 年 7 月 17 日）刊登「父親節」徵文啓事，到第 21 期（民國 38 年 8 月 7 日）則整版刊登四篇徵文獲選的文章，並說明來稿近百篇，編輯處理稿件的情形，以短短不到三個星期的徵文時間，能有近百篇的回響，已屬難得。其後第 22 期（民國 38 年 8 月 4 日）整版，也刊登徵文獲選的文章。之後第 23、24 期又名登三篇徵文入選文章。

　　「婦週」第 70 期（民國 39 年 3 月 7 日）刊登「三二九徵文：我的夢想」啓事，並引胡適先生「青年人要多做夢」為引言，希望年輕人發揮夢想，總有實踐的一天，第 72 期（民國 40 年 3 月 29 日）即整版刊登入選文

---

[24] 武月卿主編，《中央日報》「婦女與家庭週刊」第 78 期，1951 年 5 月 9 日，第 6 版。

章六篇散文、兩首新詩，〈編後〉報告此次徵文一星期內即有二百餘稿件，來稿熱烈，但因篇幅的限制，只好大量退稿等等。

第 209 期（民國 43 年 3 月 17 日）「婦週」刊登「我的生活與憧憬」主題徵文獲選文章五篇，第 210 期（民國 43 年 3 月 24 日）刊登「我最崇敬的女子」徵文獲選文章七篇，第 211 期（民國 43 年 3 月 31 日）刊登「我的問題」徵文獲選文章兩篇。

（二）重視與作者、讀者的意見交流

武月卿在「婦週」有限的版面，卻做到了一個編者周到的思考與服務，她重視與作者、讀者的意見交流，可以公開回答的，就公開回答。「婦週」週年慶時（民國 39 年 3 月 12 日），她一口氣刊登了艾雯、謝冰瑩、音（鍾梅音）、惠香、琦君、劉永和、林海音七位作者致編者的來函。每封信後面又有編者對這位作者現況的簡介。

第 57 期（民國 39 年 4 月 23 日）「婦週」上，武月卿以編者的身分綜合回答了《中央日報》在臺周年讀者意見調查中，有關「婦週」的意見與建議。之後，「婦週」在沒有預警下突然停刊七個月，重新復刊的那一期「婦週」（民國 40 年 2 月 14 日），武月卿即向讀者做了一個小小的〈西窗話舊──復刊例語〉。民國 40 年 11 月 13 日，「婦週」第 100 期，林海音、鍾梅音、孟瑤、琦君紛紛來函為 100 期寫了短文，除了「讀者、作者、編者」的短文外，武月卿還放了一張「婦週作者和她們的小朋友」的照片，照片中有林海音、鍾梅音、艾雯、王琰如和她們的孩子。[25]

第 200、201、202 期的「婦週」，武月卿仔細地將 200 期「婦週」的大事紀要，寫成了〈「婦週」200 期散記──「婦週」的滄桑的小事〉，對了解「婦週」200 期以來發展的狀況，有重點的紀錄。[26]

---

[25]這張照片後來在林海音的《剪影話文壇》中又出現，10 月 8 日筆者打電話請教艾雯女士有關武月卿的事，她也提到手邊仍有這張照片，照片中合影的是最早向「婦週」投稿的幾位女作家林海音、鍾梅音、艾雯、王琰如，和她們的孩子夏祖麗、夏祖美、余占正、黃湘。

[26]「婦週」第 200 期，1953 年 12 月 30 日，第 5 版；「婦週」第 201 期，1954 年 1 月 6 日，第 6 版；「婦週」第 202 期，1954 年 1 月 13 日，第 6 版。

　　武月卿重視讀者意見，不僅在平常一些作者來函、回覆讀者信件中可以看出，她在第 198 期的「婦週」（民國 42 年 12 月 16 日）做了一個〈婦週讀者測驗〉，列了「一、你覺得自「婦週」創刊以來，討論過的問題中，哪些最有意義和價值？」，「二、你最喜歡讀那位作者的文章，為什麼？」、「三、有無一篇使你印象最深刻的文章？」、「四、你覺得還有哪些重要且必要的問題待討論？」等十個題目徵求讀者意見，這種細問式的問卷調查，不僅是意見的參考，同時也是讀者類別、性向的最好參考。

　　第 201 期（民國 43 年 1 月 6 日）「婦週」，武月卿以花了三個星期不眠不休的時間整理了「讀者測驗」的回函，做了將近整版的分析報告，並刊登了六篇「我與婦週」的讀者短文[27]。

　　作為一個媒體編輯，武月卿面對的是不穩定的刊期。「婦週」首度於民國 39 年 6 月停刊，原因是韓戰爆發，《中央日報》為增加國際新聞容量，四個專刊同時停刊[28]。民國 40 年 2 月 14 日「婦週」首先復刊，據說原因是林海音民國 40 年 1 月 13 日登在《中央日報》副刊的〈一個抗議〉這篇文章[29]。民國 40 年 8 月 16 日「婦週」第 86 期出刊後，又再度停刊，一個半月後再度復刊。出刊日也由每星期日改為每星期四出刊。其次，面對的是忽大忽小的版面，由剛開始整版的五分之四版面、改為五分之三、再改為二分之一，後又改回五分之三，再改為四分之一，此後靠主編「走私」廣告版面又調整為二分之一，惜第二次停刊又復刊後，又淪為全版三分之一的篇幅。儘管如此，在《中央日報》在臺出刊一週年所做的各版意見調查中，「婦週」是所有專刊中最受歡迎的。

三、「婦女與家庭週刊」與女作家

　　為什麼一個「婦女與家庭週刊」培養、聚集了這麼許多女作家，不論

---

[27]「婦週」第 201 期，1954 年 1 月 6 日，第 6 版。
[28]「婦週」第 200 期，1953 年 12 月 30 日，第 5 版。
[29]林海音，〈一個抗議〉，《中央日報》副刊，1951 年 1 月 13 日。

是另起爐灶或初試啼聲，我們可以從下面女作家發表作品的統計中得到一些驚人的發現。事實上在與「婦週」同時發行的報刊除了《中央日報》副刊外，尚有《臺灣新生報》的副刊及《公論報》副刊、《中華日報》副刊等。文學性的雜誌也有一、二，如《寶島文藝》（1949 年）等。這個現象絕大部分原因應該歸功「婦週」的主編武月卿在凝聚女性作家力量所花的心思及力量。以下就以遷臺第一代八位女作家：謝冰瑩、徐鍾珮、琦君、林海音、孟瑤、張秀亞、鍾梅音、艾雯，與武月卿主編「婦週」期間的文學因緣，來看這些女性在時間、空間的大轉移與大變遷時，她們訴之書寫、訴之文學的表現為何。

（一）謝冰瑩（1907～2000）

在為「婦週」寫稿的女作家中，謝冰瑩應是年齡最長的一位，這位當年以《從軍日記》、《女兵自傳》早已聞名在北伐及抗戰時期的女中豪傑，民國 37 年 9 月應聘來臺，任當時臺灣省立師範學院（後臺灣師大）教授。「婦週」創刊號上即有謝冰瑩的文章，題目是〈職業婦女的痛苦和矛盾〉，文中有一段句子：「我是受過高等教育，我的志願是為社會服務，我要把那些困在廚房裡的婦女解救出來，我絕不能更不忍心自己也回到廚房去！」[30]道盡一個知識女性兼家庭主婦的矛盾，文中並謂彼時家庭主婦的痛苦更甚於抗戰時期，因為物價高漲、公教人員的收入比戰時少，一個家庭只有一個人收入，十分辛苦，文章中為解決職業婦女的痛苦積極性地建言，普遍設立托兒所，婦女產前產後的准假休養，薪水照付等意見，放在將近一甲子後的今日社會來看，一點也不落伍。接著謝冰瑩在「婦週」第 15 期（民國 38 年 6 月 23 日）發表第二篇文章〈我與冰心〉，澄清一般人將她與冰心誤會成同一個人，或者認為她們是姊妹加以解釋。自「婦週」第 19 期（民國 38 年 7 月 24 日）開始，謝冰瑩以「潛齋書簡」書信體，開始撰寫專欄。兩個星期一篇，或三個星期一篇，分別就〈離婚以後怎麼辦〉、〈升學

---

[30]同註 20。

與就業〉、〈婦女與兒童文學〉、〈在堅苦中奮鬥〉、〈失戀之後〉、〈產婆——
婆婆經〉、〈我怎麼利用時間寫作〉、〈征人之家的故事〉、〈和女孩子們談寫
作〉、〈女人讀書有什麼用〉。這個專欄一直寫到「婦週」第 82 期（民國 40
年 6 月 6 日）。書信中的主角有的是朋友、有的是學生、有的是讀者，反應
熱烈，曾經在一個月內，收到 127 封信。[31]這些文章，與她後來在《臺灣新
生報》「今日婦女週刊」的文章，結集爲《綠窗寄語》，由力行書局印行。
後來《綠窗寄語》絕版，再加上謝冰瑩日後其他書信文章，成書爲《給青
年朋友的信》，由東大圖書公司出版。

（二）徐鍾珮（1917～2006）

　　來臺前，即以《英倫歸來》散文聞名的徐鍾珮，畢業於中央政治學校
新聞系，是中國第一位專業訓練的女記者，鄭明娳在〈一個女作家的中性
文體——徐鍾珮作品論〉一文中，即稱其文筆有女作家筆下少見的一種
「中性特質」[32]。1949 年，徐鍾珮即在「婦週」創刊號寫下〈熊掌和魚〉，
清靈幽默的筆調，道盡一個熱愛工作和家庭的職業婦女的矛盾和掙扎，對
現狀充滿無奈，對自己卻充滿自信，接著第 2 期、第 3 期、第 4 期徐鍾珮
分別以〈會吹叫子的水壺——介紹英國的廚房〉、〈聞英國取消衣著配給
後〉、〈眾生一律平等〉三篇文章，刊登在「婦週」上。隔了一期，「婦週」
第 6 期的〈不要國籍的人〉，第 9 期（民國 38 年 5 月 8 日）寫〈母親〉（以
筆名余風發表）。

　　徐鍾珮開始就密集的爲「婦週」寫稿，除了是見多識廣、已具知名度
的女作家、名記者外，她和主編武月卿因爲中央政治大學新聞系（政大前
身）前後期的學姊、學妹，畢業後又先後在《中央日報》服務，應該有絕
大的關係。徐鍾珮在〈零落的海濱故人〉文中，回憶武月卿時這樣形容：

　　她的「婦女與家庭」反映出她的性格，不太刊登有關婦女、兒童的實用

---

[31]謝冰瑩，〈原序一〉，《給青年朋友的信》，臺北：東大圖書公司，1981 年 12 月，頁 3～4。
[32]鄭明娳，收入《當代臺灣女性文學論》，臺北：時報文化出版公司，1993 年。

常識，卻是文藝氣息特濃，有如一張副刊。有人批評它不切實際，更多
的人卻稱讚它氣質高雅。

我想月卿是三十年前第一個把婦女寫作者聯絡起來的人，當時每家無電
話，街上無計程車，在烈日下，在一個凌亂的新環境裡，她一家家去拜
訪拉稿，許多文友就從她那裡得識。[33]

　　這篇文章應該是目前尋得對武月卿比較完整的介紹與懷念的文章，徐
鍾珮在文章中還說：「全靠她的聯絡，也全靠她的『婦女家庭版』，我和舊
友們才彼此發現，『婦女與家庭』成了聯絡站，也供應了大家發表的園
地。」[34]舊雨、新知，一群喜愛寫作的朋友，在戰火稍歇、離亂方止的環境
中，用文字抒發自己的感情，用寫作安定自己的情緒，大家很快就從文章
中彼此認識了。武月卿的催稿與聯繫，實在功不可沒。

　　徐鍾珮來臺的第一本作品，書名《我在臺北》，是想藉這本書告訴許多
失散的親人及友人：她不安地在臺北。其中部分稿子就發表在「婦週」[35]。

（三）琦君（1917～2006）

　　琦君在臺灣當代散文史上，毫無疑問地具有典範的地位。但翻開琦君
在臺灣的文學歷程，整個 1950 年代琦君是以小說創作為主，她整個 30 冊
的散文集中，大多出版在 1960、1970 年代。但是她來臺灣的第一篇〈金盒
子〉、第二篇〈飄零一身——給一個學生的信〉，卻是分別發表在《中央日
報》的「副刊」及「婦週」，這兩個版面對琦君來說，顯見寫作啟蒙的意
義。琦君在回憶她第一本書《琴心》時說：

　　第一次看到自己的筆名變成鉛字，方方正正地出現在副刊正中顯著的位
置，那種興奮喜悅，一定是所有頭次投稿者可以體會得到的。我馬上又

---

[33]同註 17，頁 247～248。
[34]同上註。
[35]徐鍾珮，《我在臺北》，臺北：重光文藝出版社，1951 年 1 月。

試投一篇到婦女與家庭版，也很快被刊出，不由得信心大增，就陸陸續續的地寫下去。[36]

琦君不僅從此開始她的寫作生涯，她與文壇諸友的交往也從此開始。

琦君在第一篇文章在「婦週」登出來後，寫了一封信給武月卿，向她致問候感謝之忱，也說說自己公餘習作的興趣。這封信沒多久就在「婦週」一次「作者來函」特刊中刊登出來，這一份被認可的榮幸感，鼓舞了琦君，於是她鼓起勇氣去拜訪這位慧眼識「英雄」的主編，在她的宿舍裡，碰到了王琰如，一見如故，因爲在這之前，因爲都已看過彼此的作品。不久後，當孫如陵、武月卿合請兩刊作者餐會，許多文友，都是初次會面，見了面彼此對彼此的文章互相稱讚，真是個「以文會友」，武月卿是文友的忠實的「介紹人」，這個職稱對她來說再恰當不過了。[37]

琦君除了那一篇「作者來函」外，在武月卿主編期間一共登了 12 篇散文：〈飄零一身——給一個學生的信〉（民國 39 年 3 月 5 日）、〈毋忘我花〉（民國 39 年 6 月 18 日）、〈一生一代一雙人——記我的老師和師母〉（民國 40 年 2 月 14 日）、〈我們的水晶宮〉（民國 40 年 4 月 12 日）、〈鵲橋仙〉[38]（民國 40 年 8 月 30 日）、〈天涯芳草〉（民國 40 年 12 月 13 日）、〈一生兒愛是天然〉（民國 41 年 2 月 14 日）、〈也談跳舞〉（民國 41 年 2 月 21 日）、〈家庭教師〉（民國 41 年 4 月 10 日）、〈遷居〉（民國 42 年 5 月 13 日）、〈傷逝〉（民國 42 年 12 月 9 日）、〈燈下〉（民國 43 年 5 月 5 日）。這些文章大部分收在她第一本書《琴心》裡。琦君不只在一篇文章中懷念武月卿當年的鼓勵及知遇之恩，當年她除了很快的登了琦君的稿子外，還寫了一

---

[36]琦君，〈我的第一本書〉，《琴心》，臺北：爾雅出版社，1980 年 12 月，頁 203～207。

[37]同註 19。孫如陵在電話中告訴筆者，當時他主編《中央日報》「軍事週刊」，但武月卿發病時他常代班，所以和「婦週」的女作家們也十分熟。爲了讓文友彼此認識，他和武月卿聯合請爲兩刊寫稿的作者；他還記得以他們倆署名請帖的大紅帖子寄出去，許多人誤以爲是結婚請帖，他仍然記得請客的地點是在「狀元樓」餐廳。

[38]此首〈鵲橋仙〉爲琦君於民國 40 年農曆七夕爲紀念結婚週年而寫。

封非常誠懇的信，約她寫稿並約她見面，琦君說：

> 那份溫暖的情誼，可說是我以後持續不斷寫作最早原動力。可見得一位
> 筆頭勤、對作者關懷的主編，可能於一舉手之間，就促使一位作家的漸
> 趨成熟。我至今寫作不輟，感謝的第一位是鼓勵我投稿的謝冰瑩先生與
> 多慈姐，第二位就是給我寫信邀稿的武月卿女士。[39]

琦君認為，當初若不是武月卿登稿快，她就不會有興趣和信心，一篇
接一篇地寫，而許多女性寫作者，也不可能由文字之友，進而成性情之
交，這些都得感謝武月卿。[40]

（四）林海音（1918～2001）

在武月卿主編「婦週」期間，「婦週」曾兩度遭到停刊。林海音於民國
40 年 1 月 13 日在《中央日報》副刊寫了〈　個抗議〉一文，說了婦女版
面及刊物的稀少及重要，並說了一片不可先拿婦女版開刀的理由。《中央日
報》果真從善如流，不久「婦週」就在好幾個專刊停刊之後，首先復刊
了。[41]林海音曾在一篇懷念武月卿的文章中重提這件事，除了高興，她更敬
佩《中央日報》的重視民意。林海音在臺灣的寫作生涯是從民國 38 年起，
當時在《國語日報》工作的她，另外還兼編一個叫「週末」的版面，由於
沒有稿費得自己撰稿來填滿幾千字的篇幅，而她的投稿生涯也從《中央日
報》開始。

「婦週」第 4 期（民國 38 年 4 月 3 日），林海音以〈跛足的女兒〉一
文[42]，開始了她與「婦週」的文字因緣。總計林海音是所有女作家在「婦

---

[39]琦君，〈悼月卿姐〉，《燈景舊情懷》，臺北：洪範書局，1983 年 2 月，頁 74。
[40]同前註，頁 75。
[41]〈「婦週」二百期散記〉，「婦週」第 201 期，《中央日報》，1954 年 1 月 6 日。
[42]音，〈跛足的女兒〉，「婦週」第 4 期，《中央日報》，1949 年 4 月 3 日，第 6 版。此篇文章係林海
　音在「婦週」第一次也是第一篇用「音」的筆名寫文章，後來為了與鍾梅音區隔，才改為「海
　音」。

週」寫稿總量的第二位，僅次於鍾梅音，她總計寫了 48 篇文章，一直到她主掌《聯合報》副刊，才較少在「婦週」上寫稿。[43]林海音以一個女性的身分，關心主婦的廚房，也描繪家鄉的美食，但她更關心婦女問題，「婦週」滿週年時，她寫了〈臺灣的媳婦仔──一個值得討論的問題〉（民國 39 年 3 月 12 日），之後又寫了〈臺灣婦女生活漫談〉（民國 39 年 4 月 30 日），此外，更有她對一個新環境的適應及觀察〈臺北屋簷下〉（民國 38 年 4 月 17 日）、〈漫談吃飯〉（民國 38 年 6 月 23 日）等文。民國 40 年 9 月 27 日「婦週」第 92 期，林海音開始固定每週爲「婦週」寫「燈下漫筆」專欄（後改爲家常閑話），一直到民國 41 年 6 月 5 日，每週一篇，從未脫期。從家庭生活、子女教育、夫妻相處、兩性問題、生活雜感、讀書心得。文章雖短（五百字左右），卻可看出林海音的熱情個性、爽快風格及文學素養。這些文章部分收在她第一本散文和小說的合集《冬青樹》[44]中，評論家司徒衛謂是標準的「主婦型」文學，充滿家庭瑣事和溫馨氣氛。[45]難得的是在那些物質生活匱乏的日子裡，從不見林海音愁苦悲歎，她努力地過尋常日子，以一個家庭主婦的角度，呈現一個喜愛寫作、努力分擔家用、充滿樂觀希望的主婦心聲。這些對現實生活的描述，對女性意識的敏感，對社會現象的批評及感想，可以說完全沒有政治掛帥以及一般所謂的反共文學的影子存在。

　　林海音在《剪影話文壇》中，有一篇懷念武月卿的文章，敘述因投稿和看「婦週」，在版面上認識了許多女作家，以及武月卿受哮喘病折磨的情形。她在回憶中爲當年的「婦週」下了評論：

> 「婦週」的風格是文藝性濃於實用性，刊的多是生活散文小說、婦女問題論著，極少數是有關炒菜、洗窗子、補襪子之類的。這也就是為什麼

---

[43]林海音主編《聯合報》副刊期間爲民國 42 年 11 月 1 日～52 年 4 月。
[44]林海音，《冬青樹》，臺北：遊目族文化公司，2000 年 5 月。
[45]司徒衛，〈林海音的「冬青樹」〉，《書評續集》，臺北：幼獅書店，1960 年 6 月，頁 82～86。

作者多是文藝女作家。月卿對在臺灣的女性作家，提供了這塊寫作園地，可說是頗有貢獻和影響。[46]

武月卿於民國 43 年赴美留學、結婚、定居，還和林海音等女作家保持聯繫，林海音赴舊金山，總要在武月卿家住住，敘敘舊。[47]

其實，不只林海音，同為知名作家她的夫婿何凡，早年也有數篇文章在「婦週」上發表，「婦週」第 7 期（民國 38 年 4 月 24 日），何凡先生以「承楹」筆名翻譯了〈柴達斯的家庭——謹把下面的故事介紹給琴瑟失調、風度粗暴或不關心孩子的父母〉。接著「婦週」第 13 期（民國 38 年 6 月 5 日），以「何凡」筆名寫〈談「榻榻密」的利弊〉，這時就頗有他日後「玻璃墊上」的風格了。「婦週」第 14 期（民國 38 年 6 月 12 日），何凡接著寫了一篇〈談「日本式房子」〉一文。由民國 38 年上半年，林海音和何凡的這些文章，可以看出一對遷臺不久的夫婦，如何認真及努力地觀察新環境，體驗新生活。

（五）孟瑤（1919～2000）

以數十部長篇小說、歷史小說著名的女作家孟瑤，很少人知道她的第一本作品卻是散文書信體，是在「婦週」上發表的。孟瑤在「婦週」上的第一篇文章，就頗令人側目，篇名是〈弱者，你的名字是女人！〉（民國 39 年 5 月 7 日）。這也是孟瑤到臺灣寫的第一篇文章。[48]武月卿把這篇文章放在當天最醒目的頭條位置，還引一段文字做前言：「這句話（指弱者，你的名字是女人）像根針，總把我的心刺得血淋淋地。是的，「母親」使女人屈了膝，「妻子」又使女人低了頭。家，給了我一切，但它同時也摘走了我的希望和夢。」這篇文章一針見血地道盡身為女人、身為人妻人母，在現

---

[46]林海音，〈武月卿／當年——「抗議」〉，《剪影話文壇》，臺北：遊目族文化公司，2000 年 5 月，頁 15～17。

[47]林海音，〈謝冰瑩／女兵在舊金山〉，《剪影話文壇》，臺北：遊目族文化公司，2000 年 5 月，頁 12～14。

[48]吉廣興編選，〈孟瑤自傳〉，《孟瑤讀本》，臺北：幼獅文化公司，1994 年 7 月，頁 4～9。

實與理想的掙扎，結尾十分令人震撼：「我沒有看見家，我看見的只是粗壯無比的鎖鏈，無情地束縛了我的四肢和腦；我沒有看見孩子，我所看見的只是可怕的蛇蠍，貪佞地想吞掉我的一切。」[49]這篇文章引起許多的回響及討論，武月卿在隔了一期的「婦週」第 61 期（民國 39 年 5 月 21 日），用整個版面 5 篇文章針對孟瑤這篇文章的回響文章。接著第 62 期（民國 39 年 5 月 28 日）再登了孟瑤的回應文：〈我的答覆〉。

除了這篇引起廣泛討論的文章，孟瑤又陸陸續續寫了 20 篇的散文，大部分環繞在女性、婚姻、家庭等主題上，民國 41 年 7 月 24 日「婦週」第 127 期，孟瑤開始撰寫「給女孩子們的第一封信」系列文章，連續發表在「婦週」上，總共 20 封書信體的散文，主題分別為〈談讀書〉、〈談惜時〉、〈談健康〉、〈談器度〉、〈談勤儉〉、〈談清閒〉、〈談交遊〉、〈談婚姻〉、〈談家庭與事業〉、〈談女性〉、〈談人生信念〉、〈談性格修養〉、〈談鎮定〉、〈談朝氣〉、〈談取與予〉、〈好勝與忌妒〉、〈自知與自信〉、〈群居與獨處〉、〈勇敢與驕傲〉、〈感情與理智〉。最後一篇是民國 42 年 8 月 26 日，整整一年多的時間，這些文章合成《給女孩子的信》這本書，民國 43 年由中興文學出版社出版，之後好些年，不斷有人盜印、翻版，可見頗受人歡迎。[50]

（六）張秀亞（1919～2001）

以散文為名的女作家張秀亞，在大陸時已有四本小說出版[51]，但她的散文創作主要是在臺灣發展完成的。張秀亞開始在「婦週」寫文章的時間比上述幾位作家要晚，民國 40 年 9 月 6 日張秀亞第一篇在「婦週」的稿子〈悼朱振雲女士〉，之後又陸續寫了〈饒恕〉、〈父與女〉、〈或人的日記〉、〈友情與愛情〉等，民國 42 年 12 月 2 日「婦週」第 196 期，張秀亞開始發表「凡妮的手冊」，隔週一篇，每次一個主題，一共寫了 28 篇，後來就以《凡妮的手冊》為書名出版，刪掉了其中四篇，保留了 24 篇[52]。張秀亞

---

[49]孟瑤，〈弱者，你的名字是女人〉，「婦週」第 59 期，《中央日報》，1950 年 5 月 7 日，第 6 版。
[50]同註 49，〈附錄三：才華到底何物——孟瑤作品總集〉，頁 274～283。
[51]〈著譯目錄〉，《張秀亞全集 15 資料卷》，臺南：國家臺灣文學館，2005 年 3 月，頁 168～174。
[52]張秀亞，〈凡妮的手冊・自序〉，《張秀亞全集 2・散文卷 1》，臺南：國家臺灣文學館，2005 年 3

〈依依夢裡無尋處〉這篇悼念武月卿的文章中，仔細地記載了武月卿親自到張秀亞位在臺中市郊的住處拜訪她的情景。

> 在我那松影浮動的小窗前，你啜了半杯清茗，稍坐即去，原來你還要拜訪住在我家附近；在一個學校執教的孟瑤。記得那天中午，你邀了孟瑤、繁露同我餐敘，席間你為我們描繪了當時為你的刊物執筆的北部、南部的一些女作家，以及當時主編一些刊物的女作家「群相」，你提到姚葳、鍾珮、海音、琰如、梅音、劉枋、文漪、怡之、傳文、雪茵、漱菡、艾雯、良蕙、夢燕、蓉子、七七、蘭熙、華嚴、咸思、心蕊、志致、潤璧、人木……等。聽得孟瑤、繁露同我為之神往。[53]

這些年華正當、寫作甚勤的女作家們，就在武月卿的穿針引線、勤奮催稿之下，儼然形成一支美好的「筆隊伍」。

（七）鍾梅音（1922～1984）

如果以女作家在「婦週」發表的量來做統計，鍾梅音排名第一。鍾梅音自幼體弱，她從小患有哮喘病，來臺後，因先生余伯祺臺肥工作的原因，必須調往蘇澳工作，梅音舉家遷往，閑暇時即以寫作自娛。開始時即用「音」為筆名，當時與林海音的筆名「海音」，被文壇稱為文壇「二音」，她們兩人還曾因讀者誤為同一人，而分別在《大華晚報》副刊為文說明此事。[54]或許因為「同病相憐」，鍾梅音與武月卿兩人的感情似乎更甚於其他女作家，鍾梅音家住蘇澳，清幽的住家環境，曾邀武月卿前往蘇澳養病，鍾梅音好客，亦曾多次邀臺北文友去蘇澳渡假，武月卿當然在名單之列，陳紀瀅、徐鍾珮都曾在文章中提到拜訪鍾梅音及赴蘇澳的旅遊情形。[55]

月，頁 307～309。
[53]張秀亞，〈海棠樹下小窗前‧依依夢裡無尋處〉，《張秀亞全集 8‧散文卷匕》，臺南：國家臺灣文學館，2005 年 3 月，頁 418～423。
[54]〈編者按〉，「婦週」第 51 期，《中央日報》，1950 年 3 月 12 日。
[55]陳紀瀅，〈憶梅音〉，《傳記文學》第 44 卷第 3 期，1984 年 3 月，頁 72～76。

　　民國 38 年 6 月 14、15 日，鍾梅音來臺的第一篇文章〈雞的故事〉刊載在《中央日報》副刊，民國 38 年 8 月 14 日「婦週」第 22 期舉辦父親節徵文，鍾梅音以「音」為筆名，撰寫〈父親的悲哀〉一文獲選，此後即展開她的創作生涯。臺灣是鍾梅音創作生涯的起點，而她創作文類全部以散文為主，除了創作，鍾梅音曾主編過國民黨婦工會的《婦女月刊》、《大華晚報》副刊，她也是第一個主持電視節目的女作家。住在蘇澳的六年期間[56]，鍾梅音以一個家庭主婦身分大量創作，主要發表園地為「婦週」、「中副」、《中華日報》副刊。民國 40 年 3 月鍾梅音的第一年散文集《冷泉心影》由「重光文藝」出版，總計 30 篇散文，分別發表在「中副」、「婦週」及《中華日報》副刊。在民國 38 至 42 年這段時間，是她大量創作的階段，在「婦週」上她以「音」及「小芙」兩個筆名輪流寫稿，談的題材相當廣，生活周遭事物的感受、往事故人的回憶，音樂、美術也都因興趣而有頗深的涉獵，兒童文學也曾涉足。單就民國 42 年 1 月～9 月共計 36 期的「婦週」，鍾梅音就發表了 36 篇文章，幾乎每期都有她的作品，民國 43 年 11 月《海濱隨筆》由《大華晚報》出版，計有 100 篇小品文，其中就包括了在「婦週」、「每週漫談」的 41 篇專欄文章。這些文章雖然都不長，皆在五百字左右，但主題明顯，文筆清麗，耐人尋味。

　　文人相重，彼此情誼因文而深，但談文論藝，仍有各自主張。鍾梅音與孟瑤二位就曾因「背書」這個題目，彼此你來我往地表達不同的主張[57]，細讀二人文章，放在今日的白話文、文言文教學之爭，似乎有異曲同工之妙。可見女作家們溫婉謙和的背後，亦有一定理念的堅持。

　　鍾梅音在散文上的表現，至《海天遊蹤》二冊的出版，到達了一個高峰，曾被喻為「最完美的遊記」。1950 年代即享有文名的鍾梅音，不知是否因為成名較早，又有一長段時間隨丈夫旅居海外，直到 1982 年回臺灣養

---

[56]同上註。

[57]鍾梅音，〈背書〉、〈興趣〉、〈理解與記憶（孟瑤）〉、〈二年後再答孟瑤〉，收入《海濱隨筆》，臺北：大華晚報社，1954 年 11 月，頁 120～128。

病，1984 年病逝臺北，她在散文方面的成就與表現一直未受應有的重視。
她因患帕金森症回臺療養的同年，武月卿在美病逝，當年作者與主編情誼
深厚的兩位女性，卻先後凋零，難怪徐鍾珮在〈零落的海濱故人〉中，會
有懷故友歎造化的深深感觸。

（八）艾雯（1923～2009）

　　被譽為「自由中國第一本散文集」的《青春篇》作者艾雯，在上述幾
位女作家中年紀最輕，然而散文的文名在 1950 年代即享譽文壇。1955 年
中國青年寫作協會票選「全國青年最愛讀之作家」，艾雯獲得第一名。艾雯
早在來臺前就已發表過許多作品，[58]來臺後定居在高雄岡山，重新拾筆創
作。民國 38 年 9 月 25 日「婦週」第 28 期開始，艾雯一連發表五篇寫教養
孩子的系列短文，接著談愛情、談寫作、談生活的散文小品在「婦週」上
出現，在南部居住長達 20 年的艾雯，藉著與武月卿、林海音等媒體主編與
許多女作家人交往相識的過程，至今仍視為美好的回憶。[59]

　　民國 43 年 1 月 13 日「婦週」第 202 期，艾雯開始以「主婦隨筆」專
欄定期為「婦週」寫稿，每個星期一篇，「用一位達觀而賢能主婦思瑾的口
吻，寫下這些她在生活中所體驗的，領略的，以及她對人生的觀念，品性
的修養、對處世的哲學、孩子的教育、感情的處理、治家的心得以及心聲
的抒寫和偶然的感觸。」[60]艾雯整整寫了一年，連載期間，也接到許多讀者
鼓勵的信件。民國 44 年 6 月，艾雯將這一年的作品，共 46 篇出版成書，
書名改為《生活小品》[61]。

　　身體一向孱弱的艾雯，2003 年仍出版別具風格的散文集《花韻》，對
照當年，筆力仍健。近年仍陸續有作品發表於報端，文字及神韻，更臻爐

[58]艾雯，〈艾雯寫作年表〉，《青春篇》，臺北：爾雅出版社，1984 年 5 月，頁 225～229。
[59]2005 年 10 月 8 日，筆者電話請教艾雯，談一下武月卿及當年寫稿的情形。艾雯當時住在高雄岡
　山，與其他作家相識原先是先認識彼此的作品，還有就是「婦週」武月卿的熱心從中介紹，大家
　有相同的興趣，很快就成為可以談心的好朋友、好姊妹，艾雯至今還十分懷念那段美好的歲月。
[60]艾雯，〈寫在前面〉，《生活小品》，臺北：國華出版社，1955 年 8 月，扉頁後兩頁。
[61]同上註。

火純青。憶起逐漸凋零的友輩，艾雯用筆撐起 1950 年代第一代散文女作家延續的香火。

四、回顧與省思

　　武月卿主編「婦週」的 264 期當中，出現在其版面上的女作家當然不只前面分論的八位，像繁露、心蕊、蕭傳文、王文漪、王琰如、畢璞、劉咸思、丹扇、郭立誠、於梨華、邱七七等，都有或多或少的作品發表，日後她們也都各自在創作領域中開拓出一片天空。當年「婦週」提供了寬闊自由的創作空間，而凝聚這股力量的，正是開創「婦週」的靈魂人物武月卿。

　　民國 44 年 4 月 27 日「婦週」第 264 期是武月卿主編的最後一期，民國 44 年 5 月 4 日第 265 期在「婦女與家庭」幾個刊頭字和刊頭圖案下，主編的名字改為「李青來」，在版面不起眼的角落裡，用一個小框框，幾行輕描淡寫的文字：「本刊主編武月卿赴美留學，編務暫由李青來代替。」當然，這一暫代武月卿就沒有回來，一直到「婦週」停辦。

　　徐鍾珮在〈零落的海濱故人〉中提到武月卿多年氣喘的病體，曾進出醫院數十次，對自己的體弱多病，也曾有灰心和失望[62]。民國 44 年左右，當時的「中副」，幾乎可以說已完全進入「文學副刊」的時代，報紙、雜誌的創作園地也日漸增加。民國 44 年 5 月 4 日，臺灣省婦女寫作協會成立，名義上女作家們有了固定的社團組織，聚會及發聲的機會也大了。「婦週」因主編的喜好文藝及重視女性議題，將這塊園地發展到充滿濃厚文藝氣息，博得許多讀者的喜愛，此時似乎已完成她階段性的任務。臺灣濕熱的氣候及環境，使武月卿多年的哮喘未見好轉，有人建議只有赴美換一個較乾燥的居住環境，才能改善病情。民國 43 年武月卿湊齊 2400 美元在當時像天文數字的保證金，取得簽證，以學生的身分出國。赴美後，武月卿半

---

[62]同註 47。

工半讀，之後結婚成家。完成學業後她在《少年中國晨報》擔任總編輯，和國內的好幾位女作家仍保持聯絡。林海音每到舊金山總要到武月卿家聚聚[63]，琦君在民國 68 年冬天也到舊金山與武月卿重逢敘舊[64]，張秀亞自分別後年年收到她的卡片[65]，徐鍾珮更是以這位學妹的表現為榮[66]，鍾梅音與武月卿曾在蘇澳家中共度養病時光[67]，艾雯至今還懷念「以文會友」的溫馨時光[68]。

這些遷臺初期的女作家們，在離鄉背井之際努力適應新的環境，用樂觀好奇的心去體驗新的生活，她們用勤奮的筆，在兼顧家庭及工作之餘，努力耕耘出自己的天空。她們言為心聲的一篇篇文章，一部部作品，為她們所處的時代，所在的臺灣，留下生動的紀錄。在她們生活中，鍋鏟與筆桿齊舞，現實與理想兼顧，她們努力為自己、為女性，爭取「發聲」的機會。在筆下，她們個個「不讓鬚眉」，私下，她們以文會友，進而成為性情之交。

這些身處在 1950 年代「反共」氛圍中的女作家，她們沒有忘記「國仇家恨」，但是她們用一支自由的筆，自自然然地寫下她們的所思所感。容或有懷鄉，容或有反共，對這一群離鄉背井的年輕女性（大多二十多歲、三十歲）來說，也是呈現個人真實的經歷。最可貴的，閱讀她們的作品，絕少怨天載道的追悔與憤怒，而多是面向現實生活的在地書寫。

《中央日報》的「婦週」，在那個創作園地貧乏的年代，適時地釋放出女作家創作的空間。更由於主編武月卿的努力與用心，讓我們得以記錄下這些遷臺初期女作家的文學風貌，以及她們和臺灣這塊土地的深厚感情。

不論「反共文學」、「戰鬥文藝」在 1950 年代是否叫得震天價響，我們

---

[63]同註 48。
[64]同註 40。
[65]同註 54。
[66]同註 17。
[67]鍾梅音，〈小灝的日記〉，《塞上行》，臺中：光啟出版社，1964 年 2 月，頁 126；〈珍妮畫像〉、《海濱隨筆》，臺北：大華晚報社，1954 年 11 月，頁 106。
[68]同註 60。

卻從武月卿主編「婦週」六年的期間，看見長期在文學史中被忽略的女作家的聲音。這些平均具有高學歷及寫作能力的遷臺女作家，一字一句地開拓了女性書寫的空間，她們的努力，為臺灣的女性文學札下了深厚的根基，也形成一股日後臺灣文學不可忽視的力量。今日，我們還原史料，是否也能公平地還原這些女作家在臺灣文學史中應有的地位。

——選自李瑞騰主編，《永恆的溫柔——琦君及其同輩女作家學術研討會》
桃園：中央大學琦君研究中心，2005 年 12 月

英子的鄉戀

論林海音散文

◎張瑞芬[*]

> 為了寫作，我們實在缺少了一張書桌。那張矮桌雖可席地伏案，但我們畢竟不是日本的夏目漱石、古崎潤一郎，盤腿跪坐，米不贏！阿烈哥知道了……把一張小小的書桌送給了我。
>
> ——〈從一張書桌說起〉

該怎樣說林海音呢？或許齊邦媛〈失散〉一文形容得仍然最貼切：「憑自己的頭腦和勤勞建立了那個時代女子少有的自己的華廈（不只是吳爾芙（Virginia Woolf）所說的「自己的屋子」）。寫必然傳世的小說，主編《聯合報》副刊，辦《純文學》雜誌，創立純文學出版社」。幾乎不曾不做事，也沒有認過輸，從充滿舊事的北平城南回到臺灣，林海音似乎也沒有戰爭與逃難的淒厲陰影。在本土當道，反共文學與 1950 年代作家不免「二度漂流」的如今，她卻由於「正港臺灣出身」[1]，早就得到葉石濤「客家人硬頸精神」的讚譽。衡諸其他在臺半輩子的外省來臺作家的失散感，「這樣跨越兩岸的政治正確性，有幾人能得？[2]」齊邦媛此語，背後實有隱微的傷痛[3]。

---

[*]逢甲大學中國文學系教授。

[1]林海音為閩（母黃愛珍）、客（父林煥文）混血，生於大阪，長於北平，1948 年回臺灣。夏烈，〈吳濁流、張我軍及林海音〉（《聯合報》聯合副刊，2003 年 10 月 14 日）即指出，賴和、吳濁流、張我軍、林海音堪稱對現代臺灣文學貢獻最大的四人。後三者又頗有淵源，張我軍為林海音表舅，在北京與任職「臺灣旅京同鄉會」會長的林煥文時相往還。吳濁流為林煥文（林海音之父）任教新埔公學校時的學生，1960 年代中期創辦《臺灣文藝》曾獲林海音相助。

[2]齊邦媛〈失散〉藉與林海音在夜雨車潮中的分散，隱喻了人生失所憑依之感，原載《聯合報》聯合副刊，2001 年 12 月 3 日，後收入《一生中的一天》，臺北：爾雅出版社，2004 年。

[3]齊邦媛為東北遼寧人，立法委員齊世英之女，1947 年來臺至今。創立《中華民國筆會英文季刊》，致力中書外譯工作，被稱為「當代臺灣文學的知音」。齊邦媛《霧漸漸散的時候：臺灣文學

　　集編、寫、出版於一身的林海音，「女人心腸，而有男人氣概」（聞見思語），提拔了鍾肇政、黃春明、七等生這些本土作家，對臺灣文壇的重大貢獻自然無人能及。幾人能得的運氣，還包括 1980 年代初（文化大革命剛過），大陸導演吳貽弓拍攝的電影「城南舊事」。英子眼中的淡淡憂愁，風靡了剛從劍拔弩張的氣氛中掙脫，正需要溫情慰藉的中國。林海音（一個臺灣人）的京味兒文字，使她在臺灣與中國同樣有著獨特魅力與淵源，同樣備受重視。1980 年代中期以下（尤其林海音去世前後），大陸與臺灣陸續舉辦林海音作品研討會，相關研究篇目與專書激增，然而關於林海音及其文學，仍然還有再探討的空間。對於她的婚戀小說，近年國內女性主義論者（如范銘如）較注意她的性別批判被政治詮釋給掩蓋了。此外，散文也是一個歷來研究的顯著盲點。

　　林海音的散文創作，和她的小說幾乎同步開始，自《冬青樹》（散文小說合集）而下，至《靜靜的聽》，近四十年，凡十餘本。而她的小說，最早的專書是《綠藻與鹹蛋》，依序而下爲《曉雲》、《城南舊事》、《婚姻的故事》、《燭芯》、《春風麗日》、《孟珠的旅程》，總爲七本。從創作現象可以看出，林海音小說橫跨 1950 年代到 1960 年代，約僅十年，而散文，反倒是她一生未曾歇筆，且創作總量較多的文類。以研究篇目來看（無分大陸或臺灣），小說與散文被注意的程度幾乎不成比例。近年呂正惠〈五〇年代的林海音〉一文，除標舉林海音在 1950 年代爲最重要作家，注意到《婚姻的故事》應列爲散文外，復提出新觀點——林海音散文的成就，應該高於（或至少等同）張秀亞、徐鍾珮、鍾梅音等人。這個新說法，令人不由得想起葉石濤早期評林海音時，曾有不同評語：「並非我有意歧視散文和遊記，其實是她的小說優於散文的緣故。」[4]

五十年》（臺北：九歌出版社，1998 年）、《千年之淚》（臺北：爾雅出版社，1990 年）中評論臺灣本土作家作品甚多，足見其讀書之恢弘精審，近年於臺灣本土論的狹隘，頗多語重心長之建言。
[4] 呂正惠，〈五〇年代的林海音〉，收入東海大學中國文學系主辦，《戰後初期臺灣文學與思潮論文集》，臺北：文津出版社，2005 年。葉石濤，〈談林海音〉，《臺灣文藝》第 18 期，1968 年 1 月，後易名〈林海音論〉，收入《葉石濤作家論集》，高雄：三信出版社，1973 年。

　　葉石濤與呂正惠，孰者為是？這與寫作的時間點有關。葉石濤〈談林
海音〉發表於 1968 年，當時林海音已出版了她的所有小說，散文卻僅有三
本：《冬青樹》、《作客美國》、《兩地》。未能窺其散文全貌，當是葉氏判斷
失準的原因，然而評論界夙來重小說而輕散文，恐亦不無關係。將林海音
的散文放回 1950、1960 年代，並檢視其特殊性時，可以發現在同時期來臺
女作家中，雖然向不以散文名家（相對於張秀亞、鍾梅音、徐鍾珮），她寫
的數量實在不算少，且幾乎是唯一沒有懷鄉憶舊的傷痛，而能在平淡生活
中發揮樂觀幽默精神者。那脆爽熱情的京味兒語調，從記敘兒女瑣事到歷
數文壇典故，都形成一種如子敏所稱「散文小說」（或第一人稱小說），故
事型散文的基調，「在閒適的散文中加入一些虛構的情節」[5]，頗具獨特風
味。和她小說中結構的經營，或呈現對婚姻與性別的省思，明顯有別。

　　林海音散文，總十餘本，大致可分為四種主題：

　　1.臺灣瑣記與家庭情趣：包括《冬青樹》、《兩地》（輯二）、《窗》、《一
家之主》。

　　2.遊記：《作客美國》。

　　3.京味兒回憶：《兩地》（輯一）、《家住書坊邊》、《靜靜的聽》。

　　4.文壇話舊：《芸窗夜讀》、《剪影話文壇》、《隔著竹簾兒看見她》、《生
活者‧林海音》（輯一）。

　　就數量與文學史價值而言，「京味兒回憶」與「文壇話舊」無疑將較被
注意，「家庭瑣記」與「美國遊記」，則回歸到 1950、1960 年代氛圍時，頗
能見其性情與文筆，亦值得重視。林海音在臺寫作極早，1948 年 11 月搭
船來到基隆港，次年即開始投稿《公論報》、《自由中國》、《中華日報》、
《中央日報》，至 1952 年間，發表雜文近三百篇。這些文章，包括〈臺灣
人怎麼取名〉、〈學臺灣話的歪路〉[6]林林總總，大多未見結集。她的第一本

---

[5]子敏，〈推車的日子——談談《冬青樹》〉，《國語日報》，1980 年 9 月 8 日。
[6]二文載《民族報》，1949 年 10 月 16 日、《國語日報》，1949 年 12 月 14 日。施英美，〈《聯合報》
　副刊時期（1953～1963 年）的林海音研究〉，臺中：靜宜大學中國文學研究所碩士論文，附錄列
　表甚詳。

書《冬青樹》是在她寫作六年後，選錄較精良的散文與小說而成（有部分極早的作品收入《兩地》、《窗》，詳見後文）。即使如此，從《冬青樹》短篇小說〈竊讀記〉、〈謝謝你，小姑娘！〉、〈會唱的球〉都可看出猶有生澀的痕跡。〈一件旗袍〉、〈臺北行〉是家庭主婦不切實際的夢想，〈遲開的杜鵑〉寫晚婚女性巧遇舊情人的溫情，頗與張漱菡、艾雯筆調接近，〈風雪夜歸人〉是職業婦女的困境，幾乎可與徐鍾珮〈熊掌與魚〉並觀。可以這麼說，林海音最早期的寫作，小說尚未見出自己的風格（直到 1960 年《城南舊事》才立下不朽聲名），反而是《冬青樹》第一輯中的散文，在 1950 年代一片懷舊悲情中，清音逸響，新人耳目。

　　《冬青樹》第一輯收入了九篇散文，十足「主婦型」（司徒衛語）文學，和後來圖文並茂的《一家之主》一樣，充滿家庭瑣事的溫馨氣氛。〈書桌〉以亂中有序的男主人和勤勞主婦對比，產生有趣的家事辯證；〈鴨的喜劇〉是夫妻夜讀情趣與親子心理角力；〈教子無方〉有三個搗亂小毛頭和外厲內荏的媽媽之對決；〈小林的傘〉以一把戰亂物資的傘串聯憂喜人生；〈分期付款〉在拮据家用中，把男主人的精明與憨實同時呈現出來；〈今天是星期天〉更上演了一齣「媽媽今天休息」，卻混亂忙碌甚於平日的上乘喜劇。叫人想起郭晉秀〈媽媽的假期〉中，難得獨自一人享受家中清閒的主婦，三天假期，竟一邊思念兒女，一邊把全家又刷洗了一遍[7]。〈今天是星期天〉中，廚房裡那個擘畫有理，調度分明的爸爸，慎重其事講解「人要忠心，火要空心」的模樣，尤其令人絕倒。分明平凡之家，卻略無愁苦之狀。正如齊邦媛所說，林海音作品中呈現的是一個安定的、正常的、政治不掛帥的社會心態[8]。1950 年代戰鬥文藝喊得漫天價響，她只是努力過尋常日子。兒女、丈夫，一個健康勤奮主婦最平實的角度。在《冬青樹》裡，林海音寫活了一個在家事混亂中（「橋頭堡尚未拆掉，菜頭糕尚未煮熟」）執筆的主婦，也流露出她文字俐落颯爽、毫不拖沓的風格。舉〈書桌〉一

[7]郭晉秀，〈媽媽的假期〉，《媽媽的假期》，臺中：光啟出版社，1970 年。
[8]齊邦媛，〈超越悲歡的童年〉，收入林海音，《靜靜的聽》，臺北：爾雅出版社，1996 年。

文為例，口語的流暢加上結構的緊密，足稱渾然天成，毫無絮叨之感：

> 對正在擦桌抹椅的阿彩，我說：「先生的書桌可不許動！」
>
> 對正在尋筆找墨的孩子們，我說：「爸爸的書桌可不許動！」
>
> 就連剛會單字發音的老四都知道，爬上了書桌前的藤椅，立刻拍拍自己的小屁股，嘴裡發出很乾脆的一個字：「扪！」跟著便趕快自動的爬下來。

林海音的散文結構嚴密，略無廢話，或與俐落的北京腔與新聞稿訓練不無關聯（徐鍾珮與之相較，則在簡潔之外稍帶些文言）。17 歲畢業自北平世界新聞專科學校的林海音，曾在《世界日報》跑婦女新聞，後主編婦女版。寫作的流暢與快速，於她為本行的基本功夫。這項優勢在 1965 年應美國國務院邀請，馬不停蹄的四個月訪問中寄回十數萬字稿件，尤其展露無遺，也因而集成第二本散文集《作客美國》。此書成於出國不易的 1960年代中期，與鍾梅音《海天遊蹤》[9]文字的典麗晶瑩不同，發揮了一個新聞記者（甚且是女性）的快筆捷才，並且對婦女生活、兒童教育與旅美作家投注了較多關懷。林海音考察美國的婦女生活（〈唯有寂寞才自由〉），一語道中中西飲食文化差異，「複雜的廚房，做的是簡單的菜」（〈四個灶口與女博士〉），感慨美國兒童文學作家之專業（〈美國的兒童讀物〉），並對已故作家致意（〈睡谷半日遊──訪華盛頓‧歐文故居〉），〈日落百老匯〉甚且關心富裕國度中老人的生活與心境，和徐鍾珮描寫英國公園長椅老婦的〈落霞孤鶩〉幾可並觀。《作客美國》不但生動地勾勒出美國文化與庶民生活，遍訪林語堂、聶華苓、夏志清、吳崇蘭、陳香梅、吳魯芹（〈中國作家在美國〉），更足稱可貴的文學一手史料。與《作客美國》同年出版的《兩地》，

---

[9]鍾梅音，《海天遊蹤》（臺北：大中國出版社，1966 年），隨夫婿業務出國，環遊世界 80 天，歷 13 國 25 城，刊行 16 版，被譽為當時最完美的遊記。稍後張裘麗，《我在尼羅河上游》（臺北：純文學出版社，1969 年）、王琰如，《我在利比亞》（臺北：三民書局，1969 年）亦隨夫出國，相較之下，林海音的單身出遊訪問，極為特殊。

是林海音的第三本散文集。《窗》（與何凡合出）位列第四，其中〈生之趣〉、〈漫談「吃飯」〉、〈燈〉寫作時間最早，風格略同《冬青樹》。憶北平部分文章因已收入《兩地》，整體價值稍遜。林海音散文中，重複收入的情形不少，《寫在風中》即收入極多《兩地》、《窗》文章，《家住書坊邊》輯一亦重複收入《兩地》諸文，皆爲此例。

　　林海音《兩地》輯一回憶北平諸文，約與《城南舊事》同時寫成，輯二寫臺灣風物，寫作時間更早，約成於初抵臺灣的 1950 年至 1953 年。輯二部分如今看來，除〈我父親在新埔那段兒〉有史料價值外，其餘記述平淺，略無可觀。倒是輯一的〈英子的鄉戀〉、〈北平漫筆〉、〈重讀《舊京瑣記》〉、〈天橋上當記〉、〈虎坊橋〉、〈思冰令人老〉等文，開啓她懷念北平系列文章之始。說到北京腔與北京事，林海音寫得較早，郭立誠《故都憶往》、沙錚《故都風情畫》稍晚，楊明顯、小民／喜樂、劉枋、唐魯孫與夏元瑜，則要到 1980 年代才出現。這之間只有侯榕生《又見北平》較爲特殊，侯榕生在文革巨變中回返故京，1972 年的大陸聞見，使她傷痛破滅，溢於言表[10]。林海音幸而不曾承受這樣的衝擊（1990 年才初次返京），英子的鄉戀，因之是寫給臺灣祖父、堂兄的書信繫念，也是來到臺灣後，日夜思念的北京故里。這種思念的力量，使林海音 1960 年代寫出了《城南舊事》、《兩地》，甚而後來集京味兒回憶爲大宗的《家住書坊邊》。《家住書坊邊》將憶念北平集爲同一主題，等於是《城南舊事》的散文加長版（甚且配上了精采的懷舊照片），無疑是林海音散文的重要代表作。北京住了四分之一世紀，被稱爲「臺灣姑娘，北京規矩」的林海音，北京語言的原汁原味，如「蹓稜子」、「車軲轆話」、「再寫一次打總兒的」、「北京話說得嘎巴脆」，這些鄉音，能讓北平掉淚的程度，大概等同於籍隸蘇州的艾雯在菜市場聽到一句「牛踏扁」，竟冒然前去和人認親一樣[11]。

---

[10]侯榕生，北平人，輔仁大學歷史學系畢業，出身官宦世家，爲空軍眷屬。1948 年倉促來臺，1965年赴美。1972 年北京之旅後，有《北京歸來與自我檢討》（臺北：黎明文化公司，1974 年）與《又見北平》（臺北：時報文化出版公司，1981 年）。

[11]艾雯，〈聞聲聊慰故鄉情〉，《倚風樓書簡》，臺北：水芙蓉出版社，1984 年。

　　綜觀林海音的一生，1960 年代是她創作量最大時期，也是編輯生涯與小說的豐收季。1970 年代她的小說已停筆，並加入國立編譯館編寫國小教材工作。1980 年代以下，林海音以京味兒回憶與文壇剪影系列散文，重現了豐沛的創作能量。在《聯合報》編輯十年（1953～1963 年）與《純文學月刊》（1967～1971 年）停辦後，林海音專心致力於經營純文學出版社，並積多年與作者往還的資歷，開展出《芸窗夜讀》、《剪影話文壇》、《隔著竹簾兒看見她》一系列文壇話舊散文，成了林海音後期散文寫作的主力。

　　《芸窗夜讀》作爲 53 篇自序與書序的集成，充分見出林海音身爲文學催生者的廣闊人脈與無私熱情。她公開自己的文學熱誠與理念（〈作自己事出一臂力〉，《純文學月刊》發刊詞），爲鍾理和的不遇惋惜〈悼鍾理和先生〉、〈同情在人間〉等），歎吉錚的英年早逝（〈吉錚其人其事〉），歷數編「聯副」時期知遇的優秀作者（〈流水十年間〉）。其間穿插的眾多圖照，與文章的相互輝映，之後引發了《剪影話文壇》的誕生。身爲編輯與出版人，林海音深得作家的信任與託付，在許多文友的書信或人情往來中見證文學歷史。《剪影話文壇》一書，與《文壇》主編（亦是知名女作家的）劉枋《非花之花：當代作家別傳》，因之都具有第一手史料的珍貴價值。而林海音與劉枋，正都是「女作家慶生會」的主要成員，與琦君、王琰如、劉感思最爲相熟。林海音洋洋灑灑記錄了百來位文友，並以圖片附麗其間，其規模體制遠大於劉枋，二書頗可並觀。

　　林海音 1990 年代《隔著竹簾兒看見她》，基本上是《剪影話文壇》的續集，將篇幅拉長，並延伸至大陸作家群。從蔣彝、余阿勳、沉櫻、雷震、古華、蘇雪林、蕭乾到於梨華，圍繞著自己身邊的人事，做當代作家的浮雕。老派文人的情義深重，亦往往見之。例如林海音北平春明女中三個同學 60 年後的晤面（〈一甲子的同學會〉），或「春聲已遠」的好友沉櫻，與梁宗岱那一段沉埋的感情舊事（〈念遠方的沉櫻〉、〈最後的沉櫻〉）。74 歲的林海音，當時已編成《何凡文集》26 卷，並在離開北京 40 年後第一次回返故里。歲月不居，雖則筆力未減當年，卻隱隱已有悲懷傷逝之

音。之後的《奶奶的傻瓜相機》是看老照相簿,《生活者・林海音》做了一點文友與牀頭書的延伸,《靜靜的聽》則是雜錄旅遊日本關西,冰心、凌叔華等人的最後訪談,參加北京現代文學館十週年有感等篇什而成。

對於寫作,林海音不僅不是詞藻論者,也不曾有過散文觀之類的宣示,甚且還強調「隨著自然發展,並未想到什麼結構或藝術」。如大陸學者卞新國所論,林海音的散文主情而不主理,寫實路線,自然天成,結構雖散,「但有整一的情趣貫穿」[12]。林海音散文的特殊性,應當回歸到 1950 到 1960 年代女作家文本來談。蘇雪林、謝冰瑩、張秀亞、徐鍾珮、沉櫻,無論是簡鍊章法或典麗文言,這些「帶著五四薪火南來的藍襪子」(董橋語),學院背景與家學根柢都使她們文字偏向書面語言。而 17 歲就為生活闖蕩(未讀大學)的林海音,獨特的流暢口語,無論寫家庭瑣記、異國遊歷或故京憶往、文壇話舊,在同期女作家散文中,頗稱獨一無二。而她的小說《城南舊事》、《燭芯》、《婚姻的故事》更是必然傳世之作。林海音身為編者,她對文學的好品味,正由自己是個優秀作者而來。在長子夏烈(祖焯)眼中,林海音是「領袖人物、冒險家和企業家的綜合化身」,他並以繼承自母親的高貴血統(純文學氣質)自傲[13]。證諸夏烈意味深長的小說《白門・再見》,那含蓄不發的內蘊,無疑正是父母文學傳承的最佳說明。

1950 年代的亞熱帶初夏,昏慵陽光下有著低矮的日式瓦房,交叉的光條「在褐深帶著煙燻細細裂縫的木板牆間穿梭」(夏烈語)。那時沒有電視,女作家們穿素色的旗袍,苦楝樹下只有籐椅,和濃郁清香的茉莉香片茶[14]。林海音身為新舊交替時代的女性,卻能兼具兩個時代女性的特長與美德,她與蘇雪林、沉櫻、羅蘭處境各異,卻能彼此理解扶持,尤其令人動容。多年以後,想起沉櫻與梁宗岱的最後通信,恐怕還是令人慨歎:「只有在有距離的時候,才能產生文學性的美麗。」男女之間的情愛如此,記憶

---

[12] 卞新國、徐光萍,〈林海音散文敘評〉,《鎮江師專學報》,1997 年第 1 期。
[13] 夏烈,〈美麗中國的林間海音〉,《聯合報》,2001 年 12 月 21 日。
[14] 張錯,〈怨偶〉,《聯合報》聯合副刊,1992 年 2 月,後收入林海音,《隔著竹簾兒看見她》,臺北:九歌出版社,1992 年。

與現實又何嘗不是。

齊邦媛〈二度漂流的文學〉，舉艾略特（T. S. Eliot）和喬哀斯（James Joyce）為例。齊邦媛指出，漂流的文學，卻永遠以故鄉為起點，「讀『春花秋月何時了』下淚的讀者，何嘗有什麼『路線正確』的立場？」葉石濤形容得也美，臺灣猶如扇柄，林海音的文學，猶如循著扇形狀的脈絡，投射到了土耳其玉色蒼穹覆蓋的北平。其實何只林海音，多年後想起侯榕生《家在永和》，以及她那句「十餘年前住永和文化街，半夜必有『螞蚱』（按：肉粽？）吆喊而過，現在住光復街，再聞螞蚱聲，倍增親切感」（《又見北平》後記）。對外省來臺作家而言，臺灣不是家是什麼？

「推開一座牢固的城門，替文壇解禁一塊長年的禁地」，並祝禱人間的愛永不凋謝，像冬夏長青的樹木一樣。林海音的文學，溫情的筆調下隱藏著一個艱難的人世。正如學者范銘如所言，相較於男性的思維模式，女作家猶如在一個破毀的時代中暗暗進行連結與修復工作。林海音一方面扶持臺灣本土作家，一方面挹注大陸的現代文學館成立與編選臺灣作家選集，這一切似乎都那麼自然。兩岸皆是家，英子的鄉戀，是寫給臺灣的親人，亦是對北平的思念。以愚駭童心記憶一個巨變的人世，奉行人生最儉樸的寫實。無論後人怎樣評論或推崇她的成就，林海音最後一本書《靜靜的聽》後記是這麼說的：「我還是 76 年前的我，把親友緊緊的摟在身邊，至老不變。」

——選自張瑞芬《五十年來臺灣女性散文‧評論篇》
臺北：麥田出版公司，2006 年 2 月

林海音的《冬青樹》

把一切歸罪於「貧窮」，是現代生活裡人們常有的心情，我卻以爲應體味《祖母的精神生活》一書中所說的祖母的人生觀：

> 孤獨不算孤獨，貧窮不是貧窮，軟弱不算軟弱，如果你日夜用快樂去歡迎它們，生命便能放射出像花卉和香草一樣的芬芳——使它更豐富，更燦爛，更不朽了——這便是你的成功。
> 捉住光陰的實際，快樂而努力的過下去，不做無病呻吟，一個平凡女人的平凡生活，如此而已。

——〈平凡之家〉

在《冬青樹》一書裡，林海音女士的開闊的胸襟，爽朗的性格及風趣的談吐，體現了此種樂觀的人生態度。唯其能快樂，所以能安貧樂道，對痛苦的人生世態有精密的觀照；並且在艱難的生活裡，執著藝術與理想，埋頭創造。此種樂觀的源泉出自深厚的人間愛，因此纔不致虛浮與空泛，而具有宗教性的熱誠，從平凡中安置理想，在苦悶中看見希望，而又在一切灰黯與慘澹中，讓愛之力透露出光芒。她說得對：「捉住光陰的實際，快樂而努力的過下去，不做無病呻吟」；把握人生，認真的生活，這種踏實的入世精神，便在平凡中蘊藏著不凡。

「記住，你是吃飯長大；讀書長大；也是在愛裡長大的！」〈竊讀記〉

[*]司徒衛（1921～2003）專欄作家。本名祝豐，字號茂如。江蘇如皋人。

用不到看〈後記〉裡的說明：「我出版此書，目的在祝禱人間的愛永不凋
謝，像多夏長青的樹木一樣」，我們便明白《多青樹》是一冊充滿愛，而又
在愛裡產生的書。林海音女士有一個溫馨的家庭，她的筆下又十之八九以
家庭生活為背景；然而，她的作品與人格不同於一般絮語家常的文字。

　　《多青樹》書裡一些作品中的「我」，幾乎全是賢慧而又健全的主婦，
一種新型態的賢妻良母。她們是快樂家庭的中心，而又是家庭和諧安樂的
原動力；具備刻苦耐勞的好精神，而又有慈愛溫柔的好心腸。不自命風
雅，也不搔首弄姿；既非自詡為聰明蓋世的天才，又非多愁善感的淑女，
更非自歎命薄的紅顏；作者在平凡的家庭生活描寫中，刻畫的是平實而可
敬可愛的人物。第一、二輯裡的各篇，均可以提供例證。直到現在，新文
藝作品裡的女性，依然不脫中外小說裡一些婦女典型的窠臼。以中國說部
的影響而論，林黛玉與潘金蓮便不知有多少色相不同的化身。健全的新女
性典型的少有出現，是我們社會與生活中實際缺少此等人物？還是我們作
家人格與心理上存有某種缺陷？在強調文藝功效的現在，這是一個有關典
型創造的重要問題。林海音女士筆下的女性，給予我們一種新鮮的感覺。

　　作家的寫作往往受他生活經驗的限制，而又常有題材選擇上的偏愛；
這無可如何而又無可厚非。因之，對於一些以家庭生活為題材，而又不免
觸及到「身邊瑣事」的作品，觀感與評價便常見仁見智，人言各殊。寫作
上的「身邊瑣事」問題，我在〈王文漪的《愛與船》〉[1]一文中提到：

　　　身邊瑣事，在此時此地應否被採作文學題材的問題，記得曾經有人討論
　　過。其實，重點在於作者本身生活的性質及態度如何；如果過的是有意
　　義的生活，在筆下即使是表現的「瑣事」，也還能反映出真實的人生，或
　　透露出時代的精神。但生活的內涵豐富，自然不是件件「瑣事」可以成
　　為寫作的材料；如果只有瑣事可寫，或需藉「瑣事」纔能體現他的主

---

[1]司徒衛，〈王文漪的《愛與船》〉，《民主潮》第 2 卷第 13 期，臺北：民主潮社，1952 年 6 月。

題；那麼，怎樣的「瑣事」才能入選，體現怎樣的主題，這有關於一個
作者的人生態度和文藝修養。文學題材可汲取處真是無限廣闊，寫作的
自由也正是無可限制，身邊瑣事只可算是題材來源之一；原則性的談論
它可否用來寫作，似乎還不免籠統。自然這裡並不存半點偏見；對現實
生活廣泛而切實的體驗，對世界與人生清晰而深刻的觀察與認識，以及
對文學修養與創作技能不斷的加深與提高，這還是根本的對一個文藝作
者的要求。

《冬青樹》包括的「三十多篇文章，大體是描寫夫婦、親子、師生之
愛，異常的婚姻問題，以及一般家庭生活情趣等。」由於這些作品的性
質，身邊瑣事在題材上的分量，自然不得不有相當大的比重。然而，作者
是透過這類題材而明確的體現她的主題，或是提示一個現實的問題，而不
是在空虛的藉以發抒蒼白的情感。其次，她有意義的選擇，補捉適當的生
活中的瑣事作題材，而非即興式的隨手拈來。這都是林海音女士處理這類
題材的優異處。作者對家庭、兒童、婦女等問題有其清晰的認識與剖析，
這同時顯示出具有相當廣泛的生活經驗與世故；如果作者在寫作的境界或
興趣上，企圖新的開展或擴大，那麼，她努力的基礎依然是完善的。

　　林海音女士有一副意到筆隨的寫作本領；筆觸靈活，而辭句又似被熨
燙過的妥貼與平整。這有助於作品發揮真實的感人力量；對於刻畫細緻的
心理，描寫歡樂的氣氛及流露適當的幽默感，又全能勝任愉快。她創作的
內容與形式之間，顯出一種勻稱與契合的美。我們讀到這樣才華閃爍的句
子：

　　　母親既然決定帶我和弟弟留北平，外祖母也只好失望的回了天津，但她
　　　也欣慰有這麼一個能將理智克服感情的女兒——我的母親，她彷彿是從
　　　一陣狂風中回來，風住了，拍拍身上的塵土。（頁78）
　　以後，我們便常常這樣的在橋上來回散步了。聽你滔滔的話，必須把時

間和道路拉長，我們的時間便從黃昏墜入黑暗，我們的道路便從過橋伸到堤岸。（頁 101）

這些可能與她發生婚姻關係的追求者，後來都到哪兒去了呢？像銀幕上的人，在黑暗中神靈活現，可是燈亮了，他們卻無影無蹤！（頁 124）

以上這類句子，靈感的成分居多；而以下這些文句充滿了機智，或許可說是快樂心情中的產品。例如：

火上是鍋，鍋裡是油，油是開的！我奔上前去，從切菜板上抓起血淋淋的白菜，趕忙丟在鍋裡，「喳」的一聲，把美美嚇跑了，卻把他招來了……（頁 22）

我今天不能再開口了，沒有一句話得到良好的反應，索性把看不完的報紙舉起來，剛好是個紙幕，隔開妻與我的視線。（頁 43）

在描寫家庭生活及其情趣的兩輯裡，這樣輕鬆幽默的妙文，幾乎俯拾皆是；可是，有些篇（如〈教子無方〉）的主題便易於在笑聲裡淹沒，而讀者易於有作者在賣弄技巧的錯覺。

這本散文與小說合集裡，還有一大特色，是心理描寫的細膩與深刻。寫兒童的、婦女的心理變化，其成就是出眾的。這一特色，是造成這些作品真實感人的主者因素之一。書中第五輯描寫婦人心理的幾篇，因然可以表現此種成績，其實，第四輯寫婦女問題的文章，仍然放射出這種光彩。在〈雨〉、〈媽媽說，不行！〉、〈竊讀記〉中，生動地寫出兒童的心理；〈愛情的散步〉、〈奔向光明〉、〈風雪夜歸人〉三篇，不但在女性心理描寫上，淋漓盡致，而且在形式上也有新穎的嘗試。

「祝禱人間的愛永不凋謝」，《冬青樹》的字裡行間充滿愛與溫暖。我們正處於一個愛與恨搏鬥的時代，為了使愛如陽光普照，溫暖遍人間，我們正不惜以生命作爭取的代價。親子夫婦之愛也許是人間愛的出發點，正

如家庭生活不妨視爲「偉大時代的基層生活」一樣。這本書可說是一個知識婦女以快樂的精神，在生活中信仰愛並發揚愛的紀錄、心得與感想。縱然她寫作的圈子，是婦女、兒童與家庭，是十足「主婦型」的章，但筆下輻射著人性的芬芳與愛的熱力，仍然可以令人產生優美的情操，以及在生活中奮發的力量。林海音女士創作上的多青樹，就在她家庭生活溫暖的園地中，得以欣欣向榮。

——選自司徒衛《五十年代文學論評》
臺北：成文出版社，1979 年 7 月

給孩子一個親切的世界

林海音與兒童文學

◎林武憲[*]

「從 7 歲到 70 歲的林海音，沒有離開過兒童讀物。」過 70 歲生日的林先生，送給孩子一個親切的世界——《林海音童話集》（兩冊），封底裡這樣寫著。

民國 60 年的秋天，我到板橋國教研習會去，參加教育廳「兒童讀物寫作研究班」研習，講師都是名家——林海音、潘人木、林良、琦君、何容、趙友培、楊思諶、馬景賢等，林海音先生要我們「給孩子一個親切的世界」，她的親切、風度，就是最好的示範，讓人感覺好像在春風裡。她引述一位日本學者的話說：「所謂教授也只是比學生早知道五分鐘而已。」林先生講「兒童讀物寫作比較研究」、「兒童文學作品評鑑」、「習作指導」、「低年級兒童讀物的欣賞」。我的指導教授就是林海音先生，在她的鼓勵、帶領下，激發了我為下一代寫作的熱情，從語文研究轉向兒童文學創作、研究的不歸路。

民國 67 年，林煥彰榮獲中山文藝獎（兒童文學類），得獎的主要作品是《妹妹的紅雨鞋》。《妹妹的紅雨鞋》就是純文學出版的。得獎的鼓勵，使林煥彰決定將後半生獻給兒童文學事業，從事兒童詩的寫作與兒童文學的推廣。

歐美國家認為，兒童文學是現代文學不能缺少的一部分，「沒有兒童文學的文化，不能稱為真正的文化」。把兒童文學的發展和兒童讀物的品質，

---

[*]發表文章時已從彰化新港國小教職退休，現專事寫作。

作為衡量國家文化水準的指標。因此 20 世紀的西方文化，就以兒童為重心。至於共產國家則把兒童文學當作思想教育的利器，也很重視兒童教育。「中國作家協會」有兒童文學委員會，「中國出版工作者協會」下設立「幼兒讀物研究會」，北京中國文聯出版公司出版的《中國新文藝大系》有兒童文學選集兩冊。臺灣的文藝界呢？只知道魯迅對中國現代文學的影響，不知道他也是中國兒童文學的倡導者，在他的倡導下，大作家周作人、冰心、茅盾、巴金、老舍等，都積極的投入兒童文學的創作、翻譯和研究。中國編有《中國現代作家兒童文學精選》、《作家談兒童文學》以及《茅盾和兒童文學》、《巴金和兒童文學》等一系列的書。臺灣的大作家，重視兒童文學，為兒童寫過東西的，實在太少了。林海音先生是很難得的一位，她為兒童寫書、編書、出書，身兼作家、編輯、出版家三個角色，為臺灣兒童文學打下一些基礎。

民國 37 年 11 月，林先生回到父母生長的故鄉，「幾乎是從上了岸起，就先找報紙看，就先弄個破書桌開始寫作」。她開始讀寫的生涯。次年一月，也就是兩個多月後，她發表了〈臺灣茶〉、〈你是否公平待子女〉等六篇文章。她為孩子寫的第一篇故事〈六趾兒〉，發表在民國 38 年 7 月的《中央日報》，過一個月，在《民族報》上發表〈關於「兒童文學」〉，可見她對兒童和兒童文學的關心。民國 46 年 4 月，她為文星書店「譯述」的《小鹿史白克》出版。同時出版的還有林良譯述《大象》，夏承楹譯述的《你和聯合國》，就是林先生和夏先生策劃的。

民國 53 年 6 月，教育廳成立兒童讀物編輯小組，在聯合國兒童基金會贊助下編印兒童讀物，預定在五年內出版兒童讀物 165 種，定名為「中華兒童叢書」，以促進國內兒童讀物的革新為目標，具有倡導和示範作用。叢書出版後在世界各地的教科文組織都有陳列，引起各國的重視。小組成立時，林先生受聘擔任文學編輯，展開策劃和約稿工作。林先生請林良寫了一本《我要大公雞》，交稿後，她一次又一次地提出改寫的意見，使林良先生先後寫了四份稿本，林海音先生才滿意通過，可見她編得多認真。

　　對於當時的兒童書籍的人物，大都要求寫一本或一套中國歷史上的英雄偉人傳記，好像國家未來的主人翁，各個都非偉人英雄不可似的。林先生認為：「孩子們固然應該知道自己國家的歷史上的重要人物，但時代畢竟太遠了，而且英雄、偉人，也不是每個孩子一定的志願，我們大多數人畢竟是普通人，我們的孩子首先要知道的是——在現代生活中，一個普通人的起碼做人的條件是什麼，而不是做英雄的條件是什麼。即使是英雄，他也曾是一個普通的好孩子吧！」（《兒童讀物研究》第一輯，頁 125）林先生的編輯理念是強調生活教育，灌輸現代生活觀念，讓孩子知道所生存的這個世界，所過的眼前的這種日子，該知道些什麼。這個理念，也是她參與《國語日報》「世界兒童文學名著」編印計畫以及創辦純文學出版社編印「純美家庭書庫」的出版理念。

　　民國 54 年，林先生應美國國務院邀請，赴美訪問四個月，了解美國兒童讀物的發展情形，作為國內的借鏡，是訪問的重點之一。美國國務院安排她訪問兒童讀物作家及畫家，參觀大學及城鎮公共圖書館的兒童圖書部門、書店和民間教育團體的兒童圖書評介、推廣部門等，她考察美國兒童讀物寫作、出版、讀者服務、評介、推廣，了解兒童讀物的市場，得到很多的啟示，進一步擴展、形成她對兒童讀物編寫、創作、出版的理念，也更關心自己國家兒童讀物的前途。她把所聞所見所感發表，她說：「孩子們和你和我一樣，是生活在腳下踏著的今天的世界，什麼比『今天』更重要！跟著『今天』的是『明天』，而不是『昨天』！昨天的許多觀念都不能適應今天的生活，而且也不夠了。有時候我們也太受『保存國粹』的束縛，舉個例子，我們喜歡教訓孩子孝順父母，但是搬出『二十四孝』那種孝順法，卻是一個可怕的路線！鼓勵以摧殘孩子的身心來孝順父母嗎？摒棄那種觀念的故事吧！」這種觀念在 40 年前她就提出了。

　　林先生從美國帶回很多兒童讀物的新資訊、新觀念，回來後不久，她就參與《國語日報》夏承楹先生主持的譯介「世界兒童文學名著」選輯 120 本的策劃工作，入選的書很多得過美國考德卡特插圖獎，這些書，有

的是古典名作，如《醜小鴨》、《木偶奇遇記》，有的是現代童話，如《小胖熊》、《讓路給小鴨子》等，這些書，其實就是現在的圖畫書、繪本，表現了世界各國第一流兒童讀物插畫家的風格和成就，開拓了臺灣兒童文學工作者的視野，也使臺灣的兒童讀物出版跟世界當代的兒童文學合流。林先生除了帶頭翻譯《井底蛙》以外，還力邀女作家咸思、張秀亞、畢璞、琦君、華嚴、蓉子、潘人木、謝冰瑩、嚴友梅共襄盛舉，使譯者的陣容更堅強，也成為文學界的佳話。

從出任教育廳兒童讀物編輯小組文學編輯到純文學出版社成立前，這三、四年間，是林先生致力於兒童文學創作的巔峰時期，她出了《金橋》、《小快樂回家》、《蔡家老屋》、《不怕冷的鳥——企鵝》、《我們都長大了》五本書，後來都收入《林海音童話集》。關於兒童讀物的寫作，林先生說：「我在寫兒童讀物時，不但注意它的內容，更注意文字的運用，和小讀者的程度；低、中、高年級的句型、辭彙的逐漸增進。在這些方面，我寫作時都會全心投入，不敢馬虎；怕對不起孩子和自己。同時我有一個想法：一篇兒童讀物，也要贏得成人讀者，才算完美。」（《兒童文字工作者名錄》）

民國 57 年 1 月，純文學出版社成立了，除了出版「純文學叢書」以外，也設立「純美家庭書庫」，為 8 歲到 88 歲的讀者編輯出版共同閱讀的好書，有點像日本的「家庭書庫」。「純美家庭書庫」一共出了 60 本好書，創作、翻譯都有。包括英國波特女士的「兔子彼得的故事」全集，瑞典林葛琳的《少年偵探》、英國羅德達爾的《魔指》和《爸爸真棒》、日本神澤利子的《灰狗公主》，還有《林海音童話集》和《琦君說童年》、《琦君寄小讀者》、楊喚的兒童詩集《水果們的晚會》、林煥彰的《妹妹的紅雨鞋》等。這些書的出版，很受歡迎讚賞，對於臺灣的兒童文學的小讀者，產生無法估計的影響，特別是兒童詩。

民國 59 年，林先生應邀擔任國語教科書的編審委員，加入教科書的編寫陣容，長達二十多年。她主編低年級教科書的時候，先從蒐集現代作家

的兒童文學作品入手，她把兒童文學的精神和趣味引進國語課本，讓教材不再那麼道貌岸然和教條，變得親切活潑起來。因為編寫教材的緣故，她可能是讀者最多的作家，除了念美國學校和失學的民眾外，很多人都是念她寫的東西長大的。她希望每個小朋友念好國語，將來都能寫得像她一樣好。

林先生喜歡孩子、關心孩子，作品也常以孩子做主角，以孩子的眼光看世界，她描寫小孩子的舉動和心情，特別動人，能感動大人，也感動小孩子，所以《城南舊事》也有了格林文化的兒童版。《綠藻和鹹蛋》、《冬青樹》也有人把它歸為兒童文學。她為孩子寫的、翻譯的、出版的書超過一百本，還有三卷「林海音說童話」的錄音帶。

林先生是臺灣文學和兒童文化的推手、園丁，她勤奮的耕耘、播種，為我們留下一大片花園。她的成就，列入《中國兒童大百科全書》、韓國李在徹上編的《世界兒童文學事典》以及中國蔣風上編的《世界兒童文學事典》，她的《請到我的家鄉來》編入《國語實驗教材》。民國 88 年 10 月 17 日，中華民國兒童文學學會舉辦兒童文學資深作家作品研討會，討論潘人木和林海音的作品，向她們兩位表達敬意。89 年 6 月，臺東師院兒童文學研究所研究生楊絢的碩士論文《林海音與兒童文學》出版，她對文學教育的熱愛和努力，已經成為兒童文學工作者的典範，成為研究的對象。

——2001 年 12 月

——選自李瑞騰、夏祖麗編，《一座文學的橋——林海音先生紀念文集》
臺南：國立文化資產保存研究中心籌備處，2002 年 12 月

超越悲歡的童年

◎齊邦媛*

　　在新的千年開始時，遊目族文化事業公司出版《林海音作品集》是一件極有魄力且影響深遠的文壇盛事。新版聚攏了已開始散失的作品，給它們注入新生命，使新世代的讀者可以看到上一代的文采風貌，也給已逝的世紀保住了珍貴的文獻。林海音的身世背景、生長過程和豐盛的文學生涯見證了 20 世紀臺灣的省籍融合和文學胸襟的開拓。她個人在大陸的生長經驗和對臺灣本土作家的發掘與鼓勵，對臺灣文壇有極大貢獻，也具有難於超越的代表性。

　　海音在民國 37 年由北平回到光復後的臺灣。當那艘船駛入青山環繞的基隆港時，她的心中必有一種強烈的感動，因爲她回到父母生長的故鄉來了。她在《綠藻與鹹蛋》小說集的序裡說：「幾乎是從上了岸起，我就先找報紙雜誌看，先弄個破書桌開始寫作。」在這個書桌上開始了一個文人最豐富的一生。她不僅寫下了多篇必能傳世的小說和散文；也曾成功地主編《聯合報》副刊十年，提升了文藝副刊的水準與地位；更進而自己創辦純文學出版社，發掘、鼓勵了無數的青年作家。

　　林海音作品中所呈現的是一個安定的、正常的、政治不掛帥的社會心態。她的小說集《城南舊事》、《燭芯》和《婚姻的故事》中，多篇是追憶她童年居住北平城南的景色和人物。其中如〈惠安館〉和〈驢打滾兒〉等篇，雖是透過童稚的眼睛看大人的世界，卻更啓人深思。由於孩子不詮釋、不評判，故事中的人物能以自然、真實的面貌出現，扮演他們自己喜

*發表文章時爲中興大學外國語文學系主任，現已退休，並爲臺灣大學榮譽教授。

怒哀樂的一生。〈金鯉魚的百襉裙〉和〈燭〉進一層探討女子在不合理的婚姻中抑鬱終生的悲劇。她的長篇小說《曉雲》寫的是臺灣的一個自主自立的現代女子,「暗中摸索」人生與愛情。作者常用近似意識流的自敘法和象徵性手法,故事的發展和她內心的困惑有平衡的交代。文字風格的超逸,給全書抒情詩的情調。曉雲的處境引起的同情反而多於道德的評判了。

在《城南舊事》裡,〈惠安館〉、〈我們看海去〉、〈蘭姨娘〉和〈驢打滾兒〉四篇都可以單獨存在,它們都自有完整的世界。但是加上了前面兩篇和後面兩篇,全書應作一本長篇小說看。作者自己在〈冬陽‧童年‧駱駝隊〉一文中即說:「收集在這裡的幾篇故事,是有連貫性的。」讀完全書後,我們看出不僅全書故事有連貫性,時間、空間、人物的造型、敘述的風格全都有連貫性。

貫穿全書的中心人物是英子。時間是民國 12 年開始。英子由一個 7 歲的小女孩長大到 13 歲。書中故事的發展循著英子的觀點轉變。故事雖是全書骨骼,她的觀察卻給它血肉。英子原是個懵懂好奇的旁觀者,觀看著成人世界的悲歡離合,直到爸爸病故,她的童年隨之結束,她的旁觀者身分也至此結束,在 13 歲的年紀「開始負起了不是小孩子該負的責任」。人生的段落切割得如此倉卒,更襯托出無憂無慮的童年歡樂的短暫可貴。但是童年是不易寫的主題。由於兒童對人生認識有限,童年的回憶容易陷入情感豐富而內容貧乏的困境。林海音能夠成功地寫下她的童年且使之永恆,是由於她選材和敘述有極高的契合。

偌大的北平城,跨越了極深廣的時空的古城,在一個孩子的印象裡卻只展示了它親切的一角——城南的一些街巷,不是舊日京華的遺跡,卻是生生不息的現實生活,活得熱熱鬧鬧的。英子的家已經有了四個妹妹和兩個弟弟,胡同口還有〈惠安館〉中的瘋姑娘和苦命的妞兒。她們傳奇性的結局是故事,但是卻不是陰暗的故事。作者將英子眼中的城南風光均勻地穿插在敘述之間,給全書一種詩意。讀後的整體印象中,好似那座城和那個時代扮演著比人物更重的角色。不是冷峻的歷史角色,而是一種親切

的、包容的角色。《城南舊事》若脫離了這樣的時空觀念，就無法留下永恆的價值了。讀者第一遍也許只看故事，再回頭看看，會發現字裡行間另有繫人心處。林海音的文筆最擅寫動作和聲音，而她又從不濫用渲染，不多用長句，淡淡幾筆，情景立現。因此看似簡單的回憶，卻能深深地感動人。有了這樣的核心，這些童年的舊事可以移植到其他非特定的時空裡去，成爲許多人共同的回憶。

《城南》一書中人物除了英子的雙親之外，與她童年歡樂的記憶有最密切關聯的要算宋媽了。在各篇中宋媽可說是無處不在，無疑地也是讀者印象中最難忘的人物。這位命運淒苦的卑微人物，在英子的回憶中自有她的智慧和尊嚴。作者在講別人的故事時常會插上一段描寫宋媽的文字。這些片段連綴起來合成一幅鮮明的畫像——不僅是宋媽的畫像，也可說是那個時代北方鄉村婦女的典型了。她被生活所迫，來到英子家中幫傭，但是主僕關係之外漸漸發展出一種朋友的關係。她不僅直接分享這家人的喜怒哀樂、生老病死，也常常是英子的人生課程的啓蒙師。她淳樸簡單的智慧時時是童騃的英子與現實世界的一座穩妥可靠的橋。

林海音在臺灣開始寫作的年代（民國 40 年前後），西方文學批評理論還沒有影響中國作家。至少像結構主義等還沒有今日響亮。但是成功的作品自有它完整的結構，讓錯綜複雜的人際關係各就其位，整體綜合再顯現出全篇的主題。〈驢打滾兒〉就是個很好的例子。在表面上它幾乎沒有緊湊的情節。但是在這個九歲的女孩——英子眼中看到的小世界後面卻是一個悲慘的大世界。從頭到尾作者不曾逾越這個孩子有限的觀察。她的天地幾乎是局限在 50 年前北平城裡的一個四合院裡，院子裡住著的是她和樂溫飽的一家人。家就該是這個樣子，她弟弟的奶媽——宋媽是個會講鄉村故事、會納布鞋底子、會抱著她妹妹唱兒歌：「雞蛋雞蛋殼殼兒，裡頭坐個哥哥兒……」的人，與她們生活息息相關。英子看不到，也想像不到宋媽夫離子散的家庭，更不用提人生更多悲悽割捨了。她只知道宋媽爲了「一個月四塊錢，兩副銀首飾，四季衣裳，一牀新鋪蓋」到她家幫傭，一做四

年。宋媽和她那「黃板兒牙」的丈夫那時大約都不到三十歲，卻給人一種蒼老的感覺。每次這個男人牽著驢來的時候，故事的發展就升高一層。這匹愚鈍固執的牲口成了貫穿全局的象徵。四年前宋媽剛來時，這頭驢首次出現，然後每年來兩次，都被拴在院子裡，「滿地打滾兒，爸爸種的花草，又要被蹧踐了。」

　　驢子每次的出現不僅是作情節的聯繫，也襯托乃至增強了人物的造型。宋媽的丈夫又來的時候，終於說出了家中真相——宋媽日夜掛念的兒子小拴子早已在河裡淹死了。那個出生連名字都沒有的「丫頭」，在抱離母懷當天，還沒出城門就送給了不相識的人！當宋媽悲泣時，這頭驢子在吃乾草，「鼻子一抽一抽的，大黃牙齒露著。怪不得，奶媽丈夫像誰來看，原來是牠！宋媽為什麼嫁給黃板兒牙，這蠢驢！」很明顯的，在小孩的眼中，驢與宋媽的丈夫的形象已經合而為一。這個典型的「沒有出息」的失敗者與他的驢是分不開的。他每次來都趕著驢穿過幾十里的黃土地，藍布的半截褂子上蒙了一層黃土。這黃土是北方乾旱的原野上長年吹著的風沙，是大自然的勝利的見證，也是質樸愚駭的農民終歲勞苦奔波於生計的場所。

　　如果不穿透作者故意布下的童稚的迷茫，〈驢打滾兒〉似乎有些詩意的情調。這篇城南舊事和許多童年美好的回憶一樣，已在遙隔的時空裡濾掉了許多愁苦，只剩下笑淚難分的懷念。只是宋媽和她命運相同的女子不允許我們忽視現實。不僅那黃板兒牙的男人和驢子滿身塵沙，作為故事題目〈驢打滾兒〉的小點心也是帶著卑微但卻親切色彩的鄉下食物，用世代相傳的土法蒸的黃褐色的小圓餅，在綠豆粉裡滾一滾，也就是塵土色了。宋媽把英子帶出她舒適的小院子去找尋丫頭子。在古城塵土覆蓋的街巷中走著，吃幾個這種塵土色的驢打滾兒小餅，繼續穿街走巷找尋那個沒名沒姓的骨肉。這一場無望的掙扎，注定了要失敗的。尋覓無望之後，英子的小世界有了顯著的變化：宋媽不再講小拴子放牛的故事了，兒歌也不唱了。以前她把思子之情灌注在納得厚厚的鞋底上，好似祝禱兒子能穩穩地站在

無母的歲月裡等她回去團聚。如今「她總是把手上的銀鐲子轉來轉去的呆看著，沒有一句話。」

　　故事的結束可以說是傳統式的，宋媽終於跟她的丈夫回鄉去了。她希望再生孩子。小拴子和「丫頭」也許是命中與她無緣，因爲中國在世世代代的希望幻滅之後，不得不將生死聚散歸爲緣分。如同英子的母親說的「是兒不死，是財不散。」宋媽對命運最大的挑戰大概是再生些兒子吧？她騎驢上路的時候，「驢脖子上套了一串小鈴鐺，在雪後新清的空氣裡，響得真好聽。」這是第一次有歡愉的事與這頭驢有關聯。也許小女孩只在想宋媽不久即將再生可愛的小孩，所以鈴鐺響得好聽。實際上，宋媽的困境並未結束。但是人活著總得有份希望，即使是那頭驢灰撲撲的脖子也掛了一串鈴鐺。在生活的實際奮鬥中，絕望也不是件容易的事。

　　林海音在後記中說：「每一段故事的結尾，裡面的主角都是離我而去，一直到最後的一篇〈爸爸的花兒落了〉，親愛的爸爸也去了。」宋媽這樣地離去，是悲是喜，似非英子所能理解，但是書中因爲有了宋媽和她的故事，而加添了多層的深度。《城南舊事》在英子的歡樂童年和宋媽的悲苦之間達到了一種平衡。掩卷之際，讀者會想，「看哪，這就是人生的最簡樸的寫實，它在暴行、罪惡和污穢占滿文學篇幅之前，搶救了許多我們必須保存的東西。」

　　這一篇我爲《城南舊事》寫的序文原是我在 1982 年在美國加州大學講授臺灣文學的一篇講稿，1983 年「純文學出版社」重排此書時林海音要我把這份分析與講解寫成序文。

　　初識海音是在讀她的《曉雲》之後不久，對她的文采與書中濃郁的關懷之情深感佩服。1975 年我主編的《中國現代文學選集（臺灣）》英文本由美國華盛頓大學出版社發行，海音的〈金鯉魚的百褶裙〉是第一篇短篇小說，讀者反應很好，記得當我們英譯送請編審委員吳奚真教授審稿時，一向嚴肅，不苟言笑的奚真先生竟然感動落淚，暫忘了兩種語言的差距，在〈婚姻的故事〉中，作者以敏銳纖細的人生觀察寫出了 20 世紀初葉，中

國社會所允許，乃至鼓勵的種種性別不公平現象，其中〈燭〉尤其令人難忘，那個必須隱忍的「賢德」女子竟逃避到一燭光照的蚊帳之內，自囚終生！平日爽朗談笑，豁達舒展的海音，卻在寫小說時以無比的慧心將她的觀點濃聚在一條裙子、一支燭光中，令讀者在引申思考之後感動難忘，和宋媽乘坐那匹驢子的鈴聲一樣，在雪後的清晨，響著無數可能的未來。

　　自 1970 年代，殷張蘭熙將海音的小說英譯集成《綠藻與鹹蛋》等書，她也已將《城南舊事》前三篇譯成英文。我 1985 年遭到車禍坐在輪椅上，將後兩篇譯出，寫了序，1992 年由香港中文大學出版社出版。在那本淡雅美麗的封面上有夕陽，有駱駝，書名 *Memories of Peking-South side Stories*。下面是作者林海音，英譯者殷張蘭熙和我的名字。念塵世生命之脆弱短暫，更感文學生命之久長。這一本書竟成了我們數十年談文論藝最美好的見證了。

——原載 1969 年《城南舊事》序

2000 年重新修正後收入《林海音作品集》

——選自李瑞騰、夏祖麗編，《一座文學的橋——林海音先生紀念文集》
臺南：國立文化資產保存研究中心籌備處，2002 年 12 月

林海音早期的編寫生涯

◎顧邦猷*

一、前言

葉石濤在他的〈林海音論〉裡如此寫著:

> 她是當代有赫赫成就的女作家之一。……林海音所有小說幾乎都以這生為女人的悲劇為主題。從清末民初到現在,在這動盪不已的大時代裡,許多階層,形形色色的女人,悲歡離合的故事,栩栩如生地重現在她的小說裡。[1]

這篇小論完成於民國 57 年 1 月,卻是目前可見的較深入研究林海音作品的評論。頃於民國 79 年 9 月出版的《臺灣文學觀察雜誌》第 2 期中刊載了封德屏的〈林海音研究資料〉,所蒐資料甚是詳全,提供了便利的研究捷徑;廿餘年後的今日,是否能繼承前人的成果,而更周延的進行考察,這是本文所亟力要求的。

至於為什麼選擇林海音為研究對象,並且以她的早期編寫生涯為重心,原因何在呢?

以林海音為研究對象,不僅在於她是近代女作家中表現相當特出的一位,更重要的是在她擔任「聯副」主編時拔擢了相當多的人材,對於當代

---

*建臺中學教師。

[1]見《臺灣鄉土作家論集》,頁 257～280。本文完稿於 1967 年 4 月,曾發表於《臺灣時報》。臺北:遠景出版公司,1981 年 2 月再版。

文學風氣的推展居了關鍵性的地位。當時的「聯副」可說是文學重鎮，其時資訊尚未發達，知識水平亦不如今日，雖有其他的報刊雜誌，然而發行量及影響力都不及「聯副」。林海音於其間主編十年，又正值「聯副」草創時期，一切的規模、風格皆由她手中肇建，所產生的影響不可不謂深遠。研究林海音，適可對於 1950 年代的臺灣文學發展作進一步的理解，成為研究 1950 年代臺灣文學的一支重要線索。

這裡所言的早期，指的是林海音自民國 37 年返臺至民國 52 年 4 月卸任「聯副」主編的一段時間。這是她創作量最為豐富、編輯工作亦有相當成果的時期，因為本文的著眼點聚焦於 1950 年代，是以暫僅取此。

本文先行研究林海音的文學創作，再討論及她的編輯生涯。論題為「編寫生涯」是為了稱呼上的方便。

由於林海音的生平已於前人研究中有較詳細的論述，本文不再贅敘。若欲詳察，請參考〈林海音研究資料〉中的「評論林海音篇章索引」所列評論。

二、文學創作與理念

林海音在這一時期的創作量甚為豐富，總計如下：

《冬青樹》／民國 44 年 12 月由重光文藝出版社印行，共計 32 篇作品，以散文、短篇小說為主，大體描寫夫妻、親子、師生之愛，異常的婚姻問題，以及一般的家庭生活情趣等。

《綠藻與鹹蛋》／民國 46 年 7 月由文華出版社印行，收集了 13 篇短篇小說，著重於身邊瑣事的生活趣味，及第一、第二故鄉的風物緬懷。

《曉雲》／民國 48 年 12 月由紅藍出版社印行，長篇小說。

《城南舊事》／民國 49 年 7 月由光啟出版社印行，以 5 篇短篇小說組合而成一系列的故事，背景為作者的童年。

《婚姻的故事》／民國 52 年 9 月由文星書局印行，4 篇各自獨立的短篇小說，頗有自傳的性質。

　　《燭芯》／民國 54 年 4 月由文星書店印行，9 篇短篇小說，為本時期及稍晚完成的作品。

　　《兩地》／民國 55 年 12 月由三民書局印行，計收 35 篇散、雜文，其中大部分完成於本時期。兩地，為北平、臺灣。

　　《窗》／民國 61 年 1 月由純文學出版社印行，與其夫何凡合著，書中林海音作品收 39 篇散、雜文，亦大部分完成於本時期。

　　若以作品的量而言，與當時其他作家相較，林海音的創作仍不能算多，但就林海音自己的創作生涯來看，這個時期的作品占有絕大比例。而她膾炙人口的幾篇小說也完成於此時。由是，本文開始追問：這個時候的創作究竟有何特色？

　　談及特色，便需要討論表現技巧、作家風格與其關懷主題。以下分別敘述：

　　在表現技巧方面，林海音擅長以平淡的筆法娓娓帶出故事，卻能寄端於感慨，故意布下懸疑、陷阱，而吸引讀者關心、注意，以致牽動情緒。此在《城南舊事》以後尤能見出，是以葉石濤在〈林海音論〉中特言及：

> 　　她在小說的技巧上更圓熟了，她對於人生、社會、宿命的觀察似乎固定下來，縱橫交錯的各種人物所織成的毯氈，皆有巧妙的銜接和交代。她喪失寫短篇小說的銳敏的感覺和詩情，獲得從容不迫的結構和情節的開展。……她所描寫的領域更擴展了，犧牲挖掘的深度，她獲得的是通俗性，給予讀者讀小說的快樂。但這快樂並非皮相的情節所贏來的，它的高貴的情操和冷嚴的客觀性仍引起讀者心靈中，基於人性的共鳴。

　　葉石濤對於林海音的評價是相當高的，不把她的小說當成普通的愛情小說來看待，甚至還稱之為藝術品。事實上，林海音的創作技巧可以歸結為：「平實自然」四字，她有她的布局、用心所在，但卻不賣弄花巧，故事的懸疑，即來自故事本身的吸引力。以這個評語來看待她的作品，無論是

散文、小說，都可以看出的。以她在《冬青樹》中所收集的文章而言，每篇散文其實都是一個生活小故事，平常，但卻有趣；所收小說很短，因而也極少鋪排，輕輕渲染開情節，筆墨的掌握頗稱得當。到了寫《綠藻與鹹蛋》，技巧也更成熟了，〈殉〉、〈鳥仔卦〉、〈窮漢養嬌兒〉等都能以著平實的筆法自然烘托出情景。《曉雲》是她的第一篇長篇小說，以第一人稱觀點刻畫主角意識的流動，結構緊密，頗能掌握情緒的轉移。是以《城南舊事》、《婚姻的故事》、《燭芯》中屢見佳作，卻也有跡可尋。

大致而言，林海音擅長於運用對話來展開情節，並且習慣以第一人稱觀點來寫作，交揉出作者與筆下人物眼前的世界。因此文中往往出現回想的情景，而且人物的口吻有相當的一致性，很「林海音式」的語法，是她作品的特色，但不免也有所局限，故事的同質性也嫌高了些，這是令人稍覺遺憾之處。

在風格方面，林海音慣常以纖細的筆觸，來描摹女性的心理，蘊藉婉轉，怨而不怒。所以能夠如此，在於她能運用冷靜的筆法，看似客觀的描寫，卻是寄予無限的關懷。古繼堂在〈奠定臺灣女性小說第一塊基石的林海音〉文中便認為她有獨到的藝術構思：

> 1.對比手法的運用。對比手法在林海音的作品中不僅運用自如，而且形式多樣，內容豐富。
> 2.象徵手法的運用。林海音把作品的氣氛，人物的情緒和人物的命運融合在一起，有虛有實，虛實相間，表現了象徵手法的獨特個性。
> 3.林海音的含蓄並蘊含著耐人尋味的哲學意義。[2]

含蓄而耐人尋味，便是她的作品所以吸引讀者注意的地方。在她小說中最常出現的角色，是小孩、老人及女人，但是真正的著眼處還在於女

---

[2]見《臺灣小說發展史》，臺北：文史哲出版社，1989 年 7 月。

人，而且多半是遭逢不幸的女人。然而她卻能不耽溺於哀感之中，反而能超拔其間，賦以更深沉的反省。尤其她往往能發現生活中的小趣味，行文之間，常有神來之筆，文氣的轉折自如，使得故事饒有神韻，讀者亦不至於徒然感慨，浸潤其中，每每能興發悲憫的情懷，寄予相當的同情。

林海音的創作風格尚有一個特色，即在結尾往往以虛筆承接。亦即她時常能一筆轉開，留下想像的空間給讀者。這虛筆，或許是一個景，或許是一句話。這在她早期的作品便可以發現，例如最早的一篇〈爸爸不在家〉是以一句話作結，戛然而止；再如〈謝謝你，小姑娘！〉的炮仗聲，都可以見出端倪。到了《綠藻與鹹蛋》中更是運用自如。又如《曉雲》，她在結束時以窗外的景色為描寫，筆鋒轉開，頓時顯得開朗遼闊，提振了心情。這在《城南舊事》中表現的最為凸出，可說每篇都以虛筆結束，含蘊不盡，意在言外。這也許該歸功於她的傳統文學造詣；雖然林海音每每自謙對於古典文學談不上精嫻，但由她的文章看來，讀過的書可真是不少。

論及她所關懷的主題，一般都以為是那些遭逢不幸的女人。葉石濤〈林海音論〉言及：

> 她更固執地把題材只限圍在女人身上，以女人的心眼和細緻的觀察來塑成一個世界；時代的推移，世事的滄桑，皆透過女人的心身來尋覓表現。……林海音所雕塑的女人映像，皆面帶憂戚，在酸苦的不幸中翻滾的女人；好似圍繞她們周圍的，命運造成的冰壁，冷森又殘酷，顯然她們是一群被虐待者。……林海音所特別關心問的，即是從舊代的牢獄，女人怎樣才能獲得解放，得到心身真正的自由與和諧。

可是葉石濤卻不認為林海音得到了解答！雖然林海音有敏銳的頭腦足以抓住時代和社會轉變的過程中那些女人的心態，但是由於她固守著溫和的人道主義，使得她的作品呈現著虛偽的平靜和溫柔。

也許我們可以用諒解的眼光來看待。齊邦媛在〈超越悲歡的童年〉文

中以爲：「林海音作品中所呈現的是一個安定的、正常的、政治不掛帥的社會心態。」而理解、同情的喊著：

> 看哪，這就是人生的最簡樸的寫實，它在暴行、污穢佔滿文學篇之前，搶救了許多我們必須保存的東西。[3]

其實林海音也有所自覺，她在《婚姻的故事》後記裡這麼寫著：

> 當我寫她們的時候，是隨其自然發展，並未想到什麼結構呀，藝術呀，這些令人頭痛的事情。我不知道她們的結構如何，因為那些人物的典型，故事的經過和給我的感觸，是早結結實實的存在我腦子裡許多年了，我寫她們的時候，不容我有所改變，我也不要改變。因此，順著早刻在我腦中的次序，就流水般的奔放於我的筆端了！我也不考慮她們的藝術境界如何，因為藝術不藝術，是由那些批評家去說的話，不關我的事。

如果要真正推究她的創作動機，也許我們可以用傳統的「創作論」理解方式來看待。《文心雕龍‧體性》一開始就說：「夫情動而言形，理發而文見，蓋沿隱以至顯，因內而符外者也。」每個人都有著天生的脾性，情動於中，受了外界的刺激而有所感動是人之常情，但因著人的不同，內在的感受一定也有所差異，表現而成「文」，便產生了個別的殊相。作家風格的辨識，除了考究他的筆法以外，還得注意及他的主體情性如何發露。這也是傳統文學批評重視「作者」這一個環節的主要原因。本文不考慮瑣屑交代林海音的生平，卻想拈出她生命中的一個關鍵點，也是她作品中最常出現的一個意象，即是：「兩地」。

---

[3] 本文附於《城南舊事》正文之前，可說是她爲林海音所作的序，完稿於 1983 年 6 月。臺北：純文學出版社，1984 年 1 月，第 2 版第 2 刷。

　　主體情性的理解是極難客觀描述出的，詮釋者的認定往往是主觀判斷，取捨頗費斟酌。例如夏祖麗在〈重讀母親的小說——〈燭芯〉和〈婚姻的故事〉〉文中提及卜蘭德女士問林海音何以常在作品中描寫上一代人的婚姻：

> 母親說，在中國新舊時代交替中，亦即五四新文化運動時的中國婦女生活，一直是她所關懷的，她覺得在那時代，雖然許多婦女跳到時代的這邊來了，但是許多婦女仍然停留在時代的那一邊沒有跳過來，這時就會產生許多因時代的轉變的故事了。母親多有感觸，所以常以此時代為背景寫小說，雖然母親不過是那時代才出生的。[4]

　　緊接著卜蘭德問及以怎樣不同的同情心來寫她們，得到的回答是：「無所謂」。林海音自稱沒想到以什麼心態特別去處理作品，別人卻容易由作品去推論心態。固然有跡可尋，但也未免臆斷。但是作者的生平遭際卻有一定，作品中如果一再強調某一意象，而且能與作者的生命歷程相銜接，這便顯得重要了。在林海音的生命歷程中有兩個故鄉，她自己在《兩地》的自序裡寫著：「兩地是指臺灣和北平。臺灣是我的故鄉，北平是我長大的地方。」由於政府遷臺，她回到了故鄉，卻緬想起另一個故鄉。她在同書的〈北平漫筆〉中言及「我漫寫北平，是為了多麼想念她，寫一寫我對那地方的情感，情感發洩在格子稿紙上，苦思的心情就會好些。」那個地方，那些人兒，在在令人懷念。因著自己是爬格子的人種，又是新聞學校畢業的，順筆便拈出了所熟悉的人、事。因著情真意切，又擅長掌握文氣，諸般妙文紛呈而至。縱觀林海音的作品，仍得推許她的懷鄉文學。葉石濤〈林海音論〉說得好：

---

[4] 見《燭芯》正文之前。臺北：純文學出版社，1981 年 3 月，初版。

這鄉思如此濃烈擾人，她不得不傾吐她對北平的愛慕和飢渴。這鄉思驅
使她寫成北平為背景的許多技巧卓拔的短篇小說。……臺灣猶如扇柄，
從這兒一切脈絡以扇形狀投射開展於逝去的過去，呼吸於土耳其玉色的
蒼穹覆蓋下的北平。

由著以上的論述，我們應能比較清楚的掌握林海音的創作概況。當然
我們不能忽略 1950 年代懷鄉文學的發展，也就是說，由「兩地」而引發的
相思，不止林海音一人如此，渡「海」諸士，大都存在著這樣的情結；但
是林海音的臺籍背景仍是值得我們注意的，省籍觀念在她心目中較淡漠而
不明顯，這也是她在「聯副」時期能無私的拔擢人才的可能因素吧！

至於她的文學理念，卻可以簡單的歸結於一句話，不是她拈出的，然
而是她所樂道的，即夏濟安所說的：「小說家應該有廣大的同情。」[5]這句
話，該是她所有作品的旨歸所在吧！

三、十年「聯副」

遷臺以前，林海音曾經在《北平世界日報》工作過，到了臺北，又幫
著編輯《國語日報》，這是她在擔任「聯副」主編以前比較重要的兩個編輯
工作。但若論及對臺灣文學、文化界的影響和貢獻，還是歸功於主編「聯
副」的十年。是以論述的重心也定位在這十年。

據她自己的敘述，她雖然應該在民國 42 年 11 月 1 日正式擔任主編，
但因適值產後羸弱，所以延至次年 1 月方才走馬上任。[6]而這時候的《聯合
報》及「聯副」是怎樣的樣貌呢？

民國 40 年 9 月 16 日，《全民日報》、《民族報》、《經濟時報》三報合作
發行《聯合版》，計兩大張；當時即有「聯合副刊」，是由三報副刊「全民

---

[5]文見〈小說家應有廣大的同情──悼夏濟安先生〉，收錄於《窗》，臺北：純文學出版社，1982 年
1 月，第 14 版。
[6]本文收於《芸窗夜讀》，臺北：純文學出版社，1984 年 10 月，初版 2 刷。

副刊」、「萬象」、「小天地」組合而成，發刊詞〈綜合的‧趣味的──「聯
副」發刊告作者讀者〉便告訴了如題的標準，是以後人多稱之為「綜藝性
濃，文藝性淡」。民國 44 年 9 月 16 日正式改稱《聯合報》，11 月 1 日林海
音接任主編，之前是沈仲豪、黎文斐負責編務。林海音上任以來，著實費
了好大工夫，將「聯副」轉化為純文藝性副刊。鐘麗慧在〈既寫又編兼出
版的林海音〉文中便大致介紹了林海音的用心所在，大致歸納如下：

> 1.將綜藝性轉化為文藝性。
> 2.增加散文和小說的創作。
> 3.開闢中篇小說連載。
> 4.翻譯、介紹國外作品和報導國際文壇概況。
> 5.提供文藝園地，使新人有常態的發表管道。[7]

　　林海音自己在〈流水十年間〉文中也頗詳細的回想她當年的安排。[8]當
務之急是加強編輯陣容，掌握稿源，這需要在文壇上有相當的人際關係才
作得來；她因著勤於寫稿，與當時的幾位女作家彼此熟絡，又央《中央日
報》「婦女與家庭」週刊主編武月卿幫忙，邀來了不小的助力，如：謝冰
瑩、張秀亞、郭良蕙、王琰如、咸思、孟瑤、艾雯、邱七七、劉枋、琦
君、畢璞……。並邀請如方師鐸、梁容若、陳紀瀅、齊如山等前輩聞人助
陣寫稿。在介紹國外文學作品及國際文壇導方面，歐美等西方國家由何凡
負責，日本則由施翠峰引介（施翠峰是光復以後最早一位由日文創作改為
中文創作的青年作家）。至於編輯實務方面，由於林海音在〈流水十年間〉
將每年的編輯狀況交代的很仔細，是以本文稍作簡述，目的在條列曾經參
與、投稿的作家們：（重見時則不計入）

---

[7]見《文藝月刊》第 182 期，1984 年 8 月。
[8]同註 6。

民國 42 年——長篇小說為王彤的〈曉來誰染楓林醉〉、中篇小說則有公孫嬿的〈黑手〉、郭良蕙的〈誤〉、穆穆的〈代價〉、劉枋的〈逝水〉等，翻譯較知名的有林友南譯毛姆的〈雨〉、武月卿譯賽珍珠的〈中華兒女〉等。本年較為重要的改變是開闢中篇小說連載，增加「漫畫選粹」。常來稿的有高敬恩、磊庵、張瘦碧、王存素、勞影、劉非烈、張漱菡、蕭傳文等人。此時約、投稿皆以外省文友居多。本省文友大多數因語言轉換還有困難及諸般因素，只有施翠峰、廖清秀、鍾肇政、文心、莊妻等寥寥數人而已。（民國 42 年、民國 43 年為草創期，互有關涉）

民國 43 年——長篇小說有李輝英的〈苦果〉、南郭的〈旗正飄飄〉。來稿的有郭衣洞、林枕客、陳香梅、侯榕生、郭嗣汾、汪夢湘、王洪鈞、成舍我、譚旦冏等。

民國 44 年——長篇小說有孟瑤的〈屋頂下〉、易金〈狗牽著的人〉。來稿有王藍、子敏、黃季棠、吳心柳、糜文開、童真、童世璋、那志良、莊慕陵、胡國偉、蘇雪林、楊子、黃素真等人。

民國 45 年——計有宋海屏、王逢吉、韓爆、鍾靈、趙尺子、鄭煥、陸珍年、墨人、韓漪、陳香、覃子豪、邵僩、陶邦彥、吳東權、秦戰、魏希文、伍稼青、陳鴻年、沉櫻、楊念慈、鄧綏甯、王敬義、嚴友梅等人。

民國 46 年——本年度有比較大的轉變。林海音於 4 月 1 日改為主編「婦女生活」，「聯副」主編由焦家駒接任，欄位由以往的 10 欄改成 13 欄。7 月 7 日開始每週日將「聯副」闢為整版的「星期小說」，至民國 49 年 1 月 10 日止，對於文壇產生了相當大的影響，也網羅了絕大部分的知名文人投入創作。大致如下：陸珍年、丁衣、公孫嬿、吳痴、童鐘晉、郭嗣汾、包喬齡、咸思、黃金枝、郭良蕙、舒暢、童真、徐蘋、宋承書、郭

智化、琦君、陶邦彥、王敬義、徐蕙藍、韓漪、邵僩、呼嘯、田先進、皮述民、王逢吉、馬各、楊思諶、畢璞、喬曉芙、陸白烈、紫藤、沉櫻、鄒郎、聶華苓、管瓊、朱西甯、李春陽、鍾肇政、勞影、赫連宙、袁愛瓊、雲山樵、朱夜、姚芷、章君穀、梅遜、魚貝、鍾理和、周嘯虹、司馬中原、耿沛、隱地、莊靈、丁樹南、秦戰、鄭煥等人。9 月 10 日林海音重回「聯副」主編，「星期小說」照常刊出。計有楊思諶、馬各、蕭銅、陳火泉、司馬桑敦、蕭勤正、白先勇、姚姁、徐斌、楊海宴、鄭清文、吳友詩等人來稿。

民國 47 年——3 月時減為 9 欄。新來稿者有敏學、夏元瑜、金溟若、蔡文甫、邱剛健、吳瀛濤、張時、楊文僋，宣誠、張良澤、張菱舲，鄭清茂、喬鵬書、錢歌川等人。詩人亦有大量來稿，計有余光中、魯蛟、辛鬱、吳望堯、夏菁、羅門、瘂弦、方艮、舒蘭、丹扉、上官予、辛魚、鍾鼎文等人。另有王鎮國譯〈西洋文學名著〉，梁白波畫插圖等。

民國 48 年——余光中負責歐美文壇報導，何明亮則負責日本文壇報導。瘂弦、鍾理和、王文興首次出現。林海音的〈惠安館傳奇〉與〈曉雲〉亦於本年刊載。

民國 49 年——何欣報導歐美文壇。林枕客（林今開）、彭歌、田湜、羅裕、華明、彭中原、李元慶、楊御龍、立礎、徐鱉潤、耕耳、桑品等文人，及陳慧、蓉子、周夢蝶、蘇念秋、孫思照、秦松等詩人陸續投入。算至今年，本省籍文人已有鍾肇政、文心、廖清秀、鄭清文、陳火泉、莊妻、鍾理和、鄭煥、鄭清茂、施翠峰發表作品。又有林鍾隆、石棟等人參與。本年文學性相當濃郁，諸如楊蔚、莊因、李斌賢、趙慕嵩、奔煬、野莊、白穎、孟際、趙銀龍、楊思諶、鄧文來、盧克彰、徐澂、陳清汾、鈕先銘、李敖、金陵、葉曼、蕭南、呂幸治、魏畹枝等皆有作品

發表。林海音〈婚姻的故事〉於本年刊出。

民國 50 年——刊登鍾理和遺作〈笠山農場〉。朱介凡、妻子匡、段彩華、林懷民、黃娟、黃懿、孟絲、林顥榮、王家棫、王尚義、孫多慈、史唯亮、陳若曦、葉珊（楊牧）、魏子雲、程光蘅、彭邦楨、許森茂、繁露等皆有作品出現。

民國 51 年——林海音自稱當時無競爭對手。黃春明、七等生、楊逵、徐訏、鍾鐵民、歐陽子、黎中天、陳曉菁、喻麗清、陳鼓應、何毓衡、林柏燕、江上、魚漢、王作民等首見於此。

民國 52 年——林海音於 4 月 24 日卸任。之前仍錄用了丘秀芷、張健、高準、王潤華、王令嫻、水晶、蘇尚耀、符兆祥、史白靈、翠屏、呂天行、於梨華、吳槐、姚詠萼、繭廬等人的作品。

由以上的名單看來，真可說是人才濟濟，集當時的知名文士於一堂。也許有人會反駁說道：這因為是《聯合報》的副刊，財力物力人力都很堅強，換誰當主編都能有如此作為。觀諸林海音卸任後的歷任主編，不也都做得很好嗎？

這話不算錯，但也不正確。怎麼說呢？此處忽略了一個重要的事實，即：「聯副」的風格是林海音一手建立的，由於她奠下的根基甚為深厚，使得「聯副」成為當時報刊雜誌中最重要的常態性文學刊物。副刊是一種強勢媒體，但也要有人能善加利用。「聯副三十年文學大系」的導言〈風雲三十年——三十年來中國現代文學之發展與聯副〉就曾對副刊的特色及聯副的貢獻作一整體檢討，而認為副刊有其他書刊媒體難以相提並論的優勢：

1.副刊的容量大而具持續性。
2.副刊發行量大而傳播廣遠。

　　林海音能充分利用這種優勢而大量延攬人才，是以能令「聯副」在當時號稱貧瘠的文壇培育出盛美的花朵，一枝獨秀，使得作家皆以在「聯副」撰稿為榮。如果單是副刊的力量就能致此，那麼何以當時其他的副刊未能有這般的魅力呢？

　　林海音在當代文人的心目中是相當受敬重的，大都以「林先生」來稱呼她。例如在《剪影話文壇》附錄的〈懷念老編〉的〈輕言〉文中，七等生如此說道：

> 與其說林女士，不如說林先生，這是她獨特而豁達的胸襟而言；如果她生而為男人，將比她現在的成就大，但因為她是個天生的女性，卻能贏得普遍的敬仰和愛慕。

鍾肇政在〈令人懷念的歲月〉中也寫著：

> 那個「小小」的副刊成了一塊光明之地，而造成了這一塊光明的，不用說是林海音女上了。[9]

　　其他諸人也都有著相當的推崇。又如〈林海音研究資料〉中所收評論，對於林海音也幾乎全部持著讚揚的論調。這不是偶然的令譽，是因為她能無私的拔擢人才所得到的尊敬。1950 年代的臺灣，因著她在「聯副」的努力，雖然只有十批、八批的欄位，卻是當時的一股清流，並造就了許多文藝青年，為臺灣的文壇注入了新生活力，這些是我們研究 1950 年代文學發展時所應該注意的。

---

[9]此文收於《剪影話文壇》，臺北：純文學出版社，1984 年 8 月初版首刷。

四、小語

　　由於時間、學力有限，有些該仔細處理的問題沒能深入挖掘。如林海音對臺籍文人的態度，她錄用過那些人的作品，產生了怎樣的效果？當時其他副刊、以及各類文藝性刊物的發展情形如何？「聯副」與之比較下是否產生互動影響？這些都應該好好交代。本文先作出基本理解，如果可能的話，日後再行探究。

──選自《臺灣文學觀察雜誌》，第 4 期，1991 年 11 月

大阪‧頭份‧北京
英子最早的生活

◎夏祖麗*

1917 年，30 歲的煥文先生帶著已懷孕的愛珍，離開臺灣到日本求發展。他在當時的商業中心大阪城定居下來，開了一家東城商會，做網球拍線和縫衣針的生意。

1918 年農曆 3 月 18 日，愛珍在大阪絹笠町「回生醫院」產下一名健康白胖的女嬰，取名含英，小名英子。那年愛珍才 16 歲。

小英子遺傳了媽媽白皙的皮膚、秀氣的雙眼，也遺傳了爸爸的高額和挺直的鼻子，自小就討人喜歡；學說話時，她常常一件事夾雜三種語言—日本話、閩南話、客家話，結果說得都不完整，家人常常逗她說話。愛珍後來常提起：「你小時候就像小公主似的，日本保母常常帶著你上水晶橋亮相。」

煥文先生顯然不擅經商，在日本幾年，事業一直沒有進展，帶去的錢花得差不多了。他決定先回臺灣一趟，再上北京去看看。在日本住了三年，他們又舉家遷回了臺灣，那時愛珍已懷了老二。回到臺灣後不久，愛珍就在頭份生下了老二秀英（學名林櫻）。煥文先生把她們母女三人安頓在頭份，就隻身坐船到北京去了。

在北京，煥文先生在日本人的報紙《京津新聞》找到工作，又回到臺灣接家人。

1923 年 3 月初的一個清晨，英子和爸爸、媽媽在基隆登上開往中國再

轉至日本的「大洋丸」。二妹秀英留在頭份家鄉。

　　五歲的英子已經是第二次坐船了，如果精確點說，應該是第三次。第一次是從臺灣到大阪，當時她在媽媽的肚子裡；第二次是三歲那年從大阪回臺灣；這次則是從臺灣到北京。誰也沒有料到這趟航行竟成了她和爸爸媽媽一生的轉捩點。

　　一到北京，他們先在前門外珠市口的謙安客棧落腳，謙安客棧旁邊就是北京最大的第一舞臺，熱鬧極了，好奇的英子每天和老媽子站在門口看人。這裡和說日本話的大阪、說客家話的頭份、說閩南話的板橋都不一樣，說的是北京話。

　　英子記得她穿著一身薄絨布黃底紅格子的小和服，站在謙安客棧門口看熱鬧時，竟有路人過來要掀開她的衣服看，因為，他們認為穿日本衣服是不穿褲子的。

　　很快地，他們在椿樹上二條「永春會館」的後進找到房子，媽媽又為她添了三妹燕珠。自燕珠以下，林家所有在北京出生的孩子，名字都有「燕」字。煥文先生後來考入工作較穩定的北京郵政總局，擔任日本課課長。這時英子的祖父林台先生要他最小的兒子炳文，就是最疼愛英子的尪叔投奔大哥煥文。炳文在大哥的安排下，進入北京郵政總局工作。隨後，尪嬸帶著獨子朝楨從故鄉頭份來和丈夫團聚。而英子早逝的二叔昌文的獨子，大英子八歲的阿烈哥（林汀烈）也由祖父安排渡海來北京，投奔大伯父煥文。自此，林台先生四個兒子，有三房在北京定居。

　　那時在北京的臺灣人約有四、五十人，他們不願在日本統治下生活，遠離家鄉來到中國。他們在籍貫上大都填寫祖籍閩、廣兩省，一則是為躲開日本領事館之類的機構注意；一則是若說是臺灣人，會被投以歧視異樣的眼光，因而彼此間提到臺灣人，就以「番薯人」代之，因臺灣的地形像一個番薯。不提「臺灣」，而用「番薯」，實際上包含異鄉人無限的心酸。

　　到北京的臺灣青年，多以福建、廣東祖籍身分免費寄住在南城（今日宣武門）的漳州、泉郡、永春、龍溪、晉江、蕉嶺等會館，正式就讀或旁

聽於北京各大學。北京的會館有五、六百年的歷史，早在科舉時代各省弟子進京趕考，各地就紛紛在這個首善之都設立會館，大都分布在南城一帶，最多時曾高達五百家左右。

煥文先生在 1923 年攜眷到北京時已經 35 歲，他在郵局工作，臺灣學生寄錢回家都得經他之手，所以彼此熟識，又因為人熱心、人緣好，常常把家裡多餘的房間借給年輕學生住，或在他家開臺灣同鄉會，臺灣學生遇上紛爭或困難，也常由他出面調解或義助。

當時在中國大陸的大城市裡都有日僑小學，煥文先生當然不會送孩子去讀日僑小學。1925 年的夏天，一個傾盆大雨的早上，厝叔牽著七歲的英子投考北京師大第一附小。這是英子的第一件「人生大事」，她知道這件事得靠自己。英子緊緊地拉著厝叔的手，認真地在附小的樓上、樓下教室一間間進出，認顏色、考數字、填木塊。考取後，厝叔很高興，帶著她和三妹燕珠去中央公園（今日中山公園）玩，在「格言亭」前拍下一張照片，這張照片英子一直好好保存著。四十多年後，她把這張照片複印了帶到上海送給分離多年的三妹，那年她已 75 歲，三妹 70 歲。

初到北京時，林家仍保有許多日本的生活習慣，他們管爸爸叫「歐多桑」，管媽媽叫「歐卡桑」，上學後不久，就漸漸改口叫爸爸、媽媽了。

煥文先生從日本帶來一個 sukiyaki（壽喜燒）的鍋子，每回要吃 sukiyaki，他親自去選肉，特別交代掌櫃的把肉切成比涮羊肉的肉片要小一點、厚一點。煥文先生對吃可講究得很呢！日子久了，掌櫃的只要聽說林家要吃日本鍋子，就知道怎麼個切法。英子放學回家，只要聽說今天要吃她最愛的 sukiyaki，就興奮地跟著媽媽、老媽子在廚房裡洗白菜、切洋蔥、泡粉絲、熬豬油什麼的。等一盤盤準備好的材料都擺上桌，這就輪到爸爸主廚了。

家裡還有一個日本製的手搖冰淇淋木桶，北京的夏天很熱，英子放學回家和媽媽弟妹們做冰淇淋吃，做得多，召來街坊鄰居小朋友一塊兒吃。從日本帶來的「話匣子」（手搖留聲機）更讓家裡樂聲、笑聲不斷。家裡原

先有一些日本唱片,後來又添了平劇、地方戲和相聲。每回林家要放「話匣子」,小朋友好奇地圍到門口,英子想叫誰來聽,就讓誰進來,不想要的人,就把他們推出去。英子家是洋派的、新派的,有好多新奇的東西。和林家隔了道牆的第八小學校長,每回在校園裡見到燕珠,就會笑嘻嘻地問:「林燕珠,你爸爸什麼時候再上日本去啊?」

　　煥文、愛珍都有興趣聽戲,愛珍知道的那些歷史故事、典故傳奇,幾乎全是從戲裡得來的。英子從小跟著媽媽上戲園,北京的「城南遊藝園」是他們常去的地方,有時媽媽沒空,就讓宋媽帶他們去消磨一天。聽張笑影的文明戲、看雪艷琴的「梅玉配」,還有穿燕尾服的變戲法兒、紮長辮子的姑娘唱大鼓,或是看露天電影鄭小秋的「空谷蘭」,帶孩子上戲園子逛一天,實在不合現代的教育法,但是英子從小跟著家人聽戲的嗜好,一直到老不變。

　　林家廚房總是熱熱鬧鬧的。愛珍常做豬腸灌糯米、炒米粉、麻油雞、乾煎帶魚、大蒜炒空心菜、蘿蔔糕、花生湯、燙豬肝、白斬雞……這些臺灣菜、福建菜,家裡北方鄉下來的老媽子都跟她學會了。

　　初到北京時,愛珍看見英子學北京小學生拿乾饅頭沾砂糖吃,就說:「這乾巴巴的怎麼嚥得下去啊!」看英子大碗吃酢醬拉麵,就說:「那硬梆梆的粗麵怎麼嚼得動?」聞到北京的豆汁兒,她皺著眉、捏著鼻子說:「簡直像泔水。」

　　媽媽始終不敢吃的豆汁兒,英子能喝上三大碗;媽媽一輩子不吃的羊油炒麻豆腐摻上青豆、紅辣椒,英子能吃上一大盤,英子是道道地地的小北京了。

　　英子九歲那年,二妹秀英從臺灣來了,帶秀英來的是愛珍板橋的親戚阿婆陳愛。1923 年阿婆的兒子張我軍到北京,自師範大學畢業後,就留在北京從事寫作和文化工作。阿婆到北京時,張我軍剛出版他有名的詩作《亂都之戀》。他和臺灣鹿港來的洪炎秋、臺南人連震東,還有蘇薌雨,被稱為「臺灣四劍客」。1903 年出生的愛珍,比張我軍小兩歲,她和阿婆情

同母女，阿婆來了，她多了一個伴兒。

秀英剛來時不會說北京話，插班就讀第八小學一年級。有一天，放學回家對媽媽說：「老師叫我明天帶孔子公去學校。」全家納悶，家裡哪來的孔子公呢？後來才弄明白，老師叫她拿「通知簿」去，她以臺語諧音聽成「孔子公」。從此，「孔子公」的笑話在林家一代代傳下去。

秀英來了沒多久，祖父林台先生帶著祖母徐愛妹也從故鄉來探望他們。兩位老人家的到來，給這個客居異鄉的小家庭帶來驚喜。英子對家鄉的印象模糊，有時爸爸會指著地圖上那座小小的島，告訴他們，祖父、祖母就住在那兒。媽媽說過，家鄉是個島，四面都是水，他們是坐大輪船，又坐火車，才到這個北京來的。英子常常幻想家鄉是什麼樣？在她的記憶裡，老家好像有門井，她常常和秀英在井邊躲著玩，有一次玩到快天黑了，兩人聽到屋裡有人喊他們，才跑回家。她對家鄉的印象，就這麼一點點，家鄉是那麼遙遠！

林台先生到北京來探望兒子時，正是他享盛譽的時候，他做過六年頭份區長（即鎮長），徐愛妹跟著丈夫風光了半輩子，在那個婦女足不出戶的時代，她有機會到歷代皇都的北京住上幾個月，想必是個難忘的經歷。

祖父母來時，好熱鬧的英子最高興，每天一下課回來，家裡總是高朋滿座，「君自故鄉來，應知故鄉事」，臺灣鄉親每天上林家探望走動。晚上客人散後，家人都睡了，英子看見爸爸和祖父還在堂屋燈下用客家話聊天，一直到夜深。

那年的北京春天，花開得特別燦爛，愛花的爸爸為了迎接祖父，把花販整擔的花全買下來了。

——2000 年 10 月，摘自《從城南走來——林海音傳》

——選自李瑞騰、夏祖麗編，《一座文學的橋——林海音先生紀念文集》
臺南：國立文化資產保存研究中心籌備處，2002 年 12 月

輯五◎
研究評論資料目錄

作家生平、作品評論專書與學位論文

專書

1. 林海音　　家住書坊邊——我的京味兒回憶錄　臺北　純文學出版社　1987 年 12 月　279 頁

本書為林海音憶舊之作。全書共 3 輯：1.家住書坊邊；2.親情與文學：林燕珠〈寫給大姐——從《城南舊事》到城南舊事〉、夏承楹〈從《城南舊事》說起〉、夏烈〈城南少年遊〉、夏祖麗〈溫馨的家〉、莊因〈五重情〉；3.大家都稱她「林先生」：周曉春〈君子三變的林海音先生〉、楊明顯〈光圈對準林海音〉、張典婉〈英子的鄉戀〉、桂文亞〈記一個溫馨的生日晚會〉。

2. 林海音　　林海音作品集·我的京味兒回憶錄　臺北　遊目族文化公司　2000 年 5 月　251 頁

本書為遊目族文化公司出版，摘要、章節與前書相同。

3. 林海音　　生活者·林海音　臺北　純文學出版社　1994 年 12 月　294 頁

本書為林海音 1994 年作品的結集。全書共 2 輯：1.我的京味兒之旅，包括林海音的旅行以及對人和物的感念，其中收錄，陳祖文〈梁實秋小事記〉、舒乙〈我找到了「雅舍」〉、梁白波〈梁白波給林海音的最後四封信〉、黃苗子〈風雨落花〉、彭小妍〈巧婦童心〉；2.我的床頭書，收錄林海音兩年間的讀書心得。

4. 林海音　　穿過林間的海音——林海音影像回憶錄　臺北　格林文化公司 2000 年 5 月　80 頁

本書匯集林海音從幼年到大的照片，按照時間並搭配圖說編輯成書。全書共 6 部分：1.童年往事；2.社會新鮮人；3.婚姻的故事；4.寫作生涯；5.剪影話文壇；6.生活者林海音。

5. 夏祖麗　　從城南走來：《林海音傳》　臺北　天下遠見出版公司　2000 年 10 月　466 頁

本書作者為林海音的女兒，循著母親的足跡，走遍臺灣、大陸北京、南京、上海，透過父母的文字、親友和學者作家的訪談，以及千餘幅舊照片與自己的親子記憶，描繪出林海音和煦明亮的身影。全書共 17 章：1.一位鄉下老師 1888—1922；2.由大阪揚帆 1922—1931；3.爸爸的花兒落了之後 1932—1939；4.從小婦人到紅樓夢 1939

—1948；5.英子轉來囉！1948—；6.ㄅㄆㄇㄈ，得吃得喝 1948—1953；7.聯副十年 1953—1963；8.美利堅大旅行 1965‧4—10；9.冷眼看人生，熱筆寫世相 1955—1967；10.城南舊事 1960—；11.我一定要好好寫篇稿子給您！1967—1972；12.實踐純文學 1968—1995；13.永不熄燈的客廳 1948—；14.喝豆汁兒的歲月回憶 1990—；15.打開奶奶記憶的盒子 1965—1996；16.文格與風格 1918—；17.一個觀察的人生 1918—。正文後附錄〈林海音大事年表〉及〈林海音著作書目〉。

6. 夏祖麗　　從城南走來——林海音傳　北京　生活‧讀書‧新知三聯書店　2003 年 1 月　427 頁

本書爲《從城南走來——林海音傳》簡體字版。摘要，章節目次同前書。

7. 舒乙，傅光明編　　林海音研究論文集　北京　臺海出版社　2001 年 5 月　289 頁

本論文集收錄林海音自述編輯創作歷程，以及臺、港、中國評論林海音及其作品的文章，全書共 48 篇：隱地〈熱愛寫作與編輯的林海音〉、黃春明〈我滿懷由衷的感激〉、鍾鐵民〈君子三變〉、楊蔚〈我無限的尊敬的感情〉、鄭清文〈滋潤多少文壇新秀種子〉、七等生〈輕言〉、馬各〈那段日子〉、鍾肇政〈令人懷念的歲月〉、周曉春〈君子三變的林海音先生〉、林文月〈兩代友情〉、何凡〈歲月如流，人生已無憂〉、夏祖麗〈追尋母親的足跡——我寫《林海音傳》的心情與經驗〉〈重讀母親的小說——《燭芯》和《婚姻的故事》〉、蕭乾〈臺灣有家夫妻店〉、文潔若〈林海音探親〉〈鄉情悠悠——爲《林海音文集》而作〉、舒乙〈受人尊敬和討人喜歡的林海音〉〈熱的書‧熱的人——讀林海音《金鯉魚的百襉裙》〉、張光正〈老北京的「番薯人」——記林海音青少年時代的人和事〉、古遠清〈給林海音惹禍的一首詩——由林海音對「聯副」的貢獻談到「船長」事件〉、傅光明〈林海音與老北京〉〈林海音的文學世界〉〈生活者林海音〉、韓斌生〈永遠鄉戀的女性文學的林海音——「林海音作品硏討會」散記〉、北京娛樂信報〈忘不了京城之南——林海音再說《城南舊事》〉、齊邦媛〈超越悲歡的童年〉、夏烈〈林海音的作品與性格背道而馳〉、范銘如〈如何收編林海音〉、應鳳凰〈林海音與臺灣文壇〉、林良〈林海音先生和兒童文學〉、汪淑珍〈林海音小說中敘事觀點探討〉、楊絢〈林海音兒童文學作品中的兒童形象——以《城南舊事》、《冬青樹》、《綠藻和鹹蛋》、《林海音童話集》爲例〉、古劍〈《林海音散文》編後記〉、古繼堂〈林海音的兩岸情結〉、莊明萱〈林海音的文學創作〉、張默芸〈論林海音《孟珠的旅程》〉、封祖盛〈林海音及其《城南舊事》〉、李今〈林海音對於女性文化角色的選擇〉、北塔〈在虛構與紀實之間——再讀《城南舊事》〉、鄭

實〈林海音：帶給你溫暖的名字〉、林海音〈《城南舊事》(代序)〉〈冬陽，童年，駱駝隊——《城南舊事》出版後記〉〈《城南舊事》重排前言〉〈《婚姻的故事》後記〉〈《燭芯》後記〉〈我的採訪學及其他〉〈剪影話文壇〉〈我的寫作歷程〉。正文後附錄〈林海音大事年表〉。

8. **鄧佩瑜編　　頌永恆‧念海音——林海音的客廳重現　臺北　格林文化製作　2001 年 12 月　〔31〕頁**

本書爲林海音追思會紀念冊，收有林海音喜歡的歌、林海音的相片、書法，文友及家人對林海音的懷念文章。

9. **周慧珠，方素珍主編　　憶‧‧‧難忘　臺北　中華民國兒童文學學會　2002 年 3 月　66頁**

本書爲兒童文學界追思林海音感懷會特刊。全書共 10 篇：1.潘人木〈以爲還有很多，其實沒有了〉、2.林良〈童話樹〉、3.林煥彰〈我們都姓林 ——懷念林海音先生〉、4.桂文亞〈林海音〉、5.蔣竹君〈我的生活導師〉、6.林武憲〈最難忘的一頓晚餐——感謝她〉、7.李雀美〈永遠的資深美女〉、8.周慧珠〈資深美女騎著大象來了〉、9.楊絢〈林海音與兒童文學〉、10.林武憲〈林海音兒童文學論述資料〉。

10. **傅光明編　　林海音：城南依稀夢尋　鄭州　大象出版社　2002 年 11 月　93 頁**

本書爲林海音的「人物畫傳」，書中收錄大量作家肖像、手稿等歷史照片和圖片資料，以圖文相輔的方式，重現作家風貌。

11. **李瑞騰，夏祖麗主編　　一座文學的橋——林海音先生紀念文集　臺南　國立文化資產保存研究中心籌備處　2002 年 12 月　259頁**

本書以集體呈現林先生的印象爲主要考量，收錄林海音女士過世後，臺、港、中國及美、澳等地的追思文章，與 1955 年林海音女士第一本書《冬青樹》以來各評論文章，以及近 20 年來訪問及介紹林海音女士的文章。全書共 3 輯：1.念她（追憶與懷念），收錄齊邦媛〈失散——送海音〉、余光中〈另一段城南舊事〉、潘人木〈以爲還有很多，其實沒有了〉、董橋〈永遠的林海音先生〉、劉靜娟〈那雙能幹的手〉、何凡〈從永不分離到相對無言〉、舒乙〈一位可敬可愛的人——悼林海音先生〉、王信〈想，再拍一次那眼神！〉、向明〈詩壇保母——林海音先生〉、保真〈她的旅程不孤獨〉、張至璋〈多向人灑香水〉、郝廣才〈她正是那穿過林間的海音〉、夏祖焯〈記我的六叔六嬸〉、鐵凝〈懷念林海音〉、王開平〈奶奶最快樂的時光〉、夏祖麗〈媽媽的花兒落了！〉、鄧佩瑜〈頌永恆，念海音〉共 17 篇；2.

讀她（作品與評論），收錄葉石濤〈林海音論〉、齊邦媛〈超越悲歡的童年〉、馬森〈一個失去的時代〉、夏承楹〈海音的第一本書《冬青樹》〉、高陽〈雲霞出海曙〉、彭小妍〈巧婦童心──承先啓後的林海音〉、范銘如〈《燭芯》導讀〉、彭歌〈朦朧〉、郭明福〈永恆的鱗爪〉、子敏〈活潑自然具風姿──談林海音的散文〉、蘇偉貞〈書寫生活的原型──林海音的「家的文學」光譜〉、應鳳凰〈林海音與臺灣文壇〉、蕭乾〈臺灣有家夫妻店──讀《雙城集》〉、彭小妍〈一座文學的橋──銜接世代的林海音〉、范銘如〈如何收編林海音〉、林武憲〈給孩子一個親切的世界──林海音與兒童文學〉、傅光明〈生活者林海音〉共 17 篇；3.說她（生活與風格），收錄夏祖麗〈大阪・頭份・北京──林海音最早的生活〉、張光正〈林海音青少年時代的人和事〉、夏烈〈虹橋機場〉、張典婉〈林海音返鄉的一日〉、隱地〈到林先生家作客〉、黃春明〈我滿懷由衷的感激〉、鍾鐵民〈君子三變〉、鄭清文〈作家・主編・出版人〉、莊因〈五重情〉、林燕珠〈遙念大姐〉、鐘麗慧〈五十年的姻緣・八十歲的蛋糕〉共 11 篇。正文後附錄〈林海音作品目錄〉、〈有關林海音的報導與評論目錄〉。

12. 李瑞騰編　　霜後的燦爛──林海音及其同輩女作家學術研討會論文集　臺南國立文化資產保存研究中心籌備處　2003 年 5 月　470 頁

本書爲「林海音及同輩女作家學術研討會議論文集」，全書 3 輯：1.林海音專論，收有江寶釵〈童女的旅途──林海音小說中的作者與敘述研究〉、陳碧月〈林海音小說的女性自覺書寫〉、許俊雅〈論林海音在《文學雜誌》上的創作〉、傅光明〈試論林海音的文學編輯與出版理念〉、汪淑珍〈林海音出版事業──《純文學》月刊與「純文學出版社」初探〉、閻純德〈林海音的歷史地位──文學史的考察〉、梁竣瓘〈試論中國大陸林海音小說研究〉；2.海音及其同輩女作家，收有范銘如〈京派・伍爾芙・臺灣首航〉、朱嘉雯〈推開一座牢固的城門──林海音及同時代女作家的五四傳承〉、莊宜文〈林海音與張愛玲對照記〉、陳芳明〈在母性與女性之間──五〇年代以降臺灣女性散文的流變〉、王小琳〈青春與國家記憶──論五〇年代大陸遷臺女作家的憶舊散文〉、應鳳凰〈林海音與六十年代臺灣文壇──從主編的信探勘文學生產與運作〉；3.同輩女作家專論，收有陳兆禎〈試論潘人木與她的兒童文學作品〉、張瑞芬〈文學兩「鍾」書──徐鍾珮與鍾梅音散文的再評價〉、林翠真〈女性主義的離散美學閱讀──以《桑青與桃紅》爲考察對象〉。正文後附錄〈「閱讀林海音」座談會記錄〉。

13. 周玉寧　　林海音評傳　北京　作家出版社　2006 年 7 月　239 頁

本書從人生歷程、編輯與文學活動以及作品創作三方面撰寫林海音評傳，展示林海

音忙碌的一生與文學世界。全書共 3 部 10 章：上部：生活者林海音——人生歷程共 3 章，家世與童年、求學、工作與結婚、臺北生活；中部：編輯者林海音——文學活動共 4 章，「聯副」十年、編輯《純文學月刊》與主持「純文學」出版社、林海音的文學交往、訪問美國與兩岸交流；下部：寫作者林海音——作品評析共 3 章，林海音的短篇小說、林海音的中長篇小說與名篇《城南舊事》、林海音的散文隨筆與遊記。正文後附錄〈結語：林海音作品綜論〉。

14. 汪淑珍　　文學引渡者：林海音及其出版事業　臺北　秀威資訊科技公司　2008 年 2 月　318 頁

本書為博士論文出版，章節目次與前書相同，正文前有李瑞騰〈想念林海音先生〉。

15. 封德屏主編　　穿越林間聽海音：林海音文學展展覽圖錄　臺南　國立臺灣文學館　2010 年 3 月　119 頁

本書為「穿越林間聽海音——林海音文學展」之展場內容紀錄及精選文物介紹而特別編印，正文內容以中英文對照呈現。全書包含：1.余光中〈另一段城南舊事〉；2.夏祖焯〈虹橋機場〉；3.夏祖麗〈懷念一個文學客廳——林海音‧何凡〉；4.林佩蓉〈一場與純文學的相遇——林海音文學文物徵集記述〉；5.林佩蓉，王嘉玲〈蕭穆的年代，純文學的堅持——「林海音文學展」展場設計概念〉；6.杜秀卿〈展區及精選文物導覽〉；7.編輯部〈林海音小傳〉；8.編輯部〈林海音大事年表〉；9.編輯部〈林海音中文著作目錄〉。正文前有盛治仁〈主委序〉、李瑞騰〈館長序〉；正文後有封德屏〈編後序〉。

學位論文

16. 陳姿風　　林海音及其作品研究　政治大學中國文學系　碩士論文　李豐楙教授指導　1990 年　192 頁

本論文探討林海音生平及作品，兼藉此以得知五、六〇年代文學總體面貌的特殊現象，以及為臺灣 40 年女性文學的流衍指出具體的發韌點，並勾勒臺灣光復迄今文化事業的發展之梗概。全文共 7 章：1.緒論；2.林海音的北平經驗與臺灣生活；3.林海音的文化事業活動；4.懷念故都北平；5.反映婦女問題；6.關注臺灣庶民生活及兒童教育；7.結論。

17. 汪淑珍　　林海音小說敘事技巧研究　東吳大學中國文學系　碩士論文　彭小妍教授指導　1999 年 4 月　285 頁

本論文由「敘事學」的角度對林海音小說進行解讀，考察敘事學在林海音小說中的運用情形，並考察作品內容與形式技巧間的聯系、闡釋作品創作的時代背景在歷史上的意義，體現文學藝術與時代、社會生活的關係。全文共 6 章：1.緒論；2.情節模式分析；3.人物內心刻劃；4.敘事模式探討；5.修辭技巧運用；6.結論。正文後附錄〈林海音文學年表〉及〈林海音作品目錄〉。

18. 楊　絢　　林海音與兒童文學　臺東師範學院兒童文學研究所　碩士論文　林文寶教授指導　1999 年 6 月　106 頁

本論文除了對林海音的兒童文學作品做有系統的整理，並藉此瞭解作者透過兒童形象，傳達其本身教育觀與價值觀。全文共 5 章：1.緒論；2.生平及兒童文學作品；3.兒童文學作品中兒童形象分析；4.兒童文學作品中的教育觀；5.結論。

19. 施英美　　《聯合報》副刊時期（1953—1963）的林海音研究　靜宜大學中國文學系　碩士論文　陳芳明，胡森永教授指導　2003 年 6 月　368 頁

本論文主要論述林海音從主編《聯副》時期，自編輯到創作的整體表現，進而重新爬梳她在文學史上的重要位置。全文共 6 章：1.緒論；2.林海音自由主義的傾向；3.主編《聯合報》副刊的時代意義；4.《聯合報》副刊上各文藝路線的表現；5.林海音主編《聯副》時期的創作；6.結論。正文後附錄〈林海音文學年表〉。

20. 趙惠芬　　林海音小說中的美學研究　銘傳大學應用中國文學系　碩士論文　江惜美教授指導　2003 年 12 月　206 頁

本論文以林海音的小說為研究範疇，採朱光潛創作美學範疇的四個原則（形相直覺、心理距離、移情作用、內模仿）為研究重點，從美學觀點來研究林海音小說的形式與內容，深入地研究林海音的小說藝術，並探討林海音小說在臺灣文學史中的定位。全文共 7 章：1.緒論；2.林海音小說中的形相直覺；3.林海音小說中的心理距離；4.林海音小說中的移情作用；5.林海音小說中的內模仿；6.林海音小說中的創作風格；7.結論。

21. 黃怡文　　林海音及其散文研究　臺北市立師範學院應用語言文學研究所　碩士論文　馮永敏教授指導　2004 年 6 月　222 頁

本論文以林海音及其散文為研究的主題，以為林海音散文架構一個較全面的體系。全文共 6 章：1.緒論；2.林海音的家世與生平；3.林海音的創作世界；4.林海音散文題材的類型；5.林海音散文的藝術分析；6.結論。

22. 王明月　　林海音小說研究　臺灣師範大學國文系在職進修碩士學位班　碩士
　　論文　楊昌年教授指導　2004 年 6 月　185 頁

本論文以歷史研究法、內容分析法、社會文化評論研究法，以及心理研究法論述林
海音小說中的主題與人物角色以及藝術技巧，藉此了解作者透過小說的描寫，傳達
其本人的價值觀與人生觀。全文共 6 章：1.緒論；2.作家研究；3.小說主題研究；4.
小說人物研究；5.小說藝術分析；6.結論。正文後附錄〈林海音生平大事與著作年
表〉。

23. 張嘉惠　　林海音小說中的五四接受及影響研究　中山大學中國文學系　碩士
　　論文　蔡振念教授指導　2004 年 6 月　179 頁

本論文旨在研究林海音小說中對於五四精神、文學思想以及五四女作家作品的接
受，以及林海音小說對之後臺灣女性小說的影響。以接受美學的觀點出發，敘事學
理論為研究基石，西方接受美學觀點為輔，兼引後殖民理論中對邊緣的討論來解析
林海音小說的接受問題，在深入文本內涵時，則援用女性主義的觀點，並輔以文學
場域等理論討論林海音小說的影響問題。全文共 6 章：1.緒論；2.林海音對五四文
學思想的接受；3.林海音小說對五四女作家的接受；4.自主與深化：林海音小說中
的女性觀照；5.林海音小說在臺灣的接受與影響；6.結論。正文後附錄〈林海音小
說作品整理表〉、〈林海音小說主要人物整理表〉、〈林海音小說情節、主題整理
表〉、〈林海音年表〉。

24. 詹玉成　　林海音小說人物論　玄奘大學中國語文系　碩士論文　鄭明娳教授
　　指導　2004 年　131 頁

本論文綜論林海音的小說中的人物塑造，採篇幅以及人物類型分類法分析林海音的
作品，並以「長篇作品中人物塑造手法的優劣」、「短篇作品中人物塑造手法的優
劣」及「結論」等 3 點，研究林海音作品中的人物創造。全文共 8 章：1.緒論；2.
人物的典型；3.長篇作品中的主要人物；4.短篇作品中的主要人物；5.對比人物；6.
線索人物；7.相關人物題材的比較；8.結論。

25. 張秀絹　　林海音小說創作研究——以人物刻畫為主　彰化師範大學國文學系
　　碩士論文　王年雙教授指導　2005 年 6 月　196 頁

本論文主要論述林海音小說中對於人物的描寫技巧，兼探討林海音小說作品中女性
角色的主題意識取向，並從情節設計、景物烘托、細節描寫、懸念設計 4 種角度分
析林海音的小說作品，以呈現並歸納林海音式的小說人物探討，並由此闡釋作品於
時代背景下的歷史意義，體現林海音自然的文學藝術與時代、社會生活的關係。全

文共 5 章：1.緒論；2.林海音生平及其小說代表作品概述；3.林海音小說人物的刻畫技巧；4.林海音小說主題中的女性呈現；5.林海音小說的藝術結構。正文後附錄〈林海音大事年表〉。

26. 施家雯　　賢良之路：林海音婚戀小說研究　清華大學中國文學系　碩士論文
　　　李玉珍教授指導　2005 年 7 月　107 頁

本論文將瑣碎視為女性書寫的基礎，透過文本內部的系統脈絡，梳理林海音婚戀小說游移於母職、婚姻、新舊女性命運等象徵意涵所意欲呈現的女性議題，凝聚瑣碎話語之中小說家對女性與婚姻的反覆辯証。全文共 5 章：1.緒論；2.婚戀小說中的母職書寫；3.新舊時代下的愛戀與婚姻；4.北平時空下的婚戀小說；5.總結。

27. 張　源　　文化互動與邊際寫作——林海音論　山東大學中國現當代文學所
　　　碩士論文　黃發有教授指導　2005 年　57 頁

本論文採用文化批評與審美批評相結合的方法，通過對林海音作品的文本細讀，來尋繹多元文化潛質對其文學創作的深層影響，進而揭示這種複合的文化氣質在創作中的審美轉換。全文共 4 章：1.多元交融的文化乳汁；2.穿越劫波的精神方舟；3.進退兩難的女性認同；4.邊際人格與邊際寫作。

28. 趙立寰　　林海音小說研究　屏東教育大學中國語文學系　碩士論文　林秀蓉
　　　教授指導　2007 年 1 月　176 頁

本論文回歸林海音的作家身分，彰顯其「自由人文主義」的創作觀點，探討其小說的主題內容及藝術價值，並評價其女性文學的議題。全文共 6 章：1.緒論；2.林海音的寫作歷程與編輯出版事業；3.林海音小說的主題內容；4.林海音小說的女性議題及其時代意義；5.林海音小說的藝術特色；6.結論。

29. 林韋伶　　林海音文學風格研究　明道管理學院國學研究所　碩士論文　廉永
　　　英教授指導　2007 年 1 月　293 頁

本論文旨在為一生寫作不輟的林海音理出其不同階段之文學風貌，並探求形成的原因與造成的影響，對其作品的藝術性再作詮釋與深究，以凸顯林海音文學之特出價值，並為她在文學史的脈流中，做一歷史定位。全文共 6 章：1.緒論；2.文學風格之意涵；3.林海音作品的分期與風格的轉變；4.形成林海音文學風格的要素；5.林海音其人其文：作家、作品與讀者的連鎖感應；6.結論：林海音在文學發展史上的定位。正文後附錄〈林海音作品繫年〉。

30. 汪淑珍　　林海音及其出版事業研究　中央大學中國文學系　博士論文　李瑞

騰教授指導　2007 年 6 月　380 頁

本論文探討林海音編輯出版生涯以發現林海音另一種成就，進而肯定其出版事業對臺灣文壇的培育、推展以及繁榮文學的重要貢獻。全文共 10 章：1.緒論；2.林海音文化人格的形成；3.《純文學》月刊考察；4.純文學出版社的創立發展與結束；5.純文學出版社的出版品特色；6.純文學出版社的作者群；7.純文學出版社的編輯表現；8.純文學出版社的營銷策略；9.林海音的媒介表現；10.結論。

31. 傅素梅　　城南舊事中的成長主題研究　臺東大學兒童文學研究所　碩士論文
　　　　　　林文寶教授指導　2007 年 8 月　126 頁

本論文透過對林海音自傳體小說《城南舊事》的文本分析，對林海音這位女性典範的成長歷程概括的瞭解並進而分析小說中的成長意涵。全文共 6 章；1.緒論；2.林海音的生平與創作；3.〈惠安館〉中的兒童友誼；4.《城南舊事》中的女性書寫；5.《城南舊事》中的父女關係，6.結論。

32. 陳芙君　　林海音小說女性人物之研究　中國文化大學中國文學系碩士在職專
　　　　　　班　碩士論文　宋如珊教授指導　2008 年 6 月　151 頁

本論文以林海音小說中女性人物的命運為主要探究議題，透過女性主義的觀點，探析文本中女性意識的表現。全文共 7 章：1.緒論；2.林海音的生平及文學創作；3.林海音小說中傳統女性的婚戀危機；4.林海音小說中現代女性的婚戀危機；5.林海音小說中女性婚戀危機的處理；6.林海音小說中女性人物的關係；7.結論。

33. 陳嬋娟　　林海音小說女性主題研究　高雄師範大學國文學系國文教學碩士班
　　　　　　碩士論文　林文欽教授指導　2008 年 6 月　222 頁

本論文就北京生活與環境對林海音成長歷程所造成的影響論述起，再析論其小說中所展現的傳統女性意識與現代女性意識，替小說中的女性形象分類；最後確立林海音在女性文學的地位，總結其小說女性主題的研究成果。全文共 6 章：1.緒論；2.林海音及其作品所呈現的成長歷程；3.林海音小說的女性意識；4.林海音小說的女性形象；5.林海音小說的婚姻與愛情；6.結論。

34. 王勛鴻　　君臨之側，閨怨之外——五六十年代臺灣女性文學研究　山東大學
　　　　　　中國現當代文學研究所　博士論文　黃萬華教授指導　2008 年 9 月
　　　　　　頁 182

本論文以 1950、1960 年代琦君、張秀亞、歐陽子、聶華苓、郭良蕙、吉錚、於梨華、徐鍾珮、林海音等臺灣女性作家為例，探討女性作家在懷鄉書寫及「家臺灣」

的在地化書寫之保守社會文化下，所表顯出的「女性性別意識的塑造與呈現」、「五四文學傳統的承繼」、「1960 年代現代派主義思潮下女作家性欲書寫」和「留學生文學」等面向，從中討論女作家如何在「反共文學」浪潮中發出自己的聲音。全文共 5 章：1.男性家國時代的女性聲音：五十年代文藝體制及女作家；2.鄉關何處？：戰後女作家的身份言說與建構；3.性別與家國：戰後女作家的性別論述；4.她們從五四走來——五四文學傳統的承繼；5.從文學理論的移植到身體的位移——六十年代女性創作。正文後附錄〈《自由中國》女作家及其作品〉、〈《文藝創作》各期刊載的女性作家作品〉、〈《文學雜誌》譯介之現代主義文藝思潮〉、〈《文學雜誌》上的女作家及其作品〉、〈《現代文學》女性小說家的創作篇目〉、〈《今日世界》美國文學引介內容〉。

35. 許婉婷　　五〇年代女作家的異鄉書寫：林海音、徐鍾珮、鍾梅音、張漱菡與艾雯　清華大學臺灣文學研究所　碩士論文　賀淑瑋教授指導　2008 年 12 月　175 頁

本論文探討林海音、徐鍾珮、鍾梅音、張漱菡、艾雯遷徙流離的人生際遇構築出「兩地」情結的空間論述，展演 50 年代特有的女性作家臺灣經驗。全文共 5 章：1.緒論；2.50 年代國家文藝體制下的女性文學；3.臺灣不在場——女性的失落故園想像；4.臺灣「新」故鄉——女性文本的延異空間；5.結論：女性書寫空間的位移。正文後附錄：林海音、徐鍾珮、鍾梅音、張漱菡、艾雯生平著作一覽表。

36. 郝　超　　用愛點燃往事——論林海音多維視角下的人文關懷　東北師範大學現當代文學　碩士論文　張文東教授指導　2008 年 12 月　20 頁

本論文從鄉愁文學與人文關懷的審美視角，對林海音作品中的人文關懷精神進行研究。全文共 3 章：1.人文關懷的述說；2.人文關懷的審美視角；3.人文關懷的形成因素。正文前後有引言、結語、後記。

37. 張晉綸　　林海音短篇小說研究　淡江大學中國文學系碩士在職專班　碩士論文　呂正惠教授指導　2009 年 5 月　135 頁

本論文藉由林海音的生平經歷與其小說作品精神之間的關係，探析林海音對於婚姻家庭女性問題的處理，以及女性意識的省思。全文共 6 章：1.緒論；2.林海音生平經歷與寫作歷程的關係；3.林海音作品的時代精神；4.對女性問題的「挖掘」與處理；5.小說中的角色類型；6.結論。

38. 王　銳　　多重文化圓融整合下的「一個中國」的身份認同——林海音創作論　廣西民族大學中國現當代文學　碩士論文　陸卓寧教授指導　2009

年 5 月　43 頁

本論文藉由對林海音作品文本之細讀與比較，對其在多重文化圓融整合下的身份認同與創作關係進行研究。正文共 4 章：1.緒論；2.圓融多重文化與身份認同建構；3.「中國經驗」的文學呈現；4.「本是同根生」，何處是歸程——「中國人」的不同體認。正文後有結語、致謝、攻讀碩士期間發表論文。

39. 陳慶瑩　　林海音兒童文學創作題材與表現方式探析　成功大學臺灣文學研究所　碩士論文　邱湘雲教授指導　2009 年 6 月　184 頁

本論文探討林海音兒童文學作品的表現方式。全文共 6 章：1.緒論；2.林海音與兒童文學；3.林海音兒童文學創作歷程與關注面向；4.林海音兒童文學作品題材分析；5.林海音兒童文學作品表現方式；6.結論。正文後附錄：林海音生平與著作。

40. 方惠鈺　　林海音小說之女性研究　臺南大學國語文學系中國文學碩士在職專班　碩士論文　李漢偉教授指導　2009 年 6 月　130 頁

本論文以林海音小說作品之中的女性書寫為主旨，探討其筆下所描繪的女性問題、女性人物刻畫、以及女性意識。全文共 5 章：1.緒論；2.林海音小說中女性的婚姻世界；3.林海音小說中女性間的互動；4.林海音小說中女性自我的追找；5.結論。

41. 王謙淳　　林海音的啓悟小說——《城南舊事》研究　彰化師範大學國文研究所國語文教學碩士班　碩士論文　王年雙教授指導　2009 年 6 月　138 頁

本論文探討林海音小說《城南舊事》。全文共 6 章：1.緒論；2.林海音的啓悟歷程；3.《城南舊事》的人物塑造；4.《城南舊事》的寫作特色；5.《城南舊事》的啓悟主題；6.結論。正文後附錄〈林海音大事年表〉。

42. 劉惠旭　　林海音兒童文學創作中的親子關係研究　臺東大學兒童文學研究所　碩士論文　林文寶教授指導　2009 年 7 月　140 頁

本論文分析林海音兒童文學中的親子關係，探討其在教育上的重要性。全文共 7 章：1.緒論；2.林海音的兒童文學與親子關係；3.母女關係研究；4.父女關係研究；5.母子關係研究；6.父子關係研究；7.結論。正文後附錄：〈林海音生平〉。

43. 林淑琴　　林海音小說之人物研究　淡江大學中國文學系碩士在職專班　碩士論文　呂正惠，蘇敏逸教授指導　2009 年 12 月　130 頁

本論文從林海音小說中的人物角色加以分析，綜觀其創作及研究概況，考量合適的

研究方法後，進而深入文本內涵研究。分別由林海音所接受的文學思想，對其所呈現在小說中人物的觀照加以論析，並輔以文學場域等理論。全文共 6 章：1.緒論；2.作家生平與創作；3.小說人物之設計；4.人物與時代關係之分析；5.小說人物之對比呈現；6.結論。

44. 鄧晶文　身體與飲食：林海音的自我書寫　國立臺中教育大學語文教育學系碩博士班　碩士論文　彭雅玲指導　2010 年　477 頁

本論文探討林海音自我書寫中的身體與飲食議題，並藉由探討林海音女性書寫、自我書寫中的指涉及其意涵，進而深入了解文本與創作者之意念。全文共 9 章：1.緒論；2.林海音的文學生涯；3.女人的身體；4.社會的身體；5.家國的身體；6.飲食與欲望；7.飲食與地位；8.飲食與河山；9.結論。正文後附錄〈文中引用圖片一覽表〉、〈林海音的創作年表〉、〈林海音的著作出版表〉。

作家生平資料篇目

自述

45. 林海音　冬陽・童年・駱駝隊——《城南舊事》出版後記　城南舊事　臺北　純文學出版社　1960 年 7 月　頁 1—4

46. 林海音　《城南舊事》出版後記——冬陽・童年・駱駝隊　聯合報　1960 年 10 月 1 日　7 版

47. 林海音　冬陽・童年・駱駝隊——《城南舊事》出版後記　城南舊事　臺北　純文學出版社　1969 年 9 月　頁 1—4

48. 林海音　冬陽・童年・駱駝隊——《城南舊事》出版後記　歲月長青（聯副三十年文學大系・散文卷 1）　臺北　聯經出版公司　1981 年 10 月　頁 135—137

49. 林海音　冬陽・童年・駱駝隊——《城南舊事》出版後記　芸窗夜讀　臺北　純文學出版社　1982 年 4 月　頁 1—4

50. 林海音　冬陽・童年・駱駝隊——《城南舊事》出版後記　落入滿天霞　長沙　湖南人民出版社　1997 年 12 月　頁 23—26

51. 林海音　冬陽・童年・駱駝隊——《城南舊事》出版後記　林海音研究論文

集　北京　臺海出版社　2001 年 5 月　頁 257—259

52. 林海音　快樂的寫作　文星　第 71 期　1963 年 9 月　頁 57

53. 林海音　快樂的寫作　文星雜誌選集 5　臺北　鴻蒙文學出版公司　1982 年 5 月　頁 1477—1478

54. 林海音　《兩地》的自序　兩地　臺北　三民書局　1966 年 12 月　頁 1—2

55. 林海音　《兩地》自序　芸窗夜讀　臺北　純文學出版社　1982 年 4 月　頁 63　64

56. 林海音　自序　兩地　臺北　三民書局　2005 年 1 月　〔2〕頁

57. 林海音　做自己事，出一臂力（代發刊詞）　純文學　第 1 期　1967 年 1 月　頁 1—2

58. 林海音　做自己事，出一臂力　《純文學》月刊發刊詞　臺北　純文學出版社　1972 年 1 月　頁 306—307

59. 林海音　做自己事，出一臂力——《純文學》月刊發刊詞　芸窗夜讀　臺北　純文學出版社　1982 年 4 月　頁 65—68

60. 林海音　做自己事，出一臂力——《純文學》月刊發刊詞　林海音作品集・芸窗夜讀　臺北　遊目族文化公司　2000 年 5 月　頁 26—29

61. 林海音　聽歌有感——《孟珠的旅程》自序　孟珠的旅程　臺北　純文學出版社　1967 年 11 月　頁 1—3

62. 林海音　《城南舊事》代序[1]　城南舊事　臺北　純文學出版社　1969 年 9 月　頁 5—11

63. 林海音　《城南舊事》代序　芸窗夜讀　臺北　純文學出版社　1982 年 4 月　頁 5—12

64. 林海音　後記　城南舊事　臺北　爾雅出版社　1983 年 7 月　頁 231—238

65. 林海音　《城南舊事》代序　落入滿天霞　長沙　湖南人民出版社　1997 年 12 月　頁 8—14

66. 林海音　初版後記　林海音作品集・城南舊事　臺北　遊目族文化公司

---

[1]本文後改篇名爲〈後記〉、〈初版後記〉。

2000 年 5 月　頁 179—185

67. 林海音　　《城南舊事》(代序)　林海音研究論文集　北京　臺海出版社
2001 年 5 月　頁 252—256

68. 林海音　　《二十年的回憶》序　風格之誕生　臺北　幼獅文化公司　1970 年
6 月　頁 92—93

69. 林海音　　前記　窗　臺北　純文學出版社　1972 年 1 月　頁 1—2

70. 林海音　　《窗》前記　芸窗夜讀　臺北　純文學出版社　1982 年 4 月　頁
126—127

71. 林海音　　我寫《薇薇的週記》的經過[2]　窗　臺北　純文學出版社　1972 年 1
月　頁 300—302

72. 林海音　　我寫《薇薇的週記》的經過　芸窗夜讀　臺北　純文學出版社
1982 年 4 月　頁 108—111

73. 林海音　　我寫《薇薇的週記》　風簷展書讀　臺北　純文學出版社　1985 年
1 月　頁 580—582

74. 林海音　　我寫《薇薇的週記》的經過　落入滿天霞　長沙　湖南人民出版社
1997 年 12 月　頁 68—71

75. 林海音　　週記中的謊言——我寫《薇薇的週記》的經過　林海音作品集‧寫
在風中　臺北　遊目族文化公司　2000 年 5 月　頁 210—212

76. 林海音　　後記　冬青樹　臺北　純文學出版社　1980 年 7 月　頁 191—192

77. 林海音　　重光版後記　林海音作品集‧冬青樹　臺北　遊目族文化公司
2000 年 5 月　頁 203—204

78. 林海音　　好的開始——為《綠藻與鹹蛋》重排而寫　綠藻與鹹蛋　臺北　純
文學出版社　1980 年 12 月　頁 1—3

79. 林海音　　好的開始　林海音作品集‧綠藻與鹹蛋　臺北　遊目族文化公司
2000 年 5 月　〔3〕頁

80. 林海音　　四分之一世紀——為《冬青樹》重排而寫　讀書選集‧第三輯　臺

---

[2]本文後改篇名為〈週記中的謊言——我寫《薇薇的週記》的經過〉。

　北　中央日報社　1981 年 3 月　頁 187—189

81. 林海音　四分之一世紀——爲《冬青樹》重排而寫　冬青樹　臺北　純文學出版社　1981 年 7 月　頁 1—3

82. 林海音　四分之一世紀——爲《冬青樹》重排而寫　芸窗夜讀　臺北　純文學出版社　1982 年 4 月　頁 233—236

83. 林海音　四分之一世紀——純文學版《冬青樹》重排前言　林海音作品集・冬青樹　臺北　遊目族文化公司　2000 年 5 月　〔4〕頁

84. 林海音　後記　燭芯　臺北　純文學出版社　1981 年 3 月　頁 265—266

85. 林海音　《燭芯》後記　林海音研究論文集　北京　臺海出版社　2001 年 5 月　頁 264—265

86. 林海音　前記　中國竹　臺北　純文學出版社　1981 年 3 月　頁 1—5

87. 林海音　《中國竹》前記　芸窗夜讀　臺北　純文學出版社　1982 年 4 月　頁 143—147

88. 林海音　後記　婚姻的故事　臺北　純文學出版社　1981 年 12 月　頁 223—224

89. 林海音　《婚姻的故事》後記　落入滿天霞　長沙　湖南人民出版社　1997 年 12 月　頁 36—38

90. 林海音　文星版後記　林海音作品集・婚姻的故事　臺北　遊目族文化公司　2000 年 5 月　頁 221—222

91. 林海音　《婚姻的故事》後記　林海音研究論文集　北京　臺海出版社　2001 年 5 月　頁 262—263

92. 林海音　一點說明　中國近代作家與作品　臺北　純文學出版社　1982 年 1 月

93. 林海音　一點說明——《中國近代作家與作品》前言　芸窗夜讀　臺北　純文學出版社　1982 年 4 月　頁 227—230

94. 林海音　夜讀憶舊——《芸窗夜讀》自序　芸窗夜讀　臺北　純文學出版社　1982 年 4 月　頁 1—5

95. 林海音　《作客美國》後記　芸窗夜讀　臺北　純文學出版社　1982 年 4 月　頁 61—62

96. 林海音　後記　作客美國　臺北　純文學出版社　1982 年 11 月　頁 306—307

97. 林海音　文星版後記　林海音作品集・作客美國　臺北　遊目族文化公司　2000 年 5 月　頁 266—267

98. 林海音　《純文學散文選集》編者的話　芸窗夜讀　臺北　純文學出版社　1982 年 4 月　頁 132—134

99. 林海音　編者的話　純文學散文選集　臺北　純文學出版社　1982 年 5 月　頁 1—2

100. 林海音　流水十年間——主編《聯副》雜憶　芸窗夜讀　臺北　純文學出版社　1982 年 4 月　頁 273—309

101. 林海音　流水十年間——主編《聯副》雜憶　林海音作品集・芸窗夜讀　臺北　遊目族文化公司　2000 年 5 月　頁 111—143

102. 林海音　重排《作客美國》雜感錄　作客美國　臺北　純文學出版社　1982 年 11 月　頁 1—8

103. 林海音　重排《作客美國》雜感錄　林海音作品集・作客美國　臺北　遊目族文化公司　2000 年 5 月　〔7〕頁

104. 林海音　剪影話文壇　聯合報　1983 年 4 月 29 日　8 版

105. 林海音　剪影話文壇　剪影話文壇　臺北　純文學出版社　1984 年 8 月　頁 1—10

106. 林海音　剪影話文壇　林海音作品集・剪影話文壇　臺北　遊目族文化公司　2000 年 5 月　頁 1—8

107. 林海音　剪影話文壇　林海音研究論文集　北京　臺海出版社　2001 年 5 月　頁 273—277

108. 林海音　重排後記　孟珠的旅程　臺北　純文學出版社　1983 年 10 月　頁 3—4

109. 林海音　　家住書坊邊——〈琉璃廠〉、〈廠甸〉、〈海王村公園〉　新書月刊
　　　　　　　第 1 期　1983 年 10 月　頁 77—79

110. 林海音　　家住書坊邊——〈琉璃廠〉、〈廠甸〉、〈海王村公園〉　明報月刊
　　　　　　　第 241 期　1986 年 1 月　頁 53—56

111. 林海音　　《剪影話文壇》書前小記[3]　聯合報　1984 年 8 月 19 日　8 版

112. 林海音　　書前的話　剪影話文壇　臺北　純文學出版社　1984 年 8 月　頁
　　　　　　　1—4

113. 林海音　　書前的話　林海音作品集・剪影話文壇　臺北　遊目族文化公司
　　　　　　　2000 年 5 月　〔4〕頁

114. 林海音　　為時代女性裁衣——我的寫作歷程[4]　生活者・林海音　臺北　純
　　　　　　　文學出版社　1984 年 12 月　頁 94—99

115. 林海音　　我的寫作歷程　落入滿天霞　長沙　湖南人民出版社　1997 年 12
　　　　　　　月　頁 307—312

116. 林海音　　為時代女性裁衣——我的寫作歷程　林海音作品集・寫在風中
　　　　　　　臺北　遊目族文化公司　2000 年 5 月　頁 204—209

117. 林海音　　我的寫作歷程　林海音研究論文集　北京　臺海出版社　2001 年
　　　　　　　5 月　頁 278—281

118. 林海音　　海山遠隔姊妹情　中國時報　1987 年 6 月 27 日　8 版

119. 林海音　　《一家之主》　純文學　第 22、23 期合刊　1988 年 3 月　頁 2—
　　　　　　　4

120. 林海音　　《一家之主》代序　一家之主　臺北　純文學出版社　1988 年 4
　　　　　　　月　頁 1—3

121. 林海音講；碩石記錄　　記《純文學》的誕生　幼獅文藝　第 437 期　1990
　　　　　　　年 5 月　頁 36—37

122. 林海音　　今天是星期天　歡喜冤家　臺北　健行文化出版公司　1991 年 7

---

[3]本文後改篇名為〈書前的話〉。
[4]本文後改篇名為〈我的寫作歷程〉。

月　頁 236—244

123. 林海音　　書桌　歡喜冤家　臺北　健行文化出版公司　1991 年 7 月　頁 245—252

124. 林海音　　英子的鄉戀　我們的八十年　臺北　時報文化出版公司　1991 年 9 月　頁 113—122

125. 林海音　　這也是一種文獻——《隔著竹簾兒看見她》後記　九歌雜誌　第 135 期　1992 年 5 月　1 版

126. 林海音　　後記　隔著竹簾兒看見她　臺北　九歌出版社　1992 年 5 月　頁 261—263

127. 林海音　　《寫在風中》——自序　寫在風中　臺北　純文學出版社　1993 年 7 月　頁 1—7

128. 林海音　　寫在風中　林海音作品集・寫在風中　臺北　遊目族文化公司 2000 年 5 月　頁 299—303

129. 林海音　　略記我從事小說寫作的過程　中國時報　1994 年 1 月 8 日　35 版

130. 林海音　　略記我從事小說寫作的過程　從四〇年代到九〇年代：兩岸三邊 華文小說研討會論文集　臺北　時報文化出版公司　1994 年 11 月 頁 13—17

131. 林海音　　說自己的話（代序）　奶奶的傻瓜相機　臺北　民生報出版社 1994 年 11 月　頁 9—12

132. 林海音　　念故鄉　回憶常在歌聲裡　臺北　爾雅出版社　1995 年 7 月　頁 11—12

133. 林海音　　童年的再生　精湛　第 28 期　1996 年 5 月　頁 10—12

134. 林海音　　京味兒的開始——散文集《英子的心》自序　靜靜的聽　臺北 爾雅出版社　1996 年 6 月　頁 51—52

135. 林海音　　後記　靜靜的聽　臺北　爾雅出版社　1996 年 6 月　頁 151—152

136. 林海音　　寫給少年朋友　落入滿天霞　長沙　湖南人民出版社　1997 年 12 月　頁 158—160

137. 林海音　　　《有趣的小婦人》和《山中舊事》　　落入滿天霞　長沙　湖南人民出版社　1997 年 12 月　頁 211—213

138. 林海音　　　宋媽沒有來　林海音作品集·城南舊事　臺北　遊目族文化公司　2000 年 5 月　頁 187—194

139. 林海音　　　童心愚騃——回憶寫《城南舊事》　林海音作品集·城南舊事　臺北　遊目族文化公司　2000 年 5 月　頁 195—198

140. 林海音　　　文星版後記　林海音作品集·金鯉魚的百襉裙　臺北　遊目族文化公司　2000 年 5 月　頁 233—234

141. 林海音　　　《城南舊事》重排前言　林海音研究論文集　北京　臺海出版社　2001 年 5 月　頁 260　261

142. 林海音　　　我的採訪學及其他　林海音研究論文集　北京　臺海出版社　2001 年 5 月　頁 266—272

143. 林海音　　　新的豆腐——為修訂、增訂、重排而寫　中國豆腐　臺北　大地出版社　2009 年 9 月　頁 6　10

他述

144. 柳綠蔭　　　好妻子林海音　中國一周　第 236 期　1954 年 11 月 1 日　頁 27

145. 敬　思　　　文如其人的林海音　婦女雜誌　第 57 期　1959 年 6 月　頁 14—15

146. 龍瑛宗　　　林海音[5]　今日之中國　第 2 卷第 1 期　1964 年 1 月　頁 65－74

147. 龍瑛宗著；葉笛譯　　《今日之中國》作者生平簡介——林海音　龍瑛宗全集·中文卷·文獻集　臺南　國家臺灣文學館籌備處　2006 年 11 月　頁 107—108

148. 龍瑛宗　　　《今日の中國》作者の略歷——林海音　龍瑛宗全集·日本語版·文獻集　臺南　國立臺灣文學館　2008 年 4 月　頁 73

149. 楊尚強　　　林海音的編寫生活　自由青年　第 37 卷 11 期　1967 年 6 月 1 日　頁 30—32

---

[5]本文後改篇名為〈《今日之中國》作者生平簡介——林海音〉。

150. 曾　門　　作家印象記〔林海音部分〕　臺灣新聞報　1969 年 6 月 7 日　8
　　　版

151. 書評書目資料室　　作家畫像──林海音　書評書目　第 11 期　1974 年 3 月
　　　頁 98─100

152. 李立明　　林海音　中國現代六百作家小傳　香港　波文書局　1977 年 10 月
　　　頁 206

153. 季　季　　當代八位女作家──林海音　文藝月刊　第 105 期　1978 年 3 月
　　　頁 8─10

154. 季　季　　玻璃墊上的儷影──何凡、林海音美遊歸來　聯合報　1978 年 10
　　　月 21 日　12 版

155. 林淑蘭　　林海音的文藝天地──寫作、編輯、出版三部曲　中央日報
　　　1978 年 11 月 1 日　11 版

156. 程榕寧　　林海音談寫作與出版　大華晚報　1979 年 10 月 7 日　7 版

157. 彭　歌　　不僅是舊憶　聯合報　1980 年 6 月 6 日　8 版

158. 游淑靜　　純文學出版社　出版社傳奇　臺北　爾雅出版社　1981 年 7 月
　　　頁 39─41

159. 桂文亞　　冬青樹‧「夏承楹‧林海音」這一家（上、下）[6]　民生報　1981
　　　年 8 月 25　12 版

160. 桂文亞　　冬青樹──作家何凡先生、林海音女士以及他們的兒女　兩代情
　　　臺北　九歌出版社　1983 年 4 月　頁 89─109

161. 棲　梧　　作家也懂經營之道──林海音與純文學出版社　臺灣光華雜誌
　　　第 6 卷第 12 期　1981 年 12 月　頁 12─16

162. 棲　梧　　作家也懂經營之道──林海音與純文學出版社　今日文摘　第 31
　　　期　1984 年 7 月　頁 116─119

163. 成　思　　《城南舊事》作者　新華文摘　1983 年第 4 期　1983 年 3 月　頁
　　　176

---

[6]本文後改篇名為〈冬青樹──作家何凡先生、林海音女士以及他們的兒女〉。

164. 林燕珠　　憶往事遷思姐妹情——記《城南舊事》作者　人民日報　1983 年 4 月 17 日　4 版

165. 齊邦媛　　林海音　中國現代文學選集（小說）　臺北　爾雅出版社　1983 年 7 月　頁 3—4

166. 王晉民，鄺白曼　林海音　臺灣與海外華人作家小傳　福州　福建人民出版社　1983 年 9 月　頁 40—42

167. 隱　地　　作家與書的故事——林海音　新書月刊　第 4 期　1984 年 1 月 頁 54—55

168. 隱　地　　林海音　作家與書的故事　臺北　爾雅出版社　1985 年 11 月　頁 25—28

169. 康來新　　林海音　中國現代短篇小說選析 1　臺北　長安出版社　1984 年 2 月　頁 121—122

170. 張典婉　　綠樹繁花：林海音與「純文學出版社」　新書月刊　第 5 期 1984 年 2 月　頁 87—89

171. 張典婉　　綠樹繁花——林海音與「純文學出版社」　土地人情深　苗栗 苗栗縣文化中心　1993 年 6 月　頁 158—164

172. 汪景壽　　林海音　臺灣小說作家論　北京　北京大學出版社　1984 年 3 月 頁 96—121

173. 張典婉　　英子，轉來嘍！——林海音返鄉的一日　散文季刊　第 2 期 1984 年 4 月　頁 50—61

174. 張典婉　　林海音返鄉的一日　一座文學的橋——林海音先生紀念文集　臺 南　國立文化資產保存研究中心籌備處　2002 年 12 月　頁 201—206

175. 韋　人　　林海音談臺灣文學的啓蒙　團結報　1984 年 6 月 9 日　5 版

176. Betty Wang　　The tragedy of golden carp　Free China Review　第 6 期　1984 年 6 月　頁 26—29

177. 張典婉　　林海音　作家之旅　臺北　爾雅出版社　1984 年 7 月　頁 76—

106

178. 鐘麗慧　既寫又編兼出版的林海音[7]　文藝月刊　第 182 期　1984 年 8 月　頁 16—24

179. 鐘麗慧　文壇的「冬青樹」——林海音　織錦的手　臺北　九歌出版社　1987 年 1 月　頁 47—59

180. 隱　地　熱愛寫作與編輯的林海音　剪影話文壇　臺北　純文學出版社　1984 年 8 月　頁 266—269

181. 隱　地　熱愛寫作與編輯的林海音　林海音研究論文集　北京　臺海出版社　2001 年 5 月　頁 2—4

182. 黃春明　我滿懷由衷的感激　剪影話文壇　臺北　純文學出版社　1984 年 8 月　頁 269—271

183. 黃春明　我滿懷由衷的感激　林海音研究論文集　北京　臺海出版社　2001 年 5 月　頁 5—7

184. 黃春明　我滿懷由衷的感激　一座文學的橋——林海音先生紀念文集　臺南　國立文化資產保存研究中心籌備處　2002 年 12 月　頁 211—214

185. 鍾鐵民　君子三變　剪影話文壇　臺北　純文學出版社　1984 年 8 月　頁 271—272

186. 鍾鐵民　君子三變　林海音研究論文集　北京　臺海出版社　2001 年 5 月　頁 8

187. 鍾鐵民　君子三變　一座文學的橋——林海音先生紀念文集　臺南　國立文化資產保存研究中心籌備處　2002 年 12 月　頁 215—216

188. 楊　蔚　我無限的尊敬的感情　剪影話文壇　臺北　純文學出版社　1984 年 8 月　頁 273

189. 楊　蔚　我無限的尊敬的感情　林海音研究論文集　北京　臺海出版社　2001 年 5 月　頁 9

---

[7]本文後改篇名爲〈文壇的「冬青樹」——林海音〉。

190. 鄭清文　　滋潤多少文壇新秀種子　剪影話文壇　臺北　純文學出版社
　　　1984 年 8 月　頁 273—274

191. 鄭清文　　滋潤多少文壇新秀種子　林海音研究論文集　北京　臺海出版社
　　　2001 年 5 月　頁 10

192. 七等生　　輕言　剪影話文壇　臺北　純文學出版社　1984 年 8 月　頁 274

193. 七等生　　輕言　林海音研究論文集　北京　臺海出版社　2001 年 5 月　頁
　　　11

194. 馬　各　　那段日子　剪影話文壇　臺北　純文學出版社　1984 年 8 月　頁
　　　274—275

195. 馬　各　　那段日子　林海音研究論文集　北京　臺海出版社　2001 年 5 月
　　　頁 12

196. 鍾肇政　　令人懷念的歲月　剪影話文壇　臺北　純文學出版社　1984 年 8
　　　月　頁 275—276

197. 鍾肇政　　令人懷念的歲月　林海音研究論文集　北京　臺海出版社　2001
　　　年 5 月　頁 13

198. 聞見思　　文壇憶往　中央日報　1985 年 4 月 17 日　12 版

199. 劉　枋　　女中強人夏林氏——記林海音　非花之花　臺北　采風出版社
　　　1985 年 9 月　頁 25—30

200. 劉　枋　　女中強人夏林氏——記林海音　非花之花　臺北　采風出版社
　　　2007 年 8 月　頁 25—30

201. 梁學政　　林海音女士與北京的駱駝　臺聲　1986 年第 5 期　1986 年 9 月
　　　頁 21—22

202. 王憲俊　　康濯思念臺灣作家〔林海音部分〕　中國建設　1986 年第 11 期
　　　1986 年 11 月　頁 28

203. 楊明顯　　光圈對準林海音　博覽群書　1986 年第 12 期　1986 年 12 月　頁
　　　42—43

204. 楊明顯　　光圈對準林海音——一棵文壇上閃著光輝的多青樹　九歌雜誌

　　　　　　　第 135 期　1992 年 5 月　1 版

205. 王軼凡　　大家都稱她們爲先生〔林海音部分〕　婦女雜誌　第 222 期
　　　　　　　1987 年 3 月　頁 22—25

206. 周曉春　　君子三變的林海音　婦女雜誌　第 222 期　1987 年 3 月　頁 86—
　　　　　　　88

207. 周曉春　　君子三變的林海音先生　林海音研究論文集　北京　臺海出版社
　　　　　　　2001 年 5 月　頁 14—19

208. 蔚　明　　隔海結書緣　文匯讀書周報　1987 年 4 月 25 日　3 版

209. 〔九歌雜誌〕　　書緣・書香〔林海音部分〕　九歌雜誌　第 75 期　1987 年
　　　　　　　5 月　4 版

210. 林燕珠　　遙念大姊　中國時報　1987 年 6 月 26 日　8 版

211. 林燕珠　　遙念大姊　一座文學的橋——林海音先生紀念文集　臺南　國立
　　　　　　　文化資產保存研究中心籌備處　2002 年 12 月　頁 225—230

212. 夏祖麗　　溫馨的家　時報週刊　第 487 期　1987 年 6 月 28 日　頁 32

213. 吳　林　　生活者・人生開始——林海音半世紀的編寫事業與家庭生活　時
　　　　　　　報週刊　第 487 期　1987 年 6 月 28 日　頁 132—133

214. 桂文亞　　記一個溫馨的生日晚會　婦女雜誌　第 229 期　1987 年 10 月　頁
　　　　　　　35—38

215. 夏烈〔夏祖焯〕　　城南少年遊　家住書坊邊　臺北　純文學出版社　1987
　　　　　　　年 12 月　頁 211—236

216. 莊　因　　五重情　家住書坊邊　臺北　純文學出版社　1987 年 12 月　頁
　　　　　　　239—245

217. 莊　因　　五重情　一座文學的橋——林海音先生紀念文集　臺南　國立文
　　　　　　　化資產保存研究中心籌備處　2002 年 12 月　頁 221—224

218. 鐘麗慧　　並肩攜手五十年——何凡與林海音　文訊雜誌　第 35 期　1988 年
　　　　　　　4 月　頁 59—61

219. 應鳳凰　　林海音旅行歸來　中國時報　1988 年 5 月 9 日　18 版

220.〔民生報〕　　林海音結束紐澳行印象最深是蒼蠅　民生報　1988 年 5 月 19
　　　　日　9 版

221. 潘人木　　三功作家　中央日報　1988 年 6 月 16 日　16 版

222. 鐘麗慧　　一對夫婦檔，兩種叫座文　比翼雙飛——二十三對文學夫妻　臺
　　　　北　文訊雜誌社　1988 年 7 月　頁 4—13

223. 古繼堂　　奠定臺灣女性主義小說的一塊基石的林海音[8]　臺灣小說發展史
　　　　臺北　文史哲出版社　1989 年 7 月　頁 187—198

224. 古繼堂　　林海音——臺灣女性文學開山人　新文學史料　2002 年第 2 期
　　　　2002 年 6 月　頁 4—12

225. 心　岱　　林海音美滿婚姻話五十　民生報　1989 年 12 月 22 日　22 版

226. 鐘麗慧　　五十年的姻緣、八十歲的蛋糕——何凡與林海音金婚慶宴側記
　　　　文訊雜誌　第 52 期　1990 年 2 月　頁 91—92

227. 鐘麗慧　　五十年的姻緣‧八十歲的蛋糕　一座文學的橋——林海音先生紀
　　　　念文集　臺南　國立文化資產保存研究中心籌備處　2002 年 12 月
　　　　頁 231—233

228. 江　兒　　何凡、林海音金婚慶　文訊雜誌　第 53 期　1990 年 3 月　頁 54
　　　　—70

229. 王瑞瑤　　老作品化新妝面對 21 世紀 e 世代〔林海音部分〕　中時晚報
　　　　1990 年 6 月 3 日　13 版

230. 夏祖麗　　因為熱愛人生——林海音的文格與風格　臺灣新生報　1990 年 10
　　　　月 11 日　15 版

231. 王晉民　　林海音　臺灣文學家辭典　南寧　廣西教育出版社　1991 年 7 月
　　　　頁 111—112

232. 姚儀敏　　歲月之風——文藝界與出版界的長青樹林海音　中央月刊　第 24
　　　　卷第 9 期　1991 年 9 月　頁 97—100

233. 朱恩伶　　林海音、劉慕沙、小民——將寫作薪火傳給兒女　中國時報

[8]本文後改篇名為〈林海音——臺灣女性文學開山人〉。

1992 年 5 月 8 日　47 版

234.〔雪眸編〕　　林海音作品　我們看海去　苗栗　苗栗縣立文化中心　1992
年 6 月　頁 5

235.〔杜榮琛編〕　　林海音作品　好日子　苗栗　苗栗縣立文化中心　1992 年
6 月　頁 9—10

236. 應鳳凰　林先生她總也不老──永遠的林海音　臺灣新聞報　1992 年 10 月
4 日　13 版

237. 應鳳凰　林先生她總也不老──永遠的林海音　風範：文壇前輩素描　臺
北　正中書局　1996 年 10 月　頁 18—22

238. 古繼堂　臺灣女性小說理論批評概況〔林海音部分〕　臺灣新文學理論批
評史　瀋陽　春風文藝出版社　1993 年 6 月　頁 280

239. 古繼堂　臺灣女性小說理論批評概況〔林海音部分〕　臺灣新文學理論批
評史　臺北　秀威資訊科技公司　2009 年 3 月　頁 290

240. 邱　婷　五代同堂話新聞──回顧女記者角色變化過來人談經驗說想法
〔林海音部分〕　民生報　1993 年 10 月 3 日　14 版

241. 隱　地　到林先生家作客　翻轉的年代　臺北　爾雅出版社　1993 年 12 月
頁 17—22

242. 隱　地　到林先生家作客　一座文學的橋──林海音先生紀念文集　臺南
國立文化資產保存研究中心籌備處　2002 年 12 月　頁 207—210

243. 鄭清文　兩位編輯〔林海音部分〕　聯合文學　第 111 期　1994 年 1 月
頁 192—193

244. 邱　婷　北京作家談北京印象，老舍研究會牽出城南舊事，林海音大阪東
京有追憶之旅　民生報　1994 年 7 月 4 日　15 版

245. 邱　婷　城南舊事，小英子長大了　民生報　1994 年 7 月 31 日　15 版

246. 楊錦郁　打開百寶箱，歡樂舊時光湧現──何凡、林海音愛用相片紀錄人
生　中國時報　1994 年 9 月 11 日　41 版

247. 陳漱渝　人生難得是歡聚──臺北兩晤林海音　一個大陸人看臺灣　臺北

　　　　　　　朝陽堂文化公司　1994 年 11 月　頁 203—212

248. 何　　凡　　喀喳一聲之後　奶奶的傻瓜相機　臺北　民生報出版社　1994 年
　　　　　　　11 月　頁 247—250

249. 何　　凡　　喀喳一聲之後　穿過林間的海音——林海音影像回憶錄　臺北
　　　　　　　格林文化公司　2000 年 5 月　頁 6

250. 夏烈（夏祖焯）　　虹橋機場　奶奶的傻瓜相機　臺北　民生報出版社
　　　　　　　1994 年 11 月　頁 251—254

251. 夏　　烈　　虹橋機場　穿過林間的海音——林海音影像回憶錄　臺北　格林
　　　　　　　文化公司　2000 年 5 月　頁 76—77

252. 夏　　烈　　虹橋機場　一座文學的橋——林海音先生紀念文集　臺南　國立
　　　　　　　文化資產保存研究中心籌備處　2002 年 12 月　頁 197—200

253. 夏　　烈　　虹橋機場　流光逝川　臺北　爾雅出版社　2008 年 7 月　頁 177
　　　　　　　—179

254. 夏祖焯　　虹橋機場　穿越林間聽海音：林海音文學展展覽圖錄　臺南　國
　　　　　　　立臺灣文學館　2010 年 3 月　頁 9—10

255. 夏祖美　　「風韻猶存」的媽媽　奶奶的傻瓜相機　臺北　民生報出版社
　　　　　　　1994 年 11 月　頁 255—257

256. 夏祖美　　「風韻猶存」的媽媽　民生報　1995 年 2 月 18 日　29 版

257. 夏祖麗　　她使我在異鄉的日子更踏實　奶奶的傻瓜相機　臺北　民生報出
　　　　　　　版社　1994 年 11 月　頁 259—262

258. 夏祖麗　　她使我在異鄉的日子更踏實　民生報　1995 年 2 月 18 日　29 版

259. 夏祖葳　　母親的晨運　奶奶的傻瓜相機　臺北　民生報出版社　1994 年 11
　　　　　　　月　頁 263—267

260. 夏祖葳　　家母的晨運　民生報　1995 年 2 月 18 日　29 版

261. 陳芳婷　　林海音的傻瓜相機　中央日報　1995 年 4 月 11 日　18 版

262. 小　　民　　猜猜她是誰？——給麗質天生的林海音大姊　臺灣日報　1995 年
　　　　　　　7 月 19 日　16 版

263. 小　民　　給麗質天生的林海音大姊　青年日報　1995 年 7 月 30 日　15 版

264. 小　民　　惜別「純文學」　中央日報　1995 年 10 月 24 日　18 版

265. 邱秀文　　隱於深處的感情發言了——記林海音先生為作家寫的書　青年日報　1995 年 12 月 28 日　15 版

266. 邱秀文　　隱於深處的感情發言了——記林海音先生為作家寫的書　靜靜的聽　臺北　爾雅出版社　1996 年 6 月　頁 143—149

267. 丁　果　　一個會過日子的人　中華日報　1996 年 2 月 1 日　14 版

268. 丁　果　　一個會過日子的人　靜靜的聽　臺北　爾雅出版社　1996 年 6 月　頁 139—141

269. 舒　乙　　受人尊敬和討人喜歡的林海音　靜靜的聽　臺北　爾雅出版社　1996 年 6 月　頁 109—119

270. 舒　乙　　受人尊敬和討人喜歡的林海音　林海音研究論文集　北京　臺海出版社　2001 年 5 月　頁 53—59

271. 舒　乙　　受人尊敬和討人喜歡的林海音　明道文藝　第 309 期　2001 年 12 月　頁 11—17

272. 傅光明　　林海音和英子　靜靜的聽　臺北　爾雅出版社　1996 年 6 月　頁 121—125

273. 王琰如　　一生勤奮林海音——「純文學」的愛好者　文友畫像及其他　臺北　大地出版社　1996 年 7 月　頁 43—47

274. 鄭羽書　　我至愛的文壇尊長〔林海音部分〕　風範：文壇前輩素描　臺北　正中書局　1996 年 10 月　頁 164—167

275. 封德屏　　園丁頌——側寫聯副四位主編〔林海音部分〕　聯合報　1996 年 12 月 16 日　37 版

276. 封德屏　　園丁頌——側寫聯副四位主編〔林海音部分〕　眾神的花園：聯副的歷史記憶　臺北　聯經出版公司　1997 年 1 月　頁 184—185

277. 傅光明　　林海音與老北京　縱橫　1997 年第 8 期　1997 年 8 月　頁 45—48

278. 傅光明　　林海音與老北京　林海音研究論文集　北京　臺海出版社　2001

年 5 月　頁 77—84

279. 傅光明　林海音與老北京　書生本色　北京　中國文聯出版社　2001 年 9
月　頁 101—107

280. 易　齋　何凡、林海音的真愛人生　勝利之光　第 517 期　1998 年 1 月
頁 62—65

281. 張夢瑞　林海音生日近，兒女苦心邀長輩與母親共話家常　民生報　1998
年 3 月 20 日　19 版

282. 楊錦郁　英子八十歲——為文學領航者林海音女士畫像　聯合報　1998 年
4 月 10 日　41 版

283. 徐開塵　林海音八十壽誕，人和文章一樣精采　民生報　1998 年 4 月 11 日
19 版

284. 彭小妍　一座文學的橋——銜接世代的林海音　中國時報　1998 年 4 月 11
日　37 版

285. 彭小妍　一座文學的橋——銜接世代的林海音　一座文學的橋——林海音
先生紀念文集　臺南　國立文化資產保存研究中心籌備處　2002
年 12 月　頁 159—162

286. 鄭貞銘　女性的光輝　民生報　1998 年 4 月 12 日　19 版

287. 賴素鈴　林海音文學風華長青　民生報　1998 年 4 月 12 日　19 版

288. 〔聯合報〕　林海音八十大壽，文友齊聚祝福　聯合報　1998 年 4 月 12 日
18 版

289. 李　瑞　林海音八十大壽，文友星光閃閃　中國時報　1998 年 4 月 12 日
26 版

290. 徐淑卿　林海音總與美好的文學歲月相連　中國時報　1998 年 4 月 16 日
43 版

291. 丘秀芷　林海音先生八十大壽有感　臺灣新生報　1998 年 4 月 20 日　13
版

292. 張典婉　林海音與舊事　自立晚報　1998 年 5 月 4 日　23 版

293. 黃恆秋　　客家文學的類型——林海音　臺灣客家文學史概論　臺北　客家臺灣文史工作室　1998 年 6 月　頁 112—113

294. 陳偉華　　對京味情有獨鍾的林海音　四川烹飪　1998 年第 7 期　1998 年 7 月　頁 5—6

295. 陳文芬　　林海音獲頒「終身成就獎」獎牌高舉十足開心　中國時報　1998 年 8 月 4 日　11 版

296. 賴素鈴　　林海音獲頒終身成就獎　民生報　1998 年 8 月 4 日　19 版

297. 江中明　　獲頒終身成就獎，林海音珍惜肯定　聯合報　1998 年 8 月 4 日　14 版

298. 江中明　　林海音姊妹話城南舊事　聯合報　1998 年 9 月 8 日　14 版

299. 傅光明　　林海音：昔日小英子，今日大作家　縱橫　1998 年第 2 期　1998 年　頁 52—55

300. 計璧瑞，宋剛　　林海音　中國文學通典·小說通典　北京　解放軍文藝出版社　1999 年 1 月　頁 988

301. 蕭攀元　　夏祖麗動筆寫《林海音傳》　聯合報　1999 年 2 月 22 日　41 版

302. 〔自立晚報〕　　《城南舊事》德文版獲獎　自立晚報　1999 年 4 月 16 日　23 版

303. 李　進　　林海音得獎出書喜事頻傳　聯合報　1999 年 4 月 19 日　41 版

304. 〔中央日報〕　　林海音《城南舊事》德文版獲獎　中央日報　1999 年 4 月 20 日　22 版

305. 陳文芬　　五四獎出爐：林海音、齊邦媛獲文學貢獻獎、文學交流獎　中國時報　1999 年 4 月 23 日　11 版

306. 曾意芳　　第二屆五四獎名單揭曉——齊邦媛、林海音、李冰、陳昭瑛、陳素芳、王家祥等六人獲殊榮　中央日報　1999 年 4 月 23 日　10 版

307. 江中明　　齊邦媛等六人獲五四獎〔林海音部分〕　聯合報　1999 年 4 月 23 日　14 版

308.〔臺灣新生報〕　　《城南舊事》德文版獲「藍眼鏡蛇獎」　臺灣新生報
　　　1999 年 4 月 24 日　17 版

309. 董成瑜　齊邦媛、林海音等人獲「五四獎」　中國時報　1999 年 4 月 29 日
　　　3 版

310.〔編輯部〕　簡介林海音　春風　臺北　駱駝出版社　1999 年 4 月　頁
　　　247—248

311.〔臺灣時報〕　第二屆「五四獎」揭曉　臺灣時報　1999 年 5 月 2 日　29
　　　版

312. 王開平　第二屆五四獎得獎人特輯（下）——文學貢獻獎：林海音——永
　　　遠的冬青樹[9]　中央日報　1999 年 5 月 4 日　18 版

313. 王開平　永遠的冬青樹——林海音精采人生　文訊雜誌　第 163 期　1999
　　　年 5 月　頁 89—91

314. 陳文芬　林海音、齊邦媛同獲五四獎　中國時報　1999 年 5 月 5 日　14 版

315. 張夢瑞　一把小梳子，半世紀母了情　民生報　1999 年 5 月 9 日　4 版

316. 夏祖麗　追尋母親的足跡——女兒寫母親林海音的故事[10]　聯合報　1999
　　　年 5 月 9 日　37 版

317. 夏祖麗　追尋母親的足跡——我寫《林海音傳》的心情與經驗　從城南走
　　　來：《林海音傳》　臺北　天下遠見出版公司　2000 年 10 月　頁
　　　1—9

318. 夏祖麗　追尋母親的足跡——我寫《林海音傳》的心情與經驗　林海音研
　　　究論文集　北京　臺海出版社　2001 年 5 月　頁 32—38

319. 夏祖麗　追尋母親的足跡　從城南走來——林海音傳　北京　生活・讀
　　　書・新知三聯書店　2003 年 1 月　頁 1—6

320. 夏祖麗　追尋母親的足跡　我的父親母親（母）　臺北　立緒文化公司
　　　2004 年 1 月　頁 211—219

---

[9]本文後改篇名爲〈永遠的冬青樹——林海音精采人生〉。
[10]本文後改篇名爲〈追尋母親的足跡——我寫《林海音傳》的心情與經驗〉、〈追尋母親的足
　跡〉。

321. 胡衍南，莊宜文　特寫十位文人——林海音：總也演不完的《城南舊事》
　　　　　　　1998 臺灣文學年鑑　臺北　行政院文建會　1999 年 6 月　頁 202

322. 王靖緩　兒文專家齊聚談資深作家作品〔林海音部分〕　國語日報　1999
　　　　　　　年 10 月 18 日　2 版

323. 何標〔張光正〕　蕭乾與林海音的「京味」之交　炎黃春秋　1999 年第 10
　　　　　　　期　1999 年 10 月　頁 65

324. 莫渝，王幼華　林海音——溫婉堅毅的文化人　苗栗縣文學史　苗栗　苗
　　　　　　　栗縣文化局　2000 年 1 月　頁 257—260

325. 賴素鈴　林海音慶生，文壇掀舊憶　民生報　2000 年 5 月 17 日　17 版

326. 趙靜瑜　林海音歡慶八十二，陳水扁親送琉園觀音——新作與回憶錄同時
　　　　　　　問世　自由時報　2000 年 5 月 17 日　40 版

327. 陳文芬　林海音慶八二壽誕‧阿扁當推手　中國時報　2000 年 5 月 17 日
　　　　　　　11 版

328. 鄭清文　作家‧主編‧出版人　林海音作品集〔全 6 冊〕　臺北　遊目族
　　　　　　　文化公司　2000 年 5 月　〔4〕頁

329. 鄭清文　作家‧主編‧出版人　一座文學的橋——林海音先生紀念文集
　　　　　　　臺南　國立文化資產保存研究中心籌備處　2002 年 12 月　頁 217
　　　　　　　—220

330. 夏承楹　我的太太林海音　林海音作品集‧冬青樹　臺北　遊目族文化公
　　　　　　　司　2000 年 5 月　〔5〕頁

331. 王　信　無皺紋的最佳女主角　穿過林間的海音——林海音影像回憶錄
　　　　　　　臺北　格林文化公司　2000 年 5 月　頁 8

332. 林　良　文藝沙龍的女主人　穿過林間的海音——林海音影像回憶錄　臺
　　　　　　　北　格林文化公司　2000 年 5 月　頁 71

333. 小　民　她永遠美麗　中央日報　2000 年 6 月 22 日　22 版

334. 林衡茂　林海音和那文藝年代　青年日報　2000 年 8 月 8 日　13 版

335. 馬　森　最有親和力的作家——林海音　聯合報　2000 年 10 月 4 日　37

版

336. 夏祖麗　　　林海音與聯副（上、中、下）　聯合報　2000 年 10 月 5—7 日　37 版

337. 林文月　　　兩代友情　聯合報　2000 年 10 月 4 日　37 版

338. 林文月　　　兩代友情　從城南走來：《林海音傳》　臺北　天下遠見出版公司　2000 年 10 月　頁 1—13

339. 林文月　　　兩代友情　林海音研究論文集　北京　臺海出版社　2001 年 5 月　頁 20—28

340. 何　凡　　　歲月如流，人生已無憂　自由時報　2000 年 10 月 6 日　39 版

341. 何　凡　　　歲月如流，人生已無憂　從城南走來：《林海音傳》　臺北　天下遠見出版公司　2000 年 10 月　頁 445—448

342. 何　凡　　　歲月如流，人生已無憂　林海音研究論文集　北京　臺海出版社　2001 年 5 月　頁 29—31

343. 夏承楹　　　歲月如流，人生已無憂　從城南走來——林海音傳　北京　生活・讀書・新知三聯書店　2003 年 1 月　頁 403—405

344. 夏祖麗　　　爸爸的花兒落了之後——文藝少女林海音（上、下）　自由時報　2000 年 10 月 6—7 日　39 版

345. 夏祖麗　　　夏承楹與林海音——辦公室定情緣　中華日報　2000 年 10 月 9 日　19 版

346. 夏祖麗　　　從城南走來　中央日報　2000 年 10 月 10 日　21 版

347. 夏祖麗　　　林海音的大觀園　中華日報　2000 年 10 月 12 日　19 版

348. 羅茵芬　　　一部臺灣文壇記事——《從城南走來——林海音傳》　中央日報　2000 年 10 月 13 日　21 版

349. 徐開塵　　　夏祖麗完成母親林海音傳記，《從城南走來》出版彷彿重新活過一次　民生報　2000 年 10 月 16 日　6 版

350. 李瑞騰等[11]　從城南走來——林海音先生座談會　聯合報　2000 年 10 月 29

---

[11]主持人：陳義芝；與會者：李瑞騰、黃春明、郝廣才、隱地；紀錄：魏可風。

日　37 版

351. 向　陽　　文學歲月　中央日報　2000 年 10 月 30 日　20 版

352. 向　陽　　文學歲月　我們其實不需要住所　臺北　聯合文學出版社　2004
年 12 月　頁 106—109

353. 張光正　　《城南舊事》作者林海音青少年時代的人和事[12]　炎黃春秋　2000
年第 10 期　2000 年 10 月　頁 66—69

354. 張光正　　老北京的「番薯人」——記林海音青少年時代的人和事　林海音
研究論文集　北京　臺海出版社　2001 年 5 月　頁 60—71

355. 張光正　　林海音青少年時代的人和事　一座文學的橋——林海音先生紀念
文集　臺南　國立文化資產保存研究中心籌備處　2002 年 12 月
頁 191—196

356. 何　標　　老北京的番薯人——記林海音青少年時代的人和事　番薯藤繫兩
岸情　北京　臺海出版社　2003 年 1 月　頁 380—391

357. 張光正　　老北京的「番薯人」——記林海音青少年時代的人和事　番薯藤
繫兩岸情　臺北　海峽學術出版社　2003 年 9 月　頁 371—383

358. 林宜和　　林阿姨與母親　中華日報　2000 年 12 月 21 日　19 版

359. 何　標　　林海音的兩岸觀　臺聲　2000 年第 12 期　2000 年 12 月　頁 34—
35

360. 何　標　　林海音的兩岸觀　番薯藤繫兩岸情　北京　臺海出版社　2003 年
1 月　頁 279—282

361. 張光正　　林海音的兩岸觀　番薯藤繫兩岸情　臺北　海峽學術出版社
2003 年 9 月　頁 264—267

362. 陳香梅　　林海音這位朋友[13]　中國時報　2001 年 1 月 25 日　7 版

363. 陳香梅　　林海音這位朋友——《林海音傳》讀後感　風雲際會：陳香梅回
憶錄 1　臺北　未來書城公司　2002 年 6 月　頁 121—123

---

[12]本文後改篇名為〈老北京的「番薯人」——記林海音青春少年時代的人和事〉、〈林海音青少年
時代的人和事〉。
[13]本文後改篇名為〈林海音這位朋友——《林海音傳》讀後感〉。

364. 莊　因　　林海音在臺北　萬象　2001 年第 3 期　2001 年 3 月　頁 138—141

365. 莊　因　　林海音在臺北　一月帝王　臺北　三民書局　2004 年 2 月　頁 162—166

366. 文潔若　　林海音探親　林海音研究論文集　北京　臺海出版社　2001 年 5 月　頁 42—49

367. 韓斌生　　永遠鄉戀的女性文學的林海音——「林海音作品研討會」散記　林海音研究論文集　北京　臺海出版社　2001 年 5 月　頁 85—87

368. 夏　烈　　林海音的作品與性格背道而馳　林海音研究論文集　北京　臺海出版社　2001 年 5 月　頁 98—101

369. 傅光明　　林海音的文學世界　林海音研究論文集　北京　臺海出版社　2001 年 5 月　頁 214—233

370. 鄭　實　　林海音：帶給你溫暖的名字　林海音研究論文集　北京　臺海出版社　2001 年 5 月　頁 247—251

371. 高琇芬　　世新歡度四十五歲總統蒞臨——表揚傑出校友特頒終身成就獎予文壇才女林海音　中央日報　2001 年 10 月 16 日　14 版

372. 李懷，桂華　　文壇的冬青樹——林海音　文學臺灣人　臺北　遠流出版公司　2001 年 10 月　頁 147—148

373. 張燦文　　林海音深夜過世——中風併發敗血症，享年八十三歲　中國時報　2001 年 12 月 2 日　29 版

374. 江世芳　　讓文人交流，共孵文學的夢——林海音的家半個臺灣文壇　中國時報　2001 年 12 月 3 日　14 版

375. 陳文芬　　京味兒的林海音　中國時報　2001 年 12 月 3 日　39 版

376. 陳文芬　　龍應台難忘林海音的美貌與大度　中國時報　2001 年 12 月 3 日　39 版

377. 葉石濤　　林海音的兩個故鄉　中國時報　2001 年 12 月 3 日　39 版

378. 葉石濤　　林海音的兩個故鄉　中華現代文學大系（貳）・臺灣一九八九—二〇〇三散文卷（一）　臺北　九歌出版社　2003 年 10 月　頁 99

—100

379. 鄭清文　懷念文壇奇女子　中國時報　2001 年 12 月 3 日　39 版

380. 鄭清文　懷念文壇奇女子　多情與嚴法　臺北　玉山社出版公司　2004 年
　　　5 月　頁 44—48

381. 賴素鈴　一生見證臺灣文壇歷史——慧眼獨具，造就多少英雄好漢　民生
　　　報　2001 年 12 月 3 日　A8 版

382.〔民生報〕　　林海音走了，長留《城南舊事》——前天夜裡病逝，享壽八
　　　十三歲——一生聰慧練達，「永遠林先生」揮別人生舞臺　民生報
　　　2001 年 12 月 3 日　41 版

383. 小　民　林海音大姐來的時候　自由時報　2001 年 12 月 3 日　35 版

384. 夏　烈　告別林海音——臺灣文學之寶　自由時報　2001 年 12 月 3 日　35
　　　版

385. 隱　地　懷念有陽光的日子　自由時報　2001 年 12 月 3 日　35 版

386. 趙靜瑜　林海音逝世享年八十三歲——文壇尊稱她一聲「林先生」　自由
　　　時報　2001 年 12 月 3 日　36 版

387. 趙靜瑜　胃液翻了他一身——夏祖焯陪母親走最後一段路　自由時報
　　　2001 年 12 月 3 日　36 版

388. 李令儀　夏烈：母親是領袖人物——抱著林海音遺體進太平間，陪她一
　　　夜，完成一篇紀念母親文章　聯合報　2001 年 12 月 3 日　20 版

389. 張伯順　雲門昨公演「行草」特向林海音致敬　聯合報　2001 年 12 月 3 日
　　　20 版

390. 張伯順，趙慧琳　　提攜後進，林先生膽識氣度過人——黃春明、七等生等
　　　人因投稿聯副獲林海音識才而走上寫作之路，鍾鐵民感謝林排除
　　　萬難出版父親鍾理和作品集　聯合報　2001 年 12 月 3 日　20 版

391. 彭小妍　跨越兩岸的林海音　聯合報　2001 年 12 月 3 日　37 版

392. 齊邦媛　失散——送海音　聯合報　2001 年 12 月 3 日　37 版

393. 齊邦媛　失散——送海音　一座文學的橋——林海音先生紀念文集　臺南

國立文化資產保存研究中心籌備處　2002 年 12 月　頁 3—8

394. 齊邦媛　　失散——送海音　九十年散文選　臺北　九歌出版社　2002 年 4 月　頁 330—336

395. 李令儀　　文學耆宿林，海音病逝——享年八十三，文學成就獲兩岸重視，子女將辦紀念會　聯合報　2001 年 12 月 3 日　41 版

396. 孫如陵　　海音殿下，慢走　中央日報　2001 年 12 月 4 日　18 版

397. 〔中央日報〕　　何時再話城南舊事　中央日報　2001 年 12 月 4 日　18 版

398. 隱　地　　非凡的生命力　中央日報　2001 年 12 月 4 日　18 版

399. 張至璋　　多向人灑香水　中國時報　2001 年 12 月 4 日　39 版

400. 張至璋　　多向人灑香水　一座文學的橋——林海音先生紀念文集　臺南　國立文化資產保存研究中心籌備處　2002 年 12 月　頁 41　44

401. 應鳳凰　　永遠的林海音　自由時報　2001 年 12 月 4 日　39 版

402. 李令儀　　沈潔憶林海音：像我奶奶一樣——在電影「城南舊事」飾小英子，曾到臺北探望病中的林海音，舒乙將舉辦追思會　聯合報　2001 年 12 月 4 日　14 版

403. 瘂　弦　　永不凋零　中央日報　2001 年 12 月 6 日　18 版

404. 陳瑩珊　　懷念林海音座談會　中國時報　2001 年 12 月 8 日　19 版

405. 丁文玲　　遠逝四〇、五〇年代女作家——巨星殞落文學喟嘆〔林海音部分〕　中國時報　2001 年 12 月 9 日　14 版

406. 徐開塵　　黃春明為林海音不平——文壇的「林先生」已成典型，作家、讀者齊聚座談會談追念　民生報　2001 年 12 月 9 日　5 版

407. 陳慧瑩　　懷念林海音，本土作家意難忘——文化局舉辦座談會，黃春明、鄭清文等本省籍作家與會暢談　自由時報　2001 年 12 月 9 日　19 版

408. 蘇偉貞　　書寫生活的原型——林海音的「家的文學光譜」　聯合報　2001 年 12 月 10 日　37 版

409. 蘇偉貞　　書寫生活的原型——林海音的「家的文學」光譜　一座文學的橋

　　　　　　——林海音先生紀念文集　臺南　國立文化資產保存研究中心籌
　　　　　備處　2002 年 12 月　頁 139—143

410. 蘇偉貞　　書寫生活的原型——林海音的「家的文學」光譜　私閱讀　臺北
　　　　　三民書局　2003 年 2 月　頁 197—203

411. 鐵　凝　　懷念林海音　光明日報　2001 年 12 月 12 日　3 版

412. 鐵　凝　　懷念林海音　一座文學的橋——林海音先生紀念文集　臺南　國
　　　　　立文化資產保存研究中心籌備處　2002 年 12 月　頁 53—54

413. 保　真　　懷念海音阿姨　中央日報　2001 年 12 月 12 日　18 版

414. 向　明　　詩壇保母——難忘林海音先生　聯合報　2001 年 12 月 20 日　37
　　　　　版

415. 向　明　　詩壇保母——難忘海音先生　窺詩手記　臺北　禹臨圖書公司
　　　　　2002 年 12 月　頁 51—52

416. 向　明　　詩壇保母——林海音先生　一座文學的橋——林海音先生紀念文
　　　　　集　臺南　國立文化資產保存研究中心籌備處　2002 年 12 月　頁
　　　　　37—38

417. 林衡茂　　永遠的林先生　青年日報　2001 年 12 月 21 日　10 版

418. 王琰如　　痛失良朋——悼念老友林海音　青年日報　2001 年 12 月 21 日
　　　　　10 版

419. 夏　烈　　美麗中國的林間海音（上、下）　聯合報　2001 年 12 月 21，23
　　　　　日　37 版

420. 夏　烈　　美麗中國的林間海音　流光逝川　臺北　爾雅出版社　2008 年 7
　　　　　月　頁 9—26

421. 余光中講；崔哲丰記　　在文友的懷念中安息——一個時代的結束——林海
　　　　　音先生紀念特輯　中央日報　2001 年 12 月 22 日　18 版

422. 姚宜瑛講；林俊德記　　在文友的懷念中安息——同行相親——林海音先生
　　　　　紀念特輯　中央日報　2001 年 12 月 22 日　18 版

423. 黃春明講；黃金鳳記　　在文友的懷念中安息——通過文學的愛——林海音

先生紀念特輯　中央日報　2001 年 12 月 22 日　18 版

424. 劉靜娟　大白話兒——林海音先生紀念特輯　中央日報　2001 年 12 月 22 日　18 版

425. 潘人木　在文友的懷念中安息——追求快樂追求美——林海音先生紀念特輯　中央日報　2001 年 12 月 22 日　18 版

426. 林良講；陳靜瑋記　在文友的懷念中安息——幫人一把，放人一馬——林海音先生紀念特輯　中央日報　2001 年 12 月 22 日　18 版

427. 沈　謙　林海音先生——林海音先生紀念特輯　中央日報　2001 年 12 月 22 日　18 版

428. 沈　謙　林海音先生　效法蕭伯納幽默　臺北　九歌出版社　2007 年 1 月　頁 40—43

429. 簡　宛　林先生在嗎？——懷念林海音　自由時報　2001 年 12 月 22 日　39 版

430. 劉靜娟　那雙能幹的手　中華日報　2001 年 12 月 22 日　19 版

431. 劉靜娟　那雙能幹的手　一座文學的橋——林海音先生紀念文集　臺南　國立文化資產保存研究中心籌備處　2002 年 12 月　頁 21—25

432. 夏祖麗　媽媽的花兒落了（上、下）　聯合報　2001 年 12 月 22—23 日　37 版

433. 夏祖麗　媽媽的花兒落了！　一座文學的橋——林海音先生紀念文集　臺南　國立文化資產保存研究中心籌備處　2002 年 12 月　頁 57—58

434. 夏祖麗　媽媽的花兒落了！——再版新序　從城南走來——林海音傳　北京　生活・讀書・新知三聯書店　2003 年 1 月　頁 1—6

435. 徐開塵　英子的心永遠緊擁親友　民生報　2001 年 12 月 23 日　A5 版

436. 王　信　想，再拍一次那眼神——林海音女士紀念專輯　民生報　2001 年 12 月 23 日　A8 版

437. 王　信　想，再拍一次那眼神！　一座文學的橋——林海音先生紀念文集

臺南　國立文化資產保存研究中心籌備處　2002 年 12 月　頁 35 —36

438. 郝廣才　她正是那穿過林間的海音——林海音女士紀念專輯　民生報 2001 年 12 月 23 日　A8 版

439. 郝廣才　她正是那穿過林間的海音　一座文學的橋——林海音先生紀念文 集　臺南　國立文化資產保存研究中心籌備處　2002 年 12 月　頁 45—46

440. 桂文亞　薪傳——林海音女士與兒童文學　民生報　2001 年 12 月 23 日 A8 版

441. 陳洛薇　林海音追思會，藝文界歡送——現場林先生「客廳重現」，余光中 以惜別的心情懷念故友　中央日報　2001 年 12 月 23 日　14 版

442. 小　民　在文友的懷念中安息——有她在的地方——林海音先生紀念特輯 中央日報　2001 年 12 月 23 日　18 版

443. 方　梓　在文友的懷念中安息——膽識與智慧——林海音先生紀念特輯 中央日報　2001 年 12 月 23 日　18 版

444. 丘秀芷　在文友的懷念中安息——資深美女永遠不老——林海音先生紀念 特輯　中央日報　2001 年 12 月 23 日　18 版

445. 葉涉榮　在文友的懷念中安息——非常熱情且無可替代——林海音先生紀 念特輯　中央日報　2001 年 12 月 23 日　18 版

446. 劉枋講；陳靜瑋記　　在文友的懷念中安息——五人小組的美好時光——林 海音先生紀念特輯　中央日報　2001 年 12 月 23 日　18 版

447. 潘　罡　林海音追思會——文壇老友細數城南舊事　中國時報　2001 年 12 月 23 日　12 版

448. 琦　君　最後的握手——悼念摯友海音　聯合報　2001 年 12 月 26 日　37 版

449. 琦　君　最後的握手——悼念摯友海音　玻璃筆　臺北　九歌出版社 2006 年 9 月　頁 221—222

450. 夏承楹　　從永不分離到相對無言　頌永恆・念海音——林海音的客廳重現
　　　　　　　臺北　格林文化製作　2001 年 12 月　〔3〕頁

451. 何　凡　　從永不分離到相對無言　一座文學的橋——林海音先生紀念文集
　　　　　　　臺南　國立文化資產保存研究中心籌備處　2002 年 12 月　頁 27
　　　　　　　—29

452. 王開平　　從小英子到林海音　頌永恆・念海音——林海音的客廳重現　臺
　　　　　　　北　格林文化製作　2001 年 12 月　〔2〕頁

453. 夏祖焯等[14]　家人的懷念　頌永恆・念海音——林海音的客廳重現　臺北
　　　　　　　格林文化製作　2001 年 12 月　〔6〕頁

454. 齊邦媛等[15]　客廳的留言簿　頌永恆・念海音——林海音的客廳重現　臺北
　　　　　　　格林文化製作　2001 年 12 月　〔6〕頁

455. 潘人木　　以為還有很多，其實沒有了　中華日報　2002 年 1 月 28 日　19
　　　　　　　版

456. 潘人木　　以為還有很多，其實沒有了　憶・・・難忘　臺北　中華民國兒
　　　　　　　童文學學會　2002 年 3 月　頁 12—17

457. 潘人木　　以為還有很多，其實沒有了　一座文學的橋——林海音先生紀念
　　　　　　　文集　臺南　國立文化資產保存研究中心籌備處　2002 年 12 月
　　　　　　　頁 15—18

458. 張　讓　　您不認識我…——從《爸爸真棒》回憶林海音先生　中央日報
　　　　　　　2002 年 1 月 29 日　18 版

459. 〔新文學史料〕　一代才女林海音去世　新文學史料　2002 年第 1 期
　　　　　　　2002 年 1 月　頁 178

460. 張昌華　　夕陽，牽著駝鈴遠去——林海音的城南舊事　傳記文學　第 476
　　　　　　　期　2002 年 1 月　頁 4—7

461. 楊　帆　　北京舉行「林海音先生追思會」　臺聲　2002 年第 1 期　2002 年

---

[14]著者：夏祖焯、龔明祺、夏祖美、莊因、夏祖麗、張至璋、夏祖岳、鍾建安、夏祖湘。
[15]著者：齊邦媛、席慕蓉、林懷民、瘂弦、隱地、保真、鄧佩瑜、桂文亞。

1 月　頁 8

462. 何標〔張光正〕　　人美，心美，文章更美　臺聲　2002 年第 1 期　2002 年
　　　1 月　頁 9

463. 何　標　人美，心美，文章更美——在林海音追思會上的發言　番薯藤繫
　　　兩岸情　北京　臺海出版社　2003 年 1 月　頁 67—69

464. 張光正　人美，心美，文章更美——在「林海音追思會」上的發言　番薯
　　　藤繫兩岸情　臺北　海峽學術出版社　2003 年 9 月　頁 56—57

465. 廖　翊　臺北最後的歌吟——懷念林海音先生　臺聲　2002 年第 1 期
　　　2002 年 1 月　頁 10—12

466. 洪士惠　資深作家林海音女士逝世　文訊雜誌　第 195 期　2002 年 1 月
　　　頁 64

467. 鐘麗慧　「林先生」與「海音阿姨」　文訊雜誌　第 195 期　2002 年 1 月
　　　頁 93—95

468. 張昌華　林海音——臺灣文學的一道陽光　紫荊　2002 年第 1 期　2002 年
　　　1 月　頁 83—86

469. 張昌華　林海音——臺灣文學的一道陽光　書摘雜誌　2002 年 5 期　2002
　　　年 5 月　頁 12—14

470. 董　橋　永遠的林海音先生　聯合報　2002 年 2 月 2 日　37 版

471. 董　橋　永遠的林海音先生　一座文學的橋——林海音先生紀念文集　臺
　　　南　國立文化資產保存研究中心籌備處　2002 年 12 月　頁 19—
　　　20

472. 董　橋　永遠的林海音先生　九十一年散文選　臺北　九歌出版社　2003
　　　年 3 月　頁 57—59

473. 關國煊　林海音（1918—2001）　傳記文學　第 477 期　2002 年 2 月　頁
　　　140—148

474. 張昌華　文壇常青林——林海音瑣記　書香人和　上海　上海人民出版社
　　　2002 年 2 月　頁 73—82

475. 張昌華　　林海音的城南舊事　書香人和　上海　上海人民出版社　2002 年
　　　　　　　　2 月　頁 248—253

476. 〔世界華文文學論壇〕　　一代才女林海音葬於臺北金寶山　世界華文文學
　　　　　　　　論壇　2002 年第 1 期　2002 年 3 月　頁 36

477. 上官予　　天地——悼念林海音女史　夏蔭集　臺北　詩藝文出版社　2002
　　　　　　　　年 3 月　頁 28—29

478. 秋　禾　　她從北平城南走來——芸窗夜讀聆海音　博覽群書　2002 年第 3
　　　　　　　　期　2002 年 3 月　頁 48—50

479. 林　良　　童話樹　憶・・・難忘　臺北　中華民國兒童文學學會　2002 年
　　　　　　　　3 月　頁 19

480. 林煥彰　　我們都姓林——懷念林海音先生　憶・・・難忘　臺北　中華民
　　　　　　　　國兒童文學學會　2002 年 3 月　頁 20—21

481. 桂文亞　　林海音　憶・・・難忘　臺北　中華民國兒童文學學會　2002 年
　　　　　　　　3 月　頁 21

482. 蔣竹君　　我的生活導師　憶・・・難忘　臺北　中華民國兒童文學學會
　　　　　　　　2002 年 3 月　頁 22—23

483. 林武憲　　最難忘的一段晚餐——感謝她　憶・・・難忘　臺北　中華民國
　　　　　　　　兒童文學學會　2002 年 3 月　頁 24—25

484. 李雀美　　永遠的資深美女　憶・・・難忘　臺北　中華民國兒童文學學會
　　　　　　　　2002 年 3 月　頁 26—27

485. 周慧珠　　資深美女騎著大象走了　憶・・・難忘　臺北　中華民國兒童文
　　　　　　　　學學會　2002 年 3 月　頁 28—35

486. 楊　絢　　林海音與兒童文學　憶・・・難忘　臺北　中華民國兒童文學學
　　　　　　　　會　2002 年 3 月　頁 48—61

487. 許俊雅　　日據時期臺灣文化人與上海〔林海音部分〕　臺灣文學評論　第 2
　　　　　　　　卷第 2 期　2002 年 4 月　頁 22

488. 符立中　　穿過林子便是海——林海音　幼獅文藝　第 582 期　2002 年 6 月

頁 14—15

489. 余光中　另一段城南舊事　聯合報　2002 年 10 月 23 日　39 版

490. 余光中　另一段城南舊事　一座文學的橋——林海音先生紀念文集　臺南　國立文化資產保存研究中心籌備處　2002 年 12 月　頁 9—14

491. 余光中　另一段城南舊事　從城南走來——林海音傳　北京　生活・讀書・新知三聯書店　2003 年 1 月　頁 1—8

492. 余光中　另一段城南舊事　青銅一夢　臺北　九歌出版社　2005 年 2 月　頁 181—187

493. 余光中　另一段城南舊事　余光中跨世紀散文　臺北　九歌出版社　2008 年 10 月　頁 305—311

494. 余光中　另一段城南舊事　穿越林間聽海音：林海音文學展展覽圖錄　臺南　國立臺灣文學館　2010 年 3 月　頁 4—8

495. 林政華　隱於中國文學中的典型本土作家——林海音　臺灣新聞報　2002 年 11 月 10 日　10 版

496. 林政華　隱於中國文學中的典型本土作家——林海音　臺灣古今文學名家　桃園　開南管理學院通識教育中心　2003 年 3 月　頁 53

497. 昌華，平凡　她從城南走來——女兒爲母親林海音寫傳記　國際人才交流　2002 年第 11 期　2002 年 11 月　頁 46—47

498. 張昌華　把根留住——訪臺灣女作家夏祖麗　今日中國　2002 年 11 期　2002 年 11 月　頁 64—66

499. 陳運通　客家才女林海音——文壇種福田・慧眼識英雄　中外雜誌　第 429 期　2002 年 11 月　頁 3—34

500. 陳運通　客家才女林海音　客家菁英　臺北　〔自行出版〕　2005 年 7 月　頁 111—119

501. 樊發稼　在林海音先生家作客——紀念林先生仙逝周年　民生報　2002 年 12 月 1 日　8 版

502. 陳郁秀　臺灣文壇的「女性之眼」　一座文學的橋——林海音先生紀念文

　　　　　　　　集　臺南　國立文化資產保存研究中心籌備處　2002 年 12 月
　　　　　　　　〔2〕頁

503. 楊宣勤　　感謝與懷念　一座文學的橋——林海音先生紀念文集　臺南　國
　　　　　　　　立文化資產保存研究中心籌備處　2002 年 12 月　〔2〕頁

504. 舒　乙　　一位可敬可愛的人——悼林海音先生　一座文學的橋——林海音
　　　　　　　　先生紀念文集　臺南　國立文化資產保存研究中心籌備處　2002
　　　　　　　　年 12 月　頁 31—34

505. 舒　乙　　一位可敬可愛的人——悼林海音先生　兩岸關係　2003 年第 11 期
　　　　　　　　2003 年 11 月　頁 61　62

506. 保　真　　她的旅程不孤獨　一座文學的橋——林海音先生紀念文集　臺南
　　　　　　　　國立文化資產保存研究中心籌備處　2002 年 12 月　頁 39—40

507. 夏祖焯　　記我的六叔六嬸　一座文學的橋——林海音先生紀念文集　臺南
　　　　　　　　國立文化資產保存研究中心籌備處　2002 年 12 月　頁 47—52

508. 王開平　　奶奶最快樂的時光　一座文學的橋　林海音先生紀念文集　臺
　　　　　　　　南　國立文化資產保存研究中心籌備處　2002 年 12 月　頁 55—
　　　　　　　　56

509. 鄧佩瑜　　頌永恆‧念海音　一座文學的橋——林海音先生紀念文集　臺南
　　　　　　　　國立文化資產保存研究中心籌備處　2002 年 12 月　頁 59—62

510. 夏祖麗　　大阪‧頭份‧北京——林海音最早的生活　一座文學的橋——林
　　　　　　　　海音先生紀念文集　臺南　國立文化資產保存研究中心籌備處
　　　　　　　　2002 年 12 月　頁 185—190

511. 李瑞騰　　編後記之二　一座文學的橋——林海音先生紀念文集　臺南　國
　　　　　　　　立文化資產保存研究中心籌備處　2002 年 12 月　頁 257—259

512. 郁　風　　生命的尋根之旅　從城南走來——林海音傳　北京　生活‧讀
　　　　　　　　書‧新知三聯書店　2003 年 1 月　頁 1—6

513. 〔編輯部〕　　頌永恆，念海音——兩岸追思林海音先生　從城南走來——
　　　　　　　　林海音傳　北京　生活‧讀書‧新知三聯書店　2003 年 1 月　頁

409—414

514. 何　標　　表姐弟的音函往還　番薯藤繫兩岸情　北京　臺海出版社　2003
　　　年1月　頁64—66

515. 張光正　　表姐弟的音函往還——致林海音　番薯藤繫兩岸情　臺北　海峽
　　　學術出版社　2003年9月　頁52—55

516. 何　標　　抱憾而去的「英子」　番薯藤繫兩岸情　北京　臺海出版社
　　　2003年1月　頁174—175

517. 張光正　　抱憾而去的「英子」　番薯藤繫兩岸情　臺北　海峽學術出版社
　　　2003年9月　頁152

518. 何　標　　林海音還鄉記　番薯藤繫兩岸情　北京　臺海出版社　2003年1
　　　月　頁268—271

519. 張光正　　林海音還鄉記　番薯藤繫兩岸情　臺北　海峽學術出版社　2003
　　　年9月　頁256—257

520. 何　標　　林海音訪中國現代文學館　番薯藤繫兩岸情　北京　臺海出版社
　　　2003年1月　頁272—275

521. 張光正　　林海音訪中國現代文學館　番薯藤繫兩岸情　臺北　海峽學術出
　　　版社　2003年9月　頁258—260

522. 何　標　　情繫兩岸的作家　番薯藤繫兩岸情　北京　臺海出版社　2003年
　　　1月　頁276—278

523. 張光正　　情繫兩岸的作家　番薯藤繫兩岸情　臺北　海峽學術出版社
　　　2003年9月　頁261—263

524. 應鳳凰　　閱讀林海音——林先生的編輯、寫作生涯與臺灣文壇　成功大學
　　　圖書館館刊　第11期　2003年4月　頁89—93

525. 陳郁秀　　永恆的文學橋　霜後的燦爛——林海音及其同輩女作家學術研討
　　　會論文集　臺南　國立文化資產保存研究中心　2003年5月
　　　〔2〕頁

526. 楊宣勤　　令人驚喜的人文深度　霜後的燦爛——林海音及其同輩女作家學

術研討會論文集　臺南　國立文化資產保存研究中心　2003　年　5
月　〔2〕頁

527. 康芸薇　豔藍的天空〔林海音部分〕　聯合報　2003 年 6 月 18 日　E7 版

528. 〔胡建國主編〕　　林海音女士小傳　國史館現藏民國人物傳記史料彙編
　　　（第二十六輯）　臺北　國史館　2003 年 6 月　頁 194—195

529. 夏祖麗　林海音女士傳略　國史館館刊　第 34 期　2003 年 6 月　頁 245—
　　　246

530. 〔王景山編〕　　林海音　臺港澳暨海外華文作家辭典　北京　人民文學出
　　　版社　2003 年 7 月　頁 326—328

531. 王　璞　念海音　中華日報　2003 年 9 月 1 日　23 版

532. 王　璞　念海音　作家錄影傳記十年剪影　臺北　國家圖書館　2009　年　6
　　　月　頁 96—103

533. 傅月庵　純文學曾被實踐的出版夢想　民生報　2003 年 10 月 19 日　5 版

534. 吳月蕙　波瀾壯闊的臺灣客家新文學（上）〔林海音部分〕　中央日報
　　　2003 年 11 月 6 日　17 版

535. 何　標　林海音：一位可敬可愛的人　兩岸關係　2003 年第 11 期　2003
　　　年 11 月　頁 58—59

536. 何　標　紮根於兩岸共同家園——紀念林海音逝世二周年　兩岸關係
　　　2003 年第 11 期　2003 年 11 月　頁 58—60

537. 傅光明　林海音：城南依稀夢尋　兩岸關係　2003 年第 11 期　2003 年 11
　　　月　頁 62—63

538. 張　鳳　客家人林海音追記　尋根　2003 年第 4 期　2003 年　頁 92—94

539. 夏祖麗，張至璋；蕭雪球記錄　　從玻璃墊上與《城南舊事》談起　中央日
　　　報　2004 年 1 月 16 日　17 版

540. 施英美　驚蟄後的臺灣芳華——林海音對臺籍作家的提攜　明道文藝　第
　　　335 期　2004 年 2 月　頁 19—26

541. 郭可慈，郭謙　　在文學上各有建樹的小英子一家　現代作家親緣錄——群

星璀璨的作家之家　潞西　德宏民族出版社　2004 年 3 月　頁 58
—63

542. 〔人間福報〕　　林海音悠遊文學世界著作等身——跨足小說、散文、遊記
及兒童文學，創立「純文學」為文壇發掘新人　人間福報　2004
年 4 月 13 日　10 版

543. 蔡秀女　　文學的風華絕代——林海音　臺灣日報　2004 年 5 月 9 日　15 版

544. 季　季　　林先生罵我的那句話　中國時報　2004 年 6 月 30 日　7 版

545. 〔許俊雅，應鳳凰，鍾宗憲編〕　　作者簡介　現代小說讀本　臺北　揚智
文化公司　2004 年 8 月　頁 180—181

546. 古遠清　　林海音捲入的匪諜案　海外來風　南京　東南大學出版社　2004
年 8 月　頁 60—63

547. 唐　荒　　遙想何凡、林海音當年‧老街坊　聯合報　2005 年 1 月 22 日
E7 版

548. 木子〔李麗申〕　　我與海音大姊的一段緣　七十年之癢：浮生漫筆　臺北
秀威資訊科技公司　2005 年 1 月　頁 120—125

549. 夏祖麗　　從北平城南到臺北城南——《兩地》重排新版序　兩地　臺北
三民書局　2005 年 1 月　〔6〕頁

550. 段彩華　　林海音真相　聯合報　2005 年 2 月 18 日　E7 版

551. 徐　學　　她們的書房〔林海音部分〕　悅讀臺北女　廈門　廈門大學出版
社　2005 年 5 月　頁 184—186

552. 陳子善　　張愛玲稱讚的散文家〔林海音部分〕　美文　2005 年第 6 期
2005 年 6 月　頁 44—45

553. 〔張雪媃編選〕　　林海音　眾花深處：二十世紀華文女作家小說選　臺北
正中書局　2005 年 7 月　頁 189

554. 〔民生報〕　　多少城南舊事，猶存老院落——林海音北京故居，保留為文
物　民生報　2005 年 8 月 8 日　A6 版

555. 〔聯合報〕　　林海音北京舊居，保住了——《城南舊事》三處舊居，兩處

拆了，獨留晉江會館　聯合報　2005 年 8 月 8 日　A13 版

556. 潘人木　　無媒寄海音　中央日報　2005 年 10 月 17 日　17 版

557. 潘人木　　好夢一場——無媒寄海音　中央日報　2005 年 11 月 4 日　17 版

558. 潘人木　　溫習溫習海音　文訊雜誌　第 242 期　2005 年 12 月　頁 36—37

559. 應鳳凰　　城樓上高掛紅紗燈——琦君與林海音　中華日報　2006 年 2 月 22
日　23 版

560. 季　季　　走進林海音的第一個客廳（上、下）　印刻文學生活誌　第 32—
33 期　2006 年 4—5 月　頁 201—205，188—194

561. 許俊雅　　林海音　我心中的歌：現代文學星空　臺北　文史哲出版社
2006 年 6 月　頁 282—283

562. 劉梓潔　　冰山理論的實踐者鄭清文——五〇年代，本省與外省〔林海音部
分〕　聯合文學　第 262 期　2006 年 8 月　頁 82

563. 夏志清　　雞窗夜靜思故友〔林海音部分〕　聯合報　2006 年 10 月 3 日
E7 版

564. 楊　明　　溫暖的重陽節〔林海音部分〕　人間福報　2006 年 10 月 30 日
15 版

565. 丘秀芷　　追念林海音老師　世界女記者與作家協會中華民國分會 20 周年紀
念特刊（1986—2006）　臺北　世界女記者與作家協會中華民國
分會　2006 年 10 月　頁 94—95

566. 夏　龢　　難忘夢燕、海音與英文班　世界女記者與作家協會中華民國分會
20 周年紀念特刊（1986—2006）　臺北　世界女記者與作家協會
中華民國分會　2006 年 10 月　頁 96—99

567. 張昌華　　林海音的臺北家事　文史博覽　2007 年第 3 期　2007 年 3 月　頁
49—51

568. 彭　歌　　深情永不舊——林海音與何凡　文訊雜誌　第 257 期　2007 年 3
月　頁 51—55

569. 彭　歌　　深情永不舊——林海音與何凡　憶春臺舊友　臺北　九歌出版社

2009 年 12 月　頁 65—83

570. 趙　輝　　故人‧舊事‧老宅子　臺聲　2007 年第 5 期　2007 年 5 月　頁 46
　　　　　　—47

571. 〔編輯部〕　　林海音　琦君書信集　臺南　國立臺灣文學館　2007 年 8 月
　　　　　　頁 87

572. 古　劍　　懷念林海音和她的書簡[16]　新地文學　第 2 期　2007 年 12 月　頁
　　　　　　125—142

573. 古遠清　　戒嚴寒流，詩花顫抖——林海音捲入的匪諜案　臺灣當代新詩史
　　　　　　臺北　文津出版社　2008 年 1 月　頁 40—44

574. 何　標　　海音未遠　明月多應在故鄉　臺北　海峽學術出版社　2008 年 1
　　　　　　月　頁 93—99

575. 李瑞騰　　想念林海音先生　文學引渡者：林海音及其出版事業　臺北　秀
　　　　　　威資訊科技公司　2008 年 2 月　頁 7—10

576. 王　岫　　追尋城南舊事的傳奇　文學引渡者：林海音及其出版事業　臺北
　　　　　　秀威資訊科技公司　2008 年 2 月　頁 13—18

577. 〔封德屏主編〕　　林海音　2007 臺灣作家作品目錄　臺南　國立臺灣文學
　　　　　　館　2008 年 7 月　頁 441—442

578. 夏　烈　　卡桑，降雪了　流光逝川　臺北　爾雅出版社　2008 年 7 月　頁
　　　　　　123—128

579. 張昌華　　生活者林海音　故紙風雪：文化名人的背影　臺北　秀威資訊科
　　　　　　技公司　2008 年 9 月　頁 255—265

580. 〔林黛嫚編著〕　　作者簡介　散文新四書‧春之華　臺北　三民書局
　　　　　　2008 年 9 月　頁 11

581. 廖清秀　　林海音關照文友　鹽分地帶文學　第 18 期　2008 年 10 月　頁 46
　　　　　　—47

---

[16]本文藉由林海音寄予作者的信件研究林海音在生活、編輯、出版上的表現，並藉由信件的年代回
　憶與林海音交流的過程。

582. 〔范銘如編著〕　　作者介紹／林海音　青少年臺灣文庫 2──小說讀本 1：
　　　　穿過荒野的女人　臺北　國立編譯館　2008 年 12 月　頁 203

583. 〔路寒袖編著〕　　作者介紹／林海音　青少年臺灣文庫 2──散文讀本 2：
　　　　狂歌正年少　臺北　國立編譯館　2008 年 12 月　頁 31

584. 夏祖麗　　北海的風，吹開夏的園林　文苑（經典美文）　2008 年第 12 期
　　　　2008 年 12 月　頁 24—25

585. 〔蕭蕭編〕　　認識作家──林海音　溫情的擁抱：經典親情散文集　臺北
　　　　幼獅文化公司　2009 年 4 月　頁 86

586. 趙淑俠　　懷念文壇的大姊們──林海音（1918—2001）　忽成歐洲過客
　　　　臺北　秀威資訊科技公司　2009 年 4 月　頁 202—204

587. 董育群　　林海音──回響在海峽兩岸的臺灣文化人　社會觀察　2009 年第
　　　　5 期　2009 年 5 月　頁 11—12

588. 陳慶瑩　　林海音生平與著作　林海音兒童文學創作題材與表現方式探析
　　　　成功大學臺灣文學研究所　碩士論文　邱湘雲教授指導　2009 年
　　　　6 月　頁 23—44

589. 高志強　　十三歲的烙印──觸摸林海音的散文創作心態[17]　世界華文文學論
　　　　壇　2009 年第 2 期　2009 年 6 月　頁 26—27

590. 劉惠旭　　林海音生平　林海音兒童文學創作中的親子關係研究　臺東大學
　　　　兒童文學研究所　碩士論文　林文寶教授指導　2009 年 7 月　頁
　　　　25—29

591. 廖之韻　　母親，我的，臺灣文學的！──夏祖焯談「林海音文學展」　聯
　　　　合文學　第 300 期　2009 年 10 月　頁 104—109

592. 隱　地　　一九五五年〔林海音部分〕　遺忘與備忘　臺北　爾雅出版社
　　　　2009 年 11 月　頁 34—35

593. 趙小峰　　林海音──從城南走來　語文世界（教師之窗）　2010 年第 2 期
　　　　2010 年 2 月　頁 14—17

---

[17]本文研究林海音的散文創作心態如何受其父親影響。

594. 夏祖麗　　懷念一個文學客廳──林海音・何凡　穿越林間聽海音：林海音
文學展展覽圖錄　臺南　國立臺灣文學館　2010 年 3 月　頁 11─
17

595.〔編輯部〕　　林海音小傳　穿越林間聽海音：林海音文學展展覽圖錄　臺
南　國立臺灣文學館　2010 年 3 月　頁 98─99

596. 游宇明　　仗義是一朵風雪中的玫瑰　思維與智慧　2010 年 07 期　2010 年
3 月　頁 53

597. 游宇明　　仗義的玫瑰　課外閱讀　2010 年 08 期　2010 年 4 月　頁 42─43

598. 古遠清　　軍事主宰時期兩岸文學關係的對抗與隔絕（1949─1979）──
「春江水暖鴨先知」──「盜火者」瘂弦和林海音　海峽兩岸文
學關係史　福州　福建人民出版社　2010 年 4 月　頁 65─66

599. 顧敏耀　　半個文壇，一代風華──林海音文學展開幕與座談會紀實　臺灣
文學館通訊　第 27 期　2010 年 6 月　頁 57─59

600. 黃平麗　　大陸赴臺文人沉浮錄〔林海音部分〕　時代文學（下半月）
2010 年 08 期　2010 年 8 月　頁 15─17

601. 宋雅姿　　文學之音流盪在城南水岸──林海音與她的文學事業[18]　我在我不
在的地方　臺南　國立臺灣文學館　2010 年 12 月　頁 90─103

602. 宋雅姿　　夏家客廳裡有半個文壇　我在我不在的地方　臺南　國立臺灣文
學館　2010 年 12 月　頁 104─107

603. 宋雅姿　　夏家客廳裡有半個文壇──林海音的城南憶往　文訊雜誌　第 302
期　2010 年 12 月　頁 62─64

訪談、對談

604. 陳茜蓉　　出版路線應與青年相結合──訪林海音　中華日報　1973 年 1 月
4 日　10 版

605. 笙川八生　　林海音さんをお訪ねして　臺灣文學研究會會報　第 13、14 合
刊　1988 年 12 月　頁 181─184

---

[18]本文介紹林海音的生平和創作生涯、編輯歷程，簡述了林海音對臺灣文壇的重要性。

606. 劉叔慧　　總也不老的冬青樹——專訪林海音女士　文訊雜誌　第 92 期
　　　　1993 年 6 月　頁 85—88

607. 林海音等[19]　　會議現場討論紀實（一）　從四〇年代到九〇年代：兩岸三邊
　　　　華文小說研討會論文集　臺北　時報文化出版公司　1994 年 11 月
　　　　頁 63—73

608. 傅光明　　生活者林海音　生活者　臺北　純文學出版社　1994 年 12 月　頁
　　　　4—12

609. 傅光明　　生活者林海音　林海音作品集・寫在風中　臺北　遊目族文化公
　　　　司　2000 年 5 月　頁 304—312

610. 傅光明　　生活者林海音　林海音研究論文集　北京　臺海出版社　2001 年
　　　　5 月　頁 234—240

611. 傅光明　　生活者林海音　一座文學的橋——林海音先生紀念文集　臺南
　　　　國立文化資產保存研究中心籌備處　2002 年 12 月　頁 175—181

612. 〔精湛〕　　小檔案　精湛　第 28 期　1996 年 5 月　頁 10—11

613. 莊宜文　　聆聽歲暮的聲音・資深前輩作家現況報導〔林海音部分〕　聯合
　　　　報　1997 年 12 月 16 日　41 版

年表

614. 〔編輯部〕　　林海音寫作・編輯年表　奶奶的傻瓜相機　臺北　民生報出
　　　　版社　1994 年 11 月　頁 269—271

615. 汪淑珍　　林海音文學年表（1918 年—1998 年 4 月）　書目季刊　第 33 卷
　　　　第 1 期　1999 年 6 月　頁 85—109

616. 夏祖麗　　林海音大事年表　從城南走來：《林海音傳》　臺北　天下遠見出
　　　　版公司　2000 年 10 月　頁 453—460

617. 夏祖麗　　林海音大事年表　從城南走來——林海音傳　北京　生活・讀
　　　　書・新知三聯書店　2003 年 1 月　頁 417—422

---

[19]與會者：林海音、彭小妍、何春蕤、齊邦媛、王浩威、楊照、陳光興、揚澤、陳傳興、彭秀貞、
葉石濤；紀錄：林文珮。

618. 夏祖麗　　林海音生平大事與著作年表（引《林海音傳》頁 453—465）[20]
　　　林海音（1918—2001）小說研究　臺灣師範大學國文研究所教學
　　　碩士班　碩士論文　楊昌年教授指導　2004 年 6 月　頁 175—178

619. 林海音　　林海音大事年表　林海音研究論文集　北京　臺海出版社　2001
　　　年 5 月　頁 282—286

620. 莊永明　　林海音年表（1918—）　文學臺灣人　臺北　遠流出版社　2001
　　　年 10 月　頁 143

621. 〔王藝學編〕　　在文友的懷念中安息——林海音先生大事紀——林海音先
　　　生紀念特輯　中央日報　2001 年 12 月 22 日　18 版

622. 〔鄧佩瑜編〕　　林海音大事記　頌永恆・念海音——林海音的客廳重現
　　　臺北　格林文化製作　2001 年 12 月　〔2〕頁

623. 施英美　　林海音文學年表　《聯合報》副刊時期（1953—1963）的林海音
　　　研究　靜宜大學中國文學系　碩士論文　陳芳明，胡森永教授指
　　　導　2003 年 6 月　頁 249—366

624. 張嘉惠　　林海音年表　林海音小說中的五四接受及影響研究　中山大學中
　　　國文學系　碩士論文　蔡振念教授指導　2004 年 6 月　頁 175—
　　　177

625. 張秀絹　　林海音大事年表　林海音小說創作研究——以人物刻畫爲主　彰
　　　化師範大學國文學系　碩士論文　王年雙教授指導　2005 年 6 月
　　　頁 173—177

626. 林韋伶　　林海音作品繫年　林海音文學風格研究　明道管理學院國學研究
　　　所　碩士論文　廉永英教授指導　2007 年 1 月　頁 243—277

627. 應鳳凰　　林海音年表　文學風華：戰後初期 13 著名女作家　臺北　秀威資
　　　訊科技公司　2007 年 5 月　頁 121—124

628. 陳嬋娟　　林海音大事年表　林海音小說女性主題研究　高雄師範大學國文
　　　學系國文教學碩士班　碩士論文　林文欽教授指導　2008 年 6 月

---

[20]此年表爲論文作者王明月引用夏祖麗所編年表。

頁 217—219

629. 王譓淳　　林海音大事年表　林海音的啓悟小說——《城南舊事》研究　彰
　　　化師範大學國文研究所國語文教學碩士班　碩士論文　王年雙教
　　　授指導　2009 年 6 月　頁 135—138

630. 〔編輯部〕　　林海音大事年表　穿越林間聽海音：林海音文學展展覽圖錄
　　　臺南　國立臺灣文學館　2010 年 3 月　頁 100—107

其他

631. 民生報訊　中國女性文學史盛讚林海音　民生報　1995 年 8 月 31 日　15
　　　版

632. 洪　瑞　文化小背心——《城南舊事》德文版得獎　中國時報　1999 年 4
　　　月 27 日　37 版

633. 〔臺灣新生報〕　　第二屆「五四獎」揭曉　臺灣新生報　1999 年 5 月 3 日
　　　17 版

634. 〔中華日報〕　　文訊雜誌社今頒發「五四獎」　中華日報　1999 年 5 月 4
　　　日　16 版

635. 〔自由時報〕　　第二屆「五四獎」揭曉　自由時報　1999 年 5 月 4 日　41
　　　版

636. 江中明　五四獎頒獎得獎人：集體的努力　聯合報　1999 年 5 月 5 日　14
　　　版

637. 陳玲芳　五四 80 年，六名作家受表揚　臺灣日報　1999 年 5 月 5 日　12
　　　版

638. 林振楹　五四獎六人獲頒，林海音獲貢獻獎　青年日報　1999 年 5 月 5 日
　　　1 版

639. 張夢瑞　五四獎六人獲頒，林海音獲貢獻獎，副總統扶她上臺　民生報
　　　1999 年 5 月 5 日　6 版

640. 〔中央日報〕　　紀念五四：文藝人士雅——連戰親臨致辭，並頒予林海音
　　　文學貢獻獎　中央日報　1999 年 5 月 5 日　10 版

641. 江中明　　中國文藝協會歡慶半百──陳水扁誓爲文藝後盾・林海音等獲榮
　　　　　　　譽獎章　聯合報　2000 年 5 月 5 日　24 版

642. 陳水扁，張俊雄　　總統令　中華民國褒揚令集續編（十）　臺北　國史館
　　　　　　　2006 年 11 月　頁 670

643. 黃玉芳　　何凡、林海音文物捐出　聯合晚報　2007 年 3 月 6 日　8 版

644. 陳宛茜　　林海音、何凡文物捐贈臺文館　聯合報　2007 年 3 月 8 日　C6 版

645. 〔人間福報〕　　林海音客廳在臺灣文學館開幕──文學家林海音何凡文物
　　　　　　　捐出，文建會舉行捐贈儀式，夏祖麗：希望成爲文學資產　人間
　　　　　　　福報　2007 年 3 月 8 日　11 版

646. 〔人間福報〕　　何凡，林海音生前文物捐國家臺灣文學館　人間福報
　　　　　　　2007 年 3 月 18 日　14 版

647. 詹宇霈　　林海音與何凡捐贈文學館　文訊雜誌　第 258 期　2007 年 4 月
　　　　　　　頁 148

648. 王嘉玲　　蕭穆的年代，純文學的堅持──「穿越林間聽海音──林海音文
　　　　　　　學展」　臺灣文學館通訊　第 24 期　2009 年 8 月　頁 26—31

649. 林佩蓉　　穿越林間聽海音──林海音文學展──精選文物導覽　臺灣文學
　　　　　　　館通訊　第 24 期　2009 年 8 月　頁 32—35

650. 陳昱成　　「閱讀文學・展演女性」系列活動報導〔林海音部分〕　臺灣文
　　　　　　　學館通訊　第 24 期　2009 年 8 月　頁 36—37

651. 詹宇霈　　穿越林間聽海音──林海音文學特展　文訊雜誌　第 287 期
　　　　　　　2009 年 9 月　頁 152—153

652. 何佳駿　　二〇〇九文學十大事件──穿越林間聽海音──林海音文學特展
　　　　　　　聯合文學　第 302 期　2009 年 12 月　頁 72

653. 林佩蓉，王嘉玲　　蕭穆的年代，純文學的堅持──「林海音文學展」展場
　　　　　　　設計概念　穿越林間聽海音：林海音文學展展覽圖錄　臺南　國
　　　　　　　立臺灣文學館　2010 年 3 月　頁 28—37

654. 杜秀卿　　　展區及精選文物導覽[21]　穿越林間聽海音：林海音文學展展覽圖錄
　　　　　　　　臺南　國立臺灣文學館　2010 年 3 月　頁 38—97

作品評論篇目

綜論

655. 朱介凡　　　林海音小論（上、下）[22]　文壇　第 1，3 期　1957 年 10，12 月
　　　　　　　　頁 132—134，48—49

656. 朱介凡　　　林海音小論　文學評論集　臺北　臺灣商務印書館　1985 年 7 月
　　　　　　　　頁 63—75

657. 程大城　　　張秀亞與林海音的散文　文學批評集　臺北　半月文藝社　1961
　　　　　　　　年 2 月　頁 73—75

658. 吳濁流　　　我的批評〔林海音部分〕　臺灣文藝　第 11 期　1966 年 4 月　頁
　　　　　　　　62—64

659. 吳濁流　　　我的批評〔林海音部分〕　吳濁流作品集・臺灣文藝與我　臺北
　　　　　　　　遠行出版社　1977 年 9 月　頁 61—66

660. 葉石濤　　　兩年來的省籍作家及其小說（上、下）〔林海音部分〕　臺灣日
　　　　　　　　報　1967 年 10 月 25—26 日　8 版

661. 葉石濤　　　兩年來的省籍作家及其小說〔林海音部分〕　臺灣文藝　第 19 期
　　　　　　　　1968 年 4 月　頁 38

662. 葉石濤　　　兩年來的省籍作家及其小說〔林海音部分〕　葉石濤評論集　臺
　　　　　　　　北　蘭開書局　1968 年 9 月　頁 142—143

663. 葉石濤　　　兩年來的省籍作家及其小說〔林海音部分〕　臺灣鄉土作家論集
　　　　　　　　臺北　遠景出版公司　1981 年 2 月　頁 67—68

664. 葉石濤　　　兩年來的省籍作家及其小說〔林海音部分〕　葉石濤全集・評論
　　　　　　　　卷一　臺南，高雄　國立臺灣文學館，高雄市文化局　2008 年 3

---

[21]本文介紹林海音文學展的展區及內容，並搭配文物照片解說，採中英文對照。全文共 4 部分：1.
　　一個故鄉，二個記憶；2.聯副十年；3.實踐「純文學」；4.文學創作。
[22]本文論述林海音的個人、文章風格，以及對林海音的期望。

月　頁 147—148

665. 葉石濤　林海音論（上、中、下）[23]　臺灣日報　1968 年 1 月 8—10 日　8
版

666. 葉石濤　談林海音——臺灣是我的故鄉，北平是我長大的地方，我這一輩
子沒離開過這兩個地方　臺灣文藝　第 18 期　1968 年 1 月　頁
25—36

667. 葉石濤　林海音論——臺灣是我的故鄉，北平是我長大的地方，我這一輩
子沒離開過這兩個地方　葉石濤評論集　臺北　蘭開書局　1968
年 9 月　頁 94—120

668. 葉石濤　林海音論——臺灣是我的故鄉，北平是我長大的地方，我這一輩
子沒離開過這兩個地方　葉石濤作家論集　高雄　三信出版社
1973 年 3 月　頁 81—102

669. 葉石濤　林海音論——臺灣是我的故鄉，北平是我長大的地方，我這一輩
子沒離開過這兩個地方　臺灣鄉土作家論集　臺北　遠景出版公
司　1979 年 3 月　頁 257—280

670. 葉石濤　林海音論　一座文學的橋——林海音先生紀念文集　臺南　國立
文化資產保存研究中心籌備處　2002 年 12 月　頁 65—84

671. 葉石濤　林海音論　葉石濤全集・評論卷一　臺南，高雄　國立臺灣文學
館，高雄市文化局　2008 年 3 月　頁 177—202

672. 葉石濤　臺灣的鄉土文學〔林海音部分〕　葉石濤評論集　臺北　蘭開書
局　1968 年 9 月　頁 12

673. 葉石濤　臺灣的鄉土文學〔林海音部分〕　葉石濤全集・評論卷一　臺
南，高雄　國立臺灣文學館，高雄市文化局　2006 年 12 月　頁
83—84

---

[23]本文探討林海音小說中對女性婚姻題材的應用，分析林海音作品膾炙人口的原因，並兼論林海音
在編輯上的影響。後改名為〈林海音論——臺灣是我的故鄉，北平是我長大的地方，我這一輩子
沒離開過這兩個地方〉、〈談林海音——臺灣是我的故鄉，北平是我長大的地方，我這一輩子沒
離開過這兩個地方〉。

674. 楊昌年　林海音　近代小說研究　臺北　蘭臺書局　1976 年 1 月　頁 568

675. 何　欣　三十年來的小說〔林海音部分〕　中華文化復興月刊　第 10 卷第
9 期　1977 年 9 月　頁 25

676. 何　凡　序　中國豆腐　臺北　純文學出版社　1981 年 6 月　頁 1—4

677. 何　凡　原序　中國豆腐　臺北　大地出版社　2009 年 9 月　頁 11—14

678. 封祖盛　臺灣光復後頭二十年鄉土小說一瞥——鍾理和、鍾肇政、林海音
等的創作　臺灣小說主要流派初探　福州　福建人民出版社
1983 年 10 月　頁 66—70

679. 齊邦媛　江河匯集成海的六十年代小說——林海音　文訊雜誌　第 13 期
1984 年 8 月　頁 44—45

680. 齊邦媛　江河匯集成海的六〇年代小說——林海音　霧漸漸散的時候　臺
北　九歌出版社　1998 年 10 月　頁 51—52

681. 張默芸　論林海音的小說創作[24]　新文學論叢　1984 年第 4 期　1984 年 12
月　頁 40—49

682. 張默芸　論林海音的小說創作　臺灣香港文學論文選　福州　海峽文藝出
版社　1985 年 9 月　頁 124—138

683. 張默芸　論林海音的小說創作　海峽文壇拾穗　福州　海峽文藝出版社
1986 年 4 月　頁 295—309

684. 張默芸　論林海音的小說創作　牛聲　苗栗　苗栗縣立文化中心　1992 年
6 月　頁 7—22

685. 齊邦媛　閨怨之外——以實力論臺灣女作者〔林海音部分〕　聯合文學
第 5 期　1985 年 3 月　頁 7—9

686. 齊邦媛　閨怨之外——以實力論臺灣女作者〔林海音部分〕　七十四年文
學批評選　臺北　爾雅出版社　1986 年 4 月　頁 170—175

687. 齊邦媛　閨怨之外——以實力論臺灣女作家〔林海音部分〕　中華現代文
學大系臺灣（1970—1989）評論卷（壹）　臺北　九歌出版社

---

[24]本文介紹林海音的生平及作品，並探討其小說的特色與成就。

1989 年 5 月　頁 523—527

688. 齊邦媛　　閨怨之外——以實力論臺灣女作家的小說〔林海音部分〕　千年
　　　　　　　之淚　臺北　爾雅出版社　1990 年 7 月　頁 112—115

689. 張默芸　　鄉戀‧哲理‧親情——評林海音的散文　鄉戀‧哲理‧親情——
　　　　　　　臺港文學散論　廈門　鷺江出版社　1986 年 7 月　頁 178—183

690. 黨鴻樞　　試論林海音散文的藝術結構　西北師院學報　1986 年第 3 期
　　　　　　　1986 年 7 月　頁 48—51

691. 韋體文　　試論林海音小說的獨特性　臺灣研究集刊　1986 年第 3 期　1986
　　　　　　　年 8 月　頁 81—85

692. 林　良　　跟孩子有緣的作家林海音和兒童文學[25]　中央日報　1987 年 4 月 4
　　　　　　　日　10 版

693. 林　良　　林海音先生和兒童文學　林海音研究論文集　北京　臺海出版社
　　　　　　　2001 年 5 月　頁 121—125

694. 王煊生　　林海音的小說創作　淮海論壇　1987 年第 4 期　1987 年 8 月　頁
　　　　　　　53—55

695. 黃重添　　從傳統女性意識到新女性主義〔林海音部分〕　臺灣當代小說藝
　　　　　　　術采光　廈門　鷺江出版社　1987 年 11 月　頁 137—139

696. 邱各容　　為兒童寫書的——林海音　臺灣新生報　1988 年 5 月 28 日　24
　　　　　　　版

697. 邱各容　　為兒童寫書的——林海音　兒童文學史料初稿——1945—1989
　　　　　　　臺北　富春文化公司　1990 年 8 月　頁 201—203

698. 公仲，汪義生　　五十年代後期及六十年代臺灣文學——林海音、孟瑤的懷
　　　　　　　鄉思親小說　臺灣新文學史初編　南昌　江西人民出版社　1989
　　　　　　　年 8 月　頁 82—88

699. 宇文正　　閱讀林海音的鄉愁　中央日報　1990 年 6 月 12 日　12 版

700. 羅　奇　　林海音、羅慧夫、楊英風領銜主演——三場傳記書寫的文體實驗

[25]本文後改篇名為〈林海音先生和兒童文學〉。

聯合報　1990 年 10 月 23 日　41 版

701. 莊明萱　　50 年代前期各種思潮交迭下的文學創作——林海音、孟瑤、郭良蕙等女作家的創作　臺灣文學史（下）　福州　海峽文藝出版社 1991 年 6 月　頁 44—52

702. 黃重添　　關心女性姻緣路的女作家林海音[26]　臺灣新文學概觀（上）　福州 鷺江出版社　1991 年 6 月　頁 67—77

703. 古繼堂，黎湘萍　　臺灣文學中的女性意識〔林海音部分〕　臺灣地區文學透視　西安　陝西人民教育出版社　1991 年 7 月　頁 83—86

704. 顧邦猷　　林海音早期的編寫生涯　臺灣文學觀察雜誌　第 4 期　1991 年 11 月　頁 58—67

705. 顧邦猷　　林海音早期的編寫生涯　問學集　第 2 卷　1991 年 12 月　頁 80—90

706. 趙　朕　　女性小說：異曲同工的和鳴〔林海音部分〕　臺灣與大陸小說比較論　福州　海峽文藝出版社　1992 年 9 月　頁 58—60

707. 彭小妍　　巧婦童心——承先啓後的林海音　中國時報　1994 年 1 月 8 日 35 版

708. 彭小妍　　巧婦童心——承先啓後的林海音　從四〇年代到九〇年代：兩岸三邊華文小說研討會論文集　臺北　時報文化出版公司　1994 年 11 月　頁 19—25

709. 彭小妍　　巧婦童心——承先啓後的林海音　一座文學的橋——林海音先生紀念文集　臺南　國立文化資產保存研究中心籌備處　2002 年 12 月　頁 113—118

710. 王晉民　　林海音的小說　臺灣當代文學史　南寧　廣西人民教育出版社 1994 年 2 月　頁 155—178

---

[26]本文探討林海音小說中對於婦女問題的關注，並以婚姻悲劇爲題材，記錄中國婦女所遭遇的問題。

711. 周素鳳　　林海音小說中的婚姻與禁錮主題[27]　臺北工專學報　第 27 卷第 1
期　1994 年 3 月　頁 539—583

712. 張娟芬　　林海音兒憶「城南」，關維興彩妝「舊事」　中國時報　1995 年 1
月 5 日　43 版

713. 盛　英　　林海音及其文學創作　二十世紀中國女性文學史　天津　天津人
民出版社　1995 年 6 月　頁 107—110

714. 張默芸　　林海音論　求索　1995 年第 3 期　1995 年　頁 97—100

715. 彭燕彬　　落紅不是無情物——林海音與她作品中的女性意識　河南電大
1995 年第 4 期　1995 年　頁 19—21

716. 〔金漢主編〕　　臺灣當代文學概況〔林海音部分〕　新編中國當代文學發
展史　杭州　杭州大學出版社　1997 年 5 月　頁 691

717. 古繼堂　　臺灣當代小說創作——早期的鄉土小說及鍾理和、林海音　中華
文學通史・當代文學編（9）　北京　華藝出版社　1997 年 9 月
頁 441—443

718. 皮述民　　從反共小說到現代小說〔林海音部分〕　二十世紀中國新文學史
臺北　駱駝出版社　1997 年 10 月　頁 321

719. 卞新國，徐光萍　　林海音散文述評　鎮江師專學報　1997 年第 1 期　1997
年　頁 45—48

720. 於可訓　　當代臺、港、澳文學概論〔林海音部分〕　中國當代文學概論
武漢　武漢大學出版社　1998 年 6 月　頁 284—329

721. 鄭寒梅　　林海音作品中的對比藝術　衡陽師專學報　1998 年第 5 期　1998
年 10 月　頁 57—60

722. 黃發有　　女兒情結：逃逸與自囚——林海音論　勝利油田師範專科學校學
報　第 13 卷第 1 期　1999 年 3 月　頁 21—26

723. 黃發有　　林海音的女兒情結與文化鄉愁　齊魯學刊　1999 年第 3 期　1999

---

[27]本文用英文寫作，旨在分析林海音小說中關於女性被禁錮的悲劇並討論小說中禁錮的意象及其含
意，表現林海音為 60 年代開啓女性自覺的代表。

年 3 月　頁 44—47

724. 汪淑珍　　林海音小說中敘事觀點探討[28]　中國現代文學理論　第 13 期
1999 年 3 月　頁 54—72

725. 汪淑珍　林海音小說中時序問題探討　明道文藝　第 285 期　1999 年 12 月
頁 162—178

726. 汪淑珍　林海音小說中敘事觀點探討　林海音研究論文集　北京　臺海出
版社　2001 年 5 月　頁 126—144

727. 陳瓊婷　論林海音婚姻與愛情小說中的女性意識　弘光學報　第 33 期
1999 年 4 月　頁 233—261

728. 應鳳凰　林海音的女性小說與臺灣文學史[29]　中國女性書寫國際學術研討會
臺北　淡江大學中文系，淡江人學女性文學研究室主辦　1999 年
4 月 30 日—5 月 1 日

729. 應鳳凰　林海音的女性小說與臺灣文學史　中國女性書寫——國際學術研
討會論文集　臺北　臺灣學生書局　1999 年 12 月　頁 208—239

730. 汪淑珍　「女性哭歌」——林海音三角婚姻情節模式分析[30]　中國文化月刊
第 229 期　1999 年 4 月　頁 104—127

731. 汪淑珍　林海音小說中三角婚姻情節模式分析　親民學報　第 3 期　1999
年 10 月　頁 79—94

732. 汪淑珍　永不凋零的文壇多青樹——林海音　全國新書資訊月刊　第 5 期
1999 年 5 月　頁 8—11

733. 黃萬華　從「臺灣文學經典」看臺灣文學精神〔林海音部分〕　臺灣研究
集刊　1999 年第 3 期　1999 年 9 月　頁 90

---

[28] 本文分析林海音小說中時序安排之技巧，透過研究敘述時間的脈絡以深入瞭解故事所蘊含之深意，並藉此掌握敘事情節發展的軌跡。後改篇名為〈林海音小說中時序問題探討〉。

[29] 本文探討林海音的小說特色及其在臺灣戰後「文化生產」領域所扮演的角色，並針對其編輯工作的具體成績，探討國民黨文學體制下，媒體主編與戰後文學傳統的互動關係。全文共 4 小節：1. 前言；2.林海音的女性小說；3.突破性的編輯角色；4.結論。

[30] 本文以普洛普研究故事情節的方法及基本理論，對林海音的「三角婚姻」情節模式中「結構點」的分析來探討此情節的內涵意義。全文共 3 小節：1.夫妻間距離產生；2.第三者介入；3.悲劇性的結局——女人終究是受害者。後改篇名為〈林海音小說中三角婚姻情節模式分析〉。

734. 汪淑珍　　林海音小說中人物內心刻畫技巧[31]　國立編譯館館刊　第 28 卷 2 期　1999 年 12 月　頁 255—273

735. 莫渝，王幼華　　清麗平實的親和力——林海音散文　苗栗縣文學史　苗栗　苗栗縣立文化中心　2000 年 1 月　頁 383—388

736. 莫渝，王幼華　　林海音　苗栗縣文學史　苗栗　苗栗縣立文化中心　2000 年 1 月　頁 489—491

737. 子　敏　　活潑自然具風姿——談林海音的散文　林海音作品集〔7—12 冊〕　臺北　遊目族文化公司　2000 年 5 月　〔4〕頁

738. 子　敏　　活潑自然具風姿——談林海音的散文　一座文學的橋——林海音先生紀念文集　臺南　國立文化資產保存研究中心籌備處　2002 年 12 月　頁 135—138

739. 子　敏　　活潑自然具風姿——談林海音的散文　中華民國褒揚令集續編（十）　臺北　國史館　2006 年 11 月　頁 752—755

740. 鄭雅文　　鄉愁——從林海音的北平到琦君的杭州　戰後臺灣女性成長小說研究——從反共文學到鄉土文學　中央大學中國文學系　碩士論文　康來新教授指導　2000 年 6 月　頁 57—70

741. 胡慈容　　臺灣愛情婚姻小說的演變與特點——光復至五十年代〔林海音部分〕　臺灣八十年代愛情小說中的女性語言　彰化師範大學國文學系　碩士論文　羅肇錦教授指導　2000 年 6 月　頁 11

742. 汪淑珍　　臺灣文學史的極佳「文本」——「林海音作品學術研討會」紀要　文訊雜誌　第 182 期　2000 年 12 月　頁 78—82

743. 李文麗　　林海音散文論　江西社會科學　2001 年第 1 期　2001 年 1 月　頁 106—107，114

744. 應鳳凰　　文學文本與文化生產場域——林海音與臺灣文壇[32]　自由時報　2001 年 1 月 7 日　35 版

---

[31] 本文探討林海音對筆下人物內心世界的剖析，透過通過人物行動、語言及藉由側面環境烘托等方式，分析筆下人物之心理，以瞭解小說人物的性格特色和人物形象的描寫手法。

[32] 本文後改篇名為〈林海音與臺灣文壇〉。

745. 應鳳凰　　林海音與臺灣文壇　林海音研究論文集　北京　臺海出版社
　　　2001 年 5 月　頁 112—120

746. 應鳳凰　　林海音與臺灣文壇　一座文學的橋——林海音先生紀念文集　臺
　　　南　國立文化資產保存研究中心籌備處　2002 年 12 月　頁 145—
　　　154

747. 應鳳凰　　林海音與臺灣文壇　中華民國褒揚令集續編（十）　臺北　國史
　　　館　2006 年 11 月　頁 692—703

748. 古繼堂　　林海音的「兩岸」情結[33]　洛陽師範學院學報　2001 年第 1 期
　　　2001 年 2 月　頁 5—8

749. 古繼堂　　林海音的兩岸情結　林海音研究論文集　北京　臺海出版社
　　　2001 年 5 月　頁 174—183

750. 古繼堂　　充滿「兩岸情結」的林海音　臺灣文學的母體依戀　北京　九州
　　　出版社　2002 年 9 月　頁 283—297

751. 王世城　　臺灣鄉土小說的民間性——領銜的鄉土小說家們〔林海音部分〕
　　　中國大陸與臺灣鄉土小說比較史論　南京　南京大學出版社
　　　2001 年 5 月　頁 219—222

752. 古遠清　　給林海音惹禍的一首詩——由林海音對「聯副」的貢獻談到「船
　　　長」事件　林海音研究論文集　北京　臺海出版社　2001 年 5 月
　　　頁 72—76

753. 范銘如　　如何收編林海音　林海音研究論文集　北京　臺海出版社　2001
　　　年 5 月　頁 107—111

754. 范銘如　　如何收編林海音　一座文學的橋——林海音先生紀念文集　臺南
　　　國立文化資產保存研究中心籌備處　2002 年 12 月　頁 163—168

755. 范銘如　　如何收編林海音　像一盒巧克力：當代文學文化評論　臺北　印
　　　刻出版公司　2005 年 10 月　頁 163—169

756. 范銘如　　如何收編林海音　中華民國褒揚令集續編（十）　臺北　國史館

---

[33]本文後改篇名為〈充滿「兩岸情結」的林海音〉。

2006 年 11 月　頁 756—761

757. 古　劍　　《林海音散文》編後記　林海音研究論文集　北京　臺海出版社
2001 年 5 月　頁 163—164

758. 莊明萱　　林海音的文學創作　林海音研究論文集　北京　臺海出版社
2001 年 5 月　頁 184—191

759. 李　今　　林海音對於女性文化角色的選擇　林海音研究論文集　北京　臺
海出版社　2001 年 5 月　頁 205—213

760. 賴素鈴　　林海音作品看得到曼斯菲爾　民生報　2001 年 6 月 26 日　A8 版

761. 陳芳明　　臺灣新文學史——五〇年代的文學侷限與突破：林海音與五〇年
代臺灣文壇　聯合文學　第 200 期　2001 年 6 月　頁 174—177

762. 劉海霞　　自我意識的回歸——臺灣 50 年代以來女性文學發展的基本輪廓
〔林海音部分〕　華文文學　2001 年第 4 期　2001 年　頁 21—22

763. 夏祖麗，石莉安　　林海音與曼思菲爾　明道文藝　第 309 期　2001 年 12 月
頁 18—27

764. 林武憲　　給孩子一個親切的世界——林海音與兒童文學　全國新書資訊月
刊　第 39 期　2002 年 3 月　頁 3—7

765. 林武憲　　給孩子一個親切的世界——林海音與兒童文學　一座文學的橋—
—林海音先生紀念文集　臺南　國立文化資產保存研究中心籌備
處　2002 年 12 月　頁 169—173

766. 古遠清　　大陸去臺作家浮沉錄——作為「自由派」作家的林海音[34]　古遠清
自選集　吉隆坡　馬來西亞燼火出版社　2002 年 5 月　頁 143—
151

767. 古遠清　　作為「自由派」作家的林海音　新文學史料　2002 年第 2 期
2002 年 5 月　頁 13—17

768. 古遠清　　走出閨怨的女性文學——林海音　分裂的臺灣文學　臺北　海峽
學術出版社　2005 年 7 月　頁 90—91

[34]本文後改篇名為〈走出閨怨的女性文學——林海音〉。

769. 王　敏　　臺灣女性文學的開創人林海音　簡明臺灣文學史　北京　時事出
　　　　　　　版社　2002 年 6 月　頁 255—261

770. 陳碧月　　林海音小說的女性意識　臺灣文學評論　第 2 卷第 3 期　2002 年
　　　　　　　7 月　頁 128—131

771. 張典婉　　婚姻制度下的客家女性〔林海音部分〕　臺灣文學中客家女性角
　　　　　　　色與社會發展　世新大學社會發展研究所　碩士論文　李松根教
　　　　　　　授指導　2002 年 7 月　頁 66—67

772. 邱各容　　給孩子一個親切世界的林海音　播種希望的人們：臺灣兒童文學
　　　　　　　工作者群像　臺北　富春文化公司　2002 年 8 月　頁 27—31

773. 劉慧貞　　文壇的溫暖陽光——林海音（1918—2001）　臺北客家人文腳蹤
　　　　　　　臺北　臺北市政府客家事務委員會　2002 年 10 月　頁 36—37

774. 劉慧真　　文壇的溫暖陽光——林海音（1918—2001）　客家文學精選集‧
　　　　　　　小說卷　臺北　天下遠見出版公司　2004 年 4 月　頁 135—136

775. 陳文芬　　泡銘如：京派文學深受英國作家吳爾芙影響——認爲林海音與張
　　　　　　　秀亞作品承襲凌叔華特質「非常吳爾芙」　中國時報　2002 年 12
　　　　　　　月 1 日　14 版

776. 賴素鈴　　論文十餘篇初探——　林海音文學骨架　民生報　2002 年 12 月 2 日
　　　　　　　6 版

777. 汪淑珍　　林海音小說修辭技巧探微[35]　國文教學學術研討會論文集 2002
　　　　　　　臺北　萬卷樓圖書公司　2003 年 1 月　頁 161—181

778. 應鳳凰　　從林海音到文藝列車　文訊雜誌　第 207 期　2003 年 1 月　頁 8
　　　　　　　—9

779. 夏祖焯　　吳濁流、張我軍與林海音　臺灣殖民地史學術研討會　臺北　夏
　　　　　　　潮聯合會，臺灣東亞文明研究中心主辦　2003 年 3 月 29—30 日

780. 夏　烈　　吳濁流、張我軍及林海音　聯合報　2003 年 10 月 14 日　E7 版

---

[35]本文分析林海音在小說中所使用的修辭技巧，並藉由這些技巧探討其在小說中隱藏的深意。全文
　共 6 小節：1.前言；2.特殊意味的象徵手法；3.預顯形跡的暗示技巧；4.互爲襯托的對比寫法；5.
　意味深長的空白運用；6.結語。

781. 夏　烈　　吳濁流、張我軍及林海音　流光逝川　臺北　爾雅出版社　2008
年 7 月　頁 103—111

782. 夏祖焯講；丁櫻華記錄整理　　林海音的性格與作品背道而馳嗎？　成功大
學圖書館館刊　第 11 期　2003 年 4 月　頁 80—82

783. 江寶釵　　童女的旅途——林海音小說中的作者與敘述研究[36]　霜後的燦爛—
—林海音及其同輩女作家學術研討會論文集　臺南　國立文化資
產保存研究中心籌備處　2003 年 5 月　頁 3—27

784. 陳碧月　　林海音小說的女性自覺書寫[37]　霜後的燦爛——林海音及其同輩女
作家學術研討會論文集　臺南　國立文化資產保存研究中心籌備
處　2003 年 5 月　頁 31—51

785. 陳碧月　　林海音小說的女性自覺書寫　兩岸當代女性小說選讀　臺北　五
南圖書出版公司　2007 年 9 月　頁 16—37

786. 許俊雅　　論林海音在《文學雜誌》上的創作[38]　霜後的燦爛——林海音及其
同輩女作家學術研討會論文集　臺南　國立文化資產保存研究中
心籌備處　2003 年 5 月　頁 55—77

787. 許俊雅　　論林海音在《文學雜誌》上的創作　見樹又見林——文學看臺灣
臺北　渤海堂文化公司　2005 年 2 月　頁 437—464

788. 傅光明　　試論林海音的文學編輯與出版理念[39]　霜後的燦爛——林海音及其
同輩女作家學術研討會論文集　臺南　國立文化資產保存研究中
心　2003 年 5 月　頁 81—93

789. 傅光明　　試論林海音的文學編輯與出版理念　中華民國褒揚令集續編
（十）　臺北　國史館　2006 年 11 月　頁 704—726

---

[36]本文探討林海音在敘述上對現實的模仿及與所訴內容之關係。全文共 2 小節：1.前言；2.結論。
正文後附表〈林海音小說中之敘事觀點〉、〈林海音小說總篇數〉、〈敘事觀點要覽〉。
[37]本文研析林海音小說在女性議題方面之表現，並探討其作品中表達的女性自覺。全文共 4 小節：
1.前言；2.林海音小說的女性自覺；3.林海音女性小說的內涵特色；4.結語。
[38]本文從林海音、夏濟安二人在《文學雜誌》上的互動談起，並探討林海音幾篇被夏所修改過的小
說的藝術性及風格特色，並定位林海音在 50 年代臺灣文學史的地位。全文共 4 小節：1.前言；2.
林海音在《文學雜誌》上的創作；3.小說的風格及特色；4.結語。
[39]本文主要探討林海音的編輯及出版生涯。全文共 4 部分：1.實踐；2.交往；3.業績；4.理念。

790. 汪淑珍　　林海音出版事業——《純文學》月刊與「純文學出版社」初探[40]
　　　　　　霜後的燦爛——林海音及其同輩女作家學術研討會論文集　臺南
　　　　　　國立文化資產保存研究中心籌備處　2003 年 5 月　頁 97—131

791. 閻純德　　林海音的歷史地位——文學史的考察[41]　霜後的燦爛——林海音及
　　　　　　其同輩女作家學術研討會論文集　臺南　國立文化資產保存研究
　　　　　　中心籌備處　2003 年 5 月　頁 135—148

792. 閻純德　　論林海音的文學史地位　華文文學　2003 年第 5 期　2003 年　頁
　　　　　　51—56

793. 梁竣瓘　　試論中國大陸林海音小說研究[42]　霜後的燦爛——林海音及其同輩
　　　　　　女作家學術研討會論文集　臺南　國立文化資產保存研究中心籌
　　　　　　備處　2003 年 5 月　頁 151—186

794. 范銘如　　京派、吳爾芙、臺灣首航〔林海音部分〕　霜後的燦爛——林海
　　　　　　音及其同輩女作家學術研討會論文集　臺南　國立文化資產保存
　　　　　　研究中心籌備處　2003 年 5 月　頁 191—205

795. 范銘如　　京派‧吳爾芙‧臺灣首航〔林海音部分〕　文學地理：臺灣小說
　　　　　　的空間閱讀　臺北　麥田‧城邦文化公司　2008 年 9 月　頁 109
　　　　　　—130

796. 朱嘉雯　　推開一座牢固的城門——林海音及同時代女作家的五四傳承[43]　霜

---

[40]本文探討林海音的出版事業，並論及林海音的出版經歷、編輯風格與文壇貢獻。全文共 7 小節：
1.前言；2.《純文學》月刊；3.純文學出版社；4.如何出版；5.編輯風格；6.文壇貢獻；結語。正
文後附表〈純文學叢書分類目錄〉。

[41]本文探討林海音身爲作家與出版者兩種身分之作爲對於臺灣文學發展的影響，全文共 5 部分。後
改篇名爲〈論林海音的文學史地位〉。

[42]本文探討中國大陸對林海音小說研究之發展歷程與大陸文學史對林海音小說收編之情況，並參酌
臺灣方面對林海音小說研究之取向，以突顯中國大陸林海音研究的特色，藉此瞭解中國大陸對於
臺灣文學的研究發展。全文共 5 小節：1.前言；2.中國大陸林海音研究概況；3.社會主義的架構
之下——彼岸的林海音小說評價；4.結語。正文後附錄〈大陸林海音研究資料彙編（初編）〉、
〈文學史及專著〉。

[43]本文以臺灣接軌五四文學傳統的女作家們作爲考察對象，並透過其中之代表人物——林海音之編
寫生涯來探究並重構五四婦女解放議題及自由主義傳統在臺灣文壇的表現，更透過對戰後臺灣女
作家及大陸新時期作家與五四文人在書寫議題與學養背景上的比較，進一步闡揚五四文學精神在
大陸渡海女性之亂離書寫的承繼與拓展。全文共 6 小節：1.緒論；2.五四女學及女作家；3.林海
音與五四；4.亂離渡海與文革磨難；5.結論；6.引用書目及期刊。

後的燦爛——林海音及其同輩女作家學術研討會論文集　臺南
國立文化資產保存研究中心　2003 年 5 月　頁 209—238

797. 莊宜文　林海音與張愛玲對照記[44]　霜後的燦爛——林海音及其同輩女作家
學術研討會論文集　臺南　國立文化資產保存研究中心籌備處
2003 年 5 月　頁 243—291

798. 王小琳　青春與家國記憶——論五〇年代大陸遷臺女作家的憶舊散文〔林
海音部分〕　霜後的燦爛——林海音及其同輩女作家學術研討會
論文集　臺南　國立文化資產保存研究中心籌備處　2003 年 5 月
頁 319—329

799. 應鳳凰　林海音與六十年代臺灣文壇——從主編的信探勘文學生產與運作[45]
霜後的燦爛——林海音及其同輩女作家學術研討會論文集　臺南
國立文化資產保存研究中心籌備處　2003 年 5 月　頁 337—351

800. 李瑞騰等[46]　「閱讀林海音」座談會記錄　霜後的燦爛——林海音及其同輩
女作家學術研討會論文集　臺南　國立文化資產保存研究中心籌
備處　2003 年 5 月　頁 453—466

801. 陳憲仁　七七讀書會，邂逅林海音　文訊雜誌　第 215 期　2003 年 9 月
頁 90

802. 陳大道　大阪、北平、臺北：林海音純文學跫音初探[47]　第八屆「文學與美
學」國際學術研討會　臺北　淡江大學中國文學系主辦　2003 年
10 月 17—18 日

---

[44]本文從林海音與張愛玲兩位作家之生長背景、時代環境、寫作題材、女性意識及婚姻觀點等方面
對照二人之作品，並探討二人在海峽兩岸的評價與地位。全文共 6 小節：1.五四文學傳統的繼承
與反思；2.京派與海派；3.崛起背景及創作傾向；4.生平經歷及事情態度；5.女性意識及婚姻觀
點；6.兩岸評價及地位。正文後附錄〈林海音與張愛玲生平大事對照年表〉。
[45]本文以林海音為代表，通過其與文友往來之書信，探討在 1960 到 1969 年間之「文學場域」作品
生產流程及相關運作方式，以瞭解編輯位置對整體文壇之影響力。全文共 5 小節：1.前言；2.六
十年代背景與臺灣文壇；3.林海音的「位置」與臺灣文學場域；4.林海音在六十年代的「三個編
輯臺」；5.結論。
[46]主持人：李瑞騰；與會者：齊邦媛、郝廣才、夏烈、王潤華；紀錄：余姒倩。
[47]本文主要探討林海音的創作與出版理念背景。全文共 3 小節：1.北平留學生與文藝青年；2.中產
階級新貴與世家的第二代；3.文學與政治。後改篇名為〈林海音純文學跫聲初探〉。

803. 陳大道　　林海音純文學蹅聲初探　海峽兩岸現當代文學論集　臺北　臺灣
　　　　　　　學生書局　2004 年 2 月　頁 165—208

804. 梅家玲　　林海音與凌淑華北京故事[48]　北京：都市想像與文化記憶國際學術
　　　　　　　會議　北京　美國哥倫比亞大學，北京大學主辦　2003 年 10 月
　　　　　　　22—23 日

805. 梅家玲　　女性小說的都市想像與文化記憶——林海音與凌叔華的北京故事
　　　　　　　性別，還是家國？：五〇與八、九〇年代臺灣小說論　臺北　麥
　　　　　　　田出版公司　2004 年 9 月　頁 127—155

806. 呂正惠　　50 年代的林海音[49]　戰後初期臺灣文學與思潮國際學術研討會
　　　　　　　臺中　東海大學中國文學系主辦　2003 年 11 月 29—30 日

807. 呂正惠　　五〇年代的林海音　戰後初期臺灣文學與思潮論文集　臺北　文
　　　　　　　津出版社　2005 年 1 月　頁 615—636

808. 周艷麗　　用悲天憫人的襟懷，察中國婦女之苦痛——淺析臺灣女作家林海
　　　　　　　音小說主題的意蘊　殷都學刊　2003 年第 4 期　2003 年　頁 95—
　　　　　　　98

809. 張典婉　　女性發聲的年代〔林海音部分〕　臺灣客家女性　臺北　玉山社
　　　　　　　出版公司　2004 年 4 月　頁 158—161

810. 唐玉純　　接受・傳播・文學生產——副刊雙姝：林海音與武月卿〔林海音
　　　　　　　部分〕　反共時期的女性書寫策略——以「臺灣省婦女寫作協
　　　　　　　會」為中心　暨南國際大學中國語文學系　碩士論文　陳芳明教
　　　　　　　授指導　2004 年 7 月　頁 75—80

811. 陳正治　　林海音與兒童文學[50]　第 2 屆苗栗文學燿日明月研討會　苗栗　苗
　　　　　　　栗縣文化局，中興大學中研所主辦　2004 年 7 月 29—30 日

---

[48]本文以北京為問題意識的出發點，由林海音的北京書寫入手，兼及凌淑華，探討二人的文學風格
　　及文壇地位。後改篇名為〈女性小說的都市想像與文化記憶——林海音與凌叔華的北京故事〉。
[49]本文探討林海音作品內容及其在 50 年代相較於同時代作品所表現的獨特風格。
[50]本文論述林海音的生平與作品，並探討其在兒童文學事業的成就，及其兒童文學作品的藝術表
　　現。全文共 6 小節：1.前言；2.林海音的生平；3.林海音的作品論述；4.林海音的兒童文學事業；
　　5.林海音的兒童文學作品藝術；6.結語。

812. 陳正治　　林海音與兒童文學探究　第二屆苗栗縣文學燿日明月研討會論文
　　　　集　苗栗　苗栗縣文化局，財團法人苗栗縣文化基金會　2004 年
　　　　12 月　頁 37—49

813. 章清怡　　林海音筆下的女性身影[51]　第 2 屆苗栗文學燿日明月研討會　苗栗
　　　　苗栗縣文化局，中興大學中研所主辦　2004 年 7 月 29—30 日

814. 章清怡　　林海音筆下的女性身影　第二屆苗栗縣文學燿日明月研討會論文
　　　　集　苗栗　苗栗縣文化局，財團法人苗栗縣文化基金會　2004 年
　　　　12 月　頁 219—227

815. 張詩宜　　戰後初期女性創作中婚戀自主的呈現——以林海音、潘人木、徐
　　　　鍾珮爲例　國文天地　第 232 期　2004 年 9 月　頁 91—98

816. 應鳳凰　　《自由中國》《文友通訊》作家群與五○年代臺灣文學史〔林海音
　　　　部分〕　文藝理論與通俗文化（上）　臺北　中研院文哲所
　　　　2004 年 12 月　頁 126—127

817. 朱雙一　　當代臺灣鄉土文學的四大類型及其淵源——以五○年代爲中心
　　　　〔林海音部分〕　臺灣文學思潮與淵源　臺北　海峽學術出版社
　　　　2005 年 2 月　頁 197—210

818. 樊洛平　　林海音——男權話語遮蔽下的婚姻真相[52]　當代臺灣女性小說史論
　　　　鄭州　河南人民出版社　2005 年 2 月　頁 75—87

819. 樊洛平　　男權話語遮蔽下的婚姻真相揭示——試論林海音對臺灣女性文學
　　　　的開拓　北京聯合大學學報　第 3 卷第 2 期　2005 年 6 月　頁 45
　　　　—50

820. 樊洛平　　林海音——男權話語遮蔽下的婚姻真相　當代臺灣女性小說史論
　　　　臺北　臺灣商務印書館　2006 年 4 月　頁 73—87

821. 顏安秀　　「文藝欄」小說整體總覽——女性作者〔林海音部分〕　《自由

---

[51]本文透過林海音的文學作品探討其筆下的傳統婦女、新時代女性、女性作家的身影，進一步瞭解
　林海音的思想。全文共 6 小節：1.前言；2.認命或宿命的傳統女性塑型；3.矛盾而掙扎的時代女
　性書寫；4.個性鮮明的林海音自我呈現；5.當代女作家的側面剪影；6.結論。
[52]本文後改篇名爲〈男權話語遮蔽下的婚姻真相揭示——試論林海音對臺灣女性文學的開拓〉。

中國》文學性研究：以「文藝欄」小說爲探討對象　臺北師範學院臺灣文學研究所　碩士論文　許俊雅教授指導　2005 年 6 月　頁 99—100

822. 邱各容　六〇年代的臺灣兒童文學——作家與作品：林海音　臺灣兒童文學史　臺北　五南圖書出版公司　2005 年 6 月　頁 91—97

823. 梁竣瓘　林海音小說研究　中國大陸學者論臺灣文學：以小說爲例　中央大學中國文學所　博士論文　李瑞騰教授指導　2005 年 6 月　頁 125—145

824. 葉石濤等[53]　林海音——名家短評　眾花深處：二十世紀華文女作家小說選　臺北　正中書局　2005 年 7 月　頁 231—233

825. 劉曉麗　人生經歷對蕭紅與林海音敘事視角的影響比較　株洲師範高等專科學校學報　第 10 卷第 4 期　2005 年 8 月　頁 56—62

826. 應鳳凰　文壇冬青樹——創立純文學的林海音[54]　沿波討源，雖幽必顯——認識臺灣作家的十二堂課　桃園　中央大學　2005 年 8 月　頁 303—333

827. 封德屏　遷臺初期文學女性的聲音——以武月卿主編《中央日報·婦女與家庭週刊》爲研究場域——林海音（1918—2001）　琦君及其同輩女作家學術研討會　桃園　中央大學中文系琦君研究中心　2005 年 12 月 15—16 日

828. 封德屏　遷臺初期文學女性的聲音——以武月卿主編《中央日報·婦女與家庭週刊》爲研究場域——林海音（1918—2001）　永恆的溫柔：琦君及其同輩女作家學術研討會論文集　桃園　中央大學中文系琦君研究中心　2006 年 7 月　頁 18—20

[53]評論者：葉石濤、范銘如、莊宜文、何凡、夏祖麗。
[54]本文介紹林海音小說作品並探討其特色及其一生的文學活動對臺灣文壇之影響與貢獻。全文共 8 小節：1.林海音生平與文學創作；2.林海音的《城南舊事》；3.林海音其他長篇小說；4.短篇小說〈玫瑰〉語〈春酒〉；5.〈金鯉魚的百襇裙〉爲女性發聲；6.突破性的編輯角色；7.鍾理和的知音與支持者；8.林海音編輯生涯與貢獻。

829. 應鳳凰　　五、六○年代女性小說的性別與家國話語——比較琦君與林海音[55]
　　　　　　琦君及其同輩女作家學術研討會　桃園　中央大學琦君研究中心
　　　　　　主辦　2005 年 12 月 15—16 日

830. 應鳳凰　　五、六○年代女性小說的性別與家國話語——比較琦君與林海音
　　　　　　永恆的溫柔：琦君及其同輩女作家學術研討會論文集　桃園　中
　　　　　　央大學中文系琦君研究中心　2006 年 7 月　頁 79—99

831. 汪淑珍　　林海音與琦君——編者與作家的互動考察[56]　琦君及其同輩女作家
　　　　　　學術研討會　桃園　中央大學中文系琦君研究中心　2005 年 12 月
　　　　　　15—16 日

832. 汪淑珍　　林海音與琦君——編者與作家的互動考察　永恆的溫柔：琦君及
　　　　　　其同輩女作家學術研討會論文集　桃園　中央大學中文系琦君研
　　　　　　究中心　2006 年 7 月　頁 101—125

833. 應鳳凰，黃恩慈　　戰後臺灣文學風華——五○年代女作家系列（十一）—
　　　　　　—穿過林間的海音[57]　明道文藝　第 358 期　2006 年 1 月　頁 54
　　　　　　—59

834. 應鳳凰　　林海音：穿越林間溝通兩岸的海音　文學風華：戰後初期 13 著名
　　　　　　女作家　臺北　秀威資訊科技公司　2007 年 5 月　頁 113—120

835. 張瑞芬　　英子的鄉戀——論林海音的散文　五十年來臺灣女性散文・評論
　　　　　　篇　臺北　麥田出版公司　2006 年 2 月　頁 52—62

836. 黃萬華　　臺灣文學——小說（下）〔林海音部分〕　中國現當代文學・第 1
　　　　　　卷（五四—1960 年代）　濟南　山東文藝出版社　2006 年 3 月
　　　　　　頁 475—476

---

[55]本文將琦君與林海音生平及其文學成果，置於「五四文學傳統的臺灣化」脈絡下加以檢視。全文
　共 7 小節：1.前言；2.女性作家與創作環境；3.五、六○年代的琦君小說；4.女作家「鄉愁」二
　韻；5.亂世功名：官僚體制與過客心態；6.阿玉與金鯉魚——難以跨越的階級鴻溝；7.結論。

[56]本文探討林海音與琦君的互動情況，以提供編者與作者有效的相處模式。全文共 9 小節：1.前
　言；2.經歷志趣相近故往來頻仍；3.熱心熱情激促創作動力；4.開闊襟懷引渡進入文壇；5.寬闊視
　野衍生多元寫作；6.慧眼識文塑造作家經典；7.潤飾修改以達文稿完美；8.美感包裝必使成品完
　善；9.結語。

[57]本文後改篇名為〈林海音：穿越林間溝通兩岸的海音〉。

837. 許珮馨　林語堂語絲社小品文風格的餘緒——林海音　五○年代的遷臺女作家散文研究　臺灣師範大學國文學系　博士論文　柯慶明教授指導　2006 年 6 月　頁 113—119

838. 曾歡　趣味人生的趣味書寫——論林海音散文中的兩個世界　世界華文文學論壇　2006 年第 2 期　2006 年 6 月　頁 16—18

839. 汪淑珍　林海音的編輯表現探討[58]　親民學報　第 12 期　2006 年 7 月　頁 69—79

840. 王勛鴻　掃描臺灣文學在大陸當代文學史上的定位曲線——以林海音人文爲例　社會科學家　2006 年第 5 期　2006 年 9 月　頁 173—175

841. 程燕　女性悲歌的吟詠者——林海音女性經驗源起探求　中州人學學報　第 23 卷第 4 期　2006 年 10 月　頁 49—51

842. 關圓圓　林海音小說中的女性形象分析　現代語文　2006 年第 10 期　2006 年 10 月　頁 43—45

843. 林葶伶　林海音的北京印象[59]　東方人文學誌　第 5 卷第 4 期　2006 年 12 月　頁 197—222

844. 任藍平　林海音與老舍之京味兒比較　湖南工業職業技術學院學報　第 6 卷第 4 期　2006 年 12 月　頁 97—99

845. 汪淑珍　純文學出版社出版品階段化特色分析〔林海音部分〕　臺中技術學院人文社會學報　第 5 期　2006 年 12 月　頁 49—67

846. 程國君，杜建波　臺灣女性散文的審美創造〔林海音部分〕　陝西師範大學學報　第 36 卷第 1 期　2007 年 1 月　頁 86

847. 安菲　回望家園：蕭紅、林海音與遲子建創作的文化選擇　學術交流

---

[58]本文以林海音主編《聯合報》副刊、《純文學》月刊、純文學出版社三場域爲論述範圍，探討林海音的編輯手法及特色，並藉此瞭解編輯在文學及社會上的重要性。全文共 5 小節：1.前言；2.主編《聯副》時期——關建「文學副刊」（1953.11—1963.4）；3.主編《純文學》月刊時期——拓展文壇廣度（1967.1—1971.6.）；4.主編純文學出版社時期——承祧文學命脈；5.結語。

[59]本文藉由林海音書寫之北京回憶之作品，探討作品中表現出的特有的屬於林海音的地域風格。全文共 4 小節：1.引言：林海音的空間體驗與地理書寫；2.北京的林海音；3.林海音的北京；4.結語：林海音的地理認知與書寫特徵。

2007 年第 2 期　2007 年 2 月　頁 168—170

848. 應鳳凰　「反共＋現代」：右翼自由主義思潮文學版〔林海音部分〕　臺灣
小說史論　臺北　麥田出版公司　2007 年 3 月　頁 147—189

849. 應鳳凰　林海音編輯生涯與戰後文學發展　五〇年代臺灣文學論集　高雄
春暉出版社　2007 年 3 月　頁 183—209

850. 張淑雲　月影殘燭下的輓歌——張愛玲和林海音小說中的家族女性　世界
華文文學論壇　2007 年第 2 期　2007 年 6 月　頁 67—69

851. 李姝嫻　春聲已遠，冬樹長青——林海音　五〇年代女性懷舊散文研究
玄奘大學中國語文系　碩士論文　何淑貞教授指導　2007 年 8 月
頁 43—53

852. 李姝嫻　林海音——自然率真　五〇年代女性懷舊散文研究　玄奘大學中
國語文系　碩士論文　何淑貞教授指導　2007 年 8 月　頁 107—
112

853. 劉秀珍　論凌叔華與林海音小說的女性關懷書寫[60]　湖南工業大學學報
2008 年第 2 期　2008 年 4 月　頁 19—22

854. 楊定明　文裡文外的幸與不幸　廣東教育　2008 年第 4 期　2008 年 4 月
頁 54—55

855. 謝曉踐　家的意味——張愛玲、林海音婚姻家庭小說比較研究[61]　福建師範
大學學報　2008 年第 4 期　2008 年 8 月　頁 87—91

856. 朱雙一　臺灣文學中的中國北方地域文化色彩——林海音、羅蘭與燕趙、
北京文化[62]　臺灣文學與中華地域文化　廈門　鷺江出版社　2008
年 9 月　頁 375—388

857. 王鈺婷　語言政策與女性主體之想像——解讀《中央日報‧婦女與家庭週

---

[60]本文對凌叔華和林海音的女性書寫、審美理想、藝術風格進行比較和研究。全文共 2 小節：1.小
世界後面的大世界；2.心靈悲劇的書寫。
[61]本文研究比較張愛玲和林海音的小說中，以「家」為聚焦的相異處。
[62]本文就林海音與羅蘭二人之作品文本，評論二人之生長背景及文本中表現出的地域文
化特色。

刊》中女性散文家之美學策略〔林海音部分〕　臺灣文學研究學報　第 7 期　2008 年 10 月　頁 64—67

858. 趙立寰　談林海音小說的價值及其影響　國文天地　第 281 期　2008 年 10 月　頁 45—50

859. 王鈺婷　抒情傳統與現代主義的接引／背離——以《文學雜誌》中女性散文家及其書寫策略爲觀察對象〔林海音部分〕　抒情之承繼，傳統之演繹——五○年代女性散文家美學風格及其策略運用　成功大學臺灣文學研究所　博士論文　林瑞明，邱貴芬指導教授　2009 年 2 月　頁 209—231

860. 趙立寰　林海音小說中女性角色類型及女性議題反思[63]　臺灣文學評論　第 9 卷第 4 期　2009 年 10 月　頁 6—24

861. 賀　永　論林海音獨特的文學景觀　消費導刊　2010 年第 2 期　2010 年 1 月　頁 228—229

862. 包麗丹　女性視角裡的北平記憶——林海音文學作品解讀　今日科苑　2010 年第 4 期　2010 年 2 月　頁 141

863. 呂佳蓉　張漱菡與同時代女作家林海音、孟瑤女性形象之比較　張漱菡小說的女性形象研究　國立成功大學臺灣文學研究所　碩士論文　廖淑芳指導　2010 年 2 月　頁 71—87

864. 李　玲　試論女性主體的自省與定位——以臺灣作家林海音小說爲例　山花　2010 年第 4 期　2010 年 2 月　頁 122—123

865. 古遠清　軍事對峙時期兩岸文學「互動」簡史（1949—1979）〔林海音部分〕　新文學史料　2010 年 2 期　2010 年 3 月　頁 88—89

866. 羅關德　臺灣鄉土小說中「故鄉」的三重敘事空間〔林海音部分〕　集美大學學報　2010 年 2 期　2010 年 6 月　頁 14—15

867. 梁靜方　林海音筆下的婚姻真相揭示　職大學報　2010 年 03 期　2010 年

---

[63]本文首先分析林海音小說中常見的女性類型，並探討小說中藉由描寫女性角色達到爲女性發聲、提倡女性意識的目的。全文共 4 小節：1.前言；2.女性角色類型；3.女性議題反思；4.結語。

7 月　頁 39—41，113

868. 牛巧梅　　林海音小說的人事書寫與鄉土傳達　綏化學院學報　2010 年 05
期　2010 年 9 月　頁 87—89

分論

◆單部作品

散文

《冬青樹》

869. 夏承楹〔何凡〕　　　序[64]　冬青樹　臺北　純文學出版社　1955 年 10 月　頁
1—4

870. 夏承楹　　《冬青樹》序　聯合報　1956 年 1 月 4 日　6 版

871. 夏承楹　　序　冬青樹　臺北　純文學出版社　1980 年 7 月　頁 1—4

872. 何　凡　　《冬青樹》序　不按牌理出牌　臺北　大林出版社　1980 年 9 月
頁 181—185

873. 夏承楹　　海音的第一本書《冬青樹》　一座文學的橋──林海音先生紀念
文集　臺南　國立文化資產保存研究中心籌備處　2002 年 12 月
頁 95—98

874. 應未遲　　《冬青樹》　聯合報　1956 年 1 月 5 日　6 版

875. 鍾梅音　　讀《冬青樹》　中央日報　1956 年 1 月 8 日　6 版

876. 大　方　　《冬青樹》考　聯合報　1956 年 2 月 1 日　6 版

877. 司徒衛　　林海音的《冬青樹》　婦女雜誌　第 17 期　1956 年 2 月　頁 31
—32

878. 司徒衛　　林海音的《冬青樹》　書評續集　臺北　幼獅書店　1960 年 6 月
頁 82—86

879. 司徒衛　　林海音的《冬青樹》　五十年代文學論評　臺北　成文出版社
1979 年 7 月　頁 185—189

880. 子　敏　　推車的日子──談談《冬青樹》　國語日報　1980 年 9 月 8 日　7

---

[64]本文後改篇名為〈海音的第一本書《冬青樹》〉。

版

881. 孫小英　　永遠長青的《冬青樹》[65]　臺灣新生報　1981 年 1 月 26 日　12 版

882. 孫小英　　童年的回憶——我的啓蒙書《冬青樹》　新書月刊　第 5 期
　　　　　　　1984 年 2 月　頁 64

883. 孫小英　　永遠長青的《冬青樹》　風簷展書讀　臺北　純文學出版社
　　　　　　　1985 年 1 月　頁 273—277

884. 林少雯　　林海音的《冬青樹》　中央日報　2000 年 4 月 26 日　22 版

《作客美國》

885. 唐潤鈿　　由旅遊談《作客美國》　國語日報　1983 年 2 月 8 日　7 版

886. 唐潤鈿　　由旅遊談《作客美國》　好書評介　臺北　鹽巴山版社　1986 年
　　　　　　　12 月　頁 121—123

887. 郭明福　　物換星移幾度秋　中央日報　1983 年 9 月 8 日　10 版

888. 郭明福　　物換星移幾度秋　風簷展書讀　臺北　純文學出版社　1985 年 1
　　　　　　　月　頁 525—529

889. 張瑞芬　　建構女性散文在當今臺灣文學史的地位〔《作客美國》部分〕
　　　　　　　臺灣文學史書寫國際學術研討會論文集・第二集　高雄　春暉出
　　　　　　　版社　2008 年 6 月　頁 554

《兩地》

890. 何標〔張光正〕　　喜讀《兩地》遙念海音——北京版《兩地》序言　番薯
　　　　　　　藤繫兩岸情　北京　臺海出版社　2003 年 1 月　頁 262—264

891. 張光正　　喜讀《兩地》，遙念海音——北京版《兩地》序言　番薯藤繫兩岸
　　　　　　　情　臺北　海峽學術出版社　2003 年 9 月　頁 250—252

892. 何　標　　快起飛吧，那連接兩地的噴射機——寫于林海音的《兩地》在北
　　　　　　　京出版之際　番薯藤繫兩岸情　北京　臺海出版社　2003 年 1 月
　　　　　　　頁 265　267

893. 張光正　　快起飛吧，那連接兩地的噴射機——寫於林海音的《兩地》在北

---

[65] 本文後改篇名爲〈童年的回憶——我的啓蒙書《冬青樹》〉。

京出版之際　番薯藤繫兩岸情　臺北　海峽學術出版社　2003 年
9 月　頁 253—255

894. 黃雅歆　　兩地故鄉情——評介《兩地》　在閱讀與書寫之間：評好書 300
種　臺北　三民書局　2005 年 2 月　頁 96

《芸窗夜讀》

895. 鐘麗慧　　《芸窗夜讀》[66]　芸窗夜讀　臺北　純文學出版社　1982 年 4 月
頁 391—396

896. 鐘麗慧　　冬青樹林海音——我讀《芸窗夜讀》（上、下）　臺灣新生報
1984 年 3 月 5—6 日　8 版

897. 鐘麗慧　　《芸窗夜讀》　風簷展書讀　臺北　純文學出版社　1985 年 1 月
頁 391—396

898. 應鳳凰　　好書先讀——《芸窗夜讀》　中央日報　1982 年 5 月 13 日　10
版

899. 唐潤鈿　　《芸窗夜讀》　書僮書話　臺北　文史哲出版社　1983 年 2 月
頁 266

《剪影話文壇》

900. 郭明福　　永恆的鱗爪：我讀《剪影話文壇》　新書月刊　第 14 期　1984 年
11 月　頁 73—74

901. 郭明福　　永恆的鱗爪　風簷展書讀　臺北　純文學出版社　1985 年 1 月
頁 419—424

902. 郭明福　　永恆的鱗爪　琳瑯書滿目　臺北　爾雅出版社　1985 年 7 月　頁
217—224

903. 郭明福　　永恆的鱗爪——讀《剪影話文壇》　一座文學的橋——林海音先
生紀念文集　臺南　國立文化資產保存研究中心籌備處　2002 年
12 月　頁 129—134

904. 康來新　　家庭相簿的延伸　聯合文學　第 4 期　1985 年 2 月　頁 206

---

[66]本文後改篇名為〈冬青樹林海音——我讀《芸窗夜讀》〉。

《家住書坊邊》

905. 林文月等[67]　　《家住書坊邊》的迴響　純文學　第 22、23 期合刊　1988 年
　　　3 月　頁 34—40

906. 李宜涯　　《家住書坊邊》　書海探微　臺北　黎明文化公司　1989 年 3 月
　　　頁 21—23

907. 李宜涯　　《家住書坊邊》　當代名著欣賞　臺北　文史哲出版社　2000 年
　　　1 月　頁 17—19

《隔著竹簾兒看見她》

908. 彭　歌　　朦朧　隔著竹簾兒看見她　臺北　九歌出版社　1992 年 1 月　頁
　　　1—8

909. 彭　歌　　朦朧（上、下）　聯合報　1992 年 4 月 28—29 日　25 版

910. 彭　歌　　朦朧　為《隔著竹簾兒看見她》出版而寫　九歌雜誌　第 135
　　　期　1992 年 5 月　2 版

911. 彭　歌　　朦朧　靜靜的聽　臺北　爾雅出版社　1996 年 6 月　頁 101—108

912. 彭　歌　　朦朧　說故事的人　臺北　三民書局　1998 年 1 月　頁 191—197

913. 彭　歌　　朦朧——《隔著竹簾兒看見她》原序　林海音作品集‧春聲已遠
　　　臺北　遊目族文化公司　2000 年 5 月　頁 211—217

914. 彭　歌　　朦朧　一座文學的橋——林海音先生紀念文集　臺南　國立文化
　　　資產保存研究中心籌備處　2002 年 12 月　頁 123—128

915. 王錫璋　　《隔著竹簾兒看見她》　國語日報　1992 年 8 月 9 日　15 版

916. 應鳳凰　　友情是串珍珠[68]　臺灣新生報　1992 年 10 月 29 日　14 版

917. 應鳳凰　　友情是串串珍珠——情誼感人的《隔著竹簾兒看見她》　九歌雜
　　　誌　第 142 期　1992 年 12 月　2 版

918. 應鳳凰　　評林海音《隔著竹簾兒看見她》　九歌二十　臺北　九歌出版社
　　　1998 年 3 月　頁 234—235

---

[67]著者：林文月、鍾鐵民、董橋、康藍、趙淑敏、鍾肇政、官麗嘉、葉曼、沈京如、景怡、丁廣
馨。
[68]本文後改篇名為〈評林海音《隔著竹簾兒看見她》〉。

《雙城集》

919. 蕭　乾　臺灣有家夫妻店──讀林海音與何凡合著的《雙城集》　聯合報　1997 年 1 月 13 日　37 版

920. 蕭　乾　臺灣有家夫妻店　林海音研究論文集　北京　臺海出版社　2001 年 5 月　頁 39─41

921. 蕭　乾　臺灣有家夫妻店──讀《雙城集》　一座文學的橋──林海音先生紀念文集　臺南　國立文化資產保存研究中心籌備處　2002 年 12 月　頁 155─158

《靜靜的聽》

922. 文潔若　序　靜靜的聽　臺北　爾雅出版社　1996 年 6 月　頁 1─5

923. 林曉茹　《靜靜的聽》　爾雅人　第 100 期　1997 年 6 月　2─3 版

《落入滿天霞》

924. 傅光明　序　落入滿天霞　長沙　湖南人民出版社　1997 年 12 月　頁 1─2

《英子的鄉戀》

925. 〔九歌雜誌〕　林海音文學花園的園丁──散文精選《英子的鄉戀》呈現半世紀來文壇最真實、動人、美好的一面　九歌雜誌　第 273 期　2004 年 2 月　1 版

926. 王文仁　《英子的鄉戀》　臺灣文學館通訊　第 3 期　2004 年 3 月　頁 86

小說

《綠藻和鹹蛋》

927. 王　鈞　讀書報告：林海音的短篇小說集　自由青年　第 18 卷第 10 期　1957 年 11 月 16 日　頁 10─11

928. 夢　湘　讀《綠藻和鹹蛋》　革命文藝　第 24 期　1958 年 3 月　頁 27─29

929. 丁樹南　《綠藻和鹹蛋》寫作技巧　文星　第 53 期　1962 年 3 月　頁 72─73

930. 丁樹南　《綠藻和鹹蛋》寫作技巧　風簷展書讀　臺北　純文學出版社　1985 年 1 月　頁 71—79

931. 東方望　讀《綠藻和鹹蛋》　欽此集　臺北　星光出版社　1980 年 8 月　頁 214—224

932. 巫仁和　憶《綠藻與鹹蛋》　國語日報　1981 年 1 月 7 日　7 版

933. 徐耀焜　餐桌上的風景——臺灣當代飲食書寫版圖的共構——前菜／主菜——書寫的歷史脈絡〔《綠藻與鹹蛋》部分〕　舌尖與筆尖的對話——臺灣當代飲食書寫研究（1949—2004）　彰化師範大學國文學系　碩士論文　王年雙教授指導　2006 年 1 月　頁 14—15

《曉雲》

934. 汪　仲　小說的結尾　聯合報　1959 年 12 月 7 日　5 版

935. 高　陽　雲霞出海曙——《曉雲》評介　作品　第 1 卷第 3 期　1960 年 3 月　頁 61—65

936. 高　陽　雲霞出海曙　風簷展書讀　臺北　純文學出版社　1985 年 1 月　頁 13—28

937. 高　陽　雲霞出海曙——《曉雲》評介　一座文學的橋——林海音先生紀念文集　臺南　國立文化資產保存研究中心籌備處　2002 年 12 月　頁 99—112

938. 高　陽　雲霞出海曙　中華民國褒揚令集續編(十)　臺北　國史館　2006 年 11 月　頁 272—285

939. 黃重添　心靈在傳統與現代撞擊中躁動〔《曉雲》部分〕　臺灣長篇小說論　福州　海峽文藝出版社　1990 年 5 月　頁 80—91

940. 黃重添　心靈在傳統與現代撞擊中躁動〔《曉雲》部分〕　臺灣長篇小說論　臺北　稻禾出版社　1992 年 8 月　頁 90—92

941. 何笑梅　《曉雲》　臺灣百部小說大展　福州　新華書店　1990 年 7 月　頁 259—263

942. 黃重添　長篇小說概述〔《曉雲》部分〕　臺灣新文學概觀（下）　福建

鷺江出版社　1991 年 6 月　頁 40

943. 黃錦珠　雲淡風清的情節與柔婉精緻的心路——讀林海音《曉雲》　文訊雜誌　第 185 期　2001 年 3 月　頁 23—24

《城南舊事》

944. 齊邦媛　超越悲歡的童年　城南舊事　臺北　純文學出版社　1960 年 7 月　頁 1—8

945. 齊邦媛　超越悲歡的童年——再讀林海音的《城南舊事》　中華日報　1983 年 7 月 13 日　10 版

946. 齊邦媛　超越悲歡的童年　城南舊事　臺北　爾雅出版社　1983 年 7 月　頁 1—8

947. 齊邦媛　超越悲歡的童年　風簷展書讀　臺北　純文學出版社　1985 年 1 月　頁 53—59

948. 齊邦媛　超越悲歡的童年——林海音《城南舊事》　千年之淚　臺北　爾雅出版社　1990 年 7 月　頁 99—107

949. 齊邦媛　超越悲歡的童年　靜靜的聽　臺北　爾雅出版社　1996 年 1 月　頁 91—99

950. 齊邦媛　超越悲歡的童年　林海音作品集〔全 12 冊〕　臺北　遊目族文化公司　2000 年 5 月　〔8〕頁

951. 齊邦媛　超越悲歡的童年　林海音研究論文集　北京　臺海出版社　2001 年 5 月　頁 92—97

952. 齊邦媛　超越悲歡的童年　一座文學的橋——林海音先生紀念文集　臺南　國立文化資產保存研究中心籌備處　2002 年 12 月　頁 85—90

953. 齊邦媛　超越悲歡的童年　中華民國褒揚令集續編（十）　臺北　國史館　2006 年 11 月　頁 744—751

954. 高　陽　《城南舊事》的特色　文星　第 42 期　1961 年 4 月　頁 35

955. 顧沛君　京華煙雲——《城南舊事》述評　出版與研究　第 30 期　1978 年 9 月　頁 49—50

956. 丘秀芷　　女性的書──林海音《城南舊事》　女性　第 164 期　1980 年 6
月　頁 26

957. 伊　明　　林海音和她的《城南舊事》　文匯月刊　1983 年第 3 期　1983 年
3 月　頁 87

958. 思　量　　《城南舊事》　消費時代　第 153 期　1983 年 6 月　頁 44

959. 余　之　　小說《城南舊事》藝術特色賞析　文藝理論研究　1983 年第 2 期
1983 年 6 月　頁 91──96

960.〔文訊雜誌〕　　文苑短波──《城南舊事》重排出版　文訊雜誌　第 2 期
1983 年 8 月　頁 8──9

961. 鷹鳳凰　　太陽的腳印〔《城南舊事》部分〕　文訊雜誌　第 2 期　1983 年
8 月　頁 121──126

962. 楊　楊　　蓮・只開了一個夏　國魂　第 454 期　1983 年 9 月　頁 75──76

963. 郭明福　　愚駿而神聖的歲月　　我談《城南舊事》　臺灣新生報　1983 年
11 月 17 日　8 版

964. 彭作恆　　讀《城南舊事》　新書月刊　第 7 期　1984 年 4 月　頁 456

965. 沈萌華　　城南童年舊事重提[69]　婦女雜誌　第 187 期　1984 年 4 月　頁 31

966. 沈萌華　　評林海音著《城南舊事》　新書月刊　第 10 期　1984 年 7 月　頁
68

967. 馬　森　　一個失去的時代──讀林海音的《城南舊事》　中國時報　1984
年 9 月 13 日　8 版

968. 馬　森　　一個失去的時代──林海音的《城南舊事》　燦爛的星空：現當
代小說的主潮　臺北　聯合文學出版社　1997 年 11 月　頁 149──
151

969. 馬　森　　一個失去的時代──讀《城南舊事》　一座文學的橋──林海音
先生紀念文集　臺南　國立文化資產保存研究中心籌備處　2002
年 12 月　頁 91──94

---

[69]本文後改篇名為〈評林海音著《城南舊事》〉。

970. 劉靜娟　溫故知新──《城南舊事》　名家爲你選好書：四十八位現代作
　　　家對青少年的獻禮　臺北　國語日報社　1986 年 7 月　頁 164—
　　　167

971. 張默芸　點點滴滴盡鄉情──評《城南舊事》　鄉戀・哲理・親情──臺
　　　港文學散論　廈門　鷺江出版社　1986 年 7 月　頁 36—46

972. 林燕珠　寫給大姐──從《城南舊事》到城南舊事　中國時報　1987 年 6
　　　月 27 日　8 版

973. 黃重添　含蘊自傳色彩的長篇創作〔《城南舊事》部分〕　臺灣當代小說
　　　藝術彩光　廈門　鷺江出版社　1987 年 11 月　頁 67—78

974. 劉菊香　林海音及其《城南舊事》　現代臺灣文學史　瀋陽　遼寧大學出
　　　版社　1987 年 12 月　頁 459—466

975. 徐國倫，王春榮　林海音的《城南舊事》　二十世紀中國兩岸文學史　瀋
　　　陽　遼寧大學出版社　1988 年 8 月　頁 64—67

976. 中下正治　付ダラビア《城南旧事》[70]　臺灣文學研究會會報　第 13、14
　　　合刊　1988 年 12 月　頁 177—180

977. 中下正治著；梁克隆譯　林海音《城南舊事》尋根　中國女性文化　第 4
　　　期　2004 年 2 月　頁 69—74

978. 游淑靜　黃鶯出谷麗事多──林海音與《城南舊事》　出版之友　第 48 期
　　　1989 年 9 月　頁 54—59

979. 沈衛威　《呼蘭河傳》、《城南舊事》比較分析　臺港與海外華文文學評論
　　　和研究　1991 年第 1 期　1991 年 4 月　頁 56—60

980. 李　潼　舊時情懷──讀林海音的《城南舊事》　臺灣新生報　1992 年 7
　　　月 9 日　14 版

981. 黃美惠　中國人寫，中國人譯，中國人出版，《城南舊事》文學新猷　民生
　　　報　1992 年 7 月 30 日　14 版

---

[70] 本文後由梁克隆譯爲〈林海音《城南舊事》尋根〉。

982. 張素貞　　《城南舊事》[71]　文學星空　臺北　國家文藝基金管理委員會　1992 年 9 月　頁 107—109

983. 張素貞　　童稚眼中的成人世界——《城南舊事》　續讀現代小說　臺北　東大圖書公司　1993 年 3 月　頁 249—250

984. 徐開塵　　《城南舊事》也抓住作者、出版界的心　民生報　1993 年 3 月 13 日　14 版

985. 陸士清　　《城南舊事》從小說到電影　臺灣文學新論　上海　復旦大學出版社　1993 年 6 月　頁 304—308

986. 陳　捷　　《城南舊事》作品鑒賞　臺港小說鑒賞辭典　北京　中央民族學院出版社　1994 年 1 月　頁 75—80

987. 秋禾〔徐雁〕　　冬陽下的駱駝隊——讀《城南舊事》　書評概論　南京　南京大學出版社　1994 年 8 月　頁 305—308

988. 徐　雁　　冬陽下的駱駝隊　秋禾書話　北京　書目文獻出版社　1994 年 10 月　頁 12—17

989. 徐開塵　　《城南舊事》兒童版將誕生　民生報　1994 年 9 月 19 日　15 版

990. 齊邦媛　　評介《城南舊事》　中國時報　1995 年 1 月 15 日　43 版

991. 黃重添　　故園在他們夢裡重現〔《城南舊事》部分〕　臺灣長篇小說論　福州　海峽文藝出版社　1995 年 5 月　頁 115—128

992. 鄭雨芙　　林海音《城南舊事》出版　中央日報　1995 年 7 月 9 日　19 版

993. 徐文中　　從《城南舊事》看中文出版國際化——臺灣兒童讀物揚名國際　明報月刊　第 357 期　1995 年 9 月　頁 71—72

994. 齊邦媛　　心靈童年永存　中國時報　1995 年 12 月 8 日　48 版

995. 宋家宏　　《城南舊事》新釋　靜靜的聽　臺北　爾雅出版社　1996 年 6 月　頁 127—137

996. 宋家宏　　《城南舊事》新釋　世界華文文學論壇　1998 年第 4 期　1998 年 12 月　頁 49—52

---

[71]本文後改篇名為〈童稚眼中的成人世界——《城南舊事》〉。

997. 紀鴻斌　　《城南舊事》　翰海觀潮　臺北　行政院文建會　1997 年 5 月　頁 41—43

998. 汪淑珍　　林海音《城南舊事》別離情節模式分析[72]　東吳中文研究集刊　第 5 期　1998 年 5 月　頁 113—123

999. 賴素玫　　林海音小說中的女性意識——以《城南舊事》爲主要文本　中興大學研究生論文發表會　臺中　中興大學中國文學研究所主辦　1999 年 4 月 29 日，6 月 3 日

1000. 丁　丁　　《城南舊事》　中央日報　1999 年 12 月 27 日　22 版

1001. 江中明　　《城南舊事》走入螢幕　聯合報　2000 年 5 月 17 日　14 版

1002. 王德威　　溫文爾雅——《爾雅短篇小說選》序論〔《城南舊事》部分〕　爾雅短篇小說選：爾雅創設二十五年小說菁華（一）　臺北　爾雅出版社　2000 年 5 月　頁 3—4

1003. 賴亭融，陳雪芳　　林海音《城南舊事》的寫作技巧探討　中國現代文學理論　第 18 期　2000 年 6 月　頁 177—195

1004. 保　真　　一本童年的古都回憶錄——《城南舊事》新版　青年日報　2000 年 7 月 21 日　13 版

1005. 李家同　　百看不厭的《城南舊事》　聯合報　2000 年 8 月 23 日　37 版

1006. 曹普軍　　光陰的故事——林海音《城南舊事》解讀　世界華文文學論壇　2000 年第 3 期　2000 年 9 月　頁 46—49

1007. 莊若江　　林海音——在臺北憶寫《城南舊事》　臺港澳文學教程　上海漢語大辭典出版社　2000 年 10 月　頁 138—140

1008. 應鳳凰　　林海音筆下的《城南舊事》　明道文藝　第 295 期　2000 年 10 月　頁 26—30

1009. 北京娛樂信報　　忘不了京城之南——林海音再說《城南舊事》　林海音研究論文集　北京　臺海出版社　2001 年 5 月　頁 90

---

[72] 本文以普洛普研究故事情節的方法及基本理論，分析林海音《城南舊事》別離情節模式的結構點，探討作者在創作時的心理因素與社會背景。

1010. 封祖盛　林海音及其《城南舊事》　林海音研究論文集　北京　臺海出版
社　2001 年 5 月　頁 200—204

1011. 北　塔　在虛構與紀實之間——再讀《城南舊事》　林海音研究論文集
北京　臺海出版社　2001 年 5 月　頁 241—246

1012. 陳文芬　香港出版《城南舊事》中英對照本　中國時報　2002 年 8 月 4 日
14 版

1013. 子　晴　超越悲歡的童年　青年日報　2002 年 9 月 1 日　8 版

1014. 應鳳凰　林海音的《城南舊事》　臺灣文學花園　臺北　玉山社出版公司
2003 年 1 月　頁 52—55

1015. 吳冠嫻　林海音《城南舊事》小說與電影探討　國立屏東師範學院語文教
育學系學生專題研究論文彙編 11　屏東　屏東師範學院　2003
年 5 月　頁 133—165

1016. 王宗法　林海音的《城南舊事》　20 世紀中國文學通史　上海　東方出版
中心　2003 年 9 月　頁 609—610

1017. 王惠鈴　追憶永遠的城南父親　寫作教室：閱讀文學名家　臺北　麥田出
版公司　2004 年 3 月　頁 368—372

1018. 凌明玉　《城南舊事》　最愛一百小說　臺北　聯經出版公司　2004 年 5
月　頁 36—37

1019. 羅玉亞　留在城南之風華絕代——評《城南舊事》　書寫青春：臺積電青
年學生小說暨書評獎合集　臺北　聯經出版公司　2004 年 7 月
頁 313—316

1020. 陸麗華　臺灣女性文學縱覽〔《城南舊事》部分〕　黑龍江教育學院學報
第 23 卷第 5 期　2004 年 9 月　頁 81

1021. 賴秋龍　失落的童年　與書共鳴：九十二學年度臺北市高級中學跨校網路
讀書會優勝作品精選輯　臺北　臺北市教育局　2004 年 10 月
頁 279—280

1022. 楊利娟　論《城南舊事》的悲劇意蘊　美與時代　2004 年第 1 期　2004

年　頁 80—82

1023. 樊洛平　　臺灣懷鄉文學的女性書寫——從《城南舊事》、《失去的金鈴子》、《夢回青河》談起　海南師範學院學報　2005 年第 3 期　2005 年 5 月　頁 82—85

1024. 安炳三　　真與假的戰爭——從《城南舊事》看真與假的世界　理論與創作　2005 年第 4 期　2005 年 7 月　頁 25—27

1025. 劉森堯　　林海音：《城南舊事》——文學裡的北京圖像　聯合報　2005 年 10 月 23 日　E7 版

1026. 邱培君　　《呼蘭河傳》與《城南舊事》創作比較　山東社會科學　2006 年第 6 期　2006 年 6 月　頁 120—121

1027. 程國君　　你的想法更美些——論《城南舊事》的敘事藝術　江漢論壇　2006 年第 12 期　2006 年 12 月　頁 135—136

1028. 張震亞　　從兒童文學視角看《城南舊事》　名作欣賞　2007 年第 3 期　2007 年 3 月　頁 79—81

1029. 徐　花　　《城南舊事》鄉愁淺論　世界華文文學論壇　2007 年第 2 期　2007 年 6 月　頁 26—30

1030. 江寶釵　　重省五〇年代臺灣文學史的詮釋問題——一個奠基於「場域」的思考：文學場域的消長——以現代主義與女性文學為觀察核心〔《城南舊事》部分〕　臺灣近五十年代現代小說論文集　高雄中山大學文學院，人文社會科學中心　2007 年 8 月　頁 52

1031. 劉秀珍　　兒童視角觀照下《城南舊事》與《呼蘭河傳》的書寫　安徽文學（下半月）　2008 年第 2 期　2008 年 2 月　頁 334—336

1032. 王　強　　出沒於話語夾縫的真實——《城南舊事》的兒童話語與成人話語　閱讀與寫作[73]　2008 年第 4 期　2008 年 4 月　頁 48—49

1033. 王冬陽　　《城南舊事》中華文化情結芻議　語文知識　2008 年第 2 期

---

[73]本文對《城南舊事》兒童和成人兩種話語既彌合又分裂的敘述手法進行研究。全文共 2 小節：1. 話語合謀——自述與偷聽；2.話語分裂——童真與世故。

2008 年 6 月　頁 58—61

1034. 彭小妍　　林海音的《城南舊事》　評論 30 家：臺灣文學三十年菁英選 1978—2008（上）　臺北　九歌出版社　2008 年 6 月　頁 260— 268

1035. 馬　雯　　記憶中的風景——林海音《城南故事》和蕭紅《呼蘭河傳》的比較解讀[74]　鄭州航空工業管理學院學報　2008 年第 3 期　2008 年 6 月　頁 39—41

1036. 黃冠翔　　和著駝鈴遠去——林海音《城南舊事》的童年往事　明道文藝 第 390 期　2008 年 9 月　頁 91—96

1037. 李東林　　鄉愁：遊子的唯一行李〔《城南舊事》部分〕　出版廣角　2009 年第 3 期　2009 年 3 月　頁 75—76

1038. 林芳汀　　別樣情緒下的故園回望——《呼蘭河傳》與《城南舊事》文本比較分析　青年文學家　2009 年第 6 期　2009 年 3 月　頁 7，9

1039. 王文營　　從精神分析學解讀《城南舊事》人物的人格魅影　山東文學 2009 年第 5 期　2009 年 5 月　頁 96—97

1040. 王文營　　《城南舊事》蘊含的存在主義意味解讀　時代文學（下半月） 2009 年第 6 期　2009 年 6 月　頁 159—160

1041. 郝超，蘇燕　　一瓢濁酒盡餘歡，今宵別夢寒——從《城南舊事》管窺林海音的文化鄉愁[75]　赤峰學院學報　2009 年第 7 期　2009 年 7 月 頁 70—72

1042. 潘夢丹　　論人生悲劇意蘊　現代商貿工業　2009 年第 13 期　2009 年 7 月 頁 215—216

1043. 周　莉　　在離別中成長——再讀《城南舊事》[76]　世界華文文學論壇 2009 年第 3 期　2009 年 9 月　頁 31—34

---

[74]本文對林海音《城南舊事》和蕭紅《呼蘭河傳》兩部自傳性質的作品進行研究與比較。全文共 4 小節：1.「家」的訴寫；2.兒童視角的選擇；3.不同的女性角色認知；4.結語。
[75]本文探討林海音將自身經歷描寫在作品《城南舊事》中所表現的對舊時代母體文化的認同。全文共 3 小節：1.人倫相親的追尋；2.傳統秩序的崇尚；3.民俗民風的眷戀。
[76]本文以成長的觀點，對《城南舊事》進行研究。

1044. 王敏雁　　故都的女兒們——凌叔華《古韻》與林海音《城南舊事》比較
　　　　　　　黑龍江史志　2009 年第 17 期　2009 年 9 月　頁 127，133

1045. 許軍娥　　論《城南舊事》的經典化歷程[77]　理論月刊　2009 年第 11 期
　　　　　　　2009 年 11 月　頁 124—127

1046. 王　玲　　《呼蘭河傳》與《城南舊事》的女性命運解讀　文學教育（上）
　　　　　　　2009 年第 12 期　2009 年 12 月　頁 149

1047. 陳　磊　　在歷史洪流中掙扎前行——《城南舊事》中的男性知識分子形象
　　　　　　　傳奇・傳記文學選刊（理論研究）　2010 年 01 期　2010 年 1 月
　　　　　　　頁 18，20

1048. 陳玉金　　《城南舊事》——從小說集、繪本到橋梁書　臺灣文學館通訊
　　　　　　　第 26 期　2010 年 3 月　頁 91—93

1049. 趙　瓊　　《婚姻的故事》與《千江有水千江月》的比較閱讀　職大學報
　　　　　　　2010 年 02 期　2010 年 4 月　頁 29—30，14

1050. 郭曉波　　淡淡的哀愁與濃濃的相思——論《城南舊事》的別離主題　語文
　　　　　　　學刊　2010 年 15 期　2010 年 8 月　頁 23—24

1051. 彭笑遠　　《城南舊事》：從小說到電影的「同」與「異」　北京教育學院
　　　　　　　學報　2010 年 04 期　2010 年 8 月　頁 38—42

1052. 李　玲　　多重視角下的鄉愁書寫——以林海音小說《城南舊事》為例　名
　　　　　　　作欣賞　2010 年 26 期　2010 年 9 月 20 日　頁 79—80，83

1053. 李旭光　　不管別離 拋開悲傷——《城南舊事》賞析　初中生　2010 年
　　　　　　　Z2 期　2010 年 9 月　頁 76—79

1054. 付慧慧　　童眸裡的世界——論林海音《城南舊事》的思想意蘊　青年作家
　　　　　　　（中外文藝版）　2010 年 10 期　2010 年 10 月　頁 17—18

《婚姻的故事》

1055. 羅　蘭　　「生活者」林海音——讀《婚姻的故事》隨想　婦女雜誌　第

---

[77]本文析論《城南舊事》的經典化歷程。全文共 2 小節：1.童年情結與兒童視角；2.小說與電影攜
　手，《城南舊事》走向經典。

185 期　1984 年 2 月　頁 38

1056. 羅　蘭　　「生活者」林海音　風簷展書讀　臺北　純文學出版社　1985 年
1 月　頁 109—110

1057. Betty Wang　　A never ending: tale of the chinese woman & marriage　Free
China Review　第 6 期　1984 年 6 月　頁 21—25

1058. 黃　榮　　略論林海音的《婚姻的故事》　安順師專學報　第 4 卷第 4 期
2002 年 12 月　頁 6—8

《春風》

1059. 彭小妍　　《春風》導讀　春風　臺北　駱駝出版社　1999 年　頁 3—8

《孟珠的旅程》

1060. 向　明　　我讀《孟珠的旅程》　中華日報　1973 年 3 月 1 日　10 版

1061. 張默芸　　《孟珠的旅程》序[78]　福建論壇　1985 年 3 期　1985 年 6 月　頁
44—47

1062. 張默芸　　一首優美動人的敘事詩——讀《孟珠的旅程》　鄉戀・哲理・親
情——臺港文學散論　廈門　鷺江出版社　1986 年 7 月　頁 47
—56

1063. 張默芸　　論林海音《孟珠的旅程》　林海音研究論文集　北京　臺海出版
社　2001 年 5 月　頁 192—199

1064. 李浚平　　談《孟珠的旅程》的語言藝術——從語言手段的選用看其藝術風
格　語文月刊　1987 年第 7、8 期合刊　1987 年 7 月　頁 8

1065. 徐　學　　《孟珠的旅程》　臺灣百部小說大展　福州　新華書店　1990 年
7 月 1 日　頁 264—267

《金鯉魚的百襉裙》

1066. 舒　乙　　熱的書熱的人——讀林海音《金鯉魚的百襉裙》　中華日報
1994 年 1 月 8 日　11 版

---

[78]本文後改篇名爲〈一首優美動人的敘事詩——讀《孟珠的旅程》〉、〈論林海音《孟珠的旅程》〉。

1067. 舒　乙　　熱的書‧熱的人——讀林海音《金鯉魚的百襉裙》　林海音研究
　　　　　　　　論文集　北京　臺海出版社　2001 年 5 月　頁 165—173

1068. 黃錦珠　　摹寫人生與人性的平凡及永恆——讀林海音《金鯉魚的百襉裙》
　　　　　　　　文訊雜誌　第 179 期　2000 年 9 月　頁 25—26

兒童文學

《請到我的家鄉來》

1069. 柯倩華　　做一本好看的書給孩子　聯合報　2007 年 11 月 25 日　E5 版

《林海音童話集》

1070. 林　良　　《林海音童話集》序　耕耘者的果樹園：林良先生序文選集　臺
　　　　　　　　北　業強出版社　1993 年 10 月　頁 63—68

文集

《林海音文集》

1071. 文潔若　　鄉情悠悠——為《林海音文集》而作　林海音研究論文集　北京
　　　　　　　　臺海出版社　2001 年 5 月　頁 50—52

1072. 徐開塵　　千禧年細細回味林海音的文字　民生報　1999 年 12 月 13 日　4
　　　　　　　　版

《林海音作品集》

1073. 蕭攀元　　遊目族典藏版《林海音作品集》大功告成　——向文壇多青樹致
　　　　　　　　敬　聯合報　2000 年 5 月 8 日　41 版

1074. 江中明　　林海音慶八十二，發表十二冊作品集　聯合報　2000 年 5 月 17
　　　　　　　　日　14 版

1075. 陳宛蓉　　歡慶「林先生」八二大壽，《林海音作品集》為賀禮　文訊雜誌
　　　　　　　　第 177 期　2000 年 7 月　頁 64—65

1076. 鍾怡雯　　散文創作觀察〔《林海音作品集》部分〕　2000 臺灣文學年鑑
　　　　　　　　臺北　行政院文建會　2002 年 4 月　頁 49

1077. 鍾怡雯　　二〇〇〇年散文創作觀察〔《林海音作品集》部分〕　內斂的抒
　　　　　　　　情：華文文學評論　臺北　聯合文學出版社　2008 年 12 月　頁

42—43

◆多部作品

《冬青樹》、《綠藻與鹹蛋》

1078. 嶺　月　　主婦與寫作——讀《冬青樹》、《綠藻與鹹蛋》有感　大華晚報
　　　　　1981 年 1 月 28 日　11 版

1079. 鮑曉暉　　窮開心的日子——重讀《冬青樹》、《綠藻與鹹蛋》　中央日報
　　　　　1981 年 3 月 25 日　10 版

《燭芯》、《婚姻的故事》

1080. 夏祖麗　　重讀母親的小說——《燭芯》和《婚姻的故事》　燭芯　臺北
　　　　　純文學出版社　1981 年 3 月　頁 1—8

1081. 夏祖麗　　重讀母親的小說——《燭芯》和《婚姻的故事》　純文學　第 1
　　　　　期　1981 年 4 月　頁 14—18

1082. 夏祖麗　　重讀母親的小說——《燭芯》和《婚姻的故事》　婚姻的故事
　　　　　臺北　純文學出版社　1981 年 12 月　頁 1—8

1083. 夏祖麗　　重讀母親的小說　風簷展書讀　臺北　純文學出版社　1985 年 1
　　　　　月　頁 60—64

1084. 夏祖麗　　重讀母親的小說　林海音作品集・婚姻的故事　臺北　遊目族文
　　　　　化公司　2000 年 5 月　頁 223—229

1085. 夏祖麗　　重讀母親的小說　林海音作品集・金鯉魚的百襇裙　臺北　遊目
　　　　　族文化公司　2000 年 5 月　頁 235—241

1086. 夏祖麗　　重讀母親的小說——《燭芯》和《婚姻的故事》　林海音研究論
　　　　　文集　北京　臺海出版社　2001 年 5 月　頁 102—106

《曉雲》、《城南舊事》

1087. 蔡美琴　　林海音小說創作初探　暨南學報　1984 年第 2 期　1984 年 4 月
　　　　　頁 82—88

《曉雲》、〈燭〉、〈金鯉魚的百襇裙〉

1088. 古繼堂　　發現世界中的另一半世界——臺灣文學中的女性意識〔《曉

雲〉、〈燭〉、〈金鯉魚的百襉裙〉部分〕　臺灣地區文學透視　西
安　陝西人民教育出版社　1991 年 7 月　頁 83—91

《城南舊事》、《冬青樹》、《綠藻與鹹蛋》、《林海音童話集》

1089. 楊　絢　　林海音兒童文學作品中的兒童形象——以《城南舊事》、《冬青
樹》、《綠藻與鹹蛋》、《林海音童話集》為例[79]　第四屆「兒童文
學與兒童語言」學術研討會論文集　臺北　富春文化公司　2000
年 10 月　頁 93—110

1090. 楊　絢　　林海音兒童文學作品中的兒童形象——以《城南舊事》、《冬青
樹》、《綠藻和鹹蛋》、《林海音童話集》為例　林海音研究論文集
北京　臺海出版社　2001 年 5 月　頁 145—162

《城南舊事》、〈我們看海去〉

1091. 陳兆禎　　大一國文課程中選讀臺灣少年小說之可行性與教授方式——林海
音生平簡介、文學成就、〈我們看海去〉之內容與《城南舊事》
一書　臺灣少年小說學術研討會　臺東　臺東師範學院兒童文學
研究所　2002 年 6 月 8—9 日

1092. 陳兆禎　　大一國文課程中選讀臺灣少年小說之可行性與教導方式——林海
音生平簡介、文學成就、〈我們看海去〉之內容與《城南舊事》
一書　少兒文學天地寬——臺灣少年小說學術研討會論文集　臺
北　九歌出版社　2002 年 6 月　頁 94—98

《城南舊事》、《綠藻與鹹蛋》

1093. 莊文福　　林海音《城南舊事》、《綠藻與鹹蛋》　大陸旅臺作家懷鄉小說研
究　中國文化大學中國文學系　博士論文　邱燮友教授指導
2003 年　頁 57—66

《城南舊事》、〈金鯉魚的百襉裙〉

1094. 陸麗華　　臺灣女性文學發展概觀〔《城南舊事》、〈金鯉魚的百襉裙〉部

---

[79]本文探討林海音作品中關於兒童形象的描寫，並以《城南舊事》、《冬青樹》、《綠藻與鹹
蛋》、《林海音童話集》為例，舉其中的兒童角色做分析。全文共 3 小節：1.前言；2.兒童形象
分析；3.結語。

分〕　黑龍江教育學院學報　第 23 卷第 4 期　2004 年 7 月　頁
105—106

《城南舊事》、〈金鯉魚的百襉裙〉、〈燭〉

1095. 曹鴻英　試析林海音小說中的女性形象——以〈金鯉魚的百襉裙〉、
〈燭〉、《城南舊事》為例　作家　2010 年 18 期　2010 年 9 月
頁 18—19

◆單篇作品

1096. 陳克環　林海音的〈海淀姑娘順子〉　書評書目　第 20 期　1974 年 12 月
頁 28—29

1097. 鮑　芷　〈豆腐一聲天下白〉　中央日報　1979 年 10 月 24 日　9 版

1098. 李庸定　談〈豆腐一聲天下白〉　國語日報　1980 年 5 月 18 日　6 版

1099. 張堂錡　導讀：林海音〈豆腐一聲天下白〉　二十世紀臺灣文學金典：散
文卷（第一部）　臺北　聯合文學出版社　2006 年 5 月　頁 175

1100. 朱星鶴　淺析林海音的〈標會〉　中華文藝　第 113 期　1980 年 7 月　頁
32—34

1101. 康來新　簡析〈驢打滾兒〉　中國現代短篇小說選析 1　臺北　長安出版
社　1984 年 2 月　頁 140—142

1102. 蔡玫姿　閨秀、奶娘身體及再現——以 1930s—1980s 的女性小說文本為例
〔〈驢打滾兒〉部分〕　全國臺灣文學研究生學術研討會論文集
臺南　國家臺灣文學館籌備處　2004 年 7 月　頁 350—351

1103. 蔡玫姿　1960 林海音〈驢打滾兒〉　閨秀風格小說歷時衍生與文學體制研
究　清華大學中國文學系　博士論文　劉人鵬教授指導　2005 年
6 月　頁 118—120

1104. 張素貞　〈燭〉——為夫納妾的悲情　大華晚報　1985 年 11 月 1 日　10
版

1105. 張素貞　林海音的〈燭〉——為夫納妾的悲情　細讀現代小說　臺北　東
大圖書公司　1986 年 10 月　頁 211—223

1106. 鄭清文　蜻蜓點水〔〈燭〉〕　臺灣日報　2001 年 12 月 31 日　25 版

1107. 范銘如　編序——荒漠裡的種子〔〈燭〉部分〕　青少年臺灣文庫 2——小說讀本 1：穿過荒野的女人　臺北　國立編譯館　2008 年 12 月　頁 8

1108. 范銘如　作品導讀／〈燭〉　青少年臺灣文庫 2——小說讀本 1：穿過荒野的女人　臺北　國立編譯館　2008 年 12 月　頁 220—222

1109. 張春榮　現代散文的六大特色〔〈爸爸的花兒落了〉部分〕　國文天地第 14 期　1986 年 7 月　頁 84—85

1110. 鄭明娳　臺灣現代散文女作家筆下的父親形象〔〈爸爸的花兒落了〉部分〕　現代散文現象論　臺北　大安出版社　1992 年 8 月　頁 122

1111. 鄭明娳　當代臺灣女作家散文中的父親形象〔〈爸爸的花兒落了〉部分〕　文藝論評精華　臺北　中國文藝協會　1993 年 2 月　頁 214

1112. 張百棟　雙線并行，交相生輝——淺析林海音〈爸爸的花兒落了〉　名作欣賞　1992 年第 5 期　1992 年 10 月　頁 94—95

1113. 吳儀鳳　對當前散文現象的省思——以古鑑今〔〈爸爸的花兒落了〉部分〕　主題文學學術研討會論文集　臺北　萬卷樓圖書公司　2002 年 8 月　頁 174

1114. 魏多峰　林海音和〈爸爸的花兒落了〉　語文建設　2004 年第 1 期　2004 年 1 月　頁 24—25

1115. 徐　學　女兒〔〈爸爸的花兒落了〉部分〕　悅讀臺北女　廈門　廈門大學出版社　2005 年 5 月　頁 86

1116. 李　方　意識流裡嚴父情——談林海音〈爸爸的花兒落了〉　現代語文　2006 年第 3 期　2006 年 3 月　頁 123

1117. 樓金珍，張紀良　〈爸爸的花兒落了〉教學設計　語文教學與研究　2006 年第 5 期　2006 年 5 月　頁 58—59

1118. 許俊雅　童年・父親・花兒——林海音〈爸爸的花兒落了〉　我心中的

歌：現代文學星空　臺北　文史哲出版社　2006 年 6 月　頁 283
—285

1119. 王　艷　　在愛與離別中成長——〈爸爸的花兒落了〉主題探究　中華活頁
文選　2008 年第 1 期　2008 年 1 月　頁 22—23

1120.〔蕭蕭編〕　　認識作品——〈爸爸的花兒落了〉　溫情的擁抱：經典親情
散文集　臺北　幼獅文化公司　2009 年 4 月　頁 87—89

1121. 王益民　　〈爸爸的花兒落了〉選點突破例談　語文建設　2009 年第 6 期
2009 年 6 月　頁 50—52

1122. 趙鵬飛　　辛酸的淚——〈爸爸的花兒落了〉初解　語文教學之友　2009 年
第 7 期　2009 年 7 月　頁 14—19

1123. 劉　軍　　夢裡花落知多少——從〈爸爸的花兒落了〉中領悟《城南舊事》
的情感美　現代語文（文學研究）　2010 年 04 期　2010 年 4 月
頁 69—70

1124. 高寶琳　　現代與反現代——幾篇早期女作家的小說〔〈金鯉魚的百襉裙〉
部分〕　國文天地　第 26 期　1987 年 7 月　頁 53—54

1125. 黎湘萍　　陳映真與三代臺灣作家——兼論臺灣小說敘事模式之演變（下）
〔〈金鯉魚的百襉裙〉部分〕　臺灣研究集刊　1993 年第 1 期
1993 年 2 月　頁 94

1126.〔江寶釵，范銘如編〕　　奼紫嫣紅開遍〔〈金鯉魚的百襉裙〉部分〕　島
嶼紋聲：臺灣女性小說讀本　臺北　巨流圖書公司　2000 年 10
月　頁 3

1127. 許素蘭　　〈金鯉魚的百襉裙〉導讀　客家文學精選集・小說卷　臺北　天
下遠見出版公司　2004 年 4 月　頁 152—154

1128. 許俊雅　　臺灣現代小說導讀〔〈金鯉魚的百襉裙〉部分〕　現代小說讀本
臺北　揚智文化公司　2004 年 8 月　頁 28—29

1129. 應鳳凰　　〈金鯉魚的百襉裙〉評析　現代小說讀本　臺北　揚智文化公司
2004 年 8 月　頁 192—195

1130. 廖輝英講；德蘭記　　從壓抑到探索自我‧女性文學的發展（下）——林海音〈金鯉魚的百褶裙〉　人間福報　2005 年 8 月 20 日　6 版

1131. 李佩嬿　　論林海音〈金鯉魚的百襇裙〉、吳濁流〈泥沼中的金鯉〉中的女性婚戀形象　國文天地　第 286 期　2009 年 3 月　頁 21—27

1132. 〔鄭明娳，林燿德主編〕　　〈友情〉　有情四卷——友情　臺北　正中書局　1989 年 12 月　頁 52

1133. 陳維松　　〈友情〉賞析　臺灣散文鑑賞辭典　太原　北岳文藝出版社　1991 年 12 月　頁 209—210

1134. 蔡孟樺　　〈友情〉編者的話　在字句裡呼吸　臺北　香海文化公司　2006 年 9 月　頁 36—38

1135. 〔鄭明娳，林燿德選註〕　　〈書桌〉　智慧三品／書香　臺北　正中書局　1991 年 7 月　頁 96

1136. 〔邱憶伶編〕　　〈書桌〉閱讀導引　讀書，大樂事　臺北　正中書局　2009 年 9 月　頁 121

1137. 陳維松　　〈陽光〉賞析　臺灣散文鑑賞辭典　太原　北岳文藝出版社　1991 年 12 月　頁 201—206

1138. 段美喬　　〈陽光〉作品賞析　星光燦爛的文學花園：現代文學知識精華：散文‧詩歌　臺北　雅書堂文化公司　2005 年 5 月　頁 191—194

1139. 陳維松　　〈蔡家老屋〉賞析　臺灣散文鑑賞辭典　太原　北岳文藝出版社　1991 年 12 月　頁 217—219

1140. 陳維松　　〈遲到〉賞析　臺灣散文鑑賞辭典　太原　北岳文藝出版社　1991 年 12 月　頁 221—223

1141. 馬景賢　　〈遲到〉　爸爸星　臺北　幼獅文化公司　2007 年 5 月　頁 53—59

1142. 陳維松　　〈三盞燈〉賞析　臺灣散文鑑賞辭典　太原　北岳文藝出版社　1991 年 12 月　頁 227—229

1143. 范銘如　臺灣新故鄉——五十年代女性小說——雞兔同籠——世代面臨的
　　　　　　　代數難題〔〈血的故事〉部分〕　中外文學　第 28 卷第 7 期
　　　　　　　1999 年 9 月　頁 121

1144. 范銘如　臺灣新故鄉——五〇年代女性小說〔〈血的故事〉部分〕　性別
　　　　　　　論述與臺灣小說　臺北　麥田出版公司　2000 年 10 月　頁 58—
　　　　　　　59

1145. 范銘如　臺灣新故鄉——五〇年代女性小說〔〈血的故事〉部分〕　眾裡
　　　　　　　尋她：臺灣女性小說縱論　臺北　麥田出版公司　2002 年 3 月
　　　　　　　頁 39— 40

1146. 范銘如　臺灣新故鄉——五〇年代女性小說〔〈血的故事〉部分〕　眾裡
　　　　　　　尋她：臺灣女性小說縱論　臺北　麥田・城邦文化出版　2008 年
　　　　　　　9 月　頁 39—40

1147. 范銘如　〈燭芯〉導讀　文學臺灣　第 37 期　2001 年 1 月　頁 59—62

1148. 范銘如　〈燭芯〉導讀　日據以來臺灣女作家小說選讀（上）　臺北　女
　　　　　　　書文化　2001 年 7 月　頁 189—192

1149. 范銘如　〈燭芯〉導讀　一座文學的橋——林海音先生紀念文集　臺南
　　　　　　　國立文化資產保存研究中心籌備處　2002 年 12 月　頁 119—122

1150. 莫　渝　林海音〈秋遊獅頭山〉解讀　燃燈記　苗栗　苗栗縣文化局
　　　　　　　2001 年 12 月　頁 6—11

1151. 范銘如　「我」行我素——六〇年代臺灣文學的「小」女聲〔〈升學〉部
　　　　　　　分〕　眾裡尋她：臺灣女性小說縱論　臺北　麥田出版　2002 年
　　　　　　　3 月　頁 52

1152. 范銘如　「我」行我素——六〇年代臺灣文學的「小」女聲〔〈升學〉部
　　　　　　　分〕　文藝理論與通俗文化（下）　臺北　中研院文哲所　2004
　　　　　　　年 3 月　頁 711—712

1153. 范銘如　「我」行我素——六〇年代臺灣文學的「小」女聲〔〈升學〉部
　　　　　　　分〕　眾裡尋她：臺灣女性小說縱論　臺北　麥田・城邦文化出

版　2008 年 9 月　頁 52

1154. 莫　渝　　林海音〈我父親在新埔那段兒〉解讀　山路　苗栗　苗栗縣文化
局　2002 年 12 月　頁 14—18

1155. 莫　渝　　〈回顧臺灣文學的啓蒙與成長〉導讀　寒風的啓示　苗栗　苗栗
縣文化局　2003 年 12 月　頁 118—119

1156. 顏安秀　　「文藝欄」小說的內容細觀——林海音〈殉〉(16：4，1957／02
／16)　《自由中國》文學性研究：以「文藝欄」小說爲探討對
象　臺北師範學院臺灣文學研究所　碩士論文　許俊雅教授指導
2005 年 6 月　頁 139—141

1157. 王德威　　食物的旅程〔〈蟹殼黃〉部分〕　臺灣：從文學看歷史　臺北
麥田出版公司　2005 年 9 月　頁 287—288

1158. 徐耀焜　　鹹酸之外——檢視臺灣當代的兩種飲食書寫——虛寫飲食的討論
〔〈春酒〉部分〕　舌尖與筆尖的對話——臺灣當代飲食書寫研
究（1949—2004)　彰化師範大學國文學系　碩士論文　王年雙
教授指導　2006 年 1 月　頁 193—194

1159. 孟雄芝　　〈冬陽・童年・駱駝隊〉的新穎有趣　小學語文教學　2008 年第
1 期　2008 年 1 月　頁 73

1160. 孟雄芝　　〈冬陽・童年・駱駝隊〉的新穎有趣　新課程　2008 年第 4 期
2008 年 4 月　頁 39—43

1161. 肖紹國　　悠然心會・文本秘妙難與君說——基于課例的開發談「內容」和
「形式」　語文教學通訊　2009 年第 9 期　2009 年 3 月　頁 46
—48

1162. 武傳方　　駝鈴聲聲憶童年——林海音〈冬陽・童年・駱駝隊〉賞析　好家
長　2009 年第 11 期　2009 年 6 月　頁 11—12

1163. 林黛嫚　　〈我的童玩〉作品導讀——童玩牽繫著時代記憶　散文新四書・
春之華　臺北　三民書局　2008 年 9 月　頁 12—13

1164. 趙立寰　　孤獨的二重奏——談林海音的散文〈吹簫的人〉　中國語文　第

103 卷第 5 期　2008 年 11 月　頁 48—53

1165. 路寒袖　　作品導讀／〈一位鄉下老師〉　青少年臺灣文庫 2——散文讀本
　　　　　　　2：狂歌正年少　臺北　國立編譯館　2008 年 12 月　頁 40

◆多篇作品

1166. 王淑秧　　同曲異奏，和聲共鳴——海峽兩岸女作家的女權主義小說〔〈金
　　　　　　　鯉魚的百襇裙〉、〈燭〉部分〕　海峽兩岸小說論評　北京　中國
　　　　　　　人民大學出版社　1992 年 4 月　頁 132—133

1167. 劉林紅　　女性寫作：文學話語的別依系統——繁花似錦・新蕊吐秀〔〈金
　　　　　　　鯉魚的百襇裙〉、〈燭〉部分〕　百年中華文學史論：1898—2025
　　　　　　　上海　華中師範大學出版社　1999 年 9 月　頁 303

1168. 周文萍　　被忽略的悲哀——讀林海音〈金鯉魚的百襇裙〉和〈燭〉　名作
　　　　　　　欣賞　2001 年第 5 期　2001 年 9 月　頁 66—71

1169. 陳碧月　　認識小說〔〈燭〉、〈金鯉魚的百襇裙〉部分〕　小說欣賞入門
　　　　　　　臺北　五南圖書出版公司　2005 年 9 月　頁 9—10

1170. 王震亞　　我是一個「生活者」——林海音與〈惠安館傳奇〉、〈驢打滾兒〉
　　　　　　　臺灣小說二十家　北京　北京出版社　1993 年 12 月　頁 75—90

1171. 陳素琰　　女人筆下的女性世界〔〈殉〉、〈燭〉部分〕　揚子江與阿里山的
　　　　　　　對話——海峽兩岸文學比較　上海　上海文藝出版社　1995 年
　　　　　　　12 月　頁 233

1172. 劉秀美　　試論臺灣社會言情小說主題的變遷〔〈婚姻的故事〉、〈金鯉魚的
　　　　　　　百摺裙〉部分〕　中國現代文學理論季刊　第 20 期　2000 年 12
　　　　　　　月　頁 627—628

1173. 張雪媖　　編選前言〔〈殉〉、〈蘭姨娘〉部分〕　眾花深處：二十世紀華文
　　　　　　　女作家小說選　臺北　正中書局　2005 年 7 月　頁 13—14

1174. 李家欣　　各創作類型之表現：小說的表現——女作家們的表現〔〈瓊
　　　　　　　君〉、〈要喝冰水嗎？〉、〈蟹殼黃〉、〈失嬰記〉、〈我們看海去〉部
　　　　　　　分〕　夏濟安與《文學雜誌》研究　中央大學中國文學系　碩士

論文　李瑞騰教授指導　2007 年 7 月　頁 74—75

作品評論目錄、索引

1175. 〔編輯部〕　　作品評論引得　林海音自選集　臺北　黎明文化公司　1977
年 11 月　〔1〕頁

1176. 封德屏　林海音研究資料　臺灣文學觀察雜誌　第 2 期　1990 年 9 月　頁
73—78

1177. 林武憲　林海音兒童文學論述資料　憶‧‧‧難忘　臺北　中華民國兒童
文學學會　2002 年 3 月　頁 62—65

1178. 林武憲編　　有關林海音的報導與評論目錄（稿）　一座文學的橋——林海
音先生紀念文集　臺南　國立文化資產保存研究中心籌備處
2002 年 12 月　頁 243—253

其他

1179. 卜昭祺　我讀《中國豆腐》　國語日報　1973 年 1 月 10 日　7 版

1180. 子　敏　茶話豆腐〔《中國豆腐》〕　風簷展書讀　臺北　純文學出版社
1985 年 1 月　頁 451—454

1181. 彭　歌　竹報平安〔《中國竹》〕　聯合報　1975 年 2 月 21 日　12 版

1182. 趙　雲　我愛《中國竹》　婦女雜誌　第 178 期　1983 年 7 月　頁 66—
69

1183. 趙　雲　竹搖清影罩幽窗〔《中國竹》〕　風簷展書讀　臺北　純文學出
版社　1985 年 1 月　頁 455—462

1184. 雪　韻　南林琴韻——近代作家與作品〔《中國近代作家與作品》〕　愛
書人　第 145 期　1980 年 6 月　頁 3

1185. 羅　青　屍骨化灰存舍利——林海音編《中國近代作家與作品》讀後　中
央日報　1980 年 6 月 11 日　10 版

1186. 丘秀芷　新、舊與永恆——讀《中國近代作家與作品》有感[80]　書評書目
第 87 期　1980 年 7 月　頁 85—89

---

[80]本文後改篇名為〈新‧舊與永恆〉。

1187. 丘秀芷　　新・舊與永恆　風簷展書讀　臺北　純文學出版社　1985 年 1 月
　　　　　　　頁 195—200

1188. 趙　雲　　智慧的火花——我讀《純文學散文選集》　國語日報　1983 年 3
　　　　　　　月 3 日　7 版

1189. 趙　雲　　智慧的火花〔《純文學散文選集》〕　　風簷展書讀　臺北　純文
　　　　　　　學出版社　1985 年 1 月　頁 299—304

1190. 郭明福　　江山代有才人出〔《純文學好小說》〕　　風簷展書讀　臺北　　純
　　　　　　　文學出版社　1985 年 1 月　頁 80—83

1191. 李漢呈　　濃林密蔭中的佳作〔《純文學翻譯小說》〕　風簷展書讀　臺北
　　　　　　　純文學出版社　1985 年 1 月　頁 173—176

1192. 游復熙　　波特女士與英國湖區〔《波特童話全集》〕　　風簷展書讀　臺北
　　　　　　　純文學出版社　1985 年 1 月　頁 595—601

1193. 詹美涓　　人人需要讀寓言《伊索寓言》　聯合報　1997 年 12 月 29 日　47
　　　　　　　版

1194. 楊　月　　林海音與《純文學》　新文學史料　2002 年第 2 期　2002 年 5
　　　　　　　月　頁 18—20

1195. 李京珮　　曲折的縫綴——《純文學》對五四作家的接受[81]　2007 青年文學
　　　　　　　會議論文集：臺灣現當代文學媒介研究　臺北　文訊雜誌社
　　　　　　　2009 年 12 月　頁 77—100

1196. 汪淑珍　　文學出版的啓航者——純文學出版社　文訊雜誌　第 247 期
　　　　　　　2006 年 5 月　頁 92—99

1197. 汪淑珍　　文學出版的啓航者：純文學出版社　臺灣人文出版社 30 家　臺
　　　　　　　北　文訊雜誌社　2008 年 12 月　頁 133—150

---

[81]本文析論《純文學》的「近代中國作家與作品」專欄成立時的文化語境、林海音的編輯理念與編
選策略，與眾多評論者如何介紹、論述五四作家及作品。全文共 4 小節：1.前言：問題意識的形
成；2.若隱若現的「五四作家與作品」？；3.遮蔽與再現：《純文學》對「五四作家」的詮釋策
略；4.結語。正文後附錄劉俊〈講評〉。

國家圖書館出版品預行編目資料

臺灣現當代作家研究資料彙編.13, 林海音／張瑞芬
編選.--初版.--臺南市：臺灣文學館，2011.03
面；　公分.

ISBN 978-986-02-7263-5（平裝）

1.林海音　2.傳記　3.文學評論

863.4　　　　　　　　　　　　　100003470

【臺灣現當代作家研究資料彙編】13

林海音

發 行 人／　李瑞騰
指導單位／　行政院文化建設委員會
出版單位／　國立台灣文學館
　　　　　　地址／70041 台南市中西區中正路 1 號
　　　　　　電話／06-2217201　　　　　傳真／06-2218952
　　　　　　網址／www.nmtl.gov.tw　　電子信箱／pba@nmtl.gov.tw

總 策 畫／　封德屏
顧 　 問／　林淇瀁　張恆豪　許俊雅　陳信元　陳建忠　陳義芝　須文蔚　應鳳凰
工作小組／　王雅嫺　杜秀卿　林端貝　周宜鴻　張桓瑋
　　　　　　黃子倫　黃建婷　詹宇霈　羅巧琳
編 　 選／　張瑞芬
責任編輯／　王雅嫺　羅巧琳
校 　 對／　林肇豐　張桓瑋　黃建婷　詹宇霈　趙慶華　蘇峰楠
計畫團隊／　財團法人台灣文學發展基金會
美術設計／　翁國鈞・不倒翁視覺創意
印 　 刷／　松霖彩色印刷事業有限公司

著作財產權人／國立台灣文學館
本書保留所有權利。欲利用本書全部或部分內容者，須徵求著作財產權人同意或書面授
權。請洽國立台灣文學館研典組（電話：06-2217201）

經銷展售／　國家書店松江門市（02-25180207）
　　　　　　國立台灣文學館—雪芙瑞文學咖啡坊（06-2214632）
　　　　　　五南文化廣場（04-22260330）
　　　　　　文建會員工消費合作社（02-23434168）
　　　　　　南天書局（02-23620190）　　　唐山出版社（02-23633072）
　　　　　　府城舊冊店（06-2763093）　　　台灣的店（02-23625799）
　　　　　　啟發文化（02-29586713）　　　三民書局（02-23617511）

初版一刷／2011 年 3 月
定 　 　 價／新臺幣 440 元整　　全套新臺幣 5500 元整
GPN／1010000404（單本）
　　　　1010000407（套）
ISBN／978-986-02-7263-5（單本）
　　　　978-986-02-7266-6（套）

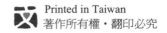

Printed in Taiwan
著作所有權・翻印必究